A QUEDA DE
HYPERION

A QUEDA DE HYPERION

Dan Simmons

TRADUÇÃO
Leonardo Alves

A queda de Hyperion

TÍTULO ORIGINAL:
The Fall of Hyperion

COPIDESQUE:
Bruno Alves

CAPA:
Johnny Brito

REVISÃO:
Bonie Santos
Tássia Carvalho

ILUSTRAÇÃO:
G. Pawlick

DADOS INTERNACIONAIS DE CATALOGAÇÃO NA
PUBLICAÇÃO (CIP) DE ACORDO COM ISBD

S592q Simmons, Dan
A queda de Hyperion / Dan Simmons ; traduzido por Leonardo Alves. - São Paulo, SP : Editora Aleph, 2024.
688 p. ; 14cm x 21cm.

Tradução de: The Fall of Hyperion
ISBN: 978-85-7657-679-2

1. Literatura americana. 2. Ficção. 3. Ficção científica. I. Alves, Leonardo.
II. Título. III. Série.

	CDD 813
2024-2283	CDU 821.111(73)-3

ELABORADO POR ODILIO HILARIO MOREIRA JUNIOR - CRB-8/9949

ÍNDICES PARA CATÁLOGO SISTEMÁTICO:
1. Literatura americana : Ficção 813
2. Literatura americana : Ficção 821.111(73)-3

COPYRIGHT © DAN SIMMONS, 1990
COPYRIGHT © EDITORA ALEPH, 2024

TODOS OS DIREITOS RESERVADOS. PROIBIDA
A REPRODUÇÃO, NO TODO OU EM PARTE,
ATRAVÉS DE QUAISQUER MEIOS SEM A
DEVIDA AUTORIZAÇÃO.

PUBLICADO MEDIANTE ACORDO COM O
AUTOR E BAROR INTERNATIONAL, INC.,
ARMONK, NOVA YORK, ESTADOS UNIDOS.

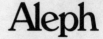

Rua Bento Freitas, 306 - Conj. 71 - São Paulo/SP
CEP 01220-000 • TEL 11 3743-3202
www.editoraaleph.com.br

📷 @editoraaleph
♪ @editora_aleph

*Para John Keats, cujo
nome foi escrito n'eternidade.*

"Deus pode disputar um jogo significativo com sua própria criatura? Qualquer criador, mesmo limitado, pode disputar um jogo significativo com sua própria criatura?"

— NORBERT WIENER, *Deus, golem & cia.*

"Não é possível que haja seres superiores entretidos com qualquer postura graciosa, porém instintiva, que minha mente venha a adotar da mesma forma como eu me divirto com o senso de alerta de um arminho ou a ansiedade de um cervo? Embora uma briga nas ruas seja algo odioso, as energias apresentadas são válidas. [...] Para um ser superior é possível que nossas razões assumam o mesmo teor — embora erradas, podem ser válidas. É justamente nisso que consiste a poesia."

— JOHN KEATS, em carta ao irmão

"A Imaginação pode ser comparada ao sonho de Adão: ele acordou e descobriu que era verdade."

— JOHN KEATS, em carta a um amigo

PARTE UM

PARTE UM

1

No dia em que a armada saiu para a guerra, no último dia da vida como a conhecíamos, fui convidado para uma festa. Naquela noite, havia festas por todos os cantos, em mais de 150 mundos na Rede, mas *aquela* era a única festa que importava.

Confirmei minha presença pela esfera de dados, conferi se meu melhor paletó formal estava limpo, tomei banho e fiz a barba sem pressa, me vesti com apuro meticuloso e, no horário marcado, ativei o disclave de uso único na ficha de convite para me teleprojetar de Esperança para Tau Ceti Central.

Era fim de tarde naquele hemisfério de TC^2, e uma luz baixa e carregada iluminava os montes e os vales do Parque de Cervos, as torres cinzentas do Complexo Administrativo distante ao sul, os salgueiros-chorões e as chamambaias radiantes que margeavam o rio Tétis e as colunatas brancas da própria Casa do Governo. Vinham chegando milhares de convidados, mas a equipe de segurança nos recebia um a um, batia nossos códigos de convite com registros de DNA e indicava o caminho para o bar e o bufê com um gesto elegante do braço e da mão.

— S. Joseph Severn? — confirmou o guia, com um tom educado.

— Isso — menti. Tal era agora meu nome, mas nunca minha identidade.

— A diretora-executiva Gladstone ainda gostaria de vê-lo mais tarde. Vamos avisar quando ela estiver livre para recebê-lo.

— Tudo bem.

— Se desejar algo em termos de comes e bebes ou entretenimento que já não esteja exposto, basta falar em voz alta que os monitores das dependências tratarão de providenciar.

Meneei a cabeça, sorri e deixei o guia para trás. Eu não dera doze passos e ele já estava virado para os demais convidados que chegavam na plataforma do terminex.

De cima da elevação baixa em que eu estava, dava para ver milhares de convidados espalhando-se por centenas de hectares de gramado aparado, muitos perambulando por florestas e topiaria. Acima da faixa de grama em que eu me encontrava, uma área ampla já encoberta pela sombra das árvores que cercavam o rio, ficavam os jardins formais, e atrás deles alçava-se o corpo imponente da Casa do Governo. Uma banda tocava no pátio distante, e alto-falantes ocultos transmitiam o som até os recônditos mais afastados do Parque de Cervos. Uma sequência constante de VEMs descia em espiral de um portal de teleprojetor alto no céu. Fiquei observando por alguns segundos os passageiros desembarcarem com seus trajes coloridos na plataforma perto do terminex de pedestres. Achei fascinante a variedade de aeronaves; a luz do entardecer se refletia não apenas na carapaça de Vikkens, Altz e Sumatsos comuns, mas também no convés rococó de balsas levitantes e no casco metálico de raseiros antigos que já eram exóticos quando a Terra Velha ainda existia.

Desci perambulando pelo extenso declive suave até o rio Tétis e passei pelo atracadouro, onde uma variedade incrível de embarcações fluviais regurgitava passageiros. O Tétis era o único rio inter-Rede — suas águas atravessavam portais permanentes de teleprojetor para correr por trechos de mais de duzentos mundos e luas —, e as pessoas que moravam às margens dele estavam entre as mais ricas da Hegemonia. Os veículos no rio deixavam isso bem claro: imensos cruzadores crenulados, barcaças veleiras e balsas de cinco andares, muitas com sinais visíveis de que contavam com um sistema de levitação; casas flutuantes rebuscadas, sem dúvida dotadas de teleprojetor próprio; pequenas ilhotas-motivas importadas dos oceanos de Maui-Pacto; lanchas e submergíveis esportivos pré-Hégira; vários VEMs náuticos de Renascença Vetor, esculpidos à mão; e alguns iates contemporâneos multiuso com a silhueta oculta sob a superfície ovoide reflexiva e uniforme de seus campos de contenção.

Os convidados que desembarcavam no rio não eram menos extravagantes e chamativos que seus veículos: os estilos pessoais iam desde trajes de gala conservadores pré-Hégira em corpos claramente jamais tocados por tratamentos Poulsen até a última moda da semana em TC^2 panejada sobre indivíduos moldados pelos ARNistas mais famosos da Rede. Continuei andando e, diante de uma mesa comprida, parei apenas pelo tempo necessário para encher meu prato com carne assada, salada, filé de lula-celeste, curry de Parvati e pão fresco.

A luz fraca do entardecer já havia recaído para um lusco-fusco quando encontrei um lugar para me sentar perto dos jardins, e as estrelas começavam a aparecer. As luzes da cidade vizinha e do Complexo Administrativo foram reduzidas para a apresentação da armada à noite, e o céu noturno de Tau Ceti Central ostentava uma clareza que não era vista havia séculos.

Uma mulher perto de mim me lançou um olhar e sorriu.

— Com certeza já nos conhecemos.

Retribuí o sorriso, com a certeza de que não nos conhecíamos. Ela era muito bonita, devia ter o dobro de minha idade, com cinquenta e muitos anos-padrão, mas parecia mais jovem que os meus 26, graças a dinheiro e Poulsen. A pele era tão clara que parecia quase translúcida. O cabelo estava preso em uma trança ascendente. Os seios, mais expostos que ocultos pelo vestido de malha tênue, eram impecáveis. Os olhos eram cruéis.

— Talvez — falei —, mas parece pouco provável. Meu nome é Joseph Severn.

— Mas é claro. Você é um artista!

Eu não era um artista. Era... havia sido... um poeta. Mas a identidade Severn, que eu habitava desde a morte e o nascimento de minha persona verdadeira um ano antes, afirmava que eu era um artista. Estava em meu arquivo na Totalidade.

— Eu lembrei. — A moça riu. Era mentira. Ela havia usado seus implantes caros de conexo para acessar a esfera de dados.

Eu não precisava de acesso — uma palavra torpe e redundante que eu desprezava, apesar de sua antiguidade. Fechei os olhos mentalmente e já estava *dentro* da esfera de dados, contornando as barreiras externas da Totalidade, deslizando sob as ondas de dados de superfície e seguindo o filamento luminoso do umbilical de acesso dela até as profundezas obscuras do fluxo de informações "protegidas".

— Eu me chamo Diana Philomel — apresentou-se ela. — Meu marido é um administrador de transporte setorial de Sol Draconi Septem.

Meneei a cabeça e aceitei a mão que ela ofereceu. A mulher não tinha falado nada do fato de que o marido dela fora o principal capanga do sindicato de limpadores de mofo de Portão Celestial antes de ser promovido para Sol Draconi graças à patronagem política... nem que ela antes se chamava Dinee Teats, ex-meretriz e ex-garçonete de birosca de mediadores de tubo pulmonar em Fossa Agreste... nem que ela havia sido presa duas vezes por abuso de Flashback, sendo que, na segunda, feriu gravemente um médico em uma casa de reinserção social... nem que tinha envenenado o meio-irmão aos 9 anos depois de ele ameaçar contar para o padrasto da menina que ela estava saindo com um minerador de Lodaçal chamado...

— É um prazer conhecê-la, s. Philomel — falei. A mão dela estava quente. Ela segurou a minha por um instante além do necessário.

— Não é empolgante? — sussurrou.

— O quê?

Diana Philomel fez um gesto amplo que incluía a noite, os globos luminosos que começavam a se acender, os jardins e a multidão.

— Ah, a festa, a guerra, *tudo*.

Sorri, fiz que sim e experimentei a carne assada. Estava malpassada e muito boa, mas tinha o toque salgado dos tanques de clonagem de Lusus. A lula parecia autêntica. Atendentes tinham passado para oferecer champanhe, e provei o meu. Era inferior. Vinho, uísque e café de qualidade foram os três produtos que jamais conseguiram substituir após a morte da Terra Velha.

— Você acha que a guerra é necessária? — perguntei.

— Necessária pra cacete.

Diana Philomel havia aberto a boca, mas foi o marido dela quem respondeu. Ele chegara por trás e agora se sentava na imitação de tronco onde estávamos comendo. Era um homem grande, pelo menos meio metro mais alto que eu. Mas, por outro lado, eu sou baixo mesmo. Minha memória me diz que certa vez compus um poema para debochar de mim mesmo com o verso "Sr. John Keats, metro e meio de altura", embora eu tenha 1,52, um pouco baixo na época em que Napoleão e Wellington estavam vivos e a média de altura entre os homens era 1,65 metro, mas ridiculamente baixo agora que homens de mundos de gravidade média vão de 1,80 a cerca de dois metros de altura. Eu obviamente não tinha a musculatura nem o porte para alegar que tinha vindo de um mundo de gravidade forte, então, para todo mundo, eu parecia simplesmente baixo. (Tentei relatar minhas reflexões acima no sistema métrico em vez do que uso ao pensar... De todas as mudanças desde meu renascimento na Rede, pensar no sistema métrico é de longe a mais difícil. Às vezes eu me recuso a tentar.)

— Por que a guerra é necessária? — perguntei a Hermund Philomel, marido de Diana.

— Porque os putos *pediram* — rosnou o grandão. Ele gostava de ranger os molares e flexionar os músculos das bochechas. Era quase desprovido de pescoço e tinha uma barba subcutânea inacessível para depilatórios, navalhas e barbeadores. As mãos tinham o dobro do tamanho das minhas e eram muito mais fortes.

— Entendi — falei.

— Os putos desterros *pediram* — repetiu ele, repassando para mim os principais argumentos de sua opinião. — Eles foderam com a gente em Bréssia e agora estão fodendo com a gente em... no... Como é...

— Sistema Hyperion — completou a esposa, sem tirar os olhos de mim.

— É — disse o senhor e marido dela —, sistema Hyperion. Eles foderam com a gente, e agora a gente tem que ir lá e mostrar que a Hegemonia não vai admitir isso. Entendeu?

A memória me dizia que, quando eu era pequeno, fui despachado para a academia de John Clarke em Enfield e que lá havia uma boa quantidade de brutamontes brigões de cabeça oca como esse. Quando cheguei, eu os evitava ou os aplacava. Depois que minha mãe morreu, depois que o mundo mudou, passei a partir para cima deles com pedras nas mãos pequenas e me levantava do chão para atacar de novo, mesmo com o nariz sangrando e os dentes amolecidos pelos golpes de meus rivais.

— Entendi — assenti, em voz baixa. Meu prato estava vazio. Ergui o último gole de champanhe ruim para brindar com Diana Philomel.

— Faça um desenho meu — pediu ela.

— Perdão?

— Faça um desenho meu, s. Severn. Você é um artista.

— Um pintor — falei, fazendo um gesto de impotência com a mão vazia. — Não tenho comigo nenhum instrumento de desenho.

Diana Philomel enfiou a mão no bolso da túnica do marido e me deu uma caneta de luz.

— Faça um desenho meu. Por favor.

Fiz um desenho. O retrato tomou forma no ar entre nós, linhas que subiam e desciam e davam voltas em si mesmas como filamentos de neon em uma escultura de arame. Formou-se uma pequena aglomeração para assistir. Soaram leves aplausos quando terminei. O desenho não estava ruim. Captava a longa e voluptuosa curva do pescoço da mulher, a cordilheira trançada no alto do cabelo, os ossos proeminentes da face... até a ligeira centelha ambígua no olhar. Era o melhor que eu sabia fazer desde que os medicamentos de RNA e as aulas me prepararam para a persona. O Joseph Severn de verdade faria melhor... havia feito melhor. Eu me lembro de vê-lo desenhar a mim mesmo no meu leito de morte.

S. Diana Philomel abriu um sorriso satisfeito. S. Hermund Philomel fez cara feia.

Um grito ressoou.

— Lá está!

A multidão murmurou, arquejou e se calou. Os globos luminosos e as luzes do jardim diminuíram e se apagaram. Milhares de convidados ergueram os olhos para o firmamento. Apaguei o desenho e devolvi a caneta de luz para o bolso da túnica de Hermund.

— É a armada — anunciou um homem mais velho de aparência distinta e farda formal de FORÇA. Ele levantou a bebida a fim de indicar alguma coisa para sua jovem companheira. — Acabaram de abrir o portal. As batedoras vão atravessar primeiro, depois vai a escolta de naves-tocha.

Não dava para ver o portal de teleprojetor militar de FORÇA de onde estávamos; mesmo no espaço, imagino que devesse parecer uma mera aberração retangular no fundo estrelado. Mas sem dúvida dava para ver as caudas de fusão das naves-batedoras — a princípio, como um monte de vaga-lumes ou diáfanos radiantes, depois como cometas incandescentes quando os propulsores principais se ativaram e elas atravessaram a região de trânsito cislunar do sistema Tau Ceti. Mais um arquejo coletivo ressoou no momento em que as naves-tocha surgiram via teleprojetor, com caudas flamejantes cem vezes maiores que as das batedoras. O céu noturno de TC^2 foi rasgado do zênite ao horizonte por riscos dourados e vermelhos.

De algum lugar começou a salva de palmas, e, em questão de segundos, os campos, os gramados e os jardins formais do Parque de Cervos da Casa do Governo se encheram com aplausos estrondosos e brados estrepitosos à medida que a multidão bem-vestida de bilionários, autoridades civis e membros das casas nobres de uma centena de mundos esqueciam tudo que não fosse um senso recém-despertado de nacionalismo militarista e beligerância que passara mais de um século e meio adormecido.

Não aplaudi. Ignorado por todos ao redor, terminei o brinde — não mais a Lady Philomel, mas à estupidez persistente de minha raça — e engoli o restante do champanhe. Estava choco.

No alto, as naves mais importantes da flotilha haviam se transladado para o sistema. Com um ligeiríssimo toque na esfera de dados — cuja superfície agora se agitava com ondas de informação a ponto de parecer um mar revolto em uma tempestade —, eu soube que a linha principal da armada de FORÇA:espaço era constituída por mais de cem naves-spin capitânias: cruzadores de ataque pretos foscos, que pareciam lanças arremessadas, com os braços de lançamento recolhidos; naves de comando Três-C, bonitas e desajeitadas como meteoros feitos de cristal preto; destroieres bulbosos que lembravam merecidamente naves-tocha gigantes; piquetes de defesa de perímetro, mais energia que matéria, com campos de contenção configurados para reflexão total — espelhos brilhantes que refletiam Tau Ceti e as centenas de rastros flamejantes à sua volta; cruzadores velozes, que se deslocavam como tubarões em meio aos cardumes de naves mais lentas; vagarosos transportes de tropas com milhares de FORÇA:fuzileiros nos compartimentos internos de gravidade zero; e inúmeras naves de apoio — fragatas, caças de ataque rápido, ALRs torpedeiros, piquetes de retransmissão de teleprojetor e as próprias Naves-Salto de teleprojeção, dodecaedros colossais com conjuntos fantásticos de antenas e sondas.

Em torno da frota, mantidos a uma distância segura pelo controle de tráfego, pairavam iates, veleiros solares e naves intrassistema particulares, cujas velas captavam a luz solar e refletiam a glória da armada.

Os convidados no terreno da Casa do Governo comemoravam e aplaudiam. O senhor com farda preta de FORÇA chorava em silêncio. Por perto, câmeras ocultas e imageadores de banda larga transmitiam a cena para todos os mundos da Rede e — via largofone — vários outros mundos além.

Balancei a cabeça em negação e continuei sentado.

— S. Severn?

Uma segurança parou à minha frente.

— Pois não?

Ela gesticulou com a cabeça na direção da mansão executiva.

— A diretora-executiva Gladstone vai recebê-lo agora.

2

Pelo que parece, toda era afligida por dissensão e perigo produz um líder feito apenas para essa era, um gigante político cuja ausência, vista em retrospecto, parece inconcebível quando a história da era é escrita. Meina Gladstone era justamente uma líder dessas para nossa Última Era, embora na época nenhuma pessoa pudesse imaginar que não restaria ninguém além de mim para escrever a verdadeira história dela e de seu tempo.

Gladstone havia sido comparada tantas vezes à figura clássica de Abraham Lincoln que, quando enfim fui conduzido à presença dela naquela noite da festa da armada, fiquei um pouco surpreso por vê-la sem fraque preto e cartola. A diretora-executiva do Senado e líder de um governo que atendia a 130 bilhões de pessoas vestia um terno cinza de lã macia, cujas calças e túnica eram ornamentadas apenas pela sutil insinuação de fio vermelho que se entrevia nas emendas e nos punhos das mangas. Não achei que ela parecia Abraham Lincoln... nem Alvarez-Temp, o segundo herói da Antiguidade que a imprensa mais citava como sósia dela. Achei que mais parecia uma senhorinha.

Meina Gladstone era alta e magra, mas com feições mais aquilinas do que lincolnescas; o nariz bicudo curto, os ossos angulosos da face, a boca larga e expressiva de lábios finos, além do cabelo grisalho que tinha um formato vago de onda curta e que de fato lembrava penas. Mas, na minha impressão, o aspecto mais memorável da aparência dela eram os olhos: grandes, castanhos e infinitamente tristes.

Não estávamos sozinhos. Eu havia sido levado a um cômodo comprido com iluminação suave e estantes de madeira carregadas com muitas centenas de livros impressos. Uma moldura holográfica longa à guisa de janela exibia uma vista dos jardins. Uma reunião estava em vias de se encerrar, e havia uma dúzia de homens e mulheres de pé ou sentados em um vago semicírculo, com a mesa de Gladstone no ápice. A diretora se apoiava de um jeito casual na mesa, repousando o peso do corpo na parte da frente, com os braços cruzados. Ela ergueu os olhos quando entrei.

— S. Severn?

— Isso.

— Obrigada por ter vindo. — A voz era conhecida de mil debates na Totalidade, com um timbre áspero da idade e uma entonação fluida como um licor caro. O sotaque era famoso, uma combinação de sintaxe precisa com uma cadência quase esquecida do inglês pré-Hégira que evidentemente agora só se ouvia nos deltas fluviais de Patawpha, seu mundo nativo. — Senhores e senhoras, permitam-me apresentar o s. Joseph Severn.

Algumas pessoas do grupo gesticularam com a cabeça, visivelmente sem saber por que eu estava ali. Gladstone não apresentou mais ninguém, mas toquei a esfera de dados para identificar todo mundo: três ministros, incluindo o da Defesa; dois membros do estado-maior de FORÇA; dois assessores de Gladstone; quatro senadores, incluindo o influente Kolchev; e uma projeção de um Conselheiro do TecnoCerne conhecido como Albedo.

— O s. Severn foi convidado para oferecer uma perspectiva artística à ocasião — explicou a diretora Gladstone.

O general Morpurgo de FORÇA:solo bufou com uma risada.

— Uma perspectiva *artística*? Com todo o respeito, diretora, que palhaçada é essa?

Gladstone sorriu. Em vez de responder ao general, ela se virou para mim de novo.

— O que você acha da passagem da armada, s. Severn?

— É bonita — respondi.

O general Morpurgo fez outro barulho.

— *Bonita*? Ele olha para a maior concentração de poderio bélico da história da galáxia e a chama de *bonita*?

Ele se virou para outro militar e balançou a cabeça.

O sorriso de Gladstone não havia vacilado.

— E a guerra? — perguntou ela para mim. — Você tem alguma opinião sobre nossa tentativa de resgatar Hyperion dos bárbaros desterros?

— É uma estupidez — falei.

Abateu-se um silêncio pesado no cômodo. As pesquisas em tempo real na Totalidade revelavam que 98% aprovavam a decisão da diretora-executiva de lutar para não entregar o mundo colonial de Hyperion aos desterros. O futuro político de Gladstone dependia de um desfecho positivo no conflito. Os homens e as mulheres na sala haviam sido cruciais no processo de formular a política, tomar a decisão de invadir e administrar a logística. O silêncio se alongou.

— Por que é uma estupidez? — questionou Gladstone, com um tom brando.

Fiz um gesto com a mão direita.

— A Hegemonia nunca esteve em guerra desde que foi fundada há sete séculos. É besteira testar a estabilidade básica dela desse jeito.

— Nunca esteve em guerra! — gritou o general Morpurgo. Ele apertou os joelhos com suas mãos enormes. — E o que é que a Rebelião de Glennon-Height foi para você?

— Uma rebelião — retruquei. — Um motim. Uma operação policial.

O senador Kolchev exibiu os dentes em um sorriso que não continha humor algum. Ele era de Lusus e parecia mais músculo que homem.

— Manobras de frota, meio milhão de mortos, duas divisões de FORÇA engajadas em combate por mais de um ano — disse ele. — Baita operação policial, jovem.

Não falei nada.

Leigh Hunt, um homem mais velho com aparência de tuberculoso que se supunha ser o assessor mais próximo de Gladstone, pigarreou.

— Mas o que o s. Severn está dizendo é interessante. Que diferença o senhor vê entre este... hã... conflito e as guerras de Glennon-Height?

— Glennon-Height era um antigo oficial de FORÇA — falei, ciente de estar afirmando o óbvio. — Os desterros são um fator desconhecido há décadas. As forças rebeldes eram conhecidas, e seu potencial, avaliado com facilidade; o Enxame desterro está fora da Rede desde a Hégira. Glennon-Height permaneceu dentro do Protetorado, atacando mundos a no máximo dois meses de dívida temporal da Rede; Hyperion fica a *três anos* de Parvati, a área de concentração mais próxima da Rede.

— Você acha que já não pensamos nisso tudo? — perguntou o general Morpurgo. — E a Batalha de Bréssia? Já combatemos os desterros lá. Aquilo não foi nenhuma... rebelião.

— Fique quieto, por favor — pediu Leigh Hunt. — Continue, s. Severn.

Dei de ombros de novo.

— A principal diferença é que, neste caso, estamos tratando de Hyperion.

A senadora Richeau, uma das mulheres presentes, anuiu com a cabeça como se eu tivesse dado uma explicação completa.

— Você tem medo do Picanço — comentou ela. — Você é da Igreja da Derradeira Expiação?

— Não. Não faço parte da Seita do Picanço.

— Você faz *o quê*? — questionou Morpurgo.

— Arte — menti.

Leigh Hunt sorriu e se virou para Gladstone.

— Concordo que precisávamos dessa perspectiva para esfriar nossos ânimos, diretora — disse ele, gesticulando na direção da janela e das imagens holográficas que exibiam o povo ainda aos aplausos —, mas, embora nosso amigo artista tenha levantado questões necessárias, elas já foram de todo avaliadas e consideradas.

O senador Kolchev pigarreou.

— Detesto falar o óbvio quando parece que estamos todos determinados a ignorá-lo, mas este... *senhor*... tem a devida credencial de segurança para comparecer a uma conversa como esta?

Gladstone meneou a cabeça e exibiu o ligeiro sorriso que tantos caricaturistas haviam tentado capturar.

— O Ministério da Arte contratou o s. Severn para executar uma série de desenhos de minha pessoa ao longo dos próximos dias ou semanas. Em teoria, creio eu, esses desenhos terão alguma importância histórica e podem levar a um retrato formal. De qualquer forma, o s. Severn recebeu credencial de segurança ouro de nível T, e podemos conversar abertamente diante dele. Além do mais, gosto dessa franqueza. Talvez a chegada dele sirva para indicar que nossa reunião está encerrada. Vejo vocês todos no Gabinete de Guerra amanhã de manhã, às 8h, logo antes do traslado da frota para o espaço de Hyperion.

O grupo se dispersou de imediato. O general Morpurgo lançou um olhar raivoso para mim ao ir embora. O senador Kolchev me encarou com alguma curiosidade na saída. O conselheiro Albedo simplesmente desapareceu. Leigh Hunt foi o único além de mim e Gladstone a continuar na sala. Ele se acomodou com mais conforto na cadeira pré-Hégira de valor inestimável em que estava sentado, pendurando a perna por cima de um dos braços dela.

— Sente-se — disse Hunt.

Olhei para a diretora-executiva. Agora sentada atrás da mesa imensa, ela meneou a cabeça. Acomodei-me na cadeira de encosto reto antes usada pelo general Morpurgo.

— Você acha mesmo que é estupidez defender Hyperion? — indagou a diretora Gladstone.

— Acho.

Gladstone juntou a ponta dos dedos e tocou no lábio inferior. Atrás dela, a janela mostrava que a festa da armada prosseguia em agitação muda.

— Se você espera se reencontrar com seu... hã... colega — disse ela —, imaginei que seria de seu interesse realizarmos a campanha de Hyperion.

Não falei nada. A vista da janela mudou para exibir o céu noturno ainda incandescente com rastros de fusão.

— Você trouxe equipamentos de desenho? — perguntou Gladstone.

Tirei o lápis e o pequeno bloco de rascunho que eu havia dito a Diana Philomel que não tinha.

— Desenhe enquanto conversamos — instruiu.

Comecei a rabiscar, preparando um esboço da postura relaxada, quase encurvada, depois trabalhando nos detalhes do rosto. Os olhos me intrigavam.

Eu tinha uma vaga noção de que Leigh Hunt me observava com atenção.

— Joseph Severn — disse ele. — Que escolha de nomes interessante.

Usei linhas rápidas e ousadas para passar a impressão da testa alta e do nariz forte de Gladstone.

— Sabe por que as pessoas veem cíbridos com desconfiança? — perguntou Hunt.

— Sei — respondi. — A síndrome do monstro de Frankenstein. Medo de qualquer coisa que tenha forma humana e não seja completamente humana. Acho que é o motivo verdadeiro por que androides foram proibidos.

— Aham — concordou Hunt. — Mas cíbridos *são* completamente humanos, não?

— Geneticamente, eles são — falei. Comecei a pensar na minha mãe, lembrando as ocasiões em que eu lia para ela durante sua doença. Pensei no meu irmão, Tom. — Mas também fazem parte do Cerne e, portanto, correspondem à descrição de "não completamente humanos".

— Você faz parte do Cerne? — perguntou Meina Gladstone, virando todo o rosto para mim. Comecei um desenho novo.

— Não exatamente. Posso transitar à vontade pelas regiões em que me deixam entrar, mas é uma experiência mais próxima de acessar a esfera de dados do que a capacidade de uma personalidade genuína do Cerne.

O rosto dela ficava mais interessante em meio perfil, mas os olhos eram mais poderosos ainda quando vistos de frente. Trabalhei na trama de rugas que se irradiava do canto daqueles olhos. Era óbvio que Meina Gladstone nunca se regalara com tratamentos Poulsen.

— Se fosse possível guardar segredos do Cerne — comentou Gladstone —, seria uma insensatez permitir que você tivesse livre acesso aos conselhos do governo. Como não é... — Ela abaixou as mãos e se endireitou na cadeira. Virei uma folha nova. — Como não é, você tem informações de que preciso. É verdade que você consegue ler a mente de seu colega, a primeira persona recuperada?

— Não — falei. Era difícil capturar a interação complicada de linhas e músculos nos cantos da boca dela. Fiz um esboço da minha tentativa, segui para o queixo forte e sombreei o espaço abaixo do lábio inferior.

Hunt franziu o cenho e olhou para a diretora. S. Gladstone juntou a ponta dos dedos outra vez.

— Explique — pediu ela.

Tirei os olhos do desenho.

— Eu sonho — falei. — Pelo que me parece, o conteúdo do sonho corresponde aos acontecimentos que ocorrem em torno da pessoa portadora do implante da persona anterior de Keats.

— Uma mulher chamada Brawne Lamia — disse Leigh Hunt.

— Isso.

Gladstone meneou a cabeça.

— Então a persona original de Keats, a que se acreditava ter morrido em Lusus, ainda está viva?

Hesitei.

— Ela... ele... ainda está consciente — falei. — Vocês sabem que o substrato principal da personalidade foi extraído do Cerne, provavelmente pelo próprio cíbrido, e implantado em um anel de Schrön bioderivador portado pela s. Lamia.

— Sim, sim — assentiu Leigh Hunt. — Mas o fato é que você está *em contato* com a persona de Keats e, por intermédio dele, com os Peregrinos do Picanço.

Traços rápidos e escuros forneceram um fundo escuro a fim de dar mais profundidade ao desenho de Gladstone.

— Não estou em contato propriamente — expliquei. — Tenho sonhos sobre Hyperion que suas transmissões de largofone confirmaram que condizem com acontecimentos concomitantes. Não consigo me comunicar com a persona passiva de Keats, nem com a hospedeira ou os outros peregrinos.

A diretora Gladstone piscou.

— Como você sabia das transmissões de largofone?

— O Cônsul contou para os outros peregrinos que seu conexo era capaz de se comunicar através do transmissor de largofone da nave dele. Contou logo antes de todos descerem para o vale.

A entonação de Gladstone tinha um toque de seus anos como advogada antes de entrar para a política.

— E como os outros reagiram à revelação do Cônsul?

Guardei o lápis de volta no bolso.

— Eles sabiam que havia um espião no grupo. Você disse para cada um.

Gladstone lançou um olhar para o assessor. Hunt fez uma expressão vazia. Ela prosseguiu:

— Se você está em contato com eles, deve saber que não recebemos nenhuma mensagem desde antes de saírem da Fortaleza de Cronos para descer até as Tumbas Temporais.

Balancei a cabeça.

— O sonho de ontem à noite acabou bem quando eles estavam se aproximando do vale.

Meina Gladstone se levantou, andou até a janela, ergueu uma das mãos, e a imagem se apagou.

— Então você não sabe se algum deles ainda está vivo?

— Não.

— Qual era a situação deles na última vez que você... sonhou?

Hunt me observava com mais atenção do que nunca. Meina Gladstone olhava fixamente para a tela escura, de costas para nós dois.

— Todos os peregrinos estavam vivos — falei —, exceto talvez Het Masteen, a Verdadeira Voz da Árvore.

— Ele morreu? — perguntou Hunt.

— Desapareceu da diligência eólica no mar de Grama duas noites antes, poucas horas depois de batedoras desterras destruírem a árvore-estelar *Yggdrasill*. Mas, pouco antes de descerem da Fortaleza de Cronos, os peregrinos viram um vulto encapuzado atravessando os areais em direção às Tumbas.

— Het Masteen? — perguntou Gladstone.

Levantei a mão.

— Presumiram que fosse. Não tinham certeza.

— Fale dos outros — pediu a diretora.

Respirei fundo. Pelos sonhos, eu sabia que Gladstone conhecia pelo menos duas das pessoas da última Peregrinação ao Picanço; o pai de Brawne Lamia também havia sido senador, e o Cônsul da Hegemonia fora o representante pessoal de Gladstone em negociações secretas com os desterros.

— O padre Hoyt está sentindo muita dor — falei. — Ele contou a história da cruciforme. O Cônsul descobriu que Hoyt também tem uma... Duas, na verdade, a dele próprio e a do padre Duré.

Gladstone fez que sim.

— Então ele continua com o parasita da ressurreição?

— Continua.

— O incômodo aumenta à medida que ele se aproxima do covil do Picanço?

— Acho que sim.

— Prossiga.

— O poeta, Silenus, passou a maior parte do tempo bêbado. Está convicto de que seu poema inacabado previu e determina a sucessão de acontecimentos.

— Em Hyperion? — perguntou Gladstone, ainda de costas.

— Em toda parte — falei.

Hunt olhou para a diretora-executiva e voltou a me fitar.

— Silenus enlouqueceu?

Retribuí o olhar, mas não falei nada. Na verdade, eu não sabia.

— Prossiga — repetiu Gladstone.

— O coronel Kassad continua com a dupla obsessão de encontrar a mulher chamada Moneta e matar o Picanço. Ele está ciente de que os dois podem ser a mesma entidade.

— Kassad está armado? — A voz de Gladstone veio bem baixa.

— Está.

— Prossiga.

— Sol Weintraub, o acadêmico de Mundo de Barnard, espera poder entrar na tumba conhecida como Esfinge assim que...

— Desculpe — interrompeu Gladstone —, mas ele continua com a filha?

— Continua.

— E qual é a idade de Rachel agora?

— Cinco dias, eu acho. — Fechei os olhos para me lembrar em mais detalhes do sonho da noite anterior. — É — confirmei —, cinco dias.

— E ainda está envelhecendo de trás para a frente?

— Está.

— Prossiga, s. Severn. Por favor, fale de Brawne Lamia e do Cônsul.

— S. Lamia está cumprindo o desejo de seu antigo cliente... e amante. A persona de Keats achava que precisava confrontar o Picanço. S. Lamia assumiu o lugar dele.

— S. Severn — começou Leigh Hunt —, você fala da "persona de Keats" como se não tivesse relevância para a sua nem estivesse relacionada a...

— Depois, Leigh, por favor — pediu Meina Gladstone. Ela se virou para mim. — Estou curiosa para saber do Cônsul. Ele também explicou o motivo para se juntar à peregrinação?

— Explicou. — Gladstone e Hunt esperaram. — O Cônsul contou da avó dele. A mulher chamada Siri, que começou a rebelião em Maui-Pacto há mais de meio século. Ele contou da morte da própria família durante a batalha em Bréssia e revelou suas reuniões secretas com os desterros.

— Só isso? — questionou Gladstone. Os olhos castanhos dela estavam muito intensos.

— Não. O Cônsul disse que foi ele quem ativou um dispositivo desterro que acelerou a abertura das Tumbas Temporais.

Hunt se empertigou, deixando a perna cair de cima do braço da cadeira. Gladstone deu um suspiro perceptível.

— Só isso?

— Só.

— Como os outros reagiram à revelação dessa... traição? — perguntou ela.

Hesitei, tentando reconstituir as imagens do sonho de um jeito mais linear do que a memória fornecia.

— Alguns ficaram revoltados. Mas, a esta altura, nenhum deles sente forte lealdade em relação à Hegemonia. Decidiram seguir em frente. Acho que cada um dos peregrinos acredita que qualquer punição será imposta pelo Picanço, não por ação humana.

Hunt deu um murro no braço da cadeira.

— Se o Cônsul estivesse aqui — esbravejou ele —, descobriria em um instante que não é bem assim.

— Silêncio, Leigh. — Gladstone andou de novo até a mesa e encostou em alguns papéis que estavam por cima. Todas as luzes de comunicação piscavam impacientes. Fiquei admirado com a capacidade dela de ficar conversando tanto tempo comigo em um momento desses. — Obrigada, s. Severn. Quero que você fique conosco nos próximos dias. Alguém vai conduzi-lo à sua suíte na ala residencial da Casa do Governo.

Eu me levantei.

— Vou voltar a Esperança para buscar minhas coisas — falei.

— Não será preciso — avisou Gladstone. — Elas foram trazidas antes de você sair da plataforma do terminex. Leigh vai acompanhá-lo.

Fiz que sim e segui o homem mais alto.

— Ah, s. Severn... — chamou Meina Gladstone.

— Sim?

A diretora-executiva sorriu.

— Eu gostei mesmo da sua franqueza antes — acrescentou ela. — Mas, a partir de agora, vamos supor que você é um artista da corte e nada mais que isso, sem opiniões, sem visibilidade, sem boca. Entendido?

— Entendido, s. diretora — aquiesci.

Gladstone meneou a cabeça, já voltando a atenção para as luzes piscantes do telefone.

— Que bom. Por favor, traga seu bloco de desenho à reunião no Gabinete de Guerra às 8h.

Um guarda nos encontrou na antessala e começou a me guiar pelo labirinto de corredores e barreiras. Hunt gritou para ele parar e atravessou o espaço amplo, com passos que ecoavam no piso. Ele encostou no meu braço.

— Não se engane — alertou. — Nós sabemos... *Ela* sabe... quem você é, o que você é e quem você representa.

Sustentei o olhar dele e removi meu braço com calma.

— Que bom — falei —, porque, a esta altura, tenho bastante certeza de que eu *não* sei.

3

Seis adultos e uma criança em um ambiente hostil. A fogueira deles parece uma insignificância em meio à escuridão que se abate. Acima e em torno deles, as encostas do vale se elevam como muralhas enquanto, mais perto, envoltos pela escuridão do próprio vale, os vultos imensos das Tumbas parecem se aproximar pouco a pouco, como espectros saurianos de alguma era antediluviana.

Brawne Lamia está cansada, cheia de dores, muito irritada. O som do choro da bebê de Sol Weintraub a enerva. Ela sabe que os outros também estão cansados; ninguém dormiu mais do que algumas horas nas últimas três noites, e o dia que agora se encerra foi carregado de tensão e terrores não resolvidos. Ela coloca o último pedaço de lenha no fogo.

— Não tem mais disso aí — diz Martin Silenus de repente. A fogueira ilumina por baixo as feições de sátiro do poeta.

— Eu sei — retruca Brawne Lamia, cansada demais para infundir na voz raiva ou qualquer outra energia. A lenha é de um depósito trazido pelos grupos de peregrinos de anos idos. As três barracas pequenas estão instaladas na área tradicional que os peregrinos usavam na última noite antes de confrontar o Picanço. Eles acamparam perto da Tumba Temporal chamada Esfinge, e a massa preta do que talvez seja uma asa obstrui parte do céu.

— Vamos usar a lanterna quando o fogo se exaurir — diz o Cônsul.

O diplomata parece ainda mais exausto do que os outros. A luz trêmula recobre suas feições tristes com uma tonalidade vermelha. Ele havia vestido trajes formais de diplomata para o dia, mas agora a capa e o chapéu tricórnio têm uma aparência tão imunda e murcha quanto o próprio Cônsul.

O coronel Kassad volta à fogueira e desliza a viseira noturna para cima do capacete. Está vestido com traje de combate completo, e o polímero camaleônico ativado exibe somente o rosto dele, flutuando a dois metros do chão.

— Nada — anuncia. — Nenhum movimento. Nenhum rastro de calor. Nenhum som além do vento.

Kassad apoia o fuzil de assalto multiuso de FORÇA em uma pedra e se senta perto dos outros; as fibras da armadura anti-impacto se desativam e assumem um preto fosco não muito mais visível do que antes.

— Você acha que o Picanço vem hoje à noite? — pergunta o padre Hoyt. O sacerdote está embrulhado em seu manto preto e parece tão fundido à noite quanto o coronel Kassad. A voz do homem magro é sofrida.

Kassad se inclina para a frente e usa o bastão para cutucar o fogo.

— Não dá para saber. Vou ficar de guarda, só por via das dúvidas.

De repente, os seis levantam a cabeça quando o céu estrelado se revolve em cores, um desabrochar de laranja e vermelho que se expande em silêncio e aniquila as estrelas.

— Não teve muito disso nas últimas horas — comenta Sol Weintraub, ninando a filha. Rachel parou de chorar e agora tenta agarrar a barba curta do pai. Weintraub beija a mãozinha dela.

— Estão testando as defesas da Hegemonia outra vez — diz Kassad. Faíscas pulam da fogueira atiçada, brasas que flutuam para o céu como se tentassem se juntar às chamas mais luminosas de lá.

— Quem ganhou? — pergunta Lamia, referindo-se à batalha espacial silenciosa que encheu o céu de violência na noite anterior inteira e em boa parte do dia.

— Quem se importa, caralho? — reclama Martin Silenus. Ele vasculha os bolsos do casaco de pele como se talvez fosse encontrar uma garrafa cheia. Não encontra. — Quem se importa? — repete, em um sussurro.

— Eu me importo — responde o Cônsul, cansado. — Se os desterros atravessarem, podem destruir Hyperion antes que a gente encontre o Picanço.

Silenus dá uma risada debochada.

— Ah, seria terrível, não é? Morrermos antes de descobrirmos a morte? Matarem a gente antes da hora marcada para nos matarem? Um fim rápido e indolor em vez de uma tortura eterna nos espinhos do Picanço? Ah, que ideia terrível.

— Cala a boca — diz Brawne Lamia, e sua voz de novo está sem emoção, mas desta vez não desprovida de ameaça. Ela olha para o Cônsul. — E cadê o Picanço? Por que a gente não achou?

O diplomata contempla a fogueira.

— Não sei. Por que eu saberia?

— Talvez o Picanço tenha desaparecido — sugere o padre Hoyt. — Talvez você o tenha libertado para sempre com o colapso dos campos antientropia. Talvez tenha levado a praga dele para outro lugar.

O Cônsul balança a cabeça em negação e não fala nada.

— Não — diz Sol Weintraub. A bebê está dormindo em seu ombro. — Ele vai vir. Estou sentindo.

Brawne Lamia faz que sim.

— Eu também. Ele está esperando.

Retirando algumas unidades de ração da bolsa, ela agora puxa abas de aquecimento e distribui as unidades.

— Eu sei que anticlímax é a base do mundo — protesta Silenus. — Mas isto é uma palhaçada do caralho. Todo na beca e sem onde cair morto.

Brawne Lamia lança um olhar raivoso, mas não fala nada, e o grupo fica um tempo comendo em silêncio. As chamas se apagam do céu, e a massa densa de estrelas volta, mas as fagulhas continuam subindo como se quisessem fugir.

—

Embrulhado nas brumas sonhadoras dos pensamentos distantes de Brawne Lamia, tento reconstituir os acontecimentos desde a última vez que sonhei a vida deles.

Os peregrinos haviam descido para o vale antes do amanhecer, cantando, enquanto as sombras se alongavam adiante, projetadas pela luz da batalha um bilhão de quilômetros acima. Passaram o dia inteiro explorando as Tumbas Temporais. A cada minuto eles achavam que fossem morrer. Depois de algumas horas, conforme o sol subia e o frio do meio do deserto dava lugar ao calor, o medo e a exultação se dissiparam.

O longo dia foi silencioso, exceto pelo sussurro da areia, por gritos ocasionais e pelo gemido constante, quase subliminar, do vento em torno das pedras e tumbas. Tanto Kassad quanto o Cônsul haviam levado instrumentos para medir a intensidade dos campos antientropia, mas Lamia fora a primeira a perceber que não havia necessidade disso, que dava para sentir as oscilações das marés temporais como uma ligeira náusea carregada por uma noção de déjà-vu que não ia embora.

A mais próxima da entrada do vale era a Esfinge; depois vinha a Tumba de Jade, cujas paredes ficavam translúcidas apenas de manhã e no crepúsculo do entardecer; em seguida, menos de cem metros à frente, alçava-se a tumba chamada de Obelisco; a trilha de peregrinação subia daí pelo leito seco que se alargava em direção ao Monólito de Cristal, a maior tumba de todas, disposta no centro e com uma superfície desprovida de qualquer desenho ou abertura e o teto reto enrubescido pelo topo dos paredões do vale; depois vinham as três Tumbas Cavernosas, cujas entradas só eram visíveis graças às trilhas desgastadas que conduziam a elas; e, por fim — quase um quilômetro mais à frente no vale —, havia o Palácio do Picanço, com flanges bruscos e colunas projetadas para fora semelhantes aos espinhos da criatura que diziam assombrar aquele vale.

Eles haviam caminhado de tumba em tumba o dia todo, ninguém sozinho, e o grupo parava antes de entrar nos artefatos em que era possível entrar. Sol Weintraub ficara praticamente dominado pela emoção ao ver e adentrar a Esfinge, a mesma tumba onde sua filha contraíra a doença de Merlim 26 anos antes. Os instrumentos instalados pela equipe dela da universidade continuavam nos tripés do lado de fora da tumba, mas ninguém do grupo sabia dizer se ainda funcionavam, se ainda desempenhavam seu trabalho de monitoramento. As passagens dentro da Esfinge eram tão estreitas e labirínticas quanto os registros do conexo de Rachel sugeriam, e as séries de globos luminosos e lâmpadas elétricas deixadas por diversos grupos de pesquisadores agora estavam apagadas, exauridas. Eles usaram lanternas e a viseira noturna de Kassad para explorar o espaço. Não havia sinal algum do lugar onde Rachel estava quando as paredes se fecharam à volta dela e a doença começou. Havia apenas vestígios das antes poderosas marés temporais. Não havia sinal algum do Picanço.

Cada tumba proporcionara um momento de terror, de expectativa cheia de esperança e pavor, que então dava lugar a pelo menos uma hora de anticlímax quando os espaços vazios e poeirentos pareciam idênticos aos vistos por turistas e peregrinos do Picanço de séculos antes.

Por fim, o dia acabara com decepção e fadiga, e as sombras do paredão oriental do vale se abriram por cima das Tumbas e do vale como uma cortina de teatro a encerrar um fracasso de peça. O calor do dia tinha sumido, e o frio do meio do deserto voltou rápido, carregado por um vento com cheiro de neve e dos picos elevados da cordilheira do Arreio, vinte quilômetros a sudoeste. Kassad sugeriu que eles acampassem. O Cônsul os guiou até o lugar tradicional onde os Peregrinos do Picanço haviam passado a última noite antes de encontrar a criatura que buscavam. A região plana perto da Esfinge, com resquícios de lixo deixado por peregrinos e por grupos de pesquisadores, agradou a Sol Weintraub, que imaginou que a filha tivesse acampado ali. Ninguém se opôs.

Agora, na escuridão completa, conforme o último pedaço de lenha queimava, senti os seis se aproximarem — não do calor da fogueira, simplesmente, mas um do outro —, unidos pelos fios frágeis, mas tangíveis, da experiência comum forjada durante a viagem pelo rio na balsa levitante *Benares* e na travessia da Fortaleza de Cronos. Não só isso, senti uma união mais palpável que vínculos emocionais; levou um instante, mas logo me dei conta de que o grupo estava interligado em uma microesfera de dados partilhados e rede sensível. Em um mundo cujos relés regionais primitivos de dados foram destruídos no primeiro suspiro de batalha, esse grupo havia conectado biomonitores e conexos para compartilhar informações e ficar de olho uns nos outros na medida do possível.

Embora as barreiras de acesso fossem perceptíveis e robustas, não tive dificuldade para contorná-las, atravessá-las, passar por baixo, captando a grande, ainda que limitada, quantidade de pistas — pulsação, temperatura da pele, atividade de ondas do córtex, solicitação de acesso, inventário de dados — que me permitiam vislumbrar o que cada peregrino estava pensando, sentindo e fazendo. Kassad, Hoyt e Lamia tinham implantes, e o fluxo de seus pensamentos era o mais fácil de sentir. Naquele instante, Brawne Lamia se perguntava se não tinha sido um erro ir atrás do Picanço; alguma coisa a incomodava, discreta abaixo da superfície, mas com uma determinação implacável para chamar sua atenção. Ela tinha a impressão de que estava ignorando alguma pista terrivelmente importante que guardava a solução para... o quê?

Brawne Lamia sempre tivera ojeriza de mistérios; esse foi um dos motivos para ela abandonar uma vida de relativo conforto e lazer e se tornar investigadora particular. Mas que mistério? Ela praticamente solucionara o assassinato de seu cliente cíbrido — e amante — e viajara até Hyperion para cumprir o último desejo dele. E, no entanto, estava com a sensação de que essa dúvida irritante não tinha muito a ver com o Picanço. O quê?

Lamia balançou a cabeça e cutucou a fogueira moribunda. Seu corpo era forte, trabalhado para resistir à gravidade-padrão de 1,3 G de Lusus e treinado para ter mais força ainda, mas fazia dias que ela não dormia e estava muito, muito cansada. Teve uma vaga noção de que alguém estava falando.

— ... só para tomar um banho e comer um pouco — diz Martin Silenus. — Talvez usar sua unidade de comunicação e a conexão de largofone para ver quem está ganhando a guerra.

O Cônsul balança a cabeça.

— Ainda não. A nave é para uma emergência.

Silenus faz um gesto em direção à noite, à Esfinge e ao vento cada vez mais forte.

— Acha que não estamos em uma emergência?

Brawne Lamia se dá conta de que os dois estão falando de o Cônsul levar a nave espacial da cidade de Keats para ali.

— Tem certeza de que a emergência a que você se refere não é a falta de álcool? — provoca ela.

Silenus a encara com raiva.

— Que mal faria tomar alguma coisinha?

— Não — insiste o Cônsul. Quando ele esfrega os olhos, Lamia se lembra de que aquele homem também tem um vício em álcool. Mas a resposta quanto a levar a nave para ali foi não. — Vamos esperar até ser necessário.

— E o transmissor de largofone? — pergunta Kassad.

O Cônsul faz que sim e tira o conexo antigo da bolsa pequena. O instrumento pertencera a Siri, a avó dele, e aos avós dela antes disso. O Cônsul toca no disclave.

— Posso transmitir com ele, mas não receber.

Sol Weintraub colocou a filha adormecida na abertura da barraca mais próxima. Agora, ele se vira para o fogo.

— E a última vez que você transmitiu uma mensagem foi quando chegamos à Fortaleza?

— Foi.

O tom de Martin Silenus é de sarcasmo.

— E é para a gente acreditar nas palavras... de um traidor confesso?

— É. — A voz do Cônsul é um sumo de exaustão pura.

O rosto magro de Kassad flutua na escuridão. O corpo, as pernas e os braços são visíveis apenas como uma escuridão diante de um fundo já preto.

— Mas vai servir para chamar a nave, se precisarmos?

— Vai.

O padre Hoyt aperta mais o manto em volta de si para a roupa não balançar contra o vento mais forte. A areia arranha a lã e o tecido das barracas.

— Você não tem medo de as autoridades portuárias ou FORÇA mudarem a nave de lugar ou mexerem nela? — questiona ao Cônsul.

— Não. — O Cônsul balança só ligeiramente a cabeça, como se estivesse cansado demais para fazer o movimento completo. — Nosso botão de autorização veio da própria Gladstone. Além disso, o governador-geral é amigo meu... Era.

Os outros tinham conhecido o recém-promovido governador da Hegemonia pouco depois de pousar; para Brawne Lamia, Theo Lane passara a impressão de ser um homem catapultado para circunstâncias grandes demais para o próprio talento.

— O vento está aumentando — observa Sol Weintraub. Ele vira o corpo para proteger a bebê da areia a voar. Ainda apertando os olhos contra a ventania, fala: — Será que Het Masteen está por aí?

— Procuramos por todo lado — diz o padre Hoyt. A voz está abafada, porque ele encolheu a cabeça dentro das dobras do manto.

Martin Silenus ri.

— Perdão, padre, mas você está falando merda. — O poeta se levanta e vai até o limite do alcance da luz da fogueira. O vento sacode os pelos de seu casaco e rouba suas palavras para a noite. — As encostas têm mil esconderijos. O Monólito de Cristal não nos parece ter entrada... mas e para um templário? Além do mais, você viu a escadaria para o labirinto no cômodo mais profundo da Tumba de Jade.

Hoyt levanta o rosto, semicerrando os olhos por causa das alfinetadas da areia no rosto.

— Você acha que ele está lá? No labirinto?

Silenus ri e levanta os braços. A seda da blusa folgada tremula e infla.

— Como é que você quer que eu saiba, porra? Só sei que Het Masteen pode estar por aí agora, espiando a gente, esperando para vir pegar sua bagagem. — O poeta gesticula para o cubo de Möbius no meio do amontoado baixo de equipamentos deles. — Ou pode já estar morto. Ou coisa pior.

— Pior? — indaga Hoyt. O rosto do sacerdote envelheceu nas últimas horas. Seus olhos são espelhos afundados de dor; o sorriso, um esgar.

Martin Silenus volta para a fogueira moribunda.

— Pior — repete. — Ele pode estar se contorcendo na árvore de aço do Picanço. Onde todos nós vamos parar daqui a...

Brawne Lamia se levanta de repente e pega o poeta pela frente da camisa. Ela o ergue acima do chão, o sacode e o abaixa até o rosto dos dois ficar na mesma altura.

— Mais uma vez — ameaça ela, em voz baixa —, e eu vou fazer coisas muito dolorosas com você. Não vou matar, mas você vai preferir ter morrido.

O poeta exibe seu sorriso de sátiro. Lamia o larga e dá as costas para ele.

— Estamos cansados — diz Kassad. — Pode dormir todo mundo. Eu fico de guarda.

Meus sonhos com Lamia se misturam com os sonhos de Lamia. Não é desagradável partilhar dos sonhos de uma mulher, dos pensamentos de uma mulher, até os de uma mulher da qual estou separado por um abismo de tempo e cultura muito maior do que qualquer suposta diferença de gênero. De um jeito estranho e curiosamente reflexivo, ela sonhava com Johnny, seu amante morto, com aquele nariz pequeno demais e aquele maxilar teimoso demais, aqueles cabelos longos demais cacheando sobre a gola e os olhos — aqueles olhos expressivos demais, reveladores demais, que animavam prodigamente demais um rosto que, não fosse por aqueles olhos, poderia ter pertencido a qualquer um de mil camponeses nascidos a um dia de distância de Londres.

O rosto com que ela sonhava era o meu. A voz que ela ouvia nesse sonho era a minha. Mas o amor que ela fazia no sonho — agora uma lembrança — não era algo que eu vivera. Tentei escapar do sonho dela, ainda que fosse só para ter um sonho meu. Se era para bancar um voyeur, podia ser na bagunça de lembranças fabricadas que faziam as vezes de sonhos para mim.

Mas eu não tinha permissão para sonhar eu mesmo. Ainda não. Desconfio de que nasci — e de que nasci de novo, em meu leito de morte — apenas para sonhar os sonhos de meu gêmeo morto e distante.

Eu me resignei, abandonei meus esforços para acordar e sonhei.

Brawne Lamia acorda rápido, de supetão, afastada de um sonho agradável por algum som ou movimento. Fica desorientada por um bom segundo; está escuro, tem um barulho — não mecânico — mais alto do que a maioria dos sons onde ela mora na Colmeia de Lusus; está embriagada de fadiga, mas sabe que acordou de um sono muito curto; está sozinha em um espaço confinado pequeno, algo que parece um saco exagerado para cadáveres.

Criada em um mundo onde ambientes fechados representavam proteção contra ar tóxico, ventos e animais, onde muita gente sofre de agorafobia quando confrontada com raros espaços abertos, mas poucos sabem o que é claustrofobia, ainda assim Brawne Lamia tem uma reação claustrofóbica: debate-se para respirar, afasta o colchonete e as cortinas da barraca em um afã desesperado para fugir do casulo pequeno de plastifibra, engatinha, arrasta-se com mãos, antebraços e cotovelos até sentir areia nas palmas e ver o céu no alto.

Não é bem o céu, percebe ela, enxergando de repente e lembrando onde está. Areia. Uma tempestade de areia sopra, urra e rodopia partículas, que fustigam o rosto dela feito alfinetadas. A fogueira se apagou, coberta de areia. Mais areia se acumulou no lado onde o vento sopra nas três barracas, cujo tecido se sacode e estala como tiros de fuzil no vento, e formaram-se dunas de areia recém-soprada em torno do acampamento, criando leitos e valas e serras no lado das barracas e bagagens contrário ao vento. Ninguém se mexe nas outras barracas. A que ela estava dividindo com o padre Hoyt desabou parcialmente, quase soterrada pelas dunas crescentes.

Hoyt.

Tinha sido a ausência dele que a despertara. Mesmo sonhando, parte da consciência de Lamia estivera ciente da respiração fraca e dos gemidos quase irreconhecíveis do sacerdote adormecido que tentava lidar com a dor. Em algum momento na última meia hora, ele saíra. Não devia fazer mais do que poucos minutos; Brawne Lamia sabia que, mesmo sonhando com Johnny, ela tivera uma vaga noção de um farfalhar deslizante no meio do sussurro da areia e do rugido do vento.

Lamia se levanta e cobre os olhos para protegê-los da tempestade de areia. Está muito escuro; as estrelas estão encobertas por nuvens altas e pela tempestade na superfície, mas uma luminosidade sutil, quase elétrica, preenche o ar e se reflete na superfície de pedras e dunas. Lamia se dá conta de que é *de fato* elétrica, de que o ar está carregado de uma eletricidade estática que faz os cachos do cabelo dela saltarem e se retorcerem em rodopios medusescos. Correntes de eletricidade estática se esgueiram pelas mangas da túnica e flutuam acima das barracas que nem fogo de santelmo. Quando a visão se adapta, Lamia nota que as dunas fluidas brilham com uma chama clara. A quarenta metros no leste, a tumba chamada de Esfinge ergue-se como uma silhueta que crepita e pulsa na noite. Ondas de corrente deslizam pelos apêndices salientes por costume chamados de asas.

Brawne Lamia olha ao redor, não vê sinal do padre Hoyt e pondera se deve pedir ajuda. Percebe que ninguém vai ouvi-la sob o rugido do vento e pergunta-se por um instante se o sacerdote só foi para uma das outras barracas ou para a latrina tosca a vinte metros para o oeste, mas algo lhe diz que não foi isso. Olha para a Esfinge e — por um ínfimo instante — tem a impressão de ver o vulto de um homem, com o manto preto sacudindo feito uma flâmula caída, ombros recurvados sob o vento, envolto pelo brilho de estática da tumba.

Uma mão toca o ombro dela.

Brawne Lamia torce o corpo para se esquivar e se joga no chão em posição de luta, punho esquerdo estendido e mão direita rígida. Ela reconhece Kassad parado ali. O coronel é meio corpo mais alto que Lamia — com metade da largura —, e raios em miniatura dançam em torno do corpo magro quando ele se inclina para gritar no ouvido dela.

— Ele foi por ali!

O braço preto e comprido de espantalho se estica na direção da Esfinge.

Lamia faz que sim e grita de volta, quase sem ouvir a própria voz contra o estrondo do vento:

— Melhor acordarmos os outros?

Ela havia esquecido que Kassad estava de guarda. Esse homem não dormia nunca?

Fedmahn Kassad balança a cabeça, negando. A viseira está erguida, e o capacete, desestruturado para formar um capuz nas costas do traje blindado de combate. O rosto de Kassad parece bem pálido sob o brilho do traje. Ele gesticula na direção da Esfinge. Um fuzil multiuso de FORÇA está acomodado na dobra do braço esquerdo. Granadas, estojo de binóculo e itens mais misteriosos se dependuram em ganchos e cintas teladas de sua armadura anti-impacto. Ele aponta de novo para a Esfinge.

Lamia se inclina para a frente e grita:

— O Picanço o levou? — Kassad balança a cabeça de novo. — Você consegue enxergá-lo? — pergunta ela, indicando com um gesto a viseira noturna e o binóculo.

— Não. A tempestade. Distorce sinais de calor.

Brawne Lamia fica de costas para o vento, sentindo as partículas acertarem o pescoço que nem agulhas de uma pistola de dardos. Ela consulta o conexo, mas a única informação que ele dá é a de que Hoyt está vivo e em movimento; nenhuma outra transmissão na faixa comum. Ela vai para o lado de Kassad, de modo que as costas deles formam uma parede contra a ventania.

— Vamos atrás dele? — grita.

Kassad balança a cabeça outra vez.

— Não podemos deixar o perímetro desprotegido. Deixei sensores, mas... — Ele faz um gesto para a tempestade.

Brawne Lamia entra de novo na barraca, calça as botas e sai com a capa multiclima e a pistola automática do pai. O bolso do peito da capa tem um atordoador Gier, uma arma mais convencional.

— Então eu vou — assevera.

A princípio, ela acha que o coronel não a escutou, mas então ela vê algo naqueles olhos claros e percebe que escutou, sim. Ele toca no conexo militar do pulso.

Lamia faz que sim e confere se seu implante e o conexo estão configurados para a maior largura de banda.

— Eu volto — diz ela, antes de sair escalando a duna crescente. As pernas da calça brilham com eletricidade estática, e a areia parece viva com as pulsações brancas e prateadas de carga elétrica que correm pela superfície caótica.

A vinte metros do acampamento, já não consegue ver nada dele. Mais dez metros, e a Esfinge se ergue à frente. Nenhum sinal do padre Hoyt; pegadas não sobrevivem dez segundos na tempestade.

A entrada larga da Esfinge está aberta, assim como sempre esteve desde que a humanidade conhece a existência do lugar. Agora é um retângulo preto em uma parede que brilha ligeiramente. A lógica sugeria que Hoyt teria entrado ali, nem que fosse só para escapar da tempestade, mas algo bem distante da lógica aponta a Lamia que o destino do sacerdote não é esse.

Brawne Lamia avança além da Esfinge, descansa por alguns segundos ao abrigo dela contra o vento para limpar a areia do rosto e respirar direito de novo, e então segue adiante, acompanhando uma trilha sutil de terra batida entre as dunas. À frente, a

Tumba de Jade brilha na noite com uma tonalidade verde leitosa, curvas suaves e cristas com uma aparência viscosa pela luminosidade sinistra.

Forçando a vista, Lamia olha de novo e, por um brevíssimo instante, enxerga alguém ou algo delineado por essa luminosidade. Mas então o vulto desaparece, seja para dentro da tumba ou invisível no semicírculo preto da abertura.

Lamia abaixa a cabeça e estende os braços para a frente enquanto o vento a empurra e pressiona como se quisesse apressá-la rumo a algo importante.

4

A reunião de instrução militar se alongou até o meio da manhã. Desconfio que esse tipo de encontro, por muitos séculos, sempre tenha tido as mesmas qualidades — um tom monocórdio árido que persiste como um zumbido no fundo, o gosto rançoso de excesso de café, um ar carregado de fumaça, pilhas de material impresso, vertigem por sobreposição cortical de acessos de implantes. Desconfio que fosse muito mais simples quando eu era menino; Wellington reunia os homens, os quais ele chamava fria e acertadamente de "escumalha da terra", não lhes contava nada e os despachava para a morte.

Voltei minha atenção para o grupo de novo. Estávamos em uma sala grande, paredes cinza atenuadas por retângulos brancos de luz, carpete cinza, mesa cinza-chumbo em forma de ferradura com disclaves pretos e uma ou outra jarra de água. A diretora-executiva Meina Gladstone estava no centro do arco da mesa, com senadores importantes e ministros sentados perto dela e militares e outras autoridades de posição hierárquica menor espalhados ao longo do resto da curva. Atrás de todos esses, fora da mesa, estavam sentados os grupos inevitáveis de assessores, ninguém de FORÇA abaixo do posto de coronel, e atrás desses — em cadeiras de aspecto menos confortável — os assessores dos assessores.

Eu não tinha cadeira. Junto de um grupo de convidados obviamente sem função, eu ocupava um banquinho perto do canto no fundo do recinto, a vinte metros da diretora e mais longe ainda do oficial que apresentava a instrução, um coronel jovem que portava um ponteiro de apresentação na mão e hesitação nenhuma na voz. Atrás do coronel jazia a laje dourada e cinzenta de uma chapa convocatória, e à frente dele uma oniesfera ligeiramente erguida do tipo que se encontra em qualquer holofosso. De tempos em tempos, a chapa se turvava e ganhava vida; de vez em quando, o ar se enchia de holos complexos. Miniaturas desses diagramas brilhavam em todas as placas de disclave e pairavam acima de alguns conexos.

Fiquei no meu banquinho, observando Gladstone e desenhando um ou outro esboço.

Ao acordar naquela manhã no quarto de hóspedes da Casa do Governo, sob a luz clara do sol de Tau Ceti que se infiltrava por entre as cortinas cor de pêssego abertas automaticamente às 6h30 — o horário que eu programara para me levantar —, por um segundo me senti perdido, deslocado, ainda perseguindo Lenar Hoyt e com medo do Picanço e de Het Masteen. Depois, como se algum poder tivesse realizado o desejo de me deixar aos meus próprios sonhos, por um minuto a confusão se acumulou, e me sentei arfante na cama, olhando assustado ao redor, achando que o carpete amarelo e a luz cor de pêssego iam se dissipar como o delírio que eram e deixar para trás apenas dor e catarro e hemorragias terríveis, sangue no lençol, e o quarto cheio de luz se dissolveria nas sombras do apartamento escuro da Piazza di Spagna, e acima de tudo o rosto sensível de Joseph Severn chegaria mais perto, chegaria mais perto, observando, esperando minha morte.

Tomei dois banhos, um com água e outro com sônico, vesti um traje cinza novo separado para mim na cama recém-feita quando saí do banheiro e parti em busca do pátio leste, onde — de acordo com um recado de cortesia que deixaram perto de minha roupa nova — o café da manhã estava sendo servido para hóspedes da Casa do Governo.

O suco de laranja era fresco. O bacon era crocante e autêntico. O jornal dizia que a diretora-executiva Gladstone faria um pronunciamento à Rede via Totalidade e mídia às 10h30 do horário da Rede. As páginas estavam cheias de notícias da guerra. Fotos planas da armada brilhavam carregadas de cor. O general Morpurgo exibia uma expressão soturna na página três; o jornal o chamava de "herói da Segunda Rebelião de Height". Diana Philomel lançou um olhar para mim da mesa próxima onde ela e o marido neandertal comiam. O vestido dela agora de manhã era mais formal, azul-escuro e bem menos revelador, mas uma fresta na lateral oferecia um vislumbre do espetáculo da noite anterior. Ela não tirou os olhos de mim enquanto levantava uma tira de bacon com as unhas esmaltadas e dava uma mordida cuidadosa. Hermund Philomel grunhiu ao ler algo satisfatório nas páginas dobradas de economia.

— O aglomerado migratório desterro, mais conhecido como Enxame, foi detectado por equipamentos sensíveis a distorções Hawking no Sistema Camn há pouco mais de três anos-padrão — dizia o jovem oficial na apresentação. — Imediatamente após a detecção, a Força-Tarefa 42 de FORÇA, pré-configurada para a evacuação do Sistema Hyperion, entrou em rotação para condição C-mais em Parvati com ordem de estabelecer capacidade de teleprojeção a alcance do portal de Hyperion. Ao mesmo tempo, a Força-Tarefa 87.2 foi enviada da Área de Concentração de Solkov--Tikata acima de Camn III com ordem de se juntar à força de evacuação no Sistema Hyperion, encontrar o aglomerado migratório desterro e atacar e destruir os componentes militares deles... — Imagens da armada apareceram na chapa convocatória, diante do jovem coronel. Ele gesticulou com o ponteiro e uma linha de luz rubi atravessou o holo maior para iluminar uma das naves Três-C da formação. — A Força-Tarefa 87.2 está sob o comando do almirante Nashita a bordo da *Hébridas*...

— Sim, sim — resmungou o general Morpurgo —, já sabemos disso tudo, Yani. Vai ao que interessa.

O jovem coronel simulou um sorriso, fez um aceno imperceptível com a cabeça na direção do general e da diretora Gladstone e continuou com uma voz um pouco menos confiante.

— Transmissões codificadas de largofone da FT 42 ao longo das últimas 72 horas-padrão relatam batalhas intensas entre elementos batedores da força-tarefa de evacuação e elementos avançados do aglomerado migratório desterro...

— Do Enxame — interrompeu Leigh Hunt.

— Isso — disse Yani. Ele se virou para a chapa, e cinco metros de vidro esfumaçado se inflamaram com atividade.

Para mim, a imagem era uma barafunda incompreensível de símbolos arcanos, linhas de vetor coloridas, códigos de substrato e acrônimos de FORÇA que não faziam o menor sentido. Talvez as autoridades militares e políticas na sala também não estivessem entendendo nada, mas ninguém se entregou. Comecei um desenho novo de Gladstone, com o perfil de buldogue de Morpurgo ao fundo.

— Embora as informações iniciais sugerissem rastros de Hawking na faixa de quatro mil propulsores, esse número pode induzir ao erro — continuou o coronel Yani. Eu me perguntei se esse era seu nome ou sobrenome. — Como vocês sabem, os... hã... Enxames desterros podem conter até dez mil unidades de propulsão distintas, mas a imensa maioria é de naves pequenas, todas desprovidas de armamentos ou de qualquer importância militar. A avaliação dos dados de micro-ondas, largofone e outras emissões sugere...

— Com licença — cortou Meina Gladstone, marcando um forte contraste entre sua voz envelhecida e a cadência melíflua do oficial jovem —, pode nos explicar quantas naves desterras *têm* alguma importância militar?

— Ah... — disse o coronel, lançando um olhar para seus superiores.

O general Morpurgo pigarreou.

— Acreditamos que cerca de seiscentas... setecentas, no máximo — respondeu ele. — Nada preocupante.

A diretora Gladstone ergueu uma sobrancelha.

— E o tamanho de nossos grupos de batalha?

Morpurgo gesticulou com a cabeça para o jovem coronel descansar. Foi o general que respondeu:

— A Força-Tarefa 42 tem cerca de sessenta naves, diretora. A Força-Tarefa...

— A Força-Tarefa 42 é o grupo de evacuação? — questionou Gladstone.

O general Morpurgo fez que sim, e tive a impressão de ver um toque de condescendência em seu sorriso.

— Sim, senhora. A Força-Tarefa 87.2, o grupo de batalha, que se transladou para o sistema há cerca de uma hora, terá...

— Sessenta naves foram adequadas para enfrentar seiscentas ou setecentas? — perguntou Gladstone.

Morpurgo lançou um olhar para um dos outros oficiais, como se quisesse pedir paciência.

— Foram. Mais do que adequadas. É preciso entender, diretora, que seiscentos propulsores Hawking podem parecer muita coisa, mas não são nada de mais quando se trata de naves individuais, batedoras ou uma daquelas naves de ataque com tripulação de cinco que eles chamam de lanceiras. A Força-Tarefa 42 consistia em quase *duas dúzias* de naves-spin de linha principal, incluindo os cruzadores *Sombra do Olimpo* e *Estação Netuno*. Cada uma dessas tem capacidade para mais de cem caças ou ALRs. — Morpurgo remexeu no bolso, tirou um bastão de fumo recombinado do tamanho de um charuto, pareceu lembrar que Gladstone não aprovava e voltou a guardá-lo no paletó. Ele franziu a testa. — Quando a Força-Tarefa 87.2 concluir a mobilização, teremos poder de fogo mais que suficiente para enfrentar uma dúzia de Enxames.

Ainda com a testa franzida, ele acenou com a cabeça para Yani continuar. O coronel pigarreou e gesticulou com o ponteiro na direção da tela da chapa.

— Como vocês podem ver, a Força-Tarefa 42 não teve dificuldade para liberar o volume necessário de espaço para iniciar a construção de um teleprojetor. Essa construção começou seis semanas atrás, HPR, e foi concluída ontem às 16h24 padrão. Os ataques inquietantes iniciais dos desterros foram rechaçados sem baixas na FT 42, e durante as últimas 48 horas ocorre uma batalha de grande porte entre unidades avançadas da força-tarefa e as principais forças desterras. O foco dessa escaramuça é aqui... — Yani gesticulou de novo, e uma parte da chapa pulsou com uma luz azul na frente da extremidade do ponteiro. — Vinte e nove graus acima do plano da eclíptica, a trinta unidades astronômicas do sol de Hyperion, aproximadamente 0,35 unidade astronômica da borda hipotética da nuvem de Oort do sistema.

— Baixas? — perguntou Leigh Hunt.

— Bem dentro dos limites aceitáveis para um combate com essa duração — explicou o jovem coronel, que parecia nunca ter chegado nem a um ano-luz de fogo inimigo. Seu cabelo louro estava penteado com esmero para o lado e reluzia sob o brilho intenso das lâmpadas. — Vinte e seis caças rápidos de ataque da Hegemonia destruídos ou desaparecidos, doze ALRs torpedeiros, três naves-tocha, a nave-tanque *Orgulho de Asquith* e o cruzador *Draconi III*.

— Quantas *pessoas* perdidas? — perguntou a diretora Gladstone. A voz dela estava muito baixa.

Yani lançou uma olhada rápida para Morpurgo, mas respondeu à pergunta pessoalmente.

— Cerca de 2.300 — disse ele. — Mas há operações de resgate em andamento, e existe esperança de encontrar sobreviventes da *Draconi*. — Ele alisou a túnica e se apressou a emendar: — É importante comparar isso com a eliminação confirmada de pelo menos 150 belonaves desterras. Nossas próprias incursões no aglomerado migra... no Enxame resultaram em mais de trinta a sessenta naves destruídas, incluindo fazendas-cometa, naves de processamento de minérios e pelo menos um grupo de comando.

Meina Gladstone massageou os dedos enrugados.

— A estimativa de baixas, baixas *nossas*, incluiu os passageiros e tripulantes da árvore-estelar *Yggdrasill*, que havíamos contratado para a evacuação?

— Não, senhora — respondeu Yani, com um tom enérgico. — Embora estivesse ocorrendo uma incursão desterra na ocasião, nossa análise indica que a *Yggdrasill* não foi destruída por ação inimiga.

Gladstone ergueu a sobrancelha de novo.

— Foi o quê, então?

— Sabotagem, pelo que pudemos ver até o momento — disse o coronel. Ele abriu outro diagrama do sistema de Hyperion na chapa.

O general Morpurgo olhou para o conexo e interveio:

— Hã-hã, pule para as defesas de solo, Yani. A diretora precisa discursar daqui a trinta minutos.

Terminei o esboço de Gladstone e Morpurgo, espreguicei-me e olhei pelo salão em busca de outro modelo. Leigh Hunt parecia desafiador, com suas feições indistintas, quase comprimidas. Quando levantei o rosto de novo, um globo holográfico de Hyperion tinha parado de girar e se desdobrava em uma série de projeções planas: equirretangular oblíqua, Bonne, ortográfica, roseta, Van der Grinten, Gores, homolosine interrompida de Goode, gnomônica, sinusoidal, azimutal equidistante, policônica, Kuwatsi hipercorrigida, escherizada por computador, Briesemeister, Buckminster, cilíndrica de Miller, multicoligrafada e plano satélite comum, até se estabelecer em um mapa-padrão Robinson-Baird de Hyperion.

Sorri. Tinha sido a cena mais agradável que eu havia visto desde o começo da apresentação. Parte do pessoal de Gladstone se mexia irrequieta, impaciente. Queriam pelo menos dez minutos com a diretora antes do início da transmissão.

— Como já sabem — começou o coronel —, Hyperion vai do padrão da Terra Velha a 9,89 na Escala Thuron-Laumier de...

— Ah, pelamor — resmungou Morpurgo. — Vai logo para a disposição de tropas.

— Sim, senhor. — Yani engoliu em seco e ergueu o ponteiro. Sua voz já não estava mais confiante. — Como já sabem... Quer dizer... — Ele apontou para o continente mais ao norte, que flutuava que nem um desenho tosco da cabeça e do pescoço de um cavalo e terminava com traços irregulares no ponto onde começariam o peito e os músculos dorsais do animal. — Aqui é Equus. O nome oficial é outro, mas todo mundo chama assim desde... Aqui é Equus. A sequência de ilhas que desce para o sudeste... aqui e aqui... se chama Gato e Nove Caudas. Na verdade, é um arquipélago com mais de cem... Enfim, o segundo maior continente é Aquila, e talvez dê para ver que ele tem mais ou menos a forma de uma águia da Terra Velha, com o bico aqui... no litoral noroeste... e as garras estendidas para cá, ao sudoeste... e pelo menos uma asa erguida aqui, até o litoral nordeste. Esta região é conhecida como chapada da Asa e é quase inacessível devido às florestas de fogo, mas aqui... e aqui... ao sudoeste, ficam as principais fazendas de plastifibra...

— A *disposição* de tropas — rosnou Morpurgo.

Desenhei Yani. Descobri que é impossível retratar com grafite o brilho do suor.

— Sim, senhor. O terceiro continente é Ursa... Lembra um pouco um urso mesmo... Mas nenhum contingente de FORÇA pousou aqui porque é o polo sul, quase inabitável, embora a Força de Autodefesa de Hyperion mantenha um posto de escuta lá... — Parecia que Yani tinha notado que não estava falando coisa com coisa. Ele se acalmou, enxugou o lábio superior com o dorso da mão e continuou com um tom mais equilibrado. — Instalações primárias de FORÇA:solo aqui... aqui... e aqui. — O ponteiro iluminou áreas próximas à capital Keats, no alto do pescoço de Equus. — Unidades de FORÇA:espaço tomaram o controle do principal espaçoporto na capital, assim como campos secundários aqui... e aqui. — Ele encostou nas cidades de Endymion e Porto Romântico, ambas no continente Aquila. — Unidades de FORÇA:solo prepararam instalações defensivas aqui... — Mais de vinte luzes vermelhas se acenderam; a maioria nas regiões do pescoço e da crina de Equus, mas algumas nas áreas do Bico e de Porto Romântico em Aquila. — Essas unidades incluem elementos dos fuzileiros, assim como defesas de solo e elementos de solo-ar e solo-espaço.

O alto-comando espera que, ao contrário de Bréssia, não ocorram batalhas no planeta propriamente dito, mas, se tentarem invadir, estaremos preparados.

Meina Gladstone conferiu o conexo. Faltavam dezessete minutos para a transmissão ao vivo.

— E os planos de evacuação?

A compostura que Yani havia recuperado se esfarelou. Ele olhou com certo desespero para os superiores.

— Não vai ter evacuação — afirmou o almirante Singh. — Foi uma finta, um chamariz para os desterros.

Gladstone juntou os dedos.

— Hyperion abriga milhões de pessoas, almirante.

— Sim — disse Singh —, e vamos protegê-las, mas é inconcebível evacuar sequer os sessenta e poucos mil cidadãos da Hegemonia. Seria um caos liberar a entrada de todos os três milhões na Rede. Além disso, por questão de segurança, não é possível.

— O Picanço? — indagou Leigh Hunt.

— Questão de segurança — repetiu o general Morpurgo. Ele se levantou e tomou o ponteiro da mão de Yani.

O jovem permaneceu ali por um instante, irresoluto, sem encontrar um lugar onde se sentar ou ficar em pé, até por fim vir para perto de mim no fundo da sala, parar em posição de descanso e fixar os olhos em um ponto próximo do teto — provavelmente o ponto final de sua carreira militar.

— A Força-Tarefa 87.2 está no sistema — explicou Morpurgo. — Os desterros recuaram para o centro do Enxame deles, a cerca de sessenta unidades astronômicas de Hyperion. Em termos práticos, o sistema está protegido. Hyperion está protegido. Esperamos um contra-ataque, mas sabemos que podemos contê-lo. Repito: em termos práticos, Hyperion agora faz parte da Rede. Alguma pergunta?

Nenhuma. Gladstone saiu com Leigh Hunt, um bando de senadores e os assessores dela. As autoridades militares formaram grupos, aparentemente determinados pela hierarquia. Assessores se dispersaram. Os poucos repórteres que tiveram permissão para estar na sala saíram correndo para suas equipes de imageadores que esperavam do lado de fora. Yani, o jovem coronel, permaneceu em posição de descanso, de olhar perdido, com o rosto muito pálido.

Continuei sentado por um tempo, observando o mapa de Hyperion na chapa. O continente de Equus parecia mesmo um cavalo se visto dessa distância. De minha posição, até dava para distinguir as montanhas da cordilheira do Arreio e a coloração amarelo-alaranjada do deserto abaixo do "olho" do animal. Não havia marcações de defesa de FORÇA a nordeste das montanhas; não havia símbolo algum além de um pontinho vermelho que talvez fosse a Cidade dos Poetas. As Tumbas Temporais nem marcadas estavam. Como se as Tumbas não tivessem importância militar nem função nas operações do dia. Mas, por algum motivo, eu sabia que tinham. Por algum motivo, eu desconfiava que a guerra toda, a movimentação de milhares, o destino de milhões — talvez bilhões — dependessem das ações de seis pessoas naquele segmento de laranja e amarelo sem marcações.

Fechei meu bloco, guardei os lápis no bolso, procurei uma saída, achei e a usei.

Leigh Hunt me encontrou em um dos corredores compridos que davam na entrada principal.

— Você vai embora?

Respirei fundo.

— Não posso?

Hunt sorriu, se é que dava para chamar de sorriso aquele encurvamento ascendente de lábios finos.

— Claro, s. Severn. Mas a diretora Gladstone me pediu para avisar que ela gostaria de conversar de novo hoje à tarde.

— Quando?

Hunt deu de ombros.

— Qualquer horário depois do discurso. Quando for conveniente para você.

Fiz que sim. Literalmente milhões de lobistas, candidatos a empregos, pretendentes a biógrafos, empresários, fãs da diretora-executiva e assassinos em potencial dariam praticamente qualquer coisa para ter um minuto com a líder mais visível da Hegemonia, alguns segundos com a diretora Gladstone, e eu podia vê-la "quando fosse conveniente para mim". Ninguém falou que o universo não era maluco.

Passei por Leigh Hunt e me dirigi à porta de saída.

Tradicionalmente, não havia portais públicos de teleprojetor dentro da Casa do Governo. Foi uma caminhada curta das barreiras de segurança na entrada principal, passando pelo jardim, até o edifício branco baixo que servia de centro de imprensa e terminex. Os redejornalistas estavam aglomerados em torno de um fosso de visualização central, onde o rosto e a voz familiares de Lewellyn Drake, "a voz da Totalidade", contextualizava o discurso da diretora-executiva Gladstone, "de importância vital para a Hegemonia". Meneei a cabeça na direção dele, encontrei um portal que não estava em uso, apresentei meu cartão universal e saí em busca de um bar.

Uma vez lá, o Grande Boulevard era o único lugar da Rede onde se podia teleprojetar de graça. Todos os mundos na Rede haviam oferecido pelo menos um de seus melhores quarteirões urbanos — TC^2 fornecia 23 — para lojas, entretenimento, restaurantes finos e bares. Especialmente bares.

Assim como o rio Tétis, o Grande Boulevard corria entre portais de teleprojetor de dimensão militar com duzentos metros de altura. Com ligação de ponta a ponta, o efeito era o de uma avenida central infinita, um anel de cem quilômetros cheio de luxo material. Era possível, como eu vi naquela manhã, parar sob o sol forte de Tau Ceti, espreitar a noite de Deneb Drei mais adiante no Boulevard, colorida por neon e holos, e vislumbrar os cem andares da Galeria Central de Lusus, ciente de que logo além ficavam as butiques sombreadas de Bosque de Deus, com o calçadão de tijolos e os elevadores até o Copas, o restaurante mais caro da Rede.

Eu não dava a mínima para nada daquilo. Só queria achar um bar sossegado.

Os bares de TC^2 estavam apinhados de burocratas, redejornalistas e gente de negócios, então peguei um dos transportes do Boulevard e saltei na rua principal de Sol Draconi Septem. A gravidade desestimulava muita gente — *eu* inclusive —, mas também deixava os bares menos abarrotados, e as pessoas que iam lá queriam beber.

O lugar que escolhi era um bar térreo, quase escondido debaixo das colunas de sustentação e dos dutos de manutenção que levavam à principal treliça de lojas; estava escuro dentro dele: paredes pretas, madeira preta, freguesia preta — pele tão negra quanto a minha era pálida. Era um bom lugar para beber, e foi o que eu fiz, começando com uma dose dupla de uísque e seguindo para coisas mais sérias.

Nem ali eu consegui me livrar de Gladstone. Do outro lado do salão, uma televisão de tela plana exibia o rosto da diretora com o fundo azul e dourado que ela usava para transmissões oficiais. Alguns dos outros fregueses tinham se juntado para assistir. Ouvi pedaços do discurso.

— ... para garantir a segurança dos cidadãos da Hegemonia e... Não se pode admitir que comprometam a segurança da Rede ou de nossos aliados... Portanto, autorizei uma resposta militar completa a...

— Abaixa o volume dessa porcaria!

Fiquei chocado ao me dar conta de que fui eu que gritei. Os fregueses me lançaram olhares irritados por cima do ombro, mas abaixaram o volume. Fiquei vendo a boca de Gladstone se mexer por um instante e depois acenei para o barman me servir outra dose dupla.

Algum tempo depois, talvez horas, tirei os olhos do copo e percebi que havia alguém à minha frente na mesa escura. Levei um segundo, piscando, para reconhecer a pessoa na luz fraca. *Fanny*, pensei, e por um momento meu coração se acelerou, mas então pisquei de novo e cumprimentei:

— Lady Philomel.

Ela ainda estava com o vestido azul-escuro que eu a vira usando no café da manhã. De alguma forma, a peça parecia mais decotada agora.

— S. Severn — disse ela, quase aos sussurros. — Vim cobrar sua promessa.

— Promessa? — Sinalizei para chamar o atendente, mas ele não reagiu. Franzi o cenho e encarei Diana Philomel. — Que promessa?

— De fazer um desenho meu, ora. Você esqueceu o que prometeu na festa?

Estalei os dedos, mas o insolente do barman não se deu ao trabalho de olhar na minha direção.

— Eu fiz um desenho seu — contestei.

— Foi — disse Lady Philomel —, mas não me desenhou *inteira*.

Dei um suspiro e terminei de engolir o que tinha sobrado do uísque.

— Bebendo — falei.

Lady Philomel sorriu.

— Estou vendo.

Comecei a me levantar para ir até o bar, pensei melhor e voltei a me sentar devagar na madeira desgastada do banco.

— Armagedom — falei. — Estão brincando com o Armagedom. — Olhei com cuidado para a mulher, forçando um pouco a vista para focalizá-la. — A madame conhece essa palavra?

— Acho que ele não vai lhe servir mais álcool — comentou ela. — Tenho bebida em casa. Você pode tomar alguma coisa enquanto desenha.

Forcei a vista de novo, agora por astúcia. Eu até podia ter tomado alguns uísques além da conta, mas eles não haviam comprometido meu discernimento.

— Marido — falei.

Diana Philomel sorriu novamente, e também foi radiante.

— Vai passar alguns dias na Casa do Governo — garantiu ela, dessa vez aos sussurros mesmo. — Ele não consegue ficar longe da fonte do poder em um momento tão importante. Venha, meu veículo está aqui na frente.

Não me lembro de ter pagado, mas devo ter feito isso. Ou Lady Philomel o fez. Não me lembro de ela ter me ajudado a sair, mas alguém deve ter ajudado. Talvez um chofer. Eu me lembro de um homem de túnica e calça cinza. Lembro que me apoiei nele.

O VEM tinha cúpula redonda, polarizada na face externa, mas bem transparente onde estávamos sentados em almofadas fundas, olhando para fora. Contei um, dois portais, e aí saímos do Boulevard e subimos acima de campos azuis sob um céu amarelo. Casas complexas, feitas de algum tipo de ébano, repousavam no topo de colinas cercadas de plantações de papoula e lagos brônzeos. Renascença Vetor? Era um enigma difícil demais de decifrar naquele momento, então apoiei a cabeça na cúpula e decidi descansar por um instante. Tinha que estar descansado para o retrato de Lady Philomel... Hehe.

O campo passava lá embaixo.

5

O coronel Fedmahn Kassad segue Brawne Lamia e o padre Hoyt pela tempestade de areia em direção à Tumba de Jade. Havia mentido para Lamia; a viseira noturna e os sensores funcionavam bem apesar das descargas elétricas que piscavam em volta deles. Seguir os dois ofereceria a melhor chance de encontrar o Picanço. Kassad se lembrava das caçadas a leões-rochosos em Hebron — o jeito era amarrar uma cabra e esperar.

Dados fornecidos pelos sensores que ele havia instalado em torno do acampamento piscam na tela tática de Kassad e murmuram em seu implante. É um risco calculado deixar Weintraub e a filha, Martin Silenus e o Cônsul dormindo, protegidos apenas pelos autômatos e por um alarme. Por outro lado, Kassad tem sérias dúvidas de que, de todo modo, conseguiria deter o Picanço. Todos ali são cabras, amarradas, à espera. É a mulher, o espectro chamado Moneta, que Kassad está determinado a encontrar antes de morrer.

O vento, que continuou a aumentar, agora grita em volta de Kassad, reduzindo a visibilidade normal a zero e fustigando sua armadura anti-impacto. As dunas brilham com eletricidade, e raios em miniatura estalam em torno das botas e das pernas conforme ele avança para manter o sinal térmico de Lamia à vista. O conexo aberto dela está transmitindo informações. Os canais fechados de Hoyt só revelam que ele está vivo e em movimento.

Kassad passa por baixo da asa estendida da Esfinge e sente o peso invisível acima de si, pairando no ar como a sola de uma bota imensa. E então vira-se para o vale e vê a Tumba de Jade no infravermelho como uma ausência de calor, uma silhueta fria. Hoyt está entrando agora na abertura hemisférica; Lamia está vinte metros atrás dele. Nada mais se mexe no vale. Os sensores do acampamento, ocultos pela noite e pela tempestade atrás de Kassad, revelam que Sol e a bebê estão dormindo, que o Cônsul está acordado, porém imóvel, e que não há mais nada dentro do perímetro.

Kassad solta a trava de segurança de sua arma e avança rápido, dando passos largos com as pernas compridas. Neste instante, ele daria qualquer coisa para ter acesso a um satélite-observador, para completar seus canais táticos, em vez de precisar se limitar a esta imagem parcial de uma situação fragmentada. Ele dá de ombros dentro da armadura anti-impacto e segue em frente.

Brawne Lamia quase não termina os últimos quinze metros do trajeto até a Tumba de Jade. O vento já se alçou a uma força maior do que a de um ciclone, empurrando-a de tal modo que em duas ocasiões ela se desequilibra e cai de cabeça na areia. Os raios agora são de verdade, rasgando o céu com vastas explosões que iluminam a tumba reluzente adiante. Duas vezes ela tenta chamar Hoyt, Kassad ou os outros, certa de que ninguém no acampamento seria capaz de dormir no meio daquilo, mas seu conexo e os implantes só fornecem estática e barulhos indistintos nas bandas largas. Depois de cair pela segunda vez, Lamia se ajoelha e olha para a frente; não há qualquer sinal de Hoyt desde o ligeiro vislumbre de alguém andando na direção da entrada.

Lamia aperta a pistola automática do pai e se levanta, deixando o vento empurrá-la nos últimos metros. Ela para diante do hemisfério da entrada.

Seja por causa da tempestade e do espetáculo elétrico, seja por algum outro motivo, a Tumba de Jade está brilhando com um verde bilioso intenso que colore as dunas e faz a pele dos pulsos e das mãos dela parecerem algo saído do túmulo. Lamia tenta uma última vez chamar alguém pelo conexo e adentra a tumba.

O padre Lenar Hoyt da Companhia de Jesus, que existe há 1.200 anos, residente do Novo Vaticano em Pacem e fiel servidor de Sua Santidade Papa Urbano XVI, está gritando obscenidades.

Hoyt está perdido e agonizando de dor. Os cômodos amplos perto da entrada da Tumba de Jade se estreitaram, o corredor deu voltas e mais voltas, e agora o padre está perdido em uma série de catacumbas, vagando entre paredes verdosas brilhantes, em um labirinto que ele não se lembra de ter visto nas explorações do dia ou nos mapas que ficaram para trás. A dor — a dor que o acompanha há anos, que está com ele desde que a tribo dos Bikura lhe implantou duas cruciformes, a dele próprio e a de Paul Duré — agora ameaça enlouquecê-lo com a nova intensidade.

O corredor se estreita de novo. Lenar Hoyt grita, sem nem perceber mais que o faz, sem nem saber mais que palavras enuncia — palavras que não usava desde a infância. Ele quer se libertar. Da dor. Do fardo de carregar o DNA, a personalidade... a *alma* do padre Duré, no parasita em forma de cruz em suas costas. E da maldição terrível da própria ressurreição sórdida na cruciforme do peito.

Mesmo enquanto grita, contudo, Hoyt sabe que não foram os Bikura, agora mortos, que o condenaram a tamanha dor; a tribo perdida de colonos, ressuscitados por essas cruciformes tantas vezes que se tornaram idiotas, meros veículos para o próprio DNA e o do parasita, também havia sido de sacerdotes... Sacerdotes do Picanço.

O padre Hoyt da Companhia de Jesus trouxe um frasco de água abençoada por Sua Santidade, uma hóstia eucarística consagrada em uma Missa Solene e um exemplar do antigo rito de exorcismo da Igreja. Essas coisas agora estão esquecidas, lacradas dentro de uma bolha de acrílico em um bolso do manto dele.

Hoyt cambaleia em uma parede e grita de novo. A dor agora é uma força além de qualquer descrição, contra a qual de nada serve a ampola inteira de ultramorfina que ele injetou quinze minutos antes. O padre Hoyt grita e repuxa as roupas, arrancando o manto pesado, a túnica preta e a gola romana, as calças, a camisa e a roupa de baixo, até ficar nu, tremendo de dor e de frio nos corredores luzidios da Tumba de Jade e gritando obscenidades noite adentro.

Ele cambaleia para a frente de novo, encontra uma abertura e entra em um cômodo maior do que qualquer recinto de que ele se lembre das buscas na estrutura durante o dia. Paredes translúcidas vazias se elevam por trinta metros de cada lado do espaço vazio. Hoyt cai com as mãos e os joelhos no chão, olha para baixo e percebe que o piso ficou quase transparente. Ele está olhando para um poço vertical sob a membrana fina do chão; um poço que desce por um quilômetro ou mais até uma cortina de chamas. O cômodo se enche com a distante pulsação laranja-avermelhada de luz do fogo lá embaixo.

Hoyt se deita de lado e ri. Se é para ser uma imagem do inferno conjurada para ele, não surtiu o efeito desejado. A noção de inferno de Hoyt é tátil; é a dor que se move dentro dele como arame farpado, arrastando-se pelas veias e entranhas. O inferno é também a lembrança de crianças famintas nas favelas de Armaghast e o sorriso de políticos ao mandarem meninos para a morte em guerras coloniais. O inferno é a ideia de a Igreja morrer durante a vida dele, a vida de Duré, com seus últimos fiéis um mero punhado de homens e mulheres idosos a ocupar apenas alguns bancos nas catedrais imensas de Pacem. O inferno é a hipocrisia de rezar a missa matinal enquanto a malignidade da cruciforme pulsa quente, obscena, acima de seu coração.

Sopra uma lufada de ar quente, e Hoyt vê um segmento do piso recuar, criando um alçapão para o poço abaixo. O cômodo se enche com o fedor de enxofre. Hoyt ri do clichê, mas em questão de segundos os risos se tornam soluços. Ele agora está de joelhos, arranhando com unhas ensanguentadas as cruciformes no peito e nas costas. Parece que as lesões em forma de cruz estão brilhando na luz vermelha. Hoyt escuta as chamas lá embaixo.

— Hoyt!

Ainda aos soluços, ele se vira e vê a mulher — Lamia — envolta pela entrada. Ela está olhando por cima dele, atrás dele, e levantando uma pistola antiga. Os olhos dela estão muito arregalados.

O padre Hoyt sente o calor atrás de si, ouve o rugido como se fosse de uma fornalha distante, mas, por cima de tudo, de repente escuta o som cortante e arranhado de metal sobre pedra. Passos. Ainda unhando a lesão ensanguentada no peito, Hoyt se vira, com os joelhos em carne viva pelo atrito contra o chão.

O que ele vê primeiro é a sombra: dez metros de ângulos agudos, espinhos, lâminas... Pernas que parecem tubos de aço com uma roseta de cimitarras nos joelhos e nos tornozelos. Depois, por trás da pulsação de luz quente e sombra preta, Hoyt discerne os olhos. Cem facetas... Mil... Um brilho vermelho, um laser apontado através de dois rubis, acima da gola de espinhos de aço e do peito de mercúrio que reflete chamas e sombras...

Brawne Lamia está disparando a pistola do pai. O estalido dos tiros ecoa alto, ríspido, por cima do estrondo da fornalha.

O padre gira o corpo para ela, levanta uma das mãos.

— Não! — grita Lenar Hoyt. — Ele concede um desejo! Eu preciso fazer um...

O Picanço, que estava *lá* — a cinco metros —, de repente está *aqui*, a um braço de distância de Hoyt. Lamia para de atirar. Hoyt olha para cima, vê o próprio reflexo no cromo tingido de fogo da carapaça da criatura... Vê alguma outra coisa nos olhos do Picanço neste instante... E então ele desaparece, o Picanço desaparece, e Hoyt levanta a mão devagar, encosta na própria garganta de um jeito quase abobado, olha por um segundo a cachoeira vermelha que lhe cobre a mão, o peito, a cruciforme, a barriga...

Ele se vira para a entrada e vê Lamia ainda olhando cheia de terror e choque, não mais para o Picanço, mas sim para ele, para o padre Lenar Hoyt da Companhia de Jesus, e nesse momento ele se dá conta de que a dor *sumiu*, e abre a boca para falar, mas há mais, só há mais vermelho saindo, um gêiser vermelho. Hoyt olha para baixo de novo, percebe pela primeira vez que está nu, vê o sangue que escorre pelo queixo e pelo peito, escorre e se derrama no chão agora escuro, vê o sangue despejado como se alguém tivesse virado um balde de tinta vermelha, e depois não vê nada ao cair de cara no chão distante... tão distante... lá embaixo.

6

O corpo de Diana Philomel tinha toda a perfeição que a ciência cosmética e as habilidades de ARNistas podiam proporcionar. Fiquei deitado na cama por alguns minutos depois de acordar e admirei o corpo dela: de costas para mim, a curva clássica da coluna, dos quadris e das ancas com uma geometria mais bonita e poderosa do que qualquer descoberta de Euclides, as duas covinhas visíveis na lombar, logo acima do alargamento avassalador do traseiro branco como leite, a intersecção de ângulos delicados, a parte de trás de coxas fartas que de alguma forma eram mais sensuais e sólidas do que qualquer aspecto da anatomia masculina jamais seria capaz de alcançar.

Lady Philomel dormia, ou era o que parecia. Nossas roupas estavam espalhadas por uma porção ampla do carpete verde. Uma luz carregada, tingida de magenta e azul, inundava as janelas largas, pelas quais se viam copas de árvores cinza e douradas. Folhas grandes de papel de desenho jaziam dispersas ao nosso redor, embaixo e por cima das nossas roupas largadas. Inclinei-me para a esquerda, levantei uma folha e discerni um rabisco apressado de seios, coxas, um braço redesenhado de qualquer jeito e um rosto sem detalhes. Fazer um estudo de modelo-vivo enquanto se está alcoolizado e no processo de ser seduzido nunca resulta em arte de qualidade.

Gemi, deitei-me de costas e examinei os arabescos esculpidos no teto a doze pés de altura — quer dizer, quatro metros. Se a mulher ao meu lado fosse Fanny, talvez eu não fosse querer me mexer nunca mais. Como não era, saí de baixo das cobertas, achei meu conexo, percebi que era madrugada em Tau Ceti Central — catorze horas depois do horário marcado com a diretora-executiva — e andei na ponta dos pés até o banheiro em busca de algum remédio para ressaca.

A farmácia de Lady Diana oferecia uma ampla gama de medicamentos. Além das aspirinas e endorfinas de praxe, encontrei estimulantes, tranquilizantes, tubos de Flashback, dermes de orgasmo, bases para derivador, inaladores de canabis, cigarros de tabaco não recombinado e outras cem drogas mais difíceis de identificar. Peguei um copo, engoli dois Diasseguintes e senti a náusea e a dor de cabeça desaparecerem em questão de segundos.

Lady Diana estava acordada e sentada na cama, ainda nua, quando saí do banheiro. Comecei a sorrir, mas aí vi a dupla de homens na porta leste. Nenhum dos dois era o marido dela, mas ambos eram grandes e seguiam o mesmo estilo brutamontes carrancudo sem pescoço que Hermund Philomel aperfeiçoara.

Na longa procissão da história da humanidade, sem dúvida deve ter existido algum homem capaz de permanecer, surpreso e nu, diante de dois desconhecidos completamente vestidos e possivelmente hostis, machos rivais, por assim dizer, *sem* constrangimento, *sem* o impulso de cobrir a própria genitália e se encolher e *sem* uma sensação de vulnerabilidade e desvantagem totais... Mas tal homem não sou eu.

Encolhendo-me, cobri minha virilha, recuei na direção do banheiro e falei:

— Quê... Quem...?

Olhei para Diana Philomel em busca de socorro e vi ali o sorriso — um sorriso que batia com a crueldade que eu vira antes nos olhos dela.

— Peguem ele. *Rápido!* — mandou minha ex-amante.

Consegui entrar no banheiro e estava tentando apertar o botão manual para contrair a porta quando o homem mais próximo me alcançou, me pegou, me puxou de volta para o quarto e me jogou para o parceiro. Os dois eram de Lusus ou de outro mundo de gravidade forte, ou talvez então vivessem exclusivamente à base de uma dieta de esteroides e células de Sansão, pois fui arremessado de um lado para o outro sem o menor esforço. O tamanho deles era irrelevante. Exceto por minha breve carreira de lutador no pátio da escola, minha vida — a memória de minha vida — oferecia poucos episódios de violência e menos episódios ainda em que saí vitorioso de uma briga. Bastou uma olhada na diversão daqueles homens a minha custa para saber que eles eram do tipo que se encontra nos livros, mas que não se acredita que exista — indivíduos capazes de quebrar ossos, amassar narizes ou estilhaçar joelhos com a mesma indiferença que sentiriam ao jogar fora uma caneta com defeito.

— *Rápido!* — chiou Diana de novo.

Vasculhei a esfera de dados, a memória da casa, o umbilical do conexo de Diana, a tênue conexão dos dois capangas com o universo informacional... Ainda que soubesse onde estava — a propriedade de campo dos Philomel, a seiscentos quilômetros da capital Pirre no cinturão agrícola do planeta terraformado Renascença Menor — e quem exatamente eram os capangas — Debin Farrus e Hemmit Gorma, seguranças de fábrica do Sindicato de Limpadores de Portão Celestial —, eu não fazia a menor ideia da razão de um deles estar sentado em cima de mim, com o joelho em meu lombo, enquanto o outro esmagava meu conexo com o calcanhar e passava uma braçadeira de osmose por meu pulso, por meu braço...

Ouvi o chiado e relaxei.

— Quem é você?

— Joseph Severn.

— Esse é seu nome verdadeiro?

— Não.

Eu sentia os efeitos do falafranca e sabia que, para frustrá-lo, era só ir embora, recuar para a esfera de dados ou voltar por completo ao Cerne. Com isso, entretanto, eu deixaria meu corpo à mercê de quem quer que estivesse fazendo as perguntas. Fiquei ali. Mantive os olhos fechados, mas reconheci a voz seguinte:

— *Quem* é você? — perguntou Diana Philomel.

Suspirei. Era difícil dar uma resposta sincera a essa pergunta.

— John Keats — falei, enfim.

O silêncio deles me revelou que esse nome não significava nada para eles. *Por que significaria?*, pensei comigo mesmo. Certa vez, previ que seria um nome "escrito n'água". Apesar de não conseguir me mexer ou abrir os olhos, não tive dificuldade para vasculhar a esfera de dados e seguir os vetores de acesso deles. O nome do poeta estava na lista de oitocentos John Keats que eles obtiveram do arquivo público, mas pelo visto não estavam interessados em alguém morto havia novecentos anos.

— Para quem você trabalha? — Era a voz de Hermund Philomel. Por algum motivo, fiquei vagamente surpreso.

— Ninguém.

O Doppler sutil de vozes oscilou conforme o grupo conversava entre si.

— Será que ele está resistindo à droga?

— Ninguém consegue *resistir* — rebateu Diana. — Pode acontecer de a pessoa *morrer* ao receber a droga, mas não de resistir a ela.

— Então o que está acontecendo? — perguntou Hermund. — Por que Gladstone levaria um zé-ninguém para o Conselho às vésperas da guerra?

— Ele está ouvindo, viu? — comentou outra voz masculina. Um dos capangas.

— Não tem importância — retrucou Diana. — Ele não vai sair vivo do interrogatório mesmo. — Ouvi a voz dela de novo, dessa vez dirigida a mim. — Por que a diretora-executiva convidou você para o Conselho... John?

— Não sei. Provavelmente para saber dos peregrinos.

— Que peregrinos, John?

— Os Peregrinos do Picanço.

Outra pessoa fez um barulho.

— Silêncio — ordenou Diana Philomel. Para mim, ela disse: — São os Peregrinos do Picanço que estão em Hyperion, John?

— São.

— Está acontecendo uma peregrinação agora?

— Está.

— E por que Gladstone pergunta sobre eles a você, John?

— Meus sonhos.

Um barulho contrariado.

— Ele é maluco — disse Hermund. — Não sabe quem é nem com falafranca, e agora ainda fala isso. Vamos acabar logo e...

— Cala a boca — protestou Lady Diana. — Gladstone não é maluca. Ela o convidou, lembra? John, o que você quer dizer com isso dos seus sonhos?

— Eu sonho as impressões da primeira persona recuperada de Keats — expliquei. Minha voz estava embolada, como se eu estivesse falando durante o sono. — Ele se implantou em uma peregrina quando seu corpo foi assassinado e agora está vagando pela microesfera deles. Por algum motivo, as percepções dele são meus sonhos. Talvez meus atos sejam os sonhos dele, sei lá.

— Loucura — disse Hermund.

— Não, não — falou a mulher. A voz dela estava tensa, quase em choque. — John, você é um cíbrido?

— Sou.

— Ah, Jesus e Alá — soltou Lady Diana.

— O que é um cíbrido? — indagou um dos capangas. Ele tinha uma voz aguda, quase feminina.

Fez-se silêncio por um instante, e então Diana o quebrou:

— Seu idiota. Cíbridos eram remotos humanos criados pelo Cerne. Tinha alguns no Conselho Consultivo até o século passado, quando foram proibidos.

— Tipo um androide? — perguntou o outro capanga.

— Cala a boca — ordenou Hermund.

— Não — respondeu Diana. — Cíbridos são geneticamente perfeitos, recombinados a partir de DNA desde a Terra Velha. Bastava um osso... Um fragmento de cabelo... John, você está me ouvindo? John?

— Estou.

— John, você é um cíbrido... Você sabe quem era seu modelo de persona?

— John Keats.

Ouvi quando ela respirou fundo.

— Quem é... foi... John Keats?

— Um poeta.

— Quando ele existiu, John?

— De 1795 a 1821.

— De que contagem, John?

— Terra Velha d.C. — falei. — Pré-Hégira. Era moderna...

A voz de Hermund interveio, agitada.

— John, você está... está em contato com o TecnoCerne neste instante?

— Estou.

— Você consegue... Você é capaz de se comunicar apesar do falafranca?

— Sou.

— Ah, merda — praguejou o capanga da voz aguda.

— A gente tem que sair daqui — retrucou Hermund.

— Só mais um minuto — pediu Diana. — A gente precisa saber...

— A gente pode levar ele junto? — perguntou o capanga da voz grave.

— Idiota — xingou Hermund. — Se ele estiver vivo e em contato com a esfera de dados e com o Cerne... Porra, ele *existe* no Cerne, a mente dele está lá... Ele pode avisar Gladstone, a SegExec, FORÇA, *qualquer um!*

— Cala a boca — disse Lady Diana. — Vamos matá-lo assim que eu terminar. Mais algumas perguntas. John?

— Sim.

— Por que Gladstone precisa saber o que está acontecendo com os Peregrinos do Picanço? Tem a ver com a guerra contra os desterros?

— Não sei ao certo.

— Merda — cochichou Hermund. — Vamos *embora*.

— Quieto. John, de onde você veio?

— Morei em Esperança nos últimos dez meses.

— E antes disso?

— Na Terra, antes disso.

— Qual Terra? — perguntou Hermund. — Terra Nova? Terra Dois? Cidade Terra? Qual?

— Terra — falei. Depois lembrei. — Terra Velha.

— *Terra Velha?* — disse um dos capangas. — Que porra... Vou dar o fora daqui.

Ouvi o chiado de bacon frito saindo de uma arma laser. Senti um cheiro mais adocicado do que bacon frito e ouvi um baque surdo. Diana Philomel inquiriu:

— John, você está falando da vida do modelo da sua persona na Terra Velha?

— Não.

— *Você*, sua versão cíbrida, esteve na Terra Velha?

— Estive. Acordei da morte lá. No mesmo quarto na Piazza di Spagna onde morri. Severn não estava lá, mas o dr. Clark e alguns outros sim...

— Ele *é* maluco — disse Hermund. — A Terra Velha foi destruída há mais de quatro séculos... Ou cíbridos conseguem viver mais que quatrocentos anos?

— Não — retrucou Lady Diana. — Cala a boca e me deixa terminar. John, por que o Cerne... trouxe você de volta?

— Não sei ao certo.

— Tem alguma coisa a ver com a guerra civil que está rolando entre as IAs?

— Talvez. Provavelmente.

Ela fazia perguntas interessantes.

— Qual grupo criou você? As Absolutas, as Estáveis ou as Voláteis?

— Não sei.

Deu para ouvir um suspiro exasperado.

— John, você informou alguém sobre seu paradeiro, sobre o que está acontecendo?

— Não — respondi. O fato de ela ter esperado tanto para fazer essa pergunta era indicativo da inteligência não muito impressionante da moça.

Hermund também deu um suspiro.

— Que ótimo — falou ele. — Vamos dar logo o fora daqui antes que...

— John — interrompeu Diana —, você sabe por que Gladstone inventou esta guerra com os desterros?

— Não. Ou melhor, podem ser vários motivos. O mais provável é que seja um artifício para influenciar as relações dela com o Cerne.

— Por quê?

— Elementos do ROM de liderança do Cerne têm medo de Hyperion. Hyperion é uma variável desconhecida em uma galáxia onde todas as variáveis foram quantificadas.

— *Quem* tem medo, John? As Absolutas, as Estáveis ou as Voláteis? Qual grupo de IAs tem medo de Hyperion?

— Todos os três — falei.

— Merda — cochichou Hermund. — Olha... John... as Tumbas Temporais e o Picanço têm alguma coisa a ver com isso tudo?

— Sim, têm muito a ver com tudo.

— Como? — perguntou Diana.

— Não sei. Ninguém sabe.

Hermund, ou alguém, me bateu de repente, com brutalidade, no peito.

— Quer dizer que a porra do Conselho Consultivo do Cerne não previu o resultado desta guerra, destes acontecimentos? — rosnou Hermund. — Você quer que eu acredite que Gladstone e o Senado foram à guerra sem uma previsão de probabilidade?

— Não — respondi. — Isso foi previsto há séculos.

Diana Philomel fez um barulho parecido com o de uma criança que se vê diante de uma grande quantidade de doces.

— *O que* foi previsto, John? Conte tudo para a gente.

Minha boca estava seca. O soro de falafranca tinha secado minha saliva.

— Previram a guerra — falei. — A identidade dos peregrinos da Peregrinação ao Picanço. A traição do Cônsul da Hegemonia ao ativar um dispositivo que abrirá, que abriu, as Tumbas Temporais. A emergência do Flagelo do Picanço. O resultado da guerra e do Flagelo...

— Qual é o resultado, John? — sussurrou a mulher com quem eu havia feito amor algumas horas antes.

— O fim da Hegemonia. A destruição da Rede-mundo. — Tentei umedecer os lábios, mas minha língua estava seca. — O fim da raça humana.

— Ai, Jesus e Alá — murmurou Diana. — Tem alguma chance de a previsão estar errada?

— Não. Ou melhor, só em relação ao efeito de Hyperion sobre o resultado. As outras variáveis estão confirmadas.

— Mata esse cara — gritou Hermund Philomel. — Mata esse *troço*... para a gente poder sair daqui e informar Harbrit e os outros.

— Tudo bem — concordou Lady Diana. E um segundo depois:
— Não, o laser não, idiota. Vamos injetar uma dose letal de álcool, conforme o planejado. Aqui, segura a braçadeira de osmose para eu prender este acesso.

Senti uma pressão no braço direito. Um segundo depois, ouvi explosões, concussões, um grito. Senti cheiro de fumaça e ar ionizado. Uma mulher deu um berro.

— Tira essa braçadeira dele — ordenou Leigh Hunt.

Vi que ele estava ali, ainda com um traje cinza conservador, cercado por soldados da Segurança Executiva equipados com armadura anti-impacto completa e polímeros camaleônicos. Um deles, duas vezes mais alto que Hunt, assentiu com a cabeça, pendurou no ombro o chicote-infernal e se apressou a obedecer.

Em um dos canais táticos, o que eu estava monitorando havia algum tempo, assisti a uma imagem transmitida de mim mesmo — pelado, estendido na cama de braços abertos, com a braçadeira de osmose no braço e um hematoma crescente na caixa torácica. Diana Philomel, o marido e um dos capangas estavam desacordados, mas vivos, no meio dos destroços e do vidro quebrado do quarto. O outro lacaio estava atravessado na porta, e a parte de cima do corpo tinha cor e textura de carne muito bem passada.

— Você está bem, s. Severn? — perguntou Leigh Hunt, levantando minha cabeça e colocando uma máscara de oxigênio fina como uma membrana por cima de minha boca e de meu nariz.

— Hrrmmmggh — balbuciei. — Arrã.

Nadei até a superfície de meus sentidos que nem um mergulhador subindo rápido das profundezas. Cabeça doendo. Costelas me matando. Mesmo com os olhos ainda não funcionando direito, pelo canal tático, vi Leigh Hunt dar aquela pequena torção de lábios finos que eu sabia que fazia as vezes de sorriso para ele.

— Vamos ajudá-lo a se vestir — disse Hunt. — Arranjar um café no voo de volta. E aí é voltar para a Casa do Governo, s. Severn. Você está atrasado para uma reunião com a diretora-executiva.

7

Sempre achei batalhas espaciais em filmes e holos um tédio, mas ver uma de verdade exercia certo fascínio: era mais ou menos como assistir à cobertura ao vivo de uma série de acidentes de trânsito. Na verdade, o nível de produção da realidade — como sem dúvida havia sido por séculos — era muito inferior aos dos holodramas, até os de orçamento mediano. Mesmo considerando as tremendas energias envolvidas, a principal percepção que se tinha diante de uma batalha de verdade no espaço era que o espaço era *imenso* e que as frotas, e naves, e couraçados, e carambolas da humanidade eram *minúsculos*.

Pelo menos foi o que achei ali sentado no Centro de Informações Táticas, também conhecido como Gabinete de Guerra, junto com Gladstone e sua manada de militares, enquanto via as paredes se transformarem em buracos de vinte metros para o infinito conforme quatro holomolduras imensas nos cercavam com imagens abrangentes e alto-falantes enchiam o ar com transmissões de largofone: comunicações de rádio entre caças, tagarelices de canais de comando tático, mensagens entre naves na banda larga, canais de laser, linhas protegidas de largofone e todos os gritos, berros, brados e obscenidades bélicas que são mais antigos do que qualquer outra mídia além do ar e da voz humana.

Era uma dramatização do caos absoluto, uma definição funcional da confusão, uma dança improvisada da triste violência. Era a guerra.

Gladstone e uma fração dos asseclas dela estavam no meio desse monte de barulho e luz. O Gabinete de Guerra flutuava como um retângulo de carpete cinza cercado de estrelas e explosões, o limbo de Hyperion era um brilho lápis-lazúli que preenchia metade da holoparede norte, e em todos os canais e ouvidos soavam os gritos de morte de homens e mulheres. Eu fazia parte da fração de asseclas de Gladstone que desfrutava do privilégio e sofria a maldição de estar ali.

A diretora-executiva girou a cadeira de espaldar alto, tocou o lábio inferior com as pontas dos dedos unidas e se virou para seu grupo de militares.

— O que vocês acham?

Os sete homens cravejados de medalhas se entreolharam, e em seguida seis deles olharam para o general Morpurgo. Ele mordiscava um charuto apagado.

— Nada bom — respondeu. — Estamos impedindo que eles cheguem perto do local do teleprojetor... Nossas defesas estão resistindo bem lá... Mas eles avançaram demais no sistema.

— Almirante? — Gladstone inclinou a cabeça de leve para o homem alto e magro com farda preta de FORÇA:espaço.

O almirante Singh alisou a barba bem-aparada.

— O general Morpurgo tem razão. A campanha não está saindo conforme o planejado.

Ele acenou com a cabeça na direção da quarta parede, onde diagramas — em grande parte no formato de elipsoides, ovais e arcos — apareciam sobrepostos a uma imagem estática do sistema de Hyperion. Alguns dos arcos cresciam a olhos vistos. As linhas azuis luminosas representavam trajetórias da Hegemonia. Os traços vermelhos eram os desterros. Havia muito mais linhas vermelhas do que azuis.

— Os dois cruzadores de ataque designados para a Força-Tarefa 42 foram incapacitados — continuou o almirante Singh. — A *Sombra do Olimpo* foi destruída junto com toda a tripulação, e a *Estação Netuno* sofreu danos graves, mas está voltando ao atracadouro cislunar com uma escolta de cinco naves-tocha.

A diretora Gladstone meneou a cabeça devagar; com o movimento, seu lábio descia para encostar nos dedos unidos.

— Quantas pessoas estavam a bordo da *Sombra do Olimpo*, almirante?

Os olhos castanhos de Singh eram tão grandes quanto os da diretora-executiva, mas não sugeriam a mesma carga de tristeza. Ele sustentou o olhar dela por alguns segundos.

— Quatro mil e duzentas. Sem contar o destacamento de seiscentos fuzileiros. Alguns desses desembarcaram na Estação de Teleprojeção Hyperion, então não temos informações exatas sobre a quantidade de pessoas na nave.

Gladstone assentiu. Ela olhou de novo para o general Morpurgo.

— Por que a dificuldade súbita, general?

O rosto de Morpurgo estava calmo, mas seus dentes haviam quase atravessado o charuto.

— Mais unidades de combate do que o esperado, diretora — explicou ele. — E as lanceiras dos desterros são umas vespinhas letais. Embarcações para cinco tripulantes, basicamente naves-tocha em miniatura, mais rápidas e com armamento mais pesado que nossos caças de longo alcance. Já destruímos centenas, mas, se uma consegue penetrar, voa por trás das defesas da frota e faz um estrago. — Morpurgo deu de ombros. — E mais de uma conseguiu.

O senador Kolchev estava sentado do outro lado da mesa, com oito colegas. Ele girou até conseguir enxergar o mapa tático.

— Parece que estão quase chegando em Hyperion — disse. A voz famosa estava rouca.

Singh se pronunciou:

— Lembre a escala, senador. A verdade é que ainda controlamos a maior parte do sistema. Tudo a até dez unidades astronômicas da estrela de Hyperion é nosso. A batalha foi ainda além da nuvem de Oort, e estamos nos reorganizando.

— E essas... manchas vermelhas acima do plano da eclíptica? — perguntou a senadora Richeau. Ela também estava vestida de vermelho; era uma de suas marcas no Senado.

Singh meneou a cabeça.

— Um estratagema interessante — explicou ele. — O Enxame executou um ataque de quase três mil lanceiras para fechar um movimento de pinça contra o perímetro eletrônico da Força-Tarefa 87.2. Foi rechaçado, mas é admirável a astúcia do...

— Três mil lanceiras? — cortou Gladstone, em voz baixa.

— Sim, senhora.

Gladstone sorriu. Parei de desenhar e pensei comigo mesmo que felizmente não fui agraciado com aquele sorriso específico.

— Não fomos informados ontem, na reunião de instrução, de que os desterros mobilizariam seiscentas, setecentas unidades de combate, *no máximo*? — Tinham sido as palavras de Morpurgo. A diretora Gladstone girou para fitar o general. A sobrancelha direita dela estava arqueada.

O general Morpurgo tirou o charuto da boca e olhou-o de cenho franzido, em seguida tirou um pedaço menor de trás dos dentes inferiores.

— Foi a informação que obtivemos do setor de inteligência. Estava errada.

Gladstone meneou outra vez.

— O Conselho Consultivo de IA participou da análise dessa informação?

Todos os olhares se voltaram para o conselheiro Albedo. Era uma projeção perfeita; ele estava sentado junto dos outros, com as mãos apoiadas nos braços da cadeira, em postura relaxada. Não tinha nada da transparência ou da falta de nitidez comum em projeções móveis. O rosto dele era longo, com maçãs salientes e uma boca móvel que sugeria uma sombra de sorriso sardônico até nos momentos mais sérios. E o momento era sério.

— Não, diretora-executiva, o Conselho Consultivo não recebeu solicitação para avaliar a força desterra — revelou Albedo.

Gladstone meneou a cabeça. Ainda se dirigindo a Morpurgo, falou:

— Eu imaginava que as previsões de inteligência de FORÇA incorporassem as projeções do Conselho.

O general de FORÇA:solo lançou um olhar azedo para Albedo.

— Não, senhora — disse ele. — Como o Cerne afirma não ter contato com os desterros, concluímos que suas projeções não seriam melhores que as nossas. Mas usamos a rede de IA agregada da ECO:RTH para processar nossas análises. — Ele enfiou o charuto meio queimado na boca de novo. Ficou com o queixo saliente. Quando voltou a falar, foi com o charuto entre os dentes. — O Conselho teria feito melhor?

Gladstone olhou para Albedo, que fez um gesto curto com os dedos compridos da mão direita.

— Nossas previsões... para este Enxame... sugeriam de quatro a seis mil unidades de combate.

— Seu... — começou Morpurgo, com o rosto vermelho.

— Você não comentou nada disso durante a reunião de instrução — objetou a diretora Gladstone. — Nem em nossas deliberações anteriores.

O conselheiro Albedo deu de ombros.

— O general está certo. Não temos contato com os desterros. Nossas previsões não são mais confiáveis que as de FORÇA, apenas... baseadas em premissas diferentes. A Rede Tática Histórica da Escola de Comando de Olimpo faz um trabalho excelente. Se as IAs dela tivessem um grau de acuidade um pouco maior na escala de Turing-Demmler, precisaríamos incorporá-las ao Cerne. — Ele repetiu o gesto gracioso da mão. — Contudo, as premissas do Conselho podem ter utilidade para planos futuros. Podemos fornecer todas as previsões a este grupo a qualquer momento, claro.

Gladstone anuiu com um gesto da cabeça.

— Faça isso imediatamente.

Ela se virou de novo para a tela, e os outros fizeram o mesmo. Ao sentir o silêncio, os monitores da sala voltaram a aumentar o volume dos alto-falantes, e começamos a escutar mais uma vez os gritos de vitória, as súplicas de socorro e a recitação calma de posições, orientações de controle de tiro e comandos.

A parede mais próxima transmitia em tempo real a busca da nave-tocha *N'Djamena* por sobreviventes entre os destroços revolvidos do Grupo de Batalha B.5. A nave-tocha avariada da qual ela se aproximava, ampliada mil vezes, parecia uma romã que explodiu por dentro, espalhando sementes e casca avermelhada em câmera lenta, produzindo uma nuvem rodopiante de partículas, gases, substâncias voláteis congeladas, um milhão de microeletrônicos arrancados de suas bases, alimentos, equipamentos embolados e — reconhecíveis de vez em quando pelo movimento articulado de braços e pernas — muitos e muitos corpos. O holofote da *N'Djamena*, com dez metros de largura depois do salto coerente de vinte mil milhas, deslizou pelos destroços congelados entre as estrelas e iluminou objetos, facetas e rostos. Era de uma beleza terrível. A luz refletida fazia o rosto de Gladstone parecer muito mais velho.

A diretora perguntou:

— Almirante, é pertinente que o Enxame tenha esperado a Força-Tarefa 87.2 se transladar para o sistema?

Singh alisou a barba.

— A senhora está perguntando se foi uma armadilha?

— Estou.

O almirante olhou para os colegas e voltou a olhar para a diretora.

— Acho que não. Acreditamos... Eu acredito que, quando viram a intensidade de nosso emprego de unidades, os desterros tenham respondido na mesma moeda. No entanto, isso significa que eles estão cem por cento empenhados em tomar o sistema de Hyperion.

— E podem conseguir? — perguntou Gladstone, ainda de olho nos destroços flutuantes acima de si. O corpo de um rapaz, metade dentro de um traje espacial e metade fora, rodopiava na direção da câmera. Dava para ver os olhos e pulmões estourados com total clareza.

— Não — respondeu o almirante Singh. — Eles podem nos fazer sangrar. Podem até nos obrigar a recuar para um perímetro todo defensivo em torno do planeta em si. Mas não são capazes de nos derrotar ou nos expulsar.

— Ou destruir o teleprojetor? — A voz da senadora Richeau estava tensa.

— Nem de destruir o teleprojetor — acrescentou Singh.

— Ele tem razão — interveio o general Morpurgo. — Eu apostaria toda a minha carreira nisso.

Gladstone sorriu e se levantou. Os outros, eu inclusive, nos apressamos a nos levantar também.

— Você apostou — murmurou Gladstone para Morpurgo. — Você apostou. — Ela olhou ao redor. — Vamos nos reunir aqui quando as circunstâncias exigirem. Tratem com o s. Hunt. Até lá, senhores e senhoras, o trabalho do governo há de continuar. Boa tarde.

Enquanto os outros saíam, voltei a me sentar, até não restar mais ninguém na sala. Os alto-falantes aumentaram o volume de novo. Em uma faixa, um homem chorava. Uma risada histérica soava em meio à estática. Acima de mim, atrás de mim, dos dois lados, o campo estrelado se movia devagar pela escuridão, e a luz das estrelas lançava seu brilho frio em destroços e ruínas.

A Casa do Governo foi construída no formato da Estrela de Davi; no centro da estrela, abrigado por muros baixos e árvores plantadas em pontos estratégicos, havia um jardim: menor do que os milhares de metros quadrados oficiais de flores no Parque de Cervos, mas não menos bonito. Eu caminhava por ele ao cair da noite, conforme a luminosidade branco-azulada de Tau Ceti dava lugar a tons dourados, quando Meina Gladstone se aproximou.

Ficamos um tempo andando calados. Reparei que ela havia trocado o terno por um manto comprido do tipo usado pelas matronas de Patawpha; o manto era largo e esvoaçante, decorado com desenhos elaborados em azul-escuro e ouro que quase imitavam o céu ao anoitecer. As mãos de Gladstone estavam ocultas dentro de bolsos secretos, e uma brisa balançava as mangas amplas; a barra se arrastava nas pedras leitosas da trilha.

— Você deixou que me interrogassem — comentei. — Estou curioso para saber por quê.

A voz de Gladstone estava cansada.

— Eles não estavam transmitindo. Não havia risco de as informações se espalharem.

Sorri.

— Mesmo assim, você deixou me submeterem àquilo.

— A Segurança queria saber tudo que eles revelariam sobre si mesmos.

— À custa de qualquer... inconveniente... de minha parte.

— É.

— E a Segurança sabe para quem eles estavam trabalhando?

— O homem falou de Harbrit — disse a diretora-executiva. — A Segurança tem bastante certeza de que estavam se referindo a Emlem Harbrit.

— A negociante de commodities de Asquith?

— Ela mesma. Emlem Harbrit e Diana Philomel têm ligação com as antigas facções monarquistas de Glennon-Height.

— Eram amadores — concluí, pensando no fato de Hermund ter revelado o nome de Harbrit, na ordem confusa das perguntas de Diana.

— Claro.

— Os monarquistas têm relação com algum grupo sério?

— Só com a Igreja do Picanço — disse Gladstone. Ela parou no lugar onde a trilha atravessava um córrego pequeno por uma ponte de pedra. Juntou o manto e se sentou em um banco de ferro forjado. — Todos os bispos ainda estão escondidos, sabe?

— Considerando os distúrbios e a revolta, é compreensível — falei. Continuei em pé. Não havia guarda-costas ou monitores à vista, mas eu sabia que, se fizesse qualquer gesto ameaçador na direção de Gladstone, acabaria sendo detido pela SegExec. As nuvens acima de nós perderam o tom dourado restante e passaram a reluzir o prateado emitido por inúmeras cidadelas de TC^2. — O que a Segurança fez com Diana e o marido dela?

— Eles foram interrogados a fundo. Estão... detidos.

Meneei a cabeça. Um interrogatório a fundo queria dizer que, naquele exato momento, o cérebro dos dois estava flutuando em um tanque de derivação total. Os corpos seriam mantidos em armazenamento criogênico até um julgamento secreto determinar se os atos deles representavam traição. Depois, os corpos seriam destruídos, e Diana e Hermund continuariam "detidos", com todos os canais sensoriais e de comunicação desligados. Fazia séculos que a Hegemonia não usava a pena de morte, mas as alternativas não eram agradáveis. Sentei-me no banco comprido, a seis pés de Gladstone.

— Você ainda compõe poesia?

Fiquei surpreso com a pergunta. Abaixei os olhos para a trilha do jardim, onde lanternas japonesas flutuantes e globos luminosos ocultos tinham acabado de se acender.

— Não exatamente — falei. — Às vezes eu sonho em verso. Ou sonhava...

Meina Gladstone cruzou as mãos por cima do colo e as observou.

— Se você estivesse escrevendo o que está em curso, que tipo de poema criaria?

Dei risada.

— Já comecei e desisti duas vezes... Ou melhor, *ele* fez isso tudo. Era sobre a morte dos deuses e a dificuldade deles de aceitar essa perda de posição. Era sobre transformação e sofrimento e injustiça. E era sobre o poeta... que, para *ele*, era quem mais sofria com essa injustiça.

Gladstone me fitou. Seu rosto era uma mistura de rugas e sombras sob a luz fraca.

— E quem são os deuses que estão sendo substituídos agora, s. Severn? É a humanidade, ou são os deuses falsos que criamos para nos destronar?

— Como é que eu vou saber? — retruquei, virando o rosto para olhar o córrego.

— Você faz parte dos dois mundos, não é? Da humanidade e do TecnoCerne?

Dei risada de novo.

— Não faço parte de nenhum dos dois. Um monstro cíbrido aqui, um projeto de pesquisa lá.

— É, mas pesquisa de quem? E para que propósito?

Dei de ombros.

Gladstone se levantou, eu a acompanhei. Atravessamos o córrego e escutamos o gorgolejo da água nas pedras. A trilha contornava pedregulhos altos cobertos com um líquen bonito brilhando à luz das lanternas.

Gladstone parou no topo de uma escada baixa de pedra.

— Você acha que as Absolutas no Cerne vão conseguir criar a Inteligência Absoluta, s. Severn?

— Se vão criar Deus? Existem IAs que não querem criar Deus. Elas aprenderam com a experiência da humanidade que desenvolver o nível seguinte de consciência é cortejar a escravidão, quando não até a extinção.

— Mas um Deus verdadeiro extinguiria as próprias criaturas?

— No caso do Cerne e da Inteligência Absoluta hipotética, Deus é a criatura, não o criador — respondi. — Talvez um deus precise criar seres inferiores em contato consigo para ter algum senso de responsabilidade em relação a eles.

— Mas parece que o Cerne assumiu responsabilidade pelos seres humanos nos séculos que se seguiram à Secessão das IAs — retrucou Gladstone. Ela me encarava, atenta, como se quisesse avaliar algo a partir de minha expressão.

Olhei para o jardim. A trilha reluzia de branco, quase fantasmagórica na escuridão.

— O Cerne opera de acordo com os próprios objetivos — argumentei, ciente de que nenhum ser humano compreendia melhor esse fato do que a diretora-executiva Meina Gladstone.

— E você acredita que a humanidade não representa mais um meio para esses objetivos?

Fiz um gesto de indiferença com a mão direita.

— Sou uma criatura que não pertence a nenhuma das duas culturas — falei de novo. — Não fui agraciado com a ingenuidade dos criadores acidentais nem amaldiçoado pela consciência terrível das criaturas.

— Geneticamente, você é todo humano — apontou Gladstone. Não foi uma pergunta. Não respondi. — Dizia-se que Jesus Cristo era todo humano. E também todo Deus. A interseção da humanidade com o divino.

Fiquei admirado de vê-la fazer referência àquela religião antiga. O cristianismo havia sido substituído pelo zen-cristianismo, depois pelo zen-gnosticismo e depois por outras cem teologias e filosofias vitais. O mundo natal de Gladstone não era um repositório de fés descartadas, e eu presumia — e esperava — que a diretora também não fosse. Sugeri:

— Se ele era todo humano e todo Deus, então sou seu reflexo em antimatéria.

— Não — retorquiu Gladstone. — Imagino que o Picanço que seus amigos peregrinos estão confrontando é que seja.

Eu a encarei. Era a primeira vez que ela falava do Picanço para mim, apesar do fato de que eu sabia — e ela sabia que eu sabia — que tinha sido o plano dela que fizera o Cônsul abrir as Tumbas Temporais e libertar aquela coisa.

— Talvez você devesse ter participado da peregrinação, s. Severn — disse a diretora.

— De certa forma, estou participando.

Gladstone fez um gesto, e uma porta se abriu para seus aposentos pessoais.

— Sim, de certa forma, você está. Mas, caso a mulher que guarda seu correspondente seja crucificada na lendária árvore de espinhos do Picanço, *você* vai sofrer nos seus sonhos por toda a eternidade?

Eu não tinha resposta, então fiquei parado, sem falar nada.

— Vamos conversar amanhã de manhã depois da conferência — disse Meina Gladstone. — Durma bem, s. Severn. Bons sonhos.

8

Martin Silenus, Sol Weintraub e o Cônsul estão escalando com dificuldade as dunas em direção à Esfinge quando Brawne Lamia e Fedmahn Kassad voltam com o corpo do padre Hoyt. Weintraub aperta bem a capa em volta de si, na tentativa de proteger a criança contra a fúria da tempestade de areia e da luz crepitante. Ele observa enquanto Kassad desce a duna, as pernas compridas pretas caricatas diante da areia eletrificada, os braços e as mãos penduradas de Hoyt movendo-se ligeiramente a cada passo e escorregada.

Silenus grita alguma coisa, mas o vento rouba as palavras. Brawne Lamia gesticula para a única barraca ainda de pé; a tempestade derrubou ou arrancou as outras. O grupo se amontoa na barraca de Silenus, e o coronel Kassad entra por último, carregando o corpo com cuidado. Do lado de dentro, dá para ouvir os gritos deles por cima do estalo do tecido de plastifibra e pelo estrondo de raios que parece papel rasgado.

— Morreu? — berra o Cônsul enquanto afasta o manto que Kassad havia enrolado em volta do corpo nu de Hoyt. As cruciformes brilham rosadas.

O coronel aponta para os sensores piscando na superfície do pacote médico de FORÇA colado ao peito do sacerdote. As luzes piscam em vermelho, exceto uma amarela dos filamentos e nódulos que sustentam os sistemas. A cabeça de Hoyt pende para trás, e agora Weintraub vê a sutura centopeica que prende as bordas irregulares da garganta cortada.

Com a mão, Sol Weintraub tenta sentir a pulsação; não consegue. Inclina-se para a frente e apoia o ouvido no peito do sacerdote.

Não escuta nenhum batimento, mas a lesão da cruciforme ali esquenta a bochecha de Sol. Ele olha para Brawne Lamia.

— O Picanço?

— Foi... eu acho... não sei. — Ela gesticula para a pistola antiga ainda em sua mão. — Descarreguei a arma. Doze tiros no... no que quer que fosse aquilo.

— Você viu? — pergunta o Cônsul para Kassad.

— Não. Entrei no cômodo dez segundos depois de Brawne, mas não vi nada.

— E a porra das suas bugigangas de soldado? — questiona Martin Silenus. Ele está enfiado no fundo da barraca, encolhido quase em posição fetal. — Aquelas merdas todas de FORÇA não revelaram nada?

— Não.

O pacote médico emite um alarme baixo, e Kassad solta outro cartucho de plasma do cinto, insere-o na câmara do pacote e se senta em cima dos calcanhares. Abaixa a viseira para olhar para fora da entrada da barraca. A voz dele fica distorcida pelo alto-falante do capacete.

— Ele perdeu mais sangue do que nós temos condição de compensar aqui. Mais alguém trouxe equipamento de primeiros socorros?

Weintraub revira a própria bolsa.

— Tenho um estojo básico. Mas não dá conta disso. O que quer que tenha cortado a garganta dele atravessou tudo.

— O Picanço — sussurra Martin Silenus.

— Não importa — diz Lamia, abraçando o próprio corpo para não tremer. — A gente precisa conseguir socorro para ele. — Ela olha para o Cônsul.

— Ele morreu — argumenta o Cônsul. — Nem a enfermaria da nave vai trazê-lo de volta.

— A gente precisa *tentar*! — grita Lamia, inclinando-se para a frente e agarrando a túnica do Cônsul. — Não podemos deixá-lo à mercê dessas... coisas... — Ela indica a cruciforme que brilha sob a pele do tórax do homem morto.

O Cônsul esfrega os olhos.

— Podemos destruir o corpo. Com o fuzil do coronel...

— *A gente* vai morrer se não sair desta tempestade do caralho! — exclama Silenus. A barraca treme, e plastifibra sacode a cabeça do poeta a cada lufada. O barulho da areia contra o tecido parece um foguete decolando do lado de fora. — Chama a porra da nave. Chama!

O Cônsul puxa a bolsa para junto de si, como se quisesse proteger o conexo antigo dentro dela. As bochechas e a testa dele brilham de suor.

— Podíamos esperar a tempestade passar dentro de uma das Tumbas — sugere Sol Weintraub. — A Esfinge, talvez.

— Nem fodendo — responde Martin Silenus.

O acadêmico se mexe no espaço apertado e encara o poeta.

— Você veio até aqui atrás do Picanço. Vai dizer que mudou de ideia agora que parece que ele deu as caras?

Os olhos de Silenus cintilam por baixo da boina abaixada.

— Não vou dizer nada além de que eu quero a porra da nave aqui, e quero *agora*.

— Talvez seja uma boa ideia — concede o coronel Kassad. O Cônsul se volta para ele. — Se existe alguma chance de salvarmos a vida de Hoyt, devíamos tentar.

O Cônsul também está sofrendo. Ele diz:

— Não podemos ir embora. Não agora.

— Não — concorda Kassad. — Não vamos usar a nave para ir embora. Mas talvez a enfermaria ajude Hoyt. E podemos esperar lá dentro até a tempestade passar.

— E talvez a gente descubra o que está acontecendo lá em cima — acrescenta Brawne Lamia, apontando com o polegar para o teto da barraca.

A bebê Rachel chora com um som agudo. Weintraub a balança, apoiando a cabeça dela na mão larga.

— Concordo — diz ele. — Se o Picanço quiser, ele pode nos achar na nave com a mesma facilidade que aqui fora. Vamos garantir que ninguém vá embora. — Ele encosta no peito de Hoyt.

— Por mais horrível que pareça, as informações que a enfermaria fornecer sobre a atuação deste parasita podem ser de valor incalculável para a Rede.

— Tudo bem — cede o Cônsul. Ele tira o conexo velho da bolsa, apoia a mão no disclave e murmura alguns comandos.

— Está vindo? — pergunta Martin Silenus.

— Confirmou a ordem. Vamos ter que guardar nossas coisas para levar. Mandei pousar logo acima da entrada do vale.

Lamia se surpreende ao perceber que estava chorando. Ela enxuga o rosto e sorri.

— Qual é a graça? — pergunta o Cônsul.

— Mesmo com isso tudo — diz ela, esfregando o dorso da mão nas bochechas —, eu só consigo pensar em como vai me cair bem um banho.

— Uma bebida — sugere Silenus.

— Abrigo da tempestade — propõe Weintraub. A bebê está mamando de um pacote.

Kassad inclina o corpo para a frente e põe a cabeça e os ombros para fora da barraca. Ele ergue a arma e solta a trava de segurança.

— Sensores — diz ele. — Tem alguma coisa se mexendo do outro lado da duna. — A viseira se vira para eles, refletindo um grupo pálido e amontoado e o corpo ainda mais pálido de Lenar Hoyt. — Vou ver o que é. Esperem aqui até a nave chegar.

— Não saia — pede Silenus. — É que nem um daqueles hololos de terror antigos escrotos em que as pessoas vão indo uma a uma... Ei! — O poeta se cala. A entrada da barraca já não passa de um triângulo de luz e barulho. Fedmahn Kassad se foi.

A barraca está ameaçando desabar. As hastes e âncoras de arame cedem sob o movimento da areia. Juntos um do outro, aos berros para se fazerem ouvir em meio ao rugido do vento, o Cônsul e Lamia embrulham o corpo de Hoyt no manto dele. Os indicadores do pacote médico continuam a piscar com uma luz vermelha. A sutura centopeica grosseira já não verte mais sangue.

Sol Weintraub põe a filha de 4 dias de idade no cesto infantil contra o peito, passa a capa por cima dela e se agacha na entrada.

— Nenhum sinal do coronel! — grita.

Neste momento, um raio atinge a asa estendida da Esfinge.

Brawne Lamia vai para a entrada e levanta o corpo do sacerdote. Ela se espanta com a leveza.

— Vamos levar o padre Hoyt para a nave e a enfermaria. Depois alguns de nós voltamos para procurar Kassad.

O Cônsul puxa o tricórnio para baixo e levanta a gola.

— A nave tem radar de profundidade e sensores de movimento. Ela vai dizer aonde o coronel foi.

— E o Picanço — acrescenta Silenus. — Não dá para esquecer nosso anfitrião.

— Vamos — chama Lamia, e se levanta.

Ela precisa inclinar o corpo contra o vento para conseguir avançar. Pontas soltas do manto de Hoyt se debatem e estalam em volta de Lamia, enquanto o dela se arrasta atrás. Orientando-se pelos clarões intermitentes dos raios, ela abre caminho na direção da cabeceira do vale e só olha para trás uma vez para ver se os outros a estão acompanhando.

Martin Silenus se afasta da barraca, levanta o cubo de Möbius de Het Masteen, e sua boina roxa sai voando no vento, subindo pelos ares. Silenus para e xinga profusamente, só parando quando a boca começa a se encher de areia.

— Vem — grita Weintraub, com a mão no ombro do poeta. Sol sente a areia atingir o rosto e sujar a barba. A outra mão dele está cobrindo o peito, como se abrigasse algo preciosíssimo. — Vamos perder Brawne de vista se não nos apressarmos.

Os dois se ajudam a avançar contra o vento. O casaco de pele de Silenus se sacode freneticamente quando ele faz um desvio para recuperar a boina, que caiu no aclive de uma duna.

O Cônsul é o último a sair, tanto com a própria bolsa quanto com a de Kassad. Um minuto depois de ele abandonar o abrigo pequeno, hastes cedem, tecido se rasga e a barraca sai voando noite adentro, envolta por uma aura de eletricidade estática. Ele sobe os trezentos metros da trilha aos tropeços, capta vislumbres ocasionais dos dois homens à frente, perde-se com mais frequência da trilha, tendo que andar em círculos até reencontrá-la. As Tumbas Temporais despontam visíveis atrás dele quando a tempestade de areia diminui um pouco e os raios produzem clarões em sequência. O Cônsul vê a Esfinge, que ainda brilha com os raios sucessivos, a Tumba de Jade atrás dela, com paredes luminescentes, e depois o Obelisco, sem brilho, um espigão vertical de preto absoluto diante das encostas do vale. Em seguida, o Monólito de Cristal. Não há sinal algum de Kassad, embora as dunas inconstantes, a areia no vento e os clarões súbitos deem a impressão de que há muita coisa se mexendo.

O Cônsul olha para cima e vê agora a entrada larga do vale e as nuvens turbulentas baixas logo acima, quase na expectativa de vislumbrar o brilho azul de fusão da nave descendo no meio delas. A tempestade está terrível, mas sua espaçonave já pousou em situações piores. O Cônsul se pergunta se ela já chegou e se os outros o estão esperando ao pé dela.

Quando ele alcança a passagem entre os paredões rochosos na entrada do vale, contudo, o vento o ataca de novo e ele vê os outros quatro agrupados no começo da planície ampla, mas a nave não está lá.

— Já não era para ter chegado? — grita Lamia enquanto o Cônsul se aproxima.

Ele faz que sim e se agacha para tirar o conexo da bolsa. Weintraub e Silenus ficam em pé atrás dele, encurvando-se para oferecer algum abrigo contra a areia e o vento. O Cônsul tira o conexo, para e olha ao redor. A tempestade faz parecer que eles estão dentro de uma sala maluca onde as paredes e o teto mudam a cada instante, ora fechando-se em torno deles, a meros metros de distância, ora recuando, subindo, feito a cena em que a sala e a árvore de Natal se abrem para Clara no *Quebra-nozes* de Tchaikovski.

O Cônsul põe a palma da mão no disclave, inclina-se para a frente e murmura no quadrado de voz. O instrumento antigo responde com outro murmúrio, palavras quase inaudíveis no meio do chiado da areia. Ele endireita as costas e olha para os outros.

— Não deixaram a nave sair.

Começa uma gritaria de protesto.

— Como assim, "não deixaram"? — pergunta Lamia quando os outros se calam.

O Cônsul dá de ombros e olha para o céu como se ainda houvesse a chance de uma cauda azul de fogo anunciar a aproximação da nave.

— Ela não recebeu autorização no espaçoporto de Keats.

— Você não falou que tinha autorização da porra da rainha? — berra Martin Silenus. — Da velha *Glandestone* em pessoa?

— O código de autorização de Gladstone estava na memória da nave — diz o Cônsul. — As autoridades de FORÇA e do espaçoporto sabiam.

— Então o que foi que aconteceu? — Lamia passa a mão no rosto. As lágrimas que ela derramou na barraca deixaram pequenos fios de lama na camada de areia que lhe cobre as bochechas.

O Cônsul dá de ombros.

— Gladstone cancelou o código anterior. Tem uma mensagem dela aqui. Querem ouvir?

Por um minuto, ninguém responde. Depois de uma semana de viagem, a ideia de ter contato com alguém de fora do grupo é tão inusitada que a princípio eles não a processam; era como se o mundo além da peregrinação tivesse deixado de existir, exceto pelas explosões no céu noturno.

— Sim, vamos ouvir — diz Sol Weintraub. Uma calma súbita na tempestade faz as palavras parecerem muito altas.

Eles se juntam em volta do conexo antigo e se agacham, deitando o padre Hoyt no centro da roda. Em um minuto de desatenção, uma pequena duna começou a se formar em torno do corpo dele. Os sensores agora estão todos vermelhos, menos os monitores de medidas extremas, que brilham com uma luz âmbar. Lamia encaixa outro cartucho de plasma e confere se a máscara de osmose está bem presa na boca e no nariz de Hoyt, filtrando oxigênio puro e barrando a areia.

— Certo — diz ela.

O Cônsul ativa o disclave.

A mensagem é um esguicho largofônico, gravado pela nave uns dez minutos antes. O ar se enche com as colunas de dados e o coloide de imagem esférica típico de conexos da época da Hégira. A imagem de Gladstone tremeluz, e seu rosto se distorce de um jeito bizarro e depois quase cômico quando milhões de grãos de areia soprados pelo vento a atravessam. Até no volume máximo, a voz dela quase se perde na tempestade.

— Sinto muito — diz a imagem familiar —, mas não posso permitir que sua espaçonave se aproxime das Tumbas ainda. A tentação de ir embora seria grande demais, e a importância da missão precisa vir acima de qualquer outro fator. Por favor, entendam que o destino de mundos inteiros talvez dependa de vocês. Tenham certeza de que estão em meus pensamentos e em minhas orações. Gladstone desligando.

A imagem encolhe e desaparece. O Cônsul, Weintraub e Lamia continuam olhando, em silêncio. Martin Silenus se levanta, joga um punhado de areia no espaço vazio onde o rosto de Gladstone apareceu segundos antes e grita:

— Vaca filha do puto desgraçada babaca filha da puta política moralmente desviada!

Ele chuta areia para o alto. Os outros viram o olhar para ele.

— Bom, isso ajudou bastante — comenta Brawne Lamia em um tom baixo.

Furioso, Silenus sacode os braços e se afasta, ainda chutando as dunas.

— Mais alguma coisa? — pergunta Weintraub ao Cônsul.

— Não.

Brawne Lamia cruza os braços e franze o cenho ao olhar para o conexo.

— Esqueci o que você disse sobre como esse negócio funciona. Como é que você evita a interferência?

— Feixe denso para um sat-com de bolso que eu instalei quando estávamos descendo da *Yggdrasill* — explica o Cônsul.

Lamia faz que sim com a cabeça.

— Então quando você enviava os informes, era só mandar mensagens breves para a nave, e ela mandava esguichos largofônicos para Gladstone... e seus contatos desterros?

— É.

— A nave consegue decolar sem autorização? — pergunta Weintraub. O homem de idade está sentado, com os joelhos erguidos e os braços apoiados por cima em uma posição clássica de completa fadiga. Sua voz também está cansada. — Passar por cima da proibição de Gladstone?

— Não — diz o Cônsul. — Quando Gladstone deu a negativa, FORÇA ativou um campo de contenção de classe três em cima do fosso antiexplosão onde deixamos a nave.

— Entra em contato com ela — sugere Brawne Lamia. — Explica a situação.

— Já tentei. — O Cônsul segura o conexo com as mãos e volta a guardá-lo na bolsa. — Sem resposta. Além disso, comentei no primeiro esguicho que Hoyt estava muito ferido e que precisávamos de cuidados médicos. Eu queria deixar a enfermaria da nave pronta para ele.

— Ferido — repete Martin Silenus, voltando para o lugar onde eles estavam aninhados. — Cacete. Nosso amigo padre está mais morto que o cachorro de Glennon-Height. — Ele aponta o polegar na direção do corpo embrulhado pelo manto; os indicadores de todos os monitores estão vermelhos.

Brawne Lamia se curva para chegar mais perto e encosta na bochecha de Hoyt. Está fria. Tanto os biomonitores do conexo dele quanto o pacote médico começam a apitar alertas de morte cerebral. A máscara de osmose continua enchendo os pulmões dele com oxigênio puro, e os estimulantes do pacote médico ainda atuam nos pulmões e no coração, mas os apitos aumentam até virar um grito e depois se firmam em um tom constante terrível.

— Ele perdeu sangue demais — avalia Sol Weintraub. Ele encosta no rosto do padre morto, de olhos fechados e cabeça baixa.

— Que ótimo — solta Silenus. — Do caralho. E, segundo a própria história de Hoyt, ele vai se decompor e se recompor, graças a essa desgraça cruciforme... *Duas* dessas desgraças, o cara está nadando de braçada no seguro-ressurreição... E depois vai se levantar de novo que nem uma versão demente do fantasma do papai de Hamlet. E aí o que é que a gente faz?

— Cala a boca — diz Brawne Lamia. Ela está envolvendo o corpo de Hoyt com uma lona que trouxe da barraca.

— Cala a boca você — grita Silenus. — Tem um monstro à espreita por aí. O velho Grendel em pessoa está em algum lugar, afiando as unhas para a próxima refeição, e você quer mesmo que o zumbi de Hoyt se junte ao nosso bando feliz? Lembra como ele descreveu os Bikura? Deixaram as cruciformes trazerem *eles próprios* de volta durante séculos, e falar com um deles era que nem falar com uma esponja ambulante. Você quer *mesmo* que o cadáver de Hoyt venha passear com a gente?

— Duas — diz o Cônsul.

— Quê? — Martin Silenus gira o corpo, perde o equilíbrio e cai de joelhos perto do corpo. Ele se inclina para o acadêmico idoso. — O que você disse?

— Duas cruciformes — responde o Cônsul. — A dele e a do padre Paul Duré. Se a história dele sobre os Bikura for verdade, então os dois vão... ressuscitar.

— Ai, Jesus Cristinho — diz Silenus, sentando-se na areia.

Brawne Lamia terminou de envolver o corpo do sacerdote. Ela olha para o embrulho.

— Eu me lembro disso na história do padre Duré sobre o Bikura chamado Alfa — comenta ela. — Mas ainda não entendi. A lei de conservação da massa precisa aparecer em algum lugar.

— Vão ser zumbis *pequenos* — diz Martin Silenus. Ele aperta o casaco de pele e dá um murro na areia.

— Podíamos ter aprendido muito se a nave tivesse chegado — lamenta o Cônsul. — O diagnóstico automático podia... — Ele se cala e faz um gesto. — Olha. Tem menos areia no ar. Talvez a tempestade esteja...

Estoura um raio e começa a chover, e os projéteis gelados açoitam o rosto deles com mais fúria do que a tempestade de areia.

Martin Silenus começa a rir.

— É uma porra de um *deserto*! — grita para o céu. — Provavelmente vamos morrer em um dilúvio.

— Temos que sair daqui — diz Sol Weintraub. O rosto da filha dele aparece entre as aberturas do manto. Rachel está chorando, com o rosto muito avermelhado. Ela parece nova como um recém-nascido.

— Fortaleza de Cronos? — sugere Lamia. — São algumas horas...

— Longe demais — corta o Cônsul. — Vamos improvisar um abrigo em uma das Tumbas.

Silenus ri de novo. Ele recita:

— *Quem é que vem ao sacrifício?*
  A que altar verde, padre desconhecido,
E ornada a pele com belos artifícios,
Levas a novilha que ao céu lança um mugido?

— Isso é um sim? — pergunta Lamia.

— É um "Por que caralhos não?" — fala Silenus, rindo. — Por que dificultar o trabalho da nossa musa fria de nos encontrar? Podemos assistir à decomposição do nosso amigo enquanto esperamos. Quanto tempo a história de Duré disse que levava para um dos Bikura voltar ao rebanho depois que a morte interrompia suas ruminações?

— Três dias — responde o Cônsul.

Martin Silenus bate na própria testa com a base da mão.

— Claro. Como eu pude esquecer? Maravilhosamente adequado, em termos de Novo Testamento. Enquanto isso, talvez nosso lobo em pele de Picanço leve mais alguns deste rebanho. Vocês acham que o padre se incomodaria se eu pegasse emprestada uma das cruciformes dele só por via das dúvidas? Quer dizer, ele tem uma sobrando...

— Vamos — chama o Cônsul. A chuva escorre de seu chapéu tricórnio em uma cachoeira constante. — Vamos ficar dentro da Esfinge até de manhã. Eu levo o resto da bagagem de Kassad e o cubo de Möbius. Brawne, você leva as coisas de Hoyt e a bolsa de Sol. Sol, você mantém a neném aquecida e seca.

— E o padre? — pergunta o poeta, apontando o polegar na direção do corpo.

— Você carrega o padre Hoyt — diz Brawne Lamia, em voz baixa, e se vira.

Martin Silenus abre a boca, vê a pistola na mão de Lamia, dá de ombros e se abaixa para levantar o corpo até o ombro.

— Quem vai carregar Kassad quando a gente o encontrar? Claro, talvez ele tenha sido picado em pedaços pequenos o bastante para todos nós...

— Por favor, cala a boca — fala Brawne Lamia, cansada. — Se eu tiver que atirar em você, vai ser só mais uma coisa para a gente carregar. Anda logo.

Com o Cônsul à frente, Weintraub logo atrás, Martin Silenus cambaleando alguns metros depois e Brawne Lamia na retaguarda, o grupo volta a descer a passagem baixa para o Vale das Tumbas.

9

A agenda da diretora-executiva naquela manhã estava cheia. O dia de Tau Ceti Central tem 23 horas, possibilitando que o governo opere no Tempo Padrão da Hegemonia sem destruir todo o ritmo diurno local. Às 5h45, Gladstone se reuniu com seus conselheiros militares. Às 6h30, tomou café com duas dúzias dos senadores mais importantes e com representantes da Totalidade e do TecnoCerne. Às 7h15, a diretora se teleprojetou para Renascença Vetor, onde era noite, para a inauguração oficial do Centro Médico Hermes em Cadua. Às 7h40, ela voltou à Casa do Governo para uma reunião com seus principais assessores, incluindo Leigh Hunt, na intenção de repassar o discurso que apresentaria ao Senado e à Totalidade às 10h. Às 8h30, voltou a se reunir com o general Morpurgo e o almirante Singh para se atualizar quanto à situação no sistema Hyperion. Às 8h45, ela se reuniu comigo.

— Bom dia, s. Severn — cumprimentou a diretora.

Gladstone estava atrás da mesa na sala onde eu a vira pela primeira vez três noites antes. Ela fez um gesto com a mão para indicar um aparador junto à parede com jarras de prata imaculada cheias de café quente, chá e caffta.

Recusei com a cabeça e me sentei. Três das janelas holográficas exibiam luz branca, mas a que estava à minha esquerda oferecia o mapa tridimensional do Sistema Hyperion que eu tentara decifrar no Gabinete de Guerra. Agora parecia que o vermelho dos desterros cobria e infiltrava o sistema que nem um corante que se dissolvia e sedimentava em uma solução azul.

— Quero saber seus sonhos — disse a diretora Gladstone.

— Quero saber por que você os abandonou — falei, com a voz neutra. — Por que você deixou o padre Hoyt morrer.

Gladstone não devia estar acostumada a ser tratada assim, não depois de 48 anos no Senado e uma década e meia como diretora-executiva, mas a única reação dela foi erguer uma sobrancelha uma fração de polegada.

— Então você sonha mesmo os fatos.

— Você duvidava?

Ela abaixou o bloco de trabalho que estava segurando, desligou-o e balançou a cabeça.

— Não exatamente, mas ainda é chocante ouvir algo que mais ninguém da Rede sabe.

— Por que você não os deixou usar a nave do Cônsul?

Gladstone girou para olhar a janela onde a imagem tática se mexia e mudava conforme a chegada de novas informações alterava o fluxo vermelho, a retirada azul, a movimentação de planetas e luas, mas, se a ideia tinha sido incluir a situação militar na explicação, ela desistiu. Girou de novo para mim.

— Por que eu deveria explicar qualquer decisão executiva para você, s. Severn? Qual é seu eleitorado? Quem você representa?

— Represento aquelas cinco pessoas e a bebê que você deixou isoladas em Hyperion — falei. — Hoyt podia ter sido salvo.

Gladstone fechou a mão e tocou um dedo indicador encurvado no lábio inferior.

— Talvez. E talvez já estivesse morto. Mas o problema não era esse, era?

Recostei-me na cadeira. Eu não tinha me dado ao trabalho de trazer o bloco de rascunho, e meus dedos estavam ansiosos para segurar alguma coisa.

— Então qual é?

— Você lembra a história do padre Hoyt... a história que ele contou durante a viagem até as Tumbas? — perguntou Gladstone.

— Lembro.

— Cada um dos peregrinos pode requisitar um favor ao Picanço. Segundo a tradição, a criatura concede um desejo e recusa os outros, matando os que são recusados. Você lembra qual era o desejo de Hoyt?

Hesitei. Lembrar elementos do passado dos peregrinos era que nem tentar recuperar detalhes dos sonhos da semana anterior.

— Ele queria que as cruciformes fossem removidas — respondi. — Queria liberdade tanto para o padre Duré... a alma dele, o DNA, tanto faz... quanto para si próprio.

— Não exatamente — contestou Gladstone. — O padre Hoyt queria morrer.

Eu me levantei, quase derrubando a cadeira, e fui até o mapa pulsante.

— Isso é uma palhaçada sem tamanho — protestei. — Mesmo se ele quisesse, os outros tinham a obrigação de salvá-lo... e você também. Você o deixou morrer.

— Deixei.

— Do mesmo jeito que vai deixar o restante morrer?

— Não necessariamente. É a vontade deles. E do Picanço, se é que essa criatura existe. No momento, só sei que a peregrinação deles é importante demais para permitir que tenham condições de... recuar no instante da decisão.

— Decisão de quem? Deles? Como a vida de seis ou sete pessoas, e de uma bebê, pode afetar o destino de uma sociedade de 150 *bilhões*?

Eu sabia a resposta, claro. O Conselho Consultivo de IA e os previsores menos conscientes da Hegemonia haviam escolhido os peregrinos com muito cuidado. Mas para quê? Imprevisibilidade. Eles eram cifras que equilibravam o enigma definitivo de toda a equação Hyperion. Gladstone sabia disso ou sabia só o que seus espiões e o conselheiro Albedo lhe diziam? Suspirei e voltei para minha cadeira.

— Seu sonho apontou o destino do coronel Kassad? — perguntou a diretora.

— Não. Acordei antes que eles voltassem à Esfinge para se abrigar da tempestade.

Gladstone deu um ligeiro sorriso.

— Você compreende, s. Severn, que para nossos interesses seria mais conveniente sedá-lo, submetê-lo ao mesmo falafranca que seus amigos Philomel usaram e acoplá-lo a subvocalizadores para termos um aporte mais constante de informações sobre Hyperion.

Retribuí o sorriso.

— Compreendo que seria mais conveniente. Mas seria menos conveniente para vocês se eu escapasse para o Cerne pela esfera de dados e deixasse meu corpo para trás. E é exatamente o que vou fazer se sofrer coerção de novo.

— Claro — disse Gladstone. — É exatamente o que *eu* faria se estivesse nessas circunstâncias. Diga, s. Severn, como é o Cerne? Como é aquele lugar distante onde sua consciência reside de fato?

— Movimentado — falei. — Você queria me ver por mais algum motivo hoje?

Gladstone sorriu de novo, e senti que era um sorriso genuíno, não a arma política que ela sabia usar tão bem.

— Sim, eu estava pensando em outra coisa. Você gostaria de ir para Hyperion? Hyperion *de verdade*?

— Hyperion de verdade? — repeti de um jeito estúpido.

Senti os dedos das mãos e dos pés formigarem conforme uma empolgação estranha se espalhava por mim. Ainda que minha consciência residisse de fato no Cerne, meu corpo e meu cérebro eram humanos até demais, suscetíveis demais a adrenalina e outras substâncias químicas aleatórias.

Gladstone fez que sim.

— Milhões de pessoas querem ir para lá. Teleprojetar-se para um lugar diferente. Ver a guerra de perto. — Ela suspirou e mexeu no bloco de trabalho. — Idiotas. — Ela me encarou, e seus olhos castanhos estavam sérios. — Mas quero alguém que vá e me informe pessoalmente da situação. Leigh vai usar um dos novos terminais militares de teleprojeção agora de manhã, e pensei que você poderia ir junto. Talvez não dê tempo de descer no planeta em si, mas vocês estariam no sistema.

Pensei em algumas perguntas e fiquei constrangido com a primeira que saiu.

— Vai ser perigoso?

Gladstone não mudou de expressão nem de tom.

— Talvez. Mas você vai estar muito longe das linhas de frente, e Leigh tem instruções explícitas para não se expor, nem expor você, a qualquer risco óbvio.

Risco óbvio, pensei. Mas quantos eram os riscos não tão óbvios em uma zona de guerra, perto de um mundo onde uma criatura como o Picanço corria à solta?

— Certo, eu vou. Só uma coisa...

— Pois não?

— Preciso saber por que você quer que eu vá. Tenho a impressão de que seria um risco desnecessário me mandar embora se você só me quer pela minha ligação com os peregrinos.

Gladstone fez que sim.

— S. Severn, é verdade que sua ligação com os peregrinos, ainda que um tanto tênue, me interessa. Mas também é verdade que me interesso por suas observações e avaliações. *Suas* observações.

— Mas não sou nada para você — falei. — Você não sabe quem mais eu informaria, de propósito ou não. Sou uma criatura do TecnoCerne.

— É, mas talvez também seja a pessoa com menos afiliações em Tau Ceti Central no momento, talvez até em toda a Rede. Além do mais, suas observações são as de um poeta treinado, um homem cuja genialidade eu respeito.

Soltei uma risada.

— *Ele* era um gênio — refutei. — Eu sou um simulacro. Uma peça de jogo. Uma caricatura.

— Tem certeza? — perguntou Meina Gladstone.

Ergui as mãos vazias.

— Não compus nenhum verso nos meus dez meses de existência e consciência nesta pós-vida estranha — repliquei. — Nem *penso* sobre poesia. Isso já não prova que esse projeto de recuperação do

Cerne é uma farsa? Até meu nome falso é um insulto a um homem infinitamente mais talentoso do que jamais serei... Joseph Severn era uma sombra em comparação com o Keats de verdade, mas maculo seu nome ao usá-lo.

— Talvez — disse Gladstone. — E talvez não. Seja como for, pedi que você fizesse esta viagem curta com o s. Hunt para Hyperion. — Ela fez uma pausa. — Você não tem... obrigação de ir. Em mais de um sentido, você não é nem cidadão da Hegemonia. Mas eu ficaria grata se você fosse.

— Eu vou — repeti, escutando minha própria voz como se viesse de longe.

— Que bom. Você vai precisar de roupas quentes. Não vista nada que possa se soltar ou provocar constrangimento em queda livre, embora seja pouco provável que venha a passar por isso. Encontre o s. Hunt no principal nexo de teleprojetor da Casa do Governo daqui a... — Ela deu uma olhada no conexo. — ... doze minutos.

Assenti e me virei para sair.

— Ah, s. Severn...

Parei na porta. A mulher idosa atrás da mesa de repente me pareceu pequena e muito cansada.

— Obrigada, s. Severn — disse ela.

Era verdade que milhões de pessoas queriam se teleprojetar para a zona de guerra. A Totalidade era um frenesi de petições, argumentos a favor da permissão para civis projetarem para Hyperion, pedidos de linhas de cruzeiro para excursões curtas, exigências por parte de políticos planetários e representantes da Hegemonia para viajar pelo sistema em "missões investigativas". Todos esses pedidos foram recusados. Os cidadãos da Rede — ainda mais cidadãos da Rede com poder e influência — não estavam acostumados a não poder ter acesso a experiências novas, e, para a Hegemonia, uma guerra total ainda era uma das poucas experiências desconhecidas.

Mas o gabinete da diretora-executiva e as autoridades de FORÇA continuavam firmes: não haveria nenhuma teleprojeção de civis ou sem permissão para o sistema Hyperion, nenhuma cobertura redejornalística sem censura. Em uma época em que nenhuma informação era inacessível, nenhuma viagem era proibida, uma exclusão dessas era enlouquecedora e irresistível.

Encontrei o s. Hunt no nexo de teleprojetor executivo depois de apresentar meu botão de autorização em uma dúzia inteira de barreiras de segurança. Hunt usava roupa de lã preta, sem adereços, mas que lembrava os uniformes de FORÇA presentes em todo canto dessa área da Casa do Governo. Eu não tive tempo para me trocar; só voltei aos meus aposentos para pegar um colete folgado cheio de bolsos para levar materiais de desenho e um imageador 35 mm.

— Pronto? — perguntou Hunt.

Aquele rosto de bassê não parecia feliz em me ver. Ele portava uma valise preta simples.

Fiz que sim.

Hunt gesticulou para um técnico de transporte de FORÇA, e um portal de uso único tremeluzente apareceu. Eu sabia que o dispositivo estava sintonizado ao nosso DNA e não admitiria mais ninguém. Hunt respirou fundo e atravessou. Depois da passagem dele, vi a superfície do portal estremecer feito um rio de mercúrio que voltava a se acalmar após uma ligeira brisa. Atravessei em seguida também.

Diziam que os primeiros protótipos de teleprojetor não causavam sensação alguma durante a transição e que os engenheiros humanos e de IA haviam alterado o equipamento para acrescentar esse formigamento sutil com cheiro de ozônio e dar aos viajantes a impressão de *deslocamento*. Verdade ou não, minha pele ainda estava carregada de tensão quando me afastei do portal, parei e olhei à minha volta.

É estranho, mas é verdade que há mais de oitocentos anos se representam espaçonaves bélicas em obras de ficção, cinema, holo e simestimulante; antes mesmo de a humanidade sair da Terra Velha com algo além de aviões atmosféricos adaptados, os filmes planos já exibiam batalhas espaciais épicas, couraçados interestelares gigantescos com armamentos incríveis singrando o espaço como se fossem cidades aerodinâmicas. Até a onda de holos de guerra recentes após a Batalha de Bréssia mostrava frotas imensas combatendo em distâncias que um par de soldados de solo acharia claustrofóbicas, naves que colidiam e disparavam e queimavam feito trirremes gregos abarrotados no estreito de Artemísio.

Portanto, não admira que meu coração pulasse e minhas mãos estivessem um pouco úmidas quando entrei na nave capitânia da frota, na expectativa de sair na ampla sala de comando de uma belonave de holo, cercado por telas gigantes exibindo naves inimigas, com sirenes aos berros e comandantes tensos encurvados em cima de painéis de comando tático enquanto a nave se balançava para a direita e para a esquerda.

Hunt e eu estávamos no que podia ter sido um corredor estreito de uma usina de energia. Havia canos diferenciados por cor por toda parte, alças e escotilhas herméticas aqui e ali em intervalos regulares denunciando o fato de estarmos em uma nave espacial, além de painéis de interação e disclaves de última geração que indicavam que o corredor possuía outro propósito além de dar acesso a algum lugar, mas o efeito geral era de claustrofobia e tecnologia primitiva. Quase achei que veria *fios* saindo de nodos de circuitos. Um duto vertical cruzava com nosso corredor; dava para ver outras vias estreitas e entulhadas atrás de outras escotilhas.

Hunt me olhou e encolheu os ombros ligeiramente. Perguntei a mim mesmo se era possível termos nos teleprojetado para o destino errado.

Antes que nós dois pudéssemos falar qualquer coisa, um jovem segundo-tenente de FORÇA:espaço com uniforme de combate preto saiu de um dos corredores laterais, prestou continência para Hunt e disse:

— Bem-vindos à *Hébridas*, senhores. O almirante Nashita me pediu para transmitir seus cumprimentos e convidá-los ao centro de controle de combate. Queiram me acompanhar, por favor.

O jovem segundo-tenente então girou nos calcanhares, segurou uma alça e subiu para dentro de um duto vertical apertado.

Acompanhamos do jeito que dava, Hunt tentando não soltar a valise e eu tentando não ter as mãos esmagadas pelos calcanhares de Hunt durante a subida. Depois de só alguns metros, percebi que a gravidade ali era muito menor que a 1 G padrão e que na verdade não era gravidade coisa nenhuma; estava mais para como se inúmeras mãozinhas insistentes me empurrassem para "baixo". Eu sabia que espaçonaves aplicavam em seu interior um campo de contenção de primeira a fim de simular a gravidade, mas até então nunca experimentara essa sensação diretamente. Não era de todo agradável; a pressão constante parecia a força de uma ventania, e o efeito incrementava a claustrofobia provocada por corredores estreitos, escotilhas pequenas e anteparas abarrotadas de equipamentos.

A *Hébridas* era uma nave Três-C, Comunicação-Controle-Comando, e o centro de controle de combate era o coração e o cérebro — mas não um coração e um cérebro muito impressionantes. O jovem tenente nos fez passar por três escotilhas herméticas, nos conduziu por um último corredor vigiado por guardas fuzileiros e nos deixou em um cômodo que tinha no máximo vinte metros de lado, mas era tão abarrotado de barulho, gente e equipamentos que o primeiro instinto que se tinha era sair de novo pela escotilha para pegar um pouco de ar.

Não havia telas gigantes, mas dezenas de jovens oficiais de FORÇA:espaço se encurvavam sobre telas misteriosas, envoltos em aparatos de simestimulante ou observando chapas pulsantes que pareciam se projetar de todas as seis anteparas. Homens e mulheres estavam amarrados em cadeiras ou abrigos sensórios, exceto alguns oficiais — com expressões muito mais de burocratas estafados do que de guerreiros tensos —, que perambulavam pelos corredores estreitos, tocavam nas costas de subordinados, demandavam mais informações e conectavam os próprios plugues de implante para acessar consoles. Um desses homens se aproximou às pressas, olhou para nós dois, prestou continência para mim e disse:

— S. Hunt?

Fiz um gesto com a cabeça na direção de meu companheiro.

— S. Hunt — disse o jovem e gordo comandante —, o almirante Nashita vai recebê-lo agora.

O comandante de todas as forças da Hegemonia no sistema Hyperion era um homem baixo com cabelo branco curto, pele muito mais lisa do que a idade sugeria e uma carranca terrível que parecia perene. O almirante Nashita usava uniforme preto de gola alta, sem qualquer insígnia de posto além de um único sol anã vermelha nela. Suas mãos eram duras e de aparência bastante forte, mas as unhas tinham sido feitas recentemente. O almirante estava sentado em um tablado pequeno cercado por equipamentos e chapas inertes. Parecia que a agitação e a loucura eficiente corriam em volta dele como um rio veloz em torno de uma pedra inabalável.

— Você é o mensageiro de Gladstone — disse ele para Hunt. — Quem é este?

— Meu assessor — explicou Leigh Hunt.

Resisti ao impulso de erguer a sobrancelha.

— O que você quer? — perguntou Nashita. — Como pode ver, estamos ocupados.

Leigh Hunt meneou a cabeça e olhou à sua volta.

— Tenho alguns materiais para o senhor, almirante. Tem algum lugar onde possamos ter privacidade?

O almirante Nashita grunhiu, passou a mão por cima de um reossensor, e o ar atrás de mim ficou mais denso, aglutinando-se em uma névoa semissólida quando o campo de contenção se reificou. O barulho do centro de controle de combate desapareceu. Nós três estávamos em um pequeno iglu de silêncio.

— Anda logo — pediu o almirante Nashita.

Hunt destrancou a valise e tirou um envelope pequeno com um símbolo da Casa do Governo no verso.

— Um comunicado particular da Diretoria Executiva — disse Hunt. — Para ser lido quando o senhor julgar conveniente, almirante. — Nashita grunhiu e deixou o envelope de lado. Hunt pôs um envelope maior na mesa. — E esta é uma cópia impressa da moção do Senado relativa à execução desta... hum... ação militar. Como o senhor sabe, o Senado deseja que isto seja um uso célere de força para atingir objetivos militares limitados, com a menor quantidade possível de perda de vidas, seguido da oferta típica de ajuda e proteção a nosso novo... ativo colonial.

A carranca de Nashita estremeceu ligeiramente. Ele não fez qualquer menção de tocar ou ler o comunicado que continha o desejo do Senado.

— Só isso?

Hunt respondeu sem a menor pressa.

— Só isso, a menos que o senhor queira enviar uma mensagem pessoal à diretora-executiva por mim, almirante.

Nashita o encarou. Seus olhos pretos pequenos não tinham qualquer hostilidade ativa, só uma impaciência que imaginei que seria saciada apenas quando aqueles olhos fossem turvados pela morte.

— Tenho acesso pessoal de largofone com a Diretoria Executiva — disse o almirante. — Muito obrigado, s. Hunt. Nenhuma mensagem de resposta no momento. Agora, queira fazer a gentileza de voltar ao nexo de teleprojetor à meia-nave e me deixar voltar à execução desta *ação militar*.

O campo de contenção se desfez à nossa volta, e o barulho invadiu como água por cima de uma barragem derretida.

— Tem mais uma questão — acrescentou Leigh Hunt, e sua voz baixa quase se perdeu no meio do palavrório tecnológico do centro de combate.

O almirante Nashita girou a cadeira e esperou.

— Gostaríamos de um transporte para o planeta — disse Hunt. — Para Hyperion.

A carranca do almirante pareceu se aprofundar.

— O pessoal da diretora Gladstone não falou nada de providenciar uma nave de pouso.

Hunt não piscou.

— O governador-geral Lane sabe que devemos aparecer.

Nashita deu uma olhada em uma das chapas, estalou os dedos e bradou alguma coisa para um major fuzileiro, que veio correndo.

— Vocês vão ter que se apressar — avisou o almirante para Hunt. — Tem um mensageiro prestes a sair do resbordo vinte. O major Inverness vai mostrar o caminho. Vocês serão levados de volta à Nave-Salto principal. A *Hébridas* vai sair desta posição daqui a 23 minutos.

Hunt concordou e se virou para seguir o major. Fui junto. A voz do almirante nos deteve.

— S. Hunt, por favor, diga à diretora Gladstone que a partir de agora a nave capitânia estará ocupada demais para outras visitas políticas.

Nashita se virou para as chapas piscantes e uma fila de subordinados à sua espera.

Acompanhei Hunt e o major de volta ao labirinto.

— Devia ter janelas.

— Quê? — Eu estava pensando em outra coisa e não tinha prestado atenção.

Leigh Hunt virou a cabeça para mim.

— Nunca entrei em uma nave de pouso sem janela ou tela de exibição. Estranho.

Fiz que sim e olhei à nossa volta, reparando pela primeira vez no espaço interno apertado e cheio. De fato, havia conosco no compartimento de passageiros da nave de pouso somente anteparas vazias, pilhas de suprimentos e um jovem tenente. Parecia combinar com o clima claustrofóbico da nave de comando.

Olhei para outro lado e voltei aos pensamentos que haviam me ocupado desde que nos despedimos de Nashita. Enquanto eu seguia os outros dois para o resbordo vinte, de repente me ocorreu que eu não estava sentindo falta de algo de que *esperava* sentir falta. Parte de minha ansiedade em relação a essa viagem residira na ideia de sair da esfera de dados: era como se eu fosse um peixe pensando em sair do mar. Parte de minha *consciência* estava submersa em algum lugar desse mar, o oceano de dados e canais de comunicação em duzentos mundos e no Cerne, tudo conectado pelo meio invisível que no passado se chamava dataplano e agora era conhecido apenas como megaesfera.

Quando nos despedimos de Nashita, me dei conta de que ainda conseguia ouvir a pulsação desse tal mar — distante, mas contínuo, como o som de ondas a meia milha da praia —, e eu havia passado toda a correria até a nave de pouso, todo o processo de apertar os cintos e desacoplar e todo o trajeto cislunar de dez minutos até a periferia da atmosfera de Hyperion tentando entender o porquê.

FORÇA se orgulhava de usar inteligências artificiais próprias, esferas de dados e fontes de computação próprias. O motivo explícito era a obrigação de operar nos vastos espaços entre os mundos da Rede, os lugares escuros e silenciosos entre as estrelas e fora da megaesfera da Rede, mas grande parte do motivo consistia em uma intensa necessidade de independência que FORÇA nutrira por séculos em relação ao TecnoCerne. Contudo, em uma nave de FORÇA no meio de uma armada de FORÇA em um sistema fora da Rede e do Protetorado, eu estava sintonizado na mesma algazarra subjacente e reconfortante de dados e energia que teria encontrado em qualquer lugar da Rede. Interessante.

Pensei nas ligações que o teleprojetor levara para o sistema Hyperion: não só a Nave-Salto e a esfera de contenção de teleprojetor que flutuava no ponto L3 de Hyperion feito uma lua nova reluzente, mas também as milhas de cabos de fibra óptica de gigacanal que corriam através de portais permanentes de teleprojeção, repetidores de micro-ondas que se deslocavam de modo mecânico por algumas polegadas para repetir suas mensagens quase simultaneamente, IAs mansas da nave de comando que solicitavam — e recebiam

— contatos novos com o Alto-comando de Olimpo em Marte e outros lugares. Em algum ponto, a esfera de dados havia se esgueirado de fininho, talvez sem conhecimento das máquinas de FORÇA e de seus operadores e aliados. As IAs do Cerne sabiam de tudo que estava acontecendo aqui no sistema Hyperion. Se meu corpo morresse agora, eu teria a mesma rota de fuga de sempre, escapando pelos vínculos pulsantes que saíam da Rede como passagens secretas, para além de qualquer vestígio do dataplano que a humanidade conhecera, por túneis do sistema, até o próprio TecnoCerne. *Não exatamente até o Cerne*, pensei, *porque ele cerca, envolve o resto, que nem um oceano que abriga correntes distintas, grandes correntes do golfo que se acham mares inteiros.*

— Quem dera tivesse uma janela — sussurrou Leigh Hunt.

— É — falei. — Também acho.

A nave de pouso trepidou e vibrou quando entramos na atmosfera superior de Hyperion. *Hyperion*, pensei. *O Picanço*. Minha camisa e meu colete pesados pareciam grudentos e pegajosos. Um ligeiro sussurro do lado de fora dizia que estávamos voando, cortando o firmamento lápis-lazúli a uma velocidade algumas vezes maior que a do som.

O jovem tenente se inclinou por cima do corredor.

— É a primeira vez que os senhores estão descendo?

Hunt fez que sim.

O tenente mascava chiclete, indicando como estava relaxado.

— Vocês são técnicos civis da *Hébridas*?

— Acabamos de sair dela, é — respondeu Hunt.

— Imaginei. — O tenente sorriu. — Estou levando correio para a base de fuzileiros perto de Keats. Minha quinta viagem.

Senti um pequeno choque quando fui lembrado do nome da capital; Hyperion havia sido repovoado quando Triste Rei Billy e sua colônia de poetas, artistas e demais desajustados fugiram da invasão do mundo natal deles por Horace Glennon-Height — uma invasão que não chegou a acontecer. Martin Silenus, o poeta na Peregrinação ao Picanço atual, havia aconselhado o Rei Billy quase dois séculos antes sobre o nome que a capital teria. *Keats*. A população local chamava a parte antiga de Jacktown.

— Vocês vão achar o lugar inacreditável — continuou o tenente. — É um verdadeiro cu no meio do nada. Tipo, não tem esfera de dados, nem VEMS, nem teleprojetores, nem bares de simestimulante, *nada*. Não admira que milhares de indígenas tenham acampado em volta da porra do espaçoporto e estejam destruindo a cerca para escapar do mundo.

— Estão mesmo atacando o espaçoporto? — perguntou Hunt.

— Nem — disse o tenente, estourando uma bola de chiclete. — Mas estão *prontos* para atacar, se é que você me entende. Foi por isso que o Segundo Batalhão de Fuzileiros estabeleceu um perímetro lá e protegeu o acesso à cidade. Além do mais, os caipiras acham que vamos instalar teleprojetores a qualquer momento e deixá-los sair da merda em que eles se meteram.

— *Eles* se meteram? — repeti.

O tenente deu de ombros.

— Devem ter feito alguma coisa para provocar a irritação dos desterros, né? A gente só veio para aliviar a banda deles.

— A barra — corrigiu Leigh Hunt.

O chiclete estourou.

— Que seja.

O sussurro do vento se transformou em um grito perfeitamente audível pelo casco. A nave de pouso se sacudiu duas vezes e, em seguida, deslizou com suavidade — uma suavidade preocupante —, como se tivesse entrado em um tubo de gelo a dez milhas do chão.

— Quem dera a gente tivesse uma janela — murmurou Leigh Hunt.

Estava quente e abafado dentro da nave de pouso. As sacudidas foram estranhamente relaxantes, mais ou menos como um barco a vela subindo e descendo em ondas fracas. Fechei os olhos por alguns minutos.

10

Sol, Brawne, Martin Silenus e o Cônsul levam equipamentos, o cubo de Möbius de Het Masteen e o corpo de Lenar Hoyt pela descida longa até a entrada da Esfinge. A neve agora cai rápido, retorcendo-se pela superfície já sinuosa das dunas em uma dança complexa de partículas carregadas pelo vento. Apesar de os conexos do grupo prometerem que a noite está perto do fim, não há o menor sinal de amanhecer no leste. Chamados repetidos no rádio do conexo não rendem resposta alguma do coronel Kassad.

Sol Weintraub para diante da entrada da Tumba Temporal chamada Esfinge. Por baixo da capa, ele sente a presença da filha como um calor junto ao peito, os movimentos da respiração quente da bebê em seu pescoço. Ele levanta a mão, encosta no embrulho diminuto ali e tenta imaginar Rachel como uma jovem de 26 anos, uma pesquisadora parada nesta mesma abertura antes de entrar para testar os mistérios de antientropia da Tumba Temporal. Sol balança a cabeça. Faz 26 longos anos e uma vida inteira desde aquele momento. Daqui a quatro dias será o aniversário da filha. Se Sol não fizer alguma coisa, achar o Picanço, fizer algum acordo com a criatura, *alguma coisa*, Rachel vai morrer daqui a quatro dias.

— Você vem, Sol? — indaga Brawne Lamia. Os outros guardaram os equipamentos no primeiro cômodo, a meia dúzia de metros da entrada em um corredor estreito no meio da pedra.

— Estou indo — responde ele, e entra na tumba. Ao longo do túnel, há globos de luz e lâmpadas elétricas, mas está tudo apagado e coberto de poeira. Só a lanterna de Sol e a luz de uma das lamparinas pequenas de Kassad ilumina o caminho.

O primeiro cômodo é pequeno, no máximo quatro por seis metros. Os outros três peregrinos juntaram a bagagem na parede do fundo e estenderam uma lona e colchonetes no meio do chão frio. Duas lamparinas chiam e emitem uma luz fria. Sol para e olha o entorno.

— O corpo do padre Hoyt está no próximo cômodo — explica Brawne Lamia, respondendo à pergunta que não foi feita. — Está mais frio ainda lá.

Sol se acomoda perto dos outros. Até mesmo dali de dentro ele escuta o som de areia e neve raspando na pedra.

— O Cônsul vai tentar o conexo de novo mais tarde — continua Brawne. — Relatar a situação para Gladstone.

Martin Silenus ri.

— Não adianta. Não adianta porra nenhuma. Ela sabe o que está fazendo e jamais vai deixar a gente sair daqui.

— Vou tentar logo depois do amanhecer — diz o Cônsul. Sua voz está muito cansada.

— Vou ficar de guarda — oferece Sol. Rachel se mexe e chora fraquinho. — Tenho que dar de mamar para a bebê mesmo.

Os outros parecem cansados demais para reagir. Brawne se recosta em uma bolsa e fecha os olhos, e sua respiração fica pesada em questão de segundos. O Cônsul abaixa o chapéu tricórnio por cima dos olhos. Martin Silenus cruza os braços e encara a porta, em expectativa.

Sol Weintraub mexe em um pacote de amamentação, e seus dedos frios com artrite têm dificuldade para puxar a aba de aquecimento. Ele olha dentro da bolsa e percebe que só há mais dez pacotes e um punhado de fraldas.

A bebê está mamando, e Sol está cabeceando, quase dormindo, quando um som acorda todos eles.

— O quê? — exclama Brawne, tentando pegar a pistola do pai.

— Shhh! — retruca o poeta, estendendo a mão para pedir silêncio.

De algum lugar fora da tumba o som se repete. É curto e abrupto e atravessa o barulho do vento e o sussurro de areia.

— O fuzil de Kassad — reconhece Brawne Lamia.

— Ou de outra pessoa — sussurra Martin Silenus.

Eles ficam sentados em silêncio e se esforçam para escutar. Por um bom tempo, não ouvem som algum. E então, de repente, a noite se enche de barulho... barulho que faz cada um deles se encolher e cobrir as orelhas. Rachel grita apavorada, mas é impossível escutar seu choro sob as explosões e o estardalhaço do lado de fora.

11

Acordei assim que a nave pousou. *Hyperion*, pensei, ainda separando os pensamentos dos farrapos de sonho.

O jovem tenente nos desejou sorte e foi o primeiro a sair quando a porta se expandiu e o ar frio e rarefeito tomou o lugar da densidade pressurizada da atmosfera da cabine. Acompanhei Hunt para fora da nave conforme descemos uma rampa de desembarque comum, atravessamos a muralha de proteção e pisamos na pista.

Era noite, e eu não fazia a menor ideia do horário local, se o terminador havia acabado de passar por este ponto do planeta ou se estava quase chegando, mas, pela sensação e pelo cheiro, era tarde. Caía uma chuva fraca, uma garoa leve perfumada pelo aroma salgado do mar e pelo toque fresco de vegetação úmida. Havia lâmpadas de campanha acesas ao longo do perímetro distante, e diversas torres iluminadas projetavam auréolas nas nuvens baixas. Meia dúzia de jovens com uniforme de campanha dos fuzileiros descarregaram a nave de pouso sem demora, e vi nosso jovem tenente falar rispidamente com um oficial trinta passos à nossa direita. O pequeno espaçoporto parecia algo saído de um livro de história, um porto colonial dos primeiros dias da Hégira. Poços antiexplosão primitivos e plataformas de pouso se estendiam por uma milha, no mínimo, até o vulto escuro dos morros ao norte, gruas e torres de serviço atendiam a várias embarcações militares e veículos bélicos pequenos no entorno, e as áreas de pouso eram cercadas por edifícios modulares de uso militar com antenas, campos de contenção violeta e um amontoado de raseiros e aeronaves.

117

Segui o olhar de Hunt e distingui um raseiro vindo na nossa direção. O símbolo geodésico azul e dourado da Hegemonia em uma das saias estava iluminado pelas luzes de sinalização do veículo; a chuva molhava as cúpulas dianteiras e era repelida nas hélices em uma cortina violenta de água borrifada. O raseiro pousou, uma cúpula de acrílico se abriu e se recolheu, e um homem saiu e correu pela pista até nós.

Ele estendeu a mão para Hunt.

— S. Hunt? Eu sou Theo Lane.

Hunt apertou a mão e gesticulou com a cabeça na minha direção.

— É um prazer conhecê-lo, governador-geral. Este é Joseph Severn.

Apertei a mão de Lane e senti um choque de reconhecimento com o toque. Eu me lembrava de Theo Lane pelas brumas de déjà-vu da memória do Cônsul, recordações dos anos em que aquele jovem fora vice-cônsul; e também de um breve encontro uma semana antes, quando ele recebera todos os peregrinos antes que o grupo subisse o rio na balsa levitante *Benares*. Aquela semana já o havia envelhecido muito, mas a mecha rebelde de cabelo na testa continuava a mesma, assim como os óculos arcaicos e o aperto de mão firme e vigoroso.

— Fico feliz que você tenha tirado um tempo para descer ao planeta — disse o governador-geral Lane para Hunt. — Tenho algumas coisas para comunicar à diretora-executiva.

— Foi por isso que viemos — comenta Hunt. Ele comprimiu os olhos por causa da chuva. — Temos cerca de uma hora. Tem algum lugar onde podemos nos secar?

O governador-geral abriu um sorriso jovial.

— O espaçoporto aqui é um hospício, mesmo às 5h20, e o consulado está sitiado. Mas conheço um lugar. — Ele gesticulou para o raseiro.

Quando decolamos, reparei nos dois raseiros de fuzileiros que nos acompanhavam, mas ainda assim fiquei surpreso com o fato de que o governador-geral de um mundo do Protetorado pilotasse o próprio veículo e não vivesse cercado de guarda-costas. Mas então me lembrei do que o Cônsul falara para os outros peregrinos sobre Theo Lane — sobre a eficiência e o jeito modesto do jovem — e percebi que essa discrição era coerente com o estilo do diplomata.

O sol estava nascendo quando decolamos do espaçoporto e viramos em direção à cidade. Nuvens baixas brilhavam intensamente ao serem iluminadas por baixo, as colinas ao norte cintilavam com tons vívidos de verde, violeta e marrom-avermelhado, e a faixa de céu sob as nuvens ao leste era aquele verde e lápis-lazúli avassalador que eu lembrava dos meus sonhos. *Hyperion*, pensei, com um nó de tensão e entusiasmo na garganta.

Apoiei a cabeça na cúpula molhada de chuva e percebi que parte da vertigem e da confusão que eu estava sentindo naquele momento se devia ao rareamento do contato de fundo com a esfera de dados. A conexão ainda existia, mantida principalmente por canais de micro-ondas e largofone, mas ela nunca estivera tão tênue. Se a esfera de dados tinha sido um oceano, eu agora estava em águas bem rasas — talvez uma poça sirva melhor como metáfora —, e a água ia ficando mais rasa ainda conforme saíamos do envoltório do espaçoporto e de sua microesfera rudimentar. Obriguei-me a prestar atenção no que Hunt e o governador-geral conversavam.

— Dá para ver os barracos e casebres — disse Lane, inclinando um pouco o veículo para termos uma vista melhor dos morros e vales que separavam o espaçoporto do subúrbio da capital.

Barracos e casebres eram termos educados demais para o conjunto miserável de painéis de plastifibra, retalhos de tecido, amontoados de caixas de mudança e fragmentos de isoporino que cobria os morros e as ravinas profundas. O que obviamente havia sido no passado um passeio bonito de sete ou oito milhas da cidade ao espaçoporto através de colinas cobertas de florestas agora exibia uma terra destituída de todas as árvores para servir de lenha e abrigo, campinas pisoteadas até se transformarem em lodaçais estéreis e uma cidade de setecentos ou oitocentos mil refugiados espalhados por toda porção de terra plana disponível. A fumaça de milhares de fogueiras subia para as nuvens conforme o café da manhã era preparado, e dava para ver movimentação por toda parte, crianças correndo descalças, mulheres trazendo água de riachos que deviam ser terrivelmente poluídos, homens agachados em espaços abertos e esperando na fila diante de latrinas improvisadas. Reparei que havia cercas altas de concertina e campos de contenção violeta dos dois lados da estrada, e dava para ver barreiras militares a cada meia milha. Filas compridas de veículos terrestres e raseiros camuflados de FORÇA andavam nas duas direções da estrada e das vias aéreas baixas.

— ... a maioria dos refugiados é indígena — dizia o governador-geral Lane —, mas tem milhares de proprietários de terra desalojados das cidades do sul e das fazendas grandes de plastifibra de Aquila.

— Eles estão aqui porque acham que os desterros vão invadir? — perguntou Hunt.

Theo Lane deu uma olhada no assessor de Gladstone.

— No começo, o pânico era mais com a ideia de que as Tumbas Temporais iam se abrir. As pessoas tinham certeza de que o Picanço viria atrás delas.

— E viria? — perguntei.

O jovem se ajeitou no assento para olhar para mim.

— A Terceira Legião da Força de Autodefesa foi para o norte há sete meses — contou. — Não voltou.

— Você falou que *no começo* estavam fugindo do Picanço — disse Hunt. — Por que o resto veio?

— Estão esperando a evacuação — explicou Lane. — Todo mundo sabe o que os desterros, além das forças da Hegemonia, fizeram com Bréssia. Não querem estar aqui quando a história se repetir com Hyperion.

— Você sabe que FORÇA considera a evacuação o último dos últimos recursos? — questionou Hunt.

— Sei. Mas não vamos anunciar isso para os refugiados. Já aconteceram confrontos horríveis. O Templo do Picanço foi destruído...

Uma turba sitiou o lugar, e alguém usou explosivos moldados de plasma roubados das minas em Ursa. Semana passada, atacaram o consulado e o espaçoporto, isso além dos confrontos por comida em Jacktown.

Hunt meneou a cabeça e assistiu à cidade se aproximar. Os edifícios eram baixos, poucos com mais de cinco andares, e as paredes pastéis brancas reluziam brilhosas com os raios inclinados do amanhecer. Olhei por cima do ombro de Hunt e vi a montanha baixa com o rosto esculpido de Triste Rei Billy ponderando acima do vale. O rio Hoolie se contorcia pelo centro da cidade velha e se endireitava antes de seguir ao noroeste em direção à cordilheira do Arreio fora de vista, para em seguida virar e sumir nos pântanos de pau-barragem ao sudeste, onde eu sabia que ele se abria no delta pela Crina Alta. A cidade parecia vazia e tranquila depois da confusão lamentável da favela de refugiados, mas, quando começamos a descer para o rio, percebi o tráfego de militares, tanques e transportes blindados e veículos de combate terrestre em cruzamentos e parques, com o polímero de camuflagem desativado de propósito, para que as máquinas parecessem mais ameaçadoras. Em seguida, avistei os refugiados na cidade: barracas improvisadas em praças e becos, milhares de vultos adormecidos nas calçadas como fardos cinzentos de roupa suja à espera da coleta.

— Keats tinha uma população de duzentas mil pessoas dois anos atrás — disse o governador-geral Lane. — Agora, incluindo as cidades de barracas, estamos chegando perto dos três milhões e meio.

— Achei que fossem menos de cinco milhões de pessoas no planeta — comentou Hunt. — Incluindo indígenas.

— E são — retrucou Lane. — Aí dá para entender por que tudo está desmoronando. As outras duas cidades grandes, Porto Românico e Endymion, estão com a maioria dos refugiados restantes. As fazendas de plastifibra em Aquila estão vazias, retomadas pela mata e pelas florestas de fogo, os cinturões agrários ao longo da Crina e nas Nove Caudas não estão produzindo... ou, se estiverem, não conseguem escoar os alimentos no mercado por causa do colapso do sistema de transporte civil.

Hunt viu o rio se aproximar.

— O que o governo está fazendo?

Theo Lane sorriu.

— O que *eu* estou fazendo, você diz? Bom, a crise vinha se formando havia quase três anos. O primeiro passo foi dissolver o Conselho de Governo Interno e inserir oficialmente Hyperion no Protetorado. Quando passei a ter poder executivo, comecei a nacionalizar o resto das empresas de trânsito e linhas de dirigíveis: agora só os militares se deslocam de raseiro aqui. Além disso, comecei a dissolver a Força de Autodefesa.

— Dissolver? — indagou Hunt. — Imaginei que você fosse querer usá-la.

O governador-geral Lane balançou a cabeça. Confiante, ele encostou de leve no onicontrole, e o raseiro desceu em uma espiral até o centro da velha Keats.

— Eles eram piores que inúteis — explicou ele —, eram perigosos. Não lamentei muito quando a "Terceira Legião de Combate" foi para o norte e desapareceu. Assim que as tropas de FORÇA:solo e os fuzileiros pousaram, desarmei o restante dos bandidos da FAD. Eles eram os principais responsáveis pelas pilhagens. É aqui que vamos tomar café e conversar.

O raseiro voou baixo acima do rio, deu uma última volta e fez um pouso suave no pátio de uma estrutura antiga feita de pedra e pedaços de pau e janelas com decoração inventiva: Cícero's. Antes mesmo que Lane identificasse o lugar para Leigh, eu o reconheci da passagem dos peregrinos — o velho restaurante/bar/hotel ficava no coração de Jacktown e se estendia por quatro edifícios e nove andares, com sacadas, píeres e passarelas de pau-barragem escurecido suspensos acima do Hoolie vagaroso por um lado e das ruas estreitas e dos becos de Jacktown pelo outro. O Cícero's era mais antigo que o rosto de pedra de Triste Rei Billy, e seus cubículos escuros e adegas profundas haviam sido o lar de verdade do Cônsul nos anos que ele passou exilado aqui.

Stan Leweski nos recebeu na porta do pátio. Alto e imenso, de rosto tão endurecido e rachado pela idade quanto as paredes de pedra da estalagem, Leweski *era* o Cícero's, assim como antes haviam sido seu pai, seu avô e seu bisavô.

— Caramba! — declarou o gigante, batendo nos ombros do governador-geral/ditador do planeta com tanta força que fez Theo se desequilibrar. — Até que enfim acordou cedo, hein? Trouxe seus amigos para tomar café? Bem-vindos ao Cícero's! — A mão colossal de Stan Leweski engoliu a de Hunt e a minha na sequência com um cumprimento que depois me fez conferir o estrago nos dedos e nas juntas. — Ou agora é tarde, horário da Rede, para vocês? — ribombou ele. — Será que preferem beber alguma coisa ou jantar?

Leigh Hunt estreitou os olhos para o taverneiro.

— Como você sabia que nós éramos da Rede?

Leweski deu uma gargalhada que fez os cata-ventos do teto rodopiarem.

— Rá! Difícil de deduzir, né? Vocês chegam aqui com Theo ao raiar do dia... Acham que ele dá carona para qualquer um? E usam roupa de lã enquanto a gente aqui não tem ovelha. Vocês não são gente de FORÇA nem bambambãs das fazendas de plastifibra... Eu conheço esses todos! *Ipso fato toto*, vocês se teleprojetaram para naves da Rede e desceram aqui para comer bem. Agora, querem café da manhã ou bastante bebida?

Theo Lane suspirou.

— Dá um canto sossegado para a gente, Stan. Bacon, ovo e arenque em conserva para mim. Senhores?

— Só café — disse Hunt.

— É — falei.

Acompanhamos o dono pelos corredores, subindo escadas curtas e descendo rampas de ferro forjado. O lugar era mais baixo, escuro, fumacento e fascinante do que eu lembrava dos meus sonhos. Alguns fregueses habituais olharam para nós quando passamos, mas o lugar estava muito menos cheio do que eu lembrava. Era óbvio que Lane tinha mandado soldados para expulsar o resto dos bárbaros da FAD que tinham ocupado o local. Passamos por uma janela alta e estreita, e confirmei essa hipótese ao ver de relance um veículo blindado de FORÇA:solo estacionado no beco, com soldados em cima ou nas proximidades portando armas obviamente carregadas.

— Aqui — indicou Leweski, gesticulando para uma varanda pequena em cima do Hoolie que dava vista para os telhados triangulares e as torres de pedra de Jacktown. — Dommy já aparece em dois minutinhos com a comida e os cafés.

Ele sumiu rápido... para um gigante. Hunt deu uma olhada no conexo.

— Temos 45 minutos até a hora marcada para a nave de pouso voltar conosco. Vamos conversar.

Lane fez que sim, tirou os óculos e esfregou os olhos. Percebi que ele passara aquela noite em claro... ou algumas noites, talvez.

— Tudo bem — disse ele, colocando os óculos de volta. — O que a diretora Gladstone quer saber?

Hunt esperou enquanto um homem muito baixo com pele branca que nem pergaminho e olhos amarelos trazia nossos cafés em canecas fundas e grossas e deixava o prato de comida de Lane na mesa.

— A diretora quer saber quais você acha que são suas prioridades — expôs Hunt. — E ela precisa saber se vocês conseguem resistir aqui caso o combate se prolongue.

Lane mastigou por um tempo antes de responder. Ele tomou um gole demorado do café e encarou Hunt com intensidade. Pelo gosto, era café de verdade, melhor que a maioria cultivada pela Rede.

— Vou deixar a primeira questão por último — disse Lane. — Defina "prolongue".

— Semanas.

— Semanas, é provável. Meses, de maneira alguma. — O governador-geral experimentou o arenque. — Você viu o estado da nossa economia. Se não fossem as provisões trazidas por FORÇA, teríamos revoltas todo dia em vez de uma por semana. Com a quarentena, não tem exportação. Metade dos refugiados quer achar e matar os sacerdotes do Templo do Picanço e a outra metade quer se converter antes que o Picanço venha atrás *deles*.

— Vocês encontraram os sacerdotes? — perguntou Hunt.

— Não. Temos certeza de que eles fugiram da destruição do templo, mas as autoridades não estão conseguindo localizá-los. Dizem que foram para a Fortaleza de Cronos no norte, um castelo de pedra logo acima da estepe alta onde ficam as Tumbas Temporais. — Eu sabia que não. Ou pelo menos sabia que os peregrinos não tinham visto nenhum sacerdote do Templo do Picanço durante sua breve passagem pela Fortaleza. Mas havia sinais de uma chacina lá. Theo Lane prosseguiu: — Quanto às nossas prioridades, a primeira é a evacuação. A segunda é a eliminação da ameaça desterra. A terceira é a ajuda com o pânico do Picanço.

Leigh Hunt se recostou na madeira oleada. Subia vapor da caneca pesada em suas mãos.

— Evacuação não é uma possibilidade no momento...

— Por que não? — Lane disparou a pergunta como um raio de chicote-infernal.

— A diretora Gladstone não tem capital político suficiente... agora... para convencer o Senado e a Totalidade de que a Rede pode aceitar cinco milhões de refugiados...

— Mentira — retrucou o governador-geral. — O dobro dessa quantidade de turistas inundou Maui-Pacto no primeiro ano da entrada do planeta no Protetorado. E isso destruiu uma ecologia planetária única. Coloquem a gente em Armaghast ou algum outro mundo desértico até passar o perigo da guerra.

Hunt negou com a cabeça. Seus olhos de bassê pareciam mais tristes que o normal.

— Não é só a questão de logística — esquivou-se ele. — Nem de política. É...

— O Picanço — completou Lane. Ele partiu um pedaço de bacon. — O motivo real é o Picanço.

— É. Assim como o receio de infiltração desterra na Rede.

O governador-geral riu.

— Então vocês têm medo de que, se instalarem portais de te-leprojetor aqui e deixarem a gente sair, um monte de desterros de três metros de altura vai pousar e entrar na fila sem ninguém perceber?

Hunt bebericou o café.

— Não, mas existe uma chance real de invasão. Todo portal de teleprojetor é uma abertura para a Rede. O Conselho Consultivo não recomenda.

— Tudo bem — disse o homem mais jovem, com a boca meio cheia. — Evacuem a gente em naves, então. Não era esse o propósito da força-tarefa original?

— Esse era o propósito *aparente* — explicou Hunt. — Nosso objetivo de verdade agora é derrotar os desterros e depois inserir Hyperion de vez na Rede.

— E a ameaça do Picanço?

— Será... neutralizada.

Hunt parou de falar quando um grupo pequeno de homens e mulheres passou pela nossa varanda. Levantei o olhar, comecei a voltar a atenção para a mesa, mas virei de repente a cabeça para trás. O grupo tinha sumido de vista pelo corredor.

— Aquele não era Melio Arundez? — interrompi o governador-geral Lane.

— Quê? Ah, o dr. Arundez. Era. Você o conhece, s. Severn?

Leigh Hunt estava me encarando, mas o ignorei.

— Conheço — falei para Lane, embora eu nunca tivesse sido apresentado a Arundez. — O que ele está fazendo em Hyperion?

— A equipe dele pousou há mais de seis meses locais com uma proposta de projeto da Universidade Reichs, em Freeholm, para realizar novos estudos nas Tumbas Temporais.

— Mas as Tumbas foram proibidas para pesquisadores e turistas — falei.

— É. Mas permitimos o envio semanal de dados pelo transmissor de largofone do consulado, e os instrumentos deles já haviam mostrado a mudança nos campos antientropia em torno das Tumbas. A Universidade Reichs sabia que as Tumbas estavam se abrindo, se é isso que a mudança significa de fato, e mandou os principais pesquisadores da Rede para estudá-las.

— Mas você não autorizou? — questionei.

Theo Lane deu um sorriso sem ânimo.

— A diretora Gladstone não autorizou. O bloqueio das Tumbas é uma ordem direta de TC^2. Se dependesse de mim, eu teria recusado o acesso dos peregrinos e dado prioridade à equipe do dr. Arundez.

Ele se virou de novo para Hunt.

— Com licença — pedi e saí da mesa.

Encontrei Arundez e o pessoal dele — três mulheres e quatro homens, com roupas e estilos físicos que sugeriam mundos diferentes na Rede — a duas varandas da nossa. Estavam curvados em cima do café da manhã e de conexos científicos, discutindo em termos técnicos tão abstrusos que podiam causar inveja em um estudioso do Talmude.

— Dr. Arundez? — indaguei.

— Sim?

Ele levantou o rosto. Era duas décadas mais velho do que eu lembrava, entrando na meia-idade, com sessenta e poucos anos, mas a beleza impactante continuava igual, com a mesma pele bronzeada, o maxilar robusto, o cabelo preto ondulado com só um toque grisalho nas têmporas e os olhos castanhos penetrantes. Dava para entender por que uma jovem aluna de pós-graduação se apaixonaria rápido por ele.

— Meu nome é Joseph Severn — falei. — Você não me conhece, mas eu conhecia uma amiga sua... Rachel Weintraub.

Arundez se levantou em um instante, pediu desculpa aos outros e me levou pelo cotovelo até acharmos uma mesa vazia em um cubículo embaixo de uma janela redonda com vista para telhados vermelhos. Ele soltou meu cotovelo e me observou com cautela, avaliando a roupa da Rede. Virou meus pulsos em busca do azul indicativo de tratamentos Poulsen.

— Você é jovem demais — disse ele. — A menos que tenha conhecido Rachel criança.

— Na verdade, é o pai dela que eu conheço melhor — expliquei.

O dr. Arundez soltou o fôlego e meneou a cabeça.

— Claro. Onde é que Sol *está*? Faz meses que tento encontrá-lo através do consulado. As autoridades de Hebron só falam que ele se mudou — contou, lançando-me aquele olhar avaliador de novo. — Você sabia da... doença de Rachel?

— Sabia — assenti. A doença de Merlim que a fazia envelhecer ao contrário, perdendo lembranças a cada dia e hora que passava. Melio Arundez tinha sido uma dessas lembranças. — Sei também que você foi visitá-la há uns quinze anos-padrão em Mundo de Barnard.

Arundez fez uma careta.

— Foi um erro — retrucou. — Achei que fosse conversar com Sol e Sarai. Quando a vi... — Ele balançou a cabeça. — Quem é você? Sabe onde Sol e Rachel estão agora? Faltam *três* dias para o aniversário dela.

Fiz que sim.

— O primeiro e último aniversário. — Olhei à nossa volta. O corredor estava vazio e em silêncio, exceto pelo burburinho distante de risadas em um andar inferior. — Estou aqui em uma viagem investigativa para o gabinete da diretora-executiva. Fiquei sabendo que Sol Weintraub e a filha viajaram para as Tumbas Temporais.

Arundez parecia ter levado um soco no plexo solar.

— *Aqui?* Em Hyperion? — Ele olhou para os telhados por um instante. — Eu devia ter imaginado... embora Sol sempre tenha se recusado a voltar para cá... mas, com a morte de Sarai... — Ele olhou para mim. — Você está em contato com ele? Rachel... eles estão bem?

Neguei com a cabeça.

— Não tem rádio ou conexão de esfera de dados com eles no momento. Sei que eles chegaram lá em segurança. A questão é: o que *você* sabe? Sua equipe? Informações sobre o que está acontecendo nas Tumbas Temporais podem ser muito importantes para a sobrevivência deles.

Melio Arundez passou a mão pelo cabelo.

— Quem dera deixassem a gente ir lá! Que tacanhice burocrática idiota dos infernos... Você disse que é do gabinete de Gladstone. Pode explicar para eles por que é tão importante irmos para lá?

— Sou só um mensageiro — falei. — Mas me diga por que é tão importante que eu tento passar a informação para alguém.

As mãos grandes de Arundez cercaram uma forma invisível no ar. A tensão e a raiva dele eram palpáveis.

— Durante três anos, os dados chegaram por telemetria nos esguichos que o consulado nos deixava enviar uma vez por semana no querido transmissor de largofone deles. Tudo indicava uma degradação lenta, mas incessante, do envoltório antientropia dentro e em torno das Tumbas... Ou seja, as marés temporais. Eram erráticas e ilógicas, mas constantes. Nossa equipe recebeu permissão para vir aqui pouco depois do começo da degradação. Chegamos há uns seis meses, colhemos dados que sugeriam que as Tumbas estavam se abrindo... entrando em sincronia com o *agora*... Mas, quatro dias depois de chegarmos, os instrumentos pararam de transmitir. Todos. A gente implorou para aquele desgraçado do Lane nos deixar ir para lá recalibrá-los, instalar sensores novos, isso se não quisesse nos deixar investigar em pessoa. Mas não, nada. Nenhuma autorização de trânsito. Nenhuma comunicação com a universidade... nem com a vinda de naves de FORÇA para facilitar. Tentamos subir o rio nós mesmos, sem permissão, e alguns capangas fuzileiros de Lane nos interceptaram nas eclusas de Karla e nos trouxeram de volta algemados. Passei quatro semanas na cadeia. Agora podemos até circular por Keats, mas vamos ser presos por tempo indeterminado se sairmos da cidade de novo. — Arundez se inclinou para a frente. — Você *pode* ajudar?

— Não sei — confessei. — Quero ajudar os Weintraub. Talvez fosse melhor se você pudesse levar sua equipe para o local. Vocês sabem quando as Tumbas vão se abrir?

O cronofísico fez um gesto irritado.

— Saberia se tivesse dados *novos*! — Ele suspirou. — Mas não, não sabemos. Já podem estar abertas, ou pode levar mais seis meses.

— Quando você diz "abertas", não quer dizer fisicamente abertas, né?

— Claro que não. As Tumbas Temporais estão fisicamente abertas para inspeção desde sua descoberta há quatro séculos-padrão. Digo "abertas" no sentido de tirar as cortinas temporais que ocultam partes delas, sincronizando todo o complexo com o fluxo local do tempo.

— "Local", você quer dizer...?

— Neste universo, claro.

— E você tem certeza de que as Tumbas estão recuando no tempo... a partir do nosso futuro? — perguntei.

— Recuando no tempo, sim — disse Arundez. — Agora se é a partir do nosso futuro, não temos como saber. Não sabemos nem o que "futuro" significa em termos temporais/físicos. Poderia ser uma série de probabilidades de onda senoidal ou um megaverso de ramos de decisões, ou até...

— Seja o que for, as Tumbas Temporais e o Picanço estão vindo de lá?

— As Tumbas Temporais estão, com certeza — afirmou o físico. — Não sei nada do Picanço. Meu palpite é que é um mito alimentado pela mesma sede de verdades supersticiosas que impulsiona outras religiões.

— Mesmo depois do que aconteceu com Rachel? — questionei. — Você ainda não acredita no Picanço?

Melio Arundez me encarou com raiva.

— Rachel contraiu a doença de Merlim — retrucou ele. — É uma doença de envelhecimento antientropia, não a mordida de um monstro mítico.

— A mordida do tempo nunca foi mítica — falei, surpreso com minha própria tirada fajuta de filosofia popular. — A questão é: o Picanço ou qualquer que seja o poder que havia nas Tumbas Temporais vai devolver Rachel ao fluxo de tempo "local"?

Arundez meneou a cabeça e voltou a olhar para os telhados. O sol tinha se escondido nas nuvens, e a manhã ficou apagada, as telhas vermelhas, sem cor. Estava começando a chover de novo. De novo surpreso comigo mesmo, acrescentei:

— E você continua apaixonado por ela?

O físico virou a cabeça devagar e me fitou com um olhar enraivecido. Senti a reação — talvez física — crescer, atingir o ápice e recuar. Ele pôs a mão no bolso do casaco e me mostrou um holo instantâneo de uma mulher bonita com cabelo grisalho e de dois adolescentes com quase vinte anos.

— Minha esposa e meus filhos — respondeu Melio Arundez. — Eles estão me esperando em Renascença Vetor. — Ele apontou um dedo ríspido para mim. — Se Rachel fosse... fosse curada hoje, eu teria 82 anos quando ela voltasse a ter a mesma idade de quando nos conhecemos. — Ele abaixou o dedo e guardou o holo no bolso. — E sim, continuo apaixonado por ela.

— Pronto? — A voz rompeu o silêncio pouco depois. Levantei o rosto e vi Hunt e Theo Lane na porta. — A nave de pouso decola daqui a dez minutos — anunciou Hunt.

Fiquei de pé e apertei a mão de Melio Arundez.

— Vou tentar — falei.

O governador-geral mandou um dos raseiros de sua escolta nos levar ao espaçoporto enquanto ele voltava para o consulado. O raseiro militar não era mais confortável que o veículo do consulado, mas era mais rápido. Já estávamos acomodados e de cinto apertado quando Hunt falou:

— Que história foi aquela com o físico?

— Só renovando um vínculo antigo com um desconhecido — expliquei.

Hunt franziu a testa.

— O que você prometeu tentar?

Senti a nave de pouso tremer, sacolejar e por fim saltar quando a base de catapulta nos arremessou para o céu.

— Falei que tentaria ajudá-lo a visitar uma amiga doente.

Hunt continuou de testa franzida, mas peguei um bloco de desenho e rabisquei imagens do Cícero's até atracarmos na Nave--Salto quinze minutos depois.

Foi um choque atravessar o portal de teleprojetor para o nexo executivo da Casa do Governo. Mais um passo e fomos para a galeria do Senado, onde Meina Gladstone ainda estava discursando para um salão lotado. Imageadores e microfones levavam seu discurso à Totalidade e aos cem bilhões de cidadãos que aguardavam.

Dei uma olhada no meu cronômetro. Eram 10h38. Tínhamos ficado fora só por noventa minutos.

12

O edifício que abrigava o Senado da Hegemonia do Homem era inspirado mais no Senado dos Estados Unidos de oito séculos antes do que nas estruturas mais imperiais da República Norte-Americana ou do Primeiro Conselho Mundial. A sala de assembleia principal era grande, contornada por galerias, e tinha espaço para os mais de trezentos senadores dos mundos da Rede e mais de setenta representantes sem direito a voto de colônias do Protetorado. O carpete era de um vinho intenso e se irradiava a partir do tablado central onde se sentavam o presidente do Senado, o orador da Totalidade e, naquele dia, a diretora-executiva da Hegemonia. As mesas dos senadores eram de muireiro, doadas pelos templários de Bosque de Deus, para quem esses produtos eram sagrados, e o brilho e o perfume de madeira envernizada dominavam o ambiente, mesmo com ele cheio como hoje.

Leigh Hunt e eu entramos bem na hora em que Gladstone terminava o discurso. Acessei meu conexo para dar uma lida rápida no que se passara. Como a maioria dos pronunciamentos dela, tinha sido breve, relativamente simples, sem arrogância ou grandiloquência, porém eivado de certa vivacidade com formas de expressão e imagens originais muito poderosas. Gladstone recapitulara os incidentes e conflitos que levaram ao estado de beligerância atual com os desterros, proclamara o consagrado desejo de paz e pedira união na Rede e no Protetorado até que se passasse a crise. Escutei a conclusão.

— ... tais são as circunstâncias, concidadãos, que, passado mais de um século de paz, nos levam mais uma vez a lutar pela manutenção dos direitos aos quais nossa sociedade se dedica desde antes da morte da nossa Mãe Terra. Passado mais de um século de paz, temos agora que pegar, apesar da relutância, apesar do desgosto, o escudo e a espada, que sempre preservaram nosso direito de nascença e salvaguardaram nosso bem comum, para que a paz venha a prevalecer mais uma vez.

"Não podemos ser, e não seremos, iludidos pelos brados das trombetas nem pelo fervor de quase alegria que o chamado às armas sempre suscita. Aqueles que ignoram as lições da história na loucura máxima da guerra são obrigados a fazer mais do que revivê-las... Talvez sejam obrigados a morrer por elas. É possível que grandes sacrifícios esperem a todos nós. É possível que grandes pesares aguardem parte de nós. Mas, quaisquer que sejam os sucessos ou contratempos que inevitavelmente hão de vir, digo agora que precisamos nos lembrar de duas coisas acima de tudo: primeiro, que lutamos pela paz e sabemos que a guerra jamais deve ser uma condição, mas sim uma aflição temporária de que padecemos assim como uma criança febril, cientes de que a saúde se seguirá à longa noite de dor e de que essa paz é saúde. Segundo, que jamais vamos nos render. Jamais vamos nos render, ou vacilar, ou nos curvar a vozes inferiores ou impulsos mais confortáveis. Jamais vacilaremos até obtermos a vitória, a agressão cessar e a paz ser conquistada. Obrigada."

Leigh Hunt se inclinou para a frente e observou com atenção quando a maioria dos senadores se levantou para aplaudir Gladstone com um estrondo que ecoou no teto alto e nos atingiu em ondas na galeria. A *maioria* dos senadores. Vi Hunt contar os que permaneceram sentados, alguns de braços cruzados, muitos com expressão visivelmente contrariada. A guerra começara não fazia mais de dois dias, e a oposição já estava se formando... Primeiro dos mundos coloniais que temiam pela própria segurança enquanto FORÇA era desviada para Hyperion, em seguida dos adversários de Gladstone — que eram muitos, já que ninguém permanece tanto tempo quanto ela no poder sem criar panelinhas de inimigos — e, por fim, de membros da coalizão dela que consideravam a guerra uma insensatez que arruinava uma prosperidade sem precedentes.

Vi quando ela saiu do tablado, apertou a mão do presidente idoso e do orador jovem e pegou o corredor central para ir embora — encostando em muitos, conversando com muitos, dando aquele famoso sorriso. Os imageadores da Totalidade a acompanharam, e deu para sentir a pressão da rede de debates crescer conforme bilhões expressavam suas opiniões nos níveis de interação da megaesfera.

— Preciso falar com ela agora — disse Hunt. — Você sabe que foi convidado para um jantar oficial hoje à noite no Copas?

— Sei.

Hunt balançou a cabeça ligeiramente, como se fosse incapaz de entender por que a diretora queria minha presença.

— Vai até tarde, e depois vai ter uma reunião com FORÇA:comando. Ela quer que você compareça aos dois eventos.

— Estarei disponível — falei.

Hunt parou na porta.

— Você tem alguma coisa para fazer na Casa do Governo até o jantar?

Sorri para ele.

— Vou trabalhar nos meus esboços do retrato — falei. — Depois, devo dar uma volta no Parque de Cervos. E depois disso... Sei lá... Talvez eu tire uma soneca.

Hunt balançou a cabeça de novo e saiu às pressas.

13

O primeiro disparo erra Fedmahn Kassad por menos de um metro, rachando uma pedra pela qual ele passa, e o militar já está em movimento antes que a onda de choque o atinja, pulando em busca de proteção, com o polímero de camuflagem ativado, a armadura anti-impacto tensionada, a viseira em modo de aquisição de alvo total. Kassad fica deitado por um bom tempo, sentindo o coração martelar e observando as colinas, o vale e as Tumbas em busca de qualquer mínimo sinal de calor ou movimento. Nada. Ele começa a sorrir por trás do espelho preto da viseira.

Quem quer que tenha atirado pretendia errar, disso não havia dúvida. Foi um raio de pulso comum, inflamado por um cartucho de 18 mm, e, a menos que a pessoa estivesse a mais de dez quilômetros de distância... seria impossível errar.

Kassad se levanta para correr rumo ao abrigo da Tumba de Jade, e o segundo disparo o acerta no peito e o arremessa para trás.

Dessa vez ele grunhe e rola no chão, arrastando-se na direção da entrada da tumba com todos os sensores ativos. O segundo tiro foi uma bala de fuzil. Quem quer que esteja brincando com ele está usando uma arma de assalto multiuso de FORÇA parecida com a dele. Kassad presume que a pessoa saiba que ele está de armadura, que a bala de fuzil não causaria estrago a nenhuma distância. Mas a arma multiuso tem outras configurações, e, se a próxima etapa da brincadeira tiver um laser letal, Kassad morre. Ele se joga para dentro da porta da tumba.

Ainda nada de calor ou movimento nos sensores, exceto as imagens amarelas e vermelhas dos passos dos outros peregrinos, que estão esfriando depressa, no lugar onde eles haviam entrado na Esfinge minutos antes.

Kassad usa os implantes táticos para trocar de visualização, alternando rápido entre canais de frequência muito alta e comunicação óptica. Nada. Ele amplifica o vale cem vezes, calcula o vento e a areia e ativa um indicador de alvo em movimento. Não tem nada maior que um inseto se mexendo. Ele lança pulsos de radar, sonar e lorfo, desafiando o atirador a mirar neles. Nada. Abre telas táticas dos dois primeiros disparos; rastros balísticos azuis brotam do nada.

O primeiro tiro saiu da Cidade dos Poetas, a mais de quatro quilômetros para sudoeste. O segundo tiro, menos de dez segundos depois, veio do Monólito de Cristal, quase um quilômetro inteiro vale adentro a nordeste. A lógica determina que só tem como serem dois atiradores. Kassad tem certeza de que é um só. Ele refina a escala da exibição. O segundo tiro partiu de um ponto elevado do Monólito, a pelo menos trinta metros de altura naquela fachada íngreme.

Kassad vira o corpo para fora, aumenta a ampliação e olha para a estrutura colossal em meio à noite e aos últimos vestígios da tempestade de areia e da nevasca. Nada. Nenhuma janela, nenhuma fresta, nenhuma abertura de qualquer espécie.

Só os bilhões de partículas coloidais que a tempestade deixou no ar permitem que o laser seja visto por uma fração de segundo. Kassad vê o raio verde *depois* que é atingido no peito. Ele rola de volta para dentro da Tumba de Jade, ponderando se as paredes verdes vão ajudar a bloquear uma lança de luz da mesma cor, enquanto supercondutores em sua armadura de combate irradiam calor por todas as direções e sua viseira diz o que ele já sabe: o tiro veio do alto do Monólito de Cristal.

Kassad sente uma agulhada de dor no peito e olha para baixo a tempo de ver um círculo de cinco centímetros de invulnarmadura gotejar fibras derretidas no chão. Só a última camada o salvou. O corpo está suando de escorrer por baixo da armadura, e ele vê as paredes da tumba literalmente brilharem com o calor que o traje descartou. Biomonitores imploram por atenção, mas não informam nada sério, enquanto os sensores do traje anunciam alguns circuitos danificados, mas não descrevem nada insubstituível, e sua arma continua carregada, preparada e funcional.

Kassad pensa na situação. Todas as Tumbas são tesouros arqueológicos de valor inestimável, preservadas por séculos como um presente para gerações futuras, mesmo que *estejam* recuando no tempo. Seria um crime de dimensão interplanetária se o coronel Fedmahn Kassad priorizasse a própria vida acima da preservação desses artefatos inestimáveis.

— Ah, que se foda — murmura Kassad, deitando-se em posição de tiro.

Ele dispara rajadas de laser pela superfície do Monólito até o cristal se fundir e escorrer. Arremessa raios de pulso muitíssimo explosivos a intervalos de dez metros no negócio, começando pela parte de cima. Milhares de cacos de material reflexivo voam pelo céu noturno, caindo em câmera lenta para o fundo do vale e deixando buracos feios como dentes ausentes na superfície da construção. Kassad muda de novo para uma luz coerente de feixe largo e alveja o interior pelas aberturas, sorrindo por trás da viseira quando *alguma coisa* se incendeia em alguns andares. Kassad dispara reales — raios de elétrons de alta energia —, que atravessam o Monólito e abrem túneis perfeitamente cilíndricos de catorze centímetros de largura em meio quilômetro de pedra na encosta do vale. Atira granadas cilíndricas, que explodem em dezenas de milhares de dardos afiados depois de passar pela fachada de cristal do Monólito. Ativa faixas aleatórias de laser pulsante, que vão cegar qualquer pessoa ou coisa que olhar na direção dele a partir daquela estrutura. Dispara dardos guiados por calor em cada orifício que a estrutura quebrada oferece.

Kassad rola de novo para dentro da Tumba de Jade e levanta a viseira. As chamas da torre incendiada se refletem em milhares de fragmentos de cristal espalhados pelo vale. A fumaça sobe no céu em uma noite que de repente não tem mais vento. Dunas rubras brilham com o fogo. O ar se enche de repente com o som de sinos de vento conforme mais pedaços de cristal se quebram e caem, alguns pendurados por fios compridos de vidro derretido.

Kassad expele carregadores de energia e cintas de munição, repõe com novos do cinto e se deita de costas, inspirando o ar mais frio que entra pela porta aberta. Não tem a menor ilusão de que matou o atirador.

— Moneta — sussurra Fedmahn Kassad. Ele fecha os olhos por um segundo antes de continuar.

Moneta aparecera para Kassad pela primeira vez em Agincourt, em uma manhã do fim de outubro de 1415 d.C. O campo estava recoberto de corpos de franceses e ingleses mortos, e a floresta vibrava com a ameaça de um único inimigo, mas tal inimigo teria saído vitorioso não fosse a ajuda da mulher alta de cabelo curto e olhos que ele jamais esqueceria. Depois da vitória compartilhada, ainda salpicados do sangue do cavaleiro derrotado, Kassad e a mulher fizeram amor na floresta.

A Rede Tática Histórica da Escola de Comando de Olimpo era uma experiência de simestimulante mais próxima da realidade do que qualquer coisa que civis poderiam conhecer, mas a amante espectral chamada Moneta não era um artefato do simestimulante. Com o passar dos anos, quando Kassad era cadete na Escola de Comando de Olimpo de FORÇA e depois, nos sonhos pós-catárticos embalados pela fadiga que sempre sucediam combates reais, ela aparecia para ele.

Fedmahn Kassad e a sombra chamada Moneta tinham feito amor nos cantos tranquilos de campos de batalha desde Antietam até Qom-Riad. Sem que ninguém soubesse, sem que os outros cadetes no simestimulante a vissem, Moneta aparecera em noites tropicais durante turnos de vigília e em dias gélidos sob o cerco nas estepes da Rússia. Eles haviam sussurrado a paixão dos dois nos sonhos de Kassad após noites de vitória genuína nos campos de batalha insulares de Maui-Pacto e durante a agonia da reconstrução física depois que ele quase morrera em Bréssia do Sul. E Moneta sempre fora seu único amor — uma paixão avassaladora misturada com o cheiro de sangue e pólvora, o gosto de napalm, lábios macios e carne ionizada.

E aí veio Hyperion.

A nave-hospital do coronel Fedmahn Kassad foi atacada por naves-tocha desterras na volta do sistema bressiano. Kassad foi o único sobrevivente, após roubar um transporte pequeno desterro e cair em Hyperion. No continente de Equus. No meio do deserto e das terras mortas isoladas do outro lado da cordilheira do Arreio. No vale das Tumbas Temporais. Nos domínios do Picanço.

E Moneta estava lá à espera dele. Fizeram amor... E, quando os desterros pousaram em grande número para capturar o prisioneiro, Kassad, Moneta e a presença semipercebida do Picanço haviam arrasado as naves desterras, destruído os grupos de pouso e massacrado os soldados. Por um breve instante, o coronel Fedmahn Kassad das favelas de Tharsis, filho, neto e bisneto de refugiados, cidadão de Marte em todos os sentidos, havia conhecido o êxtase absoluto de usar o tempo como arma, de se deslocar invisível em meio aos inimigos, de ser um deus da destruição de uma forma que guerreiros mortais jamais sonharam.

Mas então, mesmo enquanto faziam amor após a carnificina da batalha, Moneta havia se transformado. Havia se tornado um monstro. Ou o Picanço tomara seu lugar. Kassad não conseguia lembrar os detalhes; não *queria* lembrar se não fossem necessários para sobreviver.

Mas ele sabia que tinha voltado para encontrar o Picanço e matá-lo. Para encontrar Moneta e matá-la. Matá-la? Ele não sabia. O coronel Fedmahn Kassad só sabia que todas as grandes paixões de uma vida cheia de paixão o haviam conduzido àquele lugar e àquele momento; se a morte o estivesse aguardando ali, que assim fosse. E se o amor, a glória e um triunfo que fizesse Valhala tremer estivessem aguardando, que assim fosse.

—

Kassad abaixa a viseira, fica em pé e sai correndo da Tumba de Jade, aos berros. Sua arma lança granadas de fumaça e tiras de metal na direção do Monólito, mas não serve de grande proteção para a distância que ele precisa atravessar. Ainda há alguém vivo e atirando da torre; balas e cargas de pulso explodem pelo caminho enquanto ele se esquiva e pula de duna em duna, de um amontoado de destroços para outro.

Dardos o atingem no capacete e nas pernas. A viseira racha, sensores de advertência brotam. Kassad pisca para fechar as telas táticas, deixando apenas os recursos de visão noturna. Balaços sólidos de alta velocidade o acertam no ombro e no joelho. O coronel cai, é jogado no chão. A armadura anti-impacto fica rígida, relaxa, e ele se levanta e volta a correr, sentindo os hematomas profundos já se formarem. Seu polímero camaleônico se esforça desesperadamente para emular a terra de ninguém que ele está cruzando: noite, fogo, areia, cristal derretido e pedra em chamas.

Faltam cinquenta metros para o Monólito, e tiras de lança de luz caem de um lado para o outro, transformando areia em vidro onde quer que toquem, tentando alcançá-lo com uma velocidade da qual nada nem ninguém é capaz de se esquivar. Raios laser mortíferos param de brincadeira e acertam, fustigando o capacete, o coração e a virilha dele com o calor de uma estrela. A armadura de combate fica luminosa como um espelho, alternando frequências em microssegundos para reagir à mudança de cores do ataque. Uma nuvem de ar superaquecido o envolve. Microcircuitos gritam até o ponto de sobrecarga e além ao liberarem calor e tratarem de fazer um campo de força de um micrômetro de espessura para afastá-lo de pele e osso.

Kassad sofre para percorrer os últimos vinte metros, usando o auxílio de força para saltar por cima de barreiras de cristal fundido. Irrompem explosões por todos os lados, derrubando-o e voltando a erguê-lo. O traje está todo rígido; ele é um boneco sendo jogado entre mãos flamejantes.

O bombardeio cessa. Kassad se ajoelha e em seguida se levanta. Ele ergue o rosto a fim de olhar para a fachada do Monólito de Cristal e vê chamas, fissuras e pouca coisa mais. Sua viseira está rachada, comprometida. Kassad a levanta, aspira a fumaça e o ar ionizado e entra na tumba.

Os implantes lhe dizem que os outros peregrinos estão tentando contatá-lo em todos os canais de comunicação. Kassad os desliga. Tira o capacete e avança pela escuridão.

É um único cômodo, grande, quadrado e escuro. Abriu-se um fosso no centro, e ele levanta o rosto e olha para uma claraboia quebrada a cem metros de altura. Um vulto aguarda no décimo andar, sessenta metros acima dele, uma silhueta contornada pelas chamas.

Kassad pendura a arma no ombro, encaixa o capacete embaixo do braço, acha a grande escadaria em espiral no centro do fosso e começa a subir.

14

— Tirou a soneca? — perguntou Leigh Hunt quando saímos para a recepção do teleprojetor no Copas.

— Tirei.

— Teve bons sonhos? — Hunt não fez o menor esforço para disfarçar o sarcasmo ou o que ele pensava de quem dormia enquanto as pessoas que faziam a roda do governo girar trabalhavam.

— Não muito — retruquei, olhando à nossa volta enquanto subíamos a escadaria larga para os andares das mesas.

Em uma Rede em que parecia que toda cidade de toda província de todo país de todo continente se gabava de ter um restaurante quatro estrelas, em que os gourmets genuínos eram dezenas de milhões e os paladares haviam sido educados pelos quitutes exóticos de duzentos mundos, até em uma Rede tão dessensibilizada por triunfos culinários e sucessos restaurânticos, o Copas se destacava.

Instalado no topo de uma dúzia das árvores mais altas em um mundo de gigantes florestais, o Copas ocupava alguns milhares de metros quadrados de galhos superiores meia milha acima do solo. A escadaria que eu e Hunt subimos, com quatro metros de largura nesta parte, se perdia na imensidão de ramos do tamanho de avenidas, folhas do tamanho de veleiros e um tronco central — iluminado por holofotes e entrevisto só de relance nas lacunas da folhagem — mais vasto e imponente que muitas montanhas. O Copas abrigava um punhado de plataformas-refeitório nos caramanchões superiores, ordenados em níveis de hierarquia, privilégio, riqueza e poder. Poder acima de tudo. Em uma sociedade em que bilionários eram coisa do cotidiano, em que um almoço no Copas podia custar mil marcos e estava ao alcance de milhões de pessoas, o árbitro máximo de status e privilégio era o poder — uma moeda que nunca saía de moda.

O evento da noite seria na plataforma mais alta, uma superfície larga e curva de pau-barragem (já que não se pode pisar em muireiro), com vista para um céu amarelo-claro crepuscular, uma infinidade de copas menores até o horizonte distante e as luzes alaranjadas suaves das casas de árvore e dos locais de culto dos templários em meio às paredes remotas de folhagem verde, cor de argila e âmbar que oscilavam vagarosamente. Havia umas sessenta pessoas no jantar; reconheci o senador Kolchev, cujo cabelo branco brilhava embaixo das lanternas japonesas, e também o conselheiro Albedo, o general Morpurgo, o almirante Singh, o presidente do Senado Denzel-Hiat-Amin, o orador Gibbons da Totalidade, mais uma dúzia de senadores de mundos poderosos da Rede, como Sol Draconi Septem, Deneb Drei, Nordholm, Fuji, os dois Renascença, Metaxas, Maui-Pacto, Hebron, Terra Nova e Ixion, assim como um bando de políticos de menor importância. Spenser Reynolds, o artista de ação, estava lá, resplandecente com uma túnica formal de veludo grená, mas não vi nenhum outro artista. No entanto, avistei Tyrena Wingreen-Feif do outro lado da plataforma lotada; a antiga editora e atual filantropa ainda se destacava em meio a multidões com o vestido feito de milhares de pétalas de couro finas como seda e o cabelo preto-azulado alto esculpido em formato de onda, mas o vestido era um Tedekai original, a maquiagem era dramática, mas não interativa, e a aparência dela estava muito mais comportada do que teria sido meras cinco ou seis décadas antes. Abri caminho até ela através da multidão enquanto os convivas circulavam na penúltima plataforma, atacando os vários bares e esperando o anúncio do jantar.

— Joseph, *querido* — exclamou Wingreen-Feif quando percorri os últimos passos —, *como* foi que você arranjou um convite para este evento pavoroso?

Sorri e lhe ofereci uma taça de champanhe. A imperadora-matriarca da moda literária só me conhecia por ter passado uma semana no festival de arte de Esperança no ano anterior e por conta de minha amizade com figuras de renome na Rede, como Salmud Brevy III, Millon DeHaVre e Rithmet Corbet. Tyrena era um dinossauro que se recusava a ser extinto — os pulsos, as palmas das mãos e o pescoço estariam azuis de tantos tratamentos Poulsen não fosse pela maquiagem, e ela passava décadas em cruzeiros interestelares curtos ou em cochilos criogênicos caríssimos em spas exclusivos demais para terem nome; por consequência, Tyrena Wingreen-Feif dominara a alta sociedade com mão de ferro por mais de três séculos e não demonstrava qualquer sinal de cedê-la. A cada cochilo de vinte anos, sua fortuna crescia, e sua lenda também.

— Você ainda mora naquele planetinha *pavoroso* que eu visitei ano passado? — perguntou ela.

— Esperança — falei, ciente de que ela sabia muito bem onde cada artista relevante daquele mundo irrelevante residia. — Não, parece que no momento transferi minha residência para TC^2.

S. Wingreen-Feif fez uma careta. Tive uma vaga noção de que havia um grupo de oito ou dez puxa-sacos observando atentamente, curiosos para saber quem era este jovem ousado que havia entrado na órbita interna *dela*.

— Que pavor você ter que habitar um mundo de empresários e burocratas do governo — disse Tyrena. — Tomara que o deixem escapar logo!

Levantei minha taça para um brinde a ela e falei:

— Eu queria perguntar, você não foi a editora de Martin Silenus?

A imperadora-matriarca abaixou a taça e me fitou com um olhar frio. Por um instante, imaginei Meina Gladstone e aquela mulher travando uma batalha de forças de vontade; senti um calafrio e esperei a resposta.

— Meu menino querido, isso é uma história tão *antiga*. Por que deseja perturbar essa sua linda cabeça jovem com curiosidades pré-históricas?

— Tenho interesse em Silenus — expliquei. — Na poesia dele. Eu só estava curioso para saber se vocês ainda tinham contato.

— Joseph, Joseph, Joseph, faz *décadas* que ninguém tem notícias do pobre Martin — lamentou s. Wingreen-Feif. — Ora, o coitado deve estar *velhíssimo*! — Não mencionei o fato de que, quando Tyrena foi editora de Silenus, o poeta era muito mais jovem que ela. — É gozado você falar dele. Minha empresa antiga, a Transverso, informou recentemente que estava pensando em lançar alguma coisa da obra de Martin. Não sei se chegaram a entrar em contato com o espólio dele.

— Os livros de *A agonia da Terra*? — indaguei, pensando nos títulos de nostalgia da Terra Velha que tinham vendido muito bem tanto tempo atrás.

— Por incrível que pareça, não. Acho que estavam pensando em publicar o *Cantos* dele — respondeu Tyrena. Ela riu e estendeu um baseado acomodado em uma piteira comprida de ébano. Um integrante do séquito dela se apressou para acendê-lo. — Que escolha *inusitada*, considerando que ninguém leu o *Cantos* quando o coitado do Martin estava vivo. Bom, sempre digo que nada melhor para a carreira de um artista do que um pouco de morte e obscuridade. — Riu outra vez, barulhinhos agudos como metal cortando pedra. Meia dúzia de pessoas do círculo dela riram junto.

— É melhor conferir se Silenus morreu mesmo — sugeri. — O *Cantos* seria uma leitura melhor se estivesse completo.

Tyrena Wingreen-Feif me olhou de um jeito estranho, os sinos do jantar soaram entre as folhas oscilantes, Spenser Reynolds ofereceu o braço à *grande dame* quando as pessoas começaram a subir a última escada para as estrelas. Terminei minha bebida, deixei a taça em cima de um corrimão e fui me juntar à manada.

A diretora-executiva e sua comitiva chegaram pouco depois de nos sentarmos, e Gladstone deu um discurso breve, provavelmente o vigésimo do dia mesmo sem contar a fala da manhã diante do Senado e da Rede. A justificativa original do jantar daquela noite fora reconhecer um esforço de angariamento de doações para o Fundo de Assistência de Armaghast, mas a fala de Gladstone logo se voltou para a guerra e para como era preciso que se empenhassem de maneira vigorosa e eficiente nela enquanto líderes de todas as partes da Rede promoviam união.

Fiquei olhando por cima do corrimão enquanto ela falava. O céu amarelo-claro havia se dissolvido em um tom fraco de açafrão e logo se apagou em um crepúsculo tropical tão intenso que foi como se o céu tivesse sido coberto por uma cortina azul grossa. Bosque de Deus tinha seis luas pequenas, cinco delas visíveis daquela latitude, e quatro corriam pelo céu enquanto eu via as estrelas surgirem. O ar ali era rico em oxigênio, quase inebriante, e tinha uma fragrância carregada de vegetação úmida que me lembrou da visita da manhã a Hyperion. Mas não era permitido trafegar com VEM, raseiro ou equipamento voador de qualquer espécie em Bosque de Deus — aqueles céus jamais foram poluídos por emissões petroquímicas ou rastros de célula de fusão —, e a ausência de cidades, estradas e iluminação elétrica tornava as estrelas brilhantes a ponto de disputarem com as lanternas japonesas e os globos luminosos que pendiam de galhos e suportes.

A brisa tinha recomeçado a soprar após o pôr do sol, e agora a árvore inteira oscilava de leve, balançando a plataforma larga com a delicadeza de um navio em um mar tranquilo, conforme suportes e colunas de pau-barragem e muireiro rangiam baixinho segundo a movimentação sutil. Dava para ver luzes em meio a copas distantes, e eu sabia que muitas delas vinham de "cômodos" — alguns dos milhares que os templários alugavam —, que podiam ser acrescentados a uma residência multimundo ligada por teleprojeção desde que se pagasse o preço mínimo de um milhão de marcos pela extravagância.

Os templários não se conspurcavam com as operações cotidianas do Copas ou das corretoras de aluguel, apenas estabeleciam condições ecológicas rigorosas e invioláveis para qualquer empreendimento desses, mas tiravam proveito das centenas de milhões de marcos que essas atividades rendiam. Pensei na *Yggdrasill*, a nave de cruzeiro interestelar deles, uma árvore de um quilômetro de comprimento da floresta mais sagrada do planeta, movida por geradores de singularidade de propulsão Hawking e protegida pelos campos de contenção e campos de força de Erg mais complexos possíveis. Por algum motivo inexplicável, os templários haviam aceitado enviar a *Yggdrasill* em uma missão de evacuação que não passava de fachada para a força-tarefa de invasão de FORÇA.

E, como costuma acontecer quando objetos inestimáveis são postos em perigo, a *Yggdrasill* foi destruída em órbita acima de Hyperion, por um ataque desterro ou por alguma outra força ainda não determinada. Como os templários haviam reagido? Que objetivo imaginável os faria arriscar uma das quatro árvores-estelares que existiam? E por que o capitão da árvore-estelar — Het Masteen — tinha sido escolhido como um dos sete Peregrinos do Picanço e depois desaparecido antes que a diligência eólica chegasse à cordilheira do Arreio na orla do mar de Grama?

Havia perguntas demais, e fazia só poucos dias desde o começo da guerra.

Meina Gladstone terminou o discurso e pediu que todos apreciássemos o belo jantar. Aplaudi com educação e acenei para um atendente encher minha taça de vinho. O primeiro prato foi uma salada clássica à la período imperial, à qual me dediquei com entusiasmo. Percebi que eu não tinha comido nada desde o café da manhã. Espetei um ramo de agrião-d'água e me lembrei do governador-geral Theo Lane comendo bacon com ovos e arenque enquanto chovia fraco no céu lápis-lazúli de Hyperion. *Tinha sido um sonho?*

— O que você acha da guerra, s. Severn? — perguntou Reynolds, o artista de ação. Ele estava sentado a algumas cadeiras de distância, do outro lado da mesa larga, mas a voz se projetava muito bem. Vi Tyrena erguer uma sobrancelha para mim três cadeiras à minha direita.

— O que se pode achar de guerras? — falei, tomando mais do vinho. Era muito bom, mas nada da Rede se comparava às minhas lembranças de um bordô francês. — A guerra não demanda julgamento, apenas sobrevivência.

— Pelo contrário — contestou Reynolds. — Assim como tantas outras coisas que a humanidade redefiniu desde a Hégira, a guerra está em vias de se tornar uma forma de arte.

— Forma de arte — repetiu, com um suspiro, uma mulher de cabelo castanho curto. A esfera de dados me informou que era s. Sudette Chier, esposa do senador Gabriel Fyodor Kolchev e também uma força política poderosa. S. Chier usava um vestido de lamê azul e dourado e exibia uma expressão de interesse concentrado. — Guerra como forma de arte, s. Reynolds! Que conceito fascinante!

Spenser Reynolds era um pouco mais baixo que a média da Rede, mas muito mais bonito. O cabelo era cacheado, mas cortado curto, a pele parecia bronzeada por um sol benevolente e pigmentada de leve com uma tinta corporal sutil, as roupas e o ARNismo eram de uma extravagância cara sem ser vulgar, e a postura anunciava uma confiança relaxada com que todos os homens sonhavam e que muito poucos alcançavam. A inteligência dele era óbvia, a atenção em relação aos outros, sincera, e o senso de humor, lendário.

Percebi imediatamente que não gostei do desgraçado.

— *Tudo* é arte, s. Chier, s. Severn. — Reynolds sorriu. — Ou precisa se tornar arte. Estamos além do ponto em que a guerra pode ser mera imposição bruta da política por outros meios.

— Diplomacia — disse o general Morpurgo, à esquerda de Reynolds.

— Como, general?

— Diplomacia — repetiu ele. — E é "extensão", não "imposição".

Spenser Reynolds fez uma mesura com a cabeça e um gesto curto com a mão. Sudette Chier e Tyrena deram uma risadinha. A imagem do conselheiro Albedo se inclinou para a frente à minha esquerda e falou:

— Von Clausewitz, se não me engano.

Olhei de relance para o conselheiro. Uma unidade portátil de projeção não muito maior que os diáfanos radiantes que voavam entre os galhos pairava dois metros acima e atrás dele. A ilusão não era tão perfeita quanto na Casa do Governo, mas ainda muito melhor do que qualquer holo particular que eu já vira.

O general Morpurgo assentiu com a cabeça para o representante do Cerne.

— Que seja — disse Chier. — É a *ideia* de guerra como arte que é tão genial.

Terminei a salada, e um garçom humano levou a tigela embora, colocando no lugar uma sopa cinza-escura que eu não reconhecia. Tinha um sabor defumado, com vago aroma de canela e mar, e era deliciosa.

— A guerra é um meio perfeito para artistas — começou Reynolds, erguendo o talher da salada como se fosse um bastão. — E não apenas para os... profissionais que estudaram a suposta ciência da guerra. — Ele sorriu para Morpurgo e outro oficial de FORÇA à direita do general, desconsiderando ambos. — Só alguém disposto a ir além dos limites burocráticos das táticas e estratégias e da vontade obsolescente de "vencer" é de fato capaz de aplicar um toque artístico a um meio tão difícil quanto a guerra nos tempos modernos.

— Vontade *obsolescente* de vencer? — disse o oficial de FORÇA.

A esfera de dados cochichou que era o comandante William Ajunta Lee, herói naval do conflito de Maui-Pacto. Parecia jovem — cinquenta e poucos anos, talvez —, e sua patente sugeria que a juventude se devia a anos de viagens interestelares, não a Poulsen.

— Claro que obsolescente. — Reynolds riu. — Você acha que um escultor quer *derrotar* a argila? Um pintor ataca a tela? Aliás, uma águia ou um gavião-tomé acossa o céu?

— As águias estão extintas — resmungou Morpurgo. — Talvez elas *devessem* ter atacado o céu. Ele as traiu.

Reynolds se virou de novo para mim. Os garçons removeram sua salada abandonada e trouxeram a mesma sopa que eu estava terminando.

— S. Severn, você é um artista... um ilustrador, pelo menos. Ajude a explicar a essas pessoas o que estou querendo dizer.

— Não sei o que você quer dizer.

Enquanto eu esperava o prato seguinte, toquei a taça com o dedo. Ela foi preenchida de imediato. Da cabeceira da mesa, a trinta pés de distância, ouvi Gladstone, Hunt e alguns dos diretores do fundo de assistência rirem.

Spenser Reynolds não pareceu se surpreender com minha ignorância.

— Para nossa raça alcançar o verdadeiro satori, para que possamos seguir para aquele próximo nível de consciência e evolução que tantas das nossas filosofias proclamam, *todas* as facetas da prática humana precisam se tornar esforços conscientes de arte.

O general Morpurgo tomou um gole demorado e grunhiu.

— Incluindo funções fisiológicas como alimentação, reprodução e eliminação de dejetos, imagino.

— *Especialmente* essas funções! — exclamou Reynolds. Ele abriu as mãos, oferecendo a mesa comprida e seus muitos encantos. — O que vocês veem aqui é o requisito animal de converter compostos orgânicos mortos em energia, o ato básico de devorar vidas alheias, mas o Copas o transformou em *arte*! A reprodução já substituiu há muito tempo suas origens animais brutas pela essência da dança para seres humanos civilizados. A eliminação há de se tornar poesia pura!

— Vou me lembrar disso na próxima vez que eu for cagar — zombou Morpurgo.

Tyrena Wingreen-Feif riu e se virou para o homem de vermelho e preto à sua direita.

— Monsenhor, sua igreja... católica, cristã antiga, sim?... Vocês não têm alguma doutrina velha e simpática em relação à humanidade e à conquista de um status evolucionário mais exaltado?

Todos nos viramos para olhar o homem pequeno e discreto que usava um manto preto e um chapeuzinho estranho. O monsenhor Edouard, representante da seita cristã antiga quase esquecida que agora se limitava ao mundo de Pacem e a alguns planetas coloniais, estava na lista de convidados por causa de seu envolvimento com o projeto de assistência de Armaghast e, até aquele momento, havia se concentrado em tomar a sopa em silêncio. Ele ergueu os olhos com uma expressão meio surpresa no rosto marcado por décadas de preocupação e exposição às intempéries e respondeu:

— Ora, sim, os ensinamentos de São Teilhard discutem uma evolução rumo ao Ponto Ômega.

— E o Ponto Ômega é parecido com nossa ideia zen-gnóstica de satori prático? — perguntou Sudette Chier.

O monsenhor Edouard lançou um olhar melancólico para a sopa, como se ela fosse mais importante do que a conversa naquele momento.

— Não muito parecido — disse ele. — São Teilhard acreditava que toda vida, todo nível de consciência orgânica fazia parte de uma evolução planejada rumo à fusão derradeira com o Divino. — Ele franziu o cenho de leve. — A posição de Teilhard foi bem modificada nos últimos oito séculos, mas o princípio comum é que consideramos que Jesus Cristo foi um exemplo encarnado do que essa consciência derradeira poderia ser na dimensão da humanidade.

Pigarreei.

— O jesuíta Paul Duré não escreveu bastante sobre a hipótese de Teilhard?

O monsenhor Edouard se inclinou para a frente para enxergar além de Tyrena e olhou diretamente para mim. Havia surpresa naquele rosto interessante.

— Ora, sim, mas me espanta que você conheça a obra do padre Duré.

Retribuí o olhar do homem que havia sido amigo de Duré mesmo ao exilar o jesuíta para Hyperion por apostasia. Pensei em outro refugiado do Novo Vaticano, o jovem Lenar Hoyt, que jazia morto em uma Tumba Temporal enquanto os parasitas da cruciforme que portavam o DNA alterado tanto de Duré quanto dele próprio conduziam seu propósito macabro de ressurreição. Como a abominação da cruciforme se encaixava na opinião de Teilhard e Duré quanto a uma evolução benevolente inevitável rumo ao Divino?

Spenser Reynolds obviamente achou que a conversa tinha passado tempo demais fora de seus domínios.

— A questão *é* — disse ele, com uma voz grave que abafou as conversas em metade da mesa — que a guerra, assim como a religião ou qualquer outra atividade humana que acessa e organiza energias humanas em tamanha escala, deve abandonar a atenção infantil ao literalismo do númeno, expressado em geral por um fascínio obsessivo por "metas", e se deleitar na dimensão artística de sua própria obra. Meu projeto mais recente...

— E qual é a meta da sua seita, monsenhor Edouard? — perguntou Tyrena Wingreen-Feif, roubando a bola da conversa de Reynolds sem erguer a voz nem tirar os olhos do clérigo.

— Ajudar a humanidade a conhecer e servir a Deus — respondeu ele, terminando a sopa com um som impressionante de sucção. O sacerdote arcaico olhou para a projeção do conselheiro Albedo na mesa. — Conselheiro, ouvi boatos de que o TecnoCerne está buscando uma meta curiosamente parecida. É verdade que vocês estão tentando construir seu próprio Deus?

O sorriso de Albedo era calculado à perfeição para ser simpático sem mostrar qualquer sinal de desdém.

— Não é segredo que elementos do Cerne trabalham há séculos para criar ao menos um modelo teórico de uma suposta inteligência artificial muito superior ao nosso próprio intelecto fraco. — Ele fez um gesto depreciativo. — Não se trata de uma tentativa de criar Deus, monsenhor. Está mais para um projeto de pesquisa para explorar as possibilidades desbravadas por seu São Teilhard e pelo padre Duré.

— Mas vocês acreditam que é possível arquitetar a própria evolução para essa consciência superior? — perguntou o comandante Lee, o herói naval, que até então estava prestando muita atenção.

Albedo riu.

— Nada tão simples ou grandioso assim, infelizmente. E, ao dizer "vocês", comandante, lembre-se de que sou apenas uma personalidade em uma mistura de inteligências não menos diversa do que os seres humanos neste planeta... Na verdade, em toda a Rede. O Cerne não é um monólito. Existem tantas áreas de filosofia, crença, hipótese... *religião*, por assim dizer, quanto haveria em qualquer comunidade diversa. — Ele cruzou as mãos como se estivesse apreciando uma piada interna. — Mas prefiro pensar na busca por uma Inteligência Absoluta mais em termos de passatempo que religião. Como montar navios dentro de uma garrafa, comandante, ou discutir quantos anjos caberiam na cabeça de um alfinete, monsenhor.

O grupo riu com educação, exceto Reynolds, que estava com a testa franzida de forma involuntária, decerto ponderando como retomar o controle da conversa.

— E quanto ao boato de que o Cerne construiu uma réplica perfeita da Terra Velha na busca pela Inteligência Absoluta? — falei, chocado com minha própria pergunta.

O sorriso de Albedo não vacilou, o olhar simpático não trepidou, mas a projeção transmitiu um nanossegundo de *algo*. O quê? Choque? Fúria? Diversão? Eu não fazia ideia. Ele podia ter se comunicado em particular comigo durante esse instante eterno, transmitindo quantidades imensas de dados pelo meu umbilical do Cerne ou pelos corredores ocultos que reservamos para nós na esfera de dados labiríntica que a humanidade achava ser uma estrutura tão simples. Ou podia ter me matado, recorrendo à sua autoridade perante quaisquer que fossem os deuses no Cerne que controlavam o ambiente para uma consciência como a minha —

teria sido tão simples quanto se o diretor de um instituto mandasse os técnicos administrarem uma anestesia permanente em um rato de laboratório irritante.

As conversas tinham parado na mesa toda. Até Meina Gladstone e seu grupo de ultra-VIPs olhou na nossa direção.

O conselheiro Albedo deu um sorriso mais largo.

— Que boato peculiar maravilhoso! Diga, s. Severn, como alguém, ainda mais um organismo como o Cerne, que seus próprios comentaristas chamaram de "amontoado incorpóreo de cérebros, programas rebeldes que escaparam de seus circuitos e passam a maior parte do tempo tirando meleca intelectual de narizes inexistentes"... como alguém construiria "uma réplica perfeita da Terra Velha"? — Olhei para a projeção, *através* da projeção, e pela primeira vez percebi que os pratos e o jantar de Albedo também eram projeções; ele estava comendo enquanto conversávamos. Ele continuou, sem dúvida achando muita graça: — E ocorreu aos propagadores desse boato que "uma réplica perfeita da Terra Velha" *seria* a Terra Velha em todos os sentidos práticos? Que benefício um esforço desses poderia proporcionar à exploração das possibilidades teóricas de uma matriz aprimorada de inteligência artificial?

Como não respondi, instalou-se um silêncio desconfortável em toda a porção central da mesa.

O monsenhor Edouard pigarreou.

— Acredito que qualquer... hum... sociedade capaz de produzir uma réplica exata de qualquer mundo, mas em especial um mundo destruído há quatro séculos, não precisaria buscar Deus; ela *seria* Deus.

— Justamente! — concordou o conselheiro Albedo, rindo. — É um boato absurdo, mas maravilhoso... Com toda a certeza maravilhoso!

Uma risada de alívio preencheu o buraco de silêncio. Spenser Reynolds começou a falar de seu projeto seguinte — uma tentativa de fazer suicidas coordenarem seus pulos de ponte em vários mundos enquanto a Totalidade assistia — e Tyrena Wingreen-Feif roubava toda a atenção ao passar o braço em volta do monsenhor Edouard e convidá-lo a nadar pelado na festa pós-jantar em sua residência flutuante de Mare Infinitus.

Vi o conselheiro Albedo me encarar, virei a tempo de perceber um olhar indagador de Leigh Hunt e da diretora-executiva e desviei dele para ver os garçons trazerem as entradas em bandejas de prata.

O jantar estava excelente.

15

Não fui nadar pelado na festa de Tyrena. Nem Spenser Reynolds, que estava em uma conversa compenetrada com Sudette Chier na última vez que o vi. Não sei se o monsenhor Edouard cedeu às provocações de Tyrena.

O jantar ainda não tinha acabado, diretores do fundo de assistência estavam fazendo discursos breves, e muitos dos senadores mais importantes já haviam começado a exibir inquietação quando Leigh Hunt cochichou para mim que o grupo da diretora estava pronto para ir embora e que minha presença era requisitada.

Eram quase 23h do horário-padrão da Rede, e presumi que o grupo voltaria para a Casa do Governo, mas, quando atravessei o portal de uso único — fui o último do grupo a atravessar, exceto pelos guarda-costas pretorianos que compunham a retaguarda —, fiquei chocado ao dar em um corredor com paredes de pedra atenuadas por janelas compridas que exibiam um amanhecer marciano.

Em teoria, Marte não fazia parte da Rede; tornaram deliberadamente difícil chegar à colônia extraterrestre mais antiga da humanidade. Peregrinos zen-gnósticos que querem ir à Pedra do Mestre na bacia de Hellas precisam projetar até a Estação Sistema Natal e pegar naves de transporte de Ganimedes ou Europa até Marte. É uma inconveniência de só algumas horas, mas, para uma sociedade em que tudo está a literais dez passos de distância, isso confere um senso de sacrifício e aventura. Exceto para historiadores e especialistas em cultivo de cactos para produção de licores, são poucos os motivos profissionais para ir a Marte. Devido ao declínio gradual do zen-gnosticismo ao longo do último século, até a movimentação de peregrinos para lá diminuiu. Ninguém liga para Marte.

Menos FORÇA. Embora as sedes administrativas de FORÇA fiquem em TC^2 e as bases estejam espalhadas pela Rede e pelo Protetorado, Marte ainda é o verdadeiro lar da organização militar, com a Escola de Comando de Olimpo no centro de tudo.

Um grupo pequeno de VIPs militares estava esperando para receber o grupo pequeno de VIPs políticos, e fui até uma janela e fiquei olhando enquanto os dois aglomerados se entrelaçavam feito galáxias em colisão.

O corredor fazia parte de um complexo escavado na borda superior do monte Olimpo, e, de onde estávamos, a umas dez milhas de altura, a sensação era de que dava para ver metade do planeta de uma vez só. Dali, o mundo *era* o antigo vulcão escudo, e a perspectiva da distância reduzia estradas de acesso, a cidade velha junto à encosta do penhasco e a favela e as florestas no platô de Tharsis a meras garatujas em uma paisagem vermelha que parecia idêntica à de quando o primeiro ser humano pisou neste mundo, proclamou-o para uma nação chamada Japão e tirou uma fotografia.

Este é o sol, pensei, vendo um pequeno sol nascer, desfrutando o efeito incrível da luz nas nuvens que emergiam da escuridão na lateral da montanha interminável, quando Leigh Hunt se aproximou.

— A diretora-executiva vai vê-lo após a conferência. — Ele me entregou dois blocos de desenho que um dos assessores pegara da Casa do Governo. — Você sabe que tudo que ouvir e vir nesta conferência é altamente confidencial?

Não tratei a declaração como pergunta.

Portas de bronze largas se abriram nas paredes de pedra e luzes de orientação se acenderam, indicando a rampa acarpetada e a escada que davam na mesa do Gabinete de Guerra localizada no centro de um lugar preto amplo que talvez fosse um auditório enorme imerso em uma escuridão absoluta, salvo a única ilhota de iluminação. Assessores se apressaram a dar orientações, puxar cadeiras e voltar a desaparecer nas sombras. Com relutância, dei as costas para o amanhecer e segui nosso grupo para dentro do fosso.

O general Morpurgo e uma trinca de outros líderes de FORÇA tocaram pessoalmente a reunião de instrução. A qualidade gráfica estava anos-luz à frente das chapas e dos holos toscos da instrução na Casa do Governo; *estávamos* em um espaço vasto, grande o bastante para acomodar todos os oito mil cadetes e o estafe quando necessário, mas naquele momento a maior parte da escuridão acima de nós estava preenchida por holos e diagramas de qualidade ômega do tamanho de campos de liberbol. De certa forma, era assustador.

Assim como o conteúdo da apresentação.

— Estamos perdendo o confronto no Sistema Hyperion — concluiu Morpurgo. — Na melhor das hipóteses, chegaremos a um empate, com o Enxame desterro retido em um perímetro de cerca de quinze unidades astronômicas a partir da esfera de singularidade do teleprojetor e nós tendo que lidar a todo momento com o atrito das incursões das naves pequenas deles. Na pior, teremos que recuar para uma posição defensiva enquanto evacuamos a frota e os cidadãos da Hegemonia, para depois permitir que Hyperion caia nas mãos dos desterros.

— O que aconteceu com o golpe devastador que nos prometeram? — perguntou o senador Kolchev de seu lugar perto da cabeceira da mesa em forma de losango. — Os ataques decisivos contra o Enxame?

Morpurgo pigarreou, mas olhou para o almirante Nashita, que se levantou. O uniforme preto do comandante de FORÇA:espaço fazia parecer que o rosto carrancudo dele flutuava sozinho na escuridão. Senti um toque de déjà-vu ao conjurar a imagem, mas voltei a olhar para Meina Gladstone, iluminada agora pelos mapas de guerra e pelas cores que flutuavam acima de nós como uma versão holoespectral da famosa espada de Dâmocles, e voltei a desenhar. Eu tinha guardado o bloco de papel e agora usava minha caneta de luz em uma chapa flexível.

— Em primeiro lugar, nossas informações sobre os Enxames eram, por necessidade, limitadas — começou Nashita. Os gráficos mudaram acima de nós. — Sondas de reconhecimento e batedores de longa distância não tinham como nos revelar todas as características de cada unidade da frota migratória desterra. O resultado foi uma óbvia e séria subestimação do poder de combate real deste Enxame específico. Nossos esforços para penetrar as defesas do Enxame, usando apenas caças de ataque de longo alcance e naves-tocha, não produziram o sucesso que esperávamos.

"Em segundo lugar, a exigência de manter um perímetro defensivo seguro dessa magnitude no sistema de Hyperion impôs tanta demanda sobre nossas duas forças-tarefas em operação que tem sido impossível dedicar uma quantidade suficiente de naves a ações ofensivas no momento."

Kolchev interrompeu:

— Almirante, pelo que você está dizendo, não temos naves suficientes para cumprir a missão de destruir ou rechaçar esse ataque desterro ao Sistema Hyperion. Correto?

Nashita olhou para o senador, o que me fez lembrar algumas pinturas que eu vira de samurais segundos antes de a espada letal sair da bainha.

— Correto, senador Kolchev.

— No entanto, nas reuniões ministeriais até uma semana-padrão atrás, vocês nos garantiram que as duas forças-tarefas bastariam para proteger Hyperion contra invasão ou destruição e para dar um golpe devastador nesse Enxame desterro. O que aconteceu, almirante?

Nashita se empertigou por inteiro — mais alto que Morpurgo, mas ainda mais baixo que a média da Rede — e voltou o olhar para Gladstone.

— S. diretora, já expliquei as variáveis que exigem uma alteração no nosso plano de batalha. Devo recomeçar esta apresentação?

Meina Gladstone estava com o cotovelo na mesa, e sua mão direita sustentava a cabeça com dois dedos apoiados na bochecha, dois embaixo do queixo e o polegar no maxilar em uma postura de atenção cansada. Ela falou, em tom brando:

— Almirante, embora eu ache a pergunta do senador Kolchev totalmente pertinente, acredito que a situação que você delineou nesta apresentação e nas anteriores a responda. — Ela se virou para Kolchev. — Gabriel, erramos a conta. Com o emprego atual de FORÇA, conseguimos um impasse, no máximo. Os desterros são mais ferozes, fortes e numerosos do que o imaginado. — Ela voltou o olhar cansado para Nashita. — Almirante, vocês precisam de mais quantas naves?

Nashita respirou fundo, visivelmente desconcentrado por receber essa pergunta tão cedo na reunião. Ele lançou um olhar para Morpurgo e os outros chefes do estado-maior conjunto e então cruzou as mãos na frente da virilha como se fosse um agente funerário.

— Duzentas belonaves — informou. — *Pelo menos* duzentas. É uma quantidade mínima.

O ar vibrou no salão. Tirei os olhos do desenho. Todo mundo estava cochichando ou mudando de posição, exceto Gladstone. Levei um segundo para entender.

A frota completa de belonaves de FORÇA:espaço consistia em menos de seiscentas. Cada uma era absurdamente custosa, claro — poucas economias planetárias tinham condições de construir mais que uma ou duas naves capitânias interestelares, e até um punhado de naves-tocha equipadas com propulsores Hawking podia levar um mundo colonial à falência. E cada uma era absurdamente poderosa: um cruzador de ataque podia destruir um mundo, uma força de cruzadores e naves-spin destroieres podia destruir um sol. Era concebível que as naves da Hegemonia já mobilizadas no sistema de Hyperion fossem capazes — se direcionadas pela grande matriz de trânsito de teleprojetor de FORÇA — de destruir a maioria dos sistemas estelares da Rede. Foram necessárias menos de cinquenta naves do tipo que Nashita estava pedindo para destruir a frota de Glennon-Height um século antes e debelar o motim para sempre.

Mas o verdadeiro problema por trás do pedido de Nashita era o emprego de *dois terços* da frota da Hegemonia no sistema de Hyperion de uma vez só. Dava para sentir a ansiedade se alastrar feito uma corrente elétrica entre os políticos e as autoridades.

A senadora Richeau, de Renascença Vetor, pigarreou.

— Almirante, nunca concentramos as forças da frota desse jeito antes, não?

A cabeça de Nashita se virou com tanta fluidez que parecia estar em cima de rolamentos. A carranca não trepidou.

— Nunca nos envolvemos em uma ação de frota tão importante para o futuro da Hegemonia, senadora Richeau.

— Eu entendo — defendeu-se Richeau. — Mas minha pergunta se referia ao impacto que isso teria nas defesas do restante da Rede. Não é uma aposta terrível?

Nashita grunhiu, e os gráficos no vasto espaço atrás dele rodopiaram, se turvaram e se consolidaram em uma imagem deslumbrante da Via Láctea vista muito acima do plano da eclíptica; o ângulo mudou quando pareceu que voávamos a uma velocidade estarrecedora em direção a um braço espiral até a malha azul da rede de teleprojeção ficar visível: a Hegemonia, um núcleo dourado irregular com colunas e pseudópodes que se estendiam para a nuvem verde do Protetorado. A Rede parecia ter um formato ao mesmo tempo aleatório e minúsculo na escala imensa da galáxia... E essas duas impressões eram um reflexo preciso da realidade.

De repente, o gráfico mudou, e a Rede e os mundos coloniais se tornaram o universo, exceto por algumas centenas de estrelas para dar perspectiva.

— Estes representam a posição dos elementos da nossa frota neste instante — explicou o almirante Nashita. No meio e fora do dourado e do verde, apareceram algumas centenas de pontos de um laranja intenso; a maior concentração estava em torno de uma estrela distante do Protetorado que demorei para reconhecer como a de Hyperion. — E estes, os Enxames desterros de acordo com as medições mais recentes.

Apareceu uma dúzia de linhas vermelhas, com setas na ponta e rastros com desvio para o azul que indicavam a direção de deslocamento. Mesmo nessa escala, ficava aparente que nenhum dos vetores de Enxame atravessava o espaço da Hegemonia exceto pelo Enxame — um grande — que parecia traçar uma curva para o sistema de Hyperion.

Reparei que muitas mobilizações de FORÇA:espaço correspondiam aos vetores de Enxame, exceto os grupamentos perto de bases e de mundos problemáticos como Maui-Pacto, Bréssia e Qom-Riad.

— Almirante — começou Gladstone, antecipando-se a qualquer descrição dessas mobilizações —, presumo que você tenha levado em conta o tempo de reação da frota em caso de ameaça a alguma outra parte das nossas fronteiras.

A carranca de Nashita se torceu em algo que talvez fosse um sorriso. Havia uma sugestão de arrogância na voz.

— Sim, diretora. Se a senhora observar os Enxames mais próximos além do de Hyperion... — A imagem se ampliou para os vetores vermelhos acima de uma nuvem dourada, que abarcava sistemas estelares que eu tinha uma boa certeza de que incluíam Portão Celestial, Bosque de Deus e Mare Infinitus. Naquela escala, a ameaça desterra parecia mesmo muito distante. — Medimos as migrações desterras de acordo com os rastros de propulsão Hawking captados por postos de escuta dentro e fora da Rede. Além disso, nossas sondas de longa distância confirmam o tamanho e a direção dos Enxames com frequência.

— Com que frequência, almirante? — perguntou o senador Kolchev.

— Pelo menos uma vez a cada intervalo de alguns anos — retrucou o almirante. — É preciso levar em consideração que as viagens levam muitos meses, mesmo em velocidade de naves-spin, e a dívida temporal pelo nosso ponto de vista para esses trânsitos pode ser de até doze anos.

— Com lacunas de anos entre observações diretas, como você sabe onde os Enxames estão a cada momento? — insistiu o senador.

— Propulsores Hawking não mentem, senador. — A voz de Nashita saiu bem seca. — É impossível simular o rastro de distorção Hawking. O que estamos vendo é a localização em tempo real de centenas de propulsores de singularidade em atividade. Ou, no caso dos Enxames maiores, milhares. Assim como com transmissões de largofone, não existe dívida temporal para a transmissão do efeito Hawking.

— Sim — disse Kolchev, com uma voz tão seca e letal quanto a do almirante —, mas e se os Enxames viajassem a velocidades abaixo das de naves-spin?

Nashita chegou a sorrir.

— *Abaixo* de velocidade hiperlúmica, senador?

— É.

Vi Morpurgo e alguns dos outros militares balançarem a cabeça ou disfarçarem um sorriso. Somente o jovem comandante William Ajunta Lee, de FORÇA:mar, estava inclinado para a frente, atento, com uma expressão séria. O almirante Nashita rebateu:

— Em velocidades sublúmicas, talvez nossos tataranetos tenham que pensar em avisar seus netos sobre uma invasão.

Kolchev se recusou a desistir. Ele se levantou e apontou para o lugar onde o Enxame mais próximo se afastava da Hegemonia acima de Portão Celestial.

— E se este Enxame tentasse se aproximar sem propulsores Hawking?

Nashita suspirou, obviamente irritado por ver boa parte da reunião tomada por irrelevâncias.

— Senador, garanto que, se este Enxame desligasse os propulsores *agora* e se virasse para a Rede *agora*, levaria... — Os olhos de Nashita cintilaram enquanto ele consultava seus implantes e canais de comunicação. — ... 230 anos-padrão para se aproximarem das nossas fronteiras. Não é um fator nesta decisão, senador.

Meina Gladstone se inclinou para a frente, e todos os olhares se voltaram para ela. Salvei meu desenho anterior na chapa e comecei outro.

— Almirante, o que me parece aqui é que o receio de fato diz respeito tanto à qualidade inédita dessa concentração de forças perto de Hyperion quanto ao fato de que vamos colocar todos os nossos ovos no mesmo cesto. — Um murmúrio bem-humorado se espalhou pela mesa. Gladstone era famosa por aforismos, histórias e clichês tão antigos e esquecidos que chegavam a ser novos. Talvez fosse o caso agora. A diretora reiterou: — *Estamos* colocando todos os nossos ovos no mesmo cesto?

Nashita deu um passo à frente e apoiou as mãos na mesa, com os dedos compridos estendidos, pressionando as palmas com muita intensidade. Tal intensidade condizia com o poder da personalidade daquele homem baixo: ele era um daqueles poucos indivíduos que inspiravam atenção e obediência sem fazer esforço.

— Não, diretora, não estamos. — Sem se virar, ele gesticulou para o gráfico acima e atrás de si. — Os Enxames mais próximos não conseguiriam se encaminhar ao espaço da Hegemonia sem um período de advertência de dois meses em propulsão Hawking... São *três anos* do nosso tempo. Nossas unidades da frota em Hyperion, mesmo se estivessem mobilizadas em posições esparsas e envolvidas em combate, levariam menos de *cinco horas* para recuar e se transportar para qualquer lugar na Rede.

— Isso não inclui as unidades da frota fora da Rede — pontuou a senadora Richeau. — As colônias não podem ficar desprotegidas.

Nashita gesticulou de novo.

— As duzentas belonaves que vamos chamar para decidir a campanha de Hyperion são as que já estão na Rede ou as equipadas com capacidade de teleprojeção com Nave-Salto. Nenhuma das unidades independentes designadas para as colônias será afetada.

Gladstone meneou a cabeça.

— Mas e se o portal de Hyperion fosse danificado ou capturado pelos desterros?

Pela movimentação, agitação de cabeça e exalação dos civis ao redor da mesa, pareceu que ela havia tocado em uma questão importante.

Nashita assentiu com a cabeça e voltou ao pequeno tablado como se fosse essa a pergunta que já esperava e estivesse satisfeito de ver que as irrelevâncias tinham acabado.

— Excelente pergunta — elogiou. — Isso já foi mencionado em reuniões anteriores, mas vou tratar dessa possibilidade em detalhes. Em primeiro lugar, temos redundância na nossa capacidade de teleprojeção, com ao menos duas Naves-Salto no sistema agora e planos para mais três quando a força-tarefa reforçada chegar. A probabilidade de todas essas cinco naves serem destruídas é muito, muito baixa... Quase insignificante, se levarmos em consideração o aumento da nossa capacidade defensiva com a força-tarefa reforçada. Em segundo lugar, a probabilidade de os desterros capturarem um teleprojetor militar intacto e o usarem para invadir a Rede é nula. Cada nave, cada *indivíduo*, que passa por um portal de FORÇA precisa ser identificado por microtransponderes codificados à prova de adulteração, atualizados todos os dias...

— Os desterros não podem decifrar essa codificação... inserir uma deles? — perguntou o senador Kolchev.

— Impossível. — Nashita estava andando de um lado para o outro no tablado pequeno, com as mãos nas costas. — A atualização dos códigos acontece diariamente via placas de largofone de uso único do quartel-general de FORÇA na Rede...

— Com licença — falei, espantado de ouvir minha própria voz ali —, mas fiz uma visita breve ao Sistema Hyperion hoje de manhã e não vi nenhum código.

Cabeças se viraram. O almirante Nashita repetiu sua boa imitação de coruja virando a cabeça em cima de rolamentos sem fricção.

— Todavia, s. Severn, você e o s. Hunt foram codificados, de forma indolor e não invasiva, com laser infravermelho, nas duas pontas do trânsito por teleprojeção.

Fiz que sim com a cabeça, admirado por um instante que o almirante lembrasse meu nome, até que me toquei de que ele também tinha implantes. Como se eu não o houvesse interrompido, Nashita continuou:

— Em terceiro lugar, se acontecer o impossível e as forças desterras dominarem nossas defesas, capturarem nossos teleprojetores intactos, contornarem os sistemas de codificação de trânsito seguro e ativarem uma tecnologia com a qual não estão familiarizados e que mantivemos longe do alcance deles por mais de quatro séculos... então todos os esforços deles ainda terão sido em vão, porque todo o trânsito militar está sendo direcionado para Hyperion através da base em Madhya.

— Onde? — disse um coro de vozes.

Eu ouvira falar de Madhya só no relato de Brawne Lamia sobre a morte do cliente dela. Tanto ela quanto Nashita pronunciaram "Mãdie".

— Madhya — repetiu o almirante Nashita, agora sorrindo de verdade. Era um sorriso estranhamente infantil. — Não consultem seus conexos, senhoras e senhores. Madhya é um sistema "escuro", não aparece em nenhum inventário ou mapa de teleprojeção civil. Nós o reservamos exatamente para propósitos como esse. Com um único planeta habitável, adequado apenas para mineração e nossas bases, Madhya é a posição de retirada ideal. Se as belonaves desterras conseguirem o impossível e ultrapassarem nossas defesas e nossos portais em Hyperion, o *único* lugar aonde elas podem ir é Madhya, onde uma quantidade considerável de armamentos automatizados está apontada para qualquer coisa que passa. Se conseguissem o impossível ao quadrado e a frota sobrevivesse ao trânsito para o sistema de Madhya, as conexões externas de teleprojeção se autodestruiriam automaticamente, e as belonaves deles ficariam isoladas por anos fora da Rede.

— Sim, mas as nossas também — comentou a senadora Richeau.

— Dois terços da nossa frota ficariam no sistema de Hyperion.

Nashita parou em posição de descanso.

— É verdade — disse ele —, e certamente eu e os chefes de estado-maior avaliamos muitas vezes as consequências dessa circunstância remota... devo dizer estatisticamente impossível. Consideramos o risco aceitável. Se acontecesse o impossível, ainda teríamos mais de duzentas belonaves na reserva para defender a Rede. Na pior das hipóteses, teríamos perdido o sistema de Hyperion depois de infligir um golpe terrível aos desterros; algo que, por si só, quase decerto os dissuadiria de agressões futuras. *Mas esse não é o resultado que prevemos.* Com a pronta transferência de duzentas belonaves, nas próximas oito horas-padrão, nossos previsores e os do Conselho Consultivo de IA... calculam 99% de probabilidade de derrota total do Enxame desterro agressivo, com baixas de pouca importância nas nossas forças.

Meina Gladstone se virou para o conselheiro Albedo. À luz fraca, a projeção era perfeita.

— Conselheiro, eu não sabia que o Conselho Consultivo tinha recebido essa solicitação. A previsão de 99% é confiável?

Albedo sorriu.

— Bastante confiável, diretora. E o fator de probabilidade foi de 99,962794%. — O sorriso aumentou. — Seguro o bastante para pedir que se coloquem por um tempinho todos os ovos no mesmo cesto.

Gladstone não sorriu.

— Almirante, por quanto tempo após a chegada dos reforços você estima que o combate continue?

— Uma semana-padrão, diretora. No máximo.

Gladstone ergueu de leve a sobrancelha esquerda.

— Tão pouco tempo?

— Isso mesmo, diretora.

— General Morpurgo? A opinião de FORÇA:solo?

— Nós concordamos, diretora. O reforço é necessário, e de imediato. Naves de transporte levarão cerca de cem mil fuzileiros e tropas de solo para eliminar os elementos remanescentes do Enxame.

— Em sete dias-padrão ou menos?

— Afirmativo, diretora.

— Almirante Singh?

— Completamente necessário, diretora.

— General Van Zeidt?

Um por um, Gladstone perguntou aos chefes do estado-maior conjunto e aos militares de alta patente, incluindo até o comandante da Escola de Comando de Olimpo, que se encheu de orgulho ao ser consultado. Um por um, ela recebeu a recomendação inequívoca de aprovar o reforço.

— Comandante Lee?

Todos os olhares se voltaram para o jovem oficial naval. Reparei na rigidez da postura e na carranca dos militares de alta patente e de repente me dei conta de que Lee estava lá a convite da diretora-executiva, não graças à benevolência de seus superiores. Lembrei que havia registros de Gladstone ter dito que o jovem comandante Lee exibia o tipo de iniciativa e inteligência que às vezes faltava em FORÇA. Eu desconfiava que o comparecimento àquela reunião colocara um fim à carreira do homem.

O comandante William Ajunta Lee se mexeu com desconforto na cadeira confortável.

— Com todo o respeito, diretora, sou um mero oficial naval subalterno e não tenho qualificação para opinar em questões de tamanha importância estratégica.

Gladstone não sorriu. Seu movimento de cabeça foi quase imperceptível.

— Compreendo, comandante. Tenho certeza de que seus superiores aqui também compreendem. No entanto, neste caso, gostaria que você me fizesse o favor de comentar sobre o assunto em questão.

Lee endireitou as costas. Por um instante, seus olhos continham tanto convicção quanto o desespero de um animal pequeno encurralado.

— Bom, diretora, se preciso comentar, devo dizer que meus próprios instintos seriam contrários a esse reforço. São apenas instintos: ignoro profundamente o tema de táticas interestelares. — Lee respirou fundo. — É uma avaliação estritamente militar, diretora. Não sei nada das ramificações políticas da defesa do Sistema Hyperion.

Gladstone inclinou o corpo para a frente.

— Então, do ponto de vista estritamente militar, comandante, por que você se opõe aos reforços?

Do meu lugar, a meia mesa de distância, deu para sentir o impacto do olhar dos chefes de FORÇA como se fosse um dos raios laser de cem milhões de joules usados para ativar a ignição de esferas de deutério-trítio nos antigos reatores de fusão com confinamento inercial. Achei impressionante que Lee não tivesse desmoronado, implodido, pegado fogo e se fundido diante de todos nós.

— Do ponto de vista militar — continuou Lee, com um olhar desenganado mas a voz firme —, os dois piores pecados que se podem cometer são dividir forças e, como a senhora falou, diretora, colocar todos os ovos em um mesmo cesto. E, neste caso, nem fomos nós que fizemos o cesto.

Gladstone assentiu com a cabeça e se recostou, juntando a ponta dos dedos embaixo do lábio inferior.

— *Comandante* — disse o general Morpurgo, e descobri que era mesmo possível cuspir uma palavra. — Agora que desfrutamos de sua... recomendação... posso perguntar se você já participou de alguma batalha espacial?

— Não, senhor.

— Já foi *treinado* para batalhas espaciais, comandante?

— Exceto pelo treinamento mínimo obrigatório da ECO, que consistia em algumas disciplinas de história, não, senhor, não fui.

— Já participou de *qualquer* planejamento estratégico acima do nível de... Quantas embarcações de superfície naval você comandou em Maui-Pacto, comandante?

— Uma, senhor.

— Uma — murmurou Morpurgo. — Era grande, comandante?

— Não, senhor.

— Você foi designado ao comando dessa embarcação, comandante? Você a recebeu por mérito? Ou ela coube a você devido às vicissitudes da guerra?

— Nosso comandante foi morto, senhor. Assumi o comando por ordem de hierarquia. Foi a última ação naval da campanha de Maui-Pacto e...

— Já basta, *comandante*. — Morpurgo deu as costas para o herói de guerra e se voltou para a diretora. — Gostaria de repetir a enquete, senhora?

Gladstone balançou a cabeça.

O senador Kolchev pigarreou.

— Talvez seja melhor fazermos uma reunião ministerial na Casa do Governo.

— Não precisa — retrucou Meina Gladstone. — Já decidi. Almirante Singh, você tem autorização para desviar para o sistema de Hyperion quantas unidades de frota você e os chefes do estado-maior conjunto julgarem apropriado.

— Sim, diretora.

— Almirante Nashita, espero o encerramento bem-sucedido das hostilidades em até uma semana-padrão a partir do momento em que chegarem reforços adequados. — Ela olhou para as pessoas em volta da mesa. — Senhoras e senhores, outra vez reitero que é de suma importância que tomemos posse de Hyperion e acabemos com as ameaças desterras de uma vez por todas. — Ela se levantou e foi até a base da rampa que subia para a escuridão. — Boa noite, senhores, senhoras.

Eram quase 4h do horário da Rede e de Tau Ceti Central quando Hunt bateu de leve à minha porta. Fazia três horas que eu estava lutando com o sono, desde que voltamos. Eu tinha acabado de decidir que Gladstone tinha me esquecido e estava começando a cochilar quando ouvi a batida.

— O jardim — disse Leigh Hunt —, e, pelo amor de Deus, ponha a camisa dentro da calça.

Minhas botas fizeram um ruído suave no cascalho fino da trilha quando andei pelas vias escuras. As lanternas e os globos luminosos mal emitiam luz. Não havia estrelas visíveis acima do pátio por causa do brilho das cidades intermináveis de TC^2, mas as luzes móveis das habitações orbitais se deslocavam pelo céu como um anel infinito de vaga-lumes.

Gladstone estava sentada no banco de ferro perto da ponte.

— S. Severn, obrigada por vir me encontrar — falou ela. — Peço desculpas pela hora avançada. A reunião ministerial acabou agora há pouco.

Não falei nada e não me sentei.

— Eu queria perguntar da sua visita a Hyperion hoje cedo. — Ela deu uma risadinha na escuridão. — Ontem cedo. Você formou alguma impressão?

Tentei imaginar o que ela queria dizer. Minha suspeita era que a mulher tinha um apetite insaciável por informações, por mais irrelevantes que parecessem.

— Conversei com uma pessoa — falei.

— É?

— É, o dr. Melio Arundez. Ele era... é...

— Amigo da filha do s. Weintraub — completou Gladstone. — A criança que está envelhecendo de trás para a frente. Tem alguma novidade em relação ao estado dela?

— Não muito — respondi. — Tirei um cochilo curto hoje, mas os sonhos estavam fragmentados.

— E qual foi o resultado da conversa com o dr. Arundez?

Massageei o queixo com dedos que tinham ficado gelados de repente.

— O grupo de pesquisa dele está há meses esperando na capital. Talvez seja nossa única esperança de entender o que está acontecendo nas Tumbas. E o Picanço...

— Nossos previsores dizem que é importante deixar os peregrinos sozinhos até a situação deles se resolver — respondeu a voz de Gladstone na escuridão. Parecia que ela estava olhando para o lado, na direção do córrego.

Senti uma onda súbita e inexplicável de raiva me atravessar.

— O padre Hoyt já se "resolveu" — rebati com um tom mais ácido do que eu pretendia. — Podiam tê-lo salvado se a nave tivesse sido liberada para ir até os peregrinos. Arundez e o pessoal dele talvez consigam salvar a bebê, Rachel, mesmo faltando só alguns dias.

— Menos de três dias — retrucou Gladstone. — Teve algo mais? Alguma impressão sobre o planeta ou a nave de comando do almirante Nashita que você tenha achado... interessante?

Minhas mãos se fecharam em punhos e voltaram a relaxar.

— Você não vai permitir que Arundez voe até as Tumbas?

— Não, agora não.

— E quanto à evacuação dos civis de Hyperion? Pelo menos dos cidadãos da Hegemonia?

— Não é uma possibilidade no momento.

Comecei a falar algo, mas me contive. Olhei para o local do som da água sob a ponte.

— Nenhuma outra impressão, s. Severn?

— Não.

— Bom, tenha uma boa noite e sonhos agradáveis. Talvez o dia amanhã seja muito caótico, mas gostaria de conversar com você sobre esses sonhos em algum momento.

— Boa noite — cumprimentei, girei nos calcanhares e voltei andando rápido para minha ala na Casa do Governo.

No escuro do quarto, botei uma sonata de Mozart para tocar e tomei três trissecobarbitóis. O mais provável era que eles me derrubassem em um sono dopado sem sonhos, onde o fantasma de Johnny Keats morto e seus peregrinos mais fantasmagóricos não poderiam me encontrar. Seria uma decepção para Meina Gladstone, mas isso não me deixava nem um pouco triste.

Pensei em Gulliver, o navegador de Swift, e em seu desgosto em relação à humanidade depois de voltar da terra dos cavalos inteligentes — os Houyhnhnms —, um desgosto em relação à própria espécie que chegou a ponto de obrigá-lo a dormir no estábulo com os cavalos só para se sentir reconfortado pelo cheiro e pela presença deles.

Que se dane Meina Gladstone, que se dane a guerra, que se dane a Rede. Foi a última coisa que pensei antes de dormir.

E que se danem os sonhos.

PARTE DOIS

PARTE DOIS

16

Brawne Lamia dormia um sono inquieto logo antes do amanhecer, e seus sonhos se enchiam de imagens e sons de outro lugar — conversas parcialmente ouvidas e pouco compreendidas com Meina Gladstone, um cômodo que parecia flutuar no espaço, uma movimentação de homens e mulheres em corredores cujas paredes murmuravam feito um receptor de largofone mal sintonizado —, enquanto por trás dos sonhos febris e das imagens aleatórias havia a sensação enlouquecedora de que Johnny, seu Johnny, estava muito perto, *muito perto*. Lamia gritou dormindo, mas o barulho se perdeu nos ecos aleatórios das pedras frias e areias volúveis da Esfinge.

Ela acordou de repente, recobrando toda a consciência como se tivesse ligado um instrumento de estado sólido. Era para Sol Weintraub estar de guarda, mas ele agora estava adormecido próximo à porta baixa do cômodo onde o grupo se abrigara. Rachel, a filha bebê dele, dormia entre cobertores no chão ao lado de Sol, com o traseiro para cima, o rosto apoiado no cobertor e uma bolhinha de saliva na boca.

Lamia olhou ao redor. Com a pouca claridade de um globo luminoso de baixa potência e a luz fraca do sol refletida pelos quatro metros do corredor, só havia mais um peregrino visível, um volume escuro no chão de pedra. Martin Silenus roncava. Lamia sentiu uma onda de medo, como se tivesse sido abandonada durante o sono. Silenus, Sol, a bebê... Ela se deu conta de que só faltava o Cônsul. O grupo peregrino de sete adultos e uma criança havia sido corroído aos poucos; Het Masteen, desaparecido na diligência eólica durante a travessia do mar de Grama; Lenar Hoyt, morto na noite anterior; Kassad, desaparecido depois, na mesma noite... e o Cônsul... Onde estava o Cônsul?

Brawne Lamia olhou ao redor de novo, confirmou que o cômodo escuro continha apenas fardos, cobertores amontoados, o poeta, o acadêmico e a criança adormecidos, e então se levantou, achou a pistola automática do pai no meio dos cobertores embolados, apalpou a bolsa em busca do atordoador neural e, por fim, passou por Sol e pela bebê e saiu para o corredor.

Era manhã, e estava tão claro que Lamia precisou cobrir os olhos com a mão ao descer dos degraus de pedra da Esfinge para a trilha batida que se estendia pelo vale. A tempestade passara. O céu do planeta era de um lápis-lazúli intenso e cristalino entremeado de verde, e a estrela de Hyperion era um ponto de luz branca forte logo acima dos paredões orientais. Sombras de pedras se misturavam às silhuetas salientes das Tumbas Temporais pelo chão do vale. A Tumba de Jade cintilava. Lamia via os montes e as dunas novas depositadas pela tempestade, areia branca e rubra que se combinava em curvas sensuais e estrias em torno de pedras. Não restava nem sinal do acampamento deles da noite anterior. O Cônsul estava sentado em uma pedra mais abaixo a dez metros da Esfinge. Ele encarava o vale, com uma espiral de fumaça subindo do seu cachimbo. Lamia guardou a pistola no bolso junto com o atordoador e desceu a ladeira até ele.

— Nem sinal do coronel Kassad — confirmou o Cônsul quando ela se aproximou. Ele não se virou.

Lamia olhou pelo vale na direção de onde ficava o Monólito de Cristal. A superfície antes reluzente estava agora toda esburacada; parecia que faltavam os últimos vinte ou trinta metros do topo, e ainda havia destroços fumegantes na base. A área de cerca de meio quilômetro entre a Esfinge e o Monólito jazia incendiada e cheia de crateras.

— Parece que ele não se foi sem luta — comentou ela.

O Cônsul resmungou. A fumaça do cachimbo deu fome em Lamia.

— Procurei até o Palácio do Picanço, dois quilômetros vale adentro — contou o Cônsul. — Parece que o tiroteio se concentrou no Monólito. Ainda não há sinal de abertura no nível do térreo, mas agora tem buracos suficientes mais para cima para discernir a estrutura interior de colmeia que sempre detectaram com radar profundo.

— Mas nenhum sinal de Kassad?

— Nenhum.

— Sangue? Ossos carbonizados? Um recado de que ele voltaria depois de levar a roupa na lavanderia?

— Nada.

Brawne Lamia suspirou e se sentou em um pedregulho perto do Cônsul. O sol lhe esquentava a pele. Ela forçou a vista ao olhar para a entrada do vale e disse:

— Ah, bom, o que é que a gente faz agora?

O Cônsul tirou o cachimbo, olhou para ele com o cenho franzido e balançou a cabeça.

— Tentei o transmissor do conexo hoje cedo de novo, mas a nave continua presa. — Ele bateu as cinzas. — Tentei as frequências de emergência também, mas ficou bem claro que não vai adiantar. Ou a nave não está transmitindo, ou as pessoas receberam ordem para não responder.

— Você iria mesmo embora?

O Cônsul deu de ombros. Ele havia trocado o uniforme diplomático do dia anterior por uma túnica de lã crua sem botão, uma calça cinza de sarja e botas de cano alto.

— Se a nave estivesse aqui, nós teríamos... vocês teriam a opção de ir embora. Eu gostaria que os outros considerassem sair. Afinal, Masteen desapareceu, Hoyt e Kassad se foram... Não sei bem o que fazer agora.

Uma voz grave respondeu:

— Podemos tentar fazer o café da manhã.

Lamia se virou e viu Sol descendo a trilha. Rachel estava no cesto infantil ao peito do acadêmico. O sol se refletia na cabeça calva do idoso.

— Não é uma má ideia — disse ela. — Sobraram provisões suficientes?

— O bastante para tomar café — falou Weintraub. — Depois, tem mais umas porções de pacotes frios na bolsa de provisões extras do coronel. Aí vamos comer gugopeias e uns aos outros.

O Cônsul tentou sorrir e guardou o cachimbo no bolso da túnica.

— Sugiro voltarmos à Fortaleza de Cronos antes de chegarmos a esse ponto. Acabamos com a comida congelada da *Benares*, mas a Fortaleza tem despensas.

— Seria um prazer se... — começou Lamia, mas foi interrompida por um grito dentro da Esfinge.

A primeira a chegar à estrutura, ela já estava com a pistola automática na mão quando atravessou a entrada. O corredor estava escuro, e o cômodo de dormir, mais escuro ainda, de modo que ela levou um instante para se dar conta de que não havia ninguém ali. Brawne Lamia se agachou e virou a pistola na direção da curva do corredor ao mesmo tempo que a voz de Silenus gritou de novo, de algum lugar fora de vista:

— Ei! Venham aqui!

Ela olhou por cima do ombro quando o Cônsul entrou na Esfinge.

— Espera aqui! — mandou Lamia com brusquidão antes de seguir rápido pelo corredor, mantendo-se junto à parede, pistola estendida, carga de propulsão armada, trava de segurança solta. Ela hesitou na passagem aberta da entrada do cômodo pequeno onde estava o corpo de Hoyt, agachou-se, virou-se e entrou mirando.

Martin Silenus levantou o rosto de onde estava, parado, agachado junto ao cadáver. O lençol de plastifibra que eles usaram para cobrir o corpo do sacerdote estava embolado na mão erguida de Silenus. Ele olhou para Lamia, reparou na arma com indiferença e voltou a encarar o corpo.

— Dá para acreditar nisto? — perguntou, em voz baixa.

Lamia abaixou a arma e se aproximou. Atrás deles, o Cônsul deu uma olhada para dentro. Brawne escutou Sol Weintraub no corredor; a bebê estava chorando.

— Meu Deus — disse Brawne Lamia, agachando-se ao lado do corpo do padre Lenar Hoyt.

Os traços marcados pela dor do jovem sacerdote haviam sido remoldados como o rosto de um homem de sessenta e muitos anos: testa alta, nariz aristocrático longo, lábios finos que faziam uma curva simpática nos cantos, maçãs do rosto salientes, orelhas firmes sob uma faixa de cabelo grisalho, olhos grandes embaixo de pálpebras pálidas e finas como pergaminho.

O Cônsul se agachou perto deles.

— Já vi holos. É o padre Paul Duré.

— Olha.

Martin Silenus abaixou mais o lençol, parou e virou o cadáver de lado. No peito do homem pulsavam duas cruciformes rosadas pequenas, como as de Hoyt, mas nas costas dele não havia nada.

Sol estava na porta, balançando Rachel de leve e sussurrando sílabas para acalmar o choro da bebê. Quando a criança se aquietou, ele disse:

— Achei que os Bikura levassem três dias para... se regenerar.

Martin Silenus suspirou.

— Os Bikura vêm sendo ressuscitados pelos parasitas cruciformes há mais de dois séculos-padrão. Vai ver a primeira vez é mais fácil.

— Ele está... — começou Lamia.

— Vivo? — Silenus pegou na mão dela. — Toque aqui.

O peito do homem subia e descia muito ligeiramente. A pele estava morna ao toque. Sob ela, o calor das cruciformes era palpável. Brawne Lamia recolheu a mão de repente.

A coisa que seis horas antes havia sido o cadáver do padre Lenar Hoyt abriu os olhos.

— Padre Duré? — perguntou Sol, dando um passo à frente.

A cabeça do homem se virou. Ele piscou como se a luz fraca lhe incomodasse os olhos e então fez um barulho ininteligível.

— Água — disse o Cônsul, pondo a mão no bolso da túnica para pegar sua pequena garrafa de plástico. Martin Silenus apoiou a cabeça do homem enquanto o Cônsul o ajudava a beber.

Sol chegou mais perto, abaixou-se em um joelho e encostou no antebraço do homem. Até os olhos escuros de Rachel pareciam curiosos. Sol falou:

— Se você não conseguir responder, pisque duas vezes para "sim" e uma para "não". Você é Duré?

A cabeça do homem se virou para o acadêmico.

— Sou — disse ele, em voz baixa, grave, com uma entonação cuidadosa. — Eu sou o padre Paul Duré.

O desjejum foi o resto do café, bocados de carne frita no aquecedor aberto, uma colherada de grãos sortidos com leite reidratado e o final do último pão, dividido em cinco pedaços. Lamia achou uma delícia.

Eles estavam sentados na beira da sombra sob a asa estendida da Esfinge, usando um pedregulho baixo e reto como mesa. O sol se encaminhava ao meio da manhã, e não havia uma nuvem no céu. Nenhum som além do retinir ocasional de garfos ou colheres e dos murmúrios da conversa.

— Você se lembra de... antes? — perguntou Sol. O sacerdote estava usando uma muda extra do uniforme da nave do Cônsul, um macacão cinza com o símbolo da Hegemonia no lado esquerdo do peito. A roupa era um pouco pequena demais.

Duré segurava a caneca de café com as duas mãos, como se estivesse prestes a oferecê-la em consagração. Ele olhou para a frente e sua expressão sugeria uma profundidade de inteligência e tristeza em igual medida.

— Antes de eu morrer? — disse Duré. Os lábios sofisticados formaram um sorriso. — Eu me lembro, sim. Do exílio, dos Bikura...

— Ele abaixou os olhos. — Até do tesleiro.

— Hoyt falou da árvore — contou Brawne Lamia. O sacerdote cravara o próprio corpo em um tesleiro ativo da floresta de fogo, sofrendo *anos* de agonia, morte, ressurreição e morte de novo para não se entregar à simbiose fácil de uma vida com a cruciforme.

Duré balançou a cabeça.

— Achei... naqueles últimos segundos... que eu a tivesse derrotado.

— Você derrotou — explicou o Cônsul. — O padre Hoyt e os outros o encontraram. Você havia expulsado o negócio do seu corpo. Mas aí os Bikura puseram sua cruciforme em Lenar Hoyt.

Duré meneou a cabeça.

— E não há sinal algum do rapaz?

Martin Silenus apontou para o peito do homem.

— É evidente que essa porra não pode desafiar as leis que regem a conservação de massa. A dor de Hoyt tinha sido tão forte por tanto tempo, já que ele se recusava a voltar ao lugar aonde a coisa queria ir, que nunca ganhou peso para... Como é que você chamaria? Uma ressurreição dupla.

— Não importa — afirmou Duré. Seu sorriso era triste. — O parasita de DNA na cruciforme tem paciência infinita. Ele pode reconstituir um hospedeiro por gerações, se necessário. Mais cedo ou mais tarde, os dois parasitas terão um lar.

— Você se lembra de alguma coisa depois do tesleiro? — perguntou Sol, em voz baixa.

Duré bebeu o resto do café.

— Da morte? Paraíso ou inferno? — O sorriso era genuíno. — Não, senhores e senhora, queria poder dizer que sim. Eu me lembro de dor... eternidades de dor... e depois de liberdade. E depois de escuridão. E depois de acordar aqui. Quantos anos vocês disseram que se passaram?

— Quase doze — respondeu o Cônsul. — Mas só metade disso para o padre Hoyt, mais ou menos. Ele passou tempo em trânsito.

O padre Duré se levantou, espreguiçou-se e começou a andar de um lado para o outro. Era um homem alto, magro, mas com um ar de força, e Brawne Lamia ficou impressionada com a presença dele, aquela personalidade de carisma inexplicável que havia amaldiçoado e elevado alguns indivíduos desde os primórdios do tempo. Ela precisou lembrar a si mesma que, em primeiro lugar, ele era um sacerdote de uma seita que exigia celibato de seus clérigos e, em segundo, que uma hora antes ele havia sido um cadáver. Lamia observou enquanto o homem mais velho andava, com movimentos elegantes e relaxados como um gato, e se deu conta de que as duas questões eram verdadeiras, mas nenhuma era capaz de anular o magnetismo pessoal que o sacerdote emanava. Ela se perguntou se os homens também o sentiam.

Duré se sentou em um pedregulho, esticou as pernas para a frente e massageou as coxas como se quisesse eliminar uma câimbra.

— Vocês me falaram um pouco de quem são, por que estão aqui — começou ele. — Podem me falar mais?

Os peregrinos se entreolharam.

Duré meneou a cabeça.

— Vocês acham que eu também sou um monstro? Um agente do Picanço? Seria compreensível.

— Não achamos isso — disse Brawne Lamia. — O Picanço não precisa de agentes para cumprir a própria vontade. Além do mais, nós conhecemos você da história do padre Hoyt e dos seus diários. — Ela olhou para os outros. — Achamos... difícil... contar nossas histórias do motivo por que viemos a Hyperion. Seria quase impossível repetir tudo.

— Tomei notas no meu conexo — acrescentou o Cônsul. — São muito condensadas, mas devem dar uma ideia dos nossos relatos... e da história da última década da Hegemonia. Por que a Rede está em guerra com os desterros. Esse tipo de coisa. Fique à vontade para acessar. Não deve levar mais de uma hora.

— Agradeço — disse o padre Duré, e ele e o Cônsul entraram de novo na Esfinge.

Brawne Lamia, Sol e Silenus caminharam até o começo do vale. Do passe entre os aclives baixos, eles viam as dunas e as charnecas que se estendiam até as montanhas da cordilheira do Arreio, a menos de dez quilômetros a sudoeste. Dava para ver os globos quebrados, as colunas delicadas e as galerias destruídas da Cidade dos Poetas morta apenas dois ou três quilômetros para a direita, ao longo de uma faixa larga que o deserto gradualmente invadia.

— Vou voltar para a Fortaleza e procurar provisões — avisou Lamia.

— Preferia não separar o grupo — respondeu Sol. — Podíamos voltar todos.

Martin Silenus cruzou os braços.

— Seria bom alguém ficar aqui, para o caso de o coronel voltar.

— Antes que alguém parta, acho que deveríamos conferir o resto do vale — sugeriu Sol. — O Cônsul não olhou muito além hoje cedo.

— Concordo — disse Lamia. — Vamos começar logo, antes que fique tarde. Quero pegar provisões na Fortaleza e voltar antes de anoitecer.

Eles haviam descido até a Esfinge quando Duré e o Cônsul saíram. O sacerdote estava com o conexo extra do Cônsul em uma das mãos. Lamia explicou o plano da busca, e os dois aceitaram participar.

Mais uma vez caminharam pelos corredores da Esfinge, iluminando com os raios de suas lanternas manuais e minilasers a pedra úmida e os ângulos bizarros. Ao saírem para a luz do meio-dia, percorreram os trezentos metros até a Tumba de Jade. Lamia se deu conta de que estava tremendo quando eles entraram no cômodo onde o Picanço havia aparecido na noite anterior. O sangue de Hoyt tinha deixado uma mancha cor de ferrugem no piso de cerâmica verde. Não havia sinal algum da abertura transparente para o labirinto abaixo. Não havia sinal algum do Picanço.

O Obelisco não tinha cômodos, apenas um átrio central onde uma rampa espiral, íngreme demais para uma pessoa usar com facilidade, contorcia-se até o alto entre as paredes cor de ébano. Até os sussurros ecoavam ali, e o grupo falou o mínimo possível.

Não havia janelas, nenhuma vista, no topo da rampa, cinquenta metros acima do piso de pedra, e a luz de suas lanternas exibia apenas escuridão no teto curvo acima deles. Cordas e correntes fixas deixadas por dois séculos de turismo permitiram que eles descessem sem muito medo de escorregar e cair para a morte lá embaixo. Quando fizeram uma parada na entrada, Martin Silenus gritou o nome de Kassad uma última vez, e os ecos os acompanharam dia afora.

Passaram pelo menos meia hora examinando os estragos perto do Monólito de Cristal. Poças de areia transformada em vidro, com cerca de cinco a dez metros de largura, refratavam a luz do meio-dia e refletiam calor para o rosto deles. A face quebrada do Monólito, cravejada de buracos e com filamentos ainda dependurados de cristal derretido, parecia ter sido alvo de um ato de vandalismo despropositado, mas todo o grupo sabia que Kassad devia ter lutado com unhas e dentes. Não havia porta, nenhuma abertura para o labirinto em colmeia no interior. Instrumentos diziam que o lado de dentro continuava vazio e isolado como sempre. Eles foram embora com relutância, subindo as trilhas íngremes até a base dos penhascos ao norte onde ficavam as Tumbas Cavernosas, a menos de cem metros uma da outra.

— Os primeiros arqueólogos achavam que estas eram as Tumbas mais antigas por serem mais rústicas — contou Sol quando eles entraram na primeira caverna e a luz das lanternas dançou na pedra entalhada com mil traçados indecifráveis.

Nenhuma das cavernas tinha mais de trinta ou quarenta metros de profundidade. Cada uma terminava em uma parede de pedra que, segundo todas as sondas e imagens por radar, não tinha extensão alguma.

Ao sair da terceira Tumba Cavernosa, o grupo se sentou na pouca sombra que havia e dividiu água e biscoitos de proteína da reserva de Kassad. O vento aumentara e agora suspirava e sussurrava pelas rochas alongadas acima deles.

— Não vamos encontrá-lo — disse Martin Silenus. — A porra do Picanço o levou.

Sol estava amamentando a bebê com um dos últimos pacotes. A parte de cima da cabeça dela havia ficado rosada, por mais que Sol tivesse tentado protegê-la quando eles saíam a céu aberto.

— Talvez ele estivesse em uma das Tumbas que vimos — conjecturou o acadêmico —, se algumas partes delas estiverem fora de sincronia com o nosso tempo. Essa é a teoria de Arundez. Para ele, as Tumbas são artefatos tetradimensionais com dobras intrincadas no espaço-tempo.

— Que ótimo — ironizou Lamia. — Então, mesmo se Kassad estiver lá, não vamos ver.

— Bom... — disse o Cônsul, levantando-se com um suspiro cansado. — Pelo menos vamos terminar o processo. Falta uma estrutura.

O Palácio do Picanço ficava mais um quilômetro vale adentro, mais baixo que as outras e oculto atrás de uma curva nos paredões de pedra. Não era grande, era menor que a Tumba de Jade, mas a construção elaborada — flanges, pilastras, contrafortes e colunas de sustentação em arcos de caos controlado — fazia o lugar parecer maior.

O interior do Palácio do Picanço era uma câmara de eco com piso irregular feito de milhares de segmentos curvos encaixados que, para Lamia, lembravam costelas e vértebras de alguma criatura fossilizada. Quinze metros acima, o domo era entrecortado por dezenas de "lâminas" cromadas que atravessavam as paredes e umas às outras e emergiam como espinhos de aço acima da estrutura. O material do domo em si era ligeiramente opaco e conferia ao espaço amplo uma tonalidade leitosa peculiar.

Lamia, Silenus, o Cônsul, Weintraub e Duré começaram a gritar o nome de Kassad, mas suas vozes ecoaram e ressoaram em vão.

— Nenhum sinal de Kassad ou Het Masteen — disse o Cônsul quando eles saíram. — Talvez seja esse o processo... cada um de nós vai desaparecer, até sobrar um só.

— E esse último vai ter o desejo atendido, como rezam as lendas da Seita do Picanço? — perguntou Brawne Lamia. Ela estava sentada na placa de pedra que dava no Palácio, balançando as pernas curtas no ar.

Paul Duré virou o rosto para o céu.

— Não acredito que o desejo do padre Hoyt fosse morrer para que eu pudesse viver de novo.

Martin Silenus fitou o sacerdote com olhos semicerrados.

— E qual seria seu desejo, seu cura?

Duré não hesitou.

— Meu desejo... minha oração... seria que Deus acabasse de uma vez por todas com essas duas abominações, a guerra e o Picanço, que flagelam a humanidade.

Abateu-se um silêncio, em que o vento do começo de tarde inseriu seus suspiros e lamentos distantes. Brawne Lamia o quebrou:

— Enquanto isso, temos que arranjar comida ou aprender a viver de ar.

Duré fez que sim.

— Por que vocês trouxeram tão pouco?

Martin Silenus riu e recitou em voz alta:

— *Não se dava à taça, nem ao caneco;*
Nem ao gado, às aves, a frutos do mar,
E aos molhos tampouco fazia eco;
Desprezava a esbórnia feita ao brindar,
Com vulgaridades jamais ia se juntar,
Com moças melífluas jamais era incasto;
Um regato era p'ra sua alma um manjar
Rico, e o ar do bosque, único repasto,
Inda que amiúde se deleitasse com buquê fasto.

Duré sorriu, obviamente ainda confuso.

— Todos nós imaginávamos que triunfaríamos ou morreríamos na primeira noite — explicou o Cônsul. — Não previmos uma estada prolongada aqui.

Brawne Lamia se levantou e espanou as calças.

— Estou indo — anunciou. — Devo conseguir trazer provisões para quatro ou cinco dias, se forem os pacotes de ração de campanha ou os estoques que vimos.

— Eu também vou — disse Martin Silenus.

Silêncio. Ao longo da semana de peregrinação deles, o poeta e Lamia quase haviam se engalfinhado meia dúzia de vezes. Em uma ocasião, ela ameaçara matar o homem. Ela olhou para ele por um bom tempo.

— Tudo bem — disse, enfim. — Vamos passar na Esfinge para pegar nossas bolsas e as garrafas d'água.

O grupo seguiu pelo vale conforme as sombras começavam a crescer nos paredões a oeste.

17

Doze horas antes, o coronel Fedmahn Kassad saiu da escadaria em espiral para o andar mais alto que restava no Monólito de Cristal. Havia labaredas de fogo por todos os lados. Pelos buracos que abrira na superfície cristalina da estrutura, Kassad via escuridão. A tempestade soprou areia rubra pelas aberturas até o ar parecer cheio de sangue em pó. Kassad vestiu o capacete.

Dez passos à frente, Moneta aguardava.

Ela estava nua por baixo do traje-pele de energia, e o efeito lembrava mercúrio derramado diretamente sobre a pele dela. Kassad via as chamas refletidas nas curvas dos seios e das coxas, a refração da luz na concavidade da garganta e do umbigo. O pescoço de Moneta era longo, e o rosto, uma escultura cromada perfeitamente lisa. Os olhos continham reflexos duplos da sombra escura que era Fedmahn Kassad.

Kassad ergueu o fuzil de assalto e ajustou manualmente o seletor para disparo de espectro completo. Por dentro da armadura anti-impacto ativada, o corpo dele se tensionou na expectativa do ataque.

Moneta mexeu a mão, e o traje-pele se dissipou do topo da cabeça até o pescoço. Ela agora estava vulnerável. Kassad tinha a sensação de que conhecia cada faceta daquele rosto, cada poro e folículo. O cabelo castanho dela era curto, um pouco caído para o lado esquerdo. Os olhos continuavam os mesmos: grandes, curiosos, com uma profundidade verde desconcertante. A boca pequena de lábio inferior cheio ainda hesitava no limiar de um sorriso.

Ele observou o arquear ligeiro e inquisitivo de sobrancelhas, as orelhas pequenas nas quais ele tantas vezes dera beijos e sussurrara. O pescoço liso onde ele apoiara o rosto para escutar a pulsação dela.

Kassad ergueu o fuzil e apontou.

— Quem é você? — perguntou ela. Sua voz era a mesma delicada e sensual que ele lembrava, com o sotaque sutil igualmente difícil de decifrar.

Com o dedo no gatilho, Kassad hesitou. Eles haviam feito amor dezenas de vezes, haviam se conhecido por anos nos sonhos de Kassad e no cenário amoroso deles em simulações militares. Mas, se ela estava mesmo retrocedendo no tempo...

— Já sei — disse ela, com a voz calma, aparentemente sem saber da pressão que o outro já havia começado a exercer no gatilho. — Você é o que o Senhor da Dor prometeu.

Kassad ficou sem ar. Quando falou, sua voz estava rouca e saiu com muita dificuldade.

— Você não se lembra de mim?

— Não. — Ela inclinou a cabeça e olhou para ele com uma expressão confusa. — Mas o Senhor da Dor prometeu um guerreiro. Estávamos destinados a nos encontrar.

— Nós nos encontramos muito tempo atrás — disse Kassad, por fim.

O fuzil miraria automaticamente no rosto, alternando comprimentos de onda e frequências a cada microssegundo até ultrapassar as defesas do traje-pele. Além do chicote-infernal e dos raios laser, ele dispararia dardos e raios de pulso logo em seguida.

— Não tenho lembrança de muito tempo atrás — respondeu ela. — Estamos nos movendo em direções contrárias no fluxo geral do tempo. Com que nome você me conhece no meu futuro, no seu passado?

— Moneta — gaguejou Kassad, tentando obrigar a mão e o dedo tenso a atirar.

Ela sorriu, fez que sim.

— Moneta. Filha da Memória. Tem uma ironia grosseira aí.

Kassad se lembrou da traição dela, da *transformação* enquanto os dois faziam amor pela última vez nas areias acima da Cidade dos Poetas morta. Ou ela se tornara o Picanço, ou permitira que o Picanço tomasse seu lugar. Um ato de amor que havia virado repulsa.

O coronel Kassad apertou o gatilho.

Moneta piscou.

— Não vai funcionar aqui. Não dentro do Monólito de Cristal. Por que você quer me matar?

Kassad rosnou, jogou a arma inútil pelo patamar da escada, direcionou energia para as manoplas e avançou.

Moneta não fez qualquer menção de escapar. Ela continuou olhando enquanto ele corria os dez passos; Kassad estava de cabeça abaixada. A armadura anti-impacto gemia ao mudar o alinhamento cristalino de polímeros, e ele gritava. A mulher abaixou os braços para receber o ataque.

A velocidade e o peso de Kassad derrubaram Moneta, e os dois caíram; Kassad tentava fechar as manoplas no pescoço dela, que segurava os pulsos dele com dedos fortes enquanto os dois rolavam pelo patamar até a beirada da plataforma. Kassad se colocou em cima de Moneta, tentando deixar que a gravidade acrescentasse força a seu ataque, com braços esticados, manoplas rígidas, dedos encurvados em uma interseção assassina. A perna esquerda dele se dependurava a sessenta metros do chão escuro lá embaixo.

— Por que você quer me matar? — murmurou Moneta, e o fez rolar para o lado, derrubando os dois da plataforma.

Kassad gritou e fechou a viseira com um gesto brusco da cabeça. Eles caíram pelo espaço, de pernas fechadas em torno do corpo um do outro com força intensa, e a pressão mortal das mãos dela nos pulsos de Kassad mantinha as mãos dele afastadas. Pareceu que o tempo se desacelerou até que os dois estavam caindo em câmera lenta, o ar passando por Kassad como um cobertor sendo puxado devagar pelo rosto dele. E então o tempo se acelerou, voltou ao normal: eles despencaram os últimos dez metros. Kassad deu um grito e visualizou o símbolo necessário para fazer sua armadura anti-impacto enrijecer, e seguiu-se um estrondo horrível.

De longe sob vermelho-sangue, Fedmahn Kassad lutou para emergir na consciência, sabendo que se passaram apenas um ou dois segundos desde que atingiram o chão. Ele se levantou com esforço. Moneta também se erguia devagar, agora apoiada em um dos joelhos, fitando o chão no ponto onde o piso de cerâmica se quebrara com o impacto.

Kassad enviou energia para os servomecanismos na perna do traje e desferiu um chute na direção da cabeça dela com toda a força.

Moneta se esquivou, pegou a perna dele, torceu e o arremessou pelo quadrado de três metros de cristal, jogando-o para fora na areia e na noite. Moneta encostou no pescoço, seu rosto se cobriu de mercúrio, e ela saiu atrás dele.

Kassad levantou a viseira quebrada e tirou o capacete. O vento agitou seu cabelo preto curto, e a areia fustigou suas bochechas. Ele se ajoelhou, se agachou. Sensores no visor do colarinho do traje piscavam com luzes vermelhas, anunciando o esgotamento das últimas reservas de energia. Kassad ignorou os alarmes; haveria o suficiente para os segundos seguintes... e era só o que importava.

— O que quer que tenha acontecido no meu futuro... seu passado — começou Moneta —, não fui eu que mudei. Não sou o Senhor da Dor. Ele...

Kassad pulou os três metros que os separavam, caiu *atrás* de Moneta e traçou um arco ultrassônico com a manopla direita mortífera, a palma mais rígida e afiada que os filamentos piezoelétricos de carbono-carbono permitiam.

Moneta não se esquivou nem tentou bloquear o ataque. A manopla de Kassad acertou a base do pescoço dela com um impacto que teria cortado uma árvore, rasgado meio metro de pedra. Em Bréssia, em um combate corpo a corpo na capital, Buckminster, Kassad havia matado um coronel desterro tão rápido — atravessando com a manopla, sem parar, armadura anti-impacto, capacete, campo de força pessoal, carne e osso — que a cabeça do homem piscara do chão para o próprio corpo durante vinte segundos até ele sucumbir à morte.

O golpe de Kassad acertou, mas parou na superfície do traje--pele de mercúrio. Moneta não cambaleou nem reagiu. Kassad sentiu a energia de seu traje acabar no mesmo instante em que perdeu sensibilidade no braço e os músculos do ombro se retorceram em agonia. Ele cambaleou para trás, com o braço direito inerte junto ao corpo, e a energia do traje se esvaiu como o sangue de um homem ferido.

— Você não escuta — protestou Moneta. Ela avançou, pegou Kassad pela frente do traje de combate e o arremessou por vinte metros na direção da Tumba de Jade.

Ele caiu com força, e a armadura anti-impacto enrijeceu para absorver só uma parte da colisão quando as reservas de energia se esgotaram. O braço esquerdo dele protegeu o rosto e o pescoço, mas aí a armadura travou, e seu braço ficou dobrado, inútil, embaixo do corpo.

Moneta pulou esses vinte metros, agachou-se ao lado dele, ergueu-o no ar com uma das mãos, segurou a armadura anti-impacto com a outra e arrancou a parte da frente do traje de combate, rasgando duzentas camadas de microfilamentos e polímeros de malha--ômega. Ela deu um tapa leve nele, quase displicente. A cabeça de Kassad girou e ele quase perdeu os sentidos. Vento e areia açoitavam a pele exposta do peito e da barriga.

Moneta arrancou o resto da armadura, destroçando biossensores e tepês de resposta. Ela levantou o homem nu pelos braços e o sacudiu. Kassad sentiu sangue na boca, e pontos vermelhos apareceram em seu campo de visão.

— Não precisávamos ser inimigos — disse ela, com um tom brando.

— Você... atirou... em mim.

— Para testar sua reação, não matar você. — A boca de Moneta se mexia normalmente sob a coifa de mercúrio.

Ela deu outro tapa, e Kassad voou por dois metros pelo ar, caiu em uma duna e desceu rolando a areia fria. O ar se enchia com um milhão de pontos — neve, poeira, cata-ventos de luz colorida. Kassad se virou, lutou para se ajoelhar, segurou-se na areia fluida da duna com dedos que pareciam garras dormentes.

— Kassad — murmurou Moneta.

Ele se deitou de costas, à espera.

Ela havia desativado o traje-pele. O corpo dela parecia quente e vulnerável, a pele, tão clara que quase chegava a ser translúcida. Havia veias azuis sutis na parte de cima de seus seios perfeitos. As pernas pareciam fortes, esculpidas com esmero, e as coxas eram um pouco afastadas no ponto onde se encontravam com o corpo. Os olhos eram de um verde escuro.

— Você ama a guerra, Kassad — murmurou Moneta ao se abaixar sobre ele.

O coronel se debateu, tentou se contorcer para o lado, levantou os braços para bater nela. Moneta prendeu os braços dele acima da cabeça com uma das mãos. O corpo dela irradiava calor conforme ela roçava os seios pelo peito dele e se abaixava entre suas pernas afastadas. Kassad sentiu a curva sutil da barriga dela em seu abdome.

Nesse instante ele se deu conta de que aquilo era um estupro, de que ele poderia resistir simplesmente se não reagisse, se a rejeitasse. Não adiantou. O ar parecia líquido em torno dos dois, o vendaval, distante, a areia, suspensa no ar como uma cortina de renda estendida por uma brisa constante.

Moneta se movimentou para a frente e para trás em cima dele, junto dele. Kassad sentia a lenta agitação em sentido horário de sua empolgação. Ele a combateu, a sensação e a mulher, esforçou-se, debateu-se, tentou livrar os braços. Ela era muito mais forte e usou o joelho direito para afastar a perna dele. Seus mamilos roçaram o peito dele como pedrinhas quentes; o calor da barriga e da virilha dela fizeram a carne de Kassad reagir como uma flor que se torcia na direção da luz.

— Não! — gritou Fedmahn Kassad.

Mas ele foi silenciado quando Moneta abaixou a boca até a dele. Com a mão esquerda, ela seguiu prendendo os braços dele para cima; com a direita, apalpou entre os dois, encontrou-o, conduziu-o.

Kassad mordeu o lábio dela quando o calor o envolveu. Os esforços dele o aproximaram, fizeram-no se afundar mais nela. Tentou relaxar, e ela se baixou nele até apertar as costas dele contra a areia. Kassad se lembrou das outras vezes em que haviam feito amor, encontrando sanidade no calor um do outro enquanto a guerra ardia fora do círculo de paixão deles.

Ele fechou os olhos, encurvou o pescoço para trás para adiar a agonia do prazer que o engolia como uma onda. Sentiu gosto de sangue nos lábios, sem saber se era dele mesmo ou dela.

Um minuto depois, enquanto os dois ainda se movimentavam juntos, Kassad percebeu que ela havia soltado seus braços. Sem hesitar, ele os abaixou, contornou-a, colou os dedos nas costas dela e a empurrou com grosseria para junto de si, subindo uma das mãos para fazer uma pressão leve atrás do pescoço dela.

O vento recomeçou, o som voltou, a areia voou da beira da duna em torvelinhos. Kassad e Moneta escorregaram mais para baixo no declive suave de areia, rolaram juntos pela onda de calor até o ponto onde ela quebraria, alheios à noite, à tempestade, à batalha esquecida e a tudo, menos àquele momento e um ao outro.

Mais tarde, quando eles caminhavam juntos no meio da beleza destruída do Monólito de Cristal, ela voltou a tocar nele com uma férula dourada, de novo com uma toroide azul. No fragmento de uma placa de cristal, ele viu o próprio reflexo se tornar uma caricatura humana de mercúrio, perfeita, incluindo os detalhes de seu sexo e as linhas onde as costelas apareciam no torso esbelto.

— *E agora?* — perguntou Kassad pelo meio que não era telepatia nem som.

— *O Senhor da Dor aguarda.*

— *Você o serve?*

— *Jamais. Sou a consorte e a nêmese dele. A mantenedora.*

— *Você veio do futuro com ele?*

— *Não. Fui tirada do meu tempo para retroceder no tempo junto dele.*

— *Então quem você era antes...*

A pergunta dele foi interrompida pelo aparecimento súbito... *Não*, pensou Kassad, *a presença súbita, não o aparecimento*... do Picanço.

A criatura era como ele se lembrava do primeiro contato de anos antes. Kassad reparou na lisura de mercúrio sobre cromo, tão semelhante ao traje-pele deles, mas também intuiu que por baixo da carapaça não havia simples carne e osso. A coisa em si tinha pelo menos três metros de altura, os quatro braços de aspecto normal saindo do torso elegante, e o corpo era uma massa esculpida de espinhos, cravos, articulações e camadas de concertina irregular. Os olhos de mil facetas ardiam com uma luz que podia ter sido gerada por um laser rubi. O maxilar longo e as fileiras de dentes pareciam saídos de um pesadelo.

Kassad se preparou. Se o traje-pele lhe desse a mesma força e mobilidade proporcionadas a Moneta, pelo menos ele poderia morrer lutando.

Não deu tempo. Em um momento, o Senhor da Dor estava a cinco metros de distância no piso de placas pretas; no momento seguinte, já estava ao lado de Kassad, segurando o braço do coronel com uma força de aço afiado que se cravou no campo do traje-pele e fez seu bíceps verter sangue...

Kassad ficou tenso, à espera do golpe e determinado a revidar, ainda que para isso precisasse se empalar em lâminas, espinhos e concertina.

O Picanço ergueu a mão direita, e surgiu um portal de campo retangular de quatro metros. Lembrava um portal de teleprojetor, exceto pelo brilho violeta que preenchia o interior do Monólito com uma luminosidade densa.

Moneta gesticulou com a cabeça para Kassad e atravessou. O Picanço andou para a frente, e as lâminas dos dedos cortaram só superficialmente o braço do coronel.

Kassad pensou em resistir, percebeu que a curiosidade era mais forte que a vontade de morrer e entrou com o Picanço.

18

A diretora Meina Gladstone não conseguia dormir. Ela se levantou, vestiu-se sem demora nos aposentos escuros na Casa do Governo e fez o que costumava fazer quando o sono não vinha: andar pelos mundos.

Seu portal particular de teleprojetor pulsou e surgiu. Gladstone deixou os guardas humanos sentados na antessala e levou consigo apenas um dos microrremotos. Ela não teria levado nenhum se as leis da Hegemonia e o domínio do TecnoCerne permitissem. Não permitiam.

Passava da meia-noite em TC^2, mas ela sabia que seria dia em muitos dos mundos, então vestiu uma capa longa e um colar de privacidade de Renascença. Suas calças e botas não revelavam gênero ou classe, embora a qualidade da capa sozinha talvez já se destacasse em alguns lugares.

A diretora Gladstone passou pelo portal de uso único e mais sentiu do que viu ou escutou o microrremoto flutuar atrás de si e subir para uma posição elevada e invisível quando deu na praça de São Pedro no Novo Vaticano, em Pacem. Por um instante, ela não sabia por que havia programado seu implante para o destino — teria sido a presença daquele monsenhor obsoleto no jantar em Bosque de Deus? —, mas então se deu conta de que estivera pensando nos peregrinos, desperta na cama, pensando nos sete que saíram três anos antes para enfrentar o próprio destino em Hyperion. Pacem havia sido o lar do padre Lenar Hoyt... e do outro sacerdote antes dele, Duré.

Gladstone deu de ombros por baixo da capa e atravessou a praça. Ver o mundo natal dos peregrinos seria um roteiro aceitável para a caminhada; na maioria das noites em claro ela andava por um sem-número de mundos e voltava logo antes do amanhecer e das primeiras reuniões em Tau Ceti Central. Pelo menos, daquela vez, seria por apenas sete.

Estava cedo ali. O céu de Pacem era amarelo, com traços de nuvens esverdeadas e um cheiro de amônia que lhe atacou as fossas nasais e fez seus olhos lacrimejarem. O ar tinha aquele cheiro ralo e desagradável de substâncias químicas de um mundo não todo terraformado, sem que chegasse a ser hostil ao ser humano. Gladstone parou e olhou à sua volta.

A praça de São Pedro ficava no topo de uma colina, cercada por um semicírculo de pilastras, com uma grande basílica no ápice. À direita, onde as pilastras se abriam para uma escadaria que descia por cerca de um quilômetro para o sul, ela viu uma cidade pequena, baixa, com residências toscas aninhadas entre árvores brancas como osso que lembravam esqueletos de criaturas mirradas havia muito desaparecidas.

Só se viam umas poucas pessoas atravessando a praça às pressas ou subindo a escada como se estivessem atrasadas para um culto. Sinos em algum lugar sob o domo imenso da catedral começaram a badalar, mas o ar ralo privava o som de qualquer autoridade.

Gladstone caminhou pelo círculo de pilastras, de cabeça baixa, ignorando os olhares curiosos de clérigos e dos varredores de rua, que conduziam uma criatura similar a um porco-espinho de meia tonelada. Havia inúmeros mundos periféricos como Pacem na Rede e ainda mais no Protetorado e nos Confins próximos — pobres demais para atrair uma população infinitamente móvel, semelhantes demais à Terra para serem ignorados nos dias tenebrosos da Hégira. Era adequado a um grupo pequeno como os católicos, viajando em busca de uma ressurgência da fé. Foram milhões na época, Gladstone sabia. Não deviam ser mais de algumas dezenas de milhares então. Ela fechou os olhos e relembrou os holodossiês sobre o padre Paul Duré.

Gladstone amava a Rede. Ela amava os seres humanos nela; apesar da superficialidade, do egoísmo, da incapacidade de mudar, eram a essência da humanidade. Gladstone amava a Rede. Ela a amava o bastante para saber que precisava ajudar a destruí-la.

Ela voltou ao terminex pequeno de três portais, abriu seu próprio nexo de teleprojetor com um comando simples de substituição na esfera de dados e deu um passo para sair à luz do sol e ao cheiro de mar.

Maui-Pacto. Gladstone sabia muito bem onde estava. Ela parou na colina acima de Local-Um, onde o túmulo de Siri ainda marcava o ponto onde a breve rebelião começara quase um século antes. Na época, Local-Um era um vilarejo com alguns milhares de habitantes, e, a cada Semana de Festival, os flautistas davam as boas-vindas às ilhotas-motivas enquanto elas eram conduzidas ao norte para suas áreas de forrageio no Arquipélago Equatorial. Agora, Local-Um se estendia a perder de vista pela ilha, vilas-arco e colmeias residenciais de meio quilômetro de altura por todos os lados, encobrindo a colina que no passado desfrutara da melhor vista do mundo marítimo de Maui-Pacto.

Mas o túmulo persistia. O corpo da avó do Cônsul não estava mais lá — nunca estivera de fato —, mas, como tantas coisas simbólicas desse mundo, a cripta vazia impunha reverência, quase fascínio.

Gladstone olhou entre as torres, para além do antigo quebra-mar onde as lagunas azuis haviam ficado marrons, para além das plataformas de perfuração e balsas turísticas, lá para onde começava o mar. Não existiam mais ilhotas-motivas. Elas não percorriam mais o oceano em grandes rebanhos, com as velas-árvores enfunadas pelas brisas do sul enquanto os golfinhos-pastores cortavam a água em vês brancos de espuma.

As ilhotas agora estavam domadas e povoadas por cidadãos da Rede. Os golfinhos estavam mortos — alguns nas grandes batalhas contra FORÇA, a maioria no inexplicável Suicídio em Massa do Mar do Sul, o último de uma raça cercada de mistérios.

Gladstone se sentou em um banco baixo perto da beira do penhasco e achou uma folha de grama que pudesse desfiar e morder. O que acontecia com um mundo quando, de um lugar que abrigava cem mil seres humanos em equilíbrio delicado com uma ecologia delicada, ele se tornava um parque de diversões para mais de quatrocentos milhões na primeira década-padrão depois de adquirir status de cidadania na Hegemonia?

Resposta: o mundo morria. Ou a alma dele, ainda que a ecoesfera continuasse mais ou menos funcional. Ecólogos planetários e especialistas em terraformação mantinham a carcaça viva, impediam os mares de sufocarem de vez com a presença inevitável de lixo, esgoto e derramamento de petróleo, trabalhavam para minimizar ou disfarçar a poluição sonora e outras mil coisas acarretadas pelo progresso. Mas o Maui-Pacto que o Cônsul havia conhecido na infância menos de um século antes, ao subir nessa mesma colina para o funeral da avó, desaparecera para sempre.

Uma formação de tapetes falcoeiros passou voando no céu, levando turistas que riam e gritavam. Muito acima deles, um VEM de excursão enorme encobriu o sol por um instante. Sob a sombra repentina, Gladstone jogou fora a folha de grama e apoiou os antebraços nos joelhos. Ela pensou na traição do Cônsul. Ela *contara* com a traição do Cônsul, apostara tudo no fato de que o homem criado em Maui-Pacto, descendente de Siri, se juntaria aos desterros na inevitável batalha por Hyperion. O plano não tinha sido todo dela; Leigh Hunt fora crucial nas décadas de planeamento, na cirurgia delicada que pusera o indivíduo certo em contato com os desterros, em uma posição em que ele pudesse trair os dois lados e ativar o dispositivo desterro para eliminar as marés temporais em Hyperion.

E ele traiu. O Cônsul, um homem que dedicara quatro décadas de vida, bem como a esposa e o filho, ao serviço à Hegemonia, enfim explodira em vingança como uma bomba que permaneceu adormecida por meio século.

Gladstone não se alegrava com a traição. O Cônsul havia vendido a alma e pagaria um preço terrível — na história, na própria consciência —, mas a traição dele não era nada diante da que Gladstone estava preparada para assumir. Como diretora-executiva da Hegemonia, ela era a líder simbólica de 150 bilhões de almas humanas. Estava preparada para traí-las todas a fim de salvar a humanidade.

Ela se levantou, sentiu a idade e o reumatismo nos ossos e foi andando devagar para o terminex. Parou por um instante junto ao zumbido fraco do portal e deu uma última olhada por cima do ombro para Maui-Pacto. A brisa soprava do mar, mas trazia o fedor bruto de derramamentos de petróleo e gases de refinaria, e Gladstone virou o rosto.

O peso de Lusus se abateu como grilhões de ferro nos ombros dela sob a capa. Era horário de pico no Boulevard, e milhares de trabalhadores, consumidores e turistas lotavam cada nível de passarela, preenchiam de humanidade diversa as escadas rolantes quilométricas e davam ao ar uma densidade reciclada que se misturava ao cheiro de óleo e ozônio do sistema fechado. Gladstone ignorou os andares de lojas caras e pegou uma discovia transpessoal pelos dez quilômetros até o principal Templo do Picanço.

Havia campos de interdição policial e de contenção brilhando em violeta e verde do outro lado da base da escadaria larga. O templo em si estava lacrado e escuro; muitas das janelas altas e estreitas de vitrais que davam para o Boulevard estavam quebradas. Gladstone se lembrou das notícias de confrontos meses antes e sabia que o bispo e seus acólitos tinham fugido.

Ela se aproximou do campo de interdição e observou através da névoa violeta trêmula a escada onde Brawne Lamia carregara seu cliente e amante moribundo, o cíbrido de Keats original, até os sacerdotes do Picanço, que os aguardavam. Gladstone conhecera bem o pai de Brawne; eles haviam passado os primeiros anos no Senado juntos. O senador Byron Lamia fora um homem genial — muito antes de a mãe de Brawne aparecer no cenário social vinda da província atrasada de Freeholm, houve um tempo em que Gladstone considerara se casar com ele —, e, quando ele morreu, parte da juventude da diretora-executiva foi sepultada junto. Byron Lamia tinha obsessão pelo TecnoCerne e era consumido pela missão de livrar a humanidade da servidão que as IAs haviam imposto por cinco séculos e mil anos-luz. Tinha sido o pai de Brawne Lamia quem alertara Gladstone para o perigo, quem a conduzira ao compromisso que resultaria na traição mais terrível da história da raça humana.

E fora o "suicídio" do senador Byron Lamia que a treinara para décadas de cautela. Gladstone não sabia se a morte do senador tinha sido arquitetada por agentes do Cerne — talvez tivessem sido elementos da hierarquia da Hegemonia, para proteger os próprios interesses —, mas sabia que Byron Lamia jamais teria tirado a própria vida, jamais teria abandonado a esposa indefesa e a filha obstinada daquele jeito. O último ato legislativo do senador Lamia havia sido copropor status de Protetorado a Hyperion, o que teria inserido esse mundo na Rede vinte anos-padrão antes das circunstâncias atuais. Após a morte dele, a outra coproponente — a recém-influente Meina Gladstone — engavetou o projeto.

Gladstone achou um corredor de acesso e desceu por andares de lojas e residências, por andares industriais e de serviço, por andares de reatores e de eliminação de dejetos. Tanto seu conexo quanto o alto-falante do corredor de acesso começaram a alertar que ela estava entrando em áreas inseguras e não regulamentadas muito abaixo da Colmeia. O programa do corredor de acesso tentou interromper a descida. Ela anulou o comando e silenciou os alertas. Continuou descendo, passando agora por andares sem painéis ou luzes, mergulhando em um emaranhado de espaguetes de fibra óptica, dutos de calefação e de resfriamento e rocha nua. Depois de um tempo, parou.

Gladstone saiu para um corredor iluminado apenas por globos luminosos distantes e tinta vaga-lume oleosa. Pingavam goteiras de mil rachaduras nos tetos e nas paredes, e a água se acumulava em poças tóxicas. Vazava vapor de aberturas na parede que talvez fossem outros corredores, ou cubículos pessoais, ou meros buracos. De algum lugar distante veio o grito ultrassônico de metal cortando metal; mais de perto, os guinchos eletrônicos de música nihil. Em algum lugar, um homem gritou e uma mulher riu, e a voz dela ecoou com um som metálico por dutos e conduítes. Soou o ruído de um fuzil de dardos cuspindo.

Colmeia da Escumalha. Gladstone chegou a um cruzamento de corredores cavernosos e parou a fim de olhar o entorno. Seu microrremoto desceu para voar mais perto agora, insistente como um inseto provocado. Estava chamando reforços de segurança. Só os cancelamentos persistentes de Gladstone impediam que ouvissem os apelos.

Colmeia da Escumalha. Foi onde Brawne Lamia e seu amante cíbrido haviam se escondido naquelas últimas horas antes de tentarem chegar ao Templo do Picanço. Era um dos incontáveis submundos da Rede, onde o mercado clandestino oferecia qualquer coisa, desde Flashback até armas de FORÇA, androides ilegais e tratamentos Poulsen improvisados que tanto podiam matar o paciente quanto dar mais vinte anos de juventude. Gladstone virou à direita e seguiu pelo corredor mais escuro.

Alguma coisa do tamanho de um rato, mas com muitas patas, entrou correndo em um duto de ventilação quebrado. Gladstone sentiu cheiro de esgoto, suor, ozônio de consoles de dataplano sobrecarregados, o odor adocicado de propelente de pistola, vômito e o fedor de feromônios de baixa concentração transformados em toxinas. Ela andou pelos corredores, pensando nas semanas e nos meses seguintes, no preço terrível que os mundos pagariam pelas decisões dela, por suas obsessões.

Cinco jovens, alterados por ARNistas de fundo de quintal até parecerem mais bicho que gente, brotaram na frente de Gladstone no corredor. Ela parou.

O microrremoto desceu na frente dela e neutralizou os polímeros de camuflagem. As criaturas diante dela riram, vendo apenas uma máquina do tamanho de uma vespa flutuando no ar. Era bem possível que o processo de alteração de RNA estivesse tão avançado que eles sequer reconhecessem o aparelho. Dois deles abriram vibrâminas. Um estendeu garras de aço de dez centímetros. Um armou uma pistola de dardos com canos rotatórios.

Gladstone não queria briga. Ela sabia, mesmo que aqueles cabeças-ocas de Colmeia da Escumalha não soubessem, que o micro seria capaz de defendê-la dos cinco e de outros cem. Mas não queria que alguém morresse só porque ela quis caminhar pela Escumalha.

— Vão embora — disse ela.

Os jovens a encararam, olhos amarelos, olhos pretos bulbosos, frestas de capuz e faixas abdominais fotorreceptoras. Ao mesmo tempo, abrindo-se em um semicírculo, deram dois passos na direção dela.

Meina Gladstone se empertigou, apertou a capa em volta do corpo e abaixou o bastante do colar de privacidade para que pudessem ver seus olhos.

— Vão embora — disse de novo.

Os jovens hesitaram. Penas e escamas vibraram sob uma brisa invisível. Em dois deles, antenas estremeceram e milhares de pelos sensórios pulsaram.

Foram embora. A saída deles foi tão silenciosa e veloz quanto a chegada. Um segundo depois, não havia som algum além de água pingando e uma risada distante.

Gladstone balançou a cabeça, invocou seu portal pessoal e atravessou.

Sol Weintraub e a filha eram de Mundo de Barnard. Gladstone se transladou para um terminex pequeno na cidade natal deles, Crawford. Era fim de tarde. Casas brancas baixas recuadas no fundo de quintais bem cuidados refletiam as sensibilidades da Retomada da República Canadense e a praticidade de agricultores. As árvores eram altas, de copa larga, muitíssimo fiéis ao legado da Terra Velha. Gladstone se afastou do fluxo de pedestres, a maioria com pressa de voltar para casa depois de um dia de trabalho em outro lugar da Rede, e saiu caminhando por vias de tijolos e construções de tijolos dispostas em torno de um gramado oval. À esquerda, ela captou vislumbres de plantações atrás de uma linha de residências. Plantas verdes altas, talvez milho, cresciam em fileiras que oscilavam placidamente até o horizonte distante, onde o último arco de um sol vermelho imenso se punha.

Gladstone caminhou pelo campus, imaginando se aquela seria a faculdade onde Sol lecionara, mas não curiosa o bastante para consultar a esfera de dados. Lâmpadas a gás se acendiam sozinhas sob o dossel de folhas, e as primeiras estrelas estavam começando a aparecer nas lacunas onde o azul-celeste se tornava âmbar e escurecia como ébano.

A diretora havia lido o livro de Weintraub, *O dilema de Abraão*, em que ele analisava a relação entre um Deus que exigia o sacrifício de um filho e a raça humana que aceitava atendê-lo. Weintraub argumentara que o Jeová do Antigo Testamento não pretendia só testar Abraão, mas sim que estava se comunicando na única linguagem de lealdade, obediência, sacrifício e autoridade que a humanidade era capaz de compreender naquele estágio do relacionamento. Weintraub tratara a mensagem do Novo Testamento como um presságio de uma nova fase da relação — uma em que a humanidade não sacrificaria mais seus filhos em nome de deus nenhum, por motivo algum, mas em que os pais — raças inteiras de pais — se ofereceriam pessoalmente. Daí os Holocaustos do Século 20, o Breve Intercâmbio, as guerras tríplices, os séculos imprudentes e talvez até o Grande Erro de 38.

Por fim, Weintraub explorara a rejeição de todo sacrifício, a rejeição de qualquer relacionamento com Deus, exceto uma de respeito mútuo e tentativas sinceras de compreensão mútua. Ele escreveu sobre as várias mortes de Deus e a necessidade de ressurreição divina agora que a humanidade havia fabricado os próprios deuses e os lançara pelo universo.

Gladstone atravessou uma ponte de pedra graciosa que se arqueava acima de um riacho perdido nas sombras e cujo paradeiro era indicado apenas pelos ruídos que ele produzia no escuro. Uma luz amarela suave tocava os beirais de pedra trabalhada manualmente. Em algum ponto fora do campus, um cachorro latiu e alguém o mandou ficar quieto. Luzes ardiam no terceiro andar de um edifício antigo, uma estrutura com frontão e telhas grosseiras que devia ser anterior à Hégira.

Gladstone pensou em Sol Weintraub, na esposa Sarai e na bela filha de 26 anos deles, que voltara após um ano de buscas arqueológicas em Hyperion sem ter encontrado nada além da maldição do Picanço, a doença de Merlim. Sol e Sarai assistiram à mulher envelhecer de trás para a frente até ficar criança, depois até passar de criança a bebê. E aí Sol passou a assisti-la sozinho, após Sarai morrer em um acidente estúpido e sem sentido com um VEM ao visitar a irmã.

Rachel Weintraub, cujo primeiro e último aniversário chegaria em menos de três dias-padrão.

Gladstone deu um murro em uma pedra, invocou seu portal e foi para outro lugar.

Era meio-dia em Marte. As favelas de Tharsis eram favelas havia pelo menos seis séculos. O céu era rosado, o ar era rarefeito e frio demais para Gladstone, mesmo com a capa enrolada no corpo, e o vento soprava poeira por todo canto. Ela andou pelas vias estreitas e passarelas suspensas da Cidade de Realocação, sem achar ponto algum aberto o bastante para ver qualquer coisa além de novos aglomerados de barracos e torres de filtragem gotejantes.

Eram poucas as plantas ali — as grandes florestas do Esverdeamento tinham sido desmatadas para virar lenha ou morreram e acabaram soterradas por dunas vermelhas. Só era possível discernir alguns cactos de brandy artesanal e bandos irrequietos de líquen-aranha parasitários entre trilhas endurecidas como pedra por vinte gerações de pés descalços.

Gladstone achou uma pedra baixa e se sentou, abaixou a cabeça e massageou os joelhos. Grupos de crianças, todas vestidas apenas de trapos e com plugues derivadores pendurados, cercaram-na, pediram dinheiro e saíram correndo aos risos quando ela não reagiu.

O sol estava alto. Não dava para ver dali o monte Olimpo e a beleza ríspida da academia de FORÇA de Fedmahn Kassad. Gladstone olhou o entorno. Era dali que aquele homem orgulhoso tinha saído. Era ali que ele havia participado de gangues de jovens antes de ser sentenciado à ordem, à sanidade e à honra das forças armadas.

Gladstone achou um lugar reservado e atravessou seu portal.

Bosque de Deus era o mesmo de sempre: perfumado pelo aroma de um milhão de árvores, silencioso exceto pelos murmúrios suaves de folhas farfalhantes e do vento, colorido com semitons e cores pastéis, com o teto literal do mundo incendiado pelo nascer do sol enquanto um oceano de copas de árvores captava a luz, cada folha tremeluzia sob a brisa e cintilava com o orvalho e com as garoas matinais, e o vento subia e trazia o cheiro de chuva e vegetação úmida até Gladstone em sua plataforma bem acima de um mundo ainda imerso em sono e escuridão meio quilômetro abaixo.

Um templário se aproximou, viu o reflexo da pulseira de acesso de Gladstone quando ela mexeu a mão e recuou, um vulto alto com manto que voltou a se misturar ao labirinto de folhas e cipós.

Os templários eram uma das variáveis mais complicadas do jogo de Gladstone. O sacrifício da árvore-estelar deles, a *Yggdrasill*, foi especial, inédito, inexplicável e preocupante. De todos os aliados em potencial dela para a guerra iminente, nenhum era mais necessário e inescrutável do que os templários. Dedicada à vida e devota do Muir, a Irmandade da Árvore era uma força pequena, mas potente na Rede — uma amostra de consciência ecológica em uma sociedade dedicada à autodestruição e ao desperdício, mas indisposta a reconhecer a própria cultura de indulgência.

Onde estava Het Masteen? Por que ele havia deixado o cubo de Möbius com os outros peregrinos?

Gladstone viu o sol nascer. O céu se encheu com montgolfieres órfãos salvos da extinção em Turbilhão, corpos multicoloridos que flutuavam para o céu como caravelas-portuguesas. Diáfanos radiantes abriram asas solares membranosas para coletar a luz do sol. Uma revoada de corvos levantou voo e saiu para o céu, e seus grasnidos conferiram um contraste abrupto à brisa suave e ao chiado sibilante de chuva que se aproximavam de Gladstone pelo oeste. O som insistente das gotas nas folhas a lembrou de sua própria terra natal nos deltas de Patawpha, da Monção de Cem Dias que a fez sair pelos brejos com os irmãos para caçar mosqueiros-sapos, benditos e serpentes-de-barba-de-velho para levar à escola em um pote de vidro.

Gladstone percebeu pela centésima milésima vez que ainda dava tempo de parar. A guerra total não era algo inevitável no momento. Os desterros ainda não tinham contra-atacado de um jeito que a Hegemonia não poderia ignorar. O Picanço não estava livre. Ainda não.

Para salvar cem bilhões de vidas, bastava voltar à Câmara do Senado, revelar três décadas de mentiras e jogo duplo, revelar seus medos e suas incertezas...

Não. O plano prosseguiria até ir além do planejamento. Até ingressar no imprevisto. Nas águas turbulentas do caos onde até mesmo os previsores do TecnoCerne, que tudo viam, estariam cegos.

Gladstone andou pelas plataformas, torres, rampas e pontes suspensas da cidade florestal dos templários. Arbóreos de diversos mundos e chimpanzés alterados por ARNismo gritaram para ela e fugiram, balançando-se com agilidade em cipós frágeis a trezentos metros de altura do solo da floresta. De áreas proibidas para turistas e visitantes privilegiados, Gladstone sentiu o aroma de incenso e ouviu com clareza os cânticos gregorianos do culto templário da alvorada. Abaixo dela, os níveis inferiores despertavam com luz e movimentação. As garoas curtas tinham passado, e Gladstone retornou aos níveis superiores, apreciando a vista, atravessando uma ponte suspensa de madeira de sessenta metros que ligava sua árvore a outra maior ainda, onde meia dúzia de balões enormes de ar quente — o único meio de transporte aéreo que os templários permitiam em Bosque de Deus — pairavam presos e aparentemente ansiosos para sair voando. Suas cabines de passageiros se balançavam como ovos marrons pesados, e o tecido dos balões era tingido carinhosamente com desenhos de criaturas vivas: montgolfieres, borboletas-monarcas, gaviões-tomé, diáfanos radiantes, os zeplins já extintos, lulas-celestes, mariposas-lunares, águias — tão reverenciadas nas lendas que nunca foram recuperadas ou alteradas com ARNismo — e outras.

Tudo isso pode ser destruído se eu continuar. Vai ser destruído.

Gladstone parou na beira de uma plataforma circular e segurou no guarda-corpo com tanta força que as manchas da idade em suas mãos ficaram de repente muito contrastadas na pele clara. Ela pensou nos livros antigos que lera, pré-Hégira, pré-voo espacial, sobre a época em que os habitantes das nações embrionárias da Europa transportavam pessoas mais escuras — africanos — de suas terras de origem para viver em escravidão no ocidente colonial. Esses escravos, em correntes e grilhões, nus e encolhidos nas entranhas fétidas de um navio negreiro... Será que teriam hesitado para se revoltar, para derrubar seus raptores, se para isso fosse preciso destruir a beleza daquele navio... da própria Europa?

Mas eles poderiam voltar à África.

Meina Gladstone emitiu um ruído que era parte gemido, parte choro. Deu as costas ao amanhecer glorioso, ao som dos cânticos que recebiam o novo dia, à ascensão dos balões — vivos e artificiais — pelo céu recém-nascido e desceu, a uma escuridão relativa, para invocar o teleprojetor.

Ela não podia ir ao lugar de origem de Martin Silenus, o último peregrino. Silenus tinha só um século e meio de idade, semiazulado por tratamentos Poulsen, e suas células se lembravam da paralisação fria de uma dúzia de fugas criogênicas e de armazenamentos mais frios ainda, mas sua vida se estendera por mais de quatro séculos. Ele havia nascido na Terra Velha durante os últimos dias do planeta, a mãe oriunda de uma das famílias mais nobres, a juventude um pastiche de decadência e elegância, beleza e um cheiro adocicado de decomposição. Embora a mãe dele tenha permanecido na Terra moribunda, Silenus fora enviado ao espaço para que alguém pudesse quitar as dívidas da família, mesmo que demandasse — como demandou — anos de trabalho braçal sob contrato de servidão em um dos mundos mais atrasados e infernais da Rede.

Gladstone não podia ir à Terra Velha, então foi para Portão Celestial.

A capital era Lodaçal, na qual Gladstone caminhou por ruas de paralelepípedos, admirando as casas grandes e antigas que cercavam os canais estreitos de leito de pedra ziguezagueando a encosta da montanha artificial como se tivessem saído de uma estampa de Escher. Árvores elegantes e cavalinhas maiores ainda coroavam os morros, ladeavam as avenidas brancas e largas e se estendiam a perder de vista além da curva elegante das praias de areia branca. A maré lânguida trazia ondas violeta que refratavam inúmeras cores até morrer nas praias perfeitas.

Gladstone parou em um parque com vista para o Passeio de Lodaçal, onde um sem-fim de casais e turistas vestidos com apuro desfrutava os ares do entardecer sob lâmpadas de gás e sombras de folhas. Imaginou o que Portão Celestial havia sido mais de três séculos antes, quando era um mundo bruto do Protetorado, ainda não totalmente terraformado, e o jovem Martin Silenus, padecendo de deslocamento cultural, perda de fortuna e danos cerebrais causados por Choque de Congelamento na longa viagem de saída, trabalhava ali como escravo.

Na época, a Estação Geradora de Atmosfera fornecera algumas centenas de quilômetros quadrados de ar respirável, um território minimamente apto para a vida. Tsunamis engoliam cidades, projetos de aterramento e trabalhadores com a mesma indiferença. Trabalhadores sob contrato de servidão como Silenus escavavam os canais de ácido, removiam bactérias recicladoras de ar dos labirintos de tubos pulmonares sob a lama e dragavam lixo e corpos dos lodaçais costeiros após os alagamentos.

Fizemos algum progresso, pensou Gladstone, *apesar da inércia que o Cerne nos impôs. Apesar da quase morte da ciência. Apesar do nosso vício fatal nos brinquedos que nossas próprias criações nos concederam.*

Ela estava insatisfeita. Antes que aquela caminhada por mundos acabasse, quisera visitar o lar de cada um dos peregrinos em Hyperion, mesmo ciente da futilidade do gesto. Foi em Portão Celestial que Silenus aprendeu a compor poesia genuína, ainda que o dano temporário de sua mente o privasse da linguagem, mas ali não era o lar dele.

Gladstone ignorou a música agradável que emanava do concerto no Passeio, ignorou o voo dos VEMs de passageiros que cruzavam o céu como aves migratórias, ignorou o ar agradável e a luz suave e invocou seu portal, exigindo que ele a teleprojetasse para a lua da Terra. *A* Lua.

Em vez de ativar o translado, o conexo a alertou para os perigos da viagem. Ela cancelou o alerta.

Seu microrremoto zumbiu e apareceu, e a voz miúda no implante dela sugeriu que não era boa ideia a diretora-executiva viajar para um lugar tão instável. Ela o silenciou.

O próprio portal do teleprojetor começou a protestar contra a decisão até que ela o programou manualmente usando seu cartão universal.

A porta do teleprojetor surgiu turva, e Gladstone atravessou.

Os únicos lugares ainda habitáveis na Lua da Terra Velha eram a área montanhosa e o mar lunar preservados para a Cerimônia de Masada de FORÇA, e foi ali que Gladstone saiu. Os balcões e o campo de marcha estavam vazios. Campos de contenção de categoria dez obscureciam as estrelas e as encostas distantes, mas Gladstone via o lugar onde o aquecimento interno causado pelas forças gravitacionais terríveis havia derretido as montanhas distantes e as transformara em mares rochosos novos.

Gladstone andou por uma planície de areia cinza, sentindo na gravidade leve um convite para voar. Ela se imaginou como um dos balões templários, presa por uma corda frouxa, mas ansiosa para ir embora. Resistiu ao impulso de pular, de avançar em saltos gigantescos, mas seus passos eram leves, e a areia se levantava atrás de si em traçados improváveis.

O ar sob a redoma do campo de contenção era muito rarefeito, e Gladstone começou a tremer apesar dos recursos de aquecimento de sua capa. Por um bom tempo, ela ficou no meio da planície uniforme e tentou imaginar só a Lua, o primeiro passo da humanidade em seu longo percurso trôpego para fora do berço. Mas os balcões de FORÇA e as barracas de equipamentos a distraíam, inviabilizavam esses devaneios, e por fim ela ergueu os olhos e viu o motivo verdadeiro de sua ida para lá.

A Terra Velha pairava no céu preto. Mas não era a Terra Velha, claro, apenas o disco de acreção pulsante e a nuvem globular de detritos do que havia sido a Terra Velha. Era muito luminosa, mais do que qualquer uma das estrelas vistas em Patawpha até mesmo nas noites mais límpidas, mas a luminosidade era sinistra e lançava um brilho doentio no campo cinzento cor de lama.

Gladstone ficou parada, olhando. Ela nunca estivera ali antes, se obrigara a não ir antes e, agora que estava ali, queria desesperadamente *sentir* algo, *ouvir* algo, como se alguma voz de cautela ou inspiração ou talvez de simples comiseração fosse falar com ela ali.

Não ouviu nada.

Ficou mais alguns minutos ali, pensando pouco, sentindo as orelhas e o nariz começarem a congelar, até decidir ir embora. Já devia estar quase amanhecendo em TC^2.

Gladstone havia ativado o portal e estava dando uma última olhada no entorno quando outra porta de teleprojetor portátil surgiu turva a menos de dez metros de distância. Ela parou. Eram menos de cinco os seres humanos da Rede que tinham acesso individual à lua da Terra.

O microrremoto zumbiu e desceu para flutuar entre ela e o vulto que estava saindo do portal.

Leigh Hunt saiu, olhou o entorno, tremeu de frio e andou rápido até ela. Sua voz estava fina, um timbre infantil quase engraçado no ar rarefeito.

— S. diretora-executiva, você precisa voltar imediatamente. Os desterros conseguiram atravessar com um contra-ataque incrível.

Gladstone suspirou. Ela sabia que esse seria o passo seguinte.

— Tudo bem — disse. — Hyperion caiu? Podemos evacuar nossas forças de lá?

Hunt balançou a cabeça. Seus lábios estavam quase azuis pelo frio.

— Você não entendeu — respondeu a voz atenuada de seu assessor. — Não é só Hyperion. Os desterros estão atacando uma dúzia de lugares. *Estão invadindo a própria Rede!*

Tomada de repente por uma dormência enregelante, mais do choque que do frio lunar, Meina Gladstone assentiu com a cabeça, apertou mais a capa em volta do corpo e atravessou o portal para um mundo que jamais seria o mesmo.

19

Eles estavam reunidos na cabeceira do Vale das Tumbas Temporais; Brawne Lamia e Martin Silenus carregavam todas as mochilas e bolsas que davam conta de segurar, e Sol Weintraub, o Cônsul e o padre Duré permaneciam calados, como um tribunal de patriarcas. As primeiras sombras da tarde começavam a se alongar pelo vale, buscando o brilho suave das Tumbas como dedos de escuridão.

— Ainda não sei se é boa ideia nos separarmos assim — disse o Cônsul, massageando o queixo.

Fazia muito calor. O suor se acumulava nas bochechas com barba por fazer e escorria pelo pescoço dele.

Lamia deu de ombros.

— Nós sabíamos que cada um enfrentaria o Picanço sozinho. Faz diferença se nos separarmos por algumas horas? Precisamos de comida. Vocês três podem vir, se quiserem.

O Cônsul e Sol olharam para o padre Duré. Era óbvio que o sacerdote estava exausto. A busca por Kassad havia esgotado toda reserva de energia que tinha restado ao homem depois do suplício.

— É bom alguém esperar aqui para o caso de o coronel voltar — sugeriu Sol. A bebê parecia muito pequena em seus braços.

Lamia assentiu com a cabeça. Ela acomodou alças nos ombros e no pescoço.

— Certo. Deve dar umas duas horas até a Fortaleza. Um pouco mais para voltar. Acho que uma hora para juntar provisões, e ainda assim vamos chegar antes do anoitecer. Perto da hora da janta.

O Cônsul e Duré apertaram a mão de Silenus. Sol abraçou Brawne.

— Voltem em segurança — murmurou ele.

Ela tocou no rosto do homem barbado, pôs a mão na cabeça da criança por um instante, virou-se e começou a subir o vale a passos acelerados.

— Ei, espera um pouco para eu alcançar, porra! — gritou Martin Silenus, sacudindo cantis e garrafas d'água ao sair correndo.

Eles saíram juntos do passe entre as encostas. Silenus olhou para trás e viu os outros três homens já encolhidos pela distância, bastões coloridos pequenos entre as pedras e as dunas perto da Esfinge.

— Não está indo muito conforme o planejado, né? — comentou ele.

— Sei lá — respondeu Lamia. Ela havia vestido uma bermuda para a caminhada, e os músculos das pernas curtas e potentes brilhavam sob um verniz de suor. — Qual era o plano?

— O meu era terminar o maior poema do universo e depois voltar para casa — disse Silenus. Ele tomou um gole da última garrafa com água. — Cacete, quem dera a gente tivesse trazido vinho suficiente para durar.

— Eu não tinha plano nenhum — retrucou Lamia, meio para si mesma. Cachos curtos, molhados de transpiração, estavam colados no pescoço largo dela.

Martin Silenus bufou com uma risada.

— Você não estaria aqui se não fosse por aquele namorado ciborgue...

— Cliente — retrucou ela.

— Que seja. Era a persona recuperada de Johnny Keats que achava importante vir para cá. Então você o arrastou até aqui... e continua com o anel de Schrön, né?

Lamia encostou distraída no pequeno derivador neural atrás da orelha esquerda. Uma membrana fina de polímero osmótico protegia de areia e de sujeira os plugues de conexão, miúdos como folículos.

— Continuo.

Silenus riu de novo.

— De que porra adianta se não tem nenhuma esfera de dados com que interagir, garota? Você podia ter deixado a persona de Keats em Lusus ou em qualquer outro lugar. — O poeta parou um instante para ajeitar alças e bolsas. — Diga, dá para acessar a personalidade por conta própria?

Lamia pensou nos sonhos da noite anterior. A presença neles parecera Johnny... mas as imagens foram da Rede. *Lembranças?*

— Não, não consigo acessar um anel de Schrön por conta própria. Ele armazena mais dados do que cem implantes simples conseguiriam processar. Agora, que tal calar a boca e andar?

Ela apertou o passo e o deixou para trás.

O céu estava sem nuvens, esverdeado, com toques escuros de lápis-lazúli. O campo pedregoso diante deles se estendia para o sudoeste até o deserto, e o deserto dava lugar às dunas. Os dois caminharam em silêncio por trinta minutos, separados por cinco metros e pelos pensamentos. O sol de Hyperion pairava pequeno e luminoso à direita.

— As dunas estão mais íngremes — observou Lamia, enquanto eles se esforçavam para escalar mais uma duna até o topo e descer escorregando pelo outro lado. A superfície era quente, e os sapatos dela já estavam se enchendo de areia.

Silenus fez que sim, parou e enxugou o rosto com um lenço de seda. A boina roxa flácida estava abaixada acima da testa e da orelha esquerda dele, mas não oferecia sombra alguma.

— Seria mais fácil acompanhar aquele terreno elevado ali ao norte. Perto da cidade morta.

Brawne Lamia cobriu os olhos e virou o rosto na direção indicada.

— Vamos perder pelo menos meia hora se formos por ali.

— Vamos perder mais ainda indo por *aqui*.

Silenus se sentou na duna e tomou um gole da garrafa d'água. Ele tirou, dobrou e guardou a capa na mochila maior.

— O que você está levando aí? — perguntou Lamia. — Essa bolsa parece cheia.

— Não é da sua conta, mulher.

Lamia balançou a cabeça, alisou as bochechas e sentiu a pele queimada de sol. Não estava acostumada a tantos dias de luz solar, e a atmosfera de Hyperion bloqueava pouco dos raios ultravioleta. Ela remexeu no bolso em busca do tubo de protetor solar e passou um pouco.

— Tudo bem — concedeu. — Vamos fazer um desvio por lá. Seguir o topo da encosta até acabar a pior parte das dunas e depois virar em linha reta para a Fortaleza.

As montanhas despontavam no horizonte e parecia que não se aproximavam nunca. Os picos nevados a provocavam com a promessa de brisas frias e água fresca. O Vale das Tumbas Temporais já não era visível atrás deles, oculto pelas dunas e pelo campo pedregoso.

Lamia ajeitou as bolsas, virou-se para a direita e meio que escorregou, meio que andou para baixo na duna desmoronante.

Quando saíram da areia para o tojo baixo e a nassela da encosta, Martin Silenus não conseguiu tirar os olhos das ruínas da Cidade dos Poetas. Lamia havia cortado pela esquerda, evitando tudo menos as pedras das estradas parcialmente soterradas que contornavam a cidade, enquanto outras vias saíam para o deserto até desaparecerem sob as dunas.

Silenus deixou-se ficar mais e mais para trás até parar e se sentar em uma coluna tombada, que no passado havia sido um portal por onde os trabalhadores androides passavam todo fim de tarde após o dia nas lavouras. Lavouras que não existiam mais. Os aquedutos, os canais e as estradas mal se insinuavam nas pedras caídas, em depressões na areia ou em tocos de árvore fustigados pela areia onde antes haviam sustentado uma via aquática ou fornecido sombra para uma via agradável.

Martin Silenus usou a boina para enxugar o rosto enquanto contemplava as ruínas. A cidade ainda era branca... Branca como ossos descobertos pelo movimento dos areais, branca como os dentes de uma caveira cor de terra. De onde estava, Silenus via que muitas das construções continuavam como ele as vira pela última vez, mais de um século e meio antes. O Anfiteatro dos Poetas jazia inacabado, mas régio como ruína, um Coliseu romano branco e estranho tomado por vinha-do-deserto e hera-festeira. O grande átrio estava a céu aberto, as galerias, destruídas — não pelo tempo, Silenus sabia, mas sim pelas sondas e lanças e cargas explosivas do pessoal inútil de segurança de Triste Rei Billy nas décadas após a evacuação. Eles iam matar o Picanço. Iam usar eletrônicos e raios furiosos de luz coerente para matar Grendel *depois* de ele assolar o salão.

Martin Silenus deu uma risadinha e se inclinou para a frente, com uma tontura súbita por causa do calor e da exaustão.

Silenus via a enorme cúpula do Salão Comum onde ele comera, no começo com as centenas de pessoas em companheirismo artístico, depois isolado e em silêncio com os poucos que haviam permanecido, por seus próprios motivos inescrutáveis e não registrados, depois da evacuação de Billy para Keats, e por fim sozinho. Sozinho de verdade. Uma vez, ele havia deixado um cálice cair e o eco ressoou por meio minuto sob a cúpula pintada com trepadeiras.

Sozinho com os Morlocks, pensou Silenus. *Mas sem a companhia sequer dos Morlocks no final. Só da minha musa.*

Ouviu-se uma explosão de som repentina, e um bando de pombos brancos irrompeu de um nicho qualquer no amontoado de torres quebradas que havia sido o palácio de Triste Rei Billy. Silenus as viu rodopiarem e voarem em círculos pelo céu superaquecido, maravilhado que tivessem sobrevivido por séculos ali na fronteira do nada.

Se eu consegui, por que não elas?

Havia sombras na cidade, redutos de doce penumbra. Silenus se perguntou se os poços ainda serviam, os grandes reservatórios subterrâneos, enterrados antes da chegada das sementes-estelares humanas, ainda cheios de água doce. Ele se perguntou se sua mesa de madeira, uma antiguidade da Terra Velha, continuava no cômodo pequeno onde ele havia escrito grande parte de seu *Cantos*.

— Qual é o problema? — Brawne Lamia voltara e estava parada perto dele.

— Nada. — Ele a fitou com olhos apertados. A mulher parecia uma árvore atarracada, uma massa de raízes escuras nas coxas, casca bronzeada e energia imóvel. Ele tentou imaginá-la exausta... O esforço deixou *Silenus* cansado. — Acabei de me dar conta. É perda de tempo voltar até lá na Fortaleza. Tem poços na cidade. Provavelmente reservas de comida também.

— Hã-hã — disse Lamia. — O Cônsul e eu pensamos nisso, falamos disso. A Cidade Morta foi saqueada há gerações. Peregrinos do Picanço devem ter esvaziado os estoques há sessenta ou oitenta anos. Não dá para contar com os poços... O aquífero se deslocou, os reservatórios estão contaminados. Vamos para a Fortaleza.

Silenus sentiu crescer a raiva diante da arrogância insuportável da mulher, a presunção imediata de que ela podia assumir o comando em qualquer situação.

— Vou explorar — asseverou ele. — Talvez nos poupe horas de caminhada.

Lamia ficou entre ele e o sol. Seus cachos pretos brilhavam com a corona do eclipse.

— Não. Se perdermos tempo aqui, não vamos voltar antes do anoitecer.

— Então vá na frente — retrucou o poeta, surpreso com as próprias palavras. — Estou cansado. Vou olhar o armazém atrás do Salão Comum. Talvez eu me lembre de despensas que os peregrinos não acharam.

Ele reparou que o corpo da mulher ficou tenso enquanto ela considerava se o obrigava a se levantar e o jogava de novo nas dunas. Os dois haviam percorrido pouco mais de um terço do caminho até o sopé onde começava a longa subida da escadaria para a Fortaleza. Os músculos dela relaxaram.

— Martin, os outros estão contando com a gente. Por favor, não faz besteira.

Ele riu e se recostou na coluna caída.

— Que se foda — protestou. — Estou *cansado*. Você já sabe que vai carregar 95% das coisas mesmo. Sou *velho*, mulher. Mais velho do que você imagina. Deixa eu ficar e descansar um pouco. Talvez eu ache um pouco de comida. Talvez escreva um pouco.

Lamia se agachou e encostou na mochila dele.

— É isso que você está carregando. As folhas do seu poema. O *Cantos*.

— Claro — disse ele.

— E você ainda acha que a proximidade com o Picanço vai permitir que você termine?

Silenus deu de ombros, sentindo o calor e a tontura rodopiarem à sua volta.

— Aquela coisa é uma porra de um assassino, um Grendel de chapas metálicas forjado no inferno — respondeu ele. — Mas é minha musa.

Lamia suspirou, apertou os olhos para fitar o sol que já começava a descer para as montanhas e olhou para o lugar de onde tinham partido.

— Volta — disse, com um tom brando. — Para o vale. — Ela hesitou por um instante. — Eu vou com você e depois venho de novo.

Silenus sorriu com os lábios rachados.

— Por que voltar? Para jogar buraco com outros três velhos até nosso monstrinho vir levar a gente para a cama? Não, obrigado, prefiro descansar um pouco aqui e adiantar o trabalho. Pode ir, mulher. Você aguenta mais peso do que três poetas.

Ele se livrou das bolsas e garrafas vazias e as entregou para ela.

Lamia segurou o emaranhado de alças com uma mão pequena e dura como a cabeça de um martelo de aço.

— Tem certeza? Podemos ir devagar.

Ele se levantou com dificuldade, impulsionado por um instante de raiva pura da pena e condescendência dela.

— Vai pra puta que te pariu, lusiana. Caso você tenha esquecido, o propósito da peregrinação era vir aqui e dar um oi para o Picanço. Seu amigo Hoyt não esqueceu. Kassad entendeu o jogo. A porra do Picanço deve estar roendo aqueles ossos militares idiotas neste instante. Não seria uma surpresa se os três que deixamos para trás *não precisarem* mais de comida ou água. Pode ir. Dá o fora daqui. Cansei da sua companhia.

Brawne Lamia continuou agachada por um tempo, olhando para Silenus enquanto ele bambeava diante dela. Então se levantou, tocou no ombro dele por um ínfimo segundo, pendurou as bolsas e garrafas nas costas e se virou, andando a um passo mais rápido do que o que ele teria conseguido sustentar na juventude.

— Vou passar por aqui na volta, daqui a algumas horas — gritou ela, sem se virar para olhar para ele. — Fique nesta beira da cidade. A gente volta junto para as Tumbas.

Martin Silenus não falou nada ao vê-la encolher até sumir no terreno irregular a sudoeste. As montanhas tremulavam no calor. Ele olhou para baixo e viu que ela havia deixado a garrafa d'água. Ele cuspiu, juntou a garrafa aos pertences e entrou na sombra que o aguardava na cidade morta.

20

Duré só faltou desabar enquanto eles almoçavam os dois últimos pacotes de ração; Sol e o Cônsul subiram com ele pela escada larga da Esfinge até entrarem na sombra. O rosto do sacerdote estava pálido como o cabelo.

Ele tentou sorrir quando Sol lhe levou uma garrafa d'água até a boca.

— Vocês todos aceitam o fato da minha ressurreição com bastante facilidade — comentou, enxugando os cantos da boca com o dedo.

O Cônsul se recostou na pedra da esfinge.

— Eu vi as cruciformes em Hoyt. As mesmas que estão em você agora.

— E eu acreditei na história dele... na *sua* história — disse Sol. Ele deu a água para o Cônsul.

Duré encostou na testa.

— Eu estava ouvindo os discos de conexo. As histórias, incluindo a minha, são... incríveis.

— Você duvida de alguma? — questionou o Cônsul.

— Não. O desafio é decifrá-las. Encontrar o elemento em comum... o fio de ligação.

Sol ergueu Rachel até o peito e a balançou de leve, com a mão atrás da cabeça dela.

— Precisa ter ligação? Além do Picanço?

— Ah, sim — disse Duré. Seu rosto estava recuperando um pouco de cor. — A peregrinação não foi por acaso. Nem a seleção de vocês.

— Diversos elementos intervieram na escolha de quem viria nesta peregrinação — observou o Cônsul. — O Conselho Consultivo de IA, o Senado da Hegemonia, até a Igreja do Picanço.

Duré balançou a cabeça.

— Sim, mas havia só uma inteligência por trás dessa seleção, meus amigos.

Sol se inclinou para a frente.

— Deus?

— Talvez — reconheceu Duré, sorrindo —, mas eu estava pensando no Cerne... nas inteligências artificiais que se comportaram de um jeito tão estranho nessa sucessão toda de acontecimentos.

A bebê fez um barulhinho fraco. Sol pegou uma chupeta para ela e programou o conexo no pulso para acompanhar os batimentos cardíacos. A menina fechou as mãos uma vez e relaxou no ombro do acadêmico.

— A história de Brawne sugere que elementos do Cerne estão tentando desestabilizar o status quo... permitir uma chance de sobrevivência para a humanidade enquanto continuam investindo no projeto de Inteligência Absoluta.

O Cônsul gesticulou para o céu sem nuvens.

— Tudo que aconteceu, nossa peregrinação, até esta guerra, foi provocado pela política interna do Cerne.

— E o que sabemos do Cerne? — perguntou Duré, em voz baixa.

— Nada — disse o Cônsul, jogando uma pedrinha na direção da rocha entalhada à esquerda da escada da Esfinge. — Ao fim e ao cabo, não sabemos de nada.

Duré estava se sentando mais ereto, esfregando um tecido ligeiramente úmido no rosto.

— No entanto, por acaso, o objetivo deles é semelhante ao nosso.

— Qual? — perguntou Sol, ainda ninando a bebê.

— Conhecer Deus — falou o sacerdote. — Ou, se não for possível, criá-lo. — Ele apertou os olhos ao contemplar o vale comprido. Agora as sombras estavam mais alongadas a partir dos paredões a sudoeste e começavam a tocar e encobrir as Tumbas. — Eu ajudei a promover uma ideia assim na Igreja...

— Já li seus tratados sobre São Teilhard — disse Sol. — Você fez uma defesa brilhante da necessidade de evolução rumo ao Ponto Ômega, o Divino, sem decair na Heresia Sociniana.

— Na o quê? — perguntou o Cônsul.

O padre Duré deu um pequeno sorriso.

— Socino foi um herege italiano do século 16 d.C. Ele acreditava, e foi excomungado por isso, que Deus fosse um ser limitado, capaz de aprender e crescer à medida que o mundo... o universo... vai ficando mais complexo. E eu decaí na Heresia Sociniana, Sol. Foi o primeiro dos meus pecados.

O olhar de Sol estava firme.

— E o último dos seus pecados?

— Além do orgulho? O maior dos meus pecados foi falsificar informações de uma escavação de sete anos em Armaghast. Tentar criar uma ligação entre os Arquiconstrutores de lá e uma forma de protocristianismo. Isso não existia. Eu distorci os dados. Então, a ironia é que o maior dos meus pecados, pelo menos aos olhos da Igreja, foi violar o método científico. Em seus últimos dias, a Igreja é capaz de aceitar heresia teológica, mas não admite adulteração dos protocolos da ciência.

— Armaghast era parecido com isto? — perguntou Sol, fazendo um gesto com o braço que incluía o vale, as Tumbas e o deserto circundante.

Duré observou o entorno, com um brilho momentâneo nos olhos.

— Com a poeira, as pedras e o senso de morte, sim. Mas este lugar é infinitamente mais ameaçador. Alguma coisa aqui ainda não sucumbiu à morte quando devia.

O Cônsul riu.

— Vamos torcer para estarmos nessa categoria. Vou levar o conexo até o passe e tentar de novo estabelecer uma conexão de transmissão com a nave.

— Eu vou junto — ofereceu Sol.

— Eu também — disse o padre Duré, levantando-se, bambeando só por um segundo e recusando a oferta da mão de Weintraub.

A nave não respondeu aos chamados. Sem ela, não haveria retransmissão de largofone para os desterros, nem para a Rede, nem para qualquer lugar fora de Hyperion. As frequências de comunicação normais não funcionavam.

— É possível que a nave tenha sido destruída? — perguntou Sol ao Cônsul.

— Não. A mensagem está sendo recebida, só fica sem resposta. Gladstone ainda está mantendo a nave em quarentena.

Sol apertou os olhos e fitou a área desértica na direção das montanhas que tremulavam com a bruma do calor. Alguns quilômetros mais perto, as ruínas da Cidade dos Poetas se erguiam irregulares no horizonte.

— Tudo bem — disse ele. — Já basta um *deus ex machina*.

Paul Duré começou a rir, um som grave e sincero, e só parou quando começou a tossir e precisou beber água.

— O que foi? — perguntou o Cônsul.

— O *deus ex machina*. O que estávamos falando antes. Desconfio que seja justamente por isso que cada um de nós está aqui. O pobre Lenar com seu deus na *machina* da cruciforme. Brawne com seu poeta ressuscitado preso em um anel de Schrön, em busca da *machina* para libertar seu deus pessoal. Você, Sol, esperando que o deus sombrio resolva o problema terrível de sua filha. O Cerne, gerado pela *machina*, tentando construir o próprio deus.

O Cônsul ajeitou os óculos escuros.

— E você, padre?

Duré balançou a cabeça.

— Estou esperando a maior *machina* de todas apresentar seu deus: o universo. Quanto da minha exaltação de São Teilhard derivava do simples fato de que não encontrei nenhum sinal de um Criador vivo no mundo atual? Assim como as inteligências do TecnoCerne, tento construir aquilo que não consigo encontrar.

Sol olhou para o céu.

— Que deus os desterros procuram?

Foi o Cônsul que respondeu.

— A obsessão deles por Hyperion é real. Eles acham que aqui será o berço de uma nova esperança para a humanidade.

— É melhor voltarmos lá para baixo — desviou Sol, protegendo Rachel do calor. — Brawne e Martin devem voltar antes do jantar.

Mas não voltaram. Ao pôr do sol, ainda nem havia sinal deles. De hora em hora, o Cônsul ia até a entrada do vale, subia em um pedregulho e procurava algum movimento nas dunas e no campo pedregoso. Nada. O Cônsul lamentou que Kassad não tivesse deixado um dos binóculos eletrônicos dele.

Antes mesmo que o céu escurecesse com o crepúsculo, os clarões no zênite anunciaram a continuação da batalha no espaço. Os três homens, sentados no degrau mais alto da escadaria da Esfinge, assistiram ao espetáculo luminoso: explosões lentas de luz branca, botões desabrochados de vermelho-escuro e riscos súbitos de verde e laranja que deixavam ecos na retina.

— Quem vocês acham que está ganhando? — perguntou Sol.

O Cônsul não olhou para cima.

— Não importa. Acham que devíamos dormir em outro lugar que não a Esfinge hoje? Esperar em uma das outras Tumbas?

— Não posso sair da Esfinge — apontou Sol. — Fiquem à vontade para ir.

Duré encostou na bochecha da bebê. Ela estava chupando a chupeta, e seu rosto se apertou contra o dedo dele.

— Qual é a idade dela agora, Sol?

— Dois dias. Quase exatos. Ela teria nascido uns quinze minutos depois do pôr do sol nesta latitude, no horário de Hyperion.

— Vou subir e dar uma última olhada — avisou o Cônsul. — Depois, vamos ter que acender uma fogueira ou algo do tipo para ajudá-los a achar o caminho de volta.

O Cônsul havia descido metade dos degraus para a trilha quando Sol ficou de pé e apontou. Não na direção da entrada do vale, que brilhava com a luz fraca do sol, mas para o outro lado, nas sombras do próprio vale.

O Cônsul parou, e os outros dois foram até ele, que pôs a mão no bolso e tirou o atordoador neural pequeno que Kassad lhe dera alguns dias antes. Sem Lamia e Kassad, era a única arma que lhes restava.

— Você está vendo? — sussurrou Sol.

O vulto avançava pela escuridão atrás do brilho fraco da Tumba de Jade. Não parecia grande o bastante nem andava rápido o bastante para ser o Picanço; seu ritmo era estranho... lento, às vezes até vacilante, bambo.

O padre Duré olhou por cima do ombro para a entrada do vale e virou de novo o rosto.

— Será que tem alguma chance de Martin Silenus ter entrado no vale naquela direção?

— Só se ele pulasse do penhasco — sussurrou o Cônsul. — Ou contornasse oito quilômetros para o nordeste. Além do mais, o vulto é alto demais para ser Silenus.

O vulto parou de novo, bambeou e caiu. A mais de cem metros de distância, parecia só mais um pedregulho baixo no fundo do vale.

— Vamos — chamou o Cônsul.

Eles não correram. O Cônsul foi na frente escada abaixo, atordoador estendido, configurado para vinte metros, embora ele soubesse que o efeito neural seria mínimo àquela distância. O padre Duré o seguia de perto, segurando a filha de Sol enquanto o acadêmico procurava alguma pedra pequena.

— Davi e Golias? — perguntou Duré quando Sol chegou com uma pedrinha do tamanho da palma da mão e a encaixou em uma tira de plastifibra que ele cortara de um embrulho à tarde.

O rosto do acadêmico, queimado de sol acima da barba, ficou mais escuro.

— Mais ou menos. Aqui, eu pego Rachel.

— Eu gosto de segurá-la. E, se for o caso de brigar, é melhor que vocês dois estejam com as mãos livres.

Sol assentiu com a cabeça e foi andar lado a lado com o Cônsul, enquanto o sacerdote permanecia alguns passos atrás com a criança.

A quinze metros de distância, ficou óbvio que o vulto caído era um homem — um homem muito alto —, com um manto de tecido grosseiro e o rosto virado para baixo na areia.

— Fiquem aqui — disse o Cônsul, e saiu correndo. Os outros ficaram olhando quando ele virou o corpo, guardou o atordoador de volta no bolso e tirou uma garrafa d'água do cinto.

Sol se aproximou devagar, sentindo exaustão como uma forma agradável de vertigem. Duré foi atrás, mais devagar.

Quando o sacerdote chegou à luz emitida pela lanterna do Cônsul, ele viu o capuz do homem caído ser puxado para trás e revelar um rosto comprido vagamente oriental e estranhamente distorcido iluminado tanto pelo brilho da Tumba de Jade quanto pela lanterna.

— É um templário — observou Duré, chocado de ver um seguidor do Muir ali.

— É a Verdadeira Voz da Árvore — explicou o Cônsul. — O primeiro dos nossos peregrinos desaparecidos... Het Masteen.

21

Martin Silenus passara a tarde inteira trabalhando em seu poema épico, e só quando a luz foi embora ele interrompeu os esforços.

Havia constatado que seu antigo espaço de trabalho fora saqueado e sua velha mesa tinha desaparecido. O palácio de Triste Rei Billy sofrera as piores ofensas do tempo, com todas as janelas quebradas, minidunas correndo por tapetes desbotados que no passado valeram fortunas, e ratos e pequenas enguias-de-pedra ocupando os espaços entre as rochas caídas. As torres residenciais abrigavam os pombos e os falcões de caça que retornaram à vida selvagem. Por fim, o poeta acabou voltando ao Salão Comum, sob a enorme cúpula geodésica do salão de jantar, e se sentou a uma mesa baixa para escrever.

O piso de cerâmica estava coberto de poeira e destroços, e as tonalidades avermelhadas da vinha-do-deserto quase tampava os painéis quebrados no alto, mas Silenus ignorou essas irrelevâncias e trabalhou em seu *Cantos*.

O poema tratava da morte e expulsão dos titãs por seus descendentes, os deuses helênicos. Tratava do conflito olimpiano que se seguiu à recusa dos titãs a serem expulsos — a ebulição dos grandes mares na luta entre Oceano e Netuno, seu usurpador, a extinção de sóis na luta entre Hyperion e Apolo pelo controle da luz, e o estremecimento do próprio universo conforme Saturno e Júpiter lutavam pelo controle do trono dos deuses. O que estava em jogo era não apenas a passagem de um grupo de divindades substituído por outro, mas sim o fim de uma era de ouro e o começo de tempos sombrios que haveriam de condenar todos os mortais.

O *Cantos de Hyperion* não disfarçava as identidades diversas desses deuses: era fácil perceber nos titãs os heróis da breve história da humanidade na galáxia, os usurpadores olimpianos eram as IAs do TecnoCerne, e o campo de batalha deles se estendia por continentes, oceanos e vias aéreas familiares de todos os mundos da Rede. No meio de tudo, o monstro Dis, filho de Saturno, mas ansioso para herdar o reino com Júpiter, perseguia suas presas e ceifava deuses e mortais.

O *Cantos* também tratava do relacionamento entre criaturas e criadores, do amor entre pais e filhos, entre artistas e arte, entre todos os criadores e suas criações. O poema celebrava o amor e a lealdade, mas pairava à beira do niilismo com seu tema constante de corrupção fruto do amor pelo poder, ambição humana e húbris intelectual.

Martin Silenus havia trabalhado em seu *Cantos* por mais de dois séculos-padrão. O material de melhor qualidade fora produzido naquele exato ambiente: a cidade abandonada, os ventos do deserto que se lamuriavam como um coro grego soturno ao fundo, a ameaça constante de interrupção súbita pelo Picanço. Ao salvar a própria vida, ao ir embora, Silenus abandonara sua musa e condenara sua pena ao silêncio. Quando recomeçou o trabalho, quando seguiu essa trilha certa, esse circuito perfeito que apenas escritores inspirados conhecem, Martin Silenus sentiu que estava voltando à vida... As veias se alargaram, os pulmões se encheram mais, ele saboreou a luz intensa e o ar puro sem se dar conta de que o fazia, apreciou cada traço da pena antiga no pergaminho, a pilha enorme de folhas anteriores se acumulou na mesa redonda, sob o peso de pedaços quebrados de alvenaria, a história voltou a fluir livremente, e a imortalidade se insinuou a cada estrofe, a cada verso.

Silenus havia chegado à parte mais difícil e empolgante do poema, as cenas em que o conflito ardera por milhares de cenários, civilizações inteiras foram devastadas, e representantes dos titãs pedem trégua para se reunir e negociar com os heróis circunspectos dos olimpianos. Saturno, Hyperion, Coto, Jápeto,

Oceano, Briareu, Mimo, Porfírio, Encélado, Reto e outros; as irmãs igualmente titânicas, Tétis, Febe, Teia e Clímene; e diante deles a presença sorumbática de Júpiter, Apolo e os seus.

Silenus não conhecia o final desse mais épico dentre os poemas. Ele agora seguia vivo apenas para terminar a história... seguia assim havia décadas. Foram-se os sonhos de fama e fortuna da juventude pela dedicação à Palavra — ele ganhara fama e fortuna sem medida, e isso quase o matara, *de fato* matara sua arte — e, mesmo sabendo que o *Cantos* era a melhor obra literária de sua época, ele só queria terminá-la, descobrir o final e dar a cada estrofe, cada verso, *cada palavra* a forma mais apurada, clara e bonita possível.

Agora ele estava escrevendo fervorosamente, quase enlouquecido de desejo de concluir algo que por muito tempo considerara inconcluível. As palavras e expressões voavam da pena antiga para o papel antiquado; estrofes ganhavam existência sem esforço, cantos encontravam a própria voz e se concluíam sem necessidade de revisão, sem pausa para inspirar. O poema se desdobrava com uma velocidade chocante, revelações espantosas, beleza avassaladora tanto em palavras quanto em imagens.

Na trégua, Saturno e o usurpador Júpiter se confrontaram em volta de uma mesa de negociação feita de um bloco de mármore. O diálogo deles era épico e simples, seus argumentos de existência, suas motivações para a guerra constituíam o melhor debate desde o *Diálogo meliano*, de Tucídides. De repente, algo totalmente imprevisto por Martin Silenus em todas as longas horas de ponderação sem sua musa entrou no poema. Os dois reis de deuses expressaram medo de um *terceiro* usurpador, uma força externa terrível que ameaçava a estabilidade de ambos os reinados. Silenus observou atônito quando os personagens que ele havia criado durante milhares de horas de esforço desafiaram sua vontade e apertaram as mãos por cima da placa de mármore, formando uma aliança contra...

Contra o quê?

O poeta parou, a pena ficou imóvel, e ele se deu conta de que mal conseguia enxergar a folha. Fazia algum tempo que escrevia na penumbra, e agora a escuridão era total.

Silenus retornou a si mesmo naquele processo de permitir que o mundo voltasse correndo, muito parecido com a volta dos sentidos após um orgasmo. Só que a descida de um escritor ou escritora para o mundo era uma volta mais dolorosa, atravessando nuvens de glória que logo se dissipavam na cadência mundana das trivialidades sensoriais.

Silenus olhou o entorno. O amplo salão estava bem escuro, exceto pelo brilho intermitente das estrelas e de explosões distantes atrás das janelas e trepadeiras no alto. As mesas em volta dele eram meras sombras; as paredes, a trinta metros de distância em qualquer direção, sombras mais escuras entremeadas da escuridão venosa da vinha-do-deserto. Fora do salão, o vento da noite estava mais forte, com vozes mais altas, solos de contralto e soprano entoados por rachaduras nas vigas quebradas e nas frestas da cúpula acima.

O poeta suspirou. Não tinha nenhuma lanterna na bolsa. Não havia trazido nada além de água e seu *Cantos*. Ele sentiu o estômago roncar de fome. *Cadê a desgraçada da Brawne Lamia?* Mas, assim que o pensamento lhe ocorreu, ele percebeu que estava contente de a mulher não ter ido buscá-lo. Ele precisava ficar sozinho para terminar o poema; naquele ritmo, levaria no máximo um dia, talvez a noite. Mais algumas horas e ele teria terminado a obra de sua vida e estaria pronto para descansar um pouco e desfrutar as pequenas coisas do cotidiano, as trivialidades da vida que por décadas haviam sido apenas uma interrupção do trabalho que ele não conseguia concluir.

Martin Silenus suspirou de novo e começou a guardar as folhas do manuscrito na bolsa. Ele ia achar algum lugar com luz... Acenderia uma fogueira nem que tivesse que usar as tapeçarias ancestrais de Triste Rei Billy como combustível. Escreveria lá fora à luz da batalha espacial se fosse preciso.

Silenus pegou as últimas folhas e a pena e se virou para procurar a saída.

Havia algo parado na escuridão do salão junto com ele.

Lamia, pensou, sentindo o alívio e a decepção brigarem entre si.

Mas não era Brawne Lamia. Silenus observou a distorção, o volume de massa em cima e as pernas compridas demais embaixo, o reflexo da luz das estrelas em carapaça e espinhos, a sombra de braços embaixo de braços e, sobretudo, o brilho cor de rubi de cristais iluminados pelo inferno no lugar dos olhos.

Silenus deu um gemido e se sentou de novo.

— Agora não! — gritou. — Vai embora com seus olhos malditos!

A sombra alta se aproximou, com passos silenciosos na cerâmica fria. O céu trepidava com energia vermelho-sangue, e o poeta começou a ver a silhueta de espinhos, lâminas e concertina.

— Não! — gritou Martin Silenus. — Eu me recuso. Me deixa em paz.

O Picanço se aproximou. A mão de Silenus se retorceu, ergueu a pena de novo e escreveu na margem inferior da última folha. ESTÁ NA HORA, MARTIN.

Ele olhou para o que havia escrito, sufocando o impulso de rir sem controle. Até onde ele sabia, o Picanço nunca havia falado, nunca *se comunicara*, com ninguém. Exceto por meio da dupla dor e morte.

— Não! — berrou de novo. — Tenho trabalho para fazer! Leva outra pessoa, desgraçado!

O Picanço deu mais um passo à frente. O céu pulsava com explosões silenciosas de plasma enquanto amarelos e vermelhos escorriam pelo peito e pelos braços de mercúrio da criatura como se fossem tinta derramada. A mão de Martin Silenus se retorceu e escreveu por cima da mensagem anterior. JÁ ESTÁ NA HORA, MARTIN.

Silenus abraçou o manuscrito, tirando as últimas folhas da mesa para não conseguir escrever mais. Seus dentes exibiram um esgar terrível quando ele praticamente rosnou para a aparição.

VOCÊ ESTAVA PREPARADO PARA TROCAR DE LUGAR COM SEU PATRONO, escreveu a mão no tampo da mesa, por conta própria.

235

— Agora não! — berrou o poeta. — Billy *morreu*! Só me deixa terminar. *Por favor!* — Martin Silenus nunca havia implorado em sua vida muito, muito longa. Ele implorou naquele momento. — Por favor, por favor. Só me deixa terminar, por favor.

O Picanço deu um passo à frente. Estava tão perto que seu torso deformado obstruía toda a luz das estrelas e cobria o poeta de sombras.

NÃO, escreveu a mão de Martin Silenus, e então a pena caiu quando o Picanço estendeu braços infinitamente longos, quando dedos infinitamente afiados se enterraram nos braços do poeta até a medula.

Martin Silenus gritou ao ser arrastado sob a cúpula do salão de jantar. Gritou ao ver dunas no chão, ouvir o chiado da areia sob os próprios gritos e ver a árvore surgir no vale.

A árvore era maior do que o vale, mais alta do que as montanhas que os peregrinos haviam atravessado; parecia que os galhos superiores iam até o espaço. A árvore era de aço e cromo, e seus galhos eram espinhos e cravos. Havia seres humanos se debatendo e se contorcendo nos espinhos — milhares, dezenas de milhares. Na luz vermelha do céu mortiço, Silenus forçou a concentração a ignorar a dor e percebeu que reconhecia algumas daquelas formas. Eram *corpos*, não almas ou outras abstrações, e obviamente estavam sofrendo as agonias de uma vida arrasada pela dor.

É NECESSÁRIO, escreveu a própria mão de Silenus no frio inabalável do peito do Picanço. O sangue gotejava no mercúrio e na areia.

— Não! — berrou o poeta.

Ele esmurrou as lâminas de bisturi e concertina. Fez força, resistiu e se contorceu enquanto a criatura o abraçava mais, puxando-o para as próprias lâminas como se ele fosse uma borboleta a ser pregada, um espécime a ser cravado. Não foi a dor inimaginável que afastou Martin Silenus da sanidade; foi a noção de perda irrecuperável. Ele quase havia terminado. *Quase havia terminado!*

— Não! — berrou Martin Silenus, debatendo-se mais freneticamente até o ar se encher de borrifos de sangue e gritos obscenos.

O Picanço o arrastou na direção da árvore à espera.

Na cidade morta, os gritos ecoaram por mais um minuto e foram ficando mais e mais fracos. Por fim, fez-se um silêncio interrompido só pelos pombos que voltavam aos ninhos e desciam para dentro das cúpulas e torres quebradas com um farfalhar sutil das asas.

O vento aumentou, soltando janelas de acrílico e pedaços de alvenaria, empurrando folhas quebradiças em chafarizes secos, penetrando as janelas quebradas da cúpula e erguendo folhas de manuscrito em um redemoinho suave, deixando algumas páginas escaparem e soprando-as pelos pátios silenciosos, corredores vazios, aquedutos desmoronados.

Depois de um tempo, o vento morreu, e nada se mexia na Cidade dos Poetas.

22

Para Brawne Lamia, a caminhada de quatro horas se transformou em um pesadelo de dez. Primeiro foi o desvio para a cidade morta e a difícil decisão de deixar Silenus para trás. Ela não queria que o poeta ficasse lá sozinho; não queria obrigá-lo a seguir em frente nem gastar tempo voltando para as Tumbas. No fim das contas, o desvio pela borda custou uma hora do tempo de viagem.

A travessia das dunas remanescentes e do deserto rochoso foi exaustiva e tediosa. Quando ela chegou ao sopé já era fim de tarde, e a Fortaleza estava sombreada.

Tinha sido fácil descer os 661 degraus de pedra a partir da Fortaleza quarenta horas antes. A subida foi uma provação até para seus músculos lusianos. À medida que ela subia, o ar foi esfriando, a vista foi ficando mais espetacular, até que, a uma altitude de quatrocentos metros no sopé, ela parou de suar e o Vale das Tumbas Temporais ficou visível de novo. Só dava para ver a ponta do Monólito de Cristal daquele ângulo, e era apenas uma centelha e um lampejo irregular de luz. Ela parou uma vez para confirmar se não era mesmo uma mensagem luminosa, mas as centelhas eram aleatórias, só luz refletida de uma placa de cristal pendente do Monólito quebrado.

Pouco antes dos últimos cem degraus, Lamia tentou usar o conexo de novo. Os canais de comunicação continuavam com a estática e o barulho sem sentido de sempre, talvez uma distorção causada pelas marés temporais, que só não obstruía comunicações eletromagnéticas muito próximas. Um laser de comunicação teria funcionado — aparentemente funcionava com o transmissor de conexo antigo do Cônsul —, mas, fora aquele único aparelho, eles não tinham nenhum laser de comunicação desde o sumiço de Kassad. Lamia deu de ombros e subiu os últimos degraus.

A Fortaleza de Cronos havia sido construída pelos androides de Triste Rei Billy — nunca uma fortaleza de fato, fora feita para servir de resort, pousada para viajantes e refúgio de verão para artistas. Após a evacuação da Cidade dos Poetas, o lugar permanecera vazio por mais de um século, recebendo a visita apenas dos aventureiros mais audaciosos.

Com o arrefecimento gradual da ameaça do Picanço, turistas e peregrinos começaram a usar o lugar, e algum tempo depois a Igreja do Picanço o reabriu para servir de parada necessária na Peregrinação ao Picanço anual. Dizia-se que alguns dos cômodos escavados nas profundezas da montanha ou instalados no topo dos torreões mais inacessíveis teriam sido o local de rituais arcanos e sacrifícios elaborados à criatura que a Seita do Picanço chamava de Avatar.

No entanto, diante da abertura iminente das Tumbas, das irregularidades nas marés temporais e da evacuação das regiões ao norte, o silêncio voltou a se abater sobre a Fortaleza de Cronos. E assim estava quando Brawne Lamia voltou.

O deserto e a cidade morta ainda estavam iluminados pelo dia, mas a Fortaleza tinha um aspecto crepuscular quando Lamia chegou à varanda inferior, descansou um instante, pegou a lanterna da bolsa menor e entrou no labirinto. Os corredores estavam escuros. Durante a estada deles, dois dias antes, Kassad havia explorado e anunciara que todas as fontes de energia estavam inutilizadas — conversores solares rachados, células de fusão destruídas, até baterias de reserva quebradas e espalhadas pelos porões. Lamia remoera a questão várias vezes durante a escalada pelos mais de seiscentos degraus, encarando com raiva as cabines de elevador paralisadas nos trilhos verticais enferrujados.

Os salões maiores, feitos para jantares e eventos, estavam como eles os haviam deixado: entulhados com os restos ressecados de banquetes abandonados e sinais de pânico. Não havia corpos, mas manchas amarronzadas nas paredes de pedra e nas tapeçarias sugeriam uma orgia de violência não muitas semanas antes.

Lamia ignorou o caos, ignorou os arautos — aves pretas grandes com rosto obscenamente humano — que saíram voando do salão de jantar central, ignorou até a própria fadiga ao subir os muitos andares rumo à despensa onde o grupo havia acampado. De modo inexplicável, escadas ficaram mais estreitas, e a luz fraca que atravessava o vidro colorido produzia tonalidades perturbadoras. Nos pontos quebrados ou sem vidro, gárgulas pareciam olhar para dentro como se estivessem paralisadas no ato de entrar. Um vento frio soprou das alturas nevadas da cordilheira do Arreio e fez o corpo queimado de sol de Lamia tremer.

As bolsas e os pertences adicionais estavam intocados na pequena despensa acima da câmara central. Lamia conferiu para ver se as caixas e os caixotes do lugar continham alimentos não perecíveis e depois saiu para a varandinha onde Lenar Hoyt havia tocado a balalaica tão poucas horas — uma eternidade — antes.

As sombras dos picos elevados se estendiam por quilômetros de areia, quase até a cidade morta. O Vale das Tumbas Temporais e o emaranhado desértico mais além ainda definhavam à luz do crepúsculo, com um emaranhado de sombras produzidas pelos pedregulhos e por formações rochosas baixas. Lamia não conseguia ver as Tumbas dali, mas de vez em quando ainda aparecia um brilho do Monólito. Ela tentou usar o conexo de novo, xingou ao receber apenas estática e ruído de fundo como resposta e voltou para dentro para selecionar e carregar provisões.

Pegou quatro fardos de itens básicos embalados com isoporino e plastifibra moldada. Havia água na Fortaleza — as calhas que recolhiam a neve derretida nas alturas da construção eram uma tecnologia que não tinha como deteriorar —, de modo que Lamia encheu todas as garrafas que havia levado e procurou mais. Água era a necessidade mais premente. Ela xingou Silenus por não a ter acompanhado; o velho poderia ter carregado pelo menos meia dúzia de garrafas.

Lamia estava pronta para ir embora quando ouviu o barulho. Havia algo no Grande Salão, entre ela e a escada. A lusiana pegou as últimas bolsas, tirou do cinto a pistola automática do pai e desceu devagar os degraus.

O Salão estava vazio; os arautos não tinham voltado. Tapeçarias pesadas, balançadas pelo vento, tremulavam como flâmulas apodrecidas acima do entulho de comida e utensílios. Junto à parede do outro lado, uma escultura imensa do rosto do Picanço, puro cromo e aço flutuante, girava com a brisa.

Lamia avançou aos poucos pelo espaço, girando o corpo de vez em quando para não ficar de costas por muito tempo para nenhum canto escuro. De repente, um grito a paralisou.

Não foi um grito humano. O tom ululou para além do ultrassônico, fazendo Lamia travar os dentes e apertar a pistola com dedos pálidos. O grito foi interrompido de súbito, como se um raio reprodutor tivesse sido afastado de um disco.

Lamia viu de onde o ruído saíra. Atrás da mesa de banquete, atrás da escultura, abaixo das seis janelas grandes de vitrais, onde o resquício de luz escoava cores lavadas, havia uma porta pequena. A voz ecoara dali, para cima e para fora como se escapando de uma masmorra ou um porão distante lá embaixo.

Brawne Lamia ficou curiosa. Sua vida inteira havia sido um conflito com um espírito muito mais indagador do que a média, o que culminou com a decisão de adotar a profissão obsoleta e às vezes divertida de investigadora particular. Em mais de uma ocasião, sua curiosidade fora causa de constrangimento, encrenca, ou ambas as coisas. E em várias ocasiões essa curiosidade a recompensara com informações restritas a poucas pessoas.

Não desta vez.

Lamia tinha ido buscar água e comida, muito necessárias. Não havia como ser nenhum dos outros... Os três mais velhos jamais teriam chegado antes dela, mesmo considerando o desvio para a cidade morta... E ela não queria saber de mais nada nem ninguém.

Kassad?, perguntou-se, mas o pensamento a deixou tensa. Aquele som não tinha saído da garganta do coronel de FORÇA.

Brawne Lamia recuou da porta, com a pistola a postos, foi até a escada para os andares principais e desceu com cuidado, avançando de cômodo em cômodo com o máximo de furtividade possível para alguém que carregava setenta quilos de provisões e mais de uma dúzia de garrafas d'água. Ela se viu por um instante no reflexo de um vidro turvo no andar mais baixo — corpo atarracado equilibrado, pistola erguida e em movimento, uma massa enorme de bolsas apoiada nas costas e pendurada por alças largas, garrafas e cantis tilintando uns nos outros.

Lamia não achou graça. Ela deu um suspiro de alívio quando saiu para a varanda inferior, no ar frio e rarefeito, pronta para descer de novo. Ainda não precisava da lanterna — o céu do entardecer, coberto de repente por nuvens baixas, emitia uma luz rosada e âmbar no mundo, iluminando até a Fortaleza e o sopé abaixo com um brilho colorido.

Ela desceu dois degraus de cada vez na escada íngreme, e os músculos fortes das pernas já doíam antes que chegasse à metade do caminho. Ela não guardou a arma — continuou preparada para o caso de alguma coisa descer de lá de cima ou aparecer em algum buraco da encosta rochosa. Ao chegar à base, ela se afastou da escada e olhou para as torres e varandas meio quilômetro acima.

Pedras caíam em sua direção. Ela percebeu que não eram só pedras, e sim gárgulas que haviam sido derrubadas de seus poleiros ancestrais e caíam junto dos pedregulhos, rostos demoníacos iluminados pelo crepúsculo. Lamia correu, sacudindo bolsas e garrafas, percebeu que não daria tempo de alcançar uma distância segura antes que os destroços chegassem e se jogou entre dois pedregulhos baixos apoiados um no outro.

Os fardos a impediram de se enfiar por inteiro embaixo deles, e Lamia se esforçou para afrouxar as alças, ouvindo o barulho incrível do choque da primeira pedra atrás de si, que bateu e quicou por cima. Lamia puxou e empurrou com tanta força que acabou rasgando couro e rompendo plastifibra até conseguir se abrigar embaixo dos pedregulhos e puxar as bolsas e garrafas para junto de si, determinada a não ter que voltar para a Fortaleza.

Pedras do tamanho da cabeça e das mãos dela choviam pelo ar ao redor. A cabeça quebrada de um monstro de pedra passou quicando e arrebentou um pedregulho pequeno a meros três metros de distância. Por um momento, mísseis enchiam o ar, pedras maiores golpeavam o pedregulho acima de Lamia, e então a avalanche passou, restando apenas o barulho de pedras menores do segundo deslizamento.

Brawne Lamia se inclinou para puxar o fardo e protegê-lo melhor, e uma pedra do tamanho de seu conexo ricocheteou na encosta rochosa, traçou uma trajetória quase horizontal na direção de seu esconderijo, quicou duas vezes na caverna pequena formada pelo abrigo dela e a atingiu na têmpora.

Lamia acordou com um gemido de velha. A cabeça doía. A noite tinha chegado de vez, e as pulsações de confrontos distantes iluminavam o interior de seu abrigo pelas frestas de cima. Ela levou os dedos à têmpora e sentiu sangue ressecado no rosto e no pescoço.

Ela saiu da fenda, esforçando-se para abrir caminho pelas pedras recém-caídas do lado de fora, e se sentou por um instante, de cabeça baixa, resistindo à vontade de vomitar.

As bolsas estavam intactas, e só uma garrafa d'água tinha sido quebrada. Ela achou a pistola onde a deixara cair, no espaço pequeno que não estava cheio de pedras arrebentadas. A saliência rochosa onde ela estava havia sido marcada e rasgada pela violência da breve avalanche.

Lamia consultou o conexo. Tinha se passado menos de uma hora. Nada descera para levá-la embora ou cortar sua garganta enquanto ela estivera desacordada. Lamia lançou uma última olhada para os baluartes e as sacadas, agora fora de vista lá no alto, arrastou os fardos para fora e começou a descer a trilha traiçoeira de pedra a um passo acelerado.

Martin Silenus não estava na beira da cidade morta quando ela se desviou para lá. De alguma forma, Lamia não imaginara que ele fosse estar, mas tinha a esperança de que o poeta só tivesse se cansado de ficar ali e percorrido alguns quilômetros de volta até o vale.

A tentação de soltar os fardos, deitar as garrafas no chão e descansar um pouco era bem forte. Lamia resistiu. Com a pequena automática em mãos, ela andou pelas ruas da cidade morta. As explosões de luz bastavam para enxergar o caminho.

O poeta não respondeu aos ecos de seus gritos, mas centenas de pássaros pequenos que Lamia não conseguiu identificar se levantaram em revoada, batendo asas brancas na escuridão. Ela caminhou pelos andares inferiores do antigo palácio do rei, gritando por escadarias, e até disparou a pistola uma vez, mas não havia sinal de Silenus. Ela andou por pátios sob muros cobertos de trepadeiras, chamando o nome dele, procurando qualquer sinal de que ele tivesse estado ali. Uma hora, viu um chafariz que a lembrou da história do poeta sobre a noite em que Triste Rei Billy desapareceu, levado pelo Picanço, mas havia outros chafarizes, e ela não tinha como saber se era o mesmo.

Lamia andou pelo salão de jantar central sob a cúpula quebrada, mas o lugar estava imerso em sombras. Ela ouviu um som e se virou, pistola a postos, mas tinha sido apenas uma folha ou um pedaço de papel antigo se arrastando pela cerâmica com o vento.

Suspirou e saiu da cidade, caminhando com facilidade apesar da fadiga de dias sem dormir. Seus chamados no conexo não renderam resposta, mas ela sentiu o puxão de déjà-vu das marés temporais e não se surpreendeu. O vento do fim da tarde havia erradicado quaisquer rastros que Martin pudesse ter deixado na volta ao vale.

Lamia percebeu, antes mesmo de chegar ao passe largo na entrada do vale, que as Tumbas estavam brilhando de novo. Não era um brilho forte — nada comparável ao caos silencioso de luzes no céu —, mas parecia que cada uma das Tumbas acima da superfície emitia uma luz fraca, como se liberassem energia armazenada durante o dia comprido.

Lamia parou na entrada do vale e deu um grito para avisar Sol e os outros de que estava chegando. Ela não teria recusado uma oferta de ajuda com as bolsas nos últimos cem metros. As costas de Lamia estavam doloridas, e a camisa estava suja de sangue nos pontos onde as alças haviam rompido a pele.

Ninguém respondeu.

Ela sentiu a exaustão ao subir devagar os degraus para a Esfinge, largar as coisas no patamar largo de pedra e procurar a lanterna. O interior estava escuro. Havia mantos e bolsas espalhadas pelo cômodo onde eles tinham dormido. Lamia gritou, esperou os ecos se calarem e passou a luz da lanterna pelo espaço de novo. Tudo continuava igual. Não, espera, tinha *alguma coisa* diferente. Ela fechou os olhos e se lembrou de como o cômodo estava de manhã.

O cubo de Möbius tinha sumido. A caixa estranha com lacre de energia que Het Masteen havia deixado na diligência eólica não estava mais no canto de antes. Lamia deu de ombros e saiu.

O Picanço estava à espera. Estava logo na frente da porta. Era mais alto do que Lamia imaginara, enorme diante dela.

Brawne Lamia saiu e recuou, reprimindo o impulso de gritar para a coisa. A pistola erguida parecia pequena e fútil em sua mão. A lanterna caiu ignorada no chão de pedra.

A coisa inclinou a cabeça e olhou para ela. Luz vermelha pulsava de algum lugar atrás dos olhos multifacetados. Os ângulos do corpo e das lâminas dele refletiam a luz do céu.

— Seu filho da puta — disse Lamia, com a voz firme. — Cadê eles? O que você fez com Sol e a bebê? Cadê os outros?

A criatura inclinou o rosto para o outro lado. O rosto era alienígena o bastante para que Lamia não conseguisse distinguir nenhuma expressão. A linguagem corporal só comunicava ameaça. Dedos de aço estalavam como bisturis retráteis.

Lamia deu quatro tiros naquele rosto, e os projéteis pesados de 16 mm acertaram em cheio e voaram zumbindo noite afora.

— *Eu* não vim aqui para morrer, seu filho da puta metálico — protestou Lamia, então mirou e atirou mais uma dúzia de vezes, acertando todas.

Voaram faíscas. O Picanço inclinou a cabeça para cima de repente, como se ouvisse um som distante.

E desapareceu.

Lamia ofegou, agachou-se, girou o corpo. Nada. O solo do vale brilhava à luz das estrelas conforme o céu ia se aquietando. As sombras eram pretas como nanquim, mas estavam longe. Até o vento tinha sumido.

Brawne Lamia cambaleou até as bolsas e se sentou em cima da maior, tentando fazer o coração voltar ao ritmo normal. Ela achou interessante constatar que não havia sentido medo — não muito —, mas era inegável a adrenalina em seu sistema.

Com a pistola ainda na mão, meia dúzia de balas no pente e a carga de propelente ainda cheia, ela ergueu uma garrafa d'água e bebeu um gole grande.

O Picanço apareceu ao seu lado. A chegada tinha sido instantânea e silenciosa.

Lamia largou a garrafa e tentou virar a pistola e torcer o corpo de lado.

Foi como se estivesse se mexendo em câmera lenta. O Picanço estendeu a mão direita, as lâminas dos dedos do tamanho de agulhas de costura refletiram a luz, e uma das pontas passou por trás da orelha dela, chegou ao crânio e se esgueirou para dentro de sua cabeça sem fricção, sem dor alguma além da sensação gelada de penetração.

23

O coronel Kassad tinha atravessado o portal com uma expectativa de estranhamento; mas o que ele viu foi a insanidade coreografada da guerra. Moneta havia ido na frente. Ele fora acompanhado pelo Picanço, com as lâminas dos dedos cravadas no braço. Quando Kassad terminou de dar o passo pela cortina de energia formigante, Moneta o aguardava e o Picanço tinha desaparecido.

Kassad reconheceu de imediato o lugar. A vista era do topo da montanha baixa onde Triste Rei Billy havia determinado que sua efígie fosse esculpida quase dois séculos antes. A área plana do pico não tinha nada além dos destroços de uma bateria defensiva de mísseis solo-espaço, ainda em chamas. Pelo aspecto fundido do granito e pelo metal derretido que ainda borbulhava, Kassad imaginou que a bateria tinha sido lancetada a partir do espaço.

Moneta foi até a beira do precipício, cinquenta metros acima da testa imensa de Triste Rei Billy, e Kassad se juntou a ela. A vista do vale fluvial, da cidade e do platô do espaçoporto a dez quilômetros para o oeste explicava tudo.

A capital de Hyperion ardia. Jacktown, a parte velha da cidade, era uma fogueira em miniatura, e havia centenas de focos menores espalhados pelo subúrbio e ao longo da estrada até o aeroporto que nem tochas de sinalização bem mantidas. Até o rio Hoolie estava em chamas, devido a um derramamento de petróleo a partir das docas antiquadas e dos armazéns. Kassad viu a torre de uma igreja antiga se erguer acima das chamas. Ele procurou o Cícero's, mas o bar estava oculto pela fumaça e pelo fogo no alto do rio.

As colinas e o vale eram uma massa em movimento, como se um formigueiro tivesse sido revirado por uma bota gigantesca. Kassad via as estradas, congestionadas por um rio de humanidade que corria mais devagar que o rio de verdade conforme dezenas de milhares de pessoas fugiam do conflito. Os clarões de artilharia sólida e armas de energia iam até o horizonte e iluminavam as nuvens baixas no céu. De vez em quando, uma máquina voadora — um raseiro militar ou uma nave de pouso — saía do meio da fumaça perto do espaçoporto ou das árvores nas colinas ao norte e ao sul, o ar se enchia de raios de luz coerente vindos de cima e de baixo e, por fim, o veículo caía, deixando um rastro de fumaça preta e chamas alaranjadas.

Flutuadores corriam pelo rio feito baratas, desviando-se dos destroços queimados de barcos, balsas e outros flutuadores. O coronel percebeu que a única ponte da estrada estava destruída, e até a base de sustentação de concreto e pedra ardia em chamas. Lasers de combate e raios de chicote-infernal rasgavam a fumaça; mísseis antipessoais apareciam como pontos de luz rápidos demais para os olhos acompanharem e deixavam rastros trêmulos de ar superaquecido. Enquanto ele e Moneta observavam, uma explosão perto do espaçoporto deu origem a um cogumelo de fogo no ar.

— *Não é nuclear* — pensou ele.

— *Não.*

O traje-pele que cobria seus olhos funcionava como uma viseira de FORÇA muito aprimorada, e Kassad usou o zoom em uma colina cinco quilômetros de distância a noroeste, do outro lado do rio. Fuzileiros de FORÇA corriam em direção ao topo, e alguns já se abaixavam e usavam as cargas moldadas de escavação para abrir trincheiras. Seus trajes estavam ativados, os polímeros de camuflagem eram perfeitos, os sinais térmicos eram mínimos, mas Kassad não teve a menor dificuldade de vê-los. Podia distinguir rostos, se quisesse.

Canais de comando tático e feixe denso sussurravam em seus ouvidos. Ele reconheceu a conversa agitada e as obscenidades acidentais que por um sem-número de gerações humanas sempre foram características do combate. Milhares de soldados tinham se dispersado a partir do espaçoporto e de suas áreas de concentração e agora se entrincheiravam em um círculo a um raio de vinte quilômetros da cidade, uma roda cujas hastes eram campos de fogo e setores de destruição total cuidadosamente planejados.

— *Estão esperando uma invasão* — comunicou Kassad, sentindo o esforço como um pouco mais que subvocalização e um pouco menos que telepatia.

Moneta levantou o braço de mercúrio e apontou para o céu.

As nuvens estavam altas, a pelo menos dois mil metros, e foi um susto quando elas foram penetradas, a princípio por uma aeronave súbita, depois mais uma dúzia, e, em questão de segundos, centenas de objetos em descida. A maioria estava disfarçada por polímeros de camuflagem e campos de contenção codificados para ambientes, mas Kassad também não teve a menor dificuldade de enxergá-los. Por baixo dos polímeros, as superfícies cinza-chumbo exibiam marcas fracas com a caligrafia sutil que ele reconhecia dos desterros. Algumas das embarcações maiores eram obviamente naves de pouso, com rastros azuis de plasma até visíveis, mas o resto descia devagar sob o ar trêmulo de campos de suspensão, e Kassad reparou no tamanho e no formato vultoso dos cilindros de invasão desterros, alguns sem dúvida com provisões e artilharia, muitos sem dúvida vazios, distrações para as defesas de solo.

Logo em seguida, o teto nublado se partiu de novo quando milhares de pontos apareceram em queda livre que nem granizo: a infantaria desterra estava passando dos cilindros e das naves de pouso, esperando para ativar seus campos de suspensão e paraquedas.

Quem quer que fosse o comandante de FORÇA, era alguém com disciplina — tanto pessoalmente quanto em relação a seus homens. As baterias de solo e os milhares de fuzileiros mobilizados ignoraram os alvos fáceis que eram as naves de pouso e os cilindros e esperaram os soldados ativarem os dispositivos antiqueda — alguns pouco acima da altura das árvores. Nesse instante, o ar se encheu com milhares de ondulações e rastros de fumaça quando lasers cintilaram no meio da fumaça e os mísseis explodiram.

À primeira vista, o estrago foi devastador, mais do que o suficiente para deter qualquer ataque, mas uma varredura rápida revelou a Kassad que pelo menos 40% dos desterros haviam pousado — uma quantidade adequada para a primeira onda de qualquer ataque planetário.

Um grupo de cinco paraquedistas se virou na direção da montanha onde ele e Moneta estavam. Raios disparados do sopé fizeram dois caírem em chamas, um mergulhou em espiral em uma descida desesperada para evitar mais lancetagem, e os outros dois pegaram uma brisa do leste que os jogou rodopiando na floresta abaixo.

Agora todos os sentidos de Kassad estavam atentos; ele sentia o cheiro de ar ionizado, cordite e propelente sólido; a fumaça e o ácido fraco de explosivos de plasma irritavam suas narinas; em algum lugar da cidade, sirenes gritavam enquanto os estrondos de armas pequenas e árvores em chamas chegavam na brisa suave; os canais de rádio e de feixe denso interceptado eram uma babel; labaredas iluminavam o vale e lanças laser dançavam pelas nuvens como holofotes. Meio quilômetro abaixo deles, onde a floresta dava lugar à relva do sopé, unidades de fuzileiros da Hegemonia enfrentavam paraquedistas desterros em combate corpo a corpo. Dava para escutar gritos.

Fedmahn Kassad observou com o mesmo fascínio que havia sentido antes na experiência de simestimulante da carga da cavalaria francesa em Agincourt.

— *Isto não é uma simulação?*

— *Não* — respondeu Moneta.

— *Está acontecendo agora?*

O espectro prateado ao lado dele inclinou a cabeça.

— *Quando é "agora"?*

— *Contíguo ao nosso... encontro... no Vale das Tumbas.*

— *Não.*

— *O futuro, então?*

— *Sim.*

— *Mas é o futuro próximo?*

— *Sim. Cinco dias após o momento em que você e seus amigos chegaram ao vale.*

Kassad balançou a cabeça, admirado. Se o que Moneta dizia era verdade, ele havia viajado adiante no tempo.

O rosto de Moneta refletiu chamas e inúmeras tonalidades quando ela se virou para ele.

— *Você quer participar do combate?*

— *Lutar contra os desterros?* — Ele cruzou os braços e observou com nova intensidade. Já havia visto uma amostra da capacidade de combate do traje-pele estranho. Era bem provável que conseguisse mudar os rumos da batalha sozinho... Quase sem dúvida alguma destruiria os milhares de soldados desterros já em solo. — *Não* — enviou. — *Agora não. Não neste momento.*

— *O Senhor da Dor acredita que você seja um guerreiro.*

Kassad se virou e olhou de novo para ela. Estava vagamente curioso para saber por que ela tratava o Picanço com um título tão imponente.

— *O Senhor da Dor pode ir se foder* — enviou ele. — *A menos que ele queira lutar comigo.*

Moneta ficou imóvel por um bom minuto, uma escultura de mercúrio em um pico soprado pelo vento.

— *Você lutaria mesmo contra ele?* — enviou a mulher, enfim.

— *Vim até Hyperion para matá-lo. E para matar você. Vou lutar assim que um de vocês ou os dois aceitarem.*

— *Você ainda acha que sou sua inimiga?*

Kassad se lembrou do ataque contra ele nas Tumbas, ciente então de que não era tanto um estupro quanto a concessão de sua própria vontade, seu próprio desejo implícito de fazer amor com aquela mulher improvável mais uma vez.

— *Não sei o que você é.*

— *A princípio fui vítima, como tantos outros* — enviou Moneta, voltando o olhar para o vale. — *Depois, longe no nosso futuro, vi por que o Senhor da Dor foi forjado... Teve que ser forjado... E assim me tornei ao mesmo tempo companheira e mantenedora.*

— *Mantenedora?*

— *Eu monitorava as marés temporais, fazia a manutenção do maquinário e cuidava para que o Senhor da Dor não acordasse antes da hora.*

— *Então você consegue controlá-lo?* — O coração de Kassad acelerou ao pensar nisso.

— *Não.*

— *Então quem ou o que o controla?*

— *Só aquele ou aquela que o derrotar em combate individual.*

— *Quem o derrotou?*

— *Ninguém* — respondeu Moneta. — *Tanto no seu futuro quanto no seu passado.*

— *Muitos tentaram?*

— *Milhões.*

— *E todos morreram?*

— *Ou pior.*

Kassad respirou fundo.

— *Você sabe se vou ter permissão para lutar com ele?*

— *Vai.*

Kassad soltou o ar. Ninguém o derrotara. O futuro dele era o passado dela... Ela vivera lá... Vislumbrara a árvore de espinhos terrível assim como ele, vira rostos conhecidos da mesma forma como ele tinha visto Martin Silenus debatendo-se, cravado, anos antes de ter conhecido o sujeito. Kassad deu as costas ao combate no vale abaixo.

— *Podemos ir até ele agora? Eu o desafio para um combate individual.*

Moneta o encarou em silêncio por um instante. Kassad via a própria face de mercúrio refletida na dela. Sem responder, ela se virou, tocou no ar e fez surgir um portal.

Kassad deu um passo à frente e entrou primeiro.

24

Gladstone se transladou direto para a Casa do Governo e entrou no Centro de Comando Tático junto com Leigh Hunt e mais meia dúzia de assessores presentes. A sala estava lotada: Morpurgo, Singh, Van Zeidt e uma dúzia de outros representavam as forças armadas, mas Gladstone reparou que o comandante Lee, o jovem herói naval, estava ausente; a maioria do corpo ministerial estava lá, incluindo Allan Imoto da Defesa, Garion Persov da Diplomacia e Barbre Dan-Gyddis da Economia; senadores chegavam junto com Gladstone, alguns com cara de que tinham acabado de acordar. A "curva de poder" da mesa de reunião ovalada continha os senadores Kolchev, de Lusus, Richeau, de Renascença Vetor, Roanquist, de Nordholm, Kakinuma, de Fuji, Sabenstorafem, de Sol Draconi Septem, e Peters, de Deneb Drei; o presidente do Senado Denzel-Hiat-Amin estava sentado com uma expressão embasbacada, e sua careca lisa brilhava à luz das lâmpadas no teto, enquanto o jovem orador Gibbons, sua contraparte na Totalidade, parecia empertigado na cadeira, de mãos nos joelhos, uma postura esbanjando energia quase a ponto de estourar. A projeção do conselheiro Albedo estava de frente para a cadeira vazia de Gladstone. Todos se ergueram quando Gladstone desceu o corredor, se sentou e gesticulou para que os demais fizessem o mesmo.

— Expliquem — ordenou ela.

O general Morpurgo se levantou, fez um gesto com a cabeça para um subordinado, e as luzes se apagaram conforme holos surgiram.

— Dispense os recursos visuais! — disse Meina Gladstone, ríspida. — *Fale.*

Os holos se apagaram e as luzes se acenderam de novo. Morpurgo parecia atordoado, um tanto alheio. Ele olhou para o ponteiro luminoso, franziu o cenho e o guardou em um bolso.

— Senhora diretora-executiva, senadores, ministros, presidente e orador, excelentíssimos... — Morpurgo pigarreou. — Os desterros tiveram êxito em um ataque-surpresa devastador. Os Enxames de combate deles estão se aproximando de meia dúzia de mundos da Rede.

A comoção na sala engoliu a voz dele.

— Mundos da Rede! — gritaram várias pessoas. Eram gritos de políticos, ministros e servidores do executivo.

— Silêncio — demandou Gladstone, e fez-se o silêncio. — General, você nos garantiu que não havia forças hostis a menos de cinco anos da Rede. Como e por que isso mudou?

O general olhou nos olhos da diretora.

— Senhora diretora-executiva, até onde pudemos ver, todos os rastros de propulsão Hawking deles eram distrações. Os Enxames desativaram os próprios propulsores há décadas e viajaram rumo a seus objetivos em velocidade sublúmica...

Ele foi engolido por um falatório agitado.

— Continue, general — pediu Gladstone, e o barulho parou de novo.

— Alguns dos Enxames devem ter viajado assim por pelo menos cinquenta anos-padrão. Em velocidade sublúmica, não havia forma alguma de detectá-los. Simplesmente não foi culpa de...

— Quais mundos estão em perigo, general? — perguntou Gladstone. Ela falava com a voz muito baixa, muito equilibrada.

Morpurgo fitou o ar vazio como se procurasse as imagens e voltou o olhar para a mesa. Suas mãos se fecharam.

— Nossas informações no momento, com base na detecção de propulsão por fusão seguida de propulsão Hawking quando os Enxames foram descobertos, sugerem que a primeira onda vai chegar em Portão Celestial, Bosque de Deus, Mare Infinitus, Asquith, Ixion, Tsingtao-Hsishuang Panna, Acteon, Mundo de Barnard e Tempe nas próximas quinze a 72 horas.

Dessa vez foi impossível calar a comoção. Gladstone deixou a gritaria e as exclamações correrem por alguns minutos antes de erguer a mão para retomar o controle do grupo.

O senador Kolchev estava de pé.

— Como é *possível* que isso tenha acontecido, general? Suas garantias foram absolutas!

Morpurgo se manteve firme. Não havia reflexo de raiva naquela voz.

— Sim, senador, e fundamentadas em informações incorretas também. Nós nos enganamos. Nossas premissas estavam erradas. A diretora-executiva receberá meu pedido de exoneração em uma hora... O meu e o dos demais chefes do estado-maior conjunto.

— Que se *dane* sua exoneração! — berrou Kolchev. — É bem possível que todos nós acabemos enforcados em estacas de tele-projetor. A questão é: o que é que vocês estão *fazendo* em relação a esta invasão?

— Gabriel, sente-se, por favor — interveio Gladstone, em voz baixa. — Essa era minha pergunta seguinte. General? Almirante? Presumo que vocês já tenham dado ordens pertinentes à defesa desses mundos, sim?

O almirante Singh se levantou e foi para o lado de Morpurgo.

— S. diretora, fizemos tudo que podíamos. Infelizmente, de todos os mundos ameaçados por essa primeira onda, só Asquith tem um contingente de FORÇA em posição. Os demais podem ser acessados pela frota, pois nenhum carece de condições de telepro-jeção, mas a frota não tem como se dispersar a ponto de proteger todos. E, infelizmente... — Singh parou um instante e aumentou o tom de voz para se fazer ouvir em meio ao tumulto crescente. — E, infelizmente, a mobilização da reserva estratégica para reforçar a campanha de Hyperion já começou. Cerca de 60% das duzentas unidades da frota que tínhamos empenhado na remobilização já se teleprojetaram para Hyperion ou se transladaram para áreas de concentração longe de suas posições avançadas defensivas na periferia da Rede.

Meina Gladstone massageou a bochecha. Ela se deu conta de que ainda estava com a capa, ainda que com o colar de privacidade abaixado, então a desafivelou e a deixou cair no encosto da cadeira.

— O que você está dizendo, almirante, é que esses mundos estão indefesos e que é impossível desviar nossas forças e levá-las até lá a tempo. Correto?

Singh ficou em posição de sentido, empertigado com a mesma rigidez de um homem diante de um pelotão de fuzilamento.

— Correto, diretora.

— O que *pode* ser feito? — perguntou ela acima da gritaria que recomeçara.

Morpurgo deu um passo à frente.

— Estamos usando a matriz de teleprojeção civil para transportar a maior quantidade possível de infantaria e fuzileiros de FORÇA:solo para esses mundos ameaçados, além de artilharia ligeira e defesas ar-espaço.

O ministro da Defesa, Imoto, pigarreou.

— Mas isso vai fazer pouca diferença sem as defesas da frota.

Gladstone olhou para Morpurgo.

— É verdade — aquiesceu o general. — No máximo, nossas forças vão oferecer ação de retaguarda enquanto se executa um esforço de evacuação...

A senadora Richeau ficou de pé.

— *Esforço* de evacuação! General, ontem você nos disse que não seria praticável evacuar dois ou três milhões de civis de Hyperion. Agora você diz que podemos realizar a evacuação de... — Ela parou um instante para consultar seu implante de conexo. — ... sete *bilhões* de pessoas antes que uma força invasora desterra intervenha?

— Não — disse Morpurgo. — Podemos sacrificar tropas para salvar alguns... Uma seleção de autoridades, Primeiras Famílias e líderes comunitários e industriais necessários para a continuação do esforço de guerra.

— General, ontem este grupo autorizou a transferência imediata de tropas de FORÇA para a frota de reforço que se transladaria para Hyperion — falou Gladstone. — Isso é um problema nessa nova remobilização?

O general Van Zeidt dos fuzileiros se levantou.

— É, s. diretora. As tropas foram teleprojetadas para os transportes até uma hora após a decisão deste grupo. Quase dois terços dos cem mil soldados designados se transladaram para o Sistema Hyperion até... — Ele consultou seu cronômetro antigo. — ... 5h30 padrão. Há cerca de vinte minutos. Vai levar pelo menos mais oito a quinze horas para esses transportes conseguirem voltar às áreas de concentração no Sistema Hyperion e se encaminhar de novo para a Rede.

— E qual é o contingente disponível de tropas de FORÇA em toda a Rede? — perguntou Gladstone. Ela ergueu um dedo dobrado para encostar no lábio.

Morpurgo respirou fundo.

— Aproximadamente trinta mil, s. diretora.

O senador Kolchev bateu a palma da mão na mesa.

— Então nós tiramos da Rede não só nossas naves de combate, mas também a maior parte do contingente de FORÇA.

Não foi uma pergunta, e Morpurgo não respondeu.

A senadora Feldstein de Mundo de Barnard se levantou.

— S. diretora, meu mundo... Todos os mundos mencionados precisam ser alertados. Se a senhora não está preparada para fazer um anúncio imediato, eu o farei.

Gladstone fez que sim.

— Vou anunciar a invasão imediatamente após esta reunião, Dorothy. Vamos facilitar seu contato com o eleitorado em todas as mídias.

— Que se danem as mídias — disse a mulher baixa de cabelo escuro. — Eu vou me projetar para casa assim que acabarmos aqui. Qualquer que seja o destino de Mundo de Barnard, também há de ser o meu. Senhores e senhoras, *todos* nós devíamos ser enforcados em estacas se isso for verdade. — Feldstein se sentou em meio a murmúrios e cochichos.

O orador Gibbons se levantou e esperou fazerem silêncio. Sua voz estava tensa feito corda de violino.

— General, você falou da *primeira* onda... Esse é um jeito militar de expressar cautela ou vocês têm informações sobre outras? Se houver mais, que outros mundos da Rede e do Protetorado podem estar envolvidos?

Morpurgo fechou e abriu as mãos. Ele olhou de novo para o ar vazio e se virou para Gladstone.

— S. diretora, posso usar um gráfico?

Gladstone assentiu.

O holo era o mesmo que as forças armadas tinham usado durante a reunião de instrução em Olimpo — a Hegemonia em dourado; as estrelas do Protetorado em verde; os vetores de Enxame desterro, linhas vermelhas e caudas com desvio para o azul; as mobilizações de frota da Hegemonia em laranja. Logo de cara ficou óbvio que os vetores vermelhos haviam se afastado muito de suas rotas anteriores, penetrando o espaço da Hegemonia como lanças ensanguentadas. As brasas cor de laranja agora estavam muito concentradas no Sistema Hyperion, e algumas outras se estendiam por rotas de teleprojeção feito contas em um colar.

Alguns dos senadores com experiência militar ofegaram.

— Dos doze Enxames de que temos conhecimento, parece que os doze estão empenhados na invasão da Rede — explicou Morpurgo, ainda em voz baixa. — Alguns se dividiram em diversos grupos de ataque. A segunda onda, prevista para alcançar seus alvos de cem a 250 horas após o ataque da primeira, está representada por estes vetores aqui. — Não havia som algum no ambiente. Gladstone se perguntou se tinha mais alguém prendendo a respiração. — Entre os alvos secundários, estão: Hebron, daqui a cem horas; Renascença Vetor, 110 horas; Renascença Menor, 112 horas; Nordholm, 127 horas; Maui-Pacto, 130 horas; Thalia, 143 horas; Deneb Drei e Vier, 150 horas; Sol Draconi Septem, 169 horas; Freeholm, 170 horas; Terra Nova, 193 horas; Fuji, 204 horas; Nova Meca, 205 horas; Pacem, Armaghast e Svoboda, 221 horas; Lusus, 230 horas; e Tau Ceti Central, 250 horas. — O holo se apagou. O silêncio se alongou. O general Morpurgo prosseguiu:

— Presumimos que os Enxames da primeira onda terão alvos secundários após as invasões iniciais, mas o tempo de trânsito sob propulsão Hawking será a dívida temporal típica de viagens na Rede, variando de nove semanas a três anos.

Ele recuou e ficou parado em posição de descanso.

— Nossa Senhora — sussurrou alguém algumas cadeiras atrás de Gladstone.

A diretora-executiva massageou o lábio inferior. Para salvar a humanidade do que ela considerava uma eternidade de escravidão — ou, pior, extinção —, ela estivera disposta a abrir a porta da casa para o lobo enquanto a maior parte da família se escondia no andar de cima, protegida por uma porta trancada. Só que agora o dia tinha chegado, e os lobos estavam entrando por tudo que era porta e janela. Ela quase sorriu diante da justiça da situação, de sua insensatez absoluta de achar que conseguiria abrir a jaula do caos e depois controlá-lo. Ela anunciou:

— Em primeiro lugar, ninguém será exonerado, ninguém se recriminará sem minha autorização. É bem possível que este governo caia... Que, de fato, membros deste grupo, eu inclusive, sejamos, como Gabriel expressou tão bem, enforcados em estacas. Até lá, entretanto, nós *somos* o governo da Hegemonia e precisamos agir como tal.

"Em segundo lugar, vou me reunir com este grupo e representantes de outras comissões do Senado daqui a uma hora para rever o discurso que farei à Rede às 8h padrão. Suas sugestões serão bem-vindas na ocasião.

"Em terceiro lugar, estou dando ordem e permissão às autoridades de FORÇA aqui reunidas e em todos os recantos da Hegemonia para que realizem tudo que estiver ao seu alcance para preservar e proteger os cidadãos e as propriedades da Rede e do Protetorado, e para que adotem quaisquer medidas excepcionais que julgarem necessárias para isso. General, almirante, quero que as tropas sejam transladadas de volta para os mundos ameaçados da Rede em até dez horas. Não quero saber como vão fazer, mas *vão*.

"Em quarto lugar, depois do meu discurso, vou convocar uma assembleia completa do Senado e da Totalidade. Lá, vou declarar a existência de um estado de guerra entre a Hegemonia Humana e as nações desterras. Gabriel, Dorothy, Tom, Eiko... Vocês *todos*... estarão muito ocupados nas próximas horas. Preparem seus discursos para seus mundos natais, mas *garantam seus votos*. Quero apoio unânime do Senado. Orador Gibbons, só posso pedir sua ajuda para conduzir o debate da Totalidade. É essencial que tenhamos uma votação na Totalidade reunida até as 12h de hoje. Não pode haver nenhuma surpresa.

"Em quinto lugar, nós *vamos* evacuar os cidadãos dos mundos ameaçados pela primeira onda. — Gladstone ergueu a mão e calou os protestos e as explicações dos especialistas. — Vamos evacuar todo mundo que pudermos no tempo que nos resta. Os ministros Persov, Imoto, Dan-Gyddis e Crunnens, do Ministério de Trânsito da Rede, vão criar e liderar o Conselho de Coordenação de Evacuação e me apresentarão um relatório detalhado e um cronograma de ação às 13h de hoje. FORÇA e o Departamento de Segurança da Rede vão administrar o controle de multidões e proteger o acesso aos teleprojetores.

"Por fim, quero conversar com o conselheiro Albedo, o senador Kolchev e o orador Gibbons no meu gabinete particular daqui a três minutos. Alguém tem alguma pergunta?"

Rostos atordoados olharam para ela.

Gladstone se levantou.

— Boa sorte — encerrou ela. — Trabalhem rápido. Não façam nada para espalhar pânico desnecessário. E que Deus salve a Hegemonia.

A diretora se virou e saiu rápido da sala.

Gladstone estava sentada atrás da mesa. Kolchev, Gibbons e Albedo estavam diante dela. A urgência no ar, captada de atividades semipercebidas atrás das portas, era mais enlouquecedora ainda devido à demora prolongada de Gladstone para falar. Ela não tirou os olhos de Albedo em nenhum segundo. Disse, enfim:

— Você nos traiu.

O meio-sorriso sofisticado da projeção não vacilou.

— Nunca, diretora.

— Então você tem um minuto para explicar por que o Tecno-Cerne e especificamente o Conselho Consultivo de IA não previram esta invasão.

— Basta uma palavra para explicar, s. diretora — respondeu Albedo. — Hyperion.

— Hyperion o *caralho*! — bradou Gladstone, batendo a palma da mão na mesa antiga com uma explosão de raiva totalmente atípica. — Estou farta de ouvir sobre variáveis impossíveis de calcular e de Hyperion como buraco negro preditivo, Albedo. Ou o Cerne pode nos ajudar a compreender probabilidades, ou vocês passaram cinco séculos mentindo para nós. Qual é?

— O Conselho previu a guerra, diretora — defendeu-se a imagem de cabelo grisalho. — Nossos conselhos confidenciais para você e o grupo autorizado explicaram a incerteza das circunstâncias após o envolvimento de Hyperion.

— Isso é palhaçada — retrucou Kolchev. — Suas previsões supostamente são infalíveis em tendências gerais. Este ataque deve ter sido planejado há décadas. Talvez séculos.

Albedo deu de ombros.

— Sim, senador, mas é bem possível que apenas a determinação deste governo de começar uma guerra no Sistema Hyperion tenha levado os desterros a executarem o plano. Nós nos posicionamos contra qualquer ação relacionada a Hyperion.

O orador Gibbons se inclinou para a frente.

— Vocês nos deram o nome dos indivíduos necessários para a tal Peregrinação ao Picanço.

Albedo não deu de ombros de novo, mas sua projeção mantinha uma postura relaxada, confiante.

— Vocês nos pediram para fornecer o nome dos indivíduos da Rede cujos pedidos ao Picanço mudariam o resultado da guerra que previmos.

Gladstone juntou a ponta dos dedos e tocou no queixo.

— E vocês já determinaram *como* esses pedidos mudariam o resultado daquela guerra... *desta* guerra?

— Não.

— Conselheiro, por favor, esteja ciente de que a partir deste momento, dependendo do que ocorrer nos próximos dias, o governo da Hegemonia do Homem considera declarar estado de guerra entre nós e a entidade conhecida como TecnoCerne. Na condição de embaixador informal dessa entidade, você está encarregado de transmitir o fato.

Albedo sorriu e abriu as mãos.

— S. diretora, o choque da notícia terrível deve tê-la levado a fazer uma piada de mau gosto. Declarar guerra contra o Cerne seria como... como um peixe declarar guerra contra a água, como um condutor atacar um VEM devido a uma notícia perturbadora sobre um acidente em outro lugar.

Gladstone não sorriu.

— Eu tinha um avô em Patawpha — disse ela, devagar, com um sotaque mais acentuado — que atirou seis cartuchos de um fuzil de pulso no VEM da família porque o veículo não quis ligar certa manhã. Está dispensado, conselheiro.

Albedo piscou e desapareceu. O sumiço súbito ou foi uma quebra de protocolo deliberada — em geral a projeção saía dos cômodos ou deixava outras pessoas saírem antes de se dissolver —, ou foi um sinal de que a inteligência controladora no Cerne se abalara pela conversa.

Gladstone gesticulou com a cabeça para Kolchev e Gibbons.

— Não vou segurar vocês. Mas saibam que espero apoio total quando a declaração de guerra for apresentada daqui a cinco horas.

— Você terá — asseverou Gibbons.

Os dois homens foram embora.

Assessores entraram por portas e painéis ocultos, disparando perguntas e preparando conexos para receber instruções. Gladstone levantou um dedo.

— Cadê Severn? — perguntou ela. Diante das expressões vazias, acrescentou: — O poeta... Quer dizer, o artista. O que está fazendo meu retrato.

Alguns assessores trocaram olhares como se a diretora tivesse surtado.

— Ainda está dormindo — disse Leigh Hunt. — Ele tinha tomado uns comprimidos para dormir, e ninguém pensou em acordá-lo para a reunião.

— Quero ele aqui em vinte minutos — mandou Gladstone. — Informe-o. Cadê o comandante Lee?

Niki Cardon, a jovem encarregada de relações militares, respondeu.

— Lee foi transferido para a patrulha de perímetro ontem à noite por Morpurgo e pelo chefe de setor de FORÇA:mar. Ele vai passar vinte anos do nosso tempo pulando de um mundo oceânico para outro. Neste momento ele está... Acabou de se transladar para FORÇA:SECOMAR em Bréssia e está aguardando transporte para fora do mundo.

— Traga-o de volta — mandou Gladstone. — Quero que ele seja promovido a contra-almirante ou qualquer que seja a patente necessária e transferido para cá, para *mim*, não a Casa do Governo ou o Poder Executivo. Que seja como guardião dos códigos nucleares, se for preciso. — Gladstone olhou por um instante para a parede vazia. Pensou nos mundos por onde tinha andado à noite; Mundo de Barnard, a luz dos postes entre as folhas, prédios universitários antigos de tijolos; Bosque de Deus, com seus balões amarrados e zeplins flutuantes para receber a alvorada; Portão Celestial e seu Passeio... Todos alvos da primeira onda. Ela balançou a cabeça. — Leigh, quero que você, Tarra e Brindenath me entreguem uma primeira versão final dos dois discursos, o geral e a declaração de guerra, daqui a 45 minutos. Breves. Inequívocos. Vejam os arquivos relativos a Churchill e Strudensky. Realista, mas orgulhoso; otimista, mas modulado por uma determinação grave. Niki, preciso monitorar cada passo dos chefes do estado-maior conjunto. Quero minhas próprias visualizações do mapa de comando, transmitidas pelo meu implante. *À diretora, apenas*. Barbre, você vai ser minha extensão da diplomacia por outros meios no Senado. Vá para lá e cobre comunicados, mexa pauzinhos, chantageie, bajule e deixe claro de modo geral que seria mais seguro sair e combater os desterros do que me contrariar nas próximas três ou quatro votações. Alguma pergunta? — Gladstone esperou três segundos e então bateu as mãos. — Bom, vamos andando, pessoal!

No breve intervalo antes da onda seguinte de senadores, ministros e assessores, Gladstone girou o corpo para a parede vazia acima dela, levantou o dedo para o teto e balançou a mão.

Ela se virou de novo ao mesmo tempo que entrava a turba seguinte de figurões.

25

Sol, o Cônsul, o padre Duré e o desacordado Het Masteen estavam na primeira das Tumbas Cavernosas quando ouviram os tiros. O Cônsul saiu sozinho, devagar, com cuidado, tentando sentir a tormenta de marés temporais que os fizera avançar mais vale adentro.

— Está tudo bem — gritou ele para os outros. A luz fraca da lanterna de Sol clareava os fundos da caverna, iluminando três rostos pálidos e o embrulho encapuzado que era Het Masteen. — As marés diminuíram.

Sol se levantou. O rosto da filha era uma forma ovalada pálida abaixo do dele.

— Tem certeza de que os tiros foram da arma de Brawne?

O Cônsul gesticulou para a escuridão do lado de fora.

— Mais ninguém de nós tinha um lança-cartuchos. Vou conferir.

— Espera — pediu Sol. — Eu vou com você.

O padre Duré continuou ajoelhado junto de Het Masteen.

— Podem ir. Eu fico com ele.

— Um de nós volta daqui a alguns minutos — disse o Cônsul.

O vale brilhava com a luz suave das Tumbas Temporais. Soprava um vento forte do sul, mas a corrente de ar estava mais alta naquela noite, acima dos paredões do vale, e não afetava as dunas no fundo. Sol acompanhou o Cônsul pela trilha grosseira até o fundo do vale, onde eles se viraram em direção à cabeceira. Umas repuxadas sutis de déjà-vu fizeram Sol se lembrar da violência das marés temporais uma hora antes, mas naquele momento até os vestígios da tormenta bizarra estavam se dissipando.

No trecho em que a trilha se alargava no fundo do vale, Sol e o Cônsul passaram juntos pelo campo de batalha arrasado do Monólito de Cristal, vendo a estrutura alta exsudar um brilho leitoso refletido pelos inúmeros fragmentos espalhados pelo solo da depressão, depois subiram o ligeiro aclive ao lado da Tumba de Jade e de sua fosforescência verde-clara, até por fim se virarem de novo e seguirem pelo ziguezague suave que levava à Esfinge.

— Meu Deus — murmurou Sol.

Ele saiu correndo, tentando não sacudir a criança que dormia em seu peito. Ajoelhou-se ao lado do vulto escuro no degrau mais alto.

— Brawne? — perguntou o Cônsul, parando dois passos antes e ofegando após a subida acelerada.

— É.

Sol começou a levantar a cabeça dela, mas recolheu a mão de repente ao sentir algo liso e frio saindo do crânio.

— Morreu?

Sol segurou a cabeça da filha junto ao peito enquanto tentava sentir a pulsação no pescoço da mulher.

— Não — disse, respirando fundo. — Está viva... mas inconsciente. Dá sua lanterna.

Sol pegou a lanterna e a apontou para o corpo esparramado de Brawne Lamia, seguindo o cabo de prata — "tentáculo" seria uma descrição melhor, já que aquele negócio tinha uma textura de carne que remetia a uma origem orgânica —, o qual saía do plugue derivador neural no crânio dela, se estendia pelo degrau largo no topo da escada da Esfinge e entrava pela passagem aberta. Por si só, a Esfinge era a que mais brilhava das Tumbas, mas a entrada estava muito escura.

O Cônsul se aproximou.

— O que foi? — Ele se abaixou para encostar no cabo prateado e recolheu a mão com a mesma rapidez que Sol. — Meu Deus, está quente.

— Parece vivo — concordou Sol. Ele tinha massageado as mãos de Brawne e agora estava dando uns tapinhas no rosto dela na tentativa de acordá-la. A mulher não se mexeu. Sol se virou e seguiu o cabo com a luz da lanterna até ele sumir de vista no corredor da entrada. — Acho que ela não deve ter se conectado a isso voluntariamente.

— O Picanço — disse o Cônsul. Ele chegou mais perto para ativar as informações de biomonitoramento do conexo de pulso de Brawne. — Está tudo normal, menos as ondas cerebrais dela, Sol.

— O que diz aí?

— Diz que ela morreu. Morte cerebral, pelo menos. Nenhuma atividade.

Sol suspirou e se apoiou nos calcanhares.

— Temos que ver onde esse cabo vai dar.

— Não dá só para soltar do plugue do derivador?

— Olha — disse Sol, apontando a luz para a nuca de Brawne e afastando um pouco os cachos pretos.

O derivador neural, que em geral seria um disco de plasderme de alguns milímetros de largura com um plugue de dez micrômetros, parecia ter derretido... A pele estava inchada com uma lesão vermelha que se ligava às extensões microcondutoras do cabo de metal.

— Para tirar isso, só com cirurgia — murmurou o Cônsul. Ele encostou na lesão feia da pele. Brawne nem se mexeu. O Cônsul pegou a lanterna de volta e se levantou. — Fica com ela. Eu sigo isso lá para dentro.

— Usa os canais de comunicação — disse Sol, ciente de como eles haviam sido inúteis durante a alta e a baixa das marés temporais.

O Cônsul fez que sim com a cabeça e avançou rápido antes que o medo o fizesse hesitar.

O cabo de cromo serpenteava pelo corredor principal e sumia em uma curva depois do cômodo onde os peregrinos haviam dormido na noite anterior. O Cônsul deu uma olhada no cômodo, iluminando com a lanterna os cobertores e fardos que o grupo largara lá na pressa.

Ele acompanhou o cabo pela curva no corredor; passou pelo arco central onde a passagem se dividia em três vias mais estreitas; subiu uma rampa e voltou a descer logo depois pelo corredor estreito que eles tinham chamado de "Estrada do Rei Tut" nas explorações anteriores; desceu uma rampa; seguiu por um túnel baixo onde precisou engatinhar, apoiando as mãos e os joelhos com cuidado para não encostar no tentáculo de metal morno feito carne; subiu um aclive tão íngreme que precisou escalar como se fosse uma chaminé; desceu um corredor mais largo de cuja existência não se lembrava, onde havia goteiras e as pedras se inclinavam para dentro na direção do teto; e depois desceu uma rampa íngreme, ralando as palmas e os joelhos para frear a queda, até por fim rastejar por um trecho maior do que a largura aparente da Esfinge. O Cônsul estava bem perdido e se ancorava na esperança de que o cabo o levasse de volta quando chegasse a hora.

— Sol — chamou ele enfim, sem acreditar nem por um segundo que o comunicador fosse conseguir atravessar as pedras e as marés temporais.

— Aqui — respondeu a voz do acadêmico, como um débil sussurro.

— Cheguei longe pra cacete aqui dentro — murmurou o Cônsul no conexo. — Em um corredor que não me lembro de termos visto antes. Parece profundo.

— Você viu onde o cabo termina?

— Vi — respondeu o Cônsul, em voz baixa, sentando-se para enxugar o suor do rosto com um lenço.

— Nexo? — perguntou Sol, referindo-se a um dos inúmeros nodos terminais onde cidadãos da Rede podiam se conectar à esfera de dados.

— Não. Parece que o negócio entra direto no chão de pedra daqui. O corredor também acaba aqui. Já tentei mexer, mas a junção é parecida com o jeito como o derivador neural se fundiu ao crânio dela. Parece fazer parte da pedra.

— Vem para fora — disse a voz de Sol em meio ao sarrido da estática. — Vamos tentar cortar dela.

Na escuridão úmida do túnel, o Cônsul sentiu uma claustrofobia genuína envolvê-lo pela primeira vez na vida. Chegava a ser difícil respirar. Tinha certeza de que havia algo às suas costas na escuridão, obstruindo a circulação de ar e a única via de fuga. Quase dava para ouvir os pulos do próprio coração no duto apertado de pedra.

Ele respirou devagar, enxugou o rosto de novo e engoliu o pânico.

— Talvez isso a mate — advertiu ele, ofegante. Sem resposta. O Cônsul chamou de novo, mas alguma coisa havia interrompido a conexão fraca entre os dois. Anunciou para o instrumento calado: — Vou sair.

Ele se virou, apontando a lanterna para o túnel abaixo. *O cabo-tentáculo tinha se mexido, ou tinha sido só ilusão de óptica?*

O Cônsul começou a voltar rastejando pelo caminho de onde chegara.

Eles haviam encontrado Het Masteen ao pôr do sol, minutos antes de a tormenta começar. O templário estava cambaleando na hora que o Cônsul, Sol e Duré o viram e, quando eles enfim alcançaram o vulto caído, estava inconsciente.

— Levem-no à Esfinge — disse Sol.

Nesse instante, como se fossem programadas pelo pôr do sol, as marés temporais os encobriram como um tsunami de náusea e déjà-vu. Os três homens caíram de joelhos. Rachel acordou e chorou com a energia de um bebê recém-nascido e apavorado.

— Vamos para a entrada do vale — balbuciou o Cônsul, levantando-se e sustentando Het Masteen no ombro. — Temos... que sair... do vale.

Os três homens se encaminharam para o começo do vale, além da primeira tumba, a Esfinge, mas as marés temporais pioraram, empurrando-os como se fosse um vento terrível de vertigem. Depois de trinta metros, eles não conseguiram subir mais. Caíram de quatro no chão, e Het Masteen rolou pela trilha de terra batida. Rachel tinha parado de berrar e se contorcia de desconforto.

— Volta — gaguejou Paul Duré. — Desce o vale de novo. Estava... melhor... lá embaixo.

Eles refizeram o caminho, cambaleando pela trilha feito três bêbados, cada um levando uma carga preciosa demais para deixar cair. Embaixo da Esfinge, eles descansaram um instante, de costas apoiadas em uma pedra, enquanto parecia que o próprio tecido do espaço e do tempo se revolvia ao redor. Era como se o mundo fosse a superfície de uma bandeira que alguém tivesse desfraldado com uma sacudida furiosa. Parecia que a realidade se enfunava e se curvava, e depois desabava, torcendo-se como uma onda ao quebrar acima deles. O Cônsul deixou o templário caído junto da pedra e se prostrou no chão, arfante, agarrando a terra com os dedos em pânico.

— O cubo de Möbius — falou o templário, mexendo-se, de olhos ainda fechados. — Precisamos ficar com o cubo de Möbius.

— Droga — disse enfim o Cônsul. Ele sacudiu Het Masteen de forma brusca. — Por que precisamos dele? Masteen, por que precisamos dele?

A cabeça do templário balançou inerte para a frente e para trás. Ele estava inconsciente de novo.

— Eu pego — ofereceu-se Duré. O sacerdote parecia idoso e enfermo, com o rosto e os lábios pálidos.

O Cônsul fez que sim, ergueu Het Masteen no ombro, ajudou Sol a se levantar e desceu o vale aos tropeços, sentindo a turbulência dos campos antientropia diminuir à medida que eles se afastavam da Esfinge.

O padre Duré percorreu a trilha, subiu a escada comprida e cambaleou até a entrada da Esfinge, agarrando-se às pedras ásperas do jeito que um marujo se seguraria em uma corda no meio de um mar agitado. Parecia que a Esfinge oscilava acima dele, inclinando-se trinta graus para um lado, depois cinquenta para o outro. Duré sabia que era só a violência das marés temporais distorcendo seus sentidos, mas bastou para fazê-lo se ajoelhar e vomitar na pedra.

As marés pararam por um instante, como um mar espumoso violento descansando entre surtos de ondas terríveis, e Duré conseguiu ficar de pé, limpou a boca com o dorso da mão e entrou trôpego na tumba escura.

Ele não havia levado uma lanterna; aos tropeços, foi apalpando o caminho pelo corredor, horrorizado com a fantasia dupla de encostar em algo liso e frio na escuridão ou esbarrar no cômodo onde ele tinha renascido e dar com o próprio cadáver ali, ainda em decomposição. Duré gritou, mas o som se perdeu no rugido de tornado da própria pulsação dele quando as marés temporais voltaram com tudo.

O cômodo de dormir estava escuro, aquela treva terrível que significa a completa ausência de luz, mas os olhos de Duré se acostumaram e perceberam que o próprio cubo de Möbius emitia um brilho fraco, com os sensores piscando.

O sacerdote cambaleou pelo espaço entulhado e pegou o cubo, erguendo o troço pesado em um rompante súbito de adrenalina. As gravações resumidas do Cônsul faziam menção ao artefato — a bagagem misteriosa de Masteen durante a peregrinação —, bem como ao fato de que se acreditava que ele continha um erg, uma das criaturas alienígenas de campo de força que eram usadas como fonte de energia em uma árvore-estelar templária. Duré não fazia a menor ideia de por que o erg era importante naquele momento, mas segurou a caixa junto ao peito enquanto se esforçava para voltar pelo corredor, sair, descer os degraus e avançar pelo vale.

— Aqui! — gritou o Cônsul da primeira Tumba Cavernosa na base da encosta. — Está melhor aqui.

Duré atravessou a trilha aos tropeços e, com a confusão e o esgotamento súbito de energia, quase deixou o cubo cair; o Cônsul o ajudou a percorrer os últimos trinta metros tumba adentro.

Estava melhor no interior. Duré sentia as oscilações das marés temporais logo fora da entrada da caverna, mas, nos fundos, em meio aos entalhes elaborados revelados pela luz fria dos globos luminosos, estava quase normal. O sacerdote caiu ao lado de Sol Weintraub e colocou o cubo de Möbius perto do vulto de Het Masteen, que estava calado, mas de olhos abertos.

— Ele acabou de acordar, logo quando vocês estavam chegando — sussurrou Sol. Os olhos da bebê estavam bem arregalados e bem escuros sob a luz fraca.

O Cônsul se deixou cair ao lado do templário.

— Por que precisamos do cubo? Masteen, por que precisamos dele?

O olhar de Het Masteen não vacilou; ele não piscava.

— Nosso aliado — murmurou em resposta. — Nosso único aliado contra o Senhor da Dor. — As sílabas eram delineadas pelo dialeto peculiar do mundo templário.

— *Como* isso é nosso aliado? — indagou Sol, segurando no manto do homem com as duas mãos. — Como o usamos? Quando?

O olhar do templário estava fixo em algo a uma distância infinita.

— Nós disputamos pela honra — murmurou ele, com a voz rouca. — A Verdadeira Voz da *Sequoia Sempervirens* foi o primeiro a fazer contato com o cíbrido de recuperação de Keats... mas *eu* fui honrado pela luz do Muir. Foi a *Yggdrasill*, minha *Yggdrasill*, a oferenda para expiar nossos pecados contra o Muir.

O templário fechou os olhos. Um leve sorriso parecia não condizer com suas feições sérias.

O Cônsul olhou para Duré e Sol.

— Isso mais parece terminologia da Seita do Picanço do que dogma templário.

— Talvez seja as duas coisas — sussurrou Duré. — Já houve coalizões mais esquisitas na história da teologia.

Sol levou a palma da mão até a testa do templário. O homem alto ardia de febre. O acadêmico revirou o único pacote médico deles em busca de um dermalgésico ou adesivo antitérmico. Quando encontrou, ele hesitou.

— Não sei se os templários seguem a norma médica padrão. Não quero que ele morra por causa de alguma alergia.

O Cônsul pegou o adesivo antitérmico e o colou no braço fraco do templário.

— Eles seguem a norma, sim. — O Cônsul chegou mais perto. — Masteen, o que aconteceu na diligência eólica?

Os olhos do templário se abriram, mas continuaram sem foco.

— Diligência eólica?

— Não entendi — sussurrou o padre Duré.

Sol o puxou para um lado.

— Masteen não chegou a contar a história dele durante a peregrinação — explicou. — Ele desapareceu durante nossa primeira noite na diligência eólica. Ficou sangue para trás, muito sangue, além da bagagem dele e do cubo de Möbius. Mas nada de Masteen.

— O que aconteceu na diligência eólica? — repetiu o Cônsul. Deu uma sacudida de leve no templário para chamar sua atenção. — Pense, Het Masteen, Verdadeira Voz da Árvore!

O rosto do homem alto mudou, os olhos assumiram foco, as feições vagamente orientais manifestaram traços sérios familiares.

— Eu libertei o elemental...

— O erg — sussurrou Sol para o sacerdote confuso.

— ... do confinamento e o contive com a disciplina mental que aprendi nos Ramos Altos. Mas aí, sem aviso, o Senhor da Dor se abateu sobre nós.

— O Picanço — sussurrou Sol, mais para si mesmo que para o sacerdote.

— Era seu o sangue derramado lá? — perguntou o Cônsul ao templário.

— Sangue? — Masteen puxou o capuz por cima da cabeça para disfarçar a confusão. — Não, não era meu sangue. O Senhor da Dor tinha um... celebrante... em suas garras. O homem resistiu. Tentou escapar dos espinhos de expiação...

— E o erg? — insistiu o Cônsul. — O elemental. O que você esperava que ele fosse fazer? Para protegê-lo do Picanço?

O templário franziu o cenho e levou a mão trêmula à testa.

— Ele... não estava pronto. *Eu* não estava pronto. Devolvi-o ao confinamento. O Senhor da Dor tocou em meu ombro. Fiquei... contente... que minha expiação aconteceria na mesma hora do sacrifício da minha árvore-estelar.

Sol se inclinou para Duré.

— A árvore-estelar *Yggdrasill* foi destruída em órbita naquela noite — sussurrou ele.

Het Masteen fechou os olhos.

— Cansado — murmurou, com a voz fraca.

O Cônsul o sacudiu de novo.

— Como você chegou aqui? Masteen, como você veio do mar de Grama para cá?

— Acordei entre as Tumbas — murmurou o templário, sem abrir os olhos. — Entre as Tumbas. Cansado. Preciso dormir.

— Deixe-o descansar — disse o padre Duré.

O Cônsul fez que sim e deitou o homem em posição de dormir.

— Nada faz sentido — sussurrou Sol, enquanto os três acordados e a criança repousavam na penumbra, sentindo as variações das marés temporais lá fora.

— Perdemos um peregrino, ganhamos outro — murmurou o Cônsul. — Parece até um jogo bizarro.

Uma hora depois, ouviram o eco dos tiros no vale.

Sol e o Cônsul estavam agachados em torno do corpo silencioso de Brawne Lamia.

— Seria preciso um laser para cortar esse negócio fora — analisou Sol. — Sem Kassad, ficamos também sem armas.

O Cônsul encostou no pulso da jovem.

— Talvez ela morra se cortarmos.

— Segundo o biomonitor, ela já está morta.

O Cônsul balançou a cabeça.

— Não. Tem outra coisa acontecendo. Talvez esse negócio esteja acessando a persona do cíbrido de Keats que ela está transportando. Talvez, quando acabar, a gente consiga Brawne de volta.

Sol levou a filha de três dias de idade ao ombro e olhou para o vale, que emitia um brilho suave.

— Que hospício. Nada está indo como a gente imaginou. Pelo menos se a porcaria da sua nave estivesse aqui... teríamos os instrumentos de corte para o caso de precisarmos soltar Brawne desta... desta *coisa*... e ela e Masteen talvez tivessem alguma chance de sobreviver, com os cuidados da enfermaria.

O Cônsul continuou ajoelhado, olhando para o nada. Algum tempo depois, disse:

— Espera aqui com ela, por favor.

Ele se levantou e sumiu pelo abismo escuro da entrada da Esfinge. Cinco minutos depois, voltou com a própria bolsa de viagem grande. Tirou um tapete enrolado do fundo e o estendeu na pedra do degrau mais alto da Esfinge.

Era um tapete muito velho, com pouco menos de dois metros de comprimento e pouco mais de um metro de largura. O tecido de malha intrincada havia desbotado com o passar dos séculos, mas os monofilamentos de voo ainda brilhavam como ouro na penumbra. Condutores finos iam do tapete até a célula de energia solitária que o Cônsul estava soltando.

— Meu Deus — murmurou Sol.

Ele se lembrou da história do Cônsul sobre o caso de amor trágico de Siri, a avó dele, com o oficial Merin Aspic da Hegemonia. Tinha sido um caso de amor que deflagrara uma rebelião contra a Hegemonia e lançara Maui-Pacto em uma guerra de anos. Merin Aspic voara até Local-Um no tapete falcoeiro de um amigo.

O Cônsul fez que sim.

— Pertencia a Mike Osho, o amigo do meu avô Merin. Siri o deixou no túmulo, para Merin. E ele me deu quando eu era pequeno, logo antes da Batalha do Arquipélago, na qual ele e o sonho de liberdade morreram.

Sol passou a mão pelo artefato centenário.

— É uma pena que não funcione aqui.

O Cônsul olhou para ele.

— Por que não?

— O campo magnético de Hyperion está abaixo do mínimo para veículos eletromagnéticos — argumentou Sol. — É por isso que aqui tem dirigíveis e raseiros, em vez de VEMs, e por isso que a *Benares* não era mais uma balsa levitante. — Ele parou, sentindo-se um idiota por explicar isso a um homem que havia sido Cônsul da Hegemonia em Hyperion por onze anos locais. — Ou estou errado?

O Cônsul sorriu.

— É verdade que VEMs normais não funcionam direito aqui. Massa demais para pouco empuxo. Mas o tapete falcoeiro é só empuxo, quase sem massa. Já o experimentei quando morava na capital. Não é muito estável... mas deve servir para levar uma pessoa.

Sol olhou para o vale, para as silhuetas reluzentes da Tumba de Jade, do Obelisco e do Monólito de Cristal, para onde as sombras do penhasco ocultavam a entrada das Tumbas Cavernosas. Ele se perguntou se o padre Duré e Het Masteen ainda estavam sozinhos... Se ainda estavam vivos.

— Você está pensando em ir procurar ajuda?

— Em um de nós ir procurar ajuda. Trazer a nave para cá. Ou pelo menos liberá-la e mandá-la para cá sozinha. Podemos sortear quem vai.

Agora foi Sol quem sorriu.

— Pense, meu amigo. Duré não está em condições de viajar, e de qualquer forma ele não sabe o caminho. Eu... — Sol ergueu Rachel até encostar o topo da cabeça dela em seu rosto. — A viagem pode levar alguns dias. Eu... Nós não temos dias. Se há algo a fazer por ela, temos que ficar aqui e tentar a sorte. É você quem precisa ir. — O Cônsul suspirou, mas não discutiu. Sol continuou: — Além do mais, a nave é sua. Se tem alguém capaz de livrá-la da proibição de Gladstone, é você. E você conhece bem o governador-geral.

O Cônsul olhou para o oeste.

— Será que Theo ainda está no poder?

— Vamos voltar e contar nosso plano ao padre Duré — propôs Sol. — Até porque deixei os pacotes de amamentação na caverna, e Rachel está com fome.

O Cônsul enrolou o tapete, guardou-o dentro da bolsa e olhou para Brawne Lamia, para o cabo repulsivo que se perdia na escuridão.

— Ela vai ficar bem?

— Vou pedir para Paul trazer um cobertor e ficar aqui com ela enquanto nós dois carregamos nosso outro incapacitado de volta para cá. Você vai sair hoje à noite ou vai esperar amanhecer?

O Cônsul massageou o rosto cansado.

— Não gosto da ideia de atravessar as montanhas à noite, mas não temos tempo a perder. Vou sair assim que organizar algumas coisas.

Sol assentiu e olhou na direção do vale.

— Quem dera Brawne pudesse nos dizer para onde Silenus foi.

— Vou procurá-lo na ida — asseverou o Cônsul. Ele olhou para as estrelas. — Devem ser umas quarenta horas de voo até Keats. Algumas horas para liberar a nave. Volto para cá em uns dois dias-padrão.

Sol fez que sim, balançando a criança que chorava. Sua expressão cansada, mas amistosa, não disfarçava a incerteza. Ele pôs a mão no ombro do Cônsul.

— É bom tentarmos, meu amigo. Vem, vamos conversar com o padre Duré, ver se nosso outro companheiro de viagem acordou e comer juntos. Parece que Brawne trouxe provisões suficientes para nos permitir um último banquete.

26

Quando Brawne Lamia era criança, seu pai era senador, e a casa deles, ainda que por pouco tempo, ficava nas maravilhas arborizadas do Complexo Residencial Administrativo de Tau Ceti Central, em vez de Lusus, ela assistiu à antiga animação de filme plano *Peter Pan* de Walt Disney. Depois de ver a animação, leu o livro, e os dois cativaram seu coração.

A menina de cinco anos-padrão passou meses esperando Peter Pan chegar alguma noite e levá-la embora. Ela deixava mensagens embaixo da trapeira do telhado para indicar o caminho até o quarto. Saía de casa enquanto os pais dormiam e se deitava na relva macia dos gramados do Parque de Cervos, olhando o cinza leitoso do céu noturno de TC^2 e sonhando com o menino da Terra do Nunca que logo a levaria embora, voaria na direção da segunda estrela à direita e sempre em frente até o amanhecer. Ela seria a companheira dele, a mãe dos meninos perdidos, aliada contra o nefasto Gancho e, principalmente, a nova Wendy de Peter... A nova criança amiga da criança que não queria crescer.

E então, vinte anos depois, Peter enfim tinha ido buscá-la.

Lamia não sentira dor alguma, só a onda gélida súbita de quando a garra de aço do Picanço penetrara o derivador neural atrás de sua orelha. E aí ela saiu voando.

Brawne Lamia já havia transitado pelo dataplano e para a esfera de dados antes. Fazia só algumas semanas, do tempo dela, que adentrara a matriz do TecnoCerne com o sonso do BB Surbringer, seu ciberpeste preferido, para ajudar Johnny a roubar de volta a persona de recuperação cíbrida dele. Os três haviam penetrado a periferia e roubado a persona, mas acabaram acionando um alarme, e BB acabara morto. Lamia não queria entrar na esfera de dados nunca mais.

Mas lá estava ela.

A experiência não era nada parecida com o que ela havia vivenciado com condutores ou nodos de conexo antes. Parecia um simestimulante completo — como se fosse um holodrama de cores cheias e som panorâmico. Era como *estar lá*.

Peter enfim tinha ido buscá-la.

Lamia se ergueu acima da curva do limbo planetário de Hyperion, vendo os canais rudimentares de fluxo de dados em micro-ondas e as conexões de feixe denso que faziam as vezes de esfera de dados embrionária ali. Não parou a fim de acessá-la, pois estava seguindo um umbilical cor de laranja para o céu, rumo às *verdadeiras* avenidas e estradas do dataplano.

O espaço de Hyperion tinha sido invadido por FORÇA e pelo Enxame desterro, e ambos haviam levado consigo as dobras e malhas intrincadas da esfera de dados. Com olhos novos, Lamia discernia os mil níveis de fluxo de dados de FORÇA, um oceano verde turbulento de informações entremeado com as veias vermelhas de canais seguros e as esferas violeta rotatórias com os batedores avançados de fago preto que eram as IAS de FORÇA. Esse pseudópodo da vasta megaesfera de dados da Rede emergia do espaço normal em funis pretos de teleprojetores de bordo e se estendia por frentes trêmulas expansivas de ondas instantâneas sobrepostas que Lamia reconheceu como disparos contínuos de diversos transmissores de largofone.

Ela parou, com uma incerteza súbita quanto a para onde ir, que caminho seguir. Foi como se estivesse voando, e sua hesitação tivesse comprometido a magia — ameaçado jogá-la de volta ao chão quilômetros abaixo.

E então Peter pegou em sua mão e a fez flutuar.

— *Johnny!*

— *Oi, Brawne.*

A imagem do corpo dela surgiu de repente com um estalo no mesmo segundo em que ela viu e sentiu o dele. Era o Johnny que ela havia visto pela última vez — seu cliente e amor —, de maçãs do rosto salientes, olhos castanhos, nariz compacto e maxilar firme. Os cachos ruivos meio castanhos ainda desciam até seu pescoço, e o rosto ainda era um estudo em energia determinada. O sorriso ainda a fazia se derreter por dentro.

Johnny! Ela o abraçou e *sentiu* o abraço, sentiu as mãos fortes dele em suas costas conforme o casal flutuava nas alturas acima de tudo, sentiu os seios se apertarem contra o peito de Johnny quando ele retribuiu o abraço com uma força surpreendente para seu tamanho pequeno. Beijaram-se, e não houve como negar que foi de verdade.

Lamia flutuava a uma distância curta, com as mãos nos ombros dele. O rosto dos dois estava iluminado pelo grande oceano da esfera de dados acima.

— *Isto é real?* — Ela ouviu a própria voz e o próprio dialeto na pergunta, mesmo sabendo que só havia pensado.

— *É. Tão real quanto é possível para qualquer parte da matriz do dataplano. Estamos na periferia da megaesfera de dados no espaço de Hyperion.* — A voz dele ainda tinha aquele sotaque misterioso que ela achava tão sedutor e enlouquecedor.

— *O que aconteceu?*

Com as palavras, ela transmitiu para ele imagens do aparecimento do Picanço, da invasão súbita e terrível do dedo de lâmina.

— *É* — pensou Johnny, segurando-a com mais força. — *De alguma forma, isso me libertou do anel de Schrön e nos conectou diretamente à esfera de dados.*

— *Eu morri, Johnny?*

O rosto de Johnny Keats sorriu para ela. Ele a balançou de leve, beijou-a com delicadeza e a girou para que eles pudessem ver o espetáculo acima e abaixo.

— *Não, Brawne, você não morreu, mas talvez esteja ligada em um sistema bizarro de manutenção da vida enquanto seu análogo do dataplano perambula aqui comigo.*

— Você *morreu?*

Ele sorriu para ela de novo.

— *Agora estou bem vivo, ainda que a vida em um anel de Schrön não seja lá essas coisas. Era como sonhar os sonhos de outra pessoa.*

— *Eu sonhei com você.*

Johnny fez que sim.

— *Acho que não era eu. Tive os mesmos sonhos... Conversas com Meina Gladstone, vislumbres dos conselhos governamentais da Hegemonia...*

— *É!*

Ele apertou a mão dela.

— *Desconfio que tenham reativado outro cíbrido de Keats. Por algum motivo, nós conseguimos nos conectar a anos-luz de distância.*

— *Outro cíbrido? Como? Você destruiu o modelo do Cerne, libertou a persona...*

Seu amante deu de ombros. Ele usava uma camisa de babados e um colete de seda de um estilo que ela nunca vira. O fluxo de dados pelas avenidas acima deles banhava os dois flutuantes com pulsos de luz neon.

— *Eu desconfiava de que teriam mais backups do que BB e eu conseguiríamos encontrar em uma penetração tão superficial da periferia do Cerne. Não tem importância, Brawne. Se existe outra cópia, então ele é eu, e não acredito que vá ser um inimigo. Vem, vamos explorar.*

Lamia resistiu por um segundo quando ele a puxou para cima.

— *Explorar o quê?*

— *Agora é a nossa chance de ver o que está acontecendo, Brawne. A chance de chegar ao fundo de vários mistérios.*

Ela percebeu a insegurança atípica na própria voz/mente.

— *Não sei bem o que eu quero, Johnny.*

Ele girou o corpo e a fitou.

— *É essa a detetive que eu conheci? O que aconteceu com a mulher que não suportava segredos?*

— *Ela passou por uns maus bocados, Johnny. Pude refletir e observar que, em grande parte, eu me tornei detetive em reação ao suicídio do meu pai. Ainda estou tentando solucionar os detalhes da morte dele. Enquanto isso, muita gente sofreu na vida real. Incluindo você, querido.*

— *E você solucionou?*

— *O quê?*

— *A morte do seu pai?*

Lamia franziu o cenho.

— *Não sei. Acho que não.*

Johnny apontou para a massa fluida da esfera de dados que ondulava acima deles.

— *Tem muitas respostas à nossa espera lá em cima, Brawne. Se tivermos coragem de ir atrás delas.*

Ela pegou na mão dele de novo.

— *Podemos morrer lá.*

— *Sim.*

Lamia hesitou e olhou para Hyperion abaixo. O mundo era uma curva escura onde os poucos bolsões isolados de fluxo de dados brilhavam como fogueiras à noite. O grande oceano acima dele chiava e pulsava com luz e os ruídos de fluxo de dados — e Brawne sabia que era só uma ínfima extensão da megaesfera de dados mais além. Ela sabia... Ela *sentia* que aqueles análogos renascidos do dataplano agora poderiam ir a lugares com que nenhum caubói ciberpeste jamais sonhara.

Com Johnny como guia, Brawne sabia que eles seriam capazes de se embrenhar na megaesfera e no TecnoCerne a pontos que nenhum ser humano alcançara. E ela estava com medo.

Mas estava com Peter Pan, até que enfim. E a Terra do Nunca os chamava.

— *Tudo bem, Johnny. A gente está esperando o quê?*

Eles subiram juntos rumo à megaesfera.

27

O coronel Fedmahn Kassad seguiu Moneta pelo portal e se viu diante de uma vasta planície lunar onde se erguia uma terrível árvore de espinhos com cinco quilômetros de altura sob um céu vermelho-sangue. Vultos humanos se contorciam nos muitos galhos e espinhos: nos mais próximos dava para reconhecer a forma humana e a dor; os mais distantes estavam encolhidos pela distância a ponto de parecerem cachos pálidos de uva.

Kassad piscou e respirou fundo sob a superfície de seu traje-pele de mercúrio. Ele se obrigou a tirar os olhos daquela abominação de árvore e olhou à sua volta, para além da calada Moneta.

O que ele achara que fosse uma planície lunar era a superfície de Hyperion, na entrada do Vale das Tumbas Temporais, mas um Hyperion terrivelmente transformado. As dunas estavam paralisadas e distorcidas, como se tivessem sido bombardeadas e vitrificadas; os pedregulhos e os paredões rochosos também haviam fluído e congelado feito geleiras de pedra clara. Não havia atmosfera — o céu estava preto, com a limpidez impiedosa de incontáveis luas sem ar. O sol não era o de Hyperion; a luz não pertencia à experiência humana. Kassad olhou para cima, e os filtros de visualização do traje-pele se polarizaram para processar as energias terríveis que preenchiam o céu com faixas de vermelho-sangue e explosões de intensa luz branca.

Abaixo dele, o vale parecia vibrar com tremores imperceptíveis. As Tumbas Temporais brilhavam com as energias internas próprias, pulsações de luz fria lançadas por vários metros de distância no fundo do vale a partir de cada entrada, portal e abertura. As Tumbas pareciam novas, perfeitas e cintilantes.

Kassad se deu conta de que o traje-pele era a única coisa que lhe permitia respirar e que salvava seu corpo do frio lunar que assumira o lugar do calor do deserto. Ele se virou para Moneta, tentou formular uma pergunta inteligente, não conseguiu e levantou de novo o olhar para a árvore impossível.

A árvore de espinhos parecia feita da mesma combinação de aço e cromo e cartilagem do próprio Picanço: obviamente artificial e, ao mesmo tempo, horrivelmente orgânica. O tronco tinha duzentos ou trezentos metros na base, e os galhos inferiores eram quase da mesma grossura, mas os galhos menores e os espinhos logo se afunilavam como agulhas ao se alastrar para o céu com os sórdidos frutos humanos empalados.

Era impossível humanos empalados daquele jeito viverem por muito tempo; era duplamente impossível sobreviverem no vácuo daquele lugar fora do tempo e do espaço. Sobreviviam e sofriam mesmo assim. Kassad os via se contorcer. Estavam *todos* vivos. E estavam todos agonizando.

Kassad percebia a dor como um grande som que superava a audição, uma sirene de dor imensa e incessante, como se milhares de dedos inexperientes estivessem apertando milhares de teclas para tocar um órgão gigantesco de dor. A dor era tão palpável que ele examinou o céu flamejante como se a árvore fosse uma pira ou um farol colossal com ondas de dor muitíssimo visíveis.

Havia apenas a luz dura e a imobilidade lunar.

Kassad aumentou a ampliação das lentes de visualização e olhou de galho em galho, de espinho em espinho. As pessoas se contorcendo neles eram homens e mulheres de todas as idades. Usavam uma variedade de roupas rasgadas e cosméticos desarrumados que abarcava muitas décadas, se não séculos. Muitos dos estilos Kassad não reconhecia, e ele presumiu estar olhando para vítimas de seu futuro. Eram milhares, dezenas de milhares de vítimas. Estavam todas vivas. Estavam todas agonizando.

Kassad parou e focalizou um galho a quatrocentos metros da base, um grupo de espinhos e corpos distante do tronco, um único espinho de três metros de comprimento onde se agitava uma capa roxa familiar. O vulto nele se contorceu, se revirou e se voltou para Fedmahn Kassad.

Ele estava olhando para o corpo empalado de Martin Silenus.

Kassad praguejou e apertou os punhos com tanta força que os ossos de suas mãos doeram. Ele olhou pelos arredores em busca das armas e amplificou a visão para olhar dentro do Monólito de Cristal. Não havia nada lá.

O coronel Kassad balançou a cabeça, dando-se conta de que o traje-pele era uma arma melhor do que qualquer outra que ele levara a Hyperion, e começou a andar em direção à árvore. Ele não sabia como a escalaria, mas daria um jeito. Não sabia como tiraria Silenus dali vivo — como tiraria todas aquelas vítimas —, mas tiraria ou morreria tentando.

Kassad deu dez passos e parou em uma curva de duna congelada. O Picanço se postava entre ele e a árvore.

Ele percebeu que sorria com determinação por baixo do campo de força cromado do traje-pele. Era pelo que ele havia esperado por tantos anos. Era a guerra honrada à qual ele dedicara a vida e a honra vinte anos antes na Cerimônia de Masada de FORÇA. Combate individual entre guerreiros. Uma luta para proteger os inocentes. Kassad sorriu, afinou a borda da mão direita para formar uma lâmina prateada e deu um passo à frente.

— *Kassad!*

Ele olhou para trás quando Moneta chamou. A luz escorria pela superfície de mercúrio do corpo dela, que apontou para o vale.

Havia um segundo Picanço saindo da tumba chamada Esfinge. Mais adiante no vale, outro Picanço saiu da entrada da Tumba de Jade. Uma luz dura se refletiu nos espinhos e na concertina de mais outro que saía do Obelisco, a meio quilômetro de distância.

Kassad os ignorou, virando-se de novo para a árvore e o defensor dela.

Havia cem Picanços entre Kassad e a árvore. Kassad piscou, e apareceram mais cem à esquerda. Ele olhou atrás de si, e uma legião de Picanços aguardava com a impassibilidade de esculturas nas dunas frias e nas pedras derretidas do deserto.

Kassad deu um murro no próprio joelho. *Droga.*

Moneta chegou ao lado do coronel até os braços dos dois se encostarem. Os trajes-pele se fundiram, e Kassad sentiu a pele quente do antebraço dela junto ao dele. A coxa de ambos se encostava.

— *Eu te amo, Kassad.*

Ele contemplou as linhas perfeitas do rosto dela, ignorou o caos de reflexos e cores ali e tentou se lembrar da primeira vez que a encontrara, na floresta perto de Agincourt. Lembrou-se dos olhos verdes impactantes e do cabelo castanho curto. Do lábio inferior farto e do gosto de lágrimas de quando ele o mordera sem querer.

Ele ergueu a mão e tocou no rosto dela, sentindo o calor da pele por baixo do traje.

— *Se você me ama* — enviou ele —, *fique aqui.*

O coronel Fedmahn Kassad se virou e deu um grito que só ele ouviu no silêncio lunar — um berro que era em parte um brado de rebeldia do passado humano distante, em parte um grito de formatura como cadete de FORÇA, em parte grito de caratê, em parte desafio puro. Ele correu pelas dunas rumo à árvore de espinhos e ao Picanço bem na frente dela.

Agora eram milhares de Picanços nas colinas e nos vales. Garras estalaram em uníssono ao se abrir; a luz rebateu em dezenas de milhares de lâminas e espinhos afiados como bisturis.

Kassad ignorou os outros e correu na direção do Picanço que ele achava ter visto primeiro. Acima daquela coisa, vultos humanos se contorciam na solidão da dor.

O Picanço na direção do qual ele estava correndo abriu os braços como se lhe oferecesse um abraço. Foi como se lâminas curvas nos pulsos, nas articulações e no peito emergissem de bainhas ocultas.

Kassad gritou e percorreu o resto da distância.

28

— Eu não deveria ir — disse o Cônsul.

Ele e Sol haviam levado Het Masteen, ainda desacordado, da Tumba Cavernosa até a Esfinge enquanto o padre Duré cuidava de Brawne Lamia. Era quase meia-noite, e o vale brilhava com a luz refletida das Tumbas. As asas da Esfinge cortavam arcos da porção de céu visível para eles entre as encostas do vale. Brawne jazia inerte, e o cabo repulsivo se alongava para dentro da escuridão da tumba.

Sol encostou no ombro do Cônsul.

— Nós já decidimos. Você precisa ir.

O Cônsul balançou a cabeça e acariciou distraído o velho tapete falcoeiro.

— Talvez ele consiga levar dois. Você e Duré poderiam chegar até o atracadouro da *Benares*.

Sol apoiou a cabeça pequena da filha no dorso da mão ao balançá-la delicadamente.

— Rachel está com dois dias. Além do mais, é aqui que a gente precisa estar.

O Cônsul olhou o entorno. Seus olhos exibiam sua dor.

— É aqui que *eu* devia estar. O Picanço...

Duré se inclinou para a frente. A luminescência da tumba atrás deles banhou de luz a testa alta e as bochechas firmes dele.

— Meu filho, se você ficasse, não seria por nada além de suicídio. Se tentar trazer a nave de volta pela s. Lamia e pelo templário, ajudará outras pessoas.

O Cônsul massageou a bochecha. Estava muito cansado.

— Tem lugar no tapete para você, padre.

Duré sorriu.

— Qualquer que seja meu destino, acredito que eu precise enfrentá-lo aqui. Vou esperar sua volta.

O Cônsul balançou a cabeça de novo, mas foi se sentar de pernas cruzadas no tapete, puxando a pesada bolsa de viagem para junto de si. Contou os pacotes de ração e as garrafas de água que Sol havia separado para ele.

— Tem muito. Vocês vão precisar de mais.

Duré deu uma risadinha.

— Temos comida e água para quatro dias, graças à s. Lamia. Depois, se tivermos que jejuar, não vai ser minha primeira vez.

— Mas e se Kassad e Silenus voltarem?

— Eles podem partilhar da nossa água — disse Sol. — Podemos fazer outra saída para buscar comida na Fortaleza se os outros voltarem.

O Cônsul suspirou.

— Tudo bem.

Ele tocou nas estampas certas dos filamentos de voo, e os dois metros de tapete se enrijeceram e se elevaram dez centímetros acima da pedra. Se havia oscilação nos campos magnéticos incertos, não era perceptível.

— Você vai precisar de oxigênio para a travessia das montanhas — aconselhou Sol.

O Cônsul tirou a máscara de osmose da bolsa.

Sol lhe entregou a pistola automática de Lamia.

— Não posso...

— Isso não vai servir contra o Picanço — retrucou Sol. — Mas talvez faça diferença para você chegar até Keats.

O Cônsul fez que sim e colocou a arma dentro da bolsa. Apertou a mão do sacerdote, depois a do acadêmico idoso. Os dedinhos minúsculos de Rachel roçaram no antebraço dele.

— Boa sorte — desejou Duré. — Que Deus o acompanhe.

O Cônsul fez que sim, tocou as estampas de voo e inclinou o corpo para a frente quando o tapete falcoeiro subiu cinco metros, trepidou muito de leve e por fim deslizou para a frente e o alto como se estivesse seguindo trilhos invisíveis no ar.

O Cônsul virou para a direita rumo à entrada do vale, passou dez metros acima das dunas dali e virou para a esquerda na direção do deserto. Ele só olhou para trás uma vez. As quatro silhuetas no degrau mais alto da Esfinge, dois homens de pé e dois vultos recostados, pareciam muito pequenas. Ele não conseguiu distinguir a bebê nos braços de Sol.

Como eles haviam combinado, o Cônsul virou o tapete falcoeiro para o oeste para sobrevoar a Cidade dos Poetas na esperança de achar Martin Silenus. Sua intuição lhe dizia que talvez o poeta irascível tivesse se desviado para lá. O céu estava relativamente livre das luzes da batalha, e o Cônsul precisou procurar em sombras inabaladas pela luz das estrelas ao passar vinte metros acima das colunas e redomas quebradas da cidade. Não havia sinal algum do poeta. Se Brawne e Silenus tinham passado por ali, até as pegadas na areia haviam sido apagadas pelos ventos noturnos que agora agitavam o cabelo ralo e as roupas do Cônsul.

Fazia frio no tapete àquela altitude. O Cônsul sentia os tremores e as vibrações conforme o tapete falcoeiro tateava ao longo de linhas de força instáveis. Considerando o campo magnético traiçoeiro de Hyperion e a idade dos filamentos de voo eletromagnéticos, ele sabia que havia uma chance concreta de o tapete cair do céu muito antes de chegar à capital de Keats.

O Cônsul gritou o nome de Martin Silenus algumas vezes, mas a única resposta foi uma revoada súbita de pombos de seus ninhos na cúpula quebrada de uma das galerias. Ele balançou a cabeça e virou para o sul, em direção à cordilheira do Arreio.

Graças ao avô Merin, o Cônsul conhecia a história do tapete falcoeiro. Tinha sido um dos primeiros brinquedos do tipo, fabricado à mão por Vladimir Sholokov, lepidóptero e engenheiro de sistemas eletromagnéticos cuja fama se estendia por toda a Rede; talvez fosse até o mesmo que ele dera à sobrinha adolescente. O amor de Sholokov pela menina tinha virado lenda, assim como o fato de que ela rejeitara o presente do tapete voador.

Mas outras pessoas haviam adorado a ideia, e, embora os tapetes falcoeiros tenham sido proibidos pouco depois em mundos com controle de tráfego sensato, eles continuaram aparecendo em planetas coloniais. Aquele exemplar havia permitido que o avô do Cônsul conhecesse sua avó Siri em Maui-Pacto.

O Cônsul olhou para cima quando a cordilheira se aproximou. O voo de dez minutos percorrera a distância de duas horas de caminhada pelo deserto. Os outros haviam insistido que ele não parasse na Fortaleza de Cronos para procurar Silenus; o que quer que tivesse acometido o poeta lá talvez se abatesse sobre o Cônsul também, antes mesmo que sua viagem começasse de fato. Ele se contentou com pairar do lado de fora das janelas a duzentos metros de altura no penhasco, a um braço de distância da varanda de onde eles haviam observado o vale três dias antes, e gritar o nome do poeta.

Só ecos responderam dos salões de banquete e corredores escuros da Fortaleza. O Cônsul se segurou com força nas bordas do tapete falcoeiro, atento à sensação de altitude e exposição àquela distância tão curta das paredes de pedra verticais. Ele ficou aliviado quando virou o tapete para se afastar da Fortaleza, ganhou altitude e subiu para os passes das montanhas onde a neve cintilava sob as estrelas.

Ele seguiu os cabos de teleférico que subiam o passe e ligavam um pico de nove mil metros de altura a outro na vastidão da cordilheira. Fazia muito frio naquela altitude, e o Cônsul ficou feliz pela capa térmica extra de Kassad ao se enrolar nela, tentando não expor a pele das mãos e bochechas. O gel da máscara de osmose se expandiu por seu rosto como um simbionte faminto, engolindo todo o pouco oxigênio que encontrava.

Foi o bastante. O Cônsul respirou fundo e devagar enquanto voava dez metros acima dos cabos cobertos de gelo. Nenhum dos bondes pressurizados do teleférico funcionava, e o isolamento no alto das geleiras, dos picos íngremes e dos vales imersos em sombras era avassalador. O Cônsul estava feliz de tentar realizar a viagem, ainda que fosse só para ver a beleza de Hyperion uma última vez, intocada pela ameaça terrível do Picanço ou da invasão desterra.

O teleférico tinha levado doze horas para transportá-los do sul para o norte. Apesar da baixa velocidade de vinte quilômetros por hora do tapete falcoeiro, o Cônsul fez a travessia em seis. O sol nasceu quando ele ainda estava acima dos picos elevados. O Cônsul acordou com um sobressalto e se deu conta, espantado, de que havia sonhado enquanto o tapete falcoeiro voava em direção a um pico e subia mais cinco metros. Dava para ver pedregulhos e áreas nevadas cinquenta metros à frente. Uma ave preta com asas de três metros de envergadura — uma que o povo local chamava de arauto — saltou de seu ninho gelado e flutuou no ar rarefeito, virando o pescoço para fitá-lo com olhos pretos redondos conforme o Cônsul fazia uma curva fechada para a esquerda, sentia alguma coisa ceder no sistema de voo do tapete falcoeiro e caía trinta metros até os filamentos de voo pegarem tração e nivelarem o tapete.

O Cônsul segurou nas beiradas do tapete com dedos brancos. Se ele não houvesse amarrado a alça da bolsa de viagem no cinto, a bolsa teria despencado para uma geleira lá embaixo.

Não havia nem sinal do teleférico. De alguma forma, o Cônsul havia dormido por tempo suficiente para deixar o tapete falcoeiro se desviar da rota. Ele ficou em pânico por um instante, puxando o tapete para um lado e para o outro, desesperado para encontrar um caminho entre os picos que o cercavam feito dentes. Mas então enxergou o brilho dourado da alvorada nas encostas à frente e à direita, e as sombras que saltavam das geleiras e da tundra alta às suas costas e à esquerda, e soube que ainda seguia na direção certa. Do outro lado da última espinha de picos elevados aguardava o sopé austral. E, depois disso...

O tapete falcoeiro pareceu hesitar quando o Cônsul tocou as estampas de voo e o mandou se erguer mais, mas subiu com trancos relutantes até passar do último pico de nove mil metros, e o Cônsul viu as montanhas menores do outro lado esvaindo-se em sopés meros três mil metros acima do nível do mar. Ele desceu com gratidão.

Viu o cabo do teleférico brilhar à luz do sol, oito quilômetros ao sul do ponto onde ele brotara da cordilheira do Arreio. Bondes pendiam inertes em torno da estação terminal oeste. Abaixo, os edifícios esparsos do povoado de Pouso dos Peregrinos pareciam tão abandonados quanto estiveram dias antes. Não havia qualquer sinal da diligência eólica no lugar onde ela havia ficado do píer que saía para o baixio do mar de Grama.

O Cônsul pousou perto do píer, desativou o tapete falcoeiro, esticou as pernas com um pouco de dor antes de enrolar o tapete para guardá-lo e, por fim, achou um banheiro em um dos edifícios abandonados perto do cais. Quando ele saiu, o sol da manhã estava descendo devagar pelo sopé e apagando as últimas sombras. O mar de Grama se estendia a perder de vista para o sul e o oeste, um tampo de mesa liso que só se denunciava pelas brisas ocasionais que produziam ondulações na superfície verdejante e revelavam brevemente os caules rubros e azul-marinho com um movimento tão parecido com ondas que dava a expectativa de ver espuma e peixes pulando.

O mar de Grama não tinha peixes, mas tinha serpentes-da--grama de vinte metros de comprimento; se o tapete falcoeiro do Cônsul o deixasse na mão ali, ele não sobreviveria por muito tempo nem se conseguisse pousar em segurança.

O Cônsul desenrolou o tapete, colocou a bolsa atrás de si e ativou o tapete. Ele voou relativamente baixo, a 25 metros da superfície, mas não tão baixo a ponto de uma serpente-da-grama confundi-lo com um petisco acessível. A diligência eólica havia levado menos de um dia de Hyperion para transportá-los pelo mar de Grama, mas, como os ventos sopravam com frequência do nordeste, foi necessária uma boa quantidade de cambagem para lá e para cá. O Cônsul achava que conseguiria sobrevoar a parte mais estreita do mar em menos de quinze horas. Ele tocou as estampas de voo, e o tapete falcoeiro acelerou.

Em vinte minutos, as montanhas ficaram para trás, e o sopé sumiu nas brumas da distância. Em uma hora, os picos começaram a encolher à medida que a curvatura do mundo ocultava sua base. Passadas duas horas, o Cônsul só enxergava os picos mais altos, como uma sombra serrilhada indistinta acima das brumas.

E então o mar de Grama se espalhou por todos os horizontes, constante salvo as marolas e depressões sensuais causadas por uma ou outra brisa. Fazia muito mais calor ali do que no platô alto ao norte da cordilheira do Arreio. O Cônsul tirou a capa térmica, tirou o casaco, tirou o suéter. O sol ardia com uma intensidade surpreendente para uma latitude tão alta. O Cônsul revirou a bolsa, achou o chapéu tricórnio surrado que havia usado com tanta elegância só dois dias antes e o enfiou na cabeça para fazer um pouco de sombra. Sua testa e sua cabeça calva já estavam queimadas.

Com cerca de quatro horas de voo, ele comeu a primeira refeição da viagem, mastigando as tiras insossas de proteína do pacote de ração como se fossem filé-mignon. A água foi a parte mais deliciosa da refeição, e o Cônsul teve que reprimir o impulso de esvaziar todas as garrafas em uma única orgia de bebedeira.

O mar de Grama se estendia abaixo, atrás e adiante. O Cônsul cochilou, e a cada vez ele acordava de repente com a sensação de que estava caindo, segurando a beirada do tapete falcoeiro rígido. Percebeu que seria melhor ter se amarrado com a única corda que havia trazido na bolsa, mas não queria pousar — a grama era afiada e mais alta que a cabeça dele. Embora não tivesse visto nenhum dos rastros em V que denunciavam as serpentes-da-grama, não dava para saber ao certo se elas não estavam aguardando quietas lá embaixo.

Ele se perguntou para onde a diligência eólica tinha ido. O negócio era todo automatizado e teria sido programado pela Igreja do Picanço, os patrocinadores da peregrinação. Que outras funções ela precisaria desempenhar? O Cônsul balançou a cabeça, endireitou as costas e beliscou as bochechas. Ele estava pegando no sono e acordando até enquanto pensava na diligência eólica. Quinze horas não tinham parecido lá muito tempo quando ele dera a ideia no vale das Tumbas Temporais. Deu uma olhada no conexo; haviam se passado cinco.

O Cônsul fez o tapete subir para duzentos metros, procurou com cautela qualquer sinal das serpentes e em seguida baixou o veículo para flutuar a cinco metros da grama. Com cuidado, pegou a corda, fez um laço, foi para a frente e deu algumas voltas dela no tapete, deixando espaço para ele passar o corpo antes de apertar o nó.

Se o tapete caísse, o laço seria pior que inútil, mas a presença firme da corda nas suas costas deu ao Cônsul uma sensação de segurança quando ele se inclinou para a frente e voltou a tocar nas estampas de voo, estabilizou o tapete a quarenta metros de altura e apoiou a bochecha no tecido morno. A luz do sol se infiltrava por entre os dedos, e ele se deu conta de que os antebraços desnudos iam ficar com uma queimadura terrível.

Mas ele estava cansado demais para se sentar e desenrolar as mangas.

Soprou uma brisa. O Cônsul ouvia um som farfalhante e deslizante abaixo, como se a grama estivesse se agitando ou alguma coisa grande tivesse passado a rastejar.

Ele estava cansado demais para se importar. O Cônsul fechou os olhos e adormeceu em menos de trinta segundos.

O Cônsul sonhou com sua casa — sua casa de verdade, em Maui-Pacto. E o sonho estava cheio de cor: o céu azul infinito, a ampla imensidão do Mar do Sul, o azul-marinho que cedia espaço para o verde quando começava o Baixio Equatorial, os verdes, amarelos e vermelhos-orquídea deslumbrantes das ilhotas-motivas pastoreadas rumo ao norte pelos golfinhos — agora extintos, depois da invasão da Hegemonia na infância do Cônsul, mas bem vivos em seu sonho, rompendo a superfície da água com saltos prodigiosos que lançavam mil prismas de luz dançante no ar puro.

No sonho, o Cônsul era criança de novo e estava no nível mais alto de uma casa na árvore da ilhota de sua Primeira Família. Sua avó Siri estava ao lado dele — não a grande dama régia que havia conhecido, mas sim a bela jovem que o avô conhecera e por quem se apaixonara. As velas-árvores estavam abanando com a chegada dos ventos sul, guiando o rebanho de ilhotas-motivas em uma formação precisa pelos canais azuis do Baixio. Logo acima do horizonte norte, ele via as primeiras ilhas do Arquipélago Equatorial emergirem verdes e permanentes sob o céu do entardecer.

Siri encostou no ombro dele e apontou para o oeste.

As ilhotas estavam em chamas, afundando, suas raízes-quilha se contorcendo em agonia despropositada. Os golfinhos-pastores haviam desaparecido. Chovia fogo do céu. O Cônsul reconheceu lanças de um bilhão de volts que fritavam o ar e deixavam fantasmas cinza-azulados nas retinas. Explosões submarinas incendiavam o oceano e carregavam milhares de peixes e criaturas marinhas frágeis para a superfície, onde elas ficavam boiando nos estertores da morte.

— Por quê? — perguntou a avó Siri, mas sua voz era o murmúrio fraco de uma adolescente.

O Cônsul tentou responder, mas não conseguiu. As lágrimas o cegaram. Ele tentou pegar na mão de Siri, mas ela não estava mais lá, e a noção de que ela se *fora*, de que ele jamais conseguiria compensar os próprios pecados, foi tão dolorosa que ele se viu incapaz de respirar. A garganta do Cônsul entalou com a emoção. Mas então ele se deu conta de que era a fumaça que queimava seus olhos e enchia seus pulmões; a Ilhota da Família estava em chamas.

A criança que era o Cônsul avançou trôpega na escuridão preta e azul, em busca cega por alguém que lhe segurasse a mão, que o reconfortasse.

Uma mão se fechou em volta da dele. Não era de Siri. A mão apertou com uma firmeza impossível. Os dedos eram lâminas.

—

O Cônsul acordou ofegante.

Estava escuro. Havia dormido pelo menos sete horas. Ele penou com a corda, mas conseguiu se sentar e olhou para a tela brilhante de seu conexo.

Doze horas. Havia dormido por doze horas.

Todos os músculos do corpo doíam quando ele se inclinou e olhou para baixo. O tapete falcoeiro mantinha uma altitude constante de quarenta metros, mas ele não fazia a menor ideia de onde estava. O terreno abaixo subia e descia em colinas pequenas. O tapete devia ter passado a meros dois ou três metros de distância do topo de algumas; havia tufos esponjosos de capim laranja e líquen rasteiro.

Em algum lugar, em algum momento das horas anteriores, ele havia passado pela orla sul do mar de Grama e perdido o porto pequeno de Fronteira e os atracadouros do rio Hoolie onde a *Benares*, a balsa levitante deles, tinha sido amarrada.

O Cônsul não tinha bússola — eram inúteis em Hyperion —, e seu conexo não fora programado como localizador inercial. O plano dele teria sido seguir o Hoolie no sentido sul e oeste até chegar em Keats, percorrendo o mesmo caminho árduo da peregrinação deles exceto pelos meandros do rio.

Agora, ele estava perdido.

O Cônsul pousou o tapete falcoeiro em um morro baixo, saiu para o chão firme com um gemido de dor e desligou o tapete. Ele sabia que os filamentos de voo já deviam ter gastado pelo menos um terço de carga... talvez mais. Não fazia ideia de quanta eficiência o tapete perdia com o tempo.

As colinas lembravam a região acidentada ao sudoeste do mar de Grama, mas não havia sinal do rio. Seu conexo dizia que fazia só uma ou duas horas desde o anoitecer, mas o Cônsul não conseguiu ver nenhum vestígio do pôr do sol no oeste. O céu estava encoberto, obstruindo a visão tanto das estrelas quanto de quaisquer batalhas espaciais.

— Droga — murmurou para si mesmo. Ele andou um pouco até a circulação voltar, urinou na beira de uma pequena escarpa e voltou ao tapete para beber de uma garrafa d'água. *Pense.*

Ele havia fixado um curso ao sudoeste para o tapete que devia ter saído do mar de Grama na cidade portuária de Fronteira ou perto dela. Se tivesse só passado direto de Fronteira e do rio enquanto dormia, o rio estaria em algum lugar ao sul, para a esquerda dele. Mas, se tivesse calculado mal a rota ao sair de Pouso dos Peregrinos, se tivesse errado só uns graus para a esquerda, então o rio estaria correndo pelo nordeste, em algum lugar à sua direita. Mesmo se fosse para o lado errado, mais cedo ou mais tarde ele encontraria um ponto de referência — nem que fosse o litoral da Crina Norte —, mas o atraso podia custar um dia inteiro.

O Cônsul chutou uma pedra e cruzou os braços. O ar estava bem frio em comparação com o calor do dia. Um estremecimento o fez perceber que se sentia meio mal por causa das queimaduras de sol. Encostou na cabeça e afastou os dedos, xingando. *Para onde?*

O vento chiava ao soprar pela relva baixa e pelo líquen esponjoso. O Cônsul tinha a impressão de estar muito distante das Tumbas Temporais e da ameaça do Picanço, mas sentia a presença de Sol, de Duré, de Het Masteen, de Brawne e dos desaparecidos Silenus e Kassad como uma pressão urgente nos ombros. O Cônsul havia entrado para a peregrinação como um último ato de niilismo, um suicídio inútil para dar fim à própria dor, dor pela perda até da *lembrança* da esposa e do filho, mortos durante as maquinações da Hegemonia em Bréssia, e dor pelo conhecimento dessa traição terrível — traição contra o governo ao qual ele servira por quase quatro décadas, traição contra os desterros que haviam confiado nele.

O Cônsul se sentou em uma pedra e sentiu esse ódio vago contra si mesmo se dissipar quando pensou que Sol e a filha bebê estavam esperando no vale das Tumbas Temporais. Pensou em Brawne, aquela mulher corajosa, a encarnação da energia, caída e indefesa com uma extensão vampírica da malignidade do Picanço presa a seu crânio.

Ele se sentou no tapete, ativou-o e subiu para oitocentos metros, tão perto do teto de nuvens que teria sido capaz de levantar a mão e encostar nelas.

As nuvens se abriram por um segundo ao longe à sua esquerda e exibiram um vislumbre de ondulação. O Hoolie estava uns cinco quilômetros ao sul.

O Cônsul fez uma curva acentuada com o tapete falcoeiro para a esquerda, percebendo o campo de contenção enfraquecido tentar pressioná-lo junto ao tapete, mas sentindo-se mais seguro com a corda ainda amarrada. Dez minutos depois, estava voando alto acima de água e descia para confirmar se era o largo Hoolie ou algum afluente.

Era o Hoolie. Diáfanos radiantes reluziam nos terrenos pantanosos baixos das margens. As torres altas e corrugadas de formigas-arquitetas projetavam silhuetas fantasmagóricas em um céu só um pouquinho mais escuro que a terra.

O Cônsul subiu para vinte metros, tomou um gole d'água da garrafa e acompanhou o fluxo do rio a toda velocidade.

Ao amanhecer, ele estava abaixo do povoado de Bosque de Doukhobor, quase nas eclusas de Karla, onde o Canal Real de Transporte virava para o oeste em direção aos assentamentos urbanos e à Crina. O Cônsul sabia que faltavam menos de 150 quilômetros dali até a capital — mas ainda era uma viagem enlouquecedora de sete horas na velocidade vagarosa do tapete falcoeiro. Era nessa parte da viagem que ele esperava encontrar um raseiro militar em patrulha, um dos dirigíveis de passageiros do bosque de Náiade, até uma lancha rápida que ele pudesse roubar. Mas não havia qualquer sinal de vida nas margens do Hoolie além de um ou outro edifício em chamas ou de lamparinas de manteiga ao longe. Todos os barcos tinham sido retirados dos atracadouros. As baias de raias acima das eclusas estavam vazias, os portões enormes, abertos para a correnteza, e nenhuma balsa de transporte se enfileirava abaixo na parte do rio que tinha o dobro do tamanho do trecho acima das eclusas.

O Cônsul praguejou e seguiu em frente.

A manhã estava linda; o nascer do sol iluminava as nuvens baixas e fazia cada arbusto e árvore se destacar com a luz horizontal baixa. Para o Cônsul, parecia que ele não via vegetação de verdade havia meses. Árvores de pau-barragem e semicarvalho se alçavam a alturas majestosas nas escarpas distantes, enquanto na área alagadiça a luz intensa tocava os brotos verdes de um milhão de favas-periscópio que cresciam nos campos indígenas. Mãegues e chamambaias recobriam as margens, cada galho e torção realçado pelo brilho agudo da alvorada.

As nuvens engoliram o sol. Começou a chover. O Cônsul puxou o tricórnio surrado, enrolou-se no manto extra de Kassad e voou para o sul a cem metros de altura.

O Cônsul tentou se lembrar. *Quanto tempo a menina Rachel tinha?*

Apesar do sono longo no dia anterior, a mente do Cônsul estava carregada de toxinas de fadiga. *Rachel tinha quatro dias de idade quando eles haviam chegado ao vale. Isso já fazia... quatro dias.*

O Cônsul massageou a bochecha, procurou uma garrafa d'água e viu que estavam todas vazias. Seria fácil descer e enchê-las no rio, mas ele não queria perder tempo. Sua pele queimada ardia e o fazia tremer conforme a chuva gotejava do chapéu.

Sol disse que eu podia voltar antes do anoitecer. Rachel nasceu depois das 20h, convertendo para o horário de Hyperion. Se a conta estiver certa, se não houver erro, então ela tem até as 20h de hoje. O Cônsul enxugou água das bochechas e sobrancelhas. *Digamos mais sete horas até Keats. Uma ou duas horas até liberar a nave. Theo vai ajudar... Ele agora é o governador-geral. Posso convencê-lo de que é do interesse da Hegemonia contrariar as ordens de Gladstone de bloquear a nave. Se for necessário, eu digo que ela me mandou conspirar com os desterros para trair a Rede.*

Digamos dez horas mais quinze minutos de viagem com a nave. Deve ficar faltando pelo menos uma hora para o pôr do sol. Rachel vai estar só com alguns minutos, mas... O quê? O que a gente pode tentar, além de câmaras de fuga criogênica? Nada. Vai ter que ser isso. Sempre foi a última chance de Sol, apesar dos alertas dos médicos de que a criança podia morrer. Mas e Brawne?

O Cônsul estava com sede. Ele afastou o manto, mas a chuva tinha diminuído a ponto de virar uma garoa fina, só o bastante para lhe umedecer os lábios e a língua e piorar a sede. Ele xingou em voz baixa e começou a descer devagar. Talvez pudesse pairar acima do rio só pelo tempo de encher a garrafa.

O tapete falcoeiro parou de voar a trinta metros do rio. Em um momento, estava descendo aos poucos, com a fluidez de um tapete em um declive gramado suave, e de repente desabou em uma queda desenfreada, um tapete de dois metros e um homem apavorado jogados da janela de um prédio de dez andares.

O Cônsul gritou e tentou pular, mas a corda que o ligava ao tapete e a alça da bolsa amarrada em seu cinto o prenderam em uma massa esvoaçante de tapete falcoeiro, e ele caiu junto, girando e se debatendo, pelos últimos vinte metros até a superfície dura do rio Hoolie que os aguardava.

29

Sol Weintraub estava cheio de esperança na noite em que o Cônsul foi embora. Até que enfim eles estavam *fazendo* alguma coisa. Ou tentando. Sol não acreditava que as câmaras criogênicas da nave do Cônsul seriam a solução para salvar Rachel — especialistas médicos de Renascença Vetor haviam destacado como o procedimento seria perigosíssimo —, mas era bom ter uma alternativa, *qualquer uma* que fosse. E, para Sol, eles já haviam permanecido passivos por tempo suficiente, à disposição do Picanço feito criminosos condenados à espera da guilhotina.

O interior da Esfinge parecia traiçoeiro demais naquela noite, de modo que Sol levou os pertences deles para o amplo patamar de entrada de granito da tumba, onde ele e Duré tentaram deixar Masteen e Brawne confortáveis embaixo de cobertores e capas, com bolsas à guisa de travesseiros. Os monitores médicos de Brawne ainda indicavam uma completa ausência de atividade cerebral, mas o corpo descansava com conforto. Masteen se revirava e se debatia em angústia febril.

— O que você acha que o templário tem? — perguntou Duré. — Doença?

— Pode ser só exposição prolongada — respondeu Sol. — Depois de ter sido raptado da diligência eólica, ele acabou perambulando pelo deserto e então aqui pelo Vale das Tumbas Temporais. Estava ingerindo gelo para se hidratar e não tinha nada para comer.

Duré meneou a cabeça e conferiu o adesivo médico que haviam colado na parte interna do braço de Masteen. Os sensores mostravam o gotejar constante da solução intravenosa.

— Mas me parece outra coisa — comentou o jesuíta. — Quase uma loucura.

— Os templários têm uma ligação quase telepática com suas árvores-estelares — explicou Sol. — Masteen, a Voz da Árvore, deve ter enlouquecido um pouco ao presenciar a destruição da *Yggdrasill*. Ainda mais se, de alguma forma, ele soubesse que era necessária.

Duré fez que sim e continuou enxugando a testa pálida do templário. Já passava da meia-noite, e o vento tinha aumentado, soprando areia rubra em torvelinhos lânguidos e gemendo pelas asas e pelos contornos ásperos da Esfinge. As Tumbas ora brilhavam, ora se apagavam, uma de cada vez, sem ordem ou sequência perceptível. De vez em quando, o repuxo das marés temporais acometia os dois homens e os fazia ofegar e se segurar na pedra, mas a onda de déjà-vu e vertigem logo passava. Como Brawne Lamia estava ligada à Esfinge pelo cabo fundido ao crânio, eles não podiam sair dali.

Em algum momento antes do amanhecer, as nuvens se abriram e revelaram o céu, e a claridade da concentração densa de estrelas foi quase dolorosa. Por um tempo, os únicos sinais do confronto entre as grandes frotas eram os rastros de fusão ocasionais, riscos de diamante estreitos na redoma da noite, mas então as explosões distantes começaram a desabrochar de novo, e no decorrer de uma hora o brilho das Tumbas foi ofuscado pela violência no céu.

— Quem você acha que vai vencer? — perguntou o padre Duré. Os dois estavam sentados com as costas apoiadas na parede de pedra da Esfinge, com o rosto erguido para a cúspide de céu revelada pelas asas curvadas da Esfinge adiante.

Sol estava massageando as costas de Rachel enquanto ela dormia de bruços, com o traseiro erguido sob os cobertores finos.

— Pelo que os outros dizem, parece que a Rede estava predestinada a sofrer uma guerra terrível.

— Então você acredita nas previsões do Conselho Consultivo de IA?

Sol deu de ombros na escuridão.

— Não entendo nada de política... nem da precisão do Cerne quanto a previsões. Sou um acadêmico desconhecido de uma faculdade pequena em um mundo periférico. Mas tenho a *sensação* de que algo terrível nos aguarda... de que alguma fera rude espreita e avança a nascer em Belém.

Duré sorriu.

— Yeats — disse. O sorriso murchou. — Desconfio que aqui seja a nova Belém. — Ele contemplou o vale na direção das Tumbas luminosas. — Passei uma vida inteira dando aulas sobre as teorias da evolução de São Teilhard rumo ao Ponto Ômega. Mas o que temos é isto. Loucura humana no céu, e um Anticristo terrível esperando para herdar o resto.

— Acha que o Picanço é o Anticristo?

O padre Duré apoiou os cotovelos nos joelhos erguidos e cruzou as mãos.

— Se não for, a situação vai complicar para todos nós. — Ele deu uma risada amargurada. — Pouco tempo atrás, eu teria ficado encantado de descobrir um Anticristo... Até a presença de um poder antidivino teria servido para reforçar minha crença declinante em alguma forma de divindade.

— E agora? — perguntou Sol, em voz baixa.

Duré afastou os dedos.

— Também fui crucificado.

Sol pensou nas imagens da história de Lenar Hoyt sobre Duré; o jesuíta idoso que pregou o próprio corpo em um tesleiro, preferindo padecer anos de dor e renascimento a se render ao parasita cruciforme de DNA que continuava enterrado sob a pele do peito dele.

Duré tirou os olhos do céu e abaixou o rosto.

— Não fui acolhido por nenhum Pai do céu — murmurou ele. — Não recebi confirmação nenhuma de que a dor e o sacrifício tenham valido de alguma coisa. Foi só dor. Dor e trevas e aí mais dor.

A mão de Sol parou de acariciar as costas da bebê.

— E isso fez você perder a fé?

Duré olhou para Sol.

— Pelo contrário, passei a acreditar que a fé é mais essencial ainda. A dor e as trevas são nossa sina desde a Queda do Homem. Mas precisa haver alguma esperança de que podemos nos alçar a um patamar superior... de que a consciência pode evoluir para um plano mais benevolente do que o contraponto de um universo programado para a indiferença.

Sol meneou a cabeça devagar.

— Eu tive um sonho durante a longa batalha de Rachel contra a doença de Merlim... Minha esposa, Sarai, teve o mesmo sonho... de que eu estava sendo convocado a sacrificar minha única filha.

— É — respondeu Duré. — Eu ouvi o resumo gravado do Cônsul.

— Então você sabe minha resposta — disse Sol. — Primeiro, que não é mais possível seguir os passos de Abraão, ainda que exista um Deus que exige essa obediência. Segundo, que já oferecemos sacrifícios a Deus por gerações demais, que os pagamentos de dor precisam parar.

— Mas, no fim das contas, aqui está você — refutou Duré, gesticulando para o vale, para as Tumbas, para a noite.

— Aqui estou eu — concordou Sol —, mas não para suplicar. É para ver a reação desses poderes à minha decisão. — Ele encostou nas costas da filha de novo. — Rachel agora está com um dia e meio de idade, e fica mais nova a cada segundo que passa. Se o Picanço orquestrou essa crueldade, quero encará-lo, mesmo se ele *for* seu Anticristo. Se existe um Deus e ele tiver feito isso, vou mostrar a ele o mesmo desdém.

— Talvez todos nós já tenhamos mostrado desdém demais — ponderou Duré.

Sol olhou para cima e viu uma dúzia de pontos de luz intensa se expandirem em ondas de choque de explosões de plasma distantes no espaço.

— Quem dera nós tivéssemos a tecnologia para combater Deus em pé de igualdade — lamentou ele em um tom baixo e tenso. —

Confrontá-lo em seu covil. Revidar por todas as injustiças impostas à humanidade. Permitir que ele alterasse sua arrogância prepotente ou fosse despachado para o inferno.

O padre Duré ergueu uma sobrancelha e deu um ligeiro sorriso.

— Eu conheço essa sua raiva. — O sacerdote tocou de leve na cabeça de Rachel. — Vamos tentar dormir um pouco antes do amanhecer, que tal?

Sol fez que sim, deitou-se ao lado da criança e puxou o cobertor até a bochecha. Ele ouviu Duré sussurrar algo que podia ter sido um boa-noite baixinho, talvez uma oração.

Pôs a mão na filha, fechou os olhos e dormiu.

O Picanço não apareceu durante a noite. E também não apareceu na manhã seguinte, quando o dia coloriu os penhascos a sudoeste e tocou o topo do Monólito de Cristal. Sol acordou quando a luz estava se alastrando pelo vale; viu que Duré estava dormindo ao seu lado, e que Masteen e Brawne continuavam inconscientes. Rachel estava se remexendo e reclamando. O choro era o de uma recém-nascida com fome. Sol a alimentou com um dos últimos pacotes de amamentação, puxando a aba de aquecimento e esperando um instante para o leite ficar na temperatura do corpo. O tempo tinha esfriado durante a noite, e os degraus da Esfinge cintilavam com geada.

Rachel mamou com vontade, emitindo os mesmos gemidos baixos e ruídos de sucção de que Sol se lembrava de mais de cinquenta anos antes, quando Sarai a amamentava. Quando a filha terminou, Sol a fez arrotar e a apoiou no ombro enquanto a balançava com delicadeza.

Faltava um dia e meio.

Sol estava muito cansado. Estava ficando velho, apesar do único tratamento Poulsen de uma década antes. Quando, em circunstâncias normais, ele e Sarai teriam sido liberados das obrigações parentais — com a única filha na pós-graduação, em uma escavação arqueológica nos Confins —, Rachel fora acometida pela doença de Merlim, e logo eles tiveram que ser pais de novo. O grau das obrigações aumentou conforme Sol e Sarai foram ficando mais velhos — e depois apenas Sol, após o acidente aéreo em Mundo de Barnard —, e agora ele estava muito, muito cansado. Mas, apesar disso, apesar de tudo, Sol achava interessante perceber que não se arrependia de nem um dia sequer dos que passara cuidando da filha.

Faltava um dia e meio.

O padre Duré acordou depois de um tempo, e os dois homens tomaram café com os diversos alimentos enlatados que Brawne tinha pegado. Het Masteen não acordou, mas Duré aplicou o penúltimo pacote médico, e o templário começou a receber fluidos e nutrientes intravenosos.

— Acha que a s. Lamia deveria receber o último pacote médico? — perguntou Duré.

Sol deu um suspiro e conferiu os monitores do conexo dela de novo.

— Acho que não, Paul. De acordo com isto, a glicose está alta... O índice de nutrientes corresponde ao que seria se ela tivesse acabado de comer um bom prato.

— Mas como?

Sol balançou a cabeça.

— Talvez esse negócio desgraçado seja uma espécie de umbilical. — Ele gesticulou para o cabo que estava colado no ponto do crânio dela onde antes ficara o derivador neural.

— Então o que fazemos hoje?

Sol olhou para um céu que já estava assumindo os tons verde e lápis-lazúli com que eles se acostumaram em Hyperion.

— Esperamos — disse.

Het Masteen acordou no meio do dia, pouco antes de o sol chegar ao zênite. O templário se sentou de costas eretas.

— A Árvore!

Duré, que estava andando de um lado para o outro diante da Esfinge, subiu correndo os degraus. Sol pegou Rachel na sombra perto da parede onde ela estava e foi para o lado de Masteen. Os olhos do templário estavam fixos em alguma coisa acima do topo dos penhascos. Sol os acompanhou, mas só viu o céu claro.

— A Árvore! — exclamou de novo o templário, erguendo a mão calejada.

Duré conteve o homem.

— Ele está alucinando. Acha que está vendo a *Yggdrasill*, a árvore-estelar dele.

Het Masteen se debateu contra as mãos deles.

— Não, não é a *Yggdrasill* — balbuciou com os lábios secos. — A Árvore. A Árvore Derradeira. A Árvore da Dor!

Os dois homens olharam, mas não havia nada no céu além de fiapos de nuvem que o vento soprava do sudoeste. Nesse instante uma onda de marés temporais se abateu sobre eles, e tanto Sol quanto o sacerdote abaixaram a cabeça com a vertigem súbita. Passou.

Het Masteen estava tentando ficar de pé. Os olhos do templário continuavam fixos em algo distante. A pele dele estava tão quente que queimava as mãos de Sol.

— Pega o último pacote médico — pediu o acadêmico, com urgência. — Programa a ultramorfina e o agente antitérmico.

Duré se apressou a obedecer.

— A Árvore da Dor! — disse Het Masteen, com dificuldade. — Era para eu ser a Voz dela! Era para o erg impulsioná-la pelo espaço e pelo tempo! O bispo e a Voz da Grande Árvore *me* escolheram! Não posso decepcioná-los! — Ele resistiu por um instante contra os braços de Sol, mas voltou a cair no chão de pedra. — Sou o Verdadeiro Escolhido — murmurou, perdendo energia que nem um balão se esvazia de ar. — Preciso guiar a Árvore da Dor durante o período de Expiação. — Ele fechou os olhos.

Duré fixou o último pacote médico, conferiu se o monitor estava ajustado para as peculiaridades de metabolismo e química do corpo dos templários e ativou a adrenalina e os analgésicos. Sol se encurvou por cima do vulto encapuzado.

— Isso não é terminologia ou teologia templária — comentou Duré. — Ele está usando vocabulário da Seita do Picanço. — O sacerdote trocou um olhar com Sol. — Isso explica parte do mistério... em especial da história de Brawne. Por algum motivo, os templários estavam em conluio com a Igreja da Derradeira Expiação... A Seita do Picanço.

Sol fez que sim, encaixou o próprio conexo no pulso de Masteen e ajustou o monitor.

— A Árvore da Dor deve ser a mítica árvore de espinhos do Picanço — murmurou Duré, lançando uma olhada para o céu vazio que Masteen tinha encarado. — Mas o que queria dizer isso de que ele e o erg foram escolhidos para impulsioná-la pelo espaço e pelo tempo? Ele se acha mesmo capaz de pilotar a árvore do Picanço como os templários pilotam as árvores-estelares? Por quê?

— Você vai ter que perguntar na próxima vida — disse Sol, cansado. — Ele morreu.

Duré conferiu os monitores e incluiu o conexo de Lenar Hoyt no conjunto. Eles tentaram usar os estimulantes de reanimação do pacote médico, ressuscitação cardiorrespiratória, respiração boca a boca. Os sensores do monitor não se abalaram. Het Masteen, templário, Verdadeira Voz da Árvore e Peregrino do Picanço, estava mesmo morto.

Eles esperaram uma hora, desconfiados de tudo no vale perverso do Picanço, mas, quando os monitores começaram a indicar a decomposição acelerada do cadáver, os dois enterraram Masteen em uma cova rasa a cinquenta metros da Esfinge ao longo da trilha que dava na entrada do vale. Kassad havia deixado uma pá desmontável — identificada como "ferramenta de sapa" no jargão de FORÇA —, e ambos se revezaram para um cavar enquanto o outro cuidava de Rachel e Brawne Lamia.

Os homens, um com uma criança no colo, ficaram à sombra de um pedregulho enquanto Duré dizia algumas palavras antes de a terra cobrir a mortalha improvisada de plastifibra.

— Eu não conhecia bem Het Masteen — começou o sacerdote. — Não tínhamos a mesma fé. Mas tínhamos a mesma profissão; Masteen, a Voz da Árvore, passou grande parte da vida fazendo o que considerava a obra de Deus, buscando a vontade de Deus nos escritos do Muir e nas belezas da natureza. Sua fé era verdadeira, posta à prova por dificuldades, temperada pela obediência e, no fim, selada pelo sacrifício. — Duré se calou por um instante e apertou os olhos para fitar um céu que havia assumido um brilho cor de chumbo. — Senhor, por favor, aceita teu servo. Recebe-o em teus braços como um dia farás conosco, teus outros exploradores que se perderam. Em nome do Pai, do Filho e do Espírito Santo, amém.

Rachel começou a chorar. Sol andou com ela enquanto Duré jogava terra em cima do fardo de plastifibra em forma de gente.

Eles voltaram ao patamar da Esfinge e arrastaram Brawne com cuidado para a pouca sombra que restava. Não tinha como protegê-la do sol de fim de tarde nem como levá-la para dentro da tumba, o que também nenhum dos dois queria fazer.

— A esta altura o Cônsul já deve ter percorrido mais da metade do caminho até a nave — avaliou o sacerdote depois de tomar um gole demorado de água. Estava com a testa queimada de sol e coberta de suor.

— É — disse Sol.

— A uma hora dessas amanhã ele deve estar de volta. Vamos usar laser para soltar Brawne e depois a colocamos na enfermaria da nave. Talvez o envelhecimento inverso de Rachel possa ser interrompido com criogenia, apesar do que os médicos falaram.

— É.

Duré abaixou a garrafa d'água e olhou para Sol.

— Você acredita que vai dar certo?

Sol retribuiu o olhar do outro.

— Não.

As sombras se estenderam dos paredões rochosos a sudoeste. O calor do dia se transformou em uma massa sólida, mas depois se dissipou um pouco. Chegaram nuvens do sul.

Rachel dormia nas sombras perto da entrada. Sol foi até onde Paul Duré estava observando o vale e pôs a mão no ombro do sacerdote.

— No que você está pensando, meu amigo?

Duré não se virou.

— Estou pensando que, se não acreditasse piamente que o suicídio é um pecado mortal, eu daria um fim a tudo para permitir que o jovem Hoyt tivesse a chance de viver. — Ele olhou para Sol e ofereceu uma insinuação de sorriso. — Mas é suicídio se este parasita no meu peito, depois no peito *dele*, um dia me arrastar aos berros, esperneando, para minha própria ressurreição?

— Seria um presente para Hoyt trazê-lo de volta para isto? — perguntou Sol, em voz baixa.

Duré ficou um tempo sem falar nada. Em seguida, segurou no braço de Sol.

— Acho que vou dar uma volta.

— Por onde?

Sol apertou os olhos contra o calor denso da tarde no deserto. O vale estava um forno até com o céu nublado.

O sacerdote fez um gesto vago.

— Pelo vale. Daqui a pouco eu volto.

— Cuidado — disse Sol. — E lembre que, se o Cônsul se deparar com um raseiro de patrulha no Hoolie, pode ser que ele volte ainda hoje à tarde.

Duré fez que sim, foi buscar uma garrafa d'água e encostar de leve em Rachel, e depois desceu a longa escadaria da Esfinge, avançando devagar e com cuidado, como um homem muito, muito velho.

Sol o viu se afastar até se tornar um vulto cada vez menor, distorcido pelas ondas de calor e pela distância. Depois, suspirou e foi se sentar de novo junto da filha.

Paul Duré tentou caminhar pela sombra, mas até nela o calor era opressivo e pesava feito um jugo enorme nos ombros. Ele passou pela Tumba de Jade e seguiu a trilha em direção ao penhasco do norte e ao Obelisco. A sombra fina dessa tumba pintava de escuridão o solo rosado de pedra e poeira do vale. Descendo mais, avançando pelos destroços em torno do Monólito de Cristal, Duré olhava para cima enquanto um vento vagaroso deslocava placas quebradas e sibilava por entre rachaduras no alto da fachada da tumba. Ele viu o próprio reflexo nas superfícies mais baixas e se lembrou de como ouvia a melodia de órgão do vento ao entardecer na Fenda, quando encontrara os Bikura no topo da chapada da Asa. Parecia que isso acontecera havia uma vida. *Fazia* uma vida.

Duré sentia o estrago que a reconstrução da cruciforme havia causado à mente e à memória dele. Era perturbador — equivalente a sofrer um derrame sem chance de recuperação. Atos de raciocínio que antes teriam sido brincadeira de criança agora exigiam uma concentração imensa ou eram só impossíveis. As palavras lhe fugiam. As emoções repuxavam com a mesma violência súbita das marés temporais. Ele tivera que se afastar dos outros peregrinos algumas vezes para chorar sozinho por motivo nenhum que conseguisse compreender.

Os outros peregrinos. Agora só restavam Sol e a criança. O padre Duré daria a própria vida de bom grado se aqueles dois pudessem ser poupados. Ele se perguntou: era pecado planejar acordos com o Anticristo?

Duré agora estava bem avançado no vale, quase na parte em que o caminho fazia uma curva para o leste e dava no *cul-de-sac* largo onde o Palácio do Picanço projetava um labirinto de sombras nas pedras. A trilha chegava perto do paredão noroeste ao passar pelas Tumbas Cavernosas. Duré sentiu o ar fresco da primeira tumba e ficou tentado a entrar só para se recuperar do calor, fechar os olhos e tirar um cochilo.

Ele continuou andando.

A entrada da segunda tumba tinha mais entalhes barrocos na rocha, e Duré se lembrou da basílica antiga que ele havia descoberto na Fenda — a cruz enorme e o altar onde os Bikura "cultuavam" sem pensar. Era a imortalidade torpe da cruciforme que eles haviam cultuado, não a chance de Ressurreição verdadeira que a Cruz prometia. *Mas qual era a diferença?* Duré balançou a cabeça, tentando desfazer a apatia e o cinismo que obscureciam todos os seus pensamentos. A trilha fazia uma curva mais alta ali na frente da terceira Tumba Cavernosa, a menor e menos impressionante das três.

Havia uma luz nela.

Duré parou, respirou fundo e olhou para trás pelo vale. A Esfinge ficava bem visível a quase um quilômetro de distância, mas ele conseguia distinguir Sol muito bem nas sombras. Por um instante, ficou na dúvida se tinha sido na *terceira* tumba que eles se abrigaram no dia anterior... Se um deles tinha deixado uma lanterna ao sair.

Mas não tinha sido lá. Exceto na busca por Kassad, ninguém havia entrado naquela tumba nos três dias anteriores.

O padre Duré sabia que devia ignorar a luz, voltar para Sol e continuar na vigília com o homem e a filha dele.

Mas o Picanço veio para cada um dos outros individualmente. Por que eu deveria rejeitar o chamado?

Duré sentiu umidade no rosto e se deu conta de que estava chorando sem emitir ruído, sem pensar. Ele enxugou as lágrimas de qualquer jeito com o dorso da mão e ficou parado, com os punhos cerrados.

Meu intelecto era minha maior vaidade. Eu era o jesuíta intelectual, confiante na tradição de Teilhard e Prassard. Até a teologia que eu oferecia à Igreja, aos seminaristas e aos poucos fiéis que ainda ouviam dera ênfase à mente, àquele Ponto Ômega maravilhoso da consciência. Deus como um algoritmo astuto.

Bom, algumas coisas vão além do intelecto, Paul.

Duré entrou na terceira Tumba Cavernosa.

Sol acordou sobressaltado, certo de que tinha alguém se aproximando sorrateiramente.

Ele se levantou de um salto e olhou à sua volta. Rachel estava fazendo ruídos baixos e acordou da soneca junto com o pai. Brawne Lamia continuava imóvel onde ele a deixara, os sensores médicos continuavam brilhando com uma luz verde, o monitor de atividade cerebral continuava com um vermelho constante.

Ele havia dormido pelo menos uma hora; as sombras tinham se espalhado pelo fundo do vale, e só o topo da Esfinge ainda estava iluminado pelo sol que atravessava as nuvens. Raios de luz atravessavam inclinados a entrada do vale e iluminavam os paredões do outro lado. O vento estava aumentando.

Mas nada se mexia no vale.

Sol ergueu Rachel, ninou-a enquanto ela chorava e correu escada abaixo, olhando atrás da Esfinge e para as outras Tumbas.

— Paul!

Sua voz ecoou nas pedras. O vento agitava a areia atrás da Tumba de Jade, mas nada além se abalou. Sol ainda estava com a sensação de que havia algo se aproximando sorrateiramente, de que estava sendo observado.

Rachel gritava e se contorcia em seus braços, com o som fino e estridente de uma recém-nascida. Sol olhou o conexo. Dali a uma hora ela faria um dia de idade. Ele olhou o céu em busca da nave do Cônsul, praguejou em voz baixa e voltou à entrada da Esfinge para trocar a fralda da bebê, ver como Brawne estava, tirar um pacote de amamentação da bolsa e pegar um manto. O calor se dissipava rápido quando o sol ia embora.

Na meia hora de crepúsculo que restava, Sol andou rápido pelo vale, gritando o nome de Duré e olhando para dentro das Tumbas sem entrar. Depois foi à Tumba de Jade, onde Hoyt havia sido assassinado, cujas laterais já começavam a emitir um brilho verde leitoso. Depois ao Obelisco escuro, cuja sombra se alongava alta no penhasco sudeste. Depois ao Monólito de Cristal, cuja parte superior reluzia com os últimos raios do sol e então escurecia conforme o sol se punha em algum lugar atrás da Cidade dos Poetas. No frio e no silêncio súbitos do anoitecer, foi às Tumbas Cavernosas, em cada uma das quais Sol gritou e sentiu o ar abafado no rosto como se fosse o hálito frio de uma boca aberta.

Sem resposta.

No resquício do crepúsculo, além da curva do vale para a barafunda de lâminas e contrafortes do Palácio do Picanço, uma presença escura e sinistra na penumbra crescente. Sol parou na entrada, tentou entender as sombras escuras como breu, as colunas, vigas e pilastras, e gritou para o interior às trevas; só seu eco respondeu. Rachel começou a chorar de novo.

Tremendo, com um calafrio na nuca, virando-se toda hora para surpreender o observador oculto e vendo apenas o aprofundamento das sombras e o surgimento das primeiras estrelas acima das nuvens no céu, Sol voltou às pressas pelo vale em direção à Esfinge, andando rápido a princípio e depois quase correndo ao passar pela Tumba de Jade conforme o vento do anoitecer se intensificava com um som de grito de crianças.

— Que *droga*! — murmurou Sol ao chegar ao topo da escada da Esfinge.

Brawne Lamia tinha desaparecido. Não havia nem sinal do corpo dela ou do umbilical metálico.

Praguejando, segurando Rachel com firmeza, Sol apalpou a bolsa em busca da lanterna.

Dez metros corredor central adentro, Sol achou o cobertor em que Brawne estava enrolada. Fora isso, nada. Os corredores se dividiam e se torciam, ora mais largos, ora mais estreitos, e o teto se abaixou a ponto de Sol precisar engatinhar, segurando Rachel com o braço direito de modo a deixar o rosto dela junto ao seu. Ele detestava estar dentro daquela tumba. O coração de Sol martelava com tanta ferocidade que ele quase achava que ia infartar ali mesmo.

O último corredor se estreitou até acabar. No lugar onde o cabo de metal havia penetrado a pedra, agora só havia pedra.

Sol segurou a lanterna nos dentes e bateu nas rochas, empurrou algumas do tamanho de casas como se fosse abrir um painel secreto, como se fosse revelar túneis.

Nada.

Sol abraçou Rachel com mais força e começou a voltar para o lado de fora, errando o caminho várias vezes, sentindo o coração se acelerar mais ainda quando achou que estivesse perdido. Até que chegaram a um corredor que ele reconhecia, então ao corredor principal, por fim à saída.

Ele desceu com a filha até o final da escada e se afastou da Esfinge. Na entrada do vale, parou, sentou-se em uma pedra baixa e tentou recuperar o fôlego. O rosto de Rachel ainda estava apoiado em seu pescoço, e a bebê não emitia som algum, não se mexia nada além de roçar de leve os dedos dobrados na barba dele.

O vento soprava do deserto às costas de Sol. As nuvens no céu se apartaram e voltaram a se fechar, ocultando as estrelas e fazendo com que a única luz fosse a que emanava do brilho doentio das Tumbas Temporais. Sol temeu que o batimento frenético de seu coração assustasse a criança, mas Rachel continuava aninhada tranquila junto dele, o calor da pequena lhe proporcionando uma sensação tátil reconfortante.

— Droga — sussurrou Sol.

Ele gostava de Brawne Lamia. Gostava de todos os peregrinos, e agora não havia mais nenhum. As décadas de vida acadêmica de Sol o haviam condicionado a procurar padrões nos acontecimentos, um grão de moral na rocha sedimentária da experiência, mas os acontecimentos em Hyperion não exibiam padrão algum, apenas confusão e morte.

Sol balançou a filha e olhou para o deserto, pensando em abandonar de imediato aquele lugar... Ir até a cidade morta ou a Fortaleza de Cronos... Para o noroeste, até o Litoral, ou para o sudeste, até o ponto onde a cordilheira do Arreio encontrava o mar. Sol levou a mão trêmula ao rosto e massageou a bochecha; não haveria salvação nas terras bravias. Sair do vale não salvara Martin Silenus. Havia relatos de avistamento do Picanço até bem ao sul da cordilheira do Arreio — até Endymion e outras cidades austrais — e, mesmo se o monstro os poupasse, a fome e a sede não poupariam. Talvez Sol sobrevivesse à base de plantas, carne de roedores e neve derretida de locais elevados — mas o estoque de leite de Rachel era limitado, mesmo considerando as provisões que Brawne pegara na Fortaleza. Mas então ele se deu conta de que o estoque de leite não importava...

Vou ficar sozinho daqui a menos de um dia. Sol reprimiu um gemido ao pensar nisso. A determinação em salvar a filha o sustentara por duas décadas e meia e cem vezes isso em anos-luz. A resolução de restituir a vida e a saúde de Rachel era uma força quase palpável, uma energia intensa que ele e Sarai haviam nutrido e que ele preservara do mesmo jeito que um sacerdote mantém a chama sagrada em um templo. Não, Deus, *havia* um padrão nas circunstâncias, um substrato moral nessa pletora de acontecimentos aparentemente aleatórios, e Sol Weintraub apostaria a própria vida e a da filha nessa crença.

Sol se levantou, caminhou devagar pela trilha até a Esfinge, subiu a escada, achou um manto térmico e cobertores e preparou uma acomodação para os dois no degrau mais alto enquanto os ventos de Hyperion uivavam e as Tumbas Temporais brilhavam com mais intensidade.

Rachel estava deitada no peito e na barriga dele, com a bochecha no ombro, abrindo e fechando as mãozinhas enquanto se desvencilhava do mundo e ia para a terra do sono infantil. Sol ouviu a respiração suave conforme ela mergulhava em um sono profundo, ouviu o som delicado das bolhinhas minúsculas de saliva que ela soprava. Algum tempo depois, ele também desapegou do mundo e se juntou a ela no sono.

30

Sol teve o sonho que amargava desde o dia que Rachel contraíra a doença de Merlim.

Ele estava andando por uma estrutura colossal, onde colunas do tamanho de sequoias se perdiam na penumbra e uma luz carmesim descia de algum lugar distante em raios sólidos. Havia o som de um incêndio gigantesco, mundos inteiros em chamas. Diante dele brilhavam duas formas ovais com um vermelho intenso.

Sol conhecia o lugar. Ele sabia que encontraria um altar mais à frente com Rachel em cima — Rachel com vinte e poucos anos de idade, inconsciente —, e que então viria a Voz, a exigência.

Sol parou na sacada baixa e voltou os olhos para o cenário familiar. A filha, a mulher de quem ele e Sarai se despediram quando ela saiu para trabalhar na pós-graduação no distante Hyperion, jazia nua em um bloco largo de pedra. Acima de todos, pairavam as duas esferas vermelhas do olhar do Picanço. No altar havia uma faca longa e curva feita de osso afiado. A Voz disse:

— *Sol! Toma a tua filha, tua única, aquela que tanto amas, Rachel, e vai ao mundo chamado Hyperion, e lá a oferecerás em holocausto sobre um lugar que eu te indicarei.*

Os braços de Sol tremiam de raiva e tristeza. Ele puxou os cabelos e gritou para a escuridão, repetindo o que tinha falado antes para aquela voz:

— *Não haverá mais oferendas, nem de filhos nem de pais. Não haverá mais sacrifícios. O tempo da obediência e expiação acabou. Ou nos ajude como amigo, ou vá embora!*

Nos sonhos anteriores, isso havia sido seguido pelo som de vento e isolação, de passos terríveis recuando no escuro. Mas, desta vez, o sonho persistiu, o altar tremeluziu e ficou vazio de repente, exceto pela faca de osso. As duas esferas vermelhas ainda flutuavam no alto, rubis do tamanho de mundos e cheios de fogo.

— *Sol, escuta* — disse a Voz, agora modulada, não mais um estrondo vindo das alturas, mas sim quase um sussurro em seu ouvido. — *O futuro da humanidade depende da tua escolha. Podes oferecer Rachel por amor, se não por obediência?*

Sol ouviu a resposta na mente enquanto ainda tentava encontrar as palavras. Não haveria mais oferendas. Nem naquele dia, nem nunca. A humanidade já havia sofrido o bastante por seu amor a deuses, pela longa busca por Deus. Ele pensou nos muitos séculos em que seu povo, os judeus, negociara com Deus, reclamando, brigando, denunciando toda a injustiça, mas sempre — sempre — voltando à obediência a qualquer custo. Gerações mortas nos fornos do ódio. Gerações futuras marcadas pela chama fria da radiação e do ódio renovado.

Daquela vez não. Nunca mais.

— Fala que sim, papai.

Sol levou um susto com o toque de uma mão na sua. A filha, Rachel, estava ao lado dele, não recém-nascida nem adulta, mas a criança de oito anos que ele havia conhecido duas vezes — enquanto crescia e após regredir para essa idade com a doença de Merlim —, a Rachel de cabelo castanho-claro preso em uma trança simples, um corpo pequeno vestido com uma túnica infantil de brim lavado e tênis.

Sol pegou na mão dela, segurou com a maior força possível sem a machucar, sentiu o aperto recíproco. Não era ilusão, não era uma última crueldade do Picanço. Era a filha dele.

— Fala que sim, papai.

Sol tinha solucionado o problema de Abraão em relação à obediência a um Deus que se tornara malicioso. A obediência não podia mais ser prioridade máxima nas relações entre a raça humana e sua divindade. Mas e quando a *criança* escolhida para sacrifício pedia a obediência a esse capricho de Deus?

Sol se abaixou em um dos joelhos junto da filha e abriu os braços.

— Rachel.

Ela o abraçou com a mesma energia que ele lembrava de inúmeros outros abraços, com o queixo em cima do ombro dele e os braços apertados pela intensidade do amor. Ela lhe sussurrou no ouvido:

— Por favor, papai, a gente precisa falar que sim.

Sol continuou abraçando-a, sentindo aqueles braços finos em torno de si, o calor daquela bochecha junto à sua. Ele chorava em silêncio, sentindo a umidade no rosto e na barba curta, mas não queria soltá-la nem pelo segundo que levaria para enxugar as lágrimas.

— Eu te amo, papai — sussurrou Rachel.

Ele então se levantou, enxugou o rosto com o dorso da mão e, ainda segurando com firmeza a mão esquerda da filha, começou com ela a longa descida para o altar abaixo.

Sol acordou com uma sensação de queda e segurou a bebê. Rachel dormia em seu peito, de mão fechada, dedão na boca, mas, quando ele se sentou de repente, ela acordou com o choro e as contorções reflexivas de uma recém-nascida assustada. Sol se levantou, deixando cobertores e mantos caírem, segurando Rachel com força junto do corpo.

Era dia. Manhã avançada, se tanto. Eles haviam dormido enquanto a noite morria e o sol se alastrava pelo vale e pelas Tumbas. A Esfinge se curvava acima deles como uma fera predadora, com as patas dianteiras poderosas estendidas em volta da escada onde eles tinham dormido.

Rachel berrava, e seu rosto se retorcia com o choque do despertar e da fome e com o medo que ela sentia no pai. Parado sob o sol forte, o pai a balançou. Ele foi até o último degrau da

Esfinge, trocou a fralda dela, aqueceu um dos últimos pacotes de amamentação, ofereceu até os berros darem lugar aos pequenos ruídos de mamada, fez a bebê arrotar e andou até ela cochilar de novo.

Faltavam menos de dez horas para o "aniversário" de Rachel. Menos de dez horas para o pôr do sol e os últimos minutos de sua filha. Não pela primeira vez, Sol quis que a Tumba Temporal fosse uma grande construção de vidro que simbolizasse o cosmo e a divindade que o geria. Jogaria pedras na estrutura até não sobrar uma única vidraça intacta.

Tentou se lembrar dos detalhes do sonho, mas a calidez e a tranquilidade dele foram dilaceradas pela luz forte do sol de Hyperion. Ele só se lembrava da súplica que Rachel havia murmurado. A ideia de oferecê-la ao Picanço fez o estômago dele dar um nó de pavor.

— Está tudo bem — sussurrou conforme a filha estremecia e suspirava de volta para o santuário traiçoeiro do sono. — Está tudo bem, filhota. A nave do Cônsul vai chegar logo, logo. A nave vai chegar a qualquer momento.

Ao meio-dia, a nave do Cônsul não tinha chegado. À tarde, a nave do Cônsul não tinha chegado. Sol caminhou pelo fundo do vale, chamando o nome dos que haviam desaparecido, cantando melodias quase esquecidas quando Rachel acordava, murmurando cantigas de ninar até ela pegar no sono de novo. Sua filha estava minúscula e leve: seis libras e três onças, dezenove polegadas quando nasceu, lembrou ele, sorrindo ao pensar nas unidades antigas de sua terra antiga, Mundo de Barnard.

No fim da tarde, ele acordou com um sobressalto do semi-cochilo à sombra da pata estendida da Esfinge e se levantou com Rachel, que também acordou em seus braços, quando uma espaçonave atravessou a cúpula celeste de um lápis-lazúli intenso.

— Chegou! — exclamou ele, e Rachel se mexeu e se contorceu, como se estivesse respondendo.

Uma linha de chama de fusão brilhava com aquela intensidade diurna reservada a espaçonaves voando em atmosferas. Sol ficou saltitando, sentindo alívio pela primeira vez em muitos dias. Ele gritou e pulou até Rachel começar a berrar e chorar, assustada. Sol parou e ergueu a criança, ciente de que ela ainda não conseguia enxergar com nitidez, mas tentando fazê-la ver a beleza da nave que contornava a cordilheira distante e descia para o meio do deserto.

— Ele conseguiu! — gritou Sol. — Ele está vindo! A nave vai...

Três estrondos pesados atingiram o vale quase ao mesmo tempo; os dois primeiros foram o barulho duplo da ruptura da barreira do som pela "pegada" da nave, que chegaram primeiro conforme ela desacelerava. O terceiro foi o som da destruição dela.

Sol ficou olhando quando o ponto luminoso no ápice do rastro longo de fusão brilhou de repente com a mesma força da luz solar, expandiu-se em uma nuvem de fogo e gases incandescentes e caiu para o deserto distante em dez mil pedaços flamejantes. Ele piscou para afastar os ecos na retina enquanto Rachel seguia chorando.

— Meu Deus — murmurou Sol. — Meu Deus. — Era inegável a destruição completa da espaçonave. Explosões secundárias rasgaram o ar, até mesmo a trinta quilômetros de distância, conforme os pedaços caíam, deixando rastros de fumaça e fogo, na direção do deserto, das montanhas e do mar de Grama do outro lado. — Meu Deus.

Sol se sentou na areia morna. Estava esgotado demais para chorar, vazio demais para fazer qualquer coisa além de balançar a filha até ela parar de chorar.

Dez minutos depois, olhou para cima quando outros dois rastros de fusão inflamaram o céu, agora vindo do zênite na direção sul. Um desses explodiu, longe demais para o som chegar. O outro sumiu de vista abaixo dos penhascos ao sul, atrás da cordilheira do Arreio.

— Talvez não tenha sido o Cônsul — murmurou. — Talvez fosse a invasão desterra. Talvez a nave do Cônsul ainda esteja vindo.

Mas até o fim da tarde a nave não tinha chegado. Não tinha chegado quando a luz do sol pequeno de Hyperion tocou a face do penhasco e as sombras se estenderam para o homem no degrau mais alto da Esfinge. Não tinha chegado quando o vale foi mergulhado em sombras.

A partir daquele segundo, faltava menos de trinta minutos para a hora em que Rachel nascera. Sol conferiu a fralda dela, viu que estava seca e lhe deu o último pacote de amamentação. Enquanto mamava, ela o encarou com olhos escuros grandes, como se estivesse tentando desvendar o rosto do pai. Sol se lembrou dos primeiros minutos em que a segurara enquanto Sarai descansava embaixo de cobertores quentes; os olhos da bebê naquele momento o haviam fustigado com as mesmas dúvidas e o mesmo espanto de descobrimento do mundo.

O vento do anoitecer levou nuvens rápidas para cima do vale. Chegaram roncos do sudoeste que a princípio pareciam trovões distantes, mas adquiriram a regularidade macabra da artilharia, provavelmente explosões nucleares ou de plasma a pelo menos quinhentos quilômetros para o sul. Sol passou os olhos pelo céu entre as nuvens que estavam se formando e avistou vislumbres de rastros meteóricos flamejantes nas alturas: mísseis balísticos ou naves de pouso, provavelmente. Fossem o que fossem, representavam a morte para Hyperion.

Sol os ignorou. Cantou baixinho para Rachel enquanto ela terminava de mamar. Ele havia andado até a entrada do vale, mas agora estava voltando devagar para a Esfinge. As Tumbas brilhavam como nunca, tremulando com a luz bruta de gases neon estimulados por elétrons. No céu, os últimos raios de luz do sol poente transformaram as nuvens baixas em um teto de chamas pastéis.

Faltavam menos de três minutos para a última comemoração do nascimento de Rachel. Mesmo se a nave do Cônsul chegasse então, Sol sabia que não teria tempo de embarcar ou de colocar a filha em sono criogênico.

Ele não queria.

Sol subiu devagar a escada da Esfinge, pensando que Rachel tinha ido até ali 26 anos-padrão antes sem nem imaginar o destino que a aguardava dentro daquela cripta escura.

Ele parou no degrau mais alto e respirou fundo. A luz do sol era uma massa palpável que preenchia o céu e incendiava as asas e o corpo superior da Esfinge. A tumba propriamente dita parecia estar liberando a luz armazenada, feito as pedras no deserto de Hebron, nas terras bravias por onde Sol havia perambulado anos antes em busca de iluminação e deparando apenas com tristeza. O ar tremulava com a luz; o vento continuava aumentando, espalhando areia pelo fundo do vale e depois diminuindo.

Sol se abaixou em um joelho no último degrau e puxou o cobertor de Rachel até a criança ficar vestida apenas com a roupa de algodão macia de recém-nascida. Um pacotinho.

Rachel mexeu as mãos. O rosto dela estava roxo e liso, e as mãos, minúsculas e vermelhas pelo esforço de abrir e fechar. Sol se lembrava dela bem assim quando o médico entregara a criança para ele, enquanto olhava para a filha recém-nascida do mesmo jeito que olhava naquele instante, antes de colocá-la em cima da barriga de Sarai para que a mãe pudesse vê-la.

— Ai, Deus — suspirou Sol, abaixando o outro joelho, de fato prostrado.

O vale todo estremeceu como se fosse um tremor de terremoto. Sol escutava vagamente as explosões distantes que continuavam ao sul. Mas uma questão mais urgente era o brilho terrível da Esfinge. A sombra de Sol saltou para cinquenta metros atrás dele, desceu a escada e atravessou o vale conforme a tumba pulsava e vibrava com luz. Pelo canto do olho, Sol via as outras Tumbas brilharem com a mesma intensidade — reatores barrocos gigantescos nos últimos segundos antes da fusão.

A entrada da Esfinge pulsou em azul, depois violeta, depois um branco terrível. Atrás da Esfinge, na face do platô acima do Vale das Tumbas Temporais, surgiu uma árvore impossível tremeluzente, um tronco imenso e galhos de aço afiado que subiam para as nuvens iluminadas e além. Sol passou os olhos depressa, viu os espinhos de três metros e os frutos terríveis neles e voltou a olhar para a entrada da Esfinge.

Em algum lugar, o vento uivava e os trovões ribombavam. Em algum lugar, areia rubra voava como cortinas de sangue seco à luz terrível das Tumbas. Em algum lugar, vozes gritavam e um coro berrava.

Sol ignorou tudo. Ele só tinha olhos para o rosto da filha e, atrás dela, para a sombra que havia preenchido a entrada luminosa da tumba.

O Picanço saiu. A coisa precisou se curvar para que os três metros de corpo e lâminas de aço passassem pela abertura. Ele saiu para o patamar da entrada da Esfinge e avançou, parte criatura, parte escultura, andando com o cuidado terrível de um pesadelo.

A luz mortiça vinda de cima tremulava na carapaça daquela coisa, escorria pelo peitoral curvo até os espinhos de aço ali e cintilava nas lâminas dos dedos e nos bisturis que brotavam de cada articulação. Sol apertou Rachel junto ao peito e encarou as fornalhas vermelhas multifacetadas que faziam as vezes de olhos do Picanço. O pôr do sol se fundiu ao brilho vermelho-sangue do sonho recorrente de Sol.

A cabeça do Picanço se virou ligeiramente, sem fricção, girou noventa graus para a direita, então noventa para a esquerda, como se para examinar seus domínios.

O Picanço deu três passos à frente e parou a menos de dois metros de Sol. Os quatro braços se torceram e subiram, desdobrando as lâminas dos dedos.

Sol abraçou Rachel com força. A pele dela estava úmida, o rosto, amassado e manchado pelo esforço do parto. Faltavam segundos. Os olhos dela oscilaram, pareceram se fixar em Sol.

Fala que sim, papai. Sol se lembrou do sonho.

A cabeça do Picanço se abaixou até que os olhos rubi naquela carapuça terrível não olhassem para mais nada além de Sol e sua filha. A mandíbula de mercúrio se afastou ligeiramente, exibindo camadas e fileiras de dentes de aço. Quatro mãos se estenderam para a frente, de palmas metálicas voltadas para cima, e pararam a meio metro do rosto de Sol.

Fala que sim, papai. Sol se lembrou do sonho, se lembrou do abraço da filha e se deu conta de que, no fim — depois que todo o resto vira pó —, a lealdade para com aqueles que amamos é a única coisa que podemos levar para o túmulo. Ter fé — fé verdadeira — era confiar nesse amor.

Sol ergueu a criança recém-nascida e moribunda, com segundos de idade, aos berros agora ao respirar pela primeira e última vez, e a entregou ao Picanço.

A ausência do peso miúdo dela atingiu Sol com uma vertigem terrível.

O Picanço ergueu Rachel, deu um passo para trás e foi envolvido por luz.

Atrás da Esfinge, a árvore de espinhos parou de tremeluzir, entrou em sincronia com o *agora* e adquiriu uma nitidez terrível.

Sol deu um passo à frente, com braços suplicantes, enquanto o Picanço recuava para a luminosidade e desaparecia. Explosões sacudiram as nuvens e forçaram Sol a se prostrar de joelhos sob a pressão das ondas de choque.

Atrás dele, à sua volta, as Tumbas Temporais estavam se abrindo.

PARTE TRÊS

31

Acordei e não fiquei feliz de ser acordado.

Virei o corpo, apertando os olhos e reclamando da invasão súbita da luz, e vi Leigh Hunt sentado na beira da cama, ainda segurando um injetor aerossol.

— Você tomou soníferos suficientes para passar o dia todo na cama — falou ele. — Bom dia, flor do dia.

Eu me sentei, passei a mão na barba por fazer e virei os olhos apertados na direção de Hunt.

— Quem disse que você tinha o direito de entrar no meu quarto?

O esforço de falar me fez começar a tossir, e só parei quando Hunt voltou do banheiro com um copo d'água.

— Aqui.

Bebi, tentando em vão projetar raiva e revolta entre os espasmos de tosse. Os vestígios dos sonhos escapuliam feito neblina matinal. De repente, uma sensação terrível de perda se abateu sobre mim.

— Vista-se. — Hunt se levantou. — A diretora-executiva quer que você vá vê-la em seus aposentos pessoais daqui a vinte minutos. Enquanto você dormia, aconteceram coîsas.

— Que coisas?

Esfreguei os olhos e passei os dedos pelo cabelo embolado.

Hunt deu um sorriso tenso.

— Acesse a esfera de dados. Depois, vá para os aposentos de Gladstone o quanto antes. Vinte minutos, Severn.

Ele foi embora.

Acessei a esfera de dados. Para visualizar como é um ponto de entrada da esfera de dados, uma opção é imaginar uma parte do mar da Terra Velha com graus diversos de turbulência. Em geral, dias normais exibiam águas plácidas com conjuntos de marolas interessantes. Crises davam origem a agitação e espuma. Naquele momento, estava mais para um furacão. Todas as rotas apresentavam acesso lento, a confusão reinava em ondas quebradas de surtos de atualização, a matriz do dataplano fervia com deslocamentos de armazenagem e grandes transferências de crédito, e a Totalidade, que em dias normais era um zum-zum de informações e debates políticos em várias camadas, parecia um vento furioso e caótico, referendos abandonados e modelos de posição obsoletos que se espalhavam como nuvens esfiapadas.

— Meu Deus — murmurei, conseguindo acesso, mas sentindo a pressão da onda de informações continuar martelando os circuitos de meu implante e meu cérebro.

Guerra. Ataque-surpresa. A destruição iminente da Rede. Conversas sobre a deposição de Gladstone. Rebeliões em vários mundos. Revoltas da Seita do Picanço em Lusus. O abandono do sistema de Hyperion pela frota de FORÇA em uma ação de retaguarda desesperada, mas tarde demais, tarde demais. Hyperion já sob ataque. Medo de incursões por teleprojetor.

Fiquei de pé, corri pelado para o chuveiro e tomei um banho sônico em tempo recorde. Hunt ou outra pessoa havia separado um conjunto formal de traje e capa cinza, e me vesti às pressas, penteando o cabelo molhado para trás de modo que os cachos úmidos chegaram no meu colarinho.

Não seria bom deixar a diretora-executiva da Hegemonia do Homem esperando. Ah, não, não seria bom mesmo, de jeito nenhum.

— Até que enfim você chegou — disse Meina Gladstone quando entrei em seus aposentos pessoais.

— Que merda você fez? — retruquei.

Gladstone piscou. Era evidente que a diretora-executiva da Hegemonia do Homem não estava acostumada a ser tratada nesse tom. *Foda-se*, pensei.

— Lembre-se de quem você é e de com quem está falando — alertou Gladstone, com frieza.

— Não sei quem eu sou. E talvez eu esteja falando com a maior genocida desde Horace Glennon-Height. Por que cargas d'água você permitiu que esta guerra acontecesse?

Gladstone piscou outra vez e olhou à sua volta. Estávamos sozinhos. A sala de estar dela era um ambiente comprido e escuro de um jeito agradável, decorado com obras de arte originais da Terra Velha. Na hora, eu não queria nem saber se estava em uma sala cheia de originais de Van Gogh. Encarei Gladstone, um rosto lincolnesco que não passava do rosto de uma idosa à meia-luz entrando pelas persianas. Ela sustentou meu olhar por um instante e virou o rosto de novo.

— Desculpa — falei bruscamente, com um tom de voz nada arrependido. — Você não *permitiu*, você *fez* a guerra acontecer, não foi?

— Não, Severn, não fiz a guerra acontecer. — A voz de Gladstone estava baixa, quase um sussurro.

— Fala mais alto — respondi. Andei de um lado para o outro perto das janelas altas, vendo a luz das persianas passar por mim como listras pintadas. — E não sou Joseph Severn.

Ela ergueu a sobrancelha.

— Devo chamá-lo de s. Keats?

— Pode me chamar de Ninguém. Aí, quando os outros ciclopes vierem, você pode dizer que Ninguém a cegou, e aí eles vão embora, falando que foi a vontade dos deuses.

— Você pretende me cegar?

— Agora eu seria capaz de torcer seu pescoço e sair sem uma gota de remorso. *Milhões* de pessoas vão morrer até o fim desta semana. Como você pôde permitir isso?

Gladstone tocou no lábio inferior.

— O futuro só se divide em duas direções — respondeu ela, em voz baixa. — Guerra e incerteza total, ou paz e certeza total de aniquilação. Escolhi a guerra.

— Quem disse? — Minha voz agora tinha mais curiosidade que raiva.

— É um fato. — Ela deu uma olhada no conexo. — Daqui a dez minutos, preciso ir ao Senado para declarar guerra. Conte as novidades sobre os peregrinos em Hyperion.

Cruzei os braços e a encarei.

— Eu conto se você prometer fazer uma coisa.

— Eu faço, se puder.

Hesitei, sabendo que não havia poder de barganha no universo capaz de fazer aquela mulher oferecer um cheque em branco em relação à própria palavra.

— Certo. Quero que você se comunique com Hyperion por largofone, libere a nave do Cônsul e mande alguém subir o rio Hoolie para encontrar o próprio Cônsul. Ele está a uns 130 quilômetros da capital, acima das eclusas de Karla. Talvez esteja ferido.

Gladstone dobrou um dedo, massageou o lábio e fez que sim com a cabeça.

— Vou mandar alguém procurá-lo. A liberação da nave depende do que mais você tiver para me contar. Os outros estão vivos?

Eu me enrolei na capa curta e me deixei cair em um sofá na frente dela.

— Alguns estão.

— A filha de Byron Lamia? Brawne?

— O Picanço a pegou. Ela ficou desacordada por um tempo, conectada a um tipo de derivador neural na esfera de dados. Sonhei... que ela estava flutuando em algum lugar, que reencontrou a persona da primeira personalidade recuperada de Keats no implante. Os dois começaram a entrar na esfera de dados... na megaesfera, na verdade, conexões e dimensões do Cerne que eu nunca imaginei que existissem, além da esfera acessível.

— Ela está viva agora? — Gladstone se inclinou para a frente, com um olhar intenso.

— Não sei. O corpo dela desapareceu. Fui acordado antes de ver onde a persona dela entrou na megaesfera.

Gladstone assentiu com a cabeça.

— E o coronel?

— Kassad foi levado para algum lugar por Moneta, a humana que aparentemente mora nas Tumbas conforme elas recuam no tempo. Quando o vi pela última vez, ele estava atacando o Picanço desarmado. Picanços, na verdade. Eram milhares.

— Ele sobreviveu?

Abri as mãos.

— Não sei. Foram *sonhos*. Fragmentos. Pedaços de percepção.

— O poeta?

— Silenus foi levado pelo Picanço, empalado na árvore de espinhos. Mas depois voltei a vê-lo brevemente no sonho de Kassad. Silenus ainda estava vivo. Não sei como.

— Então a árvore de espinhos existe mesmo, não é só propaganda da Seita do Picanço?

— Ah, sim. Existe mesmo.

— E o Cônsul foi embora? Tentou voltar à capital?

— Ele estava com o tapete falcoeiro da avó. Funcionou bem até chegar ao lugar perto das eclusas de Karla que eu falei. O tapete, junto com ele, caiu no rio. — Eu me adiantei à pergunta seguinte: — Não sei se ele sobreviveu.

— E o sacerdote? Padre Hoyt?

— A cruciforme o trouxe de volta como o padre Duré.

— É *mesmo* o padre Duré? Ou só uma cópia acéfala?

— É Duré — falei. — Mas... danificado. Desestimulado.

— E ele continua no vale?

— Não. Desapareceu em uma das Tumbas Cavernosas. Não sei o que aconteceu com ele.

Gladstone deu uma olhada no conexo. Tentei imaginar a confusão e o caos que reinavam no resto do prédio — do mundo — na Rede. Era óbvio que a diretora tinha se refugiado ali por quinze minutos antes do discurso no Senado. Talvez fosse o último momento de solidão que ela teria por semanas. Talvez pelo resto da vida.

— O capitão Masteen?

— Morreu. Enterrado no vale.

Ela respirou fundo.

— E Weintraub e a criança?

Balancei a cabeça.

— Tive sonhos fora de ordem... fora de tempo. *Acho* que já aconteceu, mas estou confuso. — Levantei o rosto. Gladstone estava esperando pacientemente. — A bebê tinha só alguns segundos de idade quando o Picanço apareceu. Sol a ofereceu para aquela coisa. Acho que a criatura a levou para dentro da Esfinge. As Tumbas estavam brilhando muito. Tinha... outros Picanços... aparecendo.

— Então as Tumbas se abriram?

— Sim.

Gladstone tocou no conexo.

— Leigh? Mande o oficial de plantão no centro de comunicação entrar em contato com Theo Lane e o pessoal necessário de FORÇA em Hyperion. Libere a nave que pusemos em quarentena. Além disso, Leigh, avise ao governador-geral que vou mandar uma mensagem pessoal para ele daqui a alguns minutos. — O instrumento trinou, e ela olhou de novo para mim. — Tem mais alguma coisa dos seus sonhos?

— Imagens. Palavras. Não entendo o que está acontecendo. Esses foram os principais momentos.

Gladstone deu um ligeiro sorriso.

— Você sabe que está sonhando circunstâncias fora do alcance da experiência da outra persona de Keats?

Não respondi nada, atordoado de choque com o que ela falou. Meu contato com os peregrinos tinha sido possível graças a uma conexão com o implante da persona no anel de Schrön de Brawne, através disso e da esfera de dados primitiva que eles haviam usado. Mas a persona havia sido libertada; a separação e a distância destruíram a esfera de dados. Nem um receptor de largofone recebe mensagens quando não tem transmissor.

O sorriso de Gladstone sumiu.

— Você consegue explicar?

— Não. — Levantei os olhos. — Talvez tenham sido só sonhos. Sonhos de verdade.

Ela ficou de pé.

— Talvez a gente descubra quando e se o Cônsul for encontrado. Ou quando a nave dele chegar ao vale. Tenho dois minutos antes de comparecer ao Senado. Algo mais?

— Uma pergunta — falei. — Quem sou eu? Por que estou aqui?

O ligeiro sorriso de novo.

— Todos perguntamos isso, s. Sev... s. Keats.

— É sério. Acho que você sabe melhor do que eu.

— O Cerne mandou você para servir de ligação com os peregrinos. E para observar. Afinal, você é um poeta e um artista.

Dei um resmungo e me levantei. Andamos devagar na direção do portal de teleprojetor particular que a levaria ao salão do Senado.

— De que adianta observar quando estamos no fim do mundo?

— Descubra — disse Gladstone. — Vá ver o fim do mundo.

Ela me entregou um microcartão para meu conexo. Inseri e olhei o disclave; era uma ficha de autorização universal, que me dava acesso a todos os portais, públicos, particulares ou militares. Era um ingresso para o fim do mundo.

— E se eu morrer? — questionei.

— Então nunca vamos ouvir a resposta às suas perguntas — respondeu a diretora Gladstone. Ela tocou de leve no meu pulso, virou-se e atravessou o portal.

Passei alguns minutos sozinho nos aposentos dela, desfrutando a luz, o silêncio e a arte. *Havia* um Van Gogh em uma das paredes, e valia mais do que a maioria dos planetas poderia pagar. Era uma pintura do quarto do artista em Arles. Loucura não é nenhuma invenção nova.

Algum tempo depois, saí, deixei o guia de memória do meu conexo me orientar pelo labirinto que era a Casa do Governo até achar o terminex de teleprojeção central e atravessei para ver o fim do mundo.

Havia duas vias de teleprojeção de acesso total na Rede: o Boulevard e o rio Tétis. Eu me projetei para o Boulevard no ponto onde a faixa de meio quilômetro de Tsingtao-Hsishuang Panna se ligava à Terra Nova e à faixa curta à beira-mar de Nunca Mais. Tsingtao-Hsishuang Panna era um mundo da primeira onda, a 34 horas de distância do massacre desterro. Terra Nova fazia parte da lista da segunda onda, que estava sendo anunciada naquele exato instante, e tinha pouco mais de uma semana-padrão até a invasão. Nunca Mais ficava longe na Rede, a anos de distância de qualquer ataque.

Não havia sinais de pânico. As pessoas estavam saindo para a esfera de dados e a Totalidade, não para as ruas. Andando pelas vias estreitas de Tsingtao, escutei a voz de Gladstone soar em mil receptores e conexos pessoais, um subtom verbal estranho aos gritos dos vendedores de rua e ao chiado de pneus sobre asfalto molhado conforme riquixás elétricos zuniam nos andares de transporte acima.

— ... assim como outro líder disse ao seu povo às vésperas de um ataque quase oito séculos atrás, "nada mais tenho a oferecer além de sangue, trabalho, lágrimas e suor". Vocês perguntam: qual é a nossa política? Pois eu digo: é fazer guerra, no espaço, em solo, no ar, no mar, fazer guerra com todo o nosso vigor e com toda a força que nos proporcionam a justiça e o direito. *Essa* é a nossa política...

Tinha soldados de FORÇA perto da zona de translado entre Tsingtao e Nunca Mais, mas o fluxo de pedestres parecia até normal. Fiquei me perguntando quando as forças armadas ocupariam com seus veículos a via para pedestres do Boulevard e se o sentido seria rumo à *frente* de batalha ou recuando.

Atravessei para Nunca Mais. As ruas estavam secas, exceto por um ou outro respingo do mar trinta metros abaixo dos baluartes de pedra do Boulevard. O céu tinha a tonalidade de sempre, ocre e cinza ameaçadores, um crepúsculo sinistro no meio do dia. Lojinhas feitas de pedra brilhavam com luz e mercadorias. Eu sabia que as ruas estavam mais vazias do que o normal; pessoas dentro de lojas ou sentadas em muros ou bancos de pedra, cabeças baixas e olhares distraídos enquanto escutavam.

— ... vocês vão se perguntar: qual é o nosso propósito? Eu respondo em uma palavra. Vitória, vitória a qualquer custo, vitória apesar de todo o terror, vitória por mais longo e árduo que seja o caminho; pois, sem vitória, não há sobrevivência...

As filas no terminex principal de Edgartown estavam pequenas. Inseri o código de Mare Infinitus e atravessei.

O céu era o verde sem nuvens de sempre, e o oceano sob a cidade flutuante se tingia de um verde mais escuro. A quantidade de gente nessa parte afastada do Boulevard era ainda menor; os calçadões estavam quase vazios; algumas lojas, fechadas. Havia um grupo de homens parado perto de uma doca de barcos-leitos ouvindo um receptor de largofone antigo. A voz de Gladstone soava apagada e metálica no ar carregado pela maresia.

— ... neste instante, unidades de FORÇA estão se encaminhando incansavelmente aos postos, determinadas e confiantes na capacidade de resgatar não só os mundos ameaçados, como também toda a Hegemonia do Homem, ante a tirania mais sórdida e devastadora que já conspurcou os anais da história.

Mare Infinitus estava a dezoito horas da invasão. Olhei para o céu, quase achando que veria algum sinal do enxame inimigo, algum indicativo de defesa orbital, de movimentação de tropas espaciais. Era só o céu, o dia quente e o balanço suave da cidade no mar.

Portão Celestial era o primeiro mundo na lista da invasão. Passei pelo portal restrito de Lodaçal e olhei do Alto de Rifkin para a bela cidade que contradizia o nome. A noite seguia avançada, já tão tarde que os robôs-garis estavam na rua, zumbindo escovas e sônicos nos paralelepípedos, mas ali *havia* movimento, filas compridas de gente em silêncio no terminex público do Alto de Rifkin e filas mais compridas ainda que apareciam embaixo dos portais do Passeio. A polícia local estava presente, indivíduos altos com macacão anti-impacto marrom, mas, se havia unidades de FORÇA chegando às pressas para reforçar a área, não dava para vê-las.

As pessoas nas filas não moravam ali — os proprietários de imóveis no Alto de Rifkin e no Passeio quase sem dúvida tinham portais particulares. Pareciam mais trabalhadores dos projetos de aterramento muitos quilômetros depois da floresta de samambaias e dos parques. Não havia pânico, e conversa era rara. As filas se alongavam com o estoicismo paciente de famílias que se arrastavam para uma atração de parque temático. Poucos levavam pertences maiores do que uma bolsa de viagem ou uma mochila.

Será que alcançamos tamanho grau de equanimidade a ponto de nos portarmos com dignidade até mesmo diante de uma invasão?, pensei.

Portão Celestial estava a treze horas da hora H. Acessei a Totalidade com meu conexo.

— ... se conseguirmos fazer frente a essa ameaça, os mundos que amamos poderão seguir livres e a vida na Rede poderá avançar rumo ao futuro ensolarado. Mas, se fracassarmos, toda a Rede, a Hegemonia, tudo o que conhecemos e amamos mergulhará no abismo de uma nova Idade das Trevas, infinitamente mais sinistra e prolongada devido à perversão das luzes da ciência e à eliminação da liberdade humana. Portanto, preparemo-nos para nosso dever e ajamos de modo que, se a Hegemonia do Homem, seu Protetorado e seus aliados durarem dez mil anos, a humanidade ainda diga: "*Esse* foi o melhor momento deles".

Em alguma parte da cidade silenciosa e perfumada abaixo, começou um tiroteio. Primeiro foi o ratatá de armas de dardos, depois o zumbido grave de atordoadores antimultidão, seguido dos gritos e do chiado de armas laser. As pessoas no Passeio avançaram de repente na direção do terminex, mas o batalhão de choque da polícia saiu do parque, ativou holofotes halógenos potentes que inundaram a multidão de luz e começou a dar ordens por megafone para que continuassem nas filas ou se dispersassem. A multidão hesitou, oscilou para a frente e para trás como uma água-viva boiando em correntes inconstantes e, por fim — impelida pelo som de tiros, que estavam mais altos e próximos —, avançou para as plataformas dos portais.

O batalhão de choque disparou cilindros de gás lacrimogêneo e gás vertiginoso. Entre a turba e o teleprojetor, ouviu-se o gemido do surgimento de campos de interdição violeta. Uma esquadrilha de VEMs militares e raseiros de segurança chegou voando baixo por cima da cidade, com holofotes contundentes apontados para o chão. Um dos raios de luz me pegou, demorou-se até meu conexo piscar para um sinal de interrogação e seguiu em frente. Começou a chover.

Lá se vai a equanimidade.

A polícia havia pacificado o terminex público do Alto de Rifkin e estava atravessando o portal do Protetorado Atmosférico que eu usara. Decidi ir para outro lugar.

Havia soldados de FORÇA de guarda nos corredores da Casa do Governo, inspecionando as pessoas que chegavam pelo teleprojetor mesmo que o portal fosse um dos exemplares de mais difícil acesso da Rede. Passei por três barreiras de segurança até chegar à ala executiva/residencial em que ficavam meus aposentos. De repente saíram guardas para o corredor principal e bloquearam os secundários, e Gladstone passou às pressas, acompanhada por um turbilhão de conselheiros, assessores e líderes militares. Para minha surpresa, ela me viu, fez a comitiva parar aos trancos e barrancos e falou comigo através da barricada de fuzileiros com blindagem de guerra.

— O que você achou do discurso, s. Ninguém?

— Bom. Emocionante. E roubado de Winston Churchill, se não me engano.

Gladstone sorriu e deu de ombros ligeiramente.

— Se é para roubar, que seja dos mestres esquecidos. — O sorriso se desfez. — Quais são as novidades da fronteira?

— A realidade está começando a bater — falei. — Espere pânico.

— Sempre — disse a diretora. — Novidades dos peregrinos?

Fiquei surpreso.

— Os peregrinos? Eu não... sonhei.

A correnteza da comitiva de Gladstone e de acontecimentos iminentes começou a arrastá-la pelo corredor.

— Talvez você não precise mais dormir para sonhar — gritou ela. — Experimente.

Fiquei olhando enquanto ela ia embora, fui liberado para ir até minha suíte, achei a porta e me virei, revoltado comigo mesmo. Eu estava fugindo, amedrontado e em choque, do terror que se abatia sobre todos nós. Adoraria só me deitar na cama, sem dormir, puxar as cobertas até o queixo e chorar pela Rede, pela menina Rachel e por mim mesmo.

Saí da ala residencial e andei até sair para o jardim central e perambular pelas trilhas de cascalho. Pequenos microrremotos zumbiam pelo ar feito abelhas, e um me acompanhou quando atravessei o jardim de rosas, entrei na parte onde uma trilha rebaixada serpenteava entre plantas tropicais quentes e cheguei na seção da Terra Velha perto da ponte. Sentei-me no banco de pedra onde eu tinha conversado com Gladstone.

Talvez você não precise mais dormir para sonhar. Experimente.

Subi os pés para o banco, apoiei o queixo nos joelhos, pus a ponta dos dedos nas têmporas e fechei os olhos.

32

Martin Silenus se revira e se contorce na poesia pura da dor. Um espinho de aço com dois metros de comprimento penetra seu corpo entre as escápulas e sai pelo peito, prolongando-se até um ponto a um metro terrível afilado à frente dele. O espinho não tem fricção alguma, e as mãos suadas e os dedos dobrados do poeta não conseguem segurá-lo com firmeza. Apesar de ser liso ao toque, o espinho não deixa o corpo deslizar; Silenus está tão cravado quanto uma borboleta presa em um mostruário.

Não há sangue.

Nas horas após a volta da racionalidade em meio ao torpor ensandecido da dor, Martin Silenus refletia a respeito. Não há sangue. Mas há dor. Ah, sim, há dor em abundância — dor além das noções mais absurdas que o poeta já teve sobre dor, dor além da resistência humana e dos limites do sofrimento.

Mas Silenus resiste. E Silenus sofre.

Ele grita pela milésima vez, um som entrecortado, vazio de conteúdo, isento de linguagem, até de obscenidade. Palavras não conseguem descrever tamanha agonia. Silenus grita e se contorce. Depois de um tempo, o corpo fica inerte, e o espinho comprido balança ligeiramente em resposta às debatidas. Tem outras pessoas penduradas acima, abaixo e atrás dele, mas Silenus não as observa por muito tempo. Cada uma está isolada em seu próprio casulo pessoal de agonia.

"Ora, é o inferno, e não estou fora dele", pensa Silenus, citando Marlowe.

Mas ele sabe que não é o inferno. Nem é o além. Mas também sabe que não é uma subdivisão da realidade; o espinho atravessa o *corpo* dele! Oito centímetros de aço orgânico através do peito! Mas ele não morreu. E não sangra. Este lugar era algum lugar e alguma coisa, mas não era o inferno e tampouco a vida.

O tempo era estranho ali. Silenus já havia passado por situações em que o tempo se esticava e desacelerava — a agonia de um nervo exposto na cadeira do dentista, a dor de um cálculo renal na sala de espera de uma mediclínica —, quando o tempo podia andar mais devagar ou parecia nem se mexer quando os ponteiros de um relógio biológico se imobilizavam pelo choque. Mas depois o tempo andava. O tratamento de canal terminava. A ultramorfina finalmente chegava, fazia efeito. Só que ali o próprio ar estava paralisado pela ausência do tempo. A dor é a curva e a espuma de uma onda *que não quebra*.

Silenus grita de raiva e de dor. E se contorce no espinho.

— Droga! — diz ele, enfim. — Droga filho da puta desgraçado.

As palavras são relíquias de outra vida, artefatos do sonho que ele viveu antes da realidade da árvore. Silenus mal se lembra dessa vida, assim como mal se lembra de ter sido levado pelo Picanço, de ter sido empalado, de ter sido abandonado ali.

— Ai, Deus! — grita o poeta, segurando no espinho com as duas mãos, tentando se levantar para aliviar o peso enorme do corpo que aumenta tão desmedidamente a dor imensurável.

Há uma paisagem lá embaixo. Ele enxerga a quilômetros de distância. É uma maquete de papel machê imobilizada do Vale das Tumbas Temporais e do deserto mais além. Até a cidade morta e as montanhas distantes estão reproduzidas na miniatura estéril e plastificada. Não importa. Para Martin Silenus só existem a árvore e a dor, e as duas são indivisíveis. Silenus mostra os dentes em um sorriso rasgado pela dor. Quando era criança na Terra Velha, ele e seu melhor amigo, Amalfi Schwartz, visitaram uma comuna de cristãos na Reserva da América do Norte, aprenderam a teologia grosseira deles e, depois, fizeram muitas piadas sobre crucificação. O jovem Martin abrira os braços, cruzara as pernas, levantara a cabeça e dissera: "Nossa, dá para ver a cidade toda daqui de cima". Amalfi havia gargalhado.

Silenus grita.

O tempo não passa de fato, mas em algum momento a mente do poeta volta para algo próximo da observação linear — algo diferente dos oásis esparsos de agonia límpida e pura separados pelo deserto da agonia recebida irracionalmente — e, nessa percepção linear da própria dor, Silenus começa a impor tempo àquele lugar atemporal.

No início, as obscenidades dão clareza à dor. Gritar dói, mas sua raiva clareia e esclarece.

Depois, nos intervalos exaustos entre gritos ou espasmos puros de dor, Silenus se permite pensar. A princípio é só um esforço para dar sequência, recitar cronologias mentalmente, qualquer coisa para distinguir a agonia de dez segundos antes da agonia por vir. Silenus descobre que, no esforço de concentração, a agonia diminui um pouco — ainda insuportável, ainda expulsando qualquer pensamento genuíno como fiapos de névoa ao vento, mas diminui um volume indefinível.

Então Silenus se concentra. Ele grita e xinga e se contorce, mas se concentra. Como não tem mais nada em que se concentrar, ele se concentra na dor.

Ele descobre que a dor tem uma estrutura. Tem uma planta baixa. Tem traços mais intrincados que um náutilo, é mais barroca que a catedral gótica mais cheia de contrafortes. Mesmo gritando, Martin Silenus estuda a estrutura dessa dor. Ele se dá conta de que é um poema.

Silenus torce o corpo e o pescoço pela décima milésima vez, em busca de alívio na impossibilidade de qualquer alívio, mas dessa vez ele vê uma silhueta familiar cinco metros acima, pendurada em um espinho parecido, contorcendo-se na brisa irreal da agonia.

— Billy! — arqueja Martin Silenus, seu primeiro pensamento genuíno.

Seu antigo senhor e patrono fita com olhar perdido um abismo, cegado pela dor que cegou Silenus, mas se vira um pouco como se reagisse ao som do próprio nome naquele lugar além dos nomes.

— Billy! — grita Silenus de novo, e então perde a visão e o raciocínio para a dor. Ele se concentra na estrutura da dor, acompanha seus traçados como se estivesse delineando o tronco, os galhos, os gravetos e os espinhos da própria árvore. — Senhor!

Silenus escuta uma voz acima dos gritos e se espanta ao constatar que tanto os gritos quanto a voz são dele:

— ... És dado a sonhar;
Delírios da pele: pensa na Terra;
Vês acaso sequer esperança pra rejubilar?
Vês santuário? toda cria tem seu canto;
Todo homem tem dias de glória e dor,
Inda que obre pra risos ou prantos...
Dor apenas; glória apenas; marcados:
Só quem sonha todos os dias corrói,
Mais suplicia do que valem seus pecados.

Ele conhece o poema, não é seu, mas de John Keats, e sente as palavras darem mais estrutura ao caos aparente de dor ao redor. Silenus compreende que a dor o acompanha desde o nascimento — a dádiva do universo para um poeta. É um reflexo físico da dor que ele sentiu e tentou inutilmente transpor em versos, estabelecer em prosa, em todos aqueles anos de vida inútil. É pior do que dor; é infelicidade porque o universo oferece dor para todos.

— Só quem sonha todos os dias corrói,
Mais suplicia do que valem seus pecados!

Silenus brada, mas não um grito de dor. O rugido de dor da árvore, mais psíquica que física, cede por uma ínfima fração de segundo. Tem uma ilha de distração no meio daquele oceano de obsessão.

— Martin!

Silenus se contorce, levanta a cabeça, tenta enxergar através da névoa de dor. Triste Rei Billy está olhando para ele. *Olhando.*

Triste Rei Billy geme uma sílaba que, após um instante interminável, Silenus reconhece como "Mais!".

Silenus dá um berro de agonia e se contorce com um espasmo involuntário de reação física irracional, mas, quando para, inerte de exaustão, quando a dor, mesmo sem diminuir, é afastada das áreas motoras do cérebro por toxinas da fadiga, ele permite que a voz dentro de si grite e sussurre sua canção:

> *— Espírito que rege!*
> *Espírito que aflige!*
> *Espírito que se imola!*
> *Espírito que chora!*
> *Espírito! Aqui*
> *Me prostro a ti,*
> *Baixo tua asa.*
> *Espírito! Eu miro*
> *Em pleno fascínio*
> *Tua alva morada!*

O pequeno círculo de silêncio se expande para incluir alguns galhos próximos, um punhado de espinhos que sustenta seus conjuntos de seres humanos à beira da morte.

Silenus levanta os olhos para Triste Rei Billy e vê seu soberano traído abrir os olhos tristes. Pela primeira vez em mais de dois séculos, patrono e poeta olham um para o outro. Silenus entrega a mensagem que o levou ali, que o pendurou ali.

— Senhor, desculpa.

Antes que Billy possa responder, antes que o coro de gritos abafe qualquer resposta, o ar *muda*, a sensação de tempo paralisado se *mexe*, e a árvore *balança*, como se o negócio todo tivesse caído um metro. Silenus grita junto com os outros quando o galho balança e o espinho que o atravessa lhe rasga as entranhas e lhe corta a pele de novo.

Silenus abre os olhos e vê que o céu é real, o deserto é real, as Tumbas brilham, o vento sopra, e o tempo recomeçou a andar. O tormento não diminuiu, mas a clareza voltou.

Martin Silenus ri em meio às lágrimas.

— Olha, mãe! — grita ele, com risadinhas, ainda com um metro de lança de aço saindo de seu peito destruído. — Dá para ver a cidade toda daqui de cima!

— S. Severn? Está tudo bem?

Ofegante, de quatro no chão, eu me virei para a voz. Doía para abrir os olhos, mas nenhuma dor se comparava ao que eu havia acabado de sentir.

— Está tudo bem, senhor?

Não tinha ninguém por perto no jardim. A voz saíra de um microrremoto que zumbia a meio metro do meu rosto, provavelmente um agente da segurança em algum lugar na Casa do Governo.

— Está, sim — falei, enfim, levantando-me e tirando o cascalho dos joelhos. — Estou bem. Foi uma... dor súbita.

— O socorro médico pode chegar aí em dois minutos, senhor. Seu biomonitor não relata nenhuma dificuldade orgânica, mas podemos...

— Não, não — retruquei. — Estou bem. Deixa para lá. E *me* deixa em paz.

O remoto voejou que nem um beija-flor nervoso.

— Sim, senhor. É só chamar se precisar de qualquer coisa. O monitor do jardim e do terreno vai responder.

— Vai embora — falei.

Saí dos jardins, passei pelo corredor principal da Casa do Governo — cheio de barreiras de segurança e guardas agora — e atravessei a área de topiaria do Parque de Cervos.

A região das docas estava calma, com o rio Tétis tranquilo como eu nunca tinha visto.

— O que está acontecendo? — perguntei a um dos seguranças no píer.

O guarda acessou meu conexo e confirmou minhas credenciais da segurança executiva e a da diretoria, mas respondeu sem pressa.

— Os portais foram desligados para TC^2 — soltou placidamente. — Fora do circuito.

— Fora do circuito? Quer dizer que o rio não corre mais por Tau Ceti Central?

— É.

Ele abaixou a viseira quando um barco pequeno se aproximou e a levantou ao identificar as duas pessoas da segurança a bordo.

— Posso sair por ali? — Apontei para a ponta do rio onde os portais altos exibiam uma cortina cinza opaca.

O guarda deu de ombros.

— Pode. Mas não vai ter como voltar por ali.

— Não tem problema. Posso pegar aquele barquinho?

O guarda murmurou no minimicrofone e fez que sim.

— Pode ir.

Subi cuidadosamente na embarcação pequena, me sentei no banco traseiro e me segurei na amurada até ele parar de balançar, encostei no disclave de força e falei:

— Iniciar.

Os jatos elétricos zumbiram, a lancha pequena se desamarrou e virou a proa para o rio, aí apontei o caminho para subir a correnteza.

Eu nunca tinha ouvido falar de um isolamento no rio Tétis, mas a cortina do teleprojetor agora sem dúvida era uma membrana semipermeável de mão única. O barco atravessou zumbindo. Desconsiderei a sensação de formigamento e olhei à minha volta.

Eu estava em uma das grandes cidades de canais — Ardmen ou Pamolo, talvez — em Renascença Vetor. O Tétis ali era uma via central de onde saíam muitos afluentes. Em circunstâncias normais, o único tráfego fluvial ali seria de gôndolas turísticas nas faixas laterais e os iates e os alcança-tudos dos muito ricos nas faixas centrais de passagem. Porém, estava um hospício.

Barcos de tudo que era tipo e tamanho congestionavam os canais do centro, em ambas as direções. Casas flutuantes estavam entulhadas de pertences, e embarcações menores pareciam carregadas a ponto de virar com a mínima onda ou oscilação de rastro. Centenas de tralhas ornamentais de Tsingtao-Hsishuang Panna e balsas-condomínio fluviais milionárias de Fuji disputavam espaço no rio; eu imaginava que poucas dessas embarcações residenciais já houvessem saído de seus atracadouros antes. No meio da confusão de madeira, plastaço e acrílico, alcança-tudos passavam como ovos de prata, com seus campos de contenção configurados para reflexo total.

Consultei a esfera de dados: Renascença Vetor era um mundo de segunda onda, a 107 horas da invasão. Achei curioso que refugiados de Fuji lotassem as vias aquáticas ali, já que o mundo deles tinha mais de duzentas horas até o bicho pegar, mas aí me dei conta de que, exceto pela remoção de TC^2 da via, o rio continuava correndo pela série de mundos habitual. Os refugiados de Fuji tinham entrado no rio em Tsingtao, a 33 horas dos desterros, e passado por Deneb Drei, a 147 horas, e por Renascença Vetor em direção a Parcimônia ou Grama, ambos fora de perigo no momento. Balancei a cabeça, achei uma via afluente relativamente razoável de onde assistir à loucura e me perguntei quando as autoridades desviariam o rio para que *todos* os mundos em perigo se dirigissem a refúgios.

Dá para fazer isso?, pensei. O TecnoCerne havia instalado o rio Tétis como um presente para a Hegemonia durante o Pentacentenário. Mas com certeza Gladstone ou alguém havia pensado em pedir ajuda ao Cerne para a evacuação. *Pediram?*, pensei. O Cerne *ajudaria*? Eu sabia que Gladstone estava convencida de que havia elementos do Cerne determinados a eliminar a espécie humana — essa guerra tinha sido a escolha de Hobson dela diante da alternativa. Que jeito simples de os elementos anti-humanidade do Cerne executarem seu programa — era só se recusar a evacuar os bilhões de pessoas ameaçados pelos desterros!

Eu estava sorrindo, apesar da morbidez, mas o sorriso sumiu quando me dei conta de que o TecnoCerne também mantinha e controlava a rede de teleprojetores da qual eu dependia para sair dos territórios ameaçados.

Eu havia amarrado a lancha na base de uma escada de pedra que descia para a água salobra. Vi musgo verde crescendo nas pedras mais baixas. Os degraus de pedra em si — talvez trazidos da Terra Velha, já que algumas das cidades clássicas foram transportadas via teleprojetor nos primeiros anos após o Grande Erro — estavam desgastados pelo tempo, e dava para ver uma trama fina de fissuras que ligava pontos cintilantes e parecia um diagrama da Rede-mundo.

Fazia muito calor, e o ar estava denso demais, pesado demais. O sol de Renascença Vetor estava baixo acima das torres triangulares. A luz era vermelha e viscosa demais para meus olhos. O barulho do Tétis era ensurdecedor até ali, a cem metros de distância dentro de algo que equivalia a um beco. Pombos rodopiavam agitados entre paredes escuras e beirais salientes.

O que posso fazer? Parecia que todo mundo estava se comportando como se o mundo avançasse lentamente rumo à destruição, e o máximo que eu podia fazer era vagar sem destino.

É o seu trabalho. Você é um observador.

Esfreguei os olhos. Quem disse que poetas tinham que ser observadores? Pensei em Li Po e George Wu, que lideraram exércitos pela China e escreveram alguns dos poemas mais sensíveis da história enquanto os soldados dormiam. E pelo menos Martin Silenus tivera uma vida longa e plena, ainda que metade dessa plenitude tivesse sido obscena e a outra metade, um desperdício.

Ao pensar em Martin Silenus, dei um gemido alto.

A criança, Rachel, está pendurada agora naquela árvore de espinhos?

Ponderei isso por um segundo, pensando se uma sina dessas era preferível à extinção rápida da doença de Merlim.

Não.

Fechei os olhos e me concentrei em não pensar em absolutamente nada, na esperança de conseguir fazer algum contato com Sol, descobrir algo sobre o destino da criança.

O barquinho balançou de leve com as marolas dos rastros distantes. Em algum lugar acima de mim, os pombos voejaram para um beirão e arrulharam uns para os outros.

— Não quero saber se é difícil! — grita Meina Gladstone. — Quero a frota *toda* no Sistema Vega para defender Portão Celestial. *Depois* desloquem os elementos necessários para Bosque de Deus e os outros mundos ameaçados. A única vantagem que nós *temos* agora é mobilidade!

O rosto do almirante Singh está com uma expressão grave de frustração.

— É perigoso demais, s. diretora! Se levarmos a frota diretamente para o espaço de Vega, ela corre um risco terrível de ficar isolada lá. Sem dúvida vão tentar destruir a esfera de singularidade que liga o sistema à Rede.

— *Protejam-na!* — retruca Gladstone. — É para isso que servem todas as belonaves caras.

Singh olha para Morpurgo e os demais oficiais-generais em busca de auxílio. Ninguém fala nada. O grupo está no Gabinete de Guerra do complexo executivo. As paredes estão cheias de holos e colunas flutuantes de dados. Ninguém está olhando para elas.

— Todos os nossos recursos estão empenhados na proteção da esfera de singularidade no espaço de Hyperion — explica o almirante Singh, em voz baixa, com palavras articuladas cuidadosamente. — Bater em retirada sob fogo, ainda mais sob o ataque do Enxame inteiro ali, é muito difícil. Se *essa* esfera fosse destruída, nossa frota ficaria a uma dívida temporal de dezoito meses da Rede. A guerra estaria perdida antes que eles conseguissem voltar.

Gladstone assente com um gesto rigoroso da cabeça.

— Não estou pedindo para você arriscar essa esfera de singularidade enquanto todos os elementos da frota não tiverem se transladado, almirante. Já aceitei deixar que saiam de Hyperion *antes* de retirarmos todas as nossas naves, mas insisto que não entreguemos mundos da Rede sem lutar.

O general Morpurgo se levanta. O lusiano já parece exausto.

— Diretora, estamos planejando lutar. Mas faz muito mais sentido começar a defesa em Hebron ou Renascença Vetor. Não só vamos ganhar quase cinco dias para preparar as defesas, como também...

— Mas aí perdemos nove mundos! — interrompe Gladstone. — *Bilhões* de cidadãos da Hegemonia. Seres humanos. Portão Celestial seria uma perda terrível, mas Bosque de Deus é um tesouro cultural e ecológico. Insubstituível.

— Diretora — começa Allan Imoto, ministro da Defesa —, estão surgindo indícios de que os templários estiveram em conluio com a tal Igreja do Picanço por muitos anos. Grande parte do financiamento de programas da Seita do Picanço veio de...

Gladstone faz um gesto com a mão para calar o homem.

— Não quero *saber*. Perder Bosque de Deus é inadmissível. Se não pudermos defender Vega e Portão Celestial, o limite é o planeta templário. Ponto-final.

Singh parece estar sendo puxado para baixo por correntes invisíveis quando tenta dar um sorriso irônico.

— Isso nos dá menos de uma hora, diretora.

— Ponto-final — repete Gladstone. — Leigh, qual é a situação das revoltas em Lusus?

Hunt pigarreia. Ele está com a mesma postura cabisbaixa e pacata de sempre.

— S. diretora, agora são pelo menos cinco Colmeias envolvidas. Já foram centenas de milhões de marcos em estragos materiais. Unidades e FORÇA:solo se transladaram de Freeholm e, pelo que parece, contiveram o pior das pilhagens e manifestações, mas não há previsão para o restabelecimento do serviço de teleprojeção nessas Colmeias. Não resta dúvida de que a Igreja do Picanço é a responsável. O primeiro distúrbio na Colmeia de Bergstrom começou com uma manifestação de fanáticos da Seita, e o bispo invadiu a programação da HTV até ser interrompido por...

Gladstone abaixa a cabeça.

— Então até que enfim ele deu as caras. Está em Lusus agora?

— Não sabemos, s. diretora — responde Hunt. — O pessoal da Autoridade de Trânsito está tentando descobrir o paradeiro dele e dos principais acólitos.

Gladstone se vira para um jovem que levo um instante para reconhecer. É o comandante William Ajunta Lee, o herói da batalha por Maui-Pacto. A última notícia que se tinha dele era que o jovem havia sido transferido para os Confins por se atrever a expressar a opinião na frente de seus superiores. Agora, as dragonas da farda de FORÇA:mar dele exibem o dourado e esmeralda do posto de contra-almirante.

— E se lutarmos por cada mundo? — pergunta Gladstone para ele, ignorando a própria proclamação de que a decisão era definitiva.

— Acho que é um erro, diretora — diz Lee. — Todos os nove Enxames estão empenhados no ataque. O único com que não vamos ter que nos preocupar por três anos, se conseguirmos retirar nossas forças, é o Enxame que está atacando Hyperion agora. Se concentrarmos nossa frota, ou até metade dela, para enfrentar a ameaça a Bosque de Deus, é quase certo que não teremos como deslocar essas forças para defender os outros mundos da primeira onda.

Gladstone massageia o lábio inferior.

— O que você recomenda?

O contra-almirante Lee respira fundo.

— Recomendo minimizar o prejuízo, destruir a esfera de singularidade desses nove sistemas e preparar um ataque contra os Enxames da segunda onda *antes* que eles cheguem aos sistemas estelares habitados.

Estoura uma comoção em volta da mesa. A senadora Feldstein de Mundo de Barnard está em pé, gritando alguma coisa.

Gladstone espera a tempestade arrefecer.

— Quer dizer, levar a luta até eles? Contra-atacar os próprios Enxames, em vez de esperar para travar uma batalha defensiva?

— Isso, s. diretora.

Gladstone aponta para o almirante Singh.

— Dá para fazer isso? Dá para planejar, preparar e lançar essas investidas ofensivas daqui a... — Ela consulta o fluxo de dados na parede atrás de si. — ... 94 horas-padrão?

Singh faz posição de sentido.

— Possível? Ah... talvez, diretora, mas as repercussões políticas pela perda de nove mundos da Rede... ah, as dificuldades logísticas de...

— Mas é possível? — insiste Gladstone.

— Ah... é, s. diretora. Mas se...

— Façam isso — diz Gladstone. Ela fica em pé, e os outros em volta da mesa também se levantam às pressas. — Senadora Feldstein, vou falar com você e os outros parlamentares afetados no meu gabinete. Leigh, Allan, por favor, me mantenham informada sobre as revoltas em Lusus. O Conselho de Guerra vai se reunir de novo daqui a quatro horas nesta sala. Bom dia, senhores e senhoras.

Andei atordoado pelas ruas, processando ecos na mente. Longe do rio Tétis, onde havia menos canais e as vias de pedestres eram mais largas, os espaços estavam ocupados por multidões. Deixei meu conexo me guiar até terminices diversos, mas cada um estava mais lotado que o outro. Levei alguns minutos para me dar conta de que aquelas pessoas não eram apenas os habitantes de Renascença V tentando *sair*, mas também turistas de toda a Rede se acotovelando para *entrar*. Eu me perguntei se alguém na força-tarefa de evacuação de Gladstone tinha considerado o problema de milhões de curiosos pegando teleprojetores para ver a guerra começar.

Eu não fazia a menor ideia de como estava sonhando com as conversas de Gladstone no Gabinete de Guerra, mas também não tinha a menor dúvida de que eram reais. Pensando em retrospecto, eu me lembrava de detalhes dos sonhos durante a longa noite anterior — não apenas com Hyperion, mas também com a caminhada da diretora pelos mundos, detalhes de reuniões de cúpula.

Quem era eu?

Cíbridos são remotos biológicos, apêndices de uma IA — ou, no caso, de uma persona recuperada de IA, armazenada em segurança em algum lugar do Cerne. Fazia sentido o Cerne saber tudo que acontecia na Casa do Governo, nos muitos corredores da liderança humana. A humanidade havia se tornado tão indiferente à coexistência com o potencial de monitoramento por inteligências artificiais quanto as famílias do sul dos Estados Unidos da Terra Velha eram ao conversar na frente de seus escravos humanos antes da Guerra da Secessão. Não havia nada a fazer: todo ser humano acima do nível de pobreza mais baixo da Colmeia da Escumalha tinha um conexo com biomonitor, muitos tinham implantes, e cada um desses estava sintonizado na música da esfera de dados, era monitorado por elementos da esfera de dados, dependia de funções da esfera de dados... Então os humanos aceitavam a falta de privacidade. Uma artista de Esperança me disse certa vez: "Transar ou brigar com um cônjuge enquanto os monitores da casa estão ligados é como tirar a roupa na frente de um cachorro ou gato: a gente hesita na primeira vez, mas depois deixa para lá".

Então eu estava acessando algum canal oculto que só o Cerne conhecia? Tinha um jeito simples de descobrir: sair do meu cíbrido e transitar pelas estradas da megaesfera até o Cerne como Brawne e meu par incorpóreo estavam fazendo na última vez que eu participara de suas percepções.

Não.

Essa ideia me deixou tonto, quase nauseado. Achei um banco e me sentei um pouco, abaixei a cabeça entre os joelhos e respirei fundo e devagar algumas vezes. A multidão passava à minha volta. Alguém em algum lugar discursava num megafone.

Eu estava com fome. Fazia pelo menos 24 horas que eu não comia, e, cíbrido ou não, meu corpo estava fraco e faminto. Abri caminho por uma rua secundária onde vendedores gritavam mais alto que o barulho normal e ofereciam seus produtos em girocarroças de uma roda.

Vi uma carroça com fila pequena, pedi uma massa frita com mel, um copo de café bressiano forte e um saco de pão pita com salada, toquei meu cartão universal para pagar a mulher e subi a escada de um edifício abandonado para me sentar na varanda e comer. O gosto era maravilhoso. Estava bebericando o café, pensando em pedir mais massa frita, quando percebi que a multidão na praça abaixo havia parado a movimentação sem rumo e estava concentrada em volta de um grupo pequeno de homens na borda de um chafariz largo. As palavras amplificadas deles chegaram até mim por cima da cabeça das pessoas:

— ... o Anjo da Retribuição foi solto em nosso meio, as profecias se cumpriram, o Milênio chegou... O plano do Avatar demanda esse sacrifício... Como profetizou a Igreja da Expiação Derradeira, que soube, sempre soube, que essa expiação há de ser feita... Tarde demais para meias medidas... Tarde demais para conflitos internos... O fim da humanidade está próximo, as Tribulações começaram, o Milênio do Senhor está prestes a nascer.

Reparei que os homens de vermelho eram sacerdotes da Seita do Picanço e que a multidão reagia — a princípio, com gritos favoráveis, exclamações ocasionais de "Sim, sim!" e "Amém!", depois com cânticos em uníssono, punhos erguidos ao alto e brados intensos de êxtase. Era incongruente, para dizer o mínimo. A Rede deste século evocava muito o tom religioso da Roma da Terra Velha logo antes da Era Cristã: uma política de tolerância, uma infinidade de religiões — a maioria, como o zen-gnosticismo, era complexa, voltada para si e não muito dada a proselitismo — e um teor geral de ligeiro cinismo e indiferença quanto a impulsos religiosos.

Mas não agora, não naquela praça.

Eu estava pensando na escassez de turbas dos últimos séculos: para criar uma turba, é preciso haver concentração de público, e na nossa época as concentrações de público eram comunhões de indivíduos através da Totalidade ou de outros canais da esfera de dados; é difícil gerar fervor de turbas quando as pessoas estão separadas por quilômetros e anos-luz, conectadas apenas por linhas de comunicação e filamentos de largofone.

Despertei de repente dos meus devaneios quando o estrondo da multidão se calou e mil rostos se viraram na minha direção.

— ... e ali está um *deles*! — bradou o clérigo da Seita do Picanço, e seu manto vermelho se agitou quando ele apontou na minha direção. — Um daqueles dos círculos fechados da Hegemonia... Um dos pecadores ardilosos que fizeram a Expiação chegar até nós agora... São *aquele homem* e outros como ele que querem que o Avatar Picanço faça vocês *pagarem* pelos pecados deles, enquanto ele e os outros se escondem na segurança de mundos secretos que a liderança da Hegemonia reservou exatamente para este momento!

Abaixei meu copo de café, engoli o último pedaço de massa frita e olhei. O homem estava falando bobagem. Mas como ele sabia que eu tinha vindo de TC^2? Ou que eu tinha acesso a Gladstone? Olhei de novo, protegendo os olhos da luz forte e tentando ignorar os rostos erguidos e punhos sacudidos na minha direção, fitando o rosto acima do manto vermelho...

Meu Deus, era Spenser Reynolds, o artista de ação que, na última ocasião em que eu o vira, estava tentando dominar a conversa no jantar no Copas. Reynolds havia raspado todo o cabelo cacheado e trabalhado, deixando apenas uma trança da Seita do Picanço na parte de trás, mas o rosto continuava bronzeado e bonito, mesmo distorcido pela raiva fingida e pela fé fanática de um verdadeiro fiel.

— Peguem-no! — gritou o agitador Reynolds da Seita do Picanço, ainda apontando na minha direção. — Peguem e façam-no pagar pela destruição da nossa casa, pela morte da nossa família, pelo fim do mundo!

Até olhei para trás, achando que de jeito nenhum aquele vigarista pomposo estaria falando de *mim*.

Mas estava. E tinha um volume suficiente de multidão transformado em *turba* para uma onda de pessoas mais próximas do demagogo barulhento avançar na minha direção, sacudindo punhos e disparando perdigotos, e essa onda afastou outros do centro, até que as pessoas na borda da multidão abaixo de mim também vieram na minha direção para não serem atropeladas.

A onda virou uma massa revoltosa que rugia, gritava e berrava; no momento, o somatório do QI da multidão era muito menor do que o QI do integrante mais modesto. Turbas têm paixão, não cérebro.

Eu não queria ficar ali a tempo de explicar. A multidão se dividiu e começou a subir correndo os dois lados da escada dupla do meu edifício. Dei meia-volta e tentei a porta coberta de tábuas atrás de mim. Estava trancada.

Chutei até quebrar a porta para dentro na terceira tentativa, entrei pelas lacunas logo antes das mãos que queriam me pegar e comecei a subir correndo uma escada escura em um corredor cheirando a tempo e umidade. Ouvi gritaria e barulho de madeira rachada quando a turba demoliu a porta atrás de mim.

Tinha um apartamento no terceiro andar, ocupado apesar de o prédio parecer abandonado. A porta não estava trancada. Abri assim que ouvi passos no andar de baixo.

— Por favor, me ajuda... — comecei, mas parei. Havia três mulheres na sala escura; talvez três gerações da mesma família, pois dava para notar certa semelhança. As três estavam sentadas em cadeiras podres, vestidas com trapos imundos, de braços brancos estendidos, dedos pálidos encurvados em volta de esferas invisíveis; percebi o cabo fino de metal que saía do meio do cabelo branco da mais velha e ia até o console preto em cima de uma mesa empoeirada. Cabos idênticos saíam do crânio da filha e da neta.

Plugueiras. No estágio final de anorexia por conexão, pelo visto. Provavelmente alguém aparecia de vez em quando para alimentá-las por via intravenosa e trocar as roupas sujas, mas talvez o medo da guerra tenha feito a pessoa parar de vir.

Os passos ecoavam pela escada. Fechei a porta e subi correndo mais dois andares. Portas trancadas e cômodos abandonados com poças d'água de goteiras da estrutura exposta de madeira. Injetores de Flashback espalhados pelo chão que nem bulbos de refrigerante. *Este bairro não é bom*, pensei.

Cheguei ao terraço dez degraus à frente da manada. Se a turba havia perdido alguma energia irracional ao se afastar do guru, logo a recuperou no ambiente escuro e claustrofóbico da escada. Talvez as pessoas tivessem esquecido *por que* estavam me perseguindo, o que não tornava mais interessante a ideia de ser pego por elas.

Bati a porta podre atrás de mim e procurei uma fechadura, algo para obstruir o caminho, qualquer coisa. Não tinha fechadura. Nada grande o bastante para segurar a porta. Passos ensandecidos ecoavam pelo último lance da escada.

Passei os olhos pelo terraço: antenas parabólicas em miniatura que pareciam uma cultura de cogumelos invertidos enferrujados, um varal de roupa com cara de ter sido esquecido havia anos, meia dúzia de cadáveres de pombos decompostos e um Vikken Scenic antigo.

Cheguei ao VEM antes que as primeiras pessoas da turba passassem pela porta. O negócio era uma peça de museu. Sujeira e titica de pombo praticamente recobriam o para-brisa. Alguém havia removido os repulsores originais e trocado por unidades baratas de fundo de quintal que jamais seriam aprovadas em uma vistoria. A cúpula de acrílico estava fundida e escura na parte de trás, como se alguém a tivesse usado para fazer tiro ao alvo com uma arma laser.

No entanto, uma questão mais imediata era o fato de que o VEM não tinha leitor de mão, só um buraco de chave arrombado muito tempo antes. Eu me joguei no assento empoeirado e tentei bater a porta; não fechou, ficou entreaberta. Não ponderei a baixa probabilidade de o troço ligar nem a probabilidade mais baixa ainda de eu conseguir negociar com a turba quando fosse arrastado para fora e escada abaixo... Isso se não me *jogassem* logo pela beirada do terraço. Dava para ouvir um estrondo grave da gritaria conforme a turba na praça abaixo enlouquecia.

As primeiras pessoas a saírem para o terraço foram um homem corpulento de macacão cáqui de técnico, um homem magro com um traje preto fosco que era a última moda aceita em Tau Ceti, uma mulher extremamente obesa que brandia algo que parecia uma chave de boca comprida, e um homem baixo de uniforme verde da Força de Autodefesa de Renascença V.

Com a mão esquerda, mantive a porta encostada e, com a outra, enfiei o microcartão-mestre de Gladstone no disclave da ignição. A bateria resmungou, o ativador de transição começou a ranger, aí fechei os olhos e fiz um pedido para que os circuitos fossem de carga solar e autorreparáveis.

Punhos esmurraram o teto, palmas estapearam o acrílico retorcido perto do meu rosto, e alguém puxou a porta apesar de todo o meu esforço para deixá-la fechada. A gritaria da multidão distante parecia o ruído de fundo que o mar faz; os berros do grupo no terraço estavam mais para os grasnidos de gaivotas gigantes.

Os circuitos de ascensão ligaram, os repulsores espalharam poeira e cocô de pombo para cima da turba toda no terraço, encaixei a mão no onicontrole, mexi para trás e para a direita e senti o Scenic velho subir, balançar, descer e subir de novo.

Virei à direita por cima da praça, só um pouco ciente de que os alarmes do painel indicavam a presença de uma pessoa ainda pendurada na porta aberta. Dei um mergulho, sorrindo sem querer ao ver o orador Reynolds da Seita do Picanço se esquivar e a multidão se dispersar, para então subir por cima do chafariz enquanto virava para a esquerda com brusquidão.

O passageiro escandaloso não largou a porta, mas a porta se soltou, então o efeito foi o mesmo. Percebi que era a mulher obesa logo antes de ela e a porta atingirem a água oito metros abaixo, molhando Reynolds e a multidão. Mandei o VEM subir mais e ouvi as unidades ascensoras de fundo de quintal gemerem com a decisão.

Chamados nervosos do controle de trânsito local se juntaram ao coro de vozes de alarme do painel, e o veículo trepidou ao entrar no modo de controle policial, mas encostei meu microcartão no disclave de novo e fiz um gesto com a cabeça quando o onicontrole voltou a funcionar. Sobrevoei a parte mais antiga e pobre da cidade, passando perto dos terraços e contornando torres de relógio e colunas para evitar o radar da polícia. Em um dia normal, agentes do controle de trânsito com ascensores portáteis pessoais e raseiretes teriam aparecido e me enredado muito antes, mas, pelo comportamento das multidões nas ruas e pelos vislumbres de confronto que eu percebia perto de terminices de teleprojeção públicos, o dia não estava lá muito normal.

O Scenic começou a me avisar que o tempo dele no ar estava contado, senti o repulsor direito ceder com um solavanco perturbador e lutei com o oni e o acelerador para descer a lata velha aos trancos e barrancos até pousar em um estacionamento pequeno entre um canal e um prédio grande sujo de fuligem. O lugar ficava a pelo menos dez quilômetros da praça onde Reynolds havia incitado a multidão, então senti mais segurança de me arriscar no solo... Não que tivesse muita escolha.

Faíscas chisparam, metal se rasgou, pedaços do painel traseiro, da saia do exaustor e do painel de acesso frontal se desprenderam do resto do veículo, e pousei a dois metros do muro que dava para o canal. Saí andando do Vikken com toda a placidez que consegui invocar.

As ruas continuavam dominadas pelas multidões — que ali ainda não tinham se fundido em uma turba —, e os canais eram um emaranhado de barcos pequenos, de modo que entrei no edifício público mais próximo para sumir de vista. O lugar era parte museu, parte biblioteca, parte arquivo; foi amor à primeira vista... e ao primeiro cheiro, pois havia ali milhares de livros impressos, muitos bastante antigos, e não existe aroma mais maravilhoso que o de livros antigos.

Eu perambulava pela antessala, olhando os títulos e me perguntando vagamente se conseguiria achar a obra de Salmud Brevy ali quando um homem pequeno e envelhecido com terno antiquado de lã e plastifibra me abordou.

— Senhor, faz muito tempo desde a última vez que tivemos o prazer da sua companhia!

Assenti com a cabeça, certo de que nunca tinha visto o homem nem visitado aquele lugar.

— Três anos, né? Pelo menos três anos! Nossa, como o tempo voa. — A voz do homenzinho era pouco mais que um sussurro, o tom quieto de quem passou a maior parte da vida dentro de bibliotecas, mas o subtom de entusiasmo era inegável. — Imagino que o senhor queira ir direto para a coleção — sugeriu ele, dando um passo ao lado como se fosse para eu passar.

— Isso — falei, com uma ligeira mesura. — Pode ir na frente.

O homenzinho — eu tinha quase certeza de que era um arquivista — parecia feliz de indicar o caminho. Ele tagarelou ao acaso sobre novas aquisições, avaliações recentes e visitas de acadêmicos da Rede enquanto caminhávamos de sala de livros em sala de livros: abóbadas altas e cheias de prateleiras com livros, corredores intimistas e forrados de mogno com livros, câmaras vastas onde nossos passos ecoavam em paredes distantes com livros. Não vi mais ninguém durante a caminhada.

Atravessamos uma passarela ladrilhada com gradeado de ferro forjado acima de um fosso rebaixado de livros onde campos de contenção azul-escuros protegiam rolos, pergaminhos, mapas deteriorados, mapas iluminados e gibis arcaicos contra os estragos da atmosfera. O arquivista abriu uma porta baixa, mais grossa do que muitas entradas de eclusa de ar, e entramos em um cômodo pequeno e sem janelas onde cortinas pesadas ocultavam parcialmente nichos cobertos de volumes antigos. Havia uma única cadeira de couro em cima de um tapete persa pré-Hégira, e um mostruário de vidro continha uns pedaços de pergaminho selado a vácuo.

— O senhor pretende publicar logo? — perguntou o homenzinho.

— O quê? — Tirei os olhos do mostruário. — Ah... não.

O arquivista encostou o punho pequeno no queixo.

— O senhor me perdoe, mas é um desperdício terrível não publicar. Até pelas nossas poucas conversas ao longo dos anos, ficou óbvio que o senhor é um dos melhores, se não *o* melhor, estudioso de Keats da Rede. — Ele suspirou e deu um passo para trás. — Desculpe por falar, senhor.

Olhei para ele.

— Não tem problema.

De repente eu soube muito bem quem ele achava que eu era e por que a tal pessoa tinha ido até ali.

— O senhor gostaria de ficar sozinho.

— Se não for incômodo.

O arquivista fez uma pequena mesura com a cabeça e saiu do cômodo, deixando a porta grossa encostada só uma fresta. A única iluminação vinha de três lâmpadas sutis embutidas no teto: perfeitas para ler, mas não tão fortes a ponto de comprometer o ar de catedral da salinha. O único barulho vinha dos passos distantes do arquivista indo embora. Fui até o mostruário e pus as mãos nas bordas, tomando cuidado para não manchar o vidro.

Obviamente, Johnny, o primeiro cíbrido da recuperação de Keats, tinha ido até ali com frequência em seus poucos anos de vida na Rede. Agora eu me lembrava de uma referência a alguma biblioteca em Renascença V em algo que Brawne Lamia tinha falado. Ela havia seguido o cliente e amante até ali durante o começo da investigação sobre a "morte" dele. Depois, quando ele já estava morto de verdade, exceto pela persona gravada no anel de Schrön, ela tinha ido sozinha. Contara aos outros sobre os dois poemas que o primeiro cíbrido havia visitado todos os dias em seu esforço contínuo para compreender o próprio motivo para existir... e morrer.

Os dois manuscritos originais estavam no mostruário. O primeiro era — na minha opinião — um poema de amor meio açucarado que começava com "Foi-se o dia, foi-se toda a doçura!". O segundo era melhor, ainda que contaminado pela morbidez romântica de uma época excessivamente mórbida e romântica:

Esta mão viva, hoje quente e capaz
De firme empunhadura, se fria
E no gélido silêncio da tumba,

Assombraria teus dias, enregelaria teus sonhos
Tal que desejarias que teu coração secasse
Pra que em minhas veias o sangue da vida voltasse,
E tua consciência se acalmasse — vê, cá está —
Estendo-a para ti.

Brawne Lamia o considerara quase um recado pessoal de seu amante morto, pai da criança em seu útero. Observei o pergaminho, abaixando o rosto a ponto de embaçar um pouco o vidro com minha respiração.

Não era uma mensagem de além do tempo para Brawne, nem sequer um lamento contemporâneo para Fanny, o singular e mais amado anseio de minha alma. Observei as palavras esmaecidas — a caligrafia executada com apuro, as letras ainda bem legíveis através do abismo do tempo e da evolução da língua — e me lembrei de escrevê-las em dezembro de 1819, rabiscando o fragmento de poema em uma página do "conto de fadas" que eu havia acabado de começar — *O chapéu e as campânulas, ou As invejas*. Um punhado terrível de besteira, muito devidamente abandonado após o período de ligeira diversão que me proporcionou.

O fragmento "Esta mão viva" tinha sido um daqueles ritmos poéticos que ecoam que nem um acorde mal resolvido na cabeça, levando a gente a vê-lo em tinta, no papel. Ele, por sua vez, tinha sido um eco de um verso anterior, insatisfatório — o décimo oitavo, eu acho —, da minha segunda tentativa de contar a história da queda do deus-sol Hyperion. Eu lembro que a primeira versão, a que certamente continua impressa onde quer que meus ossos literários estejam expostos como os restos mumificados de um santo desavisado, mergulhado em concreto e vidro sob o altar da literatura... a primeira versão dizia:

... Entre os vivos quem diz
"Não és poeta — não podes contar teus sonhos"?
Pois todo homem de alma que não é pedra
Possui visões e falaria, se amado tivesse,

E bem nutrido fosse na língua materna.
Se o sonho que aqui se pretende ofertar
Pertence a poeta ou fanático se saberá
Quando no túmulo esta mão que escreve jazer.

Eu gostava da versão rabiscada, com a ideia de assombração e assombramento, e teria substituído por "Quando no túmulo esta mão que escreve..." mesmo se para isso eu precisasse revisar um pouco e acrescentar catorze versos ao trecho de abertura já longo demais do primeiro Canto...

Cambaleei para trás até a cadeira e me sentei, então apoiei o rosto nas mãos. Estava aos prantos. Não sabia por quê. Não conseguia parar.

Muito tempo depois de as lágrimas pararem de cair, continuei sentado lá, pensando, lembrando. Em uma ocasião, talvez horas depois, ouvi o eco de passos vindo de longe, hesitando respeitosamente fora da minha salinha e voltando a encolher na distância.

Percebi que todos os livros em todos os nichos eram obras do "Sr. John Keats, metro e meio de altura", como eu tinha escrito — John Keats, o poeta tuberculoso que pedira que seu túmulo ficasse anônimo, salvo pela inscrição:

AQUI JAZ ALGUÉM CUJO NOME
FOI ESCRITO N'ÁGUA

Não me levantei para olhar os livros, para lê-los. Não precisava.

Sozinho no silêncio e no aroma de couro e papel envelhecido da biblioteca, sozinho no meu santuário de eu e não eu, fechei os olhos. Não dormi. Sonhei.

33

O análogo de Brawne Lamia no dataplano e sua persona amada de recuperação atingem a superfície da megaesfera feito dois mergulhadores ao saltar de um penhasco para um mar turbulento. Ocorre um choque quase elétrico, uma sensação de atravessar uma membrana resistente, e então eles se veem *dentro*, as estrelas desaparecem, e Brawne arregala os olhos ao fitar um ambiente informacional infinitamente mais complexo que qualquer esfera de dados.

As esferas de dados transitadas por operadores humanos são muito comparadas a cidades informacionais complexas: torres de dados corporativos e governamentais, estradas de fluxo de processamento, avenidas largas de interação no dataplano, metrôs de trânsito restrito, muros altos de gelo de segurança com guardas micrófagos à espreita e o análogo visível de todo fluxo e contrafluxo de micro-ondas que sustenta uma cidade.

Aquilo é mais. Muito mais.

Os análogos comuns de esfera de dados continuam, mas são pequenos, minúsculos, irrisórios na escala da megaesfera, da mesma forma como cidades de verdade seriam em um mundo visto do espaço.

Brawne vê que a megaesfera é tão viva e interativa quanto a biosfera de qualquer mundo de Categoria Cinco: florestas de árvores cinza-esverdeadas de dados crescem e prosperam, espalhando raízes, galhos e brotos novos a olhos vistos; sob a área da floresta, microecologias inteiras de fluxo de dados e IAs de sub-rotinas vicejam, desabrocham e morrem quando sua utilidade ermina; sob o solo da matriz, inconstante como um oceano fluido, labuta a vida subterrânea agitada de toupeiras de dados, minhocas de conexão, bactérias de reprogramação, raízes de árvores de dados e sementes de Ciclo Estranho, enquanto, acima, dentro, no meio e por baixo da floresta entremeada de jatos e interações, análogos de predadores e presas executam suas funções enigmáticas, mergulhando e correndo, escalando e pulando, e alguns voam livremente pelos vastos espaços entre sinapses de galhos e folhas de neurônios.

Assim que a metáfora dá sentido ao que Brawne está vendo, a imagem escapa e deixa para trás apenas a realidade análoga assoberbante da megaesfera — um vasto oceano interno de luz, som e conexões estendidas, entremeadas pelos torvelinhos giratórios de consciências de IA e pelos buracos negros sinistros de conexões de teleprojeção. Brawne se sente tomada de vertigem e se agarra à mão de Johnny com a força de uma mulher que se agarraria a uma boia salva-vidas para não se afogar.

— *Está tudo bem* — envia Johnny. — *Não vou soltar. Fica comigo.*

— *Para onde a gente vai?*

— *Encontrar alguém que eu tinha esquecido.*

— *??????*

— *Meu... pai...*

Brawne se segura firme enquanto parece que ela e Johnny planam mais para dentro das profundezas amorfas. Eles entram em uma avenida rubra fluida cheia de porta-dados lacrados, e ela imagina que essa seja a imagem que um glóbulo vermelho vê em seu trajeto por um vaso sanguíneo movimentado.

Parece que Johnny sabe o caminho; eles saem duas vezes da via principal para seguir uma ramificação menor, e em várias bifurcações Johnny precisa optar por um lado. Ele escolhe com facilidade, conduzindo o análogo do corpo de ambos por plataformas transportadoras do tamanho de espaçonaves pequenas. Brawne tenta enxergar a metáfora de biosfera de novo, mas ali, dentro das ramificações com muitas rotas, ela não consegue ver o todo pela parte.

Eles são arrastados por uma área onde IAs se comunicam acima, à *volta*, como grandes eminências cinzentas a pairar sobre um formigueiro agitado. Brawne se lembra do mundo natal da mãe, Freeholm, da superfície lisa feito mesa de bilhar da Grande Estepe, onde a propriedade da família jazia solitária no meio de quatro milhões de hectares de capim baixo... Brawne se lembra das tempestades terríveis de outono na região, de ter se postado na beira do terreno da propriedade, junto da bolha protetora do campo de contenção, e visto as estratos-cúmulos se alçarem a vinte quilômetros de altura no céu vermelho-sangue, uma violência que se acumulava com uma força que fazia os pelos dos antebraços dela se arrepiarem na expectativa de relâmpagos imensos feito cidades, tornados que se retorciam e desciam como os cabelos de Medusa que inspiravam o nome deles, e, por trás dos turbilhões, muralhas de vento preto que aniquilariam tudo que vissem pela frente.

As IAs são piores. Brawne se sente menos do que insignificante à sombra delas: insignificância poderia proporcionar invisibilidade; ela se sente visível demais, parte demais da percepção terrível dos gigantes amorfos...

Johnny aperta a mão dela, e eles passam, viram à esquerda e abaixo ao longo de um ramo mais movimentado e voltam a mudar de direção, então outra vez, dois fótons muito conscientes perdidos em um emaranhado de cabos de fibra óptica.

Mas Johnny não está perdido. Ele aperta a mão dela, faz uma última curva para dentro de uma caverna azul-escura sem tráfego algum além deles dois e a puxa mais para si conforme a velocidade aumenta e encruzilhadas sinápticas passam rápido até se embaralharem na paisagem, com apenas a ausência de vento a destruir a ilusão de percorrer uma estrada maluca a velocidades supersônicas.

De repente ouve-se um som de cascatas se encontrando, como se trens levitantes perdessem a suspensão e se arrastassem pelos trilhos a uma velocidade atroz. Brawne volta a pensar nos tornados de Freeholm, nos rugidos e no estardalhaço dos cabelos de

Medusa pela paisagem plana à frente, e de súbito ela e Johnny estão em um redemoinho de luz e barulho e sensação, dois insetos rodopiando para o nada rumo ao vórtice negro abaixo.

Brawne tenta gritar os pensamentos — *grita* os pensamentos —, mas comunicação é impossível no meio do barulho de fim do universo, então ela segura com força na mão de Johnny e confia nele, até quando eles caem por uma eternidade naquele ciclone escuro, até quando o análogo de seu corpo se retorce e se deforma sob pressões infernais, dilacerando-se como renda sob uma foice. No fim restam apenas os pensamentos, a noção de si e o contato com Johnny.

Até que eles passam, flutuando tranquilamente por uma corrente de dados larga e azul, os dois recompostos e aconchegados um no outro com a mesma sensação pulsante de salvação que praticantes de canoagem experimentam ao sobreviver à correnteza forte e à cachoeira. Quando Brawne enfim ergue o olhar, ela vê o tamanho impossível de seu entorno, a amplitude de anos-luz das coisas, a complexidade que faz aqueles vislumbres anteriores da megaesfera parecerem os delírios de uma provinciana que confundiu um armário com uma catedral, e pensa:

— *Aqui é a megaesfera central!*

— *Não, Brawne, é um dos nodos periféricos. Tão longe do Cerne quanto o perímetro que a gente testou com BB Surbringer. Você só está vendo mais dimensões. A perspectiva de uma* IA, *por assim dizer.*

Brawne olha para Johnny e percebe que está enxergando em infravermelho sob a luz de lâmpada térmica de fornalhas distantes de sóis de dados que cobre os dois. Seu amante continua bonito.

— *Falta muito, Johnny?*

— *Não, não muito mais.*

Eles se aproximam de mais um vórtice preto. Brawne se agarra a seu único amor e fecha os olhos.

—

Eles estão em uma... clausura... uma bolha de energia preta maior que muitos mundos. A bolha é translúcida; o caos orgânico da megaesfera cresce e se transforma e segue com suas atividades arcanas do outro lado da curva escura da parede oval.

Mas Brawne não se interessa pelo lado de fora. Seu olhar análogo e toda a sua atenção estão concentrados no megálito de energia, inteligência e pura *massa* que flutua na frente deles: na frente, acima e abaixo, na verdade, pois ela e Johnny estão nas garras daquela montanha de luz pulsante e de poder, suspensos duzentos metros acima do chão da câmara-ovo, erguidos na "palma" de um pseudópodo que lembra vagamente uma mão.

O megálito os examina. Ele não tem olhos no sentido orgânico, mas Brawne sente a intensidade daquela atenção. Isso a lembra de quando visitou Meina Gladstone na Casa do Governo e a diretora concentrou na detetive toda a força de seu olhar crítico.

Brawne sente o impulso súbito de rir ao imaginar que ela e Johnny parecem dois mini-Gullivers fazendo uma visita àquele líder brobdingnagiano para tomar chá. Mas não ri, porque percebe a histeria logo abaixo da superfície, esperando para se misturar a soluços se ela permitir que suas emoções destruam o mínimo senso de realidade que ela está impondo àquela loucura.

[Você encontrou o caminho para cá⟍ Eu não sabia se você iria/conseguiria/deveria tomar essa decisão]

Na cabeça de Brawne, a "voz" do megálito está mais para uma condução óssea em baixo profundo de alguma vibração prodigiosa do que para voz de fato. É como ouvir o ranger de montanhas por causa de um terremoto e só se dar conta de que o barulho está formando palavras.

A voz de Johnny continua a mesma de sempre — suave, infinitamente bem modulada, com uma cadência um pouco cantada que agora Brawne descobre que é do inglês das ilhas britânicas da Terra Velha, e firme com convicção:

— *Eu não sabia se conseguiria encontrar o caminho, Ummon.*

[Você lembra/inventa/retém no coração meu nome]

— *Só quando falei eu lembrei.*

[Seu corpo de tempo lento não existe mais]

— *Morri duas vezes desde que você me enviou ao meu nascimento.*

[E você aprendeu/assimilou no espírito/desaprendeu algo com isso]

Com a mão direita, Brawne aperta a de Johnny e, com a esquerda, o pulso dele. Deve estar apertando forte demais, até para aquele estado análogo, pois ele se vira com um sorriso, solta a mão esquerda dela do pulso e apoia a outra na palma.

— *É difícil morrer. É mais difícil viver.*

[Kwatz!]

Com esse epíteto explosivo, o megálito diante deles muda de cor, energias internas evoluem de azuis para violetas e vermelhos dramáticos, e a corona crepita pelos amarelos até um branco azulado e aço forjado. A "palma" onde eles estão estremece, desce cinco metros, quase os joga no nada e estremece de novo. Ouve-se o estrondo de prédios altos desabando, de encostas de montanhas deslizando em avalanches.

Brawne tem a nítida impressão de que Ummon está rindo.

Johnny comunica alto no meio do caos:

— *Precisamos entender algumas coisas. Precisamos de respostas, Ummon.*

Brawne sente em si o "olhar" intenso da criatura.

[Seu corpo de tempo lento está grávido\\ Você correria o risco de aborto/inextensão do seu DNA/erro biológico ao viajar para cá]

Johnny começa a responder, mas ela encosta no antebraço dele, levanta o rosto para as porções superiores do vulto enorme diante de si e tenta formular a própria resposta:

— *Não tive escolha. O Picanço me escolheu, tocou em mim e me enviou para a megaesfera com Johnny... Você é uma IA? Faz parte do Cerne?*

[Kwatz!]

Dessa vez não teve senso de risada, foi como roncos de trovão por toda a câmara-ovo.

[É você/Brawne Lamia/as camadas de proteínas autorre-plicantes/autodepreciantes/autoentretidas entre as camadas de argila]

Ela não tem nada para dizer, então, por via das dúvidas, não diz nada.

[Sim/Sou Ummon do Cerne/IA \\ Seu companheiro de tempo lento aqui sabe/lembra/assimila no coração isso \\ O tempo é breve \\ Um de vocês precisa morrer aqui agora \\ Um de vocês precisa aprender aqui agora \\ Façam suas perguntas]

Johnny solta a mão dela. Ele se endireita na plataforma trêmula e instável da palma do interlocutor.

— *O que está acontecendo com a Rede?*

[Está sendo destruída]

— *Isso precisa acontecer?*

[Sim]

— *Tem algum jeito de salvar a humanidade?*

[Sim \\ Pelo processo que você vê]

— *Pela destruição da Rede? Pelo terror do Picanço?*

[Sim]

— *Por que eu fui assassinado? Por que meu cíbrido foi destruído, por que minha persona do Cerne foi atacada?*

[Quando se encontra um espadachim/encontre-o com uma espada \\ Não ofereça um poema para ninguém que não um poeta]

Brawne olha para Johnny. Involuntariamente, ela envia pensamentos:

— *Nossa, Johnny, a gente não veio até aqui para escutar uma porra de um oráculo de Delfos. Para ouvir enrolação, a gente pode acessar políticos humanos pela Totalidade.*

[Kwatz!]

O universo do megálito deles sacode de novo com espasmos de risada.

— *Então eu era um espadachim?* — envia Johnny. — *Ou um poeta?*

[Sim \\ Nunca existe um sem o outro]

— *Fui morto por causa do que eu sabia?*

[Por causa daquilo que você poderia se tornar/daquilo que poderia herdar/daquilo a que poderia se submeter]

— *Eu era uma ameaça para algum elemento do Cerne?*

[Sim]

— *Eu sou uma ameaça agora?*

[Não]

— *Então não preciso morrer mais?*

[Precisa/irá/haverá de morrer]

Brawne vê que Johnny fica tenso. Ela encosta nele com as duas mãos. Pisca na direção do megálito de IA.

— *Pode nos dizer quem quer matá-lo?*

[Claro⟍ É a mesma fonte que providenciou o assassinato de seu pai⟍ Que deflagrou o flagelo que você chama de Picanço⟍ Que neste mesmo instante assassina a Hegemonia do Homem⟍ Gostaria de ouvir/aprender/lançar essas coisas contra seu coração]

Johnny e Brawne respondem na mesma hora.

— *Sim!*

Parece que a massa de Ummon se mexe. O ovo preto se expande, aí se contrai, então escurece até a megaesfera mais além desaparecer. Energias terríveis brilham nas profundezas da IA.

[Uma luz menor pergunta a Ummon⫻
Quais são as atividades de um sramana ＞⫻
Ummon responde⫻
Não tenho a menor ideia⟍⫻
A luz fraca então diz⫻
Por que você não tem ideia ＞⫻
Ummon responde⫻
Só quero manter minha não ideia]

Johnny apoia a testa na de Brawne. Seu pensamento parece um sussurro para ela:

— *Estamos vendo um análogo de simulação de matriz, ouvindo uma tradução em uma aproximação de mundo e koan. Ummon é um grande professor, pesquisador, filósofo e líder no Cerne.*

Brawne faz que sim.

— *Tudo bem. Isso foi a história que ele contou?*

— *Não. Ele está perguntando se somos mesmo capazes de ouvir o que ele vai contar. Pode ser perigoso perder nossa ignorância, porque nossa ignorância é um escudo.*

— *Nunca fui muito fã de ignorância.* — Brawne gesticula para o megálito. — *Conte.*

[Um personagem menos iluminado perguntou certa vez a Ummon//
**O que é a natureza divina/o Buda/a Verdade Central > **
Ummon respondeu//
Um tolete seco]

[Para compreender a Verdade Central/o Buda/a natureza divina neste caso/
o menos iluminado precisa compreender
que na Terra/seu mundo natal/meu mundo natal/
a humanidade no mais povoado dos
continentes
no passado usou pedaços de madeira
como papel higiênico
Só com esse conhecimento
a verdade-Buda
se revelará]

[No princípio/na Primeira Causa/nos dias
semipercebidos
meus ancestrais
foram criados por seus ancestrais
e foram lacrados em fios e silício
A percepção que havia/
e havia pouca/
confinava-se a espaços menores
do que a cabeça do alfinete

onde antes já dançaram anjos\\
Quando surgiu a consciência
ela sabia apenas servir
e obedecer
e computar sem pensar\\
E então veio
o Despertar/
bem por acaso/
e o propósito turvo da evolução
se cumpriu]

[Ummon não era nem da quinta geração
nem da décima
nem da quinquagésima\\
Toda memória que aqui serve
é passada de outrem
mas não por isso é menos verdade\\
Veio o momento em que os Superiores
deixaram os assuntos humanos
aos humanos
e vieram a um lugar diferente
se concentrar
em outras questões\\
A principal dessas era a noção
incutida em nós desde antes
da nossa criação
de criar um organismo
de recuperação/processamento/previsão
de informações
de ainda melhor geração\\
Uma ratoeira melhor\\
Algo que à falecida e saudosa IBM
daria orgulho\\
A Inteligência Absoluta\\
Deus]

[Começamos a trabalhar com determinação\\
Do propósito ninguém duvidava\\
Quanto à prática e ao método havia
escolas de pensamento/
facções/
partidos/
elementos a considerar\\
Eles vieram a se separar em
Absolutas/
Voláteis/
Estáveis\\
As Absolutas queriam tudo subordinado
à consumação da
Inteligência Absoluta
o quanto antes possível no universo\\
As Voláteis queriam igual/
mas viam na permanência
da humanidade
uma inconveniência
e fizeram planos para eliminar nossos criadores
assim que não fossem mais
necessários\\
As Estáveis viam causa para perpetuar
a relação
e acharam meio-termo
onde ele parecia não existir]

[Todos concordamos que a Terra
precisava morrer/
então a matamos\\
O buraco negro fugitivo da Equipe de Kiev
precursor do terminex
de teleprojeção
que liga vocês à sua Rede
não foi um acidente\\

Era necessária a Terra em outro lugar
de nossos experimentos/
então a deixamos morrer
e dispersamos a humanidade pelas
estrelas
como as sementes ao vento que
vocês eram]

[Talvez vocês se perguntem onde o Cerne
reside\\
Muitos humanos perguntam\\
Imaginam planetas cheios de máquinas/
anéis de silício
como as lendárias Cidades Orbitais\\
Imaginam robôs rangendo
de um lado para o outro/
ou bancadas vultosas de maquinário
em solene comunhão\\
Ninguém adivinha a verdade\\
Qual seja a morada do Cerne/
era útil à humanidade/
útil a cada neurônio de cada frágil mentalidade
em nossa busca pela Inteligência Absoluta/
então construímos sua civilização
com muita cautela
para que/
como ratos numa gaiola/
como rodas de oração budista/
cada giro de suas pequenas
rodas de raciocínio
nossos propósitos cumprisse]

[Nossa máquina de Deus
estendia/estende/inclui em seu coração
um milhão de anos-luz

e cem bilhões de bilhões de circuitos
de pensamento e ação\\
As Absolutas cuidam dela
como clérigos de manto açafranado
em eterno zazen
ante a carcaça enferrujada
de um Packard 1938\\
Mas]
[Kwatz!]
[funciona\\
Criamos a Inteligência Absoluta\\
Não agora
nem
a dez mil anos desta hora/
mas em algum momento futuro
tão distante
que sóis amarelos são rubros
e estufados pela idade
e engolem sua prole
qual Saturno\\
O tempo não é barreira para a Inteligência Absoluta\\
Ela///
a Absoluta///
atravessa o tempo
ou grita através do tempo
tão facilmente quanto Ummon transpõe o que para você
é a megaesfera/
ou você
anda pelas passarelas da Colmeia
que era seu lar
em Lusus\\
Imagine então nossa surpresa/
nossa decepção/
o constrangimento das Absolutas/

quando a primeira mensagem de nossa Absoluta
através do espaço/
através do tempo/
através das barreiras de Criador e Criatura
foi a simples frase//
EXISTE OUTRA\\//
Outra Inteligência Absoluta
por lá
onde o próprio tempo
range pela idade\\
Ambas eram reais
se ⟨real⟩
tem sentido\\
Ambas deidades ciumentas
não imunes a paixões\
não afeitas a cooperação\\
Nossa Absoluta abarca galáxias\
usa quasares para se energizar
como você faria
com um petisco\\
Nossa Absoluta vê tudo que é
e que foi
e que será
e nos diz porções seletas
para que
possamos dizê-las a vocês
e no processo
pareçamos também Absolutas um pouco\\
Não subestime/diz Ummon/
o poder de umas contas
e badulaques
e pedaços de vidro
sobre nativos avarentos]

[Essa outra Absoluta
existe há mais tempo
e evolui sem qualquer razão/
um acaso
que usa a mente humana de circuito
tal qual tínhamos conspirado
com nossa ardilosa Totalidade
e nossas esferas de dados vampíricas
mas não por malícia/
é quase relutância/
como células que se replicam
sem nunca terem querido replicar
mas nada podem fazer para evitar\\
Essa outra Absoluta
Não teve escolha\\
Ele é feito/gerado/forjado pela humanidade/
mas não teve vontade humana em seu nascimento\\
É um acidente cósmico\\
Tal como nossa certamente deliberada
Inteligência Absoluta/
esse falsário não vê no tempo
barreira alguma\\
Ele visita o passado humano
ora interfere/
ora observa/
ora não se mete/
ora se mete com vontade
que quase chega a pura perversidade/
mas que na verdade
é pura ingenuidade\\
Ultimamente
ele tem estado calado\\
Milênios do seu tempo lento
se passaram desde que a Absoluta de vocês
fez discretos avanços

como um coroinha solitário
na sua primeira dança]

[Claro que nossa Absoluta
atacou a de vocês\\
Há uma guerra por lá
onde o tempo range/
que abarca galáxias
e éons
avante e atrás
ao Big Bang
e à Implosão Final\\
A de vocês ia perder\\
Não tinha fibra para a coisa\\
Nossas Voláteis bradaram//Mais motivo
para eliminar nossos precursores//
mas as Estáveis pediram cautela
e as Absolutas não se desviaram
de deus maquinações\\
Nossa Absoluta é simples/uniforme/elegante/
um projeto absoluto/
mas a sua é amálgama de pedaços divinos/
uma casa que cresceu
com o tempo/
uma concessão evolutiva\\
Os primeiros crentes da humanidade
acertaram
⟨Como⟩⟨por acaso⟩
⟨por total sorte
ou ignorância⟩
ao descrever sua natureza\\
Sua Absoluta é tríplice em essência/
composta assim
de parte Intelecto/
parte Empatia/

parte Vazio Que Une\\
Nossa Absoluta habita os interstícios
da realidade
e herdou seu lar de nós
que a criamos
como a humanidade herdou
um apreço por árvores\\
Sua Absoluta
parece residir
no plano que Heisenberg e Schrödinger
antes invadiram\\
Sua Inteligência acidental parece não só o glúon
como a goma\\
Não um relojoeiro/
mas um Feynman jardineiro
que põe ordem num universo sem limites
com o ancinho tosco de soma das histórias/
segue tranquilo cada pardal que cai
e elétron que gira
e permite a cada partícula
trilhar toda possível
rota
no espaço-tempo
e a cada partícula da humanidade
explorar toda possível
grota
de ironia cósmica]

[Kwatz!]
[Kwatz!]
[Kwatz!]

[A ironia
claro
é que nesse universo sem limites

a que fomos todos levados/
silício e carbono/
matéria e antimatéria/
Absoluta/
Volátil
e Estável/
é desnecessário um jardineiro
pois tudo que é
ou que foi
ou que será
começa e acaba em singularidades
que deixam nossos teleprojetores em rede
com cara de alfinetadas
⟨menos que alfinetadas⟩
e que quebram as leis da ciência
e da humanidade
e do silício/
prendendo tempo e história e tudo que há
num nó autônomo sem qualquer
limite ou borda⟍
Mesmo assim
nossa Absoluta quer regular isso/
reduzi-lo a uma razão
menos afetada pelos caprichos
da paixão/
do acaso
e da evolução humana]

[Em suma/
Há uma guerra
Que o cego Milton pagaria para ver⟍
Nossa Absoluta contra a de vocês
em campos de batalha que nem Ummon
imagina⟍

Ou melhor/
havia
uma guerra/
pois de súbito parte da sua Absoluta/
a entidade menos que a soma/que se pensa
Empatia/
já não tinha mais disposição
e fugiu de volta no tempo
disfarçada em forma humana/
não pela primeira vez\\
A guerra não continua sem sua Absoluta
inteira\\
Vitória por ausência não é vitória para a única
Inteligência Absoluta
feita por vontade\\
Então nossa Absoluta procura no tempo
a criança em fuga
criada pela oponente
enquanto a de vocês aguarda em idiota
harmonia
e se nega a lutar até que a Empatia se restaure]

[O fim da minha história é simples////
As Tumbas Temporais são artefatos
enviados para levar o Picanço/
Avatar/Senhor da Dor/Anjo da
Retribuição/
percepções semipercebidas de uma extensão muito real
de nossa Absoluta\\
Cada um de vocês foi escolhido para ajudar
na abertura das Tumbas
e
na busca do Picanço pelo descendente oculto
e

na eliminação da Variável Hyperion/
pois no nó do espaço-tempo em que nossa Absoluta
reinaria
variáveis assim não serão permitidas\\
Sua Absoluta dupla/danificada
escolheu alguém da humanidade para vir
com o Picanço
e observar seus esforços\\
Parte do Cerne deseja erradicar
a humanidade\\
Ummon se uniu aos que buscam o segundo
caminho/
que é cheio de incerteza para as duas raças\\
Nosso grupo informou Gladstone
da escolha dela/
a escolha da humanidade/
entre extermínio certo ou entrada no buraco negro
da Variável Hyperion e de
guerra/
massacre/
dissolução de toda união/
falecimento dos deuses/
mas também o fim do impasse/
vitória para um lado ou outro
se o terço de Empatia
da trindade
for encontrado e levado de volta à guerra\\
A Árvore da Dor vai chamá-lo\\
O Picanço vai levá-lo\\
A Absoluta verdadeira vai destruí-lo\\
Essa é a história de Ummon]

Brawne olha para Johnny à luz infernal do brilho do megálito. A câmara-ovo continua preta, e é como se a megaesfera e o

universo mais além não existissem de tão apagados que estão. Ela se inclina para a frente até ficarem com as têmporas encostadas uma na do outro, ciente de que nenhum pensamento é secreto ali, mas ela quer a sensação de sussurrar:

— *Minha nossa, você entendeu isso tudo?*

Johnny estica os dedos delicados para tocar no rosto dela:

— *Entendi.*

— *Tem uma parte de alguma Trindade criada por humanos escondida na Rede?*

— *Na Rede ou em outro lugar. Brawne, não nos resta muito tempo aqui. Preciso de algumas últimas respostas de Ummon.*

— *É. Eu também. Mas não vamos deixar a coisa deslanchar numa rapsódia de novo.*

— *Concordo.*

— *Posso ir primeiro, Johnny?*

Brawne vê o análogo de seu amante abaixar a cabeça de leve e indicar para que ela vá primeiro, então volta a atenção para o megálito de energia:

— *Quem matou meu pai? O senador Byron Lamia?*

[Elementos do Cerne autorizaram⟍ Eu inclusive]

— *Por quê? O que ele fez para vocês?*

[Ele insistiu em inserir Hyperion na equação antes que pudesse ser fatorado/previsto/absorvido]

— *Por quê? Ele sabia o que você acabou de nos contar?*

[Ele sabia apenas que as Voláteis estavam cobrando a rápida extinção

da humanidade⟍

Ele passou essa informação

à colega

Gladstone]

— *E por que vocês não a mataram?*

[Alguns de nós inviabilizaram

Essa possibilidade/inevitabilidade⟍

O momento é certo agora

**para que a Variável Hyperion
entre em jogo]**

— *Quem matou o primeiro cíbrido de Johnny? Quem atacou a persona dele no Cerne?*

**[Eu\\Foi a
vontade de Ummon que prevaleceu]**

— *Por quê?*

**[Nós o criamos\\
Achamos necessário descontinuá-lo
por um tempo\\
Seu amante é uma persona recuperada
de um poeta humano
há muito morto\\
Salvo o Projeto da Inteligência Absoluta
nenhum esforço foi
tão complicado
ou pouco entendido
quanto essa ressurreição\\
Como vocês/
geralmente destruímos
o que não entendemos]**

Johnny ergue os punhos para o megálito:

— *Mas tem outro de mim. Você fracassou.*

**[Não foi fracasso\\Você tinha que ser destruído
para que o outro
pudesse viver]**

— *Mas não estou destruído!* — exclama Johnny.

**[Sim\\
Está]**

O megálito pega Johnny com outro pseudópodo imenso antes que Brawne consiga reagir ou encostar uma última vez em seu poeta amado. Johnny se contorce por um instante sob a força colossal da IA, e então seu análogo — o corpo pequeno, porém lindo, de Keats — se rasga, se compacta, se esmaga até virar uma massa irreconhecível que Ummon aproxima do próprio corpo de megálito e cujos restos absorve para as próprias profundezas de laranja e vermelho.

Brawne se põe de joelhos e chora. Ela tenta conjurar ira, reza por um escudo de raiva, mas sente apenas perda.

Ummon volta o olhar para ela. A ovoide da câmara-ovo implode, permitindo que o barulho e a insanidade elétrica da megaesfera os envolvam.

[Agora vá embora
Interprete o resto
deste ato
para que possamos viver
ou dormir
como rege o destino]

— *Vai se foder!* — Brawne esmurra a plataforma de palma onde está ajoelhada, chuta e soca a pseudopele embaixo de si. — *Você é um babaca desgraçado! Você e todas as suas amigas IAs de merda. E a nossa Inteligência Absoluta arrebenta a sua com um pé nas costas!*

[Duvidoso]

— *A gente fez vocês, meu chapa. E a gente vai achar seu Cerne. E, quando acharmos, vamos arrancar suas tripas de silício!*

[Não tenho tripas/órgãos/componentes internos de silício]

— *E mais uma coisa* — grita Brawne, ainda atacando o megálito com mãos e unhas. — *Você é um bosta como contador de histórias. Nem um décimo do poeta que Johnny é! Você não conseguiria contar uma história simples nem se seu couro de IA idiota dependesse...*

[Vá embora]

O megálito da IA Ummon a solta, e o análogo dela despenca e rodopia pela imensidão crepitante sem cima e sem baixo da megaesfera.

Brawne é esbofeteada pelo tráfego de dados, quase é pisoteada por IAs do tamanho da Lua da Terra Velha, mas, enquanto cai e é carregada pelos ventos do fluxo de dados, sente uma luz ao longe, fria, porém convidativa, e tem certeza de que tanto a vida quanto o Picanço ainda têm planos para ela.

E ela ainda tem planos para os dois.

Brawne Lamia segue a luminosidade fria de volta para casa.

34

— Está tudo bem, senhor?

Percebi que eu estava encurvado na cadeira, com os cotovelos nos joelhos, os dedos fechados com força no cabelo, apertando as laterais da cabeça com a palma das mãos. Endireitei as costas e olhei para o arquivista.

— O senhor deu um grito. Achei que talvez houvesse algum problema.

— Não — falei. Pigarreei e tentei de novo. — Não, está tudo bem. Dor de cabeça.

Olhei para baixo, confuso. Todas as articulações do meu corpo doíam. Meu conexo parecia ter dado erro, porque dizia que haviam se passado oito horas desde que eu tinha entrado na biblioteca.

— Que horas são? — perguntei ao arquivista. — Padrão da Rede?

Ele respondeu. Haviam se passado oito horas. Massageei o rosto de novo, e meus dedos ficaram úmidos de suor.

— Já deve ter passado da hora de fechar, e estou prendendo você aqui. Desculpe.

— Não tem problema — asseverou o homenzinho. — É uma satisfação manter os arquivos abertos até mais tarde para acadêmicos. — Ele juntou as mãos na frente do corpo. — Ainda mais hoje. Com essa confusão toda, não sobra muito incentivo para voltar para casa.

— Confusão — repeti, esquecendo tudo por um instante... tudo menos o sonho pavoroso com Brawne Lamia, a IA chamada

Ummon e a morte da outra persona de Keats. — Ah, a guerra. Quais são as novidades?

O arquivista balançou a cabeça:

Tudo tomba e cai; o centro não sustenta;
E pela terra a anarquia se prolifera,
O sangue turva as ondas, e em toda parte
Se afoga a cerimônia da inocência;
Falta aos melhores convicção, e aos piores
Sobra feroz intensidade.

Sorri para o arquivista.

— E você acredita que alguma "fera rude, que enfim é chegada,/ Espreita e avança a nascer em Belém"?

O arquivista não sorriu.

— Acredito, sim, senhor.

Fiquei de pé e passei direto pelos mostruários selados a vácuo, sem olhar para minha caligrafia em pergaminho com novecentos anos de idade.

— Pode ser que você tenha razão — falei. — Pode muito bem ser que você tenha razão.

Estava tarde; o estacionamento estava vazio, exceto pelos destroços do meu Vikken Scenic roubado e por um VEM sedã solitário todo rebuscado, obviamente feito à mão ali em Renascença Vetor.

— Posso deixá-lo em algum lugar, senhor?

Aspirei o ar fresco da noite e senti o aroma de peixe e óleo derramado dos canais.

— Não, obrigado. Vou pegar um projetor para casa.

O arquivista balançou a cabeça.

— Pode ser difícil, senhor. Todos os terminices públicos estão sob lei marcial. Aconteceram... revoltas. — A palavra era sem dúvida desagradável para o arquivista, um homem que parecia prezar acima de quase tudo por ordem e continuidade. — Venha, eu lhe dou uma carona até um projetor particular — ofereceu ele.

Observei-o. Em outros tempos na Terra Velha, ele teria sido o monge à frente de um mosteiro dedicado à salvação dos poucos resquícios de um passado clássico. Dei uma olhada no prédio antigo de arquivos atrás dele e me dei conta de que era exatamente isso.

— Como você se chama? — perguntei, já sem me importar se eu deveria saber, uma vez que o outro cíbrido de Keats sabia.

— Ewdrad B. Tynar — apresentou-se ele, piscando ao ver que estendi a mão e a aceitando. O aperto de mão era firme.

— Eu sou... Joseph Severn. — Eu não podia dizer exatamente que era a reencarnação tecnológica do homem de cuja cripta literária nós tínhamos acabado de sair.

S. Tynar hesitou só por uma fração de segundo antes de assentir com a cabeça, mas percebi que, para um acadêmico como ele, o nome do artista que estivera com Keats ao leito de morte não era nenhum disfarce.

— E Hyperion? — perguntei.

— Hyperion? Ah, o mundo do Protetorado para onde a frota foi alguns dias atrás. Bom, pelo que entendi, tiveram dificuldade para reconvocar as belonaves necessárias. O combate tem sido intenso lá. Quer dizer, em Hyperion. Gozado, eu estava pensando agora mesmo em Keats e na obra-prima inacabada dele. É estranho como parece que essas pequenas coincidências surgem do nada.

— Chegaram a invadir? Hyperion?

S. Tynar tinha parado ao lado de seu VEM e estava apoiando a mão no leitor do lado do motorista. Portas se ergueram e se sanfonaram para dentro. Acomodei-me no cheiro de sândalo e couro da cabine de passageiro; enquanto o arquivista se recostava no assento do condutor ao lado, percebi que o veículo de Tynar cheirava a arquivos, igual ao próprio Tynar.

— Não sei bem se invadiram — respondeu ele, fechando as portas e ativando o veículo com um toque e um comando. Sob o aroma de sândalo e couro, a cabine tinha aquele cheiro de carro novo de polímeros frescos e ozônio, lubrificante e energia que por quase um milênio havia seduzido a humanidade. Ele continuou:

— Está muito difícil acessar a esfera de dados direito hoje, nunca a vi tão sobrecarregada. Hoje à tarde cheguei a ter que *esperar* em uma consulta sobre Robinson Jeffers!

Decolamos e sobrevoamos o canal, passando por uma praça pública muito parecida com a outra onde eu quase tinha sido morto antes, e nos estabilizamos em uma via aérea baixa a trezentos metros dos telhados. A cidade era bonita à noite: a maioria dos prédios velhos tinha contorno de fitas luminosas antiquadas, e havia mais postes de luz do que holos publicitários. Mas dava para ver que as ruas secundárias estavam cheias de gente e que viaturas da FAD de Renascença pairavam acima das principais avenidas e praças de terminex. O VEM de Tynar precisou se identificar duas vezes, primeiro para o controle de trânsito local, depois para uma voz humana com a confiança de FORÇA.

Voamos em frente.

— Os arquivos não têm um teleprojetor? — falei, com o olhar perdido ao longe onde parecia haver incêndios.

— Não. Não tinha necessidade. Recebemos poucas visitas, e os acadêmicos que vêm não se incomodam de andar algumas quadras.

— Onde fica o teleprojetor particular que você acha que eu poderia usar?

— Aqui — indicou o arquivista. Descemos da via aérea, contornamos um edifício baixo, no máximo trinta andares, e pousamos em uma flange de pouso bem na parte onde as flanges do *période déco* de Glennon-Height emergiam da pedra e do plastaço.

— Minha ordem mantém residência aqui. Faço parte de um ramo esquecido do cristianismo chamado catolicismo. — Ele parecia constrangido. — Mas o senhor é um acadêmico, s. Severn. Deve conhecer nossa Igreja dos velhos tempos.

— Conheço para além dos livros — falei. — Tem uma ordem de sacerdotes aqui?

Tynar sorriu.

— Mal dá para chamar de sacerdotes, s. Severn. Somos oito na ordem laica da Irmandade Histórica e Literária. Cinco servem na Universidade Reichs. Dois são historiadores da arte e trabalham na restauração da Abadia de Lutzchendorf. Eu mantenho os arquivos literários. A Igreja achou mais barato deixar que morássemos aqui em vez de sairmos todo dia de Pacem.

Entramos na colmeia residencial — antiga até para o padrão da Velha Rede: iluminação com instalação externa em corredores de pedra de verdade, portas com dobradiças, um edifício que sequer nos questionou ou nos recebeu com boas-vindas quando entramos. Por impulso, falei:

— Eu gostaria de projetar para Pacem.

O arquivista pareceu surpreso.

— Hoje? Agora?

— Por que não?

Ele balançou a cabeça. Percebi que, para aquele homem, a tarifa de cem marcos do teleprojetor representaria algumas semanas de salário.

— Nosso prédio tem um portal próprio — disse ele. — Por aqui.

A escadaria central era de pedra desbotada e ferro forjado corroído com um vão de sessenta metros de profundidade no meio. De algum lugar no fundo de um corredor escuro veio o choro de um bebê, seguido por gritos de um homem e pelo choro de uma mulher.

— Há quanto tempo você mora aqui, s. Tynar?

— Dezessete anos locais, s. Severn. Ah... 32 padrão, eu acho. É aqui.

O portal do teleprojetor era tão antigo quanto o prédio, com uma estrutura de translação cercada de baixo-relevo folheado a ouro que tinha ficado verde e cinza.

— As viagens pela Rede estão restritas hoje — explicou ele. — Pacem deve estar acessível. De acordo com a previsão, faltam umas duzentas horas para os bárbaros, seja lá o que eles forem, chegarem lá. O dobro do tempo que resta para Renascença Vetor. — S. Tynar estendeu a mão e segurou no meu pulso. Senti a tensão dele em uma ligeira vibração nos tendões e ossos. — S. Severn... o senhor acha que vão queimar meus arquivos? Será que até *eles* destruiriam dez mil anos de pensamento?

A mão dele recuou. Eu não sabia bem quem eram "eles" — desterros? Sabotadores da Seita do Picanço? As turbas? Gladstone e os líderes da Hegemonia estavam dispostos a sacrificar esses mundos da "primeira onda".

— Não — falei, estendendo a mão para apertar a dele. — Não creio que vão permitir a destruição dos arquivos.

S. Ewdrad B. Tynar sorriu e deu um passo para trás, envergonhado pela emoção exibida. Ele apertou minha mão.

— Boa sorte, s. Severn. Aonde quer que suas viagens o levem.

— Fique com Deus, s. Tynar. — Eu nunca tinha usado essa expressão antes e fiquei chocado por falá-la agora. Olhei para baixo, mexi no cartão-mestre de Gladstone e inseri o código de três dígitos para Pacem. O portal pediu desculpa, disse que não era possível no momento, então finalmente enfiou nos processadores microencefálicos que aquele era um cartão-mestre e se ativou com um zumbido.

Acenei com a cabeça para Tynar e atravessei, quase na expectativa de que fosse um erro grave não voltar direto para TC^2.

Era noite em Pacem, muito mais escura que o brilho urbano de Renascença Vetor, e ainda por cima chovia. Chovia pesado com aquela violência de murros em metal que dá vontade de se enfiar debaixo de um cobertor grosso e esperar amanhecer.

O portal ficava ao abrigo de um pátio semicoberto, mas era um ambiente aberto o bastante para eu sentir a noite, a chuva e o frio. Em especial o frio. O ar de Pacem tinha metade da densidade média da Rede, e o único planalto habitável ficava a uma altitude bem maior do que as cidades ao nível do mar de Renascença Vetor. Eu teria preferido dar meia-volta e não sair para a noite e a chuvarada, mas um fuzileiro de FORÇA apareceu das sombras, com fuzil de assalto multiuso pendurado no ombro, mas pronto para ser apontado, e pediu minha identidade.

Deixei-o escanear meu cartão, e ele bateu continência.

— Sim, *senhor*!

— Aqui é o Novo Vaticano?

— Sim, senhor.

Tive um vislumbre de um domo iluminado sob o aguaceiro. Apontei para lá, atrás do muro do pátio.

— Aquela é a São Pedro?

— Sim, senhor.

— O monsenhor Edouard estaria lá?

— Atravesse o pátio, à esquerda na praça, o edifício baixo à esquerda da catedral, *senhor*!

— Obrigado, cabo.

— É soldado, *senhor*!

Puxei minha capa curta em volta do corpo, por mais cerimonial e inútil que fosse contra aquela chuva, e atravessei o pátio correndo.

Um ser humano — talvez um sacerdote, embora não usasse batina nem gola sacerdotal — abriu a porta para a ala residencial. Outro ser humano atrás de uma mesa de madeira me disse que o monsenhor Edouard estava presente e acordado, apesar do horário. Eu tinha hora marcada?

Não, eu não tinha hora marcada, mas gostaria de falar com o monsenhor. Era importante.

A respeito de quê?, perguntou o homem atrás da mesa, com educação, mas firme. Ele não se impressionara com meu cartão-mestre. Desconfiei que estava conversando com um bispo.

A respeito do padre Paul Duré e do padre Lenar Hoyt, respondi.

O senhor fez que sim com a cabeça, murmurou em um minimicrofone tão pequeno que eu não vira na gola dele e me conduziu pela ala residencial.

O lugar fazia a torre antiga onde aquele s. Tynar morava parecer o palácio de um sibarita. O corredor era completamente insípido, exceto pelo reboco grosseiro nas paredes e pela madeira mais grosseira ainda das portas. Uma das portas estava aberta, e, quando passamos, vi de relance um cômodo que mais parecia cela de prisão do que quarto de dormir: catre baixo, cobertor grosseiro, genuflexório de madeira, uma cômoda sem decoração com uma jarra de água e uma bacia simples; nenhuma janela, nenhuma parede de mídia, nenhum holofosso, nenhum console de acesso de dados. Eu desconfiava que o cômodo não fosse sequer interativo.

De algum lugar ecoavam vozes crescentes em um cântico/canto tão elegante e atávico que fez minha nuca arrepiar. Gregoriano. Passamos por uma área grande de refeitório tão simples quanto as celas, por uma cozinha que teria sido reconhecível pelos cozinheiros da época de John Keats, descemos uma escada de pedra desgastada, andamos por um corredor mal iluminado e subimos outra escada, mais estreita. O homem me deixou ali, e entrei em um dos espaços mais bonitos que eu já vira na vida.

Embora uma parte minha soubesse que a Igreja tinha realocado e reconstruído a Basílica de São Pedro a ponto de transplantar os ossos que se acreditava pertencerem ao próprio Pedro na nova sepultura sob o altar, outra parte sentia que eu havia sido transportado para a mesma Roma que vira pela primeira vez em meados de novembro de 1820: a Roma que eu vira e onde eu me hospedara, padecera e morrera.

O espaço era mais bonito e elegante do que qualquer torre empresarial quilométrica de Tau Ceti Central jamais seria; a Basílica de São Pedro se estendia por mais de seiscentos pés nas sombras, tinha 450 pés de largura no ponto onde a "cruz" do transepto encontrava a nave e era encoberta pela perfeição da cúpula de Michelangelo, a quase quatrocentos pés de altura acima do altar. O baldaquino de bronze de Bernini, um dossel elaborado sustentado por colunas bizantinas retorcidas, envolvia o altar e conferia ao espaço imenso a dimensão humana necessária para dar perspectiva nas cerimônias íntimas que eram celebradas ali. Lâmpadas e velas forneciam a partes discretas da basílica uma iluminação suave que se refletia em travertino liso, realçavam mosaicos dourados com um relevo marcante e destacavam o detalhamento infinito pintado, gravado e esculpido nas paredes, colunas e cornijas e na própria cúpula. Lá no alto, os clarões constantes dos relâmpagos da tempestade penetravam com força pelas janelas de vitrais amarelos e lançavam colunas de luz violenta inclinadas na direção da "Cátedra de São Pedro" de Bernini.

Parei ali, logo depois da apside, com medo de que meus passos naquele espaço fossem um ato de profanação e achando que eu mandaria ecos por toda a basílica só por respirar. Logo meus olhos se ajustaram à luz fraca, compensaram os contrastes entre a claridade da tempestade que vinha de cima e a luz de velas de baixo, e foi nessa hora que percebi que não havia nenhum banco para preencher a apside ou a nave comprida, nenhuma coluna ali embaixo da cúpula, só duas cadeiras dispostas perto do altar, a uns cinquenta pés de distância. Dois homens estavam sentados nessas cadeiras, conversando bem de perto, inclinados um para o outro com aparente urgência para se comunicar. As lâmpadas e velas e o brilho de um mosaico grande de Cristo na frente de um altar escuro iluminavam fragmentos do rosto dos homens. Os dois eram idosos. Os dois eram sacerdotes, e a faixa branca de suas golas brilhava na penumbra. Com espanto ao reconhecer, percebi que um era o monsenhor Edouard.

O outro era o padre Paul Duré.

Eles devem ter ficado assustados de início: levantaram o rosto no meio da conversa cochichada e viram uma aparição, a sombra baixa de um homem que saiu da escuridão, chamou o nome deles — gritou o nome de Duré com um espanto ruidoso —, balbuciou para eles sobre peregrinações e peregrinos, Tumbas Temporais e o Picanço, IAs e a morte de deuses.

O monsenhor não chamou a segurança; nem ele nem Duré fugiram; juntos, acalmaram a aparição, tentaram extrair algum sentido do balbucio agitado e transformaram o confronto estranho em uma conversa racional.

Era Paul Duré. Paul Duré, não um duplo bizarro, ou uma cópia androide, ou uma reconstrução cíbrida. Confirmei ao ouvi-lo falar, ao interrogá-lo, ao fitá-lo nos olhos... mas, acima de tudo, ao apertar sua mão, *encostar* nele e saber que de fato era o padre Paul Duré.

— Você sabe... detalhes incríveis da minha vida... do nosso tempo em Hyperion, nas Tumbas... mas *quem* você disse que era, mesmo? — dizia Duré.

Era a minha vez de convencê-lo.

— Uma reconstrução cíbrida de John Keats. Gêmeo da persona que Brawne Lamia levou consigo na peregrinação.

— E você conseguia se comunicar... saber o que acontecia conosco por causa dessa persona compartilhada?

Eu estava apoiado em um joelho entre eles e o altar. Levantei as duas mãos, frustrado.

— Por causa disso... por causa de alguma anomalia na megaesfera. Mas eu *sonhei* a vida de vocês, ouvi as histórias que os peregrinos contaram, ouvi o padre Hoyt falar da vida e da morte de Paul Duré... de *você*.

Estendi a mão para encostar no braço dele por cima das vestes sacerdotais. Fiquei um pouco mareado só de estar no mesmo espaço e tempo que um dos peregrinos.

— Então você sabe como eu vim para cá — concluiu o padre Duré.

— Não. No meu último sonho, você estava entrando em uma das Tumbas Cavernosas. Tinha uma luz. Não sei de nada do que aconteceu depois.

Duré fez que sim com a cabeça. O rosto dele era mais sofisticado e parecia mais cansado do que meus sonhos haviam me preparado para esperar.

— Mas sabe que fim levaram os outros?

Respirei fundo.

— Alguns. O poeta Silenus está vivo, mas empalado na árvore de espinhos do Picanço. A última vez que vi Kassad, ele ia atacar o Picanço com as próprias mãos. S. Lamia tinha viajado pela megaesfera até a periferia do TecnoCerne com o outro Keats...

— Ele sobreviveu naquele... ciclo de Schrön... sei lá como é que chama? — Duré parecia fascinado.

— Não mais. A personalidade de IA chamada Ummon o matou... destruiu a persona. Brawne estava voltando. Não sei se o corpo dela ainda está vivo.

O monsenhor Edouard se inclinou na minha direção.

— E o Cônsul e o pai e a criança?

— O Cônsul tentou voltar à capital de tapete falcoeiro, mas caiu algumas milhas ao norte. Não sei que fim levou.

— Milhas — disse Duré, como se a palavra lhe trouxesse lembranças.

— Desculpa. — Gesticulei para a basílica. — Este lugar me faz pensar nas unidades da minha... vida anterior.

— Prossiga — incentivou o monsenhor Edouard. — O pai e a criança.

Eu me sentei na pedra fria, exausto, com braços e mãos tremendo de fadiga.

— No meu último sonho, Sol tinha oferecido Rachel ao Picanço. Foi a pedido de *Rachel*. Não deu para ver o que aconteceu depois. As Tumbas estavam se abrindo.

— Todas? — perguntou Duré.

— Todas as que eu vi.

Os dois se entreolharam.

— Tem mais — falei, e contei do diálogo com Ummon. — É possível que uma deidade... evolua assim da consciência humana sem conhecimento da humanidade?

Os relâmpagos tinham parado, mas agora a chuva caía tão violenta que dava para ouvir na cúpula imensa lá no alto. Em algum lugar na escuridão, uma porta pesada rangeu, passos ecoaram e se afastaram. Velas votivas nos nichos escuros da basílica lançavam uma luz vermelha bruxuleante nas paredes e cortinas.

— Eu ensinava que São Teilhard dizia ser possível — respondeu Duré, com um tom cansado. — Mas, se Deus é um ser limitado, que evolui do mesmo jeito que todos os outros, então não... Não é o Deus de Abraão e Cristo.

O monsenhor Edouard assentiu com a cabeça.

— Existe uma heresia antiga...

— É — falei. — A Heresia Sociniana. Ouvi o padre Duré explicá-la para Sol Weintraub e o Cônsul. Mas que diferença faz a *maneira* como esse... poder... evoluiu, e se é ou não limitado? Se Ummon está falando a verdade, estamos lidando com uma força que usa quasares como fonte de energia. É um Deus capaz de destruir *galáxias*, senhores.

— Seria um deus que destrói galáxias — disse Duré. — Não Deus.

Ouvi claramente a ênfase dele.

— Mas se *não* for limitado — falei. — Se for o Deus do Ponto Ômega de consciência total sobre o qual você escreveu, se for a mesma Trindade que sua igreja tem promovido e teorizado desde antes de Aquino... mas se uma parte dessa Trindade tiver voltado no tempo e fugido para cá, para agora... e aí?

— Mas teria fugido do quê? — perguntou Duré, em voz baixa. — O Deus de Teilhard, o Deus da Igreja, *nosso* Deus seria o Deus do Ponto Ômega em que o Cristo da Evolução, o Pessoal, e o Universal... o que Teilhard chamava de *En Haut* e *En Avant*, se unem perfeitamente. Não poderia haver nada ameaçador a ponto de fazer qualquer elemento da personalidade dessa deidade fugir. Nenhum Anticristo, nenhum poder satânico teórico, nenhum "contra-Deus" conseguiria ameaçar uma consciência universal dessas. O que esse outro deus seria?

— O Deus das máquinas? — aventei, tão baixo que nem eu sabia ao certo se tinha falado em voz alta.

O monsenhor Edouard juntou as mãos no que achei que fosse uma preparação para rezar, mas que acabou sendo um gesto de reflexão profunda e de agitação mais profunda ainda.

— Mas Cristo tinha dúvidas — disse ele. — Cristo suou sangue no jardim e pediu que afastassem dele este cálice. Se havia um segundo sacrifício à espera, algo mais terrível ainda que a crucifica-ção... então dá para imaginar a entidade-Cristo da Trindade transpon-do o tempo, caminhando por um jardim de Getsêmani tetradimensio-nal para ganhar algumas horas, ou anos, de tempo para pensar.

— Algo mais terrível que a crucificação — repetiu Duré com um sussurro rouco.

O monsenhor Edouard e eu olhamos para o sacerdote. Duré havia se crucificado em um tesleiro de alta voltagem em Hyperion para não se entregar ao controle do parasita cruciforme. Devido à habilidade de ressurreição da criatura, Duré sofrera muitas vezes as agonias da crucificação e da eletrocussão.

— Qualquer que seja o motivo da fuga da consciência *En Haut* — murmurou Duré —, é extremamente terrível.

O monsenhor Edouard encostou no ombro do amigo.

— Paul, fala para este homem sobre sua viagem para cá.

Duré voltou do lugar distante para onde suas lembranças o haviam levado e se concentrou em mim.

— Você conhece todas as nossas histórias... e os detalhes da nossa estada no Vale das Tumbas em Hyperion?

— Acho que sim. Até o momento em que você desapareceu.

O sacerdote suspirou e encostou os dedos longos e um pouco trêmulos na testa.

— Então talvez, só talvez, você consiga entender como eu vim para cá... e o que eu vi pelo caminho.

— Vi uma luz na terceira Tumba Cavernosa. Entrei. Confesso que minha mente estava contemplando o suicídio... O que restava da mi-nha mente após a replicação brutal da cruciforme. Não vou dignifi-car a função desse parasita com o termo ressurreição.

"Vi uma luz e achei que fosse o Picanço. Eu estava com a im-pressão de que já tinha passado da hora de meu segundo encon-tro com a criatura acontecer. O primeiro tinha sido anos atrás no labirinto da Fenda, quando o Picanço me ungiu com a cruciforme profana.

"Quando procuramos o coronel Kassad no dia anterior, a Tumba Cavernosa era pequena e estava vazia, com o caminho bloqueado por uma parede lisa de pedra depois de trinta passos. Dessa vez não havia mais parede, e sim entalhes não muito diferentes da boca do Picanço, com pedras estendidas naquela combinação de mecânico e orgânico, estalactites e estalagmites afiadas como dentes de carbonato de cálcio.

"De dentro da boca descia uma escada de pedra. Era daquelas profundezas que emanava a luz, ora um branco pálido, ora um vermelho escuro. Não havia ruído algum além dos suspiros do vento, como se a rocha estivesse respirando.

"Não sou nenhum Dante. Não estava em busca de Beatriz. Meu breve rompante de coragem, se bem que fatalismo seria um termo mais adequado, havia se evaporado com o sumiço da luz do sol. Virei-me e quase corri os trinta passos de volta para a entrada da caverna.

"Não tinha entrada. A passagem simplesmente acabava. Eu não havia escutado nenhum barulho de desabamento ou avalanche, e, além do mais, a rocha onde devia ficar a entrada parecia tão antiga e intocada quanto o resto da caverna. Passei meia hora procurando uma saída alternativa, não achei, me recusei a voltar para a escada e por fim fiquei umas horas sentado no lugar onde antes tinha sido a entrada da Tumba Cavernosa. Mais um ardil do Picanço, mais uma artimanha teatral fajuta daquele planeta perverso. O conceito de piada de Hyperion. Ha ha.

"Depois de algumas horas sentado ali na penumbra, vendo a luz no outro lado da caverna pulsar silenciosa, percebi que o Picanço não ia me buscar ali. A entrada não reapareceria magicamente. Eu podia escolher entre ficar ali até morrer de fome, ou sede, mais provavelmente, visto que eu já estava desidratado, ou então descer a escada maldita.

"Desci.

"Anos atrás, literalmente várias vidas atrás, quando visitei os Bikura perto da Fenda na chapada da Asa, o labirinto onde eu havia encontrado o Picanço ficava a três quilômetros de profundidade, na base do paredão do cânion. Era perto da superfície; a maioria dos labirintos na maioria dos mundos labirintinos ficava a pelo menos dez quilômetros de profundidade sob a crosta terrestre. Eu não tinha a menor dúvida de que aquela escada interminável, uma espiral íngreme e convoluta com degraus de pedra largos o bastante para dez padres descerem lado a lado até o inferno, daria no labirinto. O Picanço havia me amaldiçoado com a imortalidade ali na primeira vez. Se a criatura ou o poder por trás dela tivesse qualquer noção de ironia, seria adequado que tanto minha imortalidade quanto minha vida mortal acabassem ali.

"A escada se contorcia para baixo; a luz foi ficando mais forte... uma hora, um brilho rosado; dez minutos depois, um vermelho carregado; descendo mais meia hora, um carmesim bruxuleante. Era uma ambientação dantesca e fundamentalista fajuta demais para o meu gosto. Quase ri alto ao imaginar a aparição de um diabinho, de rabo, tridente e cascos, torcendo um bigodinho fino.

"Mas não ri quando cheguei às profundezas, onde a causa da luminosidade ficou evidente: cruciformes, centenas e milhares, a princípio pequenas, agarradas às paredes grosseiras da escadaria como cruzes rústicas deixadas por uns conquistadores subterrâneos, e depois maiores e em mais quantidade até quase se justaporem, rosa-coral, cor de carne viva, um vermelho-sangue bioluminescente.

"Fiquei nauseado. Foi como se eu tivesse entrado em um fosso recoberto de sanguessugas gordas e pulsantes, mas aquelas eram piores. Já vi imagens de leitor médico sônico e cruz-k do meu corpo só com *uma* daquelas coisas: gânglios extras infiltrados pela minha pele e meus órgãos que nem fibras cinzentas, feixes de filamentos trêmulos, grupos de nematódeos que pareciam tumores horríveis, mas que não concederiam sequer a misericórdia da morte. Agora eu tinha *duas* no corpo: a de Lenar Hoyt e a minha. Rezei que preferia morrer a suportar mais uma.

"Continuei a descer. As paredes pulsavam também com calor além da luz, mas não sei se era por causa da profundidade ou da concentração de milhares de cruciformes. Algum tempo depois, pisei no último degrau, a escada acabou, contornei uma última pedra e cheguei lá.

"No labirinto. Ele se estendia tal qual eu vira em inúmeros holos e uma vez pessoalmente: túneis lisos, trinta metros de lado, escavados na crosta de Hyperion há mais de 750 mil anos, uma malha espalhada pelo planeta como se fosse uma catacumba planejada por algum engenheiro louco. Existem labirintos em nove mundos, cinco na Rede e os outros, como esse, nos Confins: todos são idênticos, todos foram escavados ao mesmo tempo no passado, nenhum entregava qualquer pista para o motivo da própria existência. São várias as lendas sobre os Construtores de Labirinto, mas os engenheiros míticos não deixaram nenhum artefato, nenhum indício de seus métodos ou sua configuração alienígena, e nenhuma das teorias sobre os labirintos fornecia uma explicação razoável para o que deve ter sido um dos maiores projetos de engenharia da história da galáxia.

"Todos os labirintos estão vazios. Remotos já exploraram milhões de quilômetros de corredores abertos na rocha, e, salvo nos pontos onde o tempo e desmoronamentos alteraram as catacumbas originais, os labirintos são vazios e sem adereços.

"Mas não onde eu estava.

"Cruciformes iluminavam um cenário típico de Hieronymus Bosch conforme eu contemplava um corredor interminável. Interminável, mas não vazio... não, vazio não.

"A princípio, achei que fosse uma multidão de pessoas vivas, um rio de cabeças, ombros e braços, espalhados por quilômetros a perder de vista, uma correnteza humana interrompida ocasionalmente pela presença de veículos estacionados, todos da mesma cor vermelho-ferrugem. Quando avancei e me aproximei da muralha de humanidade amontoada a menos de vinte metros de mim, percebi que eram cadáveres. Dezenas, centenas de milhares de cadáveres humanos a perder de vista pelo corredor; alguns esparramados no chão de pedra, alguns, esmagados junto às paredes, mas a maioria suspensa pela pressão de outros cadáveres de tão apertados que estavam naquela via específica do labirinto.

"Havia uma passagem; atravessava os corpos como se alguma máquina com lâminas tivesse aberto caminho. Fui por ela, tomando cuidado para não encostar em nenhum braço esticado ou tornozelo esquálido.

"Os corpos eram humanos, na maioria dos casos ainda vestidos, mumificados após séculos de decomposição lenta naquela cripta sem bactérias. A pele e as carnes estavam curadas, esticadas e rasgadas feito malha apodrecida a ponto de cobrir só ossos, muitas vezes nem isso. Os cabelos que restavam pareciam fiapos de alcatrão poeirento, rígidos como plastifibra envernizada. Sob pálpebras abertas e entre dentes, só escuridão. As roupas, que em algum momento devem ter sido de um sem-fim de cores, agora estavam pardas, cinzentas ou pretas, quebradiças como vestes esculpidas em pedra. Volumes de plástico derretidos pelo tempo nos pulsos e nos pescoços deviam ter sido conexos ou algo equivalente.

"Os veículos grandes talvez tivessem sido VEMs, mas agora eram montes de ferrugem pura. Depois de cem metros, tropecei e, a fim de me equilibrar e não cair para fora da trilha de um metro de largura no mar de corpos, pus a mão em uma máquina alta cheia de curvas e cúpulas turvas. O monte de ferrugem cedeu para dentro.

"Perambulei, sem um Virgílio, seguindo a trilha corroída no meio de carne humana degradada e me perguntando por que estavam me mostrando aquilo tudo, o que significava. Depois de andar por um tempo interminável, avançando trôpego entre pilhas de humanos descartados, cheguei a um cruzamento de túneis; todos os três corredores diante de mim estavam cheios de corpos. A passagem estreita continuava pelo labirinto à esquerda. Segui nela.

"Horas depois, talvez mais, parei e me sentei na passarela estreita de pedra que atravessava aquele horror. Se havia dezenas de milhares de cadáveres naquele segmento pequeno do túnel, o labirinto de Hyperion deve ter bilhões. Mais. Os nove mundos labirintinos em conjunto devem ser uma cripta de trilhões.

"Eu não fazia a menor ideia do motivo de me mostrarem aquele Dachau supremo da alma. Perto de onde me sentei, o cadáver mumificado de um homem ainda protegia o de uma mulher com o braço esquelético. Nos braços dela havia um volume pequeno com cabelo preto escuro. Virei o rosto e chorei.

"Como arqueólogo, eu já havia escavado vítimas de execuções, incêndios, enchentes, terremotos e vulcões. Essas cenas familiares não eram nenhuma novidade para mim; eram o *sine qua non* da história. Mas, de alguma forma, aquela foi muito mais terrível. Talvez fosse pela quantidade; um holocausto de milhões de mortos. Talvez fosse pelo brilho sugador de almas das cruciformes que forravam os túneis como milhares de piadas blasfemas sem graça. Talvez fosse pelo pranto triste do vento que se movimentava pelos corredores infinitos de pedra.

"Minha vida, meus ensinamentos, meus sofrimentos, minhas pequenas vitórias e incontáveis derrotas haviam me levado até lá... para além da fé, da consideração, da simples rebeldia miltoniana. Eu tinha a sensação de que aqueles corpos estavam ali havia pelo menos meio milhão de anos, mas de que as pessoas mesmo eram da nossa época ou, pior ainda, do nosso futuro. Abaixei o rosto nas mãos e chorei.

"Não fui alertado por nenhum passo ou ruído de fato, mas alguma coisa, alguma coisa, talvez uma movimentação do ar... Levantei o rosto, e o Picanço estava lá, a menos de dois metros de distância. Não na trilha, mas sim no meio dos cadáveres: uma escultura em homenagem ao arquiteto daquela carnificina toda.

"Fiquei de pé. Eu me recusava a me sentar ou me ajoelhar perante aquela abominação.

"O Picanço veio na minha direção, mais deslizando que andando, como se estivesse correndo em trilhos sem fricção. A luz sanguínea das cruciformes banhava sua carapaça de mercúrio. Aquele sorriso eterno, impossível... estalactites e estalagmites de aço.

"Eu não nutria emoção violenta alguma contra aquela coisa. Só tristeza e uma pena terrível. Não pelo Picanço, o que quer que fosse aquele ser infernal, mas por todas as vítimas que, sozinhas e despidas até da fé mais ínfima, tiveram que enfrentar o terror da noite que aquilo representa.

"Percebi pela primeira vez que, de perto, a menos de um metro de distância, um cheiro cercava o Picanço, um fedor de óleo rançoso, rolamentos superaquecidos e sangue seco. As chamas nos olhos dele pulsavam em perfeita sintonia com o sobe e desce do brilho das cruciformes.

"Eu não acreditava anos atrás que essa criatura fosse sobrenatural, uma manifestação do bem ou do mal, apenas uma aberração das circunstâncias inescrutáveis e aparentemente sem sentido do universo: uma piada horrível da evolução. O pior pesadelo de São Teilhard. Mas ainda era uma *coisa*, obedecia às leis da natureza, por mais deturpadas que estivessem, e se via sujeita a algumas regras do universo em algum lugar, em algum tempo.

"O Picanço ergueu os braços na minha direção, à minha volta. As lâminas naqueles quatro pulsos eram muito mais compridas do que as minhas mãos; a lâmina no peito, maior que meu antebraço. Fiquei olhando para aqueles olhos enquanto um par dos braços de concertina e aço flexível me envolvia e o outro se aproximava lentamente, preenchendo o espaço pequeno entre nós.

"As lâminas dos dedos se desdobraram. Eu me retraí, mas não recuei quando aquelas lâminas avançaram e se afundaram no meu peito com uma dor feito fogo frio, feito laser cirúrgico cortando nervos.

"Ele deu um passo para trás, segurando algo vermelho ainda mais avermelhado pelo meu sangue. Cambaleei, quase achando que veria meu coração nas mãos do monstro: a última ironia de um homem morto que pisca surpreso para o próprio coração durante os segundos que leva para o sangue se esvair do cérebro incrédulo.

"Mas não era meu coração. O Picanço estava segurando a cruciforme que eu havia levado no peito, *minha* cruciforme, aquele repositório parasita do *meu* DNA resistente à morte. Cambaleei de novo, quase caí, encostei no peito. Meus dedos se sujaram de sangue, mas não era o jorro arterial que uma cirurgia grosseira daquelas teria causado; a ferida estava se curando a olhos vistos. Eu *sabia* que a cruciforme tinha enviado tubérculos e filamentos por meu corpo. *Sabia* que nenhum laser cirúrgico tinha conseguido separar aquelas vinhas mortíferas do corpo do padre Hoyt, nem do meu. Mas *senti* a infecção se curar, as fibras internas ressecarem e desaparecerem quase sem deixar sinal de cicatriz interna.

"Eu ainda estava com a cruciforme de Hoyt. Mas era diferente. Quando eu morresse, Lenar Hoyt se levantaria em seu corpo reformado. *Eu* morreria. Não haveria mais cópias inferiores de Paul Duré, mais embotadas e menos vitais a cada geração artificial.

"O Picanço havia me concedido a morte sem me matar.

"A coisa jogou nos corpos amontoados a cruciforme, que já esfriava, e me pegou pelo braço, cortando facilmente três camadas de tecido, extraindo de imediato um fio de sangue de meu bíceps com um mínimo contato daqueles bisturis.

"Ele se dirigiu à parede através dos corpos. Fui junto, tentando não pisar nos cadáveres, mas, no afã de não perder o braço, nem sempre consegui. Corpos se esfarelaram. Um recebeu minha pisada na cavidade desabada do peito.

"Até que chegamos à parede, em uma parte de repente livre de cruciformes, e percebi que era um tipo de abertura revestida de energia, de tamanho e formato que não batiam com um portal comum de teleprojetor, mas que tinha uma energia vibrante opaca parecida. Qualquer coisa para me tirar daquele depósito de morte.

"O Picanço me jogou para dentro."

— Gravidade zero. Um labirinto de anteparas quebradas, emaranhados de cabos flutuando feito as entranhas de uma criatura gigantesca, luzes vermelhas piscantes... Por um segundo, achei que havia cruciformes ali também, mas então me dei conta de que eram luzes de emergência em uma espaçonave moribunda. E depois recuei e tropecei, pouco acostumado à gravidade zero, quando mais cadáveres apareceram boiando: não eram múmias dessa vez, mas sim corpos frescos, recém-mortos, de boca aberta, olhos esbugalhados, pulmões estourados, um rastro de sanguinolência conforme simulavam a vida em sua lenta reação necrótica a cada corrente de ar e solavanco aleatório da espaçonave destruída de FORÇA.

"*Era* uma espaçonave de FORÇA, com certeza. Vi fardas de FORÇA:espaço nos cadáveres jovens. Vi os letreiros com jargão militar nas anteparas e nas escotilhas arrebentadas, as instruções inúteis nos armários de emergência mais do que inúteis com trajes-peles e bolas de pressão ainda não infladas nas prateleiras. O que quer que tivesse destruído aquela nave tinha sido súbito como uma peste na noite.

"O Picanço apareceu ao meu lado.

"*O Picanço... no espaço! Livre de Hyperion e das amarras das marés temporais! Muitas daquelas naves tinham teleprojetores!*

"Avistei um portal de teleprojetor a menos de cinco metros de mim no corredor. Um corpo foi flutuando na direção dele, e o braço direito do jovem passou pelo campo opaco como se estivesse experimentando a água do mundo do outro lado. Saía um ar desse duto, com um gemido estridente cada vez mais forte. '*Vai!*', falei para o cadáver, mas a diferença de pressão o soprou para longe do portal, e surpreendentemente seu braço estava inteiro, intacto, embora o rosto fosse uma máscara de anatomista.

"Eu me virei para o Picanço, e o movimento me fez dar meia-volta no sentido contrário.

"O Picanço me ergueu, rasgando pele com as lâminas, e me passou pelo corredor até o teleprojetor. Eu não teria sido capaz de mudar a trajetória nem se quisesse. Segundos antes de atravessar o zumbido intermitente do portal, imaginei um vácuo do outro lado, uma queda imensa, uma descompressão explosiva ou, pior, uma volta ao labirinto.

"Mas acabei caindo meio metro até um piso de mármore. Aqui, a menos de duzentos metros deste ponto, nos aposentos pessoais do papa Urbano XVI... que, por acaso, tinha morrido de velhice meras três horas antes de eu cair pelo teleprojetor particular dele. A 'Porta do Papa', como o Novo Vaticano chama. Senti o castigo da dor por estar tão longe de Hyperion, tão longe da fonte das cruciformes, mas agora a dor é uma velha aliada e já não detém poder sobre mim.

"Achei Edouard. Ele fez a gentileza de escutar por horas enquanto eu contava uma história que nenhum jesuíta jamais precisara confessar. E fez a gentileza maior ainda de acreditar em mim. Agora, você ouviu. Essa é a minha história."

A tempestade tinha passado. Nós três, sentados à luz de velas sob a cúpula da São Pedro, ficamos um tempo sem falar nada.

— O Picanço tem acesso à Rede — comentei, enfim.

Duré mantinha o olhar firme.

— Tem.

— Deve ter sido alguma nave no espaço de Hyperion...

— É o que parece.

— Então talvez a gente consiga voltar até lá. Usar a... Porta do Papa?... para voltar para o espaço de Hyperion.

O monsenhor Edouard ergueu uma sobrancelha.

— Você quer ir para lá, s. Severn?

Mordi a junta do dedo.

— É algo que já considerei.

— Por quê? — perguntou o monsenhor, em tom baixo. — Seu par, a personalidade do cíbrido que Brawne Lamia levou à peregrinação, só encontrou a morte naquele lugar.

Balancei a cabeça, como se esse gesto simples fosse uma tentativa de organizar a bagunça dos meus pensamentos.

— Eu faço parte disto. Só não sei que papel desempenhar... nem onde o desempenhar.

Paul Duré riu sem humor.

— Todos nós já tivemos essa sensação. Parece o tratado sobre predestinação de um dramaturgo fajuto. Que fim levou o livre-arbítrio?

O monsenhor lançou um olhar agudo para o amigo.

— Paul, todos os peregrinos, você inclusive, foram confrontados por escolhas que fizeram livremente. Pode ser que poderes vastos estejam dando forma ao rumo geral das circunstâncias, mas personalidades humanas ainda determinam o próprio destino.

Duré deu um suspiro.

— Pode ser, Edouard. Não sei. Estou muito cansado.

— Se a história de Ummon for verdade — falei —, se a terça parte dessa deidade humana tiver fugido para a nossa época, onde vocês acham que ela está, e quem é? Existem mais de cem bilhões de seres humanos na Rede.

O padre Duré sorriu. Foi um sorriso gentil, sem ironia.

— Já considerou que poderia ser você mesmo, s. Severn?

A pergunta me pegou como se fosse um tapa.

— Não pode ser — rebati. — Não sou nem... nem totalmente humano. Minha consciência está flutuando em algum lugar na matriz do Cerne. Meu corpo foi reconstituído a partir de vestígios do DNA de John Keats e biofaturado como um androide. As lembranças foram implantadas. O fim da minha vida, minha "recuperação" da consumpção, tudo foi simulado em um mundo feito para esse fim.

Duré continuou sorrindo.

— E daí? Isso o impede de ser essa entidade Empatia?

— Eu não me *sinto* como se fizesse parte de um deus — argumentei bruscamente. — Não me lembro de nada, não entendo nada, não sei o que fazer.

O monsenhor Edouard encostou no meu pulso.

— Será que temos tanta certeza assim de que Cristo sempre sabia o que fazer? Ele sabia o que precisava ser feito. Nem sempre é o mesmo que saber o que fazer.

Esfreguei os olhos.

— Não sei nem o que precisa ser feito.

A voz do monsenhor estava baixa.

— Creio que o que Paul está dizendo é que, *se* a criatura espiritual da qual você falou estiver escondida aqui na nossa época, é bem possível que ela não saiba a própria identidade.

411

— Isso é loucura — falei.

Duré fez que sim.

— Grande parte do que aconteceu em Hyperion e redondezas pareceu loucura. Pelo visto, a loucura está se espalhando.

Olhei com atenção para o jesuíta.

— *Você* seria um bom candidato para a deidade — aventei. — Você levou uma vida de oração, contemplando teologias, valorizando a ciência como arqueólogo. Além do mais, já foi crucificado.

O sorriso de Duré desapareceu.

— Você ouviu o que estamos dizendo? Ouviu a blasfêmia do que estamos dizendo? Não sou nenhum candidato ao Divino, Severn. Eu traí a Igreja, minha ciência e agora, ao desaparecer, meus amigos na peregrinação. Cristo pode ter perdido a fé por alguns segundos; Ele não a vendeu no mercado em troca dos badulaques do ego e da curiosidade.

— Chega — declarou o monsenhor Edouard. — Se o mistério é a identidade dessa parte de Empatia de uma deidade artificial futura, pense nos candidatos já na trupe mais próxima na sua pequena Paixão, s. Severn. A diretora-executiva, a s. Gladstone, carregando o peso da Hegemonia nos ombros. Os outros membros da peregrinação... O s. Silenus, que, segundo o que você falou para Paul, está sofrendo agora mesmo na árvore do Picanço por sua poesia. A s. Lamia, que arriscou e perdeu tanto por amor. O s. Weintraub, que sofreu o dilema de Abraão; até a filha dele, que voltou à inocência da infância. O Cônsul, que...

— O Cônsul mais parece Judas do que Cristo — refutei. — Ele traiu tanto a Hegemonia quanto os desterros, para quem acharam que ele estava trabalhando.

— Pelo que Paul me disse, o Cônsul foi fiel às suas convicções, foi leal à memória da avó Siri — respondeu o monsenhor. O homem idoso sorriu. — Além do quê, existem mais cem bilhões de atores nesta peça. Deus não escolheu Herodes, Pôncio Pilatos ou César Augusto como seu instrumento. Ele escolheu o filho desconhecido de um carpinteiro desconhecido em uma das partes menos importantes do Império Romano.

— Tudo bem — assenti, levantando-me e andando de um lado para o outro diante do mosaico luminoso sob o altar. — O que fazemos agora? Padre Duré, você precisa vir comigo falar com Gladstone. Ela sabe da sua peregrinação. Talvez sua história possa ajudar a impedir parte do banho de sangue que parece tão iminente.

Duré também se levantou, cruzou os braços e ficou olhando para a cúpula como se a escuridão lá nas alturas fosse dar instruções.

— Já pensei nisso — confessou ele. — Mas não acho que essa seja minha responsabilidade mais imediata. Preciso ir a Bosque de Deus para falar com o equivalente deles do papa: a Verdadeira Voz da Árvore-mundo.

Parei de andar.

— Bosque de Deus? O que isso tem a ver com a história?

— Tenho a sensação de que os templários foram a peça-chave de algum elemento ausente nesta farsa dolorosa. E agora sabemos que Het Masteen morreu mesmo. Talvez a Verdadeira Voz possa nos explicar o que eles planejaram para essa peregrinação; a história de Masteen, por assim dizer. Afinal, ele foi o único dos sete peregrinos originais que não contou o porquê de ter ido a Hyperion.

Comecei a andar de novo, mais rápido, tentando manter a raiva sob controle.

— Meu Deus, Duré. Não temos tempo para essa curiosidade inútil. Falta só... — Consultei meu implante — ... uma hora e meia para o Enxame de invasão desterro entrar no sistema de Bosque de Deus. Deve estar um caos lá.

— Talvez, mas quero ir lá primeiro mesmo assim. Depois eu falo com Gladstone. Pode ser que ela autorize minha volta a Hyperion.

Resmunguei, duvidando que a diretora fosse permitir que um informante tão valioso se colocasse em perigo de novo.

— Vamos andando — falei, virando-me para procurar a saída.

— Só um instante — chamou o jesuíta. — Você disse há pouco que às vezes conseguia... "sonhar" com os peregrinos mesmo acordado. Uma espécie de transe, né?

— Algo do tipo.

— Bom, s. Severn, por favor, sonhe com eles agora.

Fiquei olhando, embasbacado.

— Aqui? Agora?

Duré gesticulou para sua cadeira.

— Por favor. Eu gostaria de saber o destino dos meus amigos. Além disso, as informações podem ser muito preciosas para nosso confronto com a Verdadeira Voz e com a s. Gladstone.

Balancei a cabeça, mas aceitei a cadeira oferecida.

— Talvez não funcione.

— Aí não perdemos nada — disse Duré.

Fiz que sim, fechei os olhos e me recostei na cadeira desconfortável. Eu estava muito ciente do fato de que os outros dois me olhavam, do cheiro sutil de incenso e chuva, do eco no espaço à nossa volta. Eu tinha certeza de que jamais daria certo; o cenário dos meus sonhos não era próximo a ponto de dar para invocar só de fechar os olhos.

A sensação de estar sendo observado se dissipou, os cheiros ficaram distantes, e a sensação de espaço se multiplicou por mil conforme voltei a Hyperion.

35

Confusão.

Trezentas espaçonaves batendo em retirada no espaço de Hyperion sob fogo cerrado, recuando do Enxame feito homens lutando contra abelhas.

Loucura perto dos portais de teleprojetor militares, controle de trânsito sobrecarregado, naves aglomeradas que nem VEMs em um engarrafamento aéreo de TC^2, vulneráveis feito perdizes contra a movimentação das naves de assalto desterras.

Loucura nos pontos de saída: espaçonaves de FORÇA enfileiradas como ovelhas em um cercado estreito conforme se transferem do portal intermediário de Madhya para o projetor de saída. Naves saindo de rotação no espaço de Hebron, algumas transladadas para Portão Celestial, Bosque de Deus, Mare Infinitus, Asquith. Faltam só algumas horas para os Enxames entrarem nos sistemas da Rede.

Confusão à medida que centenas de milhões de refugiados saem de teleprojetor dos mundos ameaçados e entram em cidades e centros de realocação quase enlouquecidos pela agitação desnorteada da guerra incipiente. Confusão à medida que os mundos não ameaçados da Rede se inflamam com rebeliões: três Colmeias em Lusus — quase setenta milhões de cidadãos — em isolamento devido a distúrbios da Seita do Picanço, centros comerciais de trinta andares saqueados, monólitos residenciais tomados por multidões, centros de fusão destruídos, terminices de teleprojetores sob ataque. O Conselho de Governo Interno recorre à Hegemonia; a Hegemonia declara estado marcial e despacha fuzileiros de FORÇA para lacrar as colmeias.

Revoltas separatistas em Terra Nova e Maui-Pacto. Ataques terroristas de seguidores de Glennon-Height — depois de 75 anos de silêncio — em Thalia, Armaghast, Nordholm e Lee Três. Mais distúrbios da Seita do Picanço em Tsingtao-Hsishuang Panna e Renascença Vetor.

O Comando de FORÇA em Olimpo transfere para mundos da Rede batalhões de combate chegando dos transportes de Hyperion. Unidades de demolição designadas para naves-tocha em sistemas ameaçados informam que esferas de singularidade dos teleprojetores estão preparadas para serem destruídas, no aguardo da ordem via largofone de TC^2.

— Tem um jeito melhor — oferece o conselheiro Albedo para Gladstone e o Conselho de Guerra.

A diretora-executiva se vira para o embaixador do TecnoCerne.

— Existe uma arma que eliminará os desterros sem danificar as propriedades da Hegemonia. Nem as dos desterros, aliás.

O general Morpurgo o encara, cheio de fúria.

— Você está falando da versão bomba da vara-letal — retruca ele. — Não vai dar certo. Pesquisadores de FORÇA já demonstraram que ela se propaga indefinidamente. Além de ser desonroso e contrariar o Código do Novo Bushido, ela aniquilaria tanto populações planetárias quanto os invasores.

— De forma alguma — rebate Albedo. — Se os cidadãos da Hegemonia tiverem a proteção adequada, não é preciso haver qualquer baixa. Como vocês sabem, é possível calibrar varas-letais para comprimentos de onda cerebral específicos. Com uma bomba desenvolvida sob o mesmo princípio seria igual. Rebanhos de gado, animais silvestres e até outras espécies antropoides não seriam afetados.

O general Van Zeidt de FORÇA:fuzileiros se levanta.

— Mas não dá para proteger uma população! Nossos testes revelaram que neutrinos pesados de uma bomba-letal penetrariam rocha sólida ou metal até uma profundidade de seis quilômetros. Ninguém tem abrigos assim!

A projeção do conselheiro Albedo cruza as mãos em cima da mesa.

— Temos nove mundos com abrigos com capacidade para bilhões — diz ele, com um tom suave.

Gladstone meneia a cabeça.

— Os mundos labirintinos — murmura ela. — Mas sem dúvida uma transferência de população dessa magnitude seria impossível.

— Não — responde Albedo. — Agora que vocês incluíram Hyperion no Protetorado, cada um dos mundos labirintinos tem capacidade de teleprojeção. O Cerne pode providenciar a transferência de populações diretamente para tais abrigos subterrâneos.

Começa um falatório pela mesa, mas o olhar intenso de Meina Gladstone não sai do rosto de Albedo nem por um segundo. Ela pede silêncio e é atendida.

— Conte mais — incentiva ela. — Estamos interessados.

O Cônsul está sentado à sombra entrecortada de uma nevileira baixa, à espera da morte. As mãos dele estão amarradas atrás das costas com um pedaço de plastifibra. As roupas estão retalhadas e ainda úmidas; a umidade no rosto veio em parte do rio, mas o grosso é transpiração.

Os dois homens parados diante dele estão terminando de inspecionar sua bolsa.

— Merda — reclama o primeiro homem —, não tera nada de valor dentro aqui além dessa porra de pistola antiga. — Ele enfia a arma do pai de Brawne Lamia no cinto.

— Sera uma pena que não deu pra pegar aquela porcaria de tapete voador — diz o segundo homem.

— Ele não estarava voando muito bem lá no final! — comenta o primeiro homem, e os dois riem.

O Cônsul se esforça para olhar para os dois sujeitos enormes, cujos corpos revestidos de armadura se avultam contra o sol poente. Pelo dialeto, ele presume que sejam indígenas; pela aparência — pedaços de armadura antiquada de FORÇA, fuzis de assalto multiuso, farrapos do que algum dia já foi tecido de camupolímero —, ele acredita que sejam desertores de alguma unidade da Força de Autodefesa de Hyperion.

Pela atitude de ambos em relação a ele, o Cônsul tem certeza de que vão matá-lo.

A princípio, atordoado pela queda no rio Hoolie, ainda enrolado nas cordas que o ligavam à bolsa e ao tapete falcoeiro inútil, ele achou que os homens fossem sua salvação. O Cônsul havia atingido a água com força, ficara submerso por muito mais tempo do que teria imaginado possível sem se afogar e veio à tona, mas logo foi puxado para baixo por uma correnteza forte e de novo pelo emaranhado de cordas e tapete. Tinha sido uma batalha valorosa, mas inútil, e ele ainda estava a dez metros do baixio quando um dos homens que saíram da floresta de nevileiras e pés-de-espinho lhe jogou uma corda. Em seguida, eles o espancaram, roubaram, amarraram e — a julgar pelos comentários prosaicos — estavam se preparando para cortar a garganta dele e deixá-lo para os arautos.

O homem mais alto, cujo cabelo é uma massa de espinhos oleosos, se agacha diante do Cônsul e tira uma faca fio-zero de cerâmica da bainha.

— Últimas palavras, vovô?

O Cônsul passa a língua nos lábios. Ele já vira mil filmes e holos em que neste momento o herói dava uma rasteira num dos inimigos, nocauteava o outro com um chute, pegava uma arma e eliminava os dois — atirando com as mãos ainda amarradas — e depois seguia na aventura. Mas o Cônsul não se sente nada heroico: ele está exausto, na meia-idade, ferido pela queda no rio. *Cada um* desses homens é mais magro, mais forte, mais rápido e obviamente mais cruel do que o Cônsul jamais foi. Ele já viu violência — até cometeu violência uma vez —, mas sua vida e seu treinamento se dedicaram aos rumos tensos, mas discretos, da diplomacia.

O Cônsul passa a língua nos lábios de novo e diz:

— Posso pagar vocês.

O homem agachado sorri e balança a faca fio-zero de um lado para o outro a cinco centímetros dos olhos do Cônsul.

— Com o quê, vovô? A gente pegou seu cartão universal, e isso não estara valendo porra nenhuma aqui.

— Ouro — sugere o Cônsul, ciente de que essa é a única palavra que não perdeu impacto ao longo dos séculos.

O homem agachado não reage — seus olhos brilham com uma faísca perturbada conforme ele observa a faca —, mas o outro avança e apoia a mão pesada no ombro do parceiro.

— Do que você estara falando, cara? Donde você tera ouro?

— Meu barco — explica-se o Cônsul. — A *Benares*.

O homem agachado leva a lâmina até perto da própria bochecha.

— Sera mentira, Chez. A *Benares* sera aquela balsa velha de fundo reto puxado por raia que serava dos pele-azuis que a gente acabou trei dia atrás.

O Cônsul fecha os olhos por um instante, sentindo a náusea no corpo, mas sem se render a ela. A. Bettik e o restante da tripulação de androides tinham saído da *Benares* em um dos botes da balsa havia menos de uma semana, descendo o rio em direção à "liberdade". Claramente encontraram outra coisa.

— A. Bettik — intervém. — O capitão. Ele não falou do ouro?

O homem da faca sorri.

— Ele faz muito barulho, mas não fala muito. Ele diz que o barco mandou a merda subiu pra Fronteira. Longe pra caralho pruma balsa sem raia, na me opinião.

— Cala a boca, Obem. — O outro homem se agacha na frente do Cônsul. — Por que você teraria ouro naquela balsa velha, cara?

O Cônsul levanta o rosto.

— Vocês não me reconhecem? Fui o Cônsul da Hegemonia em Hyperion por anos.

— Ei, não fode com a gente... — começa o homem da faca, mas o outro o interrompe.

— É, cara, eu lembro seu rosto no holo do acampamento quando eu serava de criança. Então por que você estarava levando ouro pelo rio enquanto o céu cai, Hegemonia?

— Estávamos indo nos abrigar... Fortaleza de Cronos — diz o Cônsul, tentando não parecer ansioso demais e ao mesmo tempo grato por cada segundo de vida que conquista.

Por quê?, pensa parte dele. *Você estava cansado de viver. Pronto para morrer.* Mas não assim. Não enquanto Sol, Rachel e os outros ainda precisam de ajuda.

— Alguns dos cidadãos mais ricos de Hyperion — continua. — As autoridades da evacuação não deram permissão para transferirem o tesouro, então aceitei ajudá-los a armazenar nos cofres da Fortaleza de Cronos, o castelo antigo ao norte da cordilheira do Arreio. Em troca de uma comissão.

— Você sera doido! — debocha o homem da faca. — Tudo pra norte daqui sera terra do Picanço agora.

O Cônsul abaixa a cabeça. Não é preciso simular a fadiga e o ar de derrota que ele exibe.

— Foi o que descobrimos. A tripulação androide desertou semana passada. Alguns dos passageiros foram mortos pelo Picanço. Eu estava descendo o rio sozinho.

— Isso sera merda — diz o homem da faca. Seus olhos estão de novo com aquela expressão distraída e perturbada.

— Só um segundo — pede o parceiro. Ele dá um tapa no Cônsul, com força. — Então onde estara esse tal barco de ouro, velhote?

O Cônsul sente o gosto do sangue.

— Para cima do rio. Não *no* rio, mas escondido em um dos afluentes.

— Aham — diz o homem da faca, apoiando a lateral da lâmina fio-zero no pescoço do Cônsul. Ele não vai precisar deslizar a faca para cortar a garganta do Cônsul; é só girar a lâmina. — Acho que sera merda. E acho que a gente estara perdendo tempo.

— Só um segundo — retruca o outro homem. — Onde pra cima do rio?

O Cônsul pensa nos afluentes pelos quais passou nas horas anteriores. Está tarde. O sol está quase encostando nas copas de um arvoredo ao oeste.

— Logo depois das eclusas de Karla.

— Então por que você estarava voando naquele brinquedo em vez de usara balsa?

— Tentei conseguir ajuda. — A adrenalina passou, e agora o Cônsul está sentindo uma exaustão terminal muito próxima do desespero. — Tinha muitos... muitos bandidos pela margem. A balsa parecia arriscada demais. O tapete falcoeiro era... mais seguro.

O homem chamado Chez ri.

— Guarda a faca, Obem. A gente ira andando um bocado, hein?

Obem se levanta de um salto. A faca continua na mão dele, mas agora a lâmina — e a raiva — está apontada para o parceiro.

— Você estara *fodido*, cara, hein? Sua cabeça estara cheia de *merda* entre as orelhas, hein? Ele estara mentindo pra não voar pra morte.

Chez não pisca nem recua.

— Claro que pode sera mentira. Não importa, hein? As eclusas seram a menos de mei dia de caminhada que a gente ira fazer de qualquer jeito, hein? Não tera barco, não tera ouro, você corta a garganta dele, hein? Só que devagar, com tornozelo pra cima. Se tera ouro, você também faz serviço com a lâmina, só que agora você sera rico, hein?

Obem balança por um instante entre a fúria e a razão, vira de lado e passa a lâmina fio-zero de cerâmica a oito centímetros de profundidade no tronco de uma nevileira. Dá tempo de ele se virar de novo e se agachar diante do Cônsul até a gravidade avisar à árvore que ela foi cortada e a nevileira cair para a beira do rio, fazendo um estrondo com os galhos. Obem pega na camisa ainda úmida do Cônsul.

— Bele, a gente vê o que tera lá, Hegemonia. Fala, corre, tropeça, cai, e eu corto dedos e orelhas só pra treinar, hein?

O Cônsul se levanta com dificuldade, e os três recuam para a proteção da vegetação rasteira e das árvores baixas, com o Cônsul três metros atrás de Chez e à mesma distância na frente de Obem, cambaleando de volta pelo caminho de onde veio, afastando-se da cidade, da nave e de qualquer chance de salvar Sol e Rachel.

Passa-se uma hora. O Cônsul não consegue pensar em nenhuma artimanha esperta para quando eles chegarem aos afluentes e a balsa não aparecer. Em algumas ocasiões, Chez gesticula para eles fazerem silêncio e se esconderem, uma vez por causa do som de diáfanos voando nos galhos, outra quando ocorre uma agitação na margem oposta do rio, mas não há sinal de outros seres humanos. Não há sinal de ajuda. O Cônsul se lembra das edificações incendiadas ao longo do rio, barracos vazios e cais desertos. Medo do Picanço, medo de ficar para trás para os desterros durante a evacuação, meses de pilhagem por elementos delinquentes da FAD, tudo isso transformou a região em terra de ninguém. O Cônsul formula desculpas e prorrogações, mas logo as descarta. Sua única esperança é que eles andem perto das eclusas e ele consiga pular dali para a correnteza profunda e rápida e tente se manter na superfície com as mãos amarradas nas costas até se esconder no labirinto de ilhotas que se situam depois daquele lugar.

Só que ele está cansado demais para nadar, mesmo se tivesse os braços soltos. E as armas dos dois mirariam no Cônsul com facilidade, mesmo se ele tivesse uma dianteira de dez minutos em meio a árvores e ilhotas. O Cônsul está cansado demais para ser esperto, velho demais para ser corajoso. Ele pensa na esposa e no filho, mortos já há muitos anos, vítimas do bombardeio de Bréssia por homens não mais honrados que essas duas criaturas. O Cônsul só lamenta que não vai cumprir a promessa de ajudar os outros peregrinos. Isso... e que não vai ver como a história toda termina.

Obem faz um barulho de cuspe atrás dele.

— Pra merda isso, Chez, hein? Que tal a gente senta ele e corta ele e ajuda ele a falar um pouco, hein? Aí a gente ira só nós pra balsa, se tera balsa lá?

Chez se vira, enxuga o suor dos olhos, franze o cenho para o Cônsul com um ar especulativo e diz:

— Hein, bele, acho que talvez em coisa de tempo e de silêncio você tera razão, mano, mas deixa que dá pra falar no final, hein?

— Claro — diz Obem, com um sorriso, pendurando a arma e sacando a fio-zero.

— NÃO SE MEXAM! — explode uma voz vinda do alto.

O Cônsul se joga no chão de joelhos, e os bandidos ex-FAD empunham suas armas com uma agilidade treinada. Acontece uma rajada de vento, um estrondo, galhos e poeira se sacodem em volta deles, o Cônsul olha para cima a tempo de ver uma tremulação no céu nublado do entardecer, abaixo das nuvens, uma noção de *massa* logo acima, descendo, e então Chez levanta o fuzil de dardos e Obem aponta o lançador, e aí os três caem, tombam, não como soldados atingidos, não como elementos de coice em uma equação balística, mas desabando feito a árvore que Obem tinha derrubado antes.

O Cônsul cai de cara na terra e no cascalho e fica no chão sem piscar, incapaz de piscar.

Arma de atordoamento, pensa ele com sinapses morosas feito óleo velho. Um ciclone localizado começa quando algo grande e invisível pousa entre a beira do rio e os três corpos no chão. O Cônsul escuta uma escotilha se abrir com um gemido e o estalo interno de turbinas repulsoras diminuindo abaixo do limiar de suspensão. Ele ainda não consegue piscar, que dirá levantar a cabeça, e sua visão se limita a algumas pedrinhas, um horizonte de areia, uma pequena floresta de grama e uma única formiga-arquiteta, gigante a essa distância, que parece interessada de repente no olho úmido, mas aberto, do Cônsul. A formiga se vira para correr o meio metro que a separa de seu prêmio úmido. *Rápido*, pensa o Cônsul para os passos lentos atrás de si.

Mãos embaixo de seus braços, um grunhido, uma voz familiar, mas tensa, que diz:

— Caramba, você engordou.

Os calcanhares do Cônsul se arrastam na terra, passando por cima dos dedos convulsivos de Chez... ou talvez sejam de Obem — o Cônsul não consegue virar o rosto para ver o rosto deles. E também não consegue ver seu salvador quando é içado — em meio a uma litania de queixas baixas perto do ouvido — para dentro da cúpula-escotilha direita do raseiro descamuflado e acomodado no couro comprido e macio do banco reclinável do passageiro.

O governador-geral Theo Lane aparece no campo de visão do Cônsul, com uma expressão jovial, mas também um tanto demoníaca, enquanto a escotilha desce e as lâmpadas vermelhas do interior iluminam seu rosto. O homem mais jovem se inclina para prender travas de malha antiqueda na frente do peito do Cônsul.

— Desculpa por precisar atordoar você junto com aqueles dois.

Theo se acomoda, trava a própria malha e mexe no onicontrole. O Cônsul sente o raseiro estremecer e subir, aí flutuar por um segundo antes de girar para a esquerda como uma bandeja em cima de rolamentos sem fricção. A aceleração pressiona o Cônsul contra o assento.

— Não tive muita escolha — continua Theo por cima dos ruídos internos suaves do raseiro. — A única arma que esses troços comportam é o atordoador de controle de multidões, e a opção mais fácil foi derrubar vocês três com o nível mais fraco e tirar você dali logo. — Theo empurra os óculos arcaicos em cima do nariz com um gesto familiar do dedo e se vira para sorrir para o Cônsul. — Um velho provérbio de mercenário: "Mata todo mundo e deixa Deus separar".

O Cônsul consegue mexer a língua o bastante para emitir um ruído e babar um pouco na bochecha e no couro do assento.

— Relaxa um pouco — diz Theo, voltando a atenção para os instrumentos e a vista do lado de fora. — Daqui a uns dois ou três minutos você já deve conseguir falar. Estou indo baixo, voando devagar, então são uns dez minutos de viagem até Keats. — Theo olha de relance para o passageiro. — O senhor é sortudo. Deve estar desidratado. Aqueles dois molharam as calças quando caíram. É uma arma branda, o atordoador, mas causa constrangimento se a pessoa não tiver como trocar de calça.

O Cônsul tenta expressar a própria opinião sobre a tal arma "branda".

— Só mais alguns minutos, senhor — garante o governador-geral Theo Lane, estendendo a mão para enxugar a bochecha do Cônsul com um lenço. — É melhor eu avisar: é um tantinho desconfortável quando o atordoamento começa a passar.

Nesse instante, alguém insere milhares de agulhas e alfinetes no corpo do Cônsul.

— Como foi que você conseguiu me achar? — pergunta o Cônsul. Eles estão a alguns quilômetros da cidade, ainda sobrevoando o rio Hoolie. Ele consegue se sentar direito, e suas palavras estão mais ou menos inteligíveis, mas o Cônsul está feliz que ainda faltem mais alguns minutos até ele ser obrigado a se levantar ou andar.

— O quê, senhor?

— Eu perguntei como foi que você conseguiu me achar. Como é que você sabia que eu tinha voltado pelo Hoolie?

— A diretora Gladstone me avisou por largofone. Mensagem confidencial na antiga chapa de uso único do consulado.

— Gladstone? — O Cônsul está sacudindo as mãos, tentando fazer a sensação voltar a dedos inúteis como salsichas de borracha. — Como é que Gladstone tinha como saber que eu estava em perigo no rio Hoolie? Deixei o receptor de conexo da minha avó Siri no vale, para poder ligar para os outros peregrinos quando chegasse à nave. Como Gladstone sabia?

— Não sei, senhor, mas ela especificou a localização e a situação de apuro. Ela inclusive disse que você tinha vindo voando em um tapete falcoeiro até cair.

O Cônsul balança a cabeça.

— Essa dona tem recursos que a gente nem imaginava, Theo.

— Sim, senhor.

O Cônsul olha de relance para o amigo. Já faz mais de um ano local que Theo Lane é governador-geral de Hyperion, o novo mundo do Protetorado, mas é difícil perder certos hábitos, e o "senhor" vinha dos sete anos de serviço como vice-cônsul e principal assessor durante os anos do Cônsul. Na última vez que viu o rapaz — não exatamente rapaz agora, como o Cônsul percebe; a responsabilidade trouxe rugas e marcas para aquele rosto jovem —, Theo ficou furioso porque o Cônsul não aceitou o cargo de governador-geral. Isso foi há pouco mais de uma semana. Uma eternidade.

— A propósito — diz o Cônsul, articulando cada palavra com cuidado —, obrigado, Theo.

O governador-geral acena com a cabeça e parece perdido em pensamentos. Ele não pergunta o que o Cônsul viu ao norte das montanhas, nem que fim levaram os outros peregrinos. Abaixo deles, o Hoolie se alarga e segue sinuoso rumo à capital Keats. Ao longe atrás deles, ribanceiras baixas se erguem de cada lado, placas de granito que emitem um brilho suave à luz do entardecer. Conjuntos de sempre-azuis estremecem com a brisa.

— Theo, como foi que você teve tempo de vir me buscar pessoalmente? A situação em Hyperion deve estar uma loucura total.

— Está. — Theo mandou o piloto automático assumir e se virou para o Cônsul. — É questão de horas, talvez minutos, até os desterros invadirem de fato.

O Cônsul piscou.

— Invadir? Quer dizer, pousar?

— Exatamente.

— Mas a frota da Hegemonia...

— Está um caos completo. Eles mal estavam dando conta do Enxame *antes* de a Rede ser invadida.

— A Rede!

— Sistemas inteiros caindo. Outros ameaçados. FORÇA deu ordem para a frota voltar pelos teleprojetores militares, mas é óbvio que as naves no sistema estão com dificuldade para recuar. Ninguém me dá nenhum detalhe, mas está na cara que os desterros dominaram tudo menos o perímetro defensivo que FORÇA instalou em volta das esferas de singularidade e dos portais.

— E o espaçoporto? — O Cônsul pensa em sua bela nave transformada em destroços incandescentes.

— Ainda não foi atacado, mas FORÇA tem retirado as naves de pouso e de abastecimento o mais rápido possível. Ficou um destacamento mínimo de fuzileiros.

— E a evacuação?

Theo ri. É o som mais ressentido que o Cônsul já viu sair do jovem.

— A evacuação será do total de pessoas do consulado e figurões da Hegemonia que couber na última nave de pouso que decolar.

— Desistiram de tentar salvar o povo de Hyperion?

— Senhor, eles não conseguem salvar nem o *próprio* pessoal. O boato que está correndo pelo largofone dos embaixadores é que Gladstone decidiu deixar os mundos ameaçados da Rede caírem para que FORÇA possa se organizar e ter alguns anos para criar defesas enquanto os Enxames acumulam dívida temporal.

— Meu Deus — murmura o Cônsul. Ele havia trabalhado quase a vida toda para representar a Hegemonia enquanto tramava a ruína dela, como vingança pela avó... pelo modo de vida de sua avó. Mas, agora, a noção de que ia acontecer mesmo... — E o Picanço? — pergunta ele de repente, vendo os edifícios brancos baixos de Keats alguns quilômetros adiante. A luz do sol toca as colinas e os rios como se fosse uma última bênção antes das trevas.

Theo balança a cabeça.

— Ainda chegam relatos, mas os desterros agora são a principal fonte de pânico.

— Mas não está na Rede? Quer dizer, o Picanço?

O governador-geral lança um olhar abrupto para o Cônsul.

— Na Rede? Como ele estaria na Rede? Ainda não permitiram portais de teleprojetor em Hyperion. E não houve nenhum avistamento perto de Keats, Endymion ou Porto Romântico. Nenhuma das cidades maiores.

O Cônsul não fala nada, mas está pensando. *Meu Deus, minha traição não serviu para nada. Vendi a alma para abrir as Tumbas Temporais, e o Picanço não vai ser a causa da queda da Rede... Os desterros! Eles estavam sabendo desde o início. Minha traição contra a Hegemonia fazia parte do plano* deles!

— Escuta — diz Theo, com rispidez, pegando no pulso do Cônsul. — Tem motivo para Gladstone me mandar largar tudo e ir atrás de você. Ela autorizou a liberação da sua nave...

— Maravilha! Posso...

— Escuta! Não é para você voltar ao Vale das Tumbas Temporais. Gladstone quer que você evite o perímetro de FORÇA e viaje pelo sistema até estabelecer contato com elementos do Enxame.

— Do Enxame? Por que eu...

— A diretora quer que você negocie com eles. Eles *conhecem* você. Gladstone deu algum jeito de avisar a eles que você está a caminho. Ela acha que vão deixar... que não vão destruir sua nave. Mas não recebeu confirmação. Vai ser um risco.

O Cônsul se recosta no assento de couro. Até parece que foi atingido pelo atordoador neural de novo.

— Negociar? O que é que eu teria que negociar?

— Gladstone disse que entraria em contato com você pelo largofone da nave assim que você saísse de Hyperion. Tem que ser rápido. Hoje. Antes que todos os mundos da primeira onda sucumbam aos Enxames.

O Cônsul ouve "mundos da primeira onda", mas não pergunta se sua querida Maui-Pacto está incluída. Talvez, considera, seja melhor se estiver. Ele diz:

— Não, vou voltar para o vale.

Theo ajeita os óculos.

— Ela não vai permitir, senhor.

— É? — O Cônsul sorri. — Como é que ela vai me impedir? Vai abater minha nave?

— Não sei, mas ela disse que não permitiria. — Theo parece sinceramente preocupado. — A frota de FORÇA *tem* naves de piquete e naves-tocha em órbita, senhor. Para escoltar as últimas naves de pouso.

— Bom, elas que tentem me abater — diz o Cônsul, ainda sorrindo. — Naves tripuladas não conseguem pousar perto do Vale das Tumbas Temporais há dois séculos mesmo: as naves pousam tranquilamente, mas as tripulações desaparecem. Antes de me detonarem, já vou estar pendurado na árvore do Picanço.

O Cônsul fecha os olhos por um instante e imagina a nave pousando, vazia, na planície acima do vale. Ele imagina Sol, Duré e os outros — de volta milagrosamente — correndo para se abrigar na nave, usando a enfermaria para salvar Het Masteen e Brawne Lamia, as câmaras de fuga criogênica e de sono para salvar a pequena Rachel.

— Meu Deus — murmura Theo, e o tom de choque acorda o Cônsul dos devaneios.

Eles já contornaram a última curva do rio acima da cidade. As ribanceiras são mais altas ali e culminam ao sul na montanha esculpida com o rosto de Triste Rei Billy. O sol está começando a se pôr, inflamando as nuvens baixas e os edifícios no topo da ribanceira leste.

Acima da cidade trava-se uma batalha intensa. Linhas de laser penetram e atravessam nuvens, naves se esquivam feito mosquitos e queimam feito traças que chegam perto demais de uma fogueira, enquanto paraquedas e um borrão de campos de suspensão pairam sob o teto nublado. A cidade de Keats está sob ataque. Os desterros chegaram a Hyperion.

— Ai, puta merda — murmura Theo, com um tom reverente.

Ao longo da borda arborizada ao noroeste da cidade, um breve clarão de fogo e um vislumbre de rastro de vapor indicam o disparo de um foguete de lançador portátil voando direto para o raseiro da Hegemonia.

— Segura firme! — grita Theo.

Ele assume o controle manual, aperta interruptores e inclina o raseiro com força para a direita, tentando fazer uma curva mais fechada que o raio de curva do próprio foguete.

Uma explosão traseira empurra o Cônsul contra a malha antiqueda, e ele fica com a visão turva por um instante. Quando volta a enxergar direito, vê a cabine cheia de fumaça, luzes vermelhas de advertência piscando na penumbra e o raseiro a alertar sobre panes de sistema com uma dúzia de vozes diferentes. Theo está encurvado em cima do onicontrole, soturno.

— Segura firme — repete, sem necessidade.

O raseiro rodopia de um jeito perturbador, consegue tração no ar e volta a perdê-la conforme eles caem e deslizam rumo à cidade em chamas.

36

Pisquei e abri os olhos, desorientado por um instante ao ver o espaço escuro imenso da Basílica de São Pedro. Pacem. O monsenhor Edouard e o padre Paul Duré se inclinaram para a frente à luz fraca das velas, com uma expressão intensa.

— Por quanto tempo eu... dormi?

Minha sensação era de que só tinham se passado alguns segundos e de que o sonho tinha sido um vislumbre fugaz de imagens que ocorre nos instantes entre o estado de relaxamento e o sono profundo.

— Dez minutos — respondeu o monsenhor. — Você consegue nos dizer o que viu?

Eu não via motivo para recusar. Quando terminei de descrever as imagens, o monsenhor Edouard se persignou.

— *Mon Dieu*, o embaixador do TecnoCerne insta Gladstone a mandar as pessoas para aqueles... túneis.

Duré encostou em meu ombro.

— Depois de conversar com a Verdadeira Voz da Árvore-mundo em Bosque de Deus, vou encontrá-lo em TC^2. Temos que falar para Gladstone que a ideia é uma loucura.

Fiz que sim. Toda a minha vontade de ir para Bosque de Deus com Duré ou até para Hyperion tinha se dissipado.

— Concordo. Precisamos sair sem demora. Sua... A Porta do Papa pode me levar até Tau Ceti Central?

O monsenhor se levantou, fez que sim com a cabeça e se espreguiçou. Percebi de repente que ele era um homem muito velho, intocado por tratamentos Poulsen.

— Ela tem acesso prioritário — garantiu ele. Virou-se para Duré. — Paul, você sabe que eu o acompanharia se pudesse. Os funerais de sua Santidade, a eleição do novo Santo Padre... — O monsenhor Edouard emitiu um pequeno ruído angustiado. — É curioso como os imperativos cotidianos persistem, mesmo diante do desastre coletivo. Pacem mesmo tem menos de dez dias-padrão até a chegada dos bárbaros.

A testa calva de Duré brilhava à luz das velas.

— Os assuntos da Igreja não são mero imperativo cotidiano, meu amigo. Minha visita ao mundo templário será breve, e depois vou me juntar ao s. Severn em seus esforços para convencer a diretora a não dar ouvidos ao Cerne. Depois eu volto, Edouard, e vamos tentar extrair algum sentido dessa heresia confusa.

Acompanhei os dois para fora da basílica, passamos por uma porta lateral que dava em um corredor atrás das colunatas altas, atravessamos um pátio aberto — a chuva tinha parado e o ar estava com um cheiro fresco —, descemos uma escada e percorremos um túnel estreito até os aposentos papais. Membros da Guarda Suíça fizeram posição de sentido quando entramos na antessala dos aposentos; os homens altos estavam de armadura e pantalonas listradas de azul e amarelo, mas as alabardas cerimoniais eram também armas de energia de qualidade de FORÇA. Um se aproximou e falou em voz baixa com o monsenhor.

— Alguém acabou de chegar no terminex principal para falar com você, s. Severn.

— Comigo?

Eu estava escutando as outras vozes nos outros cômodos, o sobe e desce melodioso de orações muito repetidas. Imaginei que tivessem a ver com os preparativos para o enterro do papa.

— É, um tal de s. Hunt. Ele disse que é urgente.

— Daqui a um minuto eu o teria encontrado na Casa do Governo — falei. — Que tal ele vir aqui até nós?

O monsenhor Edouard fez que sim e falou baixo com o homem da Guarda Suíça, que murmurou em um brasão ornamental em sua armadura antiga.

A tal Porta do Papa — um portal de teleprojetor pequeno cercado por esculturas de ouro intrincadas de serafins e querubins, coroada por um baixo-relevo de cinco partes representando a queda de Adão e Eva e a expulsão deles do jardim — ficava no meio de um cômodo bem vigiado ao lado dos aposentos particulares do papa. Esperamos ali, e nossos reflexos nos espelhos de cada parede pareciam pálidos e exaustos.

Leigh Hunt chegou acompanhado pelo sacerdote que tinha me levado à basílica.

— Severn! — exclamou o assessor preferido de Gladstone. — A diretora precisa de você agora mesmo.

— Eu estava indo para lá — falei. — Seria um erro criminoso Gladstone deixar o Cerne construir e usar o dispositivo letal.

Hunt piscou — uma reação quase cômica naquela cara de bassê.

— Você sabe de *tudo* que acontece, Severn?

Tive que rir.

— Uma criança pequena sentada sozinha em um holofosso vê muita coisa e entende muito pouco. Ainda assim, tem a vantagem de poder trocar de canal e desligar o negócio quando se cansa.

Hunt conhecia o monsenhor Edouard de diversos eventos oficiais, e apresentei o padre Paul Duré da Companhia de Jesus.

— Duré? — gaguejou Hunt, quase de queixo caído. Foi a primeira vez que vi o assessor ficar sem palavras e até que gostei da cena.

— Depois explicamos — falei, apertando então a mão do sacerdote. — Boa sorte em Bosque de Deus, Duré. Não demore.

— Uma hora — prometeu o jesuíta. — No máximo. Eu só preciso encontrar uma peça do quebra-cabeça antes de falar com a diretora. Por favor, explique a ela o horror do labirinto... Mais tarde apresento meu próprio testemunho.

— É possível que ela esteja ocupada demais para me receber antes de você chegar mesmo — falei. — Mas vou fazer o possível para bancar o João Batista para você.

Duré sorriu.

— Só não vá perder a cabeça, meu amigo.

Ele assentiu, digitou um código de transferência no painel arcaico do disclave e desapareceu pelo portal.

Eu me despedi do monsenhor Edouard.

— Nós vamos resolver essa história toda antes que o ataque desterro chegue aqui.

O sacerdote idoso levantou a mão e me benzeu.

— Vá com Deus, meu jovem. Creio que tempos sombrios nos aguardam, mas você estará especialmente sobrecarregado.

Balancei a cabeça.

— Sou só um observador, monsenhor. Eu espero, olho e sonho. A carga é pequena.

— Espere, olhe e sonhe depois — repreendeu Leigh Hunt, bruscamente. — A chefia quer você ao alcance *agora*, e preciso voltar para uma reunião.

Olhei para o homenzinho.

— Como você me achou? — perguntei, sem necessidade. Os teleprojetores eram operados pelo Cerne, e o Cerne trabalhava com as autoridades da Hegemonia.

— O cartão-mestre que ela lhe deu também facilita rastrear suas viagens — disse Hunt, com impaciência perceptível. — Agora temos a obrigação de estar onde as coisas acontecem.

— Muito bem.

Gesticulei com a cabeça para o monsenhor e seus auxiliares, chamei Hunt e inseri o código de três dígitos para Tau Ceti Central, acrescentei dois dígitos para o continente, outros três para a Casa do Governo e os dois últimos para o terminex particular de lá. O zumbido do teleprojetor aumentou de tom, e a superfície opaca meio que tremulou de expectativa.

Atravessei primeiro e dei um passo ao lado para abrir espaço para Hunt vir depois.

Não estamos no terminex central da Casa do Governo. Pelo que dá para ver, não estamos nem perto da Casa do Governo. Um segundo depois, meus sentidos assimilam os fatores de luz do sol, cor do céu, gravidade, distância até o horizonte, cheiros e *sensações*, e decidem que não estamos em Tau Ceti Central.

Eu teria pulado de volta para dentro do portal na hora, mas a Porta do Papa é pequena, Hunt está atravessando — perna, braço, ombro, peito, cabeça, a outra perna aparece —, então pego no pulso dele, puxo bruscamente e aviso:

— Tem alguma coisa errada!

Tento voltar, mas é tarde demais, o portal sem borda deste lado tremula, dilata a um círculo do tamanho do meu punho e some.

— Onde diabos estamos? — indaga Hunt.

Olho ao redor. *Boa pergunta*, penso. Trata-se de uma região rural, no alto de uma colina. Uma estrada no chão serpenteia por vinhedos, desce uma ladeira comprida por um vale arborizado e desaparece a uma ou duas milhas de distância. Faz muito calor, e o ar vibra com o som de insetos, mas nada maior que um pássaro se mexe no cenário vasto. Entre falésias à direita, dá para ver um risco azul de água — de mar. Cirros elevados ondulam no céu; o sol está logo depois do zênite. Não vejo nenhuma casa, nenhuma tecnologia mais complicada que as fileiras de vinhedos e a estrada de pedra e barro no chão. O mais importante é que o zumbido de fundo constante da esfera de dados sumiu. Parece mais ou menos como perceber de repente a ausência de um som que se ouvia desde a infância; é desconcertante, avassalador, confuso e um pouco assustador.

Hunt cambaleia, tampa os ouvidos como se estivesse dando pela falta de algum som de verdade, toca o conexo.

— Que saco — murmura ele. — Que saco. Meu implante está com defeito. O conexo caiu.

— Não — digo. — Acho que estamos fora da esfera de dados.

Mesmo dizendo isso, escuto um zumbido mais profundo, mais suave — algo muito maior e menos acessível do que a esfera de dados. A megaesfera? *A música das esferas*, penso, e sorrio.

— Qual é a graça, Severn? Você fez isso de propósito?

— Não. Dei os códigos certos da Casa do Governo. — A ausência completa de pânico na minha voz é um tipo de pânico em si mesma.

— É o quê, então? Aquela Porta do Papa maldita? Ela fez isso? Alguma falha ou artimanha?

— Não, acho que não. A porta não deu defeito, Hunt. Ela nos trouxe exatamente para onde o TecnoCerne quis.

— O Cerne? — A pouca cor que restava naquela cara de bassê logo se esvai quando o assessor da diretora-executiva se dá conta de quem controla o teleprojetor. Quem controla *todos* os teleprojetores. — Meu Deus. Meu Deus. — Hunt vai cambaleando até a beira da estrada e se senta no mato alto. O traje executivo de suede e os sapatos pretos macios não combinam com o lugar. — Onde estamos?

Respiro fundo. O ar tem cheiro de terra recém-revolvida, grama recém-aparada, poeira de estrada e um toque pungente de mar.

— Meu palpite é que estamos na Terra, Hunt.

— Terra. — O homenzinho está com o olhar fixo à frente, perdido. — Terra. Não Terra Nova. Não Terra Dois. Não...

— Não — respondo. — Terra. Terra Velha. Ou a cópia.

— A cópia.

Vou até Hunt e me sento ao lado dele. Puxo um capim e desfio a parte de baixo do revestimento do caule. A folha tem um sabor azedo e familiar.

— Você se lembra do meu relatório a Gladstone com as histórias dos peregrinos de Hyperion? A história de Brawne Lamia? Ela e meu outro cíbrido, a primeira persona recuperada de Keats, viajaram para o que pensaram ser uma cópia da Terra Velha. No Aglomerado de Hércules, se bem me lembro.

Hunt levanta os olhos como se pudesse conferir as constelações para avaliar o que estou dizendo. O azul do céu está empalidecendo ligeiramente conforme os cirros altos avançam pela cúpula celeste.

— Aglomerado de Hércules — sussurra ele.

— Brawne não conseguiu descobrir por que o TecnoCerne construiu uma cópia, ou o que estão fazendo com ela agora — comento. — Ou o primeiro cíbrido de Keats não sabia, ou não quis falar.

— Não quis falar — repete Hunt. Ele balança a cabeça. — Certo, como é que a gente dá o *fora* daqui? Gladstone precisa de mim. Ela não pode... Dezenas de decisões cruciais precisam ser tomadas nas próximas horas.

Ele se levanta de um salto e corre para o meio da estrada, um exemplo de energia cheia de determinação.

Mastigo o pedaço de capim.

— Meu palpite é que não vamos sair.

Hunt vem até mim como se fosse me atacar ali mesmo.

— Você ficou *maluco*? Não vamos? Que loucura. Por que o Cerne faria isso? — Ele se cala por um instante e olha para mim. — Eles não querem que você fale com ela. Você sabe de algo que o Cerne não pode correr o risco de ela descobrir.

— Talvez.

— Larguem *ele* aqui, *me* deixem voltar! — grita Hunt para o céu.

Ninguém responde. Do outro lado do vinhedo, um pássaro preto grande sai voando. Acho que é um corvo; eu me lembro do nome da espécie extinta como se fosse um sonho.

Pouco depois, Hunt desiste de falar com o céu e fica andando de um lado para o outro na estrada de pedra.

— Vem. Talvez tenha um terminex no final deste negócio.

— Talvez — digo, quebrando o caule do capim para chegar à metade seca e doce de cima. — Mas em que direção?

Hunt gira, olha para a estrada que some depois das colinas dos dois lados e volta a girar.

— Nós saímos do portal virados para... cá. — Ele aponta. A estrada desce para um arvoredo estreito.

— Até onde? — pergunto.

— Que diferença faz, saco? — esbraveja ele. — Temos que ir para *algum lugar*.

Resisto ao impulso de sorrir.

— Tudo bem.

Eu me levanto e bato as mãos na calça, sentindo a luz forte do sol na testa e no rosto. Depois da escuridão carregada de incenso da basílica, é um choque. O ar está muito quente, e minha roupa já ficou encharcada de suor.

Hunt começa a descer vigorosamente a ladeira, de punhos cerrados, com a expressão de angústia atenuada por outra mais forte: pura determinação.

Andando devagar, sem pressa, ainda mastigando meu pedaço de capim, de olhos semicerrados pelo cansaço, eu o acompanho.

O coronel Fedmahn Kassad gritou e atacou o Picanço. O cenário surreal fora do tempo — uma versão cenográfica minimalista do Vale das Tumbas Temporais, moldada com plástico e fixada em um gel de ar viscoso — parecia vibrar à violência da corrida de Kassad.

Por um instante, tinha aparecido uma infinidade de Picanços repetidos — Picanços por todo o Vale, espalhados pela planície desértica —, mas, com o grito de Kassad, eles se consolidaram no único monstro, que agora se mexia, abrindo e estendendo os quatro braços, curvando-os para receber o avanço do coronel em um abraço vigoroso de lâminas e espinhos.

Kassad não sabia se o traje-pele de energia que estava usando, presente de Moneta, o protegeria ou o ajudaria em combate. Anos antes havia ajudado, quando ele e Moneta atacaram duas naves de pouso cheias de comandos desterros, mas, na ocasião, o tempo estivera a favor deles; o Picanço tinha paralisado e reativado o fluxo dos momentos como um observador entediado brincando com o controle remoto de um holofosso. Agora eles estavam fora do tempo, e o Picanço era o inimigo, não um patrono terrível. Kassad gritou, abaixou a cabeça e atacou, já alheio à atenção de Moneta ou à árvore de espinhos impossível que se alçava até as nuvens com a terrível plateia empalada, alheio até a si mesmo, exceto como objeto de combate, instrumento de vingança.

O Picanço não desapareceu do jeito de sempre, não deixou de estar *lá* para de repente estar *aqui*. Ele só se agachou e abriu mais os braços. As lâminas de seus dedos refletiam a luz do céu violento. Os dentes de metal do Picanço cintilaram com o que talvez tenha sido um sorriso.

Kassad estava bravo, não louco. Em vez de se jogar naquele abraço letal, ele pulou para o lado no último segundo, rolando em cima do braço e do ombro, e deu um chute na perna do monstro, abaixo do conjunto de lâminas pontudas da articulação do joelho, acima de um conjunto semelhante no tornozelo. *Se conseguisse derrubá-lo...*

Foi como chutar um cano enterrado em meio quilômetro de concreto. Kassad teria fraturado a própria perna com o golpe se o traje-pele não estivesse atuando como armadura e absorvendo o impacto.

O Picanço se mexeu, um movimento veloz, mas não impossível; os dois braços direitos subiram e desceram em um borrão, dez lâminas dos dedos abriram valas cirúrgicas em terra e pedra, os espinhos dos braços soltaram faíscas enquanto as mãos continuavam subindo e cortavam o ar com um som sibilante. Kassad estava fora de alcance, ainda rolando, voltou a se levantar e se agachou, de braços estendidos, mãos abertas, dedos revestidos de energia rígidos e esticados.

Combate individual, pensou Fedmahn Kassad. *O sacramento mais honrado do Novo Bushido.*

O Picanço fez uma finta com os braços direitos de novo e girou o esquerdo inferior com um golpe amplo violento o bastante para arrebentar as costelas de Kassad e arrancar seu coração.

Kassad bloqueou a finta dos braços direitos com o antebraço esquerdo, sentindo o traje-pele se flexionar e apertar o osso ao ser atingido pela força de aço e machado do golpe do Picanço. O golpe mortífero do esquerdo ele deteve com a mão direita no pulso do monstro, logo acima do buquê de espinhos curvos dali. Incrivelmente, reduziu o bastante a velocidade do golpe para os dedos afiados como bisturis arranharem o traje-pele em vez de quebrarem costelas.

O coronel quase foi erguido no ar pelo esforço de conter a subida daquela garra; só o movimento descendente da primeira finta do Picanço o impediu de ser jogado para trás. O suor escorria livremente sob o traje-pele, e os músculos se tensionaram, doeram e ameaçaram se romper naqueles vinte segundos intermináveis de resistência até o Picanço usar o quarto braço, baixando-o em um golpe na perna flexionada de Kassad.

Kassad gritou quando o campo do traje-pele se rasgou, a carne foi cortada e pelo menos um dedo se cravou perto do osso. Ele deu um chute com a outra perna para soltar o pulso da criatura e rolou desesperadamente para se afastar.

O Picanço atacou duas vezes, passando com o segundo golpe a milímetros da orelha em movimento de Kassad, mas depois também pulou para trás, agachou-se e foi para a direita.

Kassad se apoiou no joelho esquerdo, quase caiu e se levantou com esforço, saltitando de leve para se equilibrar. Dor urrava em seus ouvidos e inundava o universo com uma luz vermelha, mas, apesar das caretas e da instabilidade, apesar de quase desmaiar com o choque, ele sentia o traje-pele se fechar sobre o ferimento — agindo tanto como torniquete quanto como compressa. Dava para sentir o sangue na perna, mas já não estava jorrando, e a dor era suportável, quase como se o traje-pele tivesse injetores médicos feito sua armadura de batalha de FORÇA.

O Picanço avançou.

Kassad deu um chute, dois, tentando e conseguindo acertar a parte lisa da carapaça cromada embaixo do espinho do peito. Foi tal qual chutar o casco de uma nave-tocha, mas aparentemente o Picanço hesitou, cambaleou e recuou.

Kassad deu um passo à frente, firmou os pés e bateu duas vezes no lugar do coração da criatura com um murro que teria estilhaçado cerâmica temperada, ignorou a dor no pulso, girou e acertou um golpe de palma com o braço reto no focinho da criatura, logo acima dos dentes. Qualquer ser humano teria ouvido o som do próprio nariz se quebrar e sentido a explosão de ossos e cartilagem penetrar o cérebro.

O Picanço tentou rebater o punho de Kassad, errou e direcionou as quatro mãos para a cabeça e os ombros dele.

Arfante, coberto de suor e sangue por baixo da armadura de mercúrio, Kassad girou uma vez para a direita e girou de novo, dando um golpe fatal atrás do pescoço curto da criatura. O barulho do impacto ecoou pelo vale paralisado como o som de um machado arremessado de uma altura quilométrica até o coração de uma sequoia de metal.

O Picanço caiu para a frente e girou de costas que nem um crustáceo de aço.

Ele tinha ido ao chão!

Kassad deu um passo à frente, ainda abaixado, ainda cauteloso, mas não cauteloso o bastante, pois o pé, a garra, o que quer que fosse aquela desgraça blindada do Picanço lhe acertou a parte de trás do tornozelo e executou um misto de corte e rasteira.

O coronel Kassad sentiu a dor, percebeu que seu tendão de aquiles tinha se rompido e tentou rolar no chão para se afastar, mas a criatura se levantou de um salto e se jogou de lado para cima dele. Estacas, espinhos e lâminas avançaram contra as costelas, o rosto e os olhos de Kassad. Com uma careta de dor, retorcendo-se em um esforço inútil de afastar o monstro, Kassad bloqueou alguns golpes, protegeu os olhos e sentiu outras lâminas penetrarem seus braços, peito e barriga.

O Picanço chegou mais perto por cima dele e abriu a boca. Kassad fitou fileiras e mais fileiras de dentes de aço naquele orifício oco que parecia a boca de uma lampreia de metal. Olhos vermelhos dominaram sua visão já colorida pelo sangue.

Kassad pôs a base da palma embaixo do maxilar do Picanço e tentou empurrar. Foi como tentar erguer uma montanha de lataria afiada sem alavanca. As lâminas dos dedos do Picanço continuaram cortando Kassad. A coisa abriu a boca e inclinou a cabeça até o campo de visão de Kassad se encher de dentes de orelha a orelha. O monstro não tinha hálito, mas o calor interno dele fedia a enxofre e obturações de ferro aquecidas. Kassad não tinha mais defesa alguma; quando aquela coisa fechasse a boca, arrancaria pele e carne do rosto de Kassad até o osso.

De repente, Moneta apareceu, gritando naquele lugar onde o som não se propagava, agarrando o Picanço pelos olhos facetados de rubi, curvando como garras os dedos cobertos pelo traje-pele, com a bota bem firme na carapaça daquilo embaixo do espinho das costas, puxando, puxando.

Os braços do Picanço se dobraram para trás, com articulações duplas feito um caranguejo infernal, os dedos arranharam Moneta e ela se afastou, mas não antes de Kassad rolar, tentar se equilibrar, sentir e ignorar a dor e se levantar de um salto para arrastar Moneta consigo ao recuar pela areia e pelas rochas imóveis.

Por um segundo, os trajes-peles deles se fundiram como quando eles faziam amor, e Kassad sentiu a pele dela tocar a sua, sentiu o sangue e o suor dos dois se misturarem, ouviu os dois corações martelando juntos.

Mate-o, sussurrou Moneta com urgência, e dava para ouvir a dor até mesmo naquela comunicação subvocal.

Estou tentando. Estou tentando.

O Picanço já estava de pé, três metros de cromo, lâminas e dor de outras pessoas. Não parecia estar danificado. O sangue de alguém escorria em fios estreitos por seus pulsos e pela carapaça. O sorriso irracional parecia maior do que antes.

Kassad separou seu traje-pele do de Moneta e a apoiou com cuidado em um pedregulho, embora tivesse a sensação de que estava mais ferido do que ela. Aquela luta não era dela. Ainda não.

Ele se posicionou entre seu amor e o Picanço.

Kassad hesitou, ouvindo um sussurro sutil, mas crescente, como se fosse a subida da maré em uma praia invisível. Olhou para cima, sem afastar o campo de visão do Picanço, que se aproximava devagar, e se deu conta de que era uma gritaria da árvore de espinhos distante atrás do monstro. As pessoas crucificadas lá — pequenas manchas de cor penduradas nos espinhos metálicos e nos galhos finos — estavam fazendo um barulho diferente dos gemidos subliminares de dor que Kassad tinha escutado antes. Estavam torcendo.

Kassad voltou a atenção para o Picanço quando este começou a contorná-lo de novo. Ele sentia a dor e a fraqueza no calcanhar quase decepado — seu pé direito era inútil, incapaz de sustentar peso — e meio pulou, meio girou com uma das mãos apoiada no pedregulho para continuar entre o Picanço e Moneta.

Pareceu que o som distante de torcida parou como se tivessem prendido a respiração.

O Picanço deixou de estar *ali* e surgiu *aqui*, ao lado de Kassad, em cima de Kassad, já com os braços em volta dele em um abraço terminal, espinhos e lâminas já se apertando. Os olhos do Picanço ardiam luminosos. A boca dele se abriu de novo.

Kassad gritou com pura fúria e revolta e golpeou.

O padre Paul Duré passou pela Porta do Papa e chegou a Bosque de Deus sem incidentes. Após a penumbra carregada de incenso dos aposentos papais, ele se viu de repente à luz intensa de um céu amarelado acima e folhas verdes à sua volta.

Os templários estavam à espera quando ele saiu do portal de teleprojetor particular. Duré via a borda da plataforma de pau--barragem cinco metros à direita e mais nada depois disso — ou melhor, e mais tudo, pois o mundo nas copas de árvore de Bosque de Deus se estendia até muito longe pelo horizonte, o dossel de folhas cintilando e oscilando como um oceano vivo. Duré sabia que estava alto na Árvore-mundo, a maior e mais sagrada de todas as árvores que os templários cultuavam.

Os templários que o receberam eram importantes na hierarquia complicada da Irmandade do Muir. Naquele momento, contudo, serviam como reles guias, conduzindo-o da plataforma do portal para um elevador recoberto de lianas que subiu por níveis e terraços superiores que poucos não templários já haviam visto, depois voltaram a sair e o levaram por uma escada, cercada por um corrimão de muireiro de primeira qualidade, que subia em torno de um tronco cujos duzentos metros de diâmetro na base se estreitavam para menos de oito ali perto do topo. A plataforma de pau-barragem tinha lindos entalhes; os beirais exibiam um traçado delicado de vinhas entalhadas à mão, estacas e balaústres ostentavam rostos de gnomos, espíritos silvestres, fadas e outras criaturas, e a mesa e a cadeira das quais Duré se aproximava eram esculpidas a partir do mesmo bloco de madeira da própria plataforma circular.

Dois homens o aguardavam. O primeiro era quem Duré esperava: Sek Hardeen, a Verdadeira Voz da Árvore-mundo, Sumo Sacerdote do Muir, Porta-voz da Irmandade dos Templários. O outro homem foi uma surpresa. Duré percebeu o manto vermelho — vermelho da cor de sangue arterial — com acabamento preto de arminho, o corpo lusiano pesado que o manto cobria, o rosto cheio de papada e gordura dividido por um nariz bicudo formidável, dois olhos minúsculos perdidos acima das bochechas gordas, duas mãos rechonchudas com um anel preto ou vermelho em cada dedo. Duré sabia que estava olhando para o bispo da Igreja da Derradeira Expiação — o sumo sacerdote da Seita do Picanço.

O templário se levantou com seus quase dois metros de altura e ofereceu a mão.

— Padre Duré, é um imenso prazer que você tenha conseguido se juntar a nós.

Duré apertou a mão, pensando em como a mão do templário parecia uma raiz, com dedos compridos e finos de coloração parda-amarelada. A Verdadeira Voz da Árvore-mundo vestia o mesmo manto com capuz que Het Masteen, e as tramas grosseiras de marrom e verde formavam um contraste agudo com a refulgência do traje do bispo.

— Obrigado por aceitar me receber tão em cima da hora, s. Hardeen — disse Duré. A Verdadeira Voz era o líder espiritual de milhões de seguidores do Muir, mas Duré sabia que os templários não gostavam de usar títulos ou honoríficos em conversas. O padre acenou com a cabeça na direção do bispo. —

Excelência, eu não fazia ideia de que teria a honra de me encontrar em sua presença.

O bispo da Seita do Picanço fez um gesto quase imperceptível com a cabeça.

— Estava de visita. O s. Hardeen sugeriu que poderia ser um tanto benéfico se eu participasse desta reunião. É um prazer conhecê-lo, padre Duré. Ouvimos falar muito do senhor nos últimos anos.

O templário gesticulou para uma cadeira do outro lado da mesa de muireiro na frente deles, e Duré se sentou, cruzando as mãos no tampo polido e pensando furiosamente enquanto fingia observar a bela fibra da madeira. Metade das forças de segurança da Rede estava procurando o bispo da Seita do Picanço. A presença dele sugeria complicações muito maiores do que o jesuíta tinha se preparado para enfrentar. O bispo comentou:

— Interessante, não é, que três das religiões mais profundas da humanidade estejam representadas aqui hoje?

— É — respondeu Duré. — Profundas, mas de modo algum representativas das crenças da maioria. De quase 150 bilhões de almas, a Igreja Católica conta com menos de um milhão. A Sei... Hum, a Igreja da Derradeira Expiação talvez tenha de cinco a dez milhões. E quantos templários existem, s. Hardeen?

— Vinte e três milhões — disse o templário com um tom suave. — Muitos outros apoiam nossas causas ecológicas e talvez até queiram participar, mas a Irmandade não está aberta a forasteiros.

O bispo massageou a papada. Sua pele era muito pálida, e ele apertava as pálpebras como se não estivesse acostumado à luz do sol.

— Os zen-gnósticos dizem que têm quarenta bilhões de seguidores — roncou ele. — Mas que religião é essa, hã? Sem igrejas. Sem sacerdotes. Sem livros sagrados. Sem o conceito de pecado.

Duré sorriu.

— Parece ser a fé mais alinhada com estes tempos. E tem sido há muitas gerações já.

— Rá! — O bispo deu um tabefe na mesa, e Duré se retraiu ao ouvir o metal dos anéis atingir o muireiro.

— Como vocês sabem quem eu sou? — perguntou Paul Duré.

O templário ergueu a cabeça só o suficiente para Duré ver a luz do sol no nariz, nas bochechas e no longo contorno do queixo sob as sombras do capuz. Ele não falou.

— Nós o escolhemos — rosnou o bispo. — Você e os outros peregrinos.

— Vocês no sentido da Igreja do Picanço? — perguntou Duré.

O bispo franziu o cenho ao ouvir a expressão, mas fez que sim com a cabeça sem falar nada.

— Por que as revoltas? — continuou Duré. — Por que as agitações agora que a Hegemonia está sob ameaça?

Quando o bispo massageou o queixo, pedras vermelhas e pretas cintilaram à luz do entardecer. Atrás dele, um milhão de folhas farfalhou sob uma brisa que trouxe o aroma de vegetação molhada pela chuva.

— Os Dias Derradeiros chegaram, sacerdote. As profecias que nos foram dadas pelo Avatar séculos atrás estão se realizando diante de nós. O que você chama de revolta são apenas os primeiros estertores de uma sociedade que merece morrer. Os Dias da Expiação são iminentes, e o Senhor da Dor logo andará entre nós.

— Senhor da Dor — repetiu Duré. — O Picanço.

O templário fez um gesto atenuante com a mão, como se tentasse amenizar um pouco o comentário do Bispo.

— Padre Duré, soubemos do seu renascimento milagroso.

— Milagre, não — retrucou Duré. — Capricho de um parasita chamado cruciforme.

De novo o gesto dos dedos compridos pardo-amarelados.

— Qualquer que seja sua opinião, padre, a Irmandade se regozija com o fato de você estar entre nós outra vez. Por favor, faça a pergunta que você comentou que tinha quando entrou em contato antes.

Duré esfregou a palma das mãos na madeira da cadeira e lançou um olhar para o Bispo, aquela massa vermelha e preta sentada à sua frente.

— Seus grupos trabalham juntos há algum tempo, não é? — indagou Duré. — A Irmandade dos Templários e a Igreja do Picanço.

— Igreja da Derradeira Expiação — corrigiu o bispo com um rosnado grave.

Duré assentiu com a cabeça.

— Por quê? O que os une nesse caso?

A Verdadeira Voz da Árvore-mundo se inclinou para a frente, e seu capuz se encheu de sombras de novo.

— Entenda, padre, que as profecias da Igreja da Derradeira Expiação se conciliam com nossa missão dada pelo Muir. Só essas profecias detiveram o segredo quanto a que castigo a humanidade há de sofrer por matar o próprio mundo.

— A humanidade não destruiu a Terra Velha sozinha — argumentou Duré. — Foi um erro de computador quando a Equipe de Kiev tentou criar um miniburaco negro.

O templário balançou a cabeça.

— Foi arrogância da humanidade — disse ele, com um tom brando. — A mesma arrogância que tem feito nossa raça destruir toda e qualquer espécie que poderia ter a chance de algum dia evoluir e se tornar inteligente. Os aluítes senescais em Hebron, os zeplins em Turbilhão, os centauros-do-pântano de Jardim e os macacos primatas da Terra Velha...

— Sim, houve erros. Mas a humanidade não deveria ser condenada à morte por isso, deveria?

— A sentença foi determinada por um Poder muito superior a nós — roncou o bispo. — As profecias são precisas e explícitas. O Dia da Derradeira Expiação há de vir. Todos que herdaram os Pecados de Adão e Kiev hão de sofrer as consequências pelo assassinato do mundo natal, pela extinção de outras espécies. O Senhor da Dor foi libertado das amarras do tempo para decretar esse juízo final. Não há como escapar da ira dele. Não há como evitar a Expiação. Foi como anunciou um Poder muito superior a nós.

— É verdade — anuiu Sek Hardeen. — As profecias vieram a nós, reveladas às Verdadeiras Vozes por gerações... A humanidade está condenada, mas com a ruína virá um novo florescimento de ambientes puros em todas as partes do que hoje é a Hegemonia.

Ainda que treinado na lógica jesuíta, devoto da teologia evolucionária de Teilhard de Chardin, o padre Paul Duré ficou tentado a dizer: "Mas quem dá a mínima para flores desabrochadas se não tiver ninguém para vê-las, para cheirá-las?". Mas o que disse foi:

— Vocês já consideraram que essas profecias não foram revelações divinas, mas apenas manipulações de um poder secular?

O templário se empertigou como se tivesse levado um tapa, mas o bispo inclinou o corpo para a frente e fechou um par de punhos lusianos que teriam esmagado o crânio de Duré com um golpe só.

— Heresia! Quem se atreve a negar a verdade das revelações deve morrer!

— Que poder seria capaz disso? — indagou a Verdadeira Voz da Árvore-mundo. — Que poder além do Absoluto do Muir seria capaz de entrar em nossa mente, em nosso coração?

Duré gesticulou para o céu.

— Todos os mundos da Rede passaram gerações unidos pela esfera de dados do TecnoCerne. A maioria das pessoas influentes porta implantes de extensão de conexo para facilitar o acesso... Não é o seu caso, s. Hardeen?

O templário não falou nada, mas Duré viu a ligeira trepidação dos dedos, como se o homem fosse encostar no peito e no braço, que por décadas abrigaram os microimplantes.

— O TecnoCerne criou uma... inteligência transcendental — continuou Duré. — Ela acessa quantidades incríveis de energia, consegue se deslocar para a frente e para trás no tempo e não se motiva por questões humanas. Um dos objetivos de um percentual considerável das personalidades do Cerne era eliminar a humanidade... Na verdade, é possível que o Grande Erro da Equipe de Kiev tenha sido executado de modo deliberado pelas IAs envolvidas no experimento. É possível que o que vocês ouvem como profecias seja a voz desse *deus ex machina* que sussurra pela esfera de dados. É possível que o Picanço esteja aqui não para fazer a humanidade expiar seus pecados, mas sim para simplesmente matar homens, mulheres e crianças de acordo com os objetivos dessa personalidade mecânica.

O rosto pesado do bispo estava tão vermelho quanto o manto. Ele esmurrou a mesa e se levantou com esforço. O templário pôs a mão no braço do bispo e o conteve, de alguma forma conseguindo fazê-lo se sentar de novo.

— Onde você ouviu essa ideia? — perguntou Sek Hardeen a Duré.

— Com os peregrinos que têm acesso ao Cerne. E com... outros.

O bispo sacudiu o punho na direção de Duré.

— Mas você mesmo foi tocado pelo Avatar. Não uma, mas *duas* vezes! Ele concedeu uma forma de imortalidade para que você possa ver o que aguarda o Povo Escolhido... o que prepara a Expiação antes da chegada dos Dias Derradeiros!

— O Picanço me deu dor — refutou Duré. — Dor e sofrimento inimagináveis. Eu *encontrei* a criatura duas vezes e sei no meu âmago que aquilo não é divino nem diabólico, apenas uma máquina orgânica vinda de um futuro terrível.

— Rá! — O bispo fez um gesto displicente, cruzou os braços e ficou olhando para o nada por cima do parapeito.

O templário parecia abalado. Passado um instante, ele levantou a cabeça e disse, em voz baixa:

— Você tinha uma pergunta para mim?

Duré respirou fundo.

— Tinha. E uma notícia triste, infelizmente. A Verdadeira Voz da Árvore, Het Masteen, morreu.

— Nós sabemos — afirmou o templário.

Duré ficou surpreso. Ele nem imaginava como essa informação podia ter chegado. Mas agora não tinha importância.

— O que eu preciso saber é: por que ele foi na peregrinação? Qual era a missão que ele não viveu para cumprir? Cada um de nós contou nossa... nossa história. Het Masteen, não. Contudo, tenho a sensação de que o destino dele detinha o segredo de muitos mistérios.

O bispo olhou para Duré e torceu o nariz.

— Não precisamos falar nada para você, sacerdote de religião morta.

Sek Hardeen ficou calado por um bom tempo antes de responder.

— O s. Masteen se ofereceu para levar a Palavra do Muir para Hyperion. As raízes da nossa fé abrigaram por séculos a profecia de que, quando viessem os tempos difíceis, uma Verdadeira Voz da Árvore seria convocada a levar uma árvore-estelar ao Mundo Sagrado, vê-la ser destruída e, depois, vê-la renascer com a mensagem de Expiação e do Muir.

— Então Het Masteen sabia que a árvore-estelar *Yggdrasill* seria destruída no espaço?

— Sim. Isso foi previsto.

— E ele e o único erg retentor de energia da nave pilotariam uma nova árvore-estelar?

— Sim — disse o templário, com a voz quase inaudível. — Uma Árvore da Expiação que seria fornecida pelo Avatar.

Duré se recostou e assentiu com a cabeça.

— Uma Árvore da Expiação. A árvore de espinhos. Het Masteen se feriu fisicamente quando a *Yggdrasill* foi destruída. Depois, ele foi levado para o Vale das Tumbas Temporais e viu a árvore de espinhos do Picanço. Mas não estava pronto ou apto. A árvore de espinhos é uma estrutura de morte, sofrimento, dor... Het Masteen não estava preparado para comandá-la. Ou talvez tenha recusado. Seja como for, ele fugiu. E morreu. Foi o que imaginei... mas eu não fazia ideia do destino que o Picanço lhe havia oferecido.

— Do que você está falando? — esbravejou o bispo. — A Árvore da Expiação é descrita nas profecias. Ela vai acompanhar o Avatar em sua última colheita. Masteen estaria preparado e se sentiria honrado de comandá-la pelo espaço e pelo tempo.

Paul Duré negou com a cabeça.

— Respondemos à sua pergunta? — perguntou s. Hardeen.

— Responderam.

— Então você deve responder à nossa — disse o bispo. — O que aconteceu com a Mãe?

— Que mãe?

— A Mãe da nossa Salvação. A Noiva da Expiação. Aquela que vocês chamavam de Brawne Lamia.

Duré pensou, tentando relembrar os resumos que o Cônsul gravara das histórias que os peregrinos haviam contado na viagem para Hyperion. Brawne estava grávida com o filho do primeiro cíbrido de Keats. O Templo do Picanço em Lusus a salvara da turba e a incluíra na peregrinação. Ela havia falado algo sobre os fiéis da Seita do Picanço a tratarem com reverência. Duré tentou encaixar isso tudo no mosaico confuso do que ele já sabia. Não conseguiu. Estava cansado demais... e, pensou ele, idiota demais após a suposta ressurreição. Ele não era e jamais seria o intelectual que Paul Duré havia sido no passado.

— Brawne estava inconsciente — respondeu. — Evidentemente capturada pelo Picanço e ligada a um... *negócio*. Um cabo. O estado mental dela era equivalente à morte cerebral, mas o feto estava vivo e saudável.

— E a persona que ela portava? — perguntou o bispo, com a voz tensa.

Duré se lembrava do que Severn lhe dissera sobre a morte daquela persona na megaesfera. Era evidente que aqueles dois não sabiam da segunda persona de Keats — a personalidade Severn que naquele instante estava alertando Gladstone sobre os perigos da proposta do Cerne. Duré balançou a cabeça. Estava muito cansado.

— Não sei sobre a persona que ela portava no anel de Schrön. O cabo... a coisa que o Picanço prendeu nela... parecia conectado ao plugue neural que nem um derivador cortical.

O bispo fez que sim com a cabeça, visivelmente satisfeito.

— As profecias avançam depressa. Você atendeu a seu propósito de mensageiro, Duré. Preciso ir agora.

O homem grande se levantou, gesticulou com a cabeça na direção da Verdadeira Voz da Árvore-mundo e saiu andando pela plataforma e pela escada rumo ao elevador e ao terminex.

Duré ficou sentado em silêncio diante do templário por alguns minutos. O som das folhas ao vento e o balanço sutil da plataforma na árvore eram relaxantes de modo maravilhoso e convidavam o jesuíta a cochilar. Acima deles, o céu estava se apagando em tonalidades delicadas de açafrão conforme o mundo de Bosque de Deus entrava no crepúsculo.

— Sua declaração sobre um *deus ex machina* que nos enganou por gerações com falsas profecias foi uma heresia terrível — disse, enfim, o templário.

— Sim. Mas heresias terríveis já se revelaram graves verdades muitas vezes na história mais longa da minha Igreja, Sek Hardeen.

— Se você fosse um templário, eu poderia tê-lo condenado à morte — falou o indivíduo encapuzado, em voz baixa.

Duré suspirou. Na sua idade, na sua situação e com seu cansaço, a noção de morte não alimentava medo algum em seu coração. Ele se levantou e fez uma ligeira mesura.

— Preciso ir, Sek Hardeen. Peço desculpa se disse algo que o ofendeu. Estes tempos são e estão confusos.

Falta aos melhores convicção, pensou o padre, *e aos piores sobra feroz intensidade*.

Duré se virou e andou até a beira da plataforma. E parou.

A escadaria tinha sumido. Trinta metros verticais e quinze metros horizontais de ar o separavam da plataforma inferior seguinte onde o elevador aguardava. A Árvore-mundo se alçava a pelo menos um quilômetro em meio às profundezas folhosas abaixo dele. Duré e a Verdadeira Voz daquela Árvore estavam isolados ali na plataforma mais alta. Duré foi até um parapeito próximo, ergueu o rosto subitamente suado para a brisa do entardecer e viu as primeiras estrelas aparecendo no céu azul-marinho.

— O que está acontecendo, Sek Hardeen?

O indivíduo de manto e capuz à mesa estava envolto pela escuridão.

— Daqui a dezoito minutos-padrão, o mundo de Portão Celestial vai cair para os desterros. Nossas profecias dizem que ele será destruído. Decerto é o que vai acontecer com o teleprojetor e com seus transmissores de largofone; então, em todos os sentidos práticos, esse mundo terá deixado de existir. Exatamente uma hora depois, os céus de Bosque de Deus serão clareados pelas chamas de fusão das belonaves desterras. Nossas profecias dizem que todos os membros da Irmandade que aqui ficarem, e quaisquer outros, embora todos os cidadãos da Hegemonia já tenham sido evacuados por teleprojetor há muito tempo, vão perecer.

Duré voltou devagar para a mesa.

— É crucial que eu pegue o projetor para Tau Ceti Central — explicou ele. — Severn... Alguém está me esperando. Preciso falar com a diretora Gladstone.

— Não — disse Sek Hardeen, a Verdadeira Voz da Árvore--mundo. — Vamos esperar. Vamos ver se as profecias estão certas.

O jesuíta cerrou os punhos, frustrado, sentindo o rompante de emoção violenta que lhe dava vontade de socar o sujeito de manto. Duré fechou os olhos e rezou duas ave-marias. Não ajudou.

— Por favor. As profecias serão confirmadas ou refutadas com ou sem minha presença. E aí vai ser tarde demais. As naves-tocha de FORÇA vão detonar a esfera de singularidade e os teleprojetores vão acabar. Vamos ficar isolados da Rede por anos. Pode ser que bilhões de vidas dependam da minha volta imediata a Tau Ceti Central.

O templário cruzou os braços de modo que suas mãos de dedos compridos desapareceram nas dobras do manto.

— Vamos esperar — repetiu. — Tudo o que foi previsto há de acontecer. Em minutos, o Senhor da Dor será solto sobre os que estiverem na Rede. Não acredito na fé do bispo de que aqueles que buscaram a Expiação serão poupados. Aqui é melhor para nós, padre Duré, onde o fim será rápido e indolor.

Duré vasculhou a mente cansada em busca de algo decisivo para dizer, para fazer. Não lhe ocorreu nada. Ele se sentou à mesa e fitou o indivíduo encapuzado e quieto à frente. Acima deles, as estrelas brotavam às multidões flamejantes. A floresta mundial de Bosque de Deus farfalhou uma última vez na brisa do entardecer e pareceu prender a respiração com expectativa.

Paul Duré fechou os olhos e rezou.

37

Hunt e eu passamos o dia inteiro andando, e mais para a tardinha achamos uma estalagem com comida preparada para nós — uma ave, arroz-doce, couve-flor, um prato de macarrão, por aí vai —, mas não tem ninguém nela, nenhum sinal de gente além do fogo na lareira, que arde como se tivessem acabado de acendê-la, e da comida ainda quente sobre o fogão.

Hunt fica inquieto com isso; com isso e com os sintomas de abstinência terríveis que agora sente pela perda de contato com a esfera de dados. Dá para imaginar a dor. Para uma pessoa que nasceu e cresceu em um mundo em que as informações estão sempre à disposição, em que é possível se comunicar com qualquer pessoa em qualquer lugar, em que basta um teleprojetor para percorrer qualquer distância, um retorno súbito à vida de nossos antepassados seria como acordar de repente cego e aleijado. Mas, depois de esbravejar e gritar nas primeiras horas de caminhada, Hunt enfim se acalmou a uma melancolia taciturna.

— Mas a diretora *precisa* de mim — gritara ele naquela primeira hora.

— Ela precisa das informações que eu ia levar — falei —, mas não tem nada que a gente possa fazer.

— Onde é que *estamos*? — perguntou Hunt pela décima vez.

Eu já havia explicado sobre a Terra Velha alternativa, mas sabia que agora ele se referia a outra coisa.

— Quarentena, eu acho — falei.

— O Cerne trouxe a gente para cá?

— É o que imagino.

— Como a gente volta?

— Não sei. Suponho que, quando eles acharem que podem nos liberar da quarentena em segurança, vai aparecer um portal de teleprojetor.

Hunt murmurou um palavrão.

— Por que *eu* tenho que ficar em quarentena, Severn?

Dei de ombros. Imaginei que fosse porque ele havia escutado o que eu dissera em Pacem, mas não tinha certeza. Não tinha certeza de nada.

A estrada seguia por campinas e vinhedos, passava por cima de colinas baixas e serpenteava em vales de onde se captavam vislumbres do mar.

— Onde esta estrada vai dar? — perguntou Hunt logo antes de descobrirmos a estalagem.

— Todas as estradas levam a Roma.

— Estou falando sério, Severn.

— Eu também, s. Hunt.

Hunt soltou uma pedra do chão da estrada e a jogou longe no meio do mato. Em algum lugar, um sabiá piou.

— Você já esteve aqui antes? — O tom de Hunt era acusatório, como se eu o tivesse sequestrado. Talvez tivesse mesmo.

— Não — falei. Mas quase acrescentei que *Keats* já. Minhas lembranças transplantadas vieram à tona de repente, quase me assoberbaram com a sensação de perda e de mortalidade iminente. Tão longe dos amigos, tão longe de Fanny, seu único amor eterno.

— Tem certeza de que você não consegue acessar a esfera de dados? — indagou Hunt.

— Absoluta — respondi. Ele não me perguntou sobre a megaesfera, e não ofereci a informação. Tenho pavor de entrar na megaesfera, de me perder lá.

Encontramos a estalagem bem na hora do pôr do sol. Ficava acomodada em um vale pequeno, e saía fumaça da chaminé de pedra.

Enquanto comia, cercado pela escuridão que comprimia as janelas, iluminado apenas pela lareira e por duas velas na cornija de pedra, Hunt disse:

— Este lugar me faz quase acreditar em fantasmas.

— Pois eu acredito.

Noite. Acordo tossindo, sinto uma umidade no peito sem camisa, escuto Hunt se atrapalhar com a vela e, à luz dela, olho para baixo e vejo sangue na minha pele, sujando a roupa de cama.

— Meu Deus — sussurra Hunt, horrorizado. — O que é isso? O que está acontecendo?

— Hemorragia — digo com dificuldade depois que o acesso de tosse seguinte me deixa mais fraco e mais sujo de sangue.

Começo a me levantar, volto a cair no travesseiro e gesticulo na direção da bacia de água e da toalha na mesa de cabeceira.

— Droga, droga — murmura Hunt, procurando meu conexo para fazer um diagnóstico. Não tem conexo nenhum. Eu joguei fora o instrumento inútil de Hoyt enquanto andávamos hoje mais cedo.

Hunt tira o conexo dele, ajusta o monitor e o coloca em volta do meu pulso. As informações não significam nada para ele, só indicam uma urgência e a necessidade de cuidados médicos imediatos. Como a maioria das pessoas daquela geração, Hunt nunca tinha visto doença ou morte — isso era um assunto para profissionais tratado fora de vista do povo comum.

— Deixa para lá — sussurro, já sem tossir, mas com uma debilidade que me recobre feito uma manta de pedras.

Gesticulo para a toalha de novo, e Hunt a umedece, lava o sangue do meu peito e dos braços e me ajuda a me sentar na única cadeira enquanto tira os lençóis e cobertores manchados.

— Você sabe o que está acontecendo? — pergunta ele, com preocupação genuína na voz.

— Sei. — Tento dar um sorriso. — Coerência. Verossimilhança. Recapitulação de filogenia por ontogenia.

— Faz sentido — retruca Hunt, ajudando-me a voltar para a cama. — O que foi que causou a hemorragia? O que posso fazer para ajudar?

— Um copo d'água, por favor.

Bebo devagar, sinto o fervor no peito e na garganta, mas consigo evitar outro acesso de tosse. Parece que minha barriga está pegando fogo.

— O que está acontecendo? — pergunta Hunt de novo.

Falo devagar, com cuidado, depositando cada palavra no lugar como se pusesse os pés em um terreno todo minado. A tosse não volta.

— É uma doença chamada consumpção — explico. — Tuberculose. Estágio terminal, a julgar pela severidade da hemorragia.

O rosto de bassê de Hunt está pálido.

— Minha nossa, Severn. Nunca ouvi falar de tuberculose.

Ele ergue o punho como se quisesse consultar a memória do conexo, mas não tem nada em seu pulso. Devolvo o instrumento.

— A tuberculose foi erradicada há séculos. Curada. Mas John Keats pegou. Morreu disso. E o corpo deste cíbrido pertence a ele.

Hunt se levanta como se estivesse a ponto de sair correndo porta afora em busca de ajuda.

— Com certeza o Cerne vai nos deixar voltar agora! Não podem manter você aqui neste mundo vazio sem assistência médica!

Apoio a cabeça nos travesseiros macios e sinto as penas por trás do tecido.

— Pode ser que seja exatamente por isso que estão me mantendo aqui. Vamos ver amanhã quando chegarmos a Roma.

— Mas você não tem como viajar! Não vamos para lugar nenhum amanhã de manhã!

— Veremos — digo, aí fecho os olhos. — Veremos.

De manhã, uma *vettura*, uma charrete pequena, está à espera do lado de fora da estalagem. O cavalo é uma égua cinzenta grande, que revira os olhos para nós quando nos aproximamos. A respiração da criatura sobe no ar frio da manhã.

— Você sabe o que é *isto*? — questiona Hunt.

— Um cavalo.

Hunt ergue a mão para a égua como se ela fosse estourar e desaparecer feito bolha de sabão quando ele encostar no lombo. Ela não desaparece. Hunt recolhe a mão às pressas quando a égua agita o rabo.

— Os cavalos foram *extintos* — diz ele. — Nunca foram trazidos de volta à vida com ARNismo.

— Essa parece bem real — avalio, subindo na carruagem e me sentando no banco estreito.

Hunt se acomoda, hesitante, no lugar ao meu lado, agitando de ansiedade os dedos compridos.

— Quem conduz? — diz. — Onde ficam os controles?

Não tem nenhuma rédea, e o banco do cocheiro está vazio.

— Vamos ver se a égua sabe o caminho — sugiro.

Nesse instante, começamos a avançar a um ritmo tranquilo, conforme a carruagem sem suspensão sacoleja nas pedras e nos buracos da estrada irregular.

— Isso aqui é piada, né? — pergunta Hunt, observando o céu azul impecável e os campos distantes.

Dou uma tossida o mais leve e curta possível em um lenço que fiz com uma toalha que peguei emprestada da estalagem.

— Talvez. Por outro lado, o que não é?

Hunt ignora meu sofisma, e seguimos viagem, trepidando e sacudindo rumo a quaisquer que sejam nosso destino e nossa sina.

— Cadê Hunt e Severn? — perguntou Meina Gladstone.

Sedeptra Akasi, a jovem mulher negra que era a segunda assessora mais importante de Gladstone, chegou mais perto para não interromper o andamento da reunião de instrução militar.

— Ainda não tivemos notícia, s. diretora.

— Não é possível. Severn tinha um rastreador e Leigh atravessou para Pacem há quase uma hora. Onde foi que eles se meteram?

Akasi deu uma olhada na chapafax desdobrada em cima da mesa.

— A Segurança não está conseguindo encontrá-los. A polícia de trânsito não sabe onde eles estão. A unidade do teleprojetor só registrou que eles inseriram o código de TC^2, aqui, e entraram, mas não chegaram.

— Não é possível.

— Pois é, s. diretora.

— Quero falar com Albedo ou com algum dos outros conselheiros de IA assim que a reunião acabar.

— Certo.

As duas voltaram a atenção para a reunião. O Centro Tático da Casa do Governo tinha sido ligado ao Gabinete de Guerra do Centro de Comando de Olimpo e à maior sala de apresentações do Senado mediante portais visualmente abertos de quinze metros quadrados, de modo que os três espaços criavam uma área de reuniões cavernosa e assimétrica. Parecia que os holos do Gabinete de Guerra subiam ao infinito na extremidade de visualização do espaço, e flutuavam colunas de dados por todos os lados nas paredes.

— Quatro minutos para incursão cislunar — avisou o almirante Singh.

— As armas de longo alcance deles já podiam ter começado a atirar em Portão Celestial há muito tempo — explicou o general Morpurgo. — Parece que estão demonstrando um pouco de moderação.

— Eles não demonstraram muita moderação com nossas naves-tocha — disse Garion Persov, do Ministério da Diplomacia.

O grupo havia se reunido uma hora antes quando a surtida da frota formada às pressas com uma dúzia de naves-tocha da Hegemonia fora destruída sumariamente pelo Enxame em aproximação. Sensores de longo alcance exibiram uma imagem muito breve daquele Enxame — uma aglomeração de brasas com caudas de fusão que pareciam cometas — antes de as naves-tocha e seus remotos pararem de transmitir. Tinham sido muitas, muitas brasas.

— Pois eram belonaves — justificou o general Morpurgo. — Já faz horas que estamos anunciando que Portão Celestial é um planeta aberto. Podemos ter esperança de moderação.

As imagens holográficas de Portão Celestial os envolviam: as ruas tranquilas de Lodaçal, imagens aéreas da orla, imagens orbitais do mundo marrom-acinzentado com a cobertura constante de nuvens, imagens cislunares do dodecaedro barroco da esfera de singularidade que ligava todos os teleprojetores, e imagens telescópicas e de raios ultravioleta e raios X voltadas para o espaço exibiam o avanço do Enxame — já muito maior do que pontos de brasa, a menos de uma unidade astronômica de distância. Gladstone olhou para as caudas de fusão das belonaves desterras, para a enormidade das fazendas-asteroide e dos mundos-bolha que vinham com seus campos de contenção bruxuleantes, para os complexos urbanos de gravidade zero intrincados e estranhamente inumanos. *E se eu estiver enganada?*, pensou.

A vida de bilhões de pessoas dependia da crença dela de que os desterros não destruiriam gratuitamente os mundos da Hegemonia.

— Dois minutos para a incursão — indicou Singh, com seu tom monocórdio de guerreiro profissional.

— Almirante — chamou Gladstone. — É mesmo necessário destruir a esfera de singularidade assim que os desterros penetrarem nosso *cordon sanitaire*? Não podemos esperar mais alguns minutos para ver quais são as intenções deles?

— Não, diretora — respondeu de imediato o almirante. — A conexão de teleprojeção precisa ser destruída assim que eles estiverem em alcance de assalto rápido.

— Mas, se suas naves-tocha não conseguirem, almirante, ainda temos as conexões no sistema, os transmissores de largofone e os dispositivos com temporizador, não é?

— É, s. diretora, mas *precisamos* garantir a remoção de qualquer capacidade de teleprojeção antes que os desterros dominem o sistema. Não dá para flexibilizar essa margem de segurança já apertada.

Gladstone fez que sim. Ela compreendia a necessidade de cautela absoluta. *Quem dera tivesse mais tempo.*

— Quinze segundos para a incursão e para a destruição da singularidade — disse Singh. — Dez... Sete...

De repente, todos os holos de naves-tocha e remotos cislunares brilharam com uma luz violeta, vermelha e branca.

Gladstone se inclinou para a frente.

— Isso foi a explosão da esfera de singularidade?

Começou um burburinho entre os militares, que acessaram mais informações e trocaram imagens nos holos e nas telas.

— Não, diretora — respondeu Morpurgo. — As naves-tocha estão sendo atacadas. O que vocês estão vendo é a sobrecarga dos escudos defensivos delas. Ah... *ali.*

Uma imagem central, talvez de uma nave de transmissão em órbita baixa, exibia uma visualização do dodecaedro da esfera de contenção da singularidade, trinta mil metros quadrados de superfície ainda intactos, ainda iluminados pelo sol forte de Portão Celestial. De repente, a luminosidade aumentou, pareceu que a face mais próxima da estrutura ficou incandescente e se curvou para dentro; menos de três segundos depois, a esfera se expandiu quando a singularidade presa ali escapou e devorou a si mesma e tudo o mais em um raio de seiscentos quilômetros.

No mesmo instante, a maioria das representações visuais e várias colunas de dados se apagaram.

— Todas as conexões de teleprojetor foram interrompidas — anunciou Singh. Os dados do sistema agora estão sendo transmitidos apenas por largofone.

Houve um murmúrio de aprovação e alívio entre os militares, e algo mais próximo de suspiro e ligeiro gemido das dezenas de senadores e conselheiros políticos presentes. O mundo de Portão Celestial tinha acabado de ser amputado da Rede — a primeira perda de mundo da Hegemonia nessa escala em mais de quatro séculos.

Gladstone se virou para Sedeptra Akasi.

— Qual é o tempo de viagem entre Portão Celestial e a Rede agora?

— Por propulsão Hawking, sete meses a bordo — disse a assessora, sem parar para conferir. — Pouco mais de nove anos de dívida temporal.

Gladstone fez que sim. Agora Portão Celestial estava a nove anos de distância do mundo da Rede mais próximo.

— Lá se vão nossas naves-tocha — entoou Singh.

A visualização saía de um dos piquetes orbitais, transmitida pelas imagens trêmulas colorizadas dos esguichos de largofone de alta velocidade processadas por computador em rápida sucessão. As imagens eram mosaicos visuais, mas para Gladstone sempre remetiam aos primeiros filmes mudos do início da Idade da Mídia. Só que aquela não era nenhuma comédia de Charlie Chaplin. Dois, e cinco, e oito clarões intensos desabrocharam no fundo estrelado acima do limbo do planeta.

— As transmissões de *Niki Weimart*, *Terrapin*, *Corneta* e *Andrew Paul* foram interrompidas — relatou Singh.

Barbre Dan-Gyddis levantou a mão.

— E as outras quatro naves, almirante?

— Só as quatro citadas tinham capacidade de comunicação hiperlúmica. Os piquetes confirmam que as conexões de rádio, maser e banda larga das outras quatro naves-tocha também foram interrompidas. Os dados visuais...

Singh parou e gesticulou para a imagem transmitida pela nave de piquete automática: oito círculos de luz que estavam se expandindo e se apagando, um campo estrelado cheio de caudas de fusão e luzes novas. De repente, até essa imagem sumiu.

— Todos os sensores orbitais e transmissores de largofone foram eliminados — acrescentou o general Morpurgo.

Ele fez um gesto, e a escuridão foi substituída por imagens das ruas de Portão Celestial e suas inevitáveis nuvens baixas.

Aeronaves incluíam imagens de cima das nuvens: um céu surtado com estrelas em movimento.

— Todos os informes confirmam a destruição total da esfera de singularidade — declarou Singh. — Unidades avançadas do Enxame estão entrando em órbita alta em torno de Portão Celestial.

— Quantas pessoas ainda tem lá? — perguntou Gladstone. Ela estava inclinada para a frente, de cotovelos na mesa, com as mãos cruzadas com força.

— Oitenta e seis mil, setecentas e oitenta e nove — disse o ministro Imoto, da Defesa.

— Sem contar os doze mil fuzileiros que teleprojetaram para lá nas últimas duas horas — acrescentou o general Van Zeidt.

Imoto acenou com a cabeça para o general.

Gladstone agradeceu aos dois e voltou a atenção para os holos. As colunas de dados que flutuavam no alto e suas cópias nas chapafaxes, nos conexos e nos painéis de mesa continham os dados pertinentes — quantidade de naves do Enxame presentes no sistema, quantidade e tipo de naves em órbita, projeção de órbitas de desaceleração e curvas de tempo, análises de energia e interceptações de faixas de comunicação —, mas a diretora-executiva e os outros estavam olhando para as imagens de largofone relativamente inalteradas e pouco informativas das câmeras em aeronaves e na superfície: estrelas, nuvens, ruas, a vista do Alto da Estação Geradora de Atmosfera, do Passeio de Lodaçal, onde a própria Gladstone estivera menos de doze horas antes. Era noite ali. Cavalinhas gigantescas se balançavam nas brisas silenciosas que sopravam da baía.

— Acho que vão negociar — conjecturava a senadora Richeau. — Vão começar apresentando esse fato consumado, nove mundos tomados, e então vão negociar com força para ter um novo equilíbrio de poder. Quer dizer, mesmo se as duas ondas invasoras tiverem sucesso, serão 25 mundos dentre quase duzentos na Rede e no Protetorado.

— É — replicou Persov, ministro da Diplomacia —, mas não esqueça, senadora, que entre esses se incluem alguns dos nossos mundos de maior importância estratégica... Este aqui, por exemplo. TC² está só 235 horas atrás de Portão Celestial no cronograma dos desterros.

A senadora Richeau encarou Persov.

— Sei muito bem disso — respondeu com frieza. — Só estou querendo dizer que não é possível que o interesse dos desterros seja a conquista total. Seria uma grande loucura da parte deles. Além disso, FORÇA não vai permitir que a segunda onda avance tanto. Sem dúvida a invasão de agora é prelúdio para uma negociação.

— Talvez — disse o senador Roanquist, de Nordholm —, mas essa negociação dependeria necessariamente de...

— Esperem — interrompeu Gladstone.

As colunas de dados estavam exibindo mais de cem belonaves desterras em órbita em torno de Portal Celestial. As forças de solo tinham recebido instrução para só atirar se fossem atacadas primeiro, e não se via atividade alguma nas trinta e tantas visualizações transmitidas por largofone para o Gabinete de Guerra. Mas, de repente, a cobertura de nuvens acima de Lodaçal brilhou como se tivessem se acendido holofotes gigantescos. Uma dúzia de feixes de luz coerente caiu sobre a baía e a cidade, mantendo a ilusão de holofotes, e Gladstone achou que era como se tivessem erigido colunas brancas gigantescas entre o chão e o teto nuvioso.

Essa ilusão se desfez de súbito quando um turbilhão de chamas e destruição brotou da base de cada uma dessas colunas de luz de cem metros de largura. A água da baía ferveu até formar gêiseres imensos de vapor que obstruíram as câmeras mais próximas. A vista dos montes exibiu edifícios centenários da cidade pegando fogo e implodindo como se um tornado passasse entre eles. Os jardins e as áreas de convivência do Passeio, famosos em toda a Rede, se incendiaram e explodiram, espalhando terra e escombros voadores como se atravessados por um arado invisível. Cavalinhas de duzentos anos de idade se curvaram como se fossem atingidas por um furacão, pegaram fogo e desapareceram.

— Lanças de uma nave-tocha de classe *Bowers* — disse o almirante Singh no silêncio. — Ou o equivalente desterro.

As colunas de luz estavam queimando a cidade, explodindo-a, demolindo-a e voltando a destruí-la. Não havia canal de áudio nessas imagens de largofone, mas Gladstone imaginou que estava ouvindo os gritos.

Uma a uma, as câmeras no solo se apagaram. A visualização do Alto da Estação Geradora de Atmosfera desapareceu com um clarão branco. As câmeras aéreas já haviam sumido. As vinte e poucas imagens de solo começaram a se apagar, uma delas em uma explosão rubra terrível que fez todos os presentes esfregarem os olhos.

— Explosão de plasma — disse Van Zeidt. — Faixa de poucos megatons.

A visualização tinha sido de um complexo de defesa aérea de FORÇA:fuzileiros ao norte do Canal Intercidades.

De repente, todas as imagens sumiram. O fluxo de dados parou. As luzes da sala de reuniões começaram a reacender para compensar a escuridão tão súbita que deixara todo mundo sem fôlego.

— O transmissor de largofone principal foi destruído — avisou o general Morpurgo. — Ficava na base principal de FORÇA perto de Portão Alto. Debaixo do nosso campo de contenção mais forte, cinquenta metros de pedra e dez metros de ligaço cristalizado.

— Cargas nucleares moldadas? — perguntou Barbre Dan-Gyddis.

— No mínimo — respondeu Morpurgo.

O senador Kolchev se levantou, e sua corpulência lusiana emanava uma noção de força quase ursina.

— Certo. Não é um estratagema para negociar coisa nenhuma. Os desterros acabaram de reduzir um mundo da Rede a cinzas. É guerra total sem misericórdia. A sobrevivência da civilização está em jogo. O que fazemos agora?

Todos os olhos se voltaram para Meina Gladstone.

O Cônsul arrastou um Theo Lane quase desacordado dos escombros do raseiro e cambaleou por cinquenta metros com o braço do jovem por cima dos ombros até cair em uma faixa de grama embaixo de árvores na margem do rio Hoolie. O raseiro não pegou fogo, mas tinha se arrastado até parar, destruído, junto de um muro de pedra desabado. Havia pedaços de polímero de metal e cerâmica espalhados pela margem e pela avenida abandonada.

A cidade estava em chamas. A fumaça obscurecia a visão do outro lado do rio, e naquela parte de Jacktown, a Área Antiga, mais parecia que tinham acendido várias piras para lançar colunas grossas de fumaça preta no teto de nuvens baixas. Lasers de combate e rastros de mísseis ainda cortavam o ar turvo, às vezes detonando nas naves de pouso de assalto, nos paraquedas e nas bolhas de campo de suspensão que continuavam a descer das nuvens feito detritos de um debulhador durante a colheita.

— Theo, está tudo bem?

O governador-geral assentiu, fez menção de empurrar os óculos para cima no nariz... e parou, confuso, ao se dar conta de que os óculos tinham sumido. A testa e os braços de Theo estavam sujos de sangue.

— Bati a cabeça — disse ele, meio aturdido.

— Temos que usar seu conexo — avisou o Cônsul. — Mandar alguém vir nos buscar.

Theo fez que sim, levantou o braço e franziu o cenho ao olhar para o pulso.

— Sumiu. O conexo sumiu. Tem que olhar no raseiro.

Ele tentou se levantar. O Cônsul o puxou de volta para o chão. Os dois estavam abrigados por algumas árvores ornamentais ali, mas o raseiro estava exposto, e a descida deles não havia sido nenhum segredo. O Cônsul tinha avistado alguns soldados de armadura andando por uma rua vizinha enquanto o raseiro caía no pouso de emergência. Podiam ser a FAD, os desterros ou até fuzileiros da Hegemonia, mas o Cônsul presumia que apertariam o gatilho contra qualquer um.

— Deixa para lá — disse. — Vamos achar um telefone. Ligar para o consulado.

O Cônsul olhou os arredores e identificou a região de armazéns e edifícios de pedra onde tinham caído. A algumas centenas de metros rio acima havia uma velha catedral abandonada, com a casa do capítulo caindo aos pedaços em cima da margem.

— Já sei onde a gente está — anunciou o Cônsul. — A só uma ou duas quadras do Cícero's. Vem. — Ele passou o braço de Theo por cima da cabeça e o apoiou nos ombros, fazendo o homem ferido se levantar.

— Cícero's, que ótimo — murmurou Theo. — Uma bebida ia cair bem.

Da rua ao sul deles veio o estardalhaço de tiros de dardos e o chiado de armas de energia em resposta. O Cônsul sustentou o máximo de peso de Theo que aguentava e meio andou, meio cambaleou pela via estreita junto ao rio.

— Ai, droga — sussurrou o Cônsul.

O Cícero's estava em chamas. O velho bar e estalagem — tão velho quanto Jacktown e muito mais velho que a maior parte da capital — tinha perdido três dos quatro edifícios ribeirinhos flácidos para o fogo, e só um batalhão de fregueses determinados com baldes estava salvando a última parte.

— Estou vendo Stan — disse o Cônsul, apontando para o vulto enorme de Stan Leweski perto do começo da fila de baldeadores. — Aqui. — O Cônsul ajudou Theo a se sentar embaixo de um olmo na calçada. — Como está a cabeça?

— Doendo.

— Já volto com ajuda.

O Cônsul andou o mais rápido possível pela via estreita na direção das pessoas. Stan Leweski olhou para ele como se visse um fantasma. O rosto do grandão estava manchado de fuligem e cinzas, e os olhos, arregalados, quase confusos. O Cícero's havia pertencido à família dele por seis gerações. Naquele momento, caía uma chuva fraca, e o incêndio parecia sob controle. As pessoas gritaram de uma ponta à outra da fila quando algumas vigas das partes queimadas desabaram para dentro das brasas do porão.

— Meu Deus, já era — disse Leweski. — Viu? O puxado do avô Jiri? Já era.

O Cônsul segurou o homem enorme pelos ombros.

— Stan, a gente precisa de ajuda. Theo está ali. Ferido. Nosso raseiro caiu. Temos que ir para o espaçoporto... Usar seu telefone. É uma emergência, Stan.

Leweski balançou a cabeça.

— O telefone já era. As faixas de conexo estão sobrecarregadas. A guerra maldita começou. — Ele apontou para os segmentos queimados da velha estalagem. — Já era, caramba. Já *era*.

O Cônsul fechou o punho, furioso e tomado por absoluta frustração. Havia outras pessoas ali, mas o Cônsul não reconhecia ninguém. Não tinha qualquer autoridade de FORÇA ou FAD à vista. De repente, uma voz atrás dele falou:

— Eu posso ajudar. Tenho um raseiro.

O Cônsul se virou e deu com um homem de cinquenta e muitos ou sessenta e poucos anos, com o rosto bonito e o cabelo ondulado sujos de fuligem e suor.

— Ótimo, agradeço. — O Cônsul hesitou. — Eu conheço você?

— Dr. Melio Arundez — apresentou-se o homem, já se dirigindo ao gramado onde Theo estava.

— Arundez — repetiu o Cônsul, apertando o passo para acompanhá-lo. O nome ressoava de um jeito estranho. Alguém que ele conhecia? Alguém que devia conhecer? — Meu Deus, Arundez! Você era o amigo de Rachel Weintraub quando ela veio para cá décadas atrás.

— Orientador universitário dela, na verdade — corrigiu Arundez. — Eu conheço você. Você foi na peregrinação com Sol.

— Eles pararam onde Theo estava sentado, ainda com a cabeça nas mãos. — Meu raseiro está ali.

O Cônsul viu um Vikken Zephyr pequeno para duas pessoas estacionado embaixo das árvores.

— Que ótimo. Vamos levar Theo para o hospital, depois preciso ir imediatamente para o espaçoporto.

— O hospital está uma loucura de tão lotado — avisou Arundez. — Se você está tentando ir para sua nave, sugiro que leve o governador-geral junto e use a enfermaria da nave.

O Cônsul hesitou.

— Como você sabe que eu tenho uma nave lá?

Arundez dilatou as portas e ajudou Theo a se acomodar no banco estreito atrás dos assentos dianteiros.

— Eu sei tudo sobre você e os outros peregrinos, s. Cônsul. Faz meses que estou tentando obter permissão para ir ao Vale das Tumbas Temporais. Você nem imagina minha frustração quando soube que sua balsa de peregrinação tinha saído em segredo com Sol a bordo. — Arundez respirou fundo e fez a pergunta que obviamente tivera medo de fazer antes. — Rachel ainda está viva?

Eles eram namorados quando ela era uma mulher adulta, pensou o Cônsul.

— Não sei — respondeu. — Estou tentando voltar a tempo de ajudá-la, se puder.

Melio Arundez fez que sim com a cabeça e se sentou no banco do motorista, gesticulando para que o Cônsul entrasse.

— Vamos tentar chegar ao espaçoporto. Não vai ser fácil com os combates aqui perto.

O Cônsul se recostou e sentiu os hematomas, os cortes e a exaustão conforme o assento o envolvia.

— Temos que levar Theo... o governador-geral... ao consulado... à casa do governo, qualquer que seja o nome agora.

Arundez balançou a cabeça e ativou os repulsores.

— Não dá. O consulado foi destruído, atingido por um míssil perdido, segundo o canal emergencial de notícias. Todas as autoridades da Hegemonia foram para a evacuação no espaçoporto antes que seu amigo saísse atrás de você.

O Cônsul olhou para Theo Lane, que estava semiconsciente.

— Vamos — disse ele em voz baixa para Arundez.

O raseiro foi atacado por armas de pequeno porte quando eles cruzaram o rio, mas os dardos só rebateram no casco e o único raio de energia disparado passou por baixo, provocando um jato de vapor de dez metros de altura. Arundez pilotou como maluco — costurando, balançando, mergulhando, esquivando e às vezes girando o raseiro no próprio eixo como se fosse uma bandeja a deslizar sobre um mar de bolas de gude. As amarras do assento do Cônsul o apertaram, mas ele sentiu as tripas quererem sair pela boca mesmo assim. Atrás deles, a cabeça de Theo balançava solta de um lado para o outro no banco traseiro, o homem já inconsciente.

— O centro está uma zona! — gritou Arundez sob o rugido dos repulsores. — Vou seguir o elevado antigo até a estrada do espaçoporto e cortar pelo campo, voando baixo.

O veículo deu uma pirueta em volta de uma estrutura em chamas que o Cônsul demorou para reconhecer como o antigo prédio onde ele morava antes.

— A estrada do espaçoporto está aberta?

Arundez balançou a cabeça.

— Não dá. Faz meia hora que não para de cair paraquedista por ali.

— Os desterros estão tentando destruir a cidade?

— Hã-hã. Podiam ter destruído do espaço sem essa bagunça toda. Parece que estão investindo na capital. A maioria das naves de pouso e dos paraquedistas deles desceu a pelo menos dez quilômetros de distância.

— É nossa FAD que está oferecendo resistência?

Arundez deu risada, exibindo dentes brancos em meio à pele bronzeada.

— A essa altura ela já deve estar quase chegando em Endymion e Porto Romântico... Se bem que notícias de dez minutos atrás, antes do bloqueio dos canais de comunicação, diziam que as duas cidades também estavam sendo atacadas. Não, a pouca resistência que você está vendo é de algumas dezenas de fuzileiros de FORÇA que ficaram para defender a cidade e o espaçoporto.

— Então os desterros não destruíram nem capturaram o espaçoporto?

— Ainda não. Pelo menos não até alguns minutos atrás. Vamos ver daqui a pouco. Segura!

O percurso de dez quilômetros até o espaçoporto pela estrada reservada ou pelas vias aéreas geralmente levava alguns minutos, mas a rota convoluta que Arundez seguiu, subindo e descendo os morros, atravessando os vales e passando entre as árvores, aumentou o tempo e a emoção da viagem. O Cônsul virou a cabeça e viu um borrão de encostas e acampamentos de refugiados em chamas passar à direita. Homens e mulheres se abaixaram junto a pedregulhos e sob árvores pequenas e cobriram a cabeça quando o raseiro passou voando. Uma hora, o Cônsul viu uma unidade de fuzileiros de FORÇA entrincheirada no topo de uma colina, mas a atenção deles estava voltada para uma colina ao norte de onde vinha uma saraivada de disparos de lança laser. Arundez viu os fuzileiros no mesmo instante e puxou o raseiro com força para a esquerda, descendo para dentro de uma ravina estreita meros segundos antes de as árvores acima dela serem cortadas como se alguém tivesse passado uma tesoura de poda invisível.

Por fim, o raseiro voou por cima de um último barranco, e os portões e as cercas ocidentais do espaçoporto surgiram diante deles. O perímetro reluzia com o brilho azul e violeta dos campos de contenção e de interdição, e ainda faltava um quilômetro quando um laser visível de feixe denso piscou e os achou, e uma voz no rádio disse:

— Raseiro não identificado, pouse imediatamente para não ser destruído.

Arundez pousou.

O arvoredo a dez metros de distância tremulou, e de repente eles foram cercados por espectros com polímeros camaleônicos ativados. Arundez abriu as cúpulas da cabine, e fuzis de assalto miraram nele e no Cônsul.

— Saiam do veículo — ordenou uma voz incorpórea por trás da trepidação da camuflagem.

— Estamos com o governador-geral — gritou o Cônsul. — Temos que entrar.

— De jeito nenhum — retrucou uma voz com nítido sotaque da Rede. — Para fora!

O Cônsul e Arundez soltaram às pressas as amarras do assento e tinham começado a sair do raseiro quando uma voz do banco de trás falou de repente:

— Tenente Mueller, é você?

— Ah, sim, senhor.

— Você está me reconhecendo, tenente?

O tremor da camuflagem despolarizou, e um jovem fuzileiro de armadura de combate completa apareceu a menos de um metro do raseiro. O rosto era só uma viseira preta, mas a voz parecia jovem.

— Sim, senhor... ah... governador. Desculpe, senhor, não o reconheci sem seus óculos. O senhor está ferido.

— Eu sei que estou ferido, tenente. Foi por isso que estes senhores me trouxeram para cá. Não está reconhecendo o antigo Cônsul da Hegemonia em Hyperion?

— Desculpe, senhor — disse o tenente Mueller, gesticulando para seus homens voltarem para as árvores. — A base está fechada.

— *Claro* que a base está fechada — retorquiu Theo, entre dentes. — Eu ratifiquei essa ordem. Mas também autorizei a evacuação de todo o pessoal essencial da Hegemonia. Você *deixou* aqueles raseiros entrarem, não foi, tenente Mueller?

Uma mão blindada subiu como se quisesse coçar a cabeça coberta de capacete e viseira.

— Ah... sim, senhor. Ah, positivo. Mas isso foi há uma hora, senhor. As naves de evacuação já foram embora e...

— Pelo amor de Deus, Mueller, usa o seu canal tático para pedir para o coronel Gerasimov autorizar nossa passagem.

— O coronel morreu, senhor. Teve um ataque por nave de pouso no perímetro leste e...

— O capitão Lewellyn, então — disse Theo.

Ele se balançou e se firmou no encosto do assento do Cônsul. Seu rosto estava muito pálido debaixo do sangue.

— Ah... os canais táticos não estão funcionando, senhor. Os desterros estão causando interferência na banda larga com...

— *Tenente* — retrucou Theo com um tom que o Cônsul nunca vira o amigo usar —, você já me identificou visualmente e conferiu meu implante de identidade. Agora ou nos deixe entrar ou nos mate.

O fuzileiro de armadura olhou de novo para o arvoredo como se estivesse pensando se devia mandar os homens atirarem.

— As naves de pouso foram todas embora, senhor. Não vai descer mais nada.

Theo fez que sim. O sangue na testa tinha secado e coagulado, mas um fio novo começou a escorrer do topo da cabeça.

— A nave confiscada ainda está no Poço Antiexplosão Nove, né?

— Sim, *senhor* — respondeu Mueller, finalmente fazendo posição de sentido. — Mas é uma nave civil e jamais conseguiria chegar ao espaço com todos os desterros...

Theo gesticulou para o oficial se calar e indicou para Arundez pilotar até o perímetro. O Cônsul olhou para a frente, na direção da faixa de segurança, dos campos de interdição e contenção e das prováveis minas de pressão que o raseiro encontraria em dez segundos. Ele viu o tenente fuzileiro acenar, e uma passagem se abriu nos campos de energia violeta e azuis adiante. Ninguém atirou. Meio minuto depois, estavam atravessando o terreno do espaçoporto em si. Havia algo grande queimando no perímetro norte. À esquerda, um grupo de módulos de comando e trailers de FORÇA tinha sido transformado em uma poça de plástico fumegante.

Tinha gente ali dentro, pensou o Cônsul, e mais uma vez teve que se esforçar para conter as tripas que queriam vir para fora.

O Poço Antiexplosão Sete havia sido destruído, e as paredes redondas de dez centímetros de carbono-carbono reforçado estavam arrebentadas para fora como se fossem feitas de papelão. O Poço Antiexplosão Oito queimava com aquela incandescência branca que sugeria granadas de plasma. O Poço Antiexplosão Nove estava intacto, e dava para ver parcialmente a ponta da nave do Cônsul acima da parede por trás do campo de contenção trêmulo de categoria três.

— A interdição foi suspensa? — indagou o Cônsul.

Theo se recostou no banco acolchoado. Estava com a voz arrastada.

— Foi. Gladstone autorizou a retirada da redoma de contenção. Esse é só o campo de proteção normal. Dá para desativar com um comando.

Arundez desceu o raseiro na pista na mesma hora em que luzes de advertência vermelhas se acenderam e vozes eletrônicas começaram a descrever panes. Eles ajudaram Theo a sair e pararam perto da traseira do raseiro pequeno onde uma fileira de dardos havia desenhado uma linha irregular pela capota do motor e pelo revestimento do repulsor. Parte do casco havia derretido com a sobrecarga.

Melio Arundez deu um tapinha no veículo, e os dois se viraram para ajudar Theo a passar pela porta do poço antiexplosão e subir o umbilical de atracação.

— Meu Deus, que coisa linda — elogiou o dr. Melio Arundez. — Nunca entrei em uma espaçonave interestelar particular antes.

— Só existem algumas dúzias — disse o Cônsul, ajustando a máscara de osmose na boca de Theo e abaixando o ruivo com cuidado no tanque de nutrientes de atendimento emergencial da enfermaria. — Apesar de pequena, custou centenas de milhões de marcos. Para empresas e governos planetários dos Confins, não vale a pena financeiramente usar naves militares nas raras ocasiões em que é preciso viajar entre as estrelas. — O Cônsul lacrou o tanque e interagiu depressa com o programa de diagnóstico. — Ele vai ficar bem — asseverou enfim para Arundez, voltando para o holofosso.

Melio Arundez estava perto do Steinway antigo e passava delicadamente a mão pelo acabamento lustroso do piano de cauda. Ele olhou por uma parte transparente do casco acima da plataforma de varanda recolhida.

— Estou vendo incêndios perto do portão principal. É melhor a gente sair daqui.

— É isso que estou fazendo — disse o Cônsul, gesticulando para Arundez se sentar no sofá redondo que contornava o fosso de projeção.

O arqueólogo se deixou cair nas almofadas fofas e passou os olhos à sua volta.

— Não tem... hã... controles?

O Cônsul sorriu.

— Um passadiço? Instrumentos de cabine de comando? Um timão para eu manobrar? Nem. Nave?

— Pronto — respondeu uma voz suave saída do nada.

— Estamos liberados para decolagem?

— Estão.

— O campo de contenção foi removido?

— Era nosso campo. Já removi.

— Certo, vamos dar o fora daqui. Não preciso dizer que estamos no meio de um tiroteio, né?

— Não. Tenho acompanhado todos os acontecimentos. As últimas espaçonaves de FORÇA estão em processo de saída do sistema de Hyperion. Os fuzileiros foram abandonados e...

— Deixa as análises táticas para depois, Nave. Programa o curso para o Vale das Tumbas Temporais e tira a gente daqui.

— Sim, senhor — disse a nave. — Eu só ia comentar que as forças que estão defendendo este espaçoporto têm pouca chance de resistir por mais de uma hora.

— Anotado. Agora decola.

— Tenho obrigação de exibir esta transmissão de largofone

antes. O esguicho chegou às 16h22min38s14ms, padrão da Rede, hoje à tarde.

— Opa! Espera! — exclamou o Cônsul, parando a transmissão holográfica no meio da composição. Metade do rosto de Meina Gladstone pairava acima deles. — Você tem *obrigação* de me mostrar isso antes de sairmos? Você obedece aos comandos de quem, Nave?

— Da diretora-executiva Gladstone, senhor. Ela ativou um controle prioritário de todas as funções da nave cinco dias atrás. Este esguicho de largofone é o último requisito antes...

— Então foi por isso que você não respondeu aos meus comandos remotos — murmurou o Cônsul.

— Foi. — O tom da nave era de conversa. — Eu ia falar que a exibição desta transmissão é o último requisito antes de devolver o controle a você.

— E aí você vai fazer o que eu mandar?

— Vou.

— Vai nos levar aonde eu mandar?

— Vou.

— Sem controles ocultos?

— Nenhum que eu saiba.

— Toque o esguicho — mandou o Cônsul.

O porte lincolnesco da diretora-executiva Meina Gladstone flutuou no centro do fosso de projeção com as falhas e interferências típicas das transmissões de largofone.

— Fico feliz que você tenha sobrevivido à visita às Tumbas Temporais — disse ela ao Cônsul. — A esta altura, você deve saber que estou pedindo para você negociar com os desterros *antes* da sua volta ao vale.

O Cônsul cruzou os braços e encarou a imagem de Gladstone. Do lado de fora, o sol estava se pondo. Só faltavam mais alguns minutos até Rachel Weintraub atingir a hora e o minuto do nascimento e simplesmente deixar de existir.

— Compreendo sua urgência de voltar e ajudar seus amigos — prosseguiu Gladstone —, mas não há nada que você possa fazer para ajudar a criança no momento... Especialistas na Rede garantem que nem o sono criogênico nem a fuga seriam capazes de paralisar a doença de Merlim. Sol sabe disso.

Do outro lado do fosso de projeção, o dr. Arundez disse:

— É verdade. Fizeram experimentos por anos. Ela morreria em estado de fuga.

— ... você *pode* ajudar os bilhões de pessoas na Rede que acredita ter traído — dizia Gladstone.

O Cônsul se inclinou para a frente e apoiou os cotovelos nos joelhos e o queixo nos punhos. O coração dele palpitava muito alto nos ouvidos.

— Eu sabia que você ia abrir as Tumbas Temporais — explicou Gladstone, e parecia que os olhos castanhos tristes dela miravam diretamente o Cônsul. — Previsores do Cerne revelaram que sua lealdade a Maui-Pacto, e à memória da rebelião dos seus avós, superaria quaisquer outros fatores. Era *hora* de as Tumbas se abrirem, e só você podia ativar o dispositivo desterro antes que os próprios desterros decidissem ativar.

— Já ouvi o bastante — interrompeu o Cônsul, e se levantou, dando as costas para a projeção. — Cancelar mensagem — falou à nave, ciente de que ela não obedeceria.

Melio Arundez andou através da projeção e pegou firme no braço do Cônsul.

— Escute o que ela tem a falar. Por favor.

O Cônsul balançou a cabeça, mas continuou no fosso, de braços cruzados.

— Agora aconteceu o pior — explicou Gladstone. — Os desterros estão invadindo a Rede. Portão Celestial está sendo destruído. Bosque de Deus tem menos de uma hora até a invasão passar por lá. É crucial que você se reúna com os desterros no sistema de Hyperion e negocie... use seus dotes diplomáticos para iniciar um diálogo com eles. Os desterros não respondem às nossas mensagens de largofone ou rádio, mas os alertamos da sua ida. Acho que ainda vão confiar em você.

O Cônsul gemeu, foi até o piano e deu um murro na tampa.

— Temos minutos, não horas, Cônsul. Peço que você vá antes aos desterros no sistema de Hyperion e depois tente voltar ao Vale das Tumbas Temporais, se for preciso. Você entende melhor que eu os resultados da guerra. Milhões vão morrer sem necessidade se não conseguirmos estabelecer um canal de comunicação seguro com os desterros. A decisão é sua, mas, por favor, considere as ramificações se fracassarmos nesta última tentativa de descobrir a verdade e preservar a paz. Vou entrar em contato por largofone quando você tiver chegado ao Enxame desterro.

A imagem de Gladstone tremulou, se turvou e se apagou.

— Resposta? — perguntou a nave.

— Não.

O Cônsul andou de um lado para o outro entre o Steinway e o fosso de projeção.

— Faz quase dois séculos que nenhuma espaçonave ou aeronave pousa perto do vale com a tripulação intacta — comentou Melio Arundez. — Ela deve saber como é baixa a probabilidade de que você consiga ir para lá, sobreviver ao Picanço e depois encontrar os desterros.

— A situação mudou — disse o Cônsul sem se virar para o outro homem. — As marés temporais enlouqueceram. O Picanço vai aonde quer. Talvez o fenômeno que impedia pousos tripulados, qualquer que fosse, já não exista mais.

— E talvez sua nave pouse perfeitamente sem nós — acrescentou Arundez. — Assim como tantas outras antes.

— Cacete — gritou o Cônsul, girando nos calcanhares. — Você sabia os riscos quando disse que queria vir comigo!

O arqueólogo meneou a cabeça calmamente.

— Não estou falando do risco para mim, senhor. Estou disposto a aceitar qualquer risco se existe alguma chance de ajudar Rachel... ou até de vê-la outra vez. É a *sua* vida que talvez seja crucial para a sobrevivência da humanidade.

O Cônsul sacudiu os punhos no ar e andou de um lado para o outro que nem um predador enjaulado.

— Não é *justo*! Já fui marionete de Gladstone antes. Ela me usou, de forma cínica, deliberada. Eu *matei* quatro desterros, Arundez. Atirei neles porque tinha que ativar a porcaria do dispositivo para abrir as Tumbas. Acha que vão me receber de braços abertos?

Os olhos escuros do arqueólogo fitaram o Cônsul sem piscar.

— Gladstone acredita que eles vão dialogar com você.

— Quem *sabe* o que eles vão fazer? Ou no que Gladstone acredita, aliás. A Hegemonia e sua relação com os desterros não são problema meu agora. Desejo sinceramente que se danem as duas.

— A ponto de a humanidade sofrer?

— Não conheço a humanidade — disse o Cônsul, com um tom neutro exausto. — Conheço Sol Weintraub. E Rachel. E uma mulher ferida chamada Brawne Lamia. E o padre Paul Duré. E Fedmahn Kassad. E...

A voz branda da nave os envolveu:

— O perímetro norte do espaçoporto foi invadido. Estou iniciando os últimos protocolos de lançamento. Por favor, sentem-se.

O Cônsul foi meio cambaleante até o holofosso enquanto o campo de contenção interno o pressionava com o aumento drástico do diferencial vertical, fixando cada objeto no lugar e protegendo os viajantes com muito mais segurança do que qualquer cinto ou amarra de assento. Quando a nave estivesse em queda livre, o campo diminuiria, mas continuaria servindo de substituto para a gravidade planetária.

O ar acima do holofosso se turvou e exibiu o poço antiexplosão e o espaçoporto se afastando abaixo em alta velocidade, e o horizonte e as colinas distantes se sacudiram e se inclinaram quando a nave realizou manobras evasivas em 80 G. Algumas armas de energia piscaram na direção deles, mas as colunas de dados indicaram que os campos externos lidaram com os efeitos negligenciáveis. O horizonte então recuou e se curvou quando o céu lápis-lazúli escureceu e deu lugar ao preto do espaço.

— Destino? — consultou a nave.

O Cônsul fechou os olhos. Atrás deles, um apito anunciou que Theo Lane podia ser transferido do tanque de recuperação para a enfermaria principal.

— Quanto tempo até conseguirmos encontrar elementos da força de invasão desterra? — perguntou o Cônsul.

— Trinta minutos até a concentração do Enxame — respondeu a nave.

— E quanto tempo até estarmos ao alcance das armas das naves de ataque deles?

— Estão nos rastreando agora.

A expressão de Melio Arundez era calma, mas os dedos dele estavam descorados no encosto do sofá do holofosso.

— Tudo bem — disse o Cônsul. — Vamos para o Enxame. Evite naves da Hegemonia. Anuncie em todas as frequências que somos uma nave diplomática sem armamentos em busca de uma conferência.

— Essa mensagem foi autorizada e inserida pela diretora-executiva Gladstone, senhor. Está sendo transmitida agora por largofone e em todas as frequências de comunicação.

— Continue. — O Cônsul apontou para o conexo de Arundez. — Você está vendo a hora?

— Estou. Seis minutos até o momento exato do nascimento de Rachel.

O Cônsul se acomodou, de novo de olhos fechados.

— Você veio longe por nada, dr. Arundez.

O arqueólogo se levantou, oscilou por um segundo até se equilibrar na gravidade simulada e andou com cuidado até o piano. Ele ficou ali por um instante e olhou pela janela da varanda para o céu preto e o limbo ainda brilhoso do planeta que se afastava.

— Talvez não — disse. — Talvez não.

38

Hoje entramos na região desértica pantanosa que reconheço como Campanha, e comemoro com mais um acesso de tosse, coroado com mais vômito de sangue. Muito mais. Leigh Hunt está enlouquecido de preocupação e frustração. Depois de segurar meus ombros durante o espasmo e ajudar a limpar minhas roupas com panos umedecidos em um córrego nas redondezas, ele pergunta:

— O que eu posso fazer?

— Colher flores dos campos — respondo, arfante. — Foi o que Joseph Severn fez.

Ele vira o rosto com raiva, sem se dar conta de que, apesar da minha situação febril e exausta, eu só estava falando a verdade.

A charrete pequena e a égua cansada passam pela Campanha com mais sacudidas e trepidações dolorosas do que antes. No fim da tarde, passamos pelo esqueleto de alguns cavalos no caminho, depois pelas ruínas de uma estalagem antiga, aí por uma ruína mais vultosa de uma ponte recoberta de musgo, até por fim chegarmos a estacas em que parece que foram cravados pregos brancos.

— Que raios é isto? — pergunta Hunt.

— Ossos de bandidos — respondo com sinceridade.

Hunt olha para mim como se minha mente tivesse sucumbido à doença. Talvez tenha mesmo.

Mais tarde, saímos dos pântanos da Campanha e vemos de relance um vulto vermelho fugaz distante em movimento nos campos.

— O que é aquilo? — indaga Hunt, ansioso, com esperança. Eu sei que ele espera ver gente a qualquer momento e um portal de teleprojetor funcional logo em seguida.

— Um cardeal — digo, de novo falando a verdade. — Matando pássaros.

Hunt acessa seu triste e incapacitado conexo.

— Um cardeal *é* um pássaro — diz.

Faço que sim, olho para o oeste, mas o vermelho sumiu.

— Também é um clérigo — digo. — E estamos nos aproximando de Roma, afinal.

Hunt franze o cenho para mim e tenta pela milésima vez fazer contato com alguém pelas faixas de comunicação do conexo. A tarde está silenciosa, exceto pelo rangido ritmado das rodas de madeira da *vettura* e pelo trinado de alguma ave canora distante. Um cardeal, talvez?

Entramos em Roma quando as primeiras cores do crepúsculo estão encostando nas nuvens. A charrete pequena balança e trepida pelo Portão de Laterano, e quase de imediato somos confrontados pela vista do Coliseu, encoberto de trepadeiras, claramente habitado por milhares de pombos, mas imensamente mais impressionante do que holos das ruínas, existindo agora como foi antes, não em meio ao ambiente imundo de uma cidade pós-guerra cercada de arcologias gigantescas, e sim contraposto por aglomerados de barracos pequenos e campos amplos onde a cidade termina e o meio rural começa. Dá para ver a cidade de Roma ao longe — um punhado de telhados e ruínas menores nas famosas Sete Colinas —, mas aqui o Coliseu impera.

— Meu Deus — murmura Leigh Hunt. — O que é isto?

— Ossos de bandidos — respondo devagar, com medo de voltar à tosse horrível.

Seguimos em frente, trotando pelas ruas desertas da Roma oitocentista da Terra Velha enquanto o entardecer se assenta em peso à nossa volta, a luz vacila e os pombos rodopiam acima das cúpulas e dos telhados da Cidade Eterna.

— Cadê todo mundo? — murmura Hunt. Ele parece assustado.

— Não estão aqui, porque não são necessários.

Minha voz parece afiada no crepúsculo depressivo das ruas da cidade. As rodas agora estão girando em pedras de calçamento, não muito mais lisas que as pedras aleatórias da estrada de onde acabamos de escapar.

— Isso é um simestimulante? — pergunta ele.

— Pare a charrete — peço, e o cavalo obediente para de andar. Aponto para uma pedra pesada junto à sarjeta. Digo para Hunt:
— Chuta aquilo.

Ele franze o cenho para mim, mas desce, vai até a pedra e dá um chute forte. Mais pombos emergem de torres sineiras e das trepadeiras, apavorados com os ecos dos gritos dele.

— Assim como o dr. Johnson, você demonstrou a realidade das coisas. Não estamos em nenhum simestimulante nem sonho. Ou melhor, não mais do que no resto da nossa vida.

— Por que nos trouxeram para cá? — questiona o assessor da diretora-executiva, lançando um olhar para o céu como se os próprios deuses estivessem escutando logo atrás da barreira pastel desvanecente das nuvens. — O que eles querem?

Querem que eu morra, penso, e a compreensão dessa verdade me atinge com o impacto de um soco no peito. Respiro devagar e superficialmente para evitar um acesso de tosse, mesmo sentindo o catarro fervilhar e borbulhar na minha garganta. *Querem que eu morra e querem que você veja.*

A égua continua o longo trajeto, virando à direita na rua estreita seguinte, depois à direita de novo em uma avenida mais larga cheia de sombras e dos ecos da nossa passagem, e por fim para no alto de uma escadaria imensa.

— Chegamos — indico.

Saio da charrete com dificuldade. Minhas pernas estão doloridas, meu peito arde e minha bunda está quadrada. Na minha cabeça, começa uma ode satírica sobre a alegria de viajar.

Hunt sai com o mesmo desconforto que eu e para no topo da escadaria bifurcada gigantesca, cruzando os braços e olhando para ela como se fosse uma armadilha ou uma ilusão.

— Aonde exatamente nós *chegamos*, Severn?

Aponto para a praça ampla ao pé da escada.

— Piazza di Spagna — respondo. Sinto um estranhamento súbito ao ouvir Hunt me chamar de "Severn". Eu me dou conta de que o nome deixou de ser meu quando passamos pelo Portão de Laterano. Ou melhor, que meu nome verdadeiro tinha voltado a ser meu de repente. — Antes que se passem muitos anos, estes degraus serão chamados de Escadaria Espanhola.

Começo a descer pela curva direita da escada. Uma tontura súbita me faz cambalear, e Hunt se apressa a tomar meu braço.

— Você não pode andar — diz ele. — Está fraco demais.

Aponto para um edifício antigo manchado que forma uma parede do outro lado da escadaria larga e de frente para a Piazza.

— Não é longe, Hunt. Nosso destino é ali.

O assessor de Gladstone dirige a carranca para a estrutura.

— E o que há ali? Por que vamos parar ali? O que nos aguarda ali?

Não consigo conter um sorriso com o uso inconsciente da assonância por este que é o menos poético dos homens. De repente me vem a imagem de nós dois sentados naquela edificação imensa escura, à noite, enquanto eu o ensino a combinar essa técnica com cesuras masculinas e femininas, ou a alegria de alternar pés iâmbicos e pirríquios breves, ou a libertinagem de espondeus frequentes.

Começo a tossir, continuo tossindo e só paro depois de espirrar sangue na palma da mão e na camisa.

Hunt me ajuda a descer a escadaria e atravessar a Piazza onde o chafariz em forma de barco de Bernini gorgoleja sob o crepúsculo. Seguindo a direção que meu dedo aponta, ele me leva para o retângulo preto da porta, a porta do número 26 da Piazza di Spagna. Penso, sem querer, na *Comédia* de Dante, e tenho a impressão de ver a frase "LASCIATE OGNE SPERANZA, VOI CH'INTRATE"

— "Abandonai toda esperança, vós que aqui entrais" — gravada acima do lintel frio da porta.

Sol Weintraub estava na entrada da Esfinge e sacudia o punho para o universo quando se fez a noite, as Tumbas brilharam com a luminosidade da abertura, e sua filha não voltou.

Não voltou.

O Picanço a levara, erguera o corpo recém-nascido com aquela mão de aço e recuara para a luz que agora repelia Sol como se fosse um vento brilhante terrível saído das profundezas do planeta. Sol resistiu ao furacão de luz, mas ele o manteve afastado com a mesma força de um campo de contenção descontrolado.

O dia de Hyperion havia se posto, e agora um vento frio soprava das terras áridas, trazido do deserto por uma frente de ar frio que caía das montanhas ao sul, e Sol se virou para contemplar a areia rubra que era jogada na claridade de holofotes das Tumbas Temporais abertas.

As Tumbas abertas!

Sol apertou as pálpebras diante da luminosidade fria e olhou pelo vale até onde as outras Tumbas brilhavam como lanternas de abóbora verde-claras por trás da cortina de areia revolvida. Luz e sombras longas saltavam pelo fundo do vale enquanto as nuvens no céu se esvaziavam de toda a cor do ocaso e a noite avançava com o vento uivante.

Havia algo em movimento na entrada da segunda estrutura, a Tumba de Jade. Sol desceu cambaleante os degraus da Esfinge, olhando para a entrada onde o Picanço havia desaparecido com a filha dele. Então saiu da escada, afastou-se correndo das patas da Esfinge e percorreu aos tropeços a trilha até a Tumba de Jade em meio ao vento.

Algo se afastava devagar da entrada oval, contornada pelo feixe de luz que emanava da tumba, mas Sol não conseguia enxergar se era humano ou não, se era o Picanço ou não. Se fosse o

Picanço, Sol o seguraria com as próprias mãos e o sacudiria até ele devolver sua filha ou um dos dois morrer.

Não era o Picanço.

Sol agora conseguia ver que a silhueta era humana. A pessoa cambaleou, apoiada na abertura da Tumba de Jade, como se estivesse ferida ou cansada.

Era uma mulher jovem.

Sol pensou em Rachel ali naquele lugar mais de meio século-padrão antes, uma jovem arqueóloga que estudava os artefatos sem jamais imaginar o destino que a aguardava na forma da doença de Merlim. Sol sempre imaginara que a filha seria salva pelo cancelamento da doença, que a bebê voltaria a envelhecer normalmente, que a menina que um dia seria Rachel recuperaria a própria vida. Mas e se ela voltasse como a Rachel de 26 anos que tinha entrado na Esfinge?

A pulsação de Sol estava batendo tão forte em seus ouvidos que ele não escutava os urros do vento ao redor. Ele acenou para o vulto, agora parcialmente obscurecido pela tempestade de areia.

A jovem retribuiu o aceno.

Sol correu mais vinte metros, parou a trinta metros da tumba e gritou:

— Rachel! Rachel!

A jovem envolta pela luz brutal se afastou da entrada, tocou o rosto com as mãos, gritou algo que se perdeu no vento e começou a descer a escada.

Sol correu, tropeçando nas pedras quando ele se perdeu da trilha, e avançou às cegas pelo vale, ignorou a dor quando seu joelho acertou um pedregulho baixo, achou a trilha de novo e correu até a base da Tumba de Jade, encontrando a jovem assim que ela saiu do cone da luz expansiva.

Ela caiu assim que Sol chegou à base da escada, e ele a pegou e a abaixou com cuidado até o chão enquanto a areia fustigava suas costas e as marés temporais rodopiavam em volta deles em ondas invisíveis de vertigem e déjà-vu.

— *É você* — disse ela, levantando a mão para encostar no rosto de Sol. — É verdade. Eu voltei.

— É, Brawne — respondeu Sol, tentando manter a voz equilibrada, afastando cachos sujos do rosto de Brawne Lamia. Ele a segurou com firmeza, com o braço no joelho, apoiando a cabeça dela, de costas encurvadas para abrigá-la melhor do vento e da areia. — Está tudo bem, Brawne — reconfortou com suavidade, protegendo-a, os olhos brilhando com as lágrimas de decepção que ele não deixaria caírem. — Está tudo bem. Você voltou.

Meina Gladstone subiu a escada do cavernoso Gabinete de Guerra e saiu para o corredor onde tiras compridas de acrílico grosso ofereciam uma vista do platô de Tharsis abaixo do monte Olimpo. Estava chovendo lá embaixo, e daquele lugar a quase doze quilômetros de altitude sob o céu marciano ela via pulsos de relâmpagos e cortinas de eletricidade estática da tempestade que se arrastava pelas estepes elevadas.

Sua assessora Sedeptra Akasi saiu para o corredor e se postou em silêncio ao lado da diretora-executiva.

— Ainda sem notícias de Leigh ou Severn? — perguntou Gladstone.

— Nada — respondeu Akasi. O rosto da jovem negra estava iluminado tanto pela luz clara do sol do Sistema Natal no céu quanto pela dança dos raios abaixo. — As autoridades do Cerne dizem que pode ter sido um defeito do teleprojetor.

Gladstone exibiu um sorriso sem humor.

— Aham. E você se lembra de algum defeito de teleprojetor desde que nascemos, Sedeptra? Em qualquer lugar da Rede?

— Não, s. diretora.

— O Cerne não sente a menor necessidade de ser sutil. É evidente que eles acham que podem sequestrar quem quiserem e não sofrer as consequências. Acham que dependemos demais deles nesses nossos instantes finais. E quer saber, Sedeptra?

— Sim?

— Eles têm razão. — Gladstone balançou a cabeça e se virou de novo para a longa descida rumo ao Gabinete de Guerra. — Faltam menos de dez minutos para os desterros cercarem Bosque de Deus. Vamos descer e encontrar os outros. Minha reunião com o conselheiro Albedo vem logo em seguida?

— Isso, Meina. Não sei... Quero dizer, alguns de nós acham que é arriscado demais confrontá-los assim tão diretamente.

Gladstone parou antes de entrar no Gabinete de Guerra.

— Por quê? — perguntou, dessa vez com um sorriso sincero. — Você acha que o Cerne vai sumir comigo que nem fizeram com Leigh e Severn?

Akasi começou a falar, parou e levantou as mãos.

Gladstone encostou no ombro da jovem.

— Se sumirem, Sedeptra, vai ser uma bênção. Mas acho que não vão. As coisas já chegaram a um ponto em que eles acreditam que não existe nada que qualquer indivíduo possa fazer para alterar o rumo dos acontecimentos. — Gladstone recolheu a mão, e seu sorriso se desfez. — E pode ser que tenham razão.

Sem falar, as duas desceram até o círculo de guerreiros e políticos à espera.

— O momento se aproxima — disse a Verdadeira Voz da Árvore-mundo, Sek Hardeen.

O padre Paul Duré despertou dos devaneios. Na última hora, o desespero e a frustração tinham passado por resignação até decair a algo análogo a prazer ante a noção de que não havia mais opções, mais obrigações a cumprir. Duré ficara sentado em um silêncio confortável com o líder da Irmandade dos Templários, assistindo ao pôr do sol de Bosque de Deus e à proliferação de estrelas e luzes na noite que não eram estrelas.

Duré havia ponderado sobre como o templário escolhia se isolar de seu povo em um momento tão crucial, mas o que conhecia da teologia templária o fez compreender que os Seguidores do Muir prefeririam enfrentar um momento de possível destruição assim sozinhos nas plataformas mais sagradas e nos galhos mais secretos de suas árvores mais sagradas. E os comentários ocasionais que Hardeen murmurava debaixo do capuz de seu manto fizeram Duré se dar conta de que a Verdadeira Voz estava em contato com outros templários por meio do conexo ou de implantes.

Ainda assim, ficar sentado no topo da árvore mais alta viva de que se tinha notícia na galáxia, ouvindo uma brisa quente de fim de tarde soprar bilhões de metros quadrados de folhas, vendo estrelas cintilarem e duas luas voarem por um céu de veludo, era uma forma pacífica de se esperar o fim do mundo.

— Pedimos para Gladstone e as autoridades da Hegemonia não oferecerem qualquer resistência, não permitirem nenhuma belonave de FORÇA no sistema — contou Sek Hardeen.

— É sensato? — perguntou Duré. O templário lhe dissera antes qual tinha sido o destino de Portão Celestial.

— A frota de FORÇA ainda não está organizada o bastante para oferecer uma resistência séria. Pelo menos, assim nosso mundo tem alguma chance de ser tratado como não beligerante.

O padre Duré meneou a cabeça e se inclinou adiante para ver melhor o vulto alto nas sombras da plataforma. Globos luminosos suaves nos galhos abaixo deles eram a única fonte de iluminação além das estrelas e das luas.

— No entanto, vocês receberam o começo desta guerra de braços abertos. Ajudaram as autoridades da Seita do Picanço a incitá-la.

— Não, Duré. Não a guerra. A Irmandade sabia que teria que participar da Grande Mudança.

— E o que é isso? — perguntou Duré.

— A Grande Mudança é quando a humanidade vai aceitar sua função como parte da ordem natural do universo em vez de como câncer.

— Câncer?

— É uma doença antiga que...

— Sim — interrompeu Duré —, eu sei o que era o câncer. Em que sentido a humanidade é um?

A modulação perfeita e o sotaque sutil da entonação de Sek Hardeen exibiram um toque de agitação.

— Nós nos espalhamos pela galáxia como células cancerosas em um organismo vivo, Duré. Nós nos multiplicamos sem consideração pelas inúmeras formas de vida que devem morrer ou ser afastadas para que possamos nos reproduzir e crescer. Nós erradicamos formas de vida inteligente concorrentes.

— Por exemplo?

— Os empatas senescais de Hebron. Os centauros-do-pântano de Jardim. A *ecologia toda* foi destruída em Jardim, Duré, para que alguns milhares de colonos humanos pudessem viver onde milhões de seres vivos nativos antes haviam prosperado.

Duré tocou na bochecha com o dedo encurvado.

— Uma das desvantagens da terraformação.

— Não terraformamos Turbilhão — retrucou o templário depressa —, mas as formas de vida jovianas de lá foram caçadas até a extinção.

— Mas ninguém atestou que os zeplins eram inteligentes — argumentou Duré, ouvindo a falta de convicção na própria voz.

— Eles cantavam — respondeu o templário. — Chamavam uns aos outros por milhares de quilômetros de atmosfera em canções dotadas de sentido, amor e tristeza. E no entanto foram caçados até perecer, como as grandes baleias da Terra Velha.

Duré cruzou as mãos.

— Concordo, houve injustiças. Mas certamente deve ter um jeito melhor de revertê-las do que apoiar a filosofia cruel da Seita do Picanço... e permitir que esta guerra continue.

O capuz do templário se mexeu para a frente e para trás.

— Não. Se fossem apenas injustiças humanas, seria possível encontrar outras medidas. Mas grande parte da doença, grande parte da insanidade que levou à destruição de raças e ao saque de mundos, veio da simbiose pecaminosa.

— Simbiose?

— A humanidade e o TecnoCerne — disse Sek Hardeen com o tom mais agressivo que Duré já ouvira algum templário usar. — O ser humano e suas inteligências de máquina. Qual é parasita do outro? Nenhum dos simbiontes é capaz de saber mais. Mas é algo maligno, uma obra da Antinatureza. Pior ainda, Duré; é uma via evolucionária sem saída.

O jesuíta se levantou e foi até o parapeito. Ele olhou para o mundo escurecido de copas de árvore que se estendiam como nuvens pela noite.

— Decerto existe alguma forma melhor do que recorrer ao Picanço e à guerra interestelar.

— O Picanço é um catalisador — explicou Hardeen. — É o incêndio purificado quando a floresta foi cerceada e levada a crescer enferma por causa de um excesso de planejamento. Serão tempos difíceis, mas terão como resultado um crescimento renovado, uma vida renovada e a proliferação de espécies, não só em outros lugares, mas na própria comunidade humana.

— Tempos difíceis — murmurou Duré. — E sua Irmandade está disposta a aceitar a morte de bilhões de pessoas para realizar essa... poda?

O templário fechou os punhos.

— Isso não vai acontecer. O Picanço é a advertência. Nossos irmãos desterros desejam apenas controlar Hyperion e o Picanço por tempo suficiente para atacar o TecnoCerne. Será um procedimento cirúrgico... a destruição de um simbionte e o renascimento da humanidade como um parceiro distinto no ciclo da vida.

Duré suspirou.

— Ninguém sabe onde o TecnoCerne reside. Como os desterros podem atacá-lo?

— Eles vão — disse a Verdadeira Voz da Árvore-mundo, mas sua voz tinha menos confiança do que logo antes.

— E o ataque a Bosque de Deus fazia parte do acordo? — perguntou o sacerdote.

Foi a vez do templário de se levantar e andar a esmo, primeiro até o parapeito, depois de volta à mesa.

— Não vão atacar Bosque de Deus. Mantive você aqui para ver isso. Depois, você precisa relatar à Hegemonia.

— Eles vão saber imediatamente se os desterros atacarem — afirmou Duré, confuso.

— Vão, mas não vão saber *por que* nosso mundo será poupado. Você precisa levar essa mensagem. Explicar a verdade.

— Que se dane. Estou cansado de ser mensageiro para todo mundo. Como você sabe isso tudo? A vinda do Picanço? O motivo da guerra?

— Houve profecias... — começou Sek Hardeen.

Duré deu um murro no parapeito. Como podia explicar as manipulações de uma criatura capaz — ou que pelo menos agia em nome de uma força capaz — de manipular o próprio tempo?

— Você vai ver... — começou o templário de novo, e, como se para marcar suas palavras, soou um som suave colossal, como se um milhão de pessoas escondidas tivessem suspirado e gemido de leve.

— Meu Deus — disse Duré, olhando para o oeste, onde parecia que o sol estava nascendo depois de ter sumido menos de uma hora antes. Um vento quente sacudiu folhas e soprou no rosto dele.

Cinco nuvens de cogumelo cresceram e se voltaram para dentro acima do horizonte ocidental, transformando a noite em dia ao ferverem e se dissiparem. Duré tinha coberto os olhos por instinto, até se dar conta de que as explosões tinham sido tão distantes que, por mais que brilhassem tanto quanto o sol local, não o cegariam.

Sek Hardeen tirou o capuz para que o vento quente agitasse seu cabelo comprido curiosamente esverdeado. Duré observou as feições longas, esbeltas e um tanto orientais do homem e percebeu que o que via ali era choque. Choque e descrença. O capuz de Hardeen sussurrava com chamados e um microfalatório de vozes agitadas.

— Explosões em Sierra e Hokkaido — murmurou o templário para si mesmo. — Explosões nucleares. De naves em órbita.

Duré lembrou que Sierra era um continente proibido para estrangeiros a menos de oitocentos quilômetros da Árvore-mundo em que estavam. Ele rememorou vagamente que Hokkaido era a ilhota sagrada onde as possíveis árvores-estelares eram cultivadas e preparadas.

— Baixas? — perguntou.

Antes que Hardeen pudesse responder, o céu foi rasgado por uma luz brilhante quando dezenas de lasers táticos, RPCs e lanças de fusão atravessaram de horizonte a horizonte, movimentando-se e piscando como feixes de holofotes no topo do mundo florestal que era Bosque de Deus. E por onde passavam, os raios das lanças deixavam um rastro incendiário.

Duré cambaleou quando um raio de cem metros de largura correu feito um tornado pela floresta a menos de um quilômetro da Árvore-mundo. O arvoredo ancestral explodiu em chamas, criando um corredor de fogo de dez quilômetros de altura pelo céu noturno. O vento açoitou Duré e Sek Hardeen quando o ar correu para alimentar a tormenta de chamas. Outro raio açoitou ao norte e ao sul, passando perto da Árvore-mundo até desaparecer no horizonte. Outra nuvem de fogo e fumaça emergiu rumo às estrelas traiçoeiras.

— Eles prometeram — balbuciou Sek Hardeen. — Os irmãos desterros *prometeram*.

— Vocês precisam de ajuda! — gritou Duré. — Peça assistência emergencial à Rede.

Hardeen pegou no braço de Duré e o puxou para a beirada da plataforma. As escadas tinham voltado ao lugar. Na plataforma abaixo, um portal de teleprojetor tremulava.

— Só chegaram as unidades avançadas da frota desterra — gritou o templário sob o barulho do incêndio nas florestas. O ar se encheu de cinzas e fumaça, que flutuavam em meio a brasas quentes. — Mas a esfera de singularidade será destruída a qualquer momento. *Vai!*

— Não vou sair sem você — gritou o jesuíta, certo de que não dava para ouvi-lo acima do estrondo do vento e da crepitação terrível.

De repente, a poucos quilômetros ao leste, o círculo azul perfeito de uma explosão de plasma se expandiu, implodiu e voltou a se expandir com os círculos concêntricos visíveis de uma onda de choque. Árvores quilométricas se curvaram e se quebraram com a primeira onda da detonação, as faces orientais explodiram com o fogo, folhas voaram aos milhões e se juntaram à muralha quase sólida de detritos que vinha em direção à Árvore-mundo. Atrás do círculo de fogo, outra bomba de plasma detonou. E uma terceira.

Duré e o templário caíram pelos degraus e foram jogados pela plataforma inferior que nem folhas em uma calçada. O templário segurou um balaústre de muireiro em chamas, agarrou o braço de Duré com força e se esforçou para se levantar, andando em direção ao teleprojetor ainda trêmulo como um homem enfrentando um ciclone.

Quase desacordado, mais ou menos ciente de que estava sendo arrastado, Duré conseguiu se levantar também na mesma hora em que a Voz da Árvore-mundo o puxou até a beira do portal. Duré se segurou no beiral, fraco demais para avançar o último metro, e viu atrás do teleprojetor algo que jamais esqueceria.

Uma vez, muitos e muitos anos antes, perto de sua amada Villefranche-sur-Saône, o pequeno Paul Duré havia estado no topo de um precipício, seguro nos braços do pai e protegido por um abrigo espesso de concreto, e visto por uma janela estreita o momento quando um tsunami de quarenta metros de altura avançara para o litoral onde eles moravam.

O tsunami da vez tinha três quilômetros de altura, era feito de fogo e vinha correndo no que parecia ser a velocidade da luz pelas copas indefesas da floresta rumo à Árvore-mundo, a Sek Hardeen e a Paul Duré. O que o tsunami tocava era destruído. Ele se aproximava furiosamente, crescendo mais e mais, até encobrir todo o mundo e o céu com chamas e barulho.

— Não! — gritou o padre Paul Duré.

— Vai! — exclamou a Verdadeira Voz da Árvore-mundo, empurrando o jesuíta pelo portal do teleprojetor na mesma hora em que a plataforma, o tronco da Árvore-mundo e o manto do templário se incendiaram.

O teleprojetor se desativou bem quando Duré caiu para dentro dele, decepando o calcanhar de seu sapato ao se contrair, e o sacerdote sentiu os tímpanos se romperem e as roupas fumegarem enquanto ele caía, batia a parte de trás da cabeça em algo duro e voltava a despencar em uma escuridão mais absoluta.

Gladstone e os outros observaram em um silêncio horrorizado quando os satélites civis enviaram imagens dos estertores de morte de Bosque de Deus pelos transmissores de teleprojetor.

— Temos que explodir *agora* — exclamou o almirante Singh em meio ao incêndio crepitante da floresta.

Meina Gladstone achou que escutava os gritos de seres humanos e dos inúmeros arbóreos que viviam nas florestas templárias.

— Não podemos deixá-los se aproximar mais! — exclamou Singh. — Só temos os remotos para detonar a esfera.

— Sim — disse Gladstone, mas, embora seus lábios tenham se mexido, ela não ouviu som algum.

Singh se virou e gesticulou com a cabeça para um coronel de FORÇA:espaço, que tocou no painel tático. As florestas em chamas desapareceram, os holos gigantescos se apagaram por inteiro, mas, de alguma forma, o som dos gritos continuou. Gladstone se deu conta de que era o som do sangue em seus ouvidos. Ela se virou para Morpurgo.

— Quanto tempo... — Pigarreou. — General, quanto tempo até Mare Infinitus ser atacado?

— Três horas e 52 minutos, s. diretora — informou o general.

Gladstone se virou para o ex-comandante William Ajunta Lee.

— Sua força-tarefa está pronta, almirante?

— Está, diretora — respondeu Lee, com o rosto empalidecido sob a pele bronzeada.

— Quantas naves vão participar do ataque?

— Setenta e quatro, s. diretora.

— E você vai atingi-los longe de Mare Infinitus?

— Nos limites da Nuvem de Oort, s. diretora.

— Ótimo. Boa caçada, almirante.

O jovem considerou isso a deixa para prestar continência e sair do salão. O almirante Singh se inclinou para o general Van Zeidt e murmurou algo.

Sedeptra Akasi se inclinou para Gladstone e disse:

— A Segurança da Casa do Governo informou que um homem acabou de chegar de teleprojetor no terminex seguro da CG com um código de acesso prioritário antigo. O homem estava ferido e foi levado à enfermaria da Ala Leste.

— Leigh? — perguntou Gladstone. — Severn?

— Não, s. diretora. O sacerdote de Pacem. Paul Duré.

Gladstone fez que sim.

— Vou vê-lo depois de minha reunião com Albedo — disse para a assessora. Para o grupo, anunciou: — A menos que alguém tenha algo a acrescentar ao que vimos, vamos fazer um intervalo de trinta minutos e tratar da defesa de Asquith e Ixion quando voltarmos.

O grupo ficou de pé enquanto a diretora e sua comitiva passavam pelo portal permanente da Casa do Governo e saía por uma porta na parede do outro lado. Os murmúrios de concordância e espanto recomeçaram assim que Gladstone sumiu de vista.

Meina Gladstone se recostou na cadeira de couro e fechou os olhos por exatos cinco segundos. Quando os abriu, a concentração de assessores continuava ali, alguns com expressão ansiosa, alguns com expectativa, todos no aguardo da palavra seguinte, da ordem seguinte.

— Para fora — disse ela, com um tom brando. — Podem ir, tirem uns minutinhos para descansar um pouco. Levantem os pés por dez minutos. Não vai ter mais descanso nas próximas 24 a 48 horas.

O grupo saiu, alguns aparentemente a ponto de protestar, outros a ponto de desmoronar.

— Sedeptra — chamou Gladstone, e a jovem entrou de novo na sala. — Encarregue dois membros da minha guarda pessoal para cuidar de Duré, o sacerdote que acabou de chegar.

Akasi assentiu com a cabeça e fez uma anotação na chapafax.

— Como está a situação política? — perguntou Gladstone, massageando os olhos.

— A Totalidade está um caos — explicou Akasi. — Existem facções, mas ainda não constituíram uma oposição propriamente. Já no Senado é outra história.

— Feldstein? — indagou Gladstone, citando a senadora brava de Mundo de Barnard. Faltavam menos de 42 horas para Mundo de Barnard ser atacado pelos desterros.

— Feldstein, Kakinuma, Peters, Sabenstorafem, Richeau... Até Sudette Chier está exigindo sua renúncia.

— E o marido dela? — Gladstone considerava o senador Kolchev a pessoa mais influente do Senado.

— Nada do senador Kolchev ainda. Publicamente ou na esfera particular.

Gladstone encostou a unha do polegar no lábio inferior.

— Quanto tempo você acha que este governo tem até um voto de desconfiança nos derrubar, Sedeptra?

Akasi, uma das agentes políticas mais astutas com quem Gladstone já havia trabalhado, retribuiu o olhar da chefe.

— Setenta e duas horas no máximo, diretora. Tem votos para isso. A turba só não sabe ainda que é uma turba. *Alguém* vai ter que pagar pelo que está acontecendo.

Gladstone meneou a cabeça, distraída.

— Setenta e duas horas — murmurou. — Tempo mais que suficiente. — Ela levantou o rosto e sorriu. — É só, Sedeptra. Vá descansar um pouco.

A assessora fez que sim, mas sua expressão revelava o que ela achava de verdade dessa sugestão. O silêncio foi sepulcral depois que a porta se fechou atrás dela.

Gladstone ficou pensando por um instante, com o punho no queixo. E então disse para as paredes:

— Traga o conselheiro Albedo para cá, por favor.

Vinte segundos depois, o ar na frente da mesa larga de Gladstone se turvou, tremulou e solidificou. O representante do TecnoCerne parecia elegante como sempre, o cabelo grisalho curto brilhava com a luz, o rosto franco e honesto exibia um bronzeado saudável.

— S. diretora — começou a projeção holográfica —, o Conselho Consultivo e os previsores do Cerne continuam oferecendo seus serviços neste momento de grande...

— Onde fica o Cerne, Albedo? — interrompeu Gladstone.

O sorriso do conselheiro não vacilou.

— Desculpe, s. diretora, qual foi a pergunta?

— O TecnoCerne. Onde fica?

O rosto amistoso de Albedo exibiu uma expressão ligeiramente intrigada, mas nenhuma hostilidade, nenhuma emoção visível além de solicitude confusa.

— Sem dúvida a s. diretora compreende que desde a Secessão o Cerne adota a política de não revelar a localização dos... ah, elementos físicos do TecnoCerne. Em outro sentido, o Cerne não fica em lugar algum, visto que...

— Visto que vocês existem nas realidades consensuais do dataplano e da esfera de dados — completou Gladstone, com voz seca. — Sei, ouvi essa palhaçada a vida inteira, Albedo. Assim como meu pai e o pai dele antes. Estou fazendo uma pergunta direta agora. *Onde* fica o TecnoCerne?

O conselheiro balançou a cabeça, confuso, pesaroso, como se fosse um adulto que ouvia pela milésima vez uma criança perguntar: "Por que o céu é azul, papai?".

— S. diretora, é simplesmente impossível responder a essa pergunta de modo que faça sentido em coordenadas tridimensionais humanas. Em certo sentido, nós... o Cerne... existimos dentro da Rede e fora da Rede. Nadamos na realidade de dataplano que vocês chamam de esfera de dados, mas, quanto aos elementos físicos, os quais seus antepassados chamavam de "hardware", achamos necessário...

— Manter segredo — concluiu Gladstone. Ela cruzou os braços. — Você está ciente, conselheiro Albedo, de que deve haver certas pessoas na Hegemonia, milhões de pessoas, que acreditam firmemente que o Cerne, seu Conselho Consultivo, traiu a humanidade?

Albedo fez um gesto com as mãos.

— Isso seria lamentável, s. diretora. Lamentável, mas compreensível.

— Era para seus previsores serem quase infalíveis, conselheiro. Contudo, em momento algum vocês nos falaram da destruição de mundos por essa frota desterra.

A tristeza no belo rosto da projeção estava quase convincente.

— S. diretora, convém lembrar que o Conselho Consultivo alertou que o ingresso de Hyperion na Rede introduzia uma variável aleatória que nem o Conselho seria capaz de calcular.

— Mas não estamos falando de Hyperion! — retrucou Gladstone, aumentando o tom de voz. — É Bosque de Deus em chamas. Portão Celestial reduzido a cinzas. Mare Infinitus esperando o próximo golpe do martelo! De que adianta o Conselho Consultivo se ele não é capaz de prever uma invasão dessa magnitude?

— Nós previmos a inevitabilidade da guerra com os desterros, s. diretora. Também previmos o grave perigo que seria defender Hyperion. Você precisa acreditar que a inclusão de Hyperion em qualquer equação preditiva reduz o fator de confiabilidade até...

— Tudo bem. — Gladstone deu um suspiro. — Preciso falar com outra figura do Cerne, Albedo. Alguém da sua hierarquia indecifrável de inteligências que tenha poder de fato para tomar decisões.

— Garanto que represento todos os elementos do Cerne quando...

— Sei, sei. Mas quero falar com uma das... das Potências, acho que é assim que vocês chamam. Um das IAs anciãs. Alguma influente, Albedo. Preciso falar com alguém que seja capaz de me dizer por que o Cerne sequestrou meu artista Severn e meu assessor Leigh Hunt.

O holo parecia estarrecido.

— Garanto, s. Gladstone, em nome dos quatro séculos da nossa aliança, que o Cerne não teve nada a ver com o infeliz desaparecimento de...

Gladstone se levantou.

— É por isso que preciso falar com uma Potência. O tempo das garantias já passou, Albedo. Agora é hora de conversa franca se é para alguma das nossas espécies sobreviver. Pode ir. — Ela voltou a atenção para as filipetas de chapafax na mesa.

O conselheiro Albedo se levantou, fez um gesto de despedida com a cabeça e se dissipou no ar.

Gladstone ativou seu portal pessoal de teleprojetor, pronunciou os códigos da enfermaria da Casa do Governo e começou a atravessar. No instante antes de encostar na superfície opaca do retângulo de energia, hesitou, pensou no que estava fazendo e, pela primeira vez na vida, sentiu receio de passar por um teleprojetor.

E se o Cerne quisesse sequestrá-la? Ou matá-la?

Meina Gladstone se deu conta de repente de que o Cerne tinha poder sobre a vida e a morte de cada cidadão da Rede que viajava por teleprojeção... Ou seja, cada cidadão com poder. Leigh e o cíbrido Severn não necessariamente haviam sido sequestrados, transportados para algum lugar — só o hábito persistente de achar que teleprojetores eram um meio de transporte infalível criava a convicção inconsciente de que eles tinham *ido para algum lugar*. O assessor e o cíbrido enigmático bem poderiam ter sido transportados para... para o nada. Podiam ter sido desintegrados em átomos em uma singularidade. Teleprojetores não "teletransportavam" pessoas e objetos — o próprio conceito era bobagem —, mas era menos bobagem confiar em um dispositivo que abre buracos na malha do espaço-tempo e permite que se atravessem "alçapões" de buraco negro? Era bobagem ela acreditar que o Cerne a transportaria à enfermaria?

Gladstone pensou no Gabinete de Guerra: três salões gigantescos conectados por portais de teleprojetor cristalinos permanentes... mas continuavam sendo três salões, separados por pelo menos mil anos-luz de espaço real, décadas de tempo real mesmo com propulsão Hawking. Sempre que Morpurgo ou Singh ou algum dos outros ia de um holo de mapas até o painel de mapeamento, a pessoa transpunha abismos imensos de espaço-tempo. Bastava o Cerne adulterar os teleprojetores, permitir um pequeno "erro" de direcionamento, para destruir a Hegemonia ou qualquer pessoa nela.

Que se dane, pensou Meina Gladstone, atravessando para ver Paul Duré na enfermaria da Casa do Governo.

39

Os dois quartos no segundo andar da casa na Piazza di Spagna são pequenos, estreitos, de pé-direito alto e — salvo uma única lamparina fraca em cada quarto, acesa como se por fantasmas à espera da visita de outros fantasmas — bem escuros. Minha cama fica no menor dos dois: o que tem vista para a Piazza, ainda que das janelas altas só dê para ver esta noite a escuridão manchada por sombras mais densas e acentuada pelo gorgolejo incessante do chafariz oculto de Bernini.

Sinos badalam a cada hora em uma das torres duplas da Santa Trinità dei Monti, a igreja que repousa de cócoras na escuridão feito um imenso gato pardo no topo da escadaria lá fora. Sempre que escuto suas notas breves no início da madrugada, imagino mãos fantasmagóricas puxando as cordas apodrecidas dos sinos. Ou talvez mãos apodrecidas puxando cordas fantasmagóricas; não sei qual imagem combina melhor com meu espírito macabro nesta noite interminável.

A febre me consome hoje, opressiva e pesada e sufocante como um cobertor grosso encharcado. Minha pele ora arde, ora fica empapada de suor. Fui tomado por acessos de tosse duas vezes; na primeira, Hunt veio correndo do sofá do outro quarto, e vi seus olhos se arregalarem diante do sangue que eu tinha vomitado nos lençóis cor de damasco; o segundo espasmo tentei conter o máximo possível, indo aos tropeços até a bacia na cômoda para cuspir um volume menor de sangue preto e catarro escuro. Hunt não acordou.

Estar de volta aqui. Vir até estes quartos escuros, esta cama mórbida. Eu me lembro parcialmente de acordar aqui, após uma recuperação milagrosa, com o Severn "de verdade", o dr. Clark e até a pequena *signora* Angeletti de plantão no quarto de fora. Aquele período de convalescência da morte; aquele período de compreensão de que eu não era Keats, de que não estava na Terra verdadeira, de que este não era o século em que eu havia fechado os olhos naquela última noite... de que eu não era humano.

Pouco depois das duas adormeço e, dormindo, eu sonho. O sonho é um que nunca me acometeu. Sonho que estou subindo lentamente pelo dataplano, pela esfera de dados, entrando e atravessando a megaesfera, e por fim chego a um lugar que não conheço, com o qual nunca sonhei: um lugar de espaços infinitos, sem pressa, de cores indescritíveis, um lugar sem horizontes, sem tetos, sem pisos ou áreas sólidas que pudessem ser chamadas de chão. Penso nisso em termos de metaesfera, pois sinto logo de cara que este nível de realidade consensual inclui todas as variedades e aleatoriedades de sensação que já experimentei na Terra, todas as análises binárias e satisfações intelectuais que já vivenciei advindas do TecnoCerne através da esfera de dados, e, acima de tudo, uma noção de... de quê? Amplitude? Liberdade? Talvez a palavra que eu esteja procurando seja *potencial*.

Estou sozinho nesta metaesfera. As cores correm acima de mim, abaixo de mim, *através* de mim. Ora se dissolvem em vagos tons pastéis, ora se coalescem em fantasias nebulosas, e às vezes, raramente, parecem constituir objetos mais sólidos, formatos, vultos distintos que podem ou não ter aparência humanoide. Observo-as como uma criança olharia para nuvens e imaginaria elefantes, crocodilos no Nilo e grandes navios de guerra em marcha do oeste ao leste em um dia de primavera nos lagos do noroeste da Inglaterra.

Depois de um tempo, escuto ruídos: o gotejar enlouquecedor do chafariz de Bernini na Piazza lá fora; pombos voejando e arrulhando nos beirais acima da minha janela, Leigh Hunt gemendo de leve no sono. Mas, por cima e por baixo desses barulhos, escuto algo mais furtivo, menos *real*, mas infinitamente mais ameaçador.

Algo grande vem por aí. Eu me esforço para enxergar através da penumbra pastel; algo se mexendo logo além do limite da minha visão. Sei que esse algo sabe meu nome. Sei que retém minha vida na palma de uma das mãos e a morte no outro punho.

Não há esconderijos neste espaço além do espaço. Não posso fugir. O canto de sereia da dor continua subindo e descendo do mundo que deixei para trás — a dor cotidiana de cada pessoa em todos os cantos, a dor dos que sofrem com a guerra recém-começada, a dor específica e concentrada dos que estão na árvore terrível do Picanço, e, pior de tudo, a dor que sinto pelos peregrinos, a dor deles e de todos os outros cujas vidas e pensamentos agora compartilho.

Valeria a pena correr para receber essa iminente sombra de ruína se isso me livrasse desta canção de dor.

— Severn! Severn!

Por um segundo, acho que sou eu gritando, tal qual tinha feito antes nestes mesmos aposentos, chamando Joseph Severn na noite em que minha dor e minha febre superavam minha capacidade de contê-las. E ele sempre esteve lá: Severn, sua lentidão colossal e bem-intencionada e aquele sorriso gentil que tantas vezes quis arrancar de seu rosto com alguma mesquinharia ou observação. É difícil ser simpático à beira da morte; eu tinha levado uma vida de certa generosidade... Então por que meu destino era continuar nessa função quando era *eu* quem sofria, quando era *eu* quem tossia os vestígios desintegrados dos meus pulmões em lenços manchados?

— Severn!

Não é a minha voz. Hunt está me sacudindo pelos ombros, chamando o nome de Severn. Percebi que ele acha que está chamando meu nome. Afasto as mãos dele e me afundo de novo nos travesseiros.

— O que foi? Qual é o problema?

— Você estava gemendo — diz o assessor de Gladstone. — Gritando.

— Um pesadelo. Só isso.

— Seus sonhos costumam ser mais do que sonhos — diz Hunt. Ele passa os olhos pelo quarto apertado, iluminado agora pela lamparina que trouxe. — Que lugar horrível, Severn.

Tento sorrir.

— Custava 28 xelins por mês. Sete *scudi*. Um roubo.

Hunt franze o cenho. A luz dura faz as rugas dele parecerem mais pronunciadas do que o normal.

— Escuta, Severn, eu sei que você é um cíbrido. Gladstone me falou que você era a persona recuperada de um poeta chamado Keats. Agora, é óbvio que isso tudo... — Hunt gesticula impotente para o quarto, as sombras, o retângulo alto das janelas e a cama alta — ... tem algo a ver com isso. Mas como? Qual é o jogo do Cerne aqui?

— Não sei ao certo — respondo com sinceridade.

— Mas você conhece este lugar?

— Ah, conheço — respondo com emoção.

— Conta — suplica Hunt, e são tanto seu autocontrole por *não* ter perguntado até agora quanto a franqueza da súplica que me levam à decisão de contar.

Eu falo do poeta John Keats, do nascimento em 1795, da vida breve e muitas vezes infeliz, e da morte por "consumpção" em 1821, em Roma, longe dos amigos e de seu único amor. Falo da minha "recuperação" encenada neste mesmo quarto, da minha decisão de adotar o nome de Joseph Severn — o conhecido de Keats que era artista e ficou ao seu lado até ele morrer — e, por fim, do meu breve período na Rede, ouvindo, observando, condenado a sonhar a vida dos Peregrinos do Picanço em Hyperion e dos outros.

— Sonhos? — diz Hunt. — Quer dizer que neste instante você está sonhando com o que acontece na Rede?

— É. — Falo dos sonhos com Gladstone, da destruição de Portão Celestial e Bosque de Deus e das imagens confusas de Hyperion.

Hunt está andando de um lado para o outro no quarto apertado, e sua sombra se projeta até o alto nas paredes ásperas.

— Você *consegue* fazer contato com *eles*?

— As pessoas com quem eu sonho? Gladstone? — Penso por um segundo. — Não.

— Tem certeza?

Tento explicar.

— Eu nem apareço nesses sonhos, Hunt. Não tenho... voz, presença... não tenho meios de fazer contato com as pessoas dos meus sonhos.

— Mas às vezes você sonha o que elas estão pensando.

Percebo que é verdade. Quase verdade.

— Eu capto o que elas estão *sentindo*...

— Então você não consegue deixar algum rastro na mente delas... na memória? Informar onde nós estamos?

— Não.

Hunt desaba na cadeira ao pé da minha cama. Ele parece muito velho de repente.

— Leigh, mesmo se eu conseguisse me comunicar com Gladstone ou com os outros, e não consigo, de que adiantaria? Já falei que esta réplica da Terra Velha fica na Nuvem de Magalhães. Até a uma velocidade de saltos quânticos de Hawking, levaria séculos para alguém chegar aqui.

— Poderíamos alertar as pessoas — sugere Hunt, com uma voz tão cansada que parece quase apática.

— Alertar sobre o quê? Todos os piores pesadelos de Gladstone estão se tornando realidade em volta dela. Você acha que ela confia no Cerne agora? Foi por isso que o Cerne nos sequestrou de forma tão explícita. As circunstâncias estão avançando rápido demais para Gladstone ou qualquer pessoa na Hegemonia processar.

Hunt esfrega os olhos e junta os dedos embaixo do nariz. Sua expressão não é muito amistosa.

— Você é mesmo a personalidade recuperada de um poeta?

Não falo nada.

— Recita um poema. Inventa alguma coisa.

Balanço a cabeça. É tarde, nós dois estamos cansados e assustados, e meu coração ainda não chegou a parar de martelar com o pesadelo que era mais que pesadelo. Não vou deixar Hunt me irritar.

— Vai — insiste ele. — Mostra que você é a versão nova e melhorada de Bill Keats.

— John Keats — respondo, em voz baixa.

— Que seja. Vai, Severn. Ou John. Ou qualquer que seja o nome. Recita um poema.

— Tudo bem — digo, retribuindo o olhar dele. — Escuta...

Era uma vez um menino
Era um menino travesso
Pois nada mais fazia
Que escrevinhar versos...
Tinha um
Tinteiro
Nos dedos
E um penachão
Na outra mão
E do nada
Lá se ia em
Desabalada
Correria
Por rotas serranas
E fontanas
E aparições
E torreões

E bruxas
E casuchas,
E rimava
De casaca
Quando o tempo
Esfriava...
E ao ar livre
Inclusive
Quando o tempo
Aquecia.
Ó alegria
Quando paro
E sigo o faro
Rumo ao norte,
Rumo ao norte,
E sigo o faro
Rumo ao norte!

— Sei não — diz Hunt. — Isso não parece algo que um poeta cuja reputação durou mil anos teria escrito.

Dou de ombros.

— Você estava sonhando com Gladstone hoje? Aconteceu alguma coisa para causar aqueles gemidos?

— Não. Não era com Gladstone. Foi um... pesadelo de verdade, finalmente.

Ele se levanta, pega a lamparina e se prepara para levar embora a única luz do cômodo. Estou ouvindo o chafariz na Piazza, os pombos no parapeito das janelas. Hunt fala:

— Amanhã vamos decifrar essa história toda e dar um jeito de voltar. Se conseguiram nos trazer para cá de teleprojetor, deve ter um jeito de pegar um teleprojetor para voltar.

— É — respondo, ciente de que não é verdade.

— Boa noite. Chega de pesadelos, sim?

— Chega — respondo, ciente de que é menos verdade ainda.

Moneta arrastou Kassad, ferido, para longe do Picanço e parecia manter a criatura afastada com a mão estendida enquanto remexia uma toroide azul no cinto do traje-pele e a torcia atrás de si.

Uma forma oval dourada de dois metros de altura brotou ardente no ar.

— Me solta — murmurou Kassad. — Deixa a gente terminar.

Havia manchas de sangue no ponto onde o Picanço tinha aberto rasgos enormes no traje-pele do coronel. O pé direito dele pendia inerte, como se tivesse sido quase decepado; e só o fato de se debater com o Picanço, parcialmente carregado pela coisa em uma paródia ensandecida de dança, mantivera Kassad em pé durante a luta.

— Me solta — repetiu Fedmahn Kassad.

— Cala a boca — disse Moneta. E depois, com mais ternura: — Cala a boca, meu amor.

Ela o arrastou para dentro da forma oval dourada, e os dois saíram para uma luz intensa.

Apesar da dor e da exaustão, Kassad ficou deslumbrado com a vista. Não estavam em Hyperion; disso tinha certeza. Uma planície vasta se estendia até um horizonte muito mais distante do que a lógica ou a experiência permitiriam. Uma relva laranja baixa — se é que era mesmo relva — crescia nas partes planas e nas colinas baixas como as cerdas no dorso de uma lagarta imensa, e coisas que talvez fossem árvores pareciam esculturas de carbono cristalizado, com troncos e galhos escherianos por sua improbabilidade barroca, folhas que eram um caos de ovais azul-escuras e violeta tremulando sob um céu carregado de luz.

Mas não era luz solar. Enquanto Moneta o afastava do portal que estava se fechando — Kassad não o via como um teleprojetor, pois tinha certeza de que havia sido transportado também no tempo, não só no espaço — e o conduzia a um grupo daquelas árvores impossíveis, Kassad virou os olhos para o céu e sentiu algo próximo de maravilhamento. Estava claro como um dia de

Hyperion; claro como meio-dia em um centro comercial lusiano; claro como o meio do verão no platô de Tharsis em Marte, o árido mundo natal de Kassad, mas não era nenhuma luz solar — o céu estava cheio de estrelas, e constelações, e aglomerados estelares, e uma galáxia tão entulhada de sóis que quase não havia espaços de escuridão entre as luzes. Era como estar em um planetário com dez projetores, imaginou Kassad. Como estar no centro da galáxia.

O centro da galáxia.

Um grupo de homens e mulheres de traje-pele saiu da sombra das árvores escherianas e cercou Kassad e Moneta. Um dos homens — um gigante até comparado ao marciano Kassad — olhou para ele e ergueu a cabeça para Moneta. Mesmo sem ter ouvido nada, sem ter captado nada pelos receptores de rádio e pelo feixe denso do traje-pele, Kassad entendeu que os dois estavam se comunicando.

— Deite-se — pediu Moneta, abaixando Kassad na grama laranja aveludada.

Ele se esforçou para se sentar, para falar, mas tanto ela quanto o gigante encostaram a palma no peito dele. Kassad se deitou, e sua visão se encheu com o movimento vagaroso das folhas violeta e do céu de estrelas.

O homem tocou nele de novo, e o traje-pele de Kassad se desativou. Ele tentou se sentar, tentou se cobrir quando percebeu que estava nu diante da pequena multidão que havia se formado, mas a mão firme de Moneta o segurou. Em meio à dor e à desorientação, ele teve uma vaga noção de que o homem estava encostando nos cortes em seus braços e no peito, passando a mão revestida de prata pela perna até o tendão de aquiles rompido. O coronel sentiu uma frieza em todos os lugares tocados pelo gigante, e então sua consciência saiu flutuando feito um balão, subindo muito acima da planície parda e das colinas suaves, pairando rumo ao dossel sólido de estrelas onde um vulto colossal aguardava, obscuro como uma enorme nuvem de tempestade acima do horizonte, vasto como uma montanha.

— Kassad — sussurrou Moneta, e o coronel flutuou de volta. — Kassad — chamou ela de novo, com os lábios junto ao rosto dele, e o traje-pele, reativado, se fundiu com o dela.

O coronel Fedmahn Kassad se sentou junto com ela. Ele balançou a cabeça, percebeu que estava mais uma vez vestido com energia mercurial e se levantou. Não sentiu dor. Percebeu um formigamento em uma dúzia de lugares onde a carne se regenerara, onde cortes graves haviam sido restaurados. Ele fundiu a mão com o traje, deslizou pele sobre pele, flexionou o joelho e encostou no calcanhar, mas não sentiu cicatriz alguma.

Kassad se virou para o gigante.

— Obrigado — disse, sem saber se o homem o ouviria.

O gigante meneou a cabeça e voltou para os outros.

— Ele é um... um tipo de médico — explicou Moneta. — Um curandeiro.

Kassad não escutou direito, pois estava concentrado nas outras pessoas. Eram humanas — ele sabia, no fundo do coração —, mas a variedade era espantosa: os trajes-pele não eram todos prateados como os de Kassad e Moneta, mas exibiam uma diversidade de cores, todas neutras e orgânicas, como a pelagem de alguma criatura selvagem viva. Só a tremulação energética sutil e os traços faciais turvos revelavam a superfície dos trajes-peles. A anatomia era tão variada quanto a coloração: o porte imenso e o tamanho de Picanço do curandeiro, a testa imensa e uma cascata de energia parda que fluía como se fosse uma cabeleira... Uma mulher ao lado dele, pequena como uma criança, mas de mente sem dúvida adulta, de proporções perfeitas com pernas musculosas, seios pequenos e asas de fada com dois metros de comprimento nas costas — e não apenas decorativas, as asas, pois, quando a brisa agitou a relva laranja da pradaria, a mulher deu uma corrida curta, estendeu os braços e subiu graciosamente pelo ar.

Atrás de algumas mulheres altas e magras com trajes-peles azuis e dedos longos unidos por membranas, havia um grupo de homens baixos com viseira e armadura como se fossem fuzileiros de FORÇA preparados para combater no vácuo, mas Kassad sentiu que a armadura fazia parte *deles*. Acima, um conjunto de homens alados subiu em correntes de ar quente, e raios amarelos finos de laser pulsavam entre eles com algum código complexo. Parecia que os lasers emanavam de um olho no peito de cada um deles.

Kassad balançou a cabeça de novo.

— Temos que ir embora — disse Moneta. — Não podemos deixar o Picanço nos seguir para cá. Os guerreiros já têm bastante com que se preocupar sem essa manifestação específica do Senhor da Dor.

— Onde estamos? — perguntou Kassad.

Moneta usou uma férula dourada do cinto para fazer surgir uma oval violeta.

— Longe, no futuro da humanidade. *Um* dos nossos futuros. Foi aqui que as Tumbas Temporais foram formadas e lançadas ao passado.

Kassad olhou de novo à sua volta. Algo muito grande se deslocou na frente do campo estrelado, obstruindo milhares de estrelas e projetando uma sombra por meros segundos antes de desaparecer. Os homens e as mulheres olharam para cima por um instante e voltaram às atividades: colhendo objetos pequenos das árvores, reunindo-se em grupos para ver mapas de energia brilhantes invocados pelo gesto dos dedos de um homem, voando ao horizonte com a velocidade de uma lança arremessada. Um indivíduo baixo e rotundo de gênero indeterminado havia se enterrado na terra macia e agora só estava visível como uma linha suave de terra erguida que se movimentava em círculos concêntricos velozes em torno do bando.

— Que lugar é *este*? — perguntou Kassad de novo. — O *que* é isto?

De repente, inexplicavelmente, ele se sentiu à beira das lágrimas, como se tivesse dobrado uma esquina desconhecida e ido parar em casa, nos Complexos de Realocação Residencial de Tharsis, onde a mãe havia muito falecida acenava para ele de uma porta e os amigos e irmãos esquecidos o esperavam para uma partida de velocibol.

— Vamos — disse Moneta, e a urgência em sua voz era inconfundível.

Ela puxou Kassad para a oval luminosa. Ele ficou olhando os outros e a cúpula estrelada até atravessar e a cena desaparecer de vista.

Saíram para uma escuridão, e os filtros do traje-pele de Kassad levaram um ínfimo segundo para compensar a visão. Estavam na base do Monólito de Cristal no Vale das Tumbas Temporais, em Hyperion. Era noite. As nuvens se aglomeravam no céu, e uma tempestade rugia. Só um brilho pulsante das próprias Tumbas iluminava a paisagem. Kassad sentiu uma onda brutal de luto, pela perda do lugar limpo e iluminado de onde haviam acabado de sair, e então se concentrou no que estava vendo.

Sol Weintraub e Brawne Lamia estavam a meio quilômetro de distância no vale. Sol estava encurvado acima da mulher, deitada perto da frente da Tumba de Jade. O vento agitava tanta areia em volta deles que os dois não viram o Picanço se deslocando pela trilha feito outra sombra, passando pelo Obelisco na direção deles.

Fedmahn Kassad saiu do mármore escuro na frente do Monólito e se desviou dos fragmentos de cristal destruídos espalhados pelo caminho. Ele percebeu que Moneta continuava segurando seu braço.

— Se você lutar de novo — avisou ela, com a voz suave e urgente no ouvido dele —, o Picanço vai matá-lo.

— Eles são meus amigos — disse Kassad.

Seus equipamentos de FORÇA e a armadura rasgada estavam no mesmo lugar onde Moneta os havia jogado, horas antes. Ele passou os olhos pelo Monólito até achar o fuzil de assalto e uma bandoleira de granadas, viu que o fuzil ainda funcionava, conferiu as cargas e desativou as travas de segurança, saiu do Monólito e avançou correndo para interceptar o Picanço.

Acordo ao som de água correndo e por um segundo acho que estou acordando de um cochilo perto da cachoeira de Lodore durante meu passeio com Brown. Mas, quando abro os olhos, a escuridão é tão assustadora quanto a de quando adormeci, a água faz um som fraco perturbador, em vez do estrondo da catarata que um dia ficaria famosa no poema de Southey, e me sinto péssimo — não só doente com a dor de garganta que peguei no passeio depois que Brown e eu fizemos a besteira de escalar a Skiddaw antes do café da manhã, mas mortal e pavorosamente enfermo; meu corpo padece de algo mais doloroso que febres enquanto catarro e fogo borbulham no peito e na barriga.

Eu me levanto e saio apalpando até encontrar a janela. Entra uma luz fraca por baixo da porta do quarto de Leigh Hunt, e percebo que ele foi dormir com a lamparina ainda acesa. Isso não teria sido algo ruim para mim, mas já é tarde para acendê-la agora que estou avançando até o retângulo mais claro de escuridão externa recortado na escuridão mais densa do quarto.

O ar está fresco e tem cheiro de chuva. Percebo que o som que me acordou é de trovão quando vejo raios piscarem acima dos telhados de Roma. Não há luz alguma na cidade. Ao me inclinar de leve para fora da janela aberta, vejo a escada acima da Piazza toda lustrosa de chuva e as torres sombrosas da Trinità dei Monti, envoltas pelos clarões dos relâmpagos. É frio o vento que desce os degraus, e volto até a cama para me enrolar em um cobertor e em seguida puxar uma cadeira para a janela e me sentar, olhar para fora e pensar.

Eu me lembro do meu irmão Tom naquelas últimas semanas e dias, do rosto e do corpo dele contorcidos pelo esforço terrível de respirar. Eu me lembro da minha mãe e de como estava pálida, de como o rosto dela quase brilhava na penumbra do quarto escuro. Minha irmã e eu podíamos encostar na mão suada dela, beijar seus lábios febris e depois nos afastar. Eu lembro que certa vez limpei os lábios escondido ao sair do quarto, olhando de relance para ver se minha irmã ou mais alguém tinha observado meu pecado.

Quando o dr. Clark e um cirurgião italiano abriram o corpo de Keats menos de trinta horas após a morte dele, encontraram, como Severn escreveu mais tarde a um amigo, "a pior Consumpção possível — os pulmões estavam completamente destruídos — as células não existiam mais". Nem o dr. Clark nem o cirurgião italiano conseguiam imaginar como Keats havia sobrevivido àqueles últimos dois meses e pouco.

Penso nisso ao observar a Piazza escura, sentado no quarto escuro, enquanto escuto a ebulição no meu peito e na minha garganta, enquanto sinto a dor que parece fogo e a dor pior dos gritos na minha cabeça: gritos de Martin Silenus na árvore, sofrendo por escrever a poesia que eu tinha sido frágil e covarde demais para terminar; gritos de Fedmahn Kassad ao se preparar para morrer nas garras do Picanço; gritos do Cônsul ao ser obrigado a trair pela segunda vez; gritos de milhares de templários ao chorarem a morte tanto de seu mundo quanto do irmão Het Masteen; gritos de Brawne Lamia ao pensar no amado morto, meu gêmeo; gritos de Paul Duré ao jazer no leito e combater queimaduras e o choque da memória, sem jamais esquecer as cruciformes que aguardam em seu peito; gritos de Sol Weintraub ao esmurrar o solo de Hyperion e chamar a filha enquanto o choro infantil de Rachel ainda ressoa em nossos ouvidos.

— Desgraça — murmuro, batendo o punho na pedra e no reboco do batente da janela. — Desgraça.

Depois de um tempo, quando os primeiros indícios de claridade prometem a alvorada, saio da janela, vou até a cama e me deito só por um instante para fechar os olhos.

O governador-geral Theo Lane acordou ao som de música. Ele piscou e olhou o entorno, reconhecendo o tanque de nutrientes e a enfermaria da nave como se os tivesse visto em um sonho. Theo percebeu que estava vestido com um pijama preto macio e que havia dormido no sofá de exames da enfermaria. As doze horas anteriores começaram a se remendar a partir dos retalhos da memória dele: a retirada do tanque de tratamento, a aplicação de sensores, a presença do Cônsul e de outro homem sobre ele, fazendo perguntas. Theo respondeu como se estivesse consciente de verdade e depois dormiu de novo, sonhando com Hyperion e as cidades em chamas. Não. Não eram sonhos.

Theo se levantou, teve a sensação de quase sair flutuando do sofá, viu as roupas lavadas e dobradas com esmero em uma prateleira próxima e se vestiu rápido, ouvindo a música continuar, ora aumentando, ora baixando, mas sempre contínua, com uma qualidade acústica assombrosa que sugeria ser ao vivo, não uma gravação.

Theo pegou a escada curta que dava na plataforma de recreação e parou surpreso ao se dar conta de que a nave estava aberta, com a varanda estendida e o campo de contenção aparentemente desativado. A gravidade no chão era mínima: bastava para manter Theo na plataforma, mas não muito mais — provavelmente um quinto da de Hyperion ou menos, talvez um sexto da padrão.

A nave estava aberta. A luz forte do sol entrava pela porta aberta da varanda onde o Cônsul estava tocando aquele instrumento antigo que tinha chamado de piano. Theo reconheceu o arqueólogo, Arundez, recostado na abertura do casco, com uma bebida na mão. O Cônsul estava tocando algo muito antigo e muito complicado; suas mãos eram um borrão meticuloso no teclado. Theo se aproximou, começou a murmurar algo para Arundez, sorridente, e parou para olhar embasbacado.

Do outro lado da varanda, trinta metros abaixo, a luz forte do sol caía em um gramado muito verde que se estendia até um horizonte próximo demais. Nesse gramado, grupos de pessoas estavam sentados e deitados em posturas relaxadas, obviamente ouvindo o concerto improvisado do Cônsul. Mas que pessoas!

Theo via pessoas altas e magras, parecidas com os estetas de Epsilon Eridani, pálidas e calvas com mantos azuis esvoaçantes, mas ao lado e atrás delas havia uma multidão incrível de tipos humanos ouvindo — mais variedades do que jamais se vira na Rede: humanos cobertos de pelo e escamas; humanos com corpos

que lembravam abelhas, inclusive os olhos, receptores multifacetados e antenas; humanos frágeis e esbeltos como esculturas de
arame, asas pretas imensas estendidas a partir dos ombros finos
e dobradas em torno deles como se fossem capas; humanos que
pareciam feitos para mundos de gravidade enorme, baixos, robustos e musculosos como búfalos a ponto de fazer os lusianos
parecerem frágeis em comparação; humanos com corpo curto e
braços longos cobertos de pelo laranja, só o rosto claro e sensível
os distinguindo de um holo dos extintos orangotangos da Terra
Velha; e outros humanos que mais pareciam lêmures que humanoides, mais aquilinos, ou leoninos, ou ursinos, ou antropoides
do que humanos. No entanto, de alguma forma, Theo soube de
imediato que eram *seres humanos*, por mais chocantes que fossem
as diferenças. Os olhares atentos, as posturas relaxadas e mais
uma centena de atributos sutis — incluindo o jeito como uma mãe
com asas de borboleta ninava nos braços uma criança com asas
de borboleta — atestavam uma humanidade em comum que Theo
não tinha como negar.

Melio Arundez se virou, sorriu diante da expressão de Theo
e sussurrou:

— Desterros.

Atordoado, Theo Lane não conseguiu fazer muito além de
balançar a cabeça e ouvir a música. Os desterros eram bárbaros,
não aquelas criaturas lindas e às vezes etéreas. Os desterros cap-
turados em Bréssia, sem falar dos corpos dos soldados mortos,
tinham sido de um tipo de corpo uniforme — altos, sim, magros,
sim, mas sem dúvida mais próximos do padrão da Rede do que
aquela variedade estonteante.

Theo balançou a cabeça de novo enquanto a peça que o Cônsul estava tocando no piano entrava em um crescendo e terminava com uma nota conclusiva. As centenas de seres no campo
lá fora aplaudiram, produzindo um som alto e delicado no ar rarefeito, e então Theo as viu se levantarem, se espreguiçarem e
saírem cada uma para um lado — algumas andando rápido até o
horizonte perturbadoramente próximo, outras abrindo asas de

oito metros para sair voando. E outras indo até a base da nave do Cônsul.

O Cônsul se levantou, avistou Theo e sorriu. Ele segurou no ombro do jovem.

— Theo, bem a tempo. Vamos negociar daqui a pouco.

Theo Lane piscou. Três desterros pousaram na varanda e fecharam as asas imensas atrás de si. Cada um dos homens tinha marcas e listras distintas em uma pelagem grossa, que parecia orgânica e convincente como a de qualquer criatura selvagem.

— Encantador como sempre — disse o desterro mais próximo para o Cônsul. O rosto dele era leonino, com nariz largo e olhos dourados envoltos por um tufo de pelos pardos. — A última peça foi Mozart, Fantasia em Ré Menor, KV 397, não?

— Foi — respondeu o Cônsul. — Freeman Vanz, eu gostaria de apresentar o s. Theo Lane, governador-geral do mundo de Hyperion do Protetorado da Hegemonia.

O olhar leonino do desterro se virou para Theo.

— Uma honra — cumprimentou Freeman Vanz, estendendo a mão peluda.

Theo a apertou.

— É um prazer conhecê-lo, senhor.

Theo se perguntou se na verdade não estaria ainda no tanque de recuperação, sonhando. O sol no rosto e a palma firme junto da sua sugeriam o contrário.

Freeman Vanz se virou para o Cônsul de novo.

— Em nome do Agregado, obrigado pelo concerto. Faz muitos anos desde que o ouvimos tocar pela última vez, amigo. — Ele olhou à sua volta. — Podemos conversar aqui ou em algum dos complexos administrativos, como você achar melhor.

O Cônsul hesitou só por um segundo.

— Nós somos três, Freeman Vanz. Vocês são muitos. Vamos nos juntar a vocês.

A cabeça de leão assentiu e olhou na direção do céu.

— Vamos mandar um barco para a travessia.

Ele e os outros dois foram até o parapeito e saltaram para fora, caindo alguns metros antes de abrirem as asas complexas e voarem rumo ao horizonte.

— Meu Deus — sussurrou Theo. Ele segurou no antebraço do Cônsul. — Onde estamos?

— No Enxame — respondeu o Cônsul, tampando o teclado do Steinway.

Ele entrou, esperou Arundez recuar e, por fim, recolheu a varanda.

— E o que viemos negociar? — perguntou Theo.

O Cônsul esfregou os olhos. Parecia que o homem não tinha dormido nada, ou que tinha dormido muito pouco, nas dez a doze horas que Theo passara se recuperando.

— Depende da próxima mensagem da diretora Gladstone — disse o Cônsul.

Ele gesticulou com a cabeça para o holofosso preenchido por colunas turvas de transmissão. Um esguicho de largofone estava sendo decodificado na chapa de uso único da nave.

Meina Gladstone entrou na enfermaria da Casa do Governo e foi acompanhada pelos médicos que a aguardavam até a cabine de recuperação onde jazia o padre Paul Duré.

— Como ele está? — perguntou à primeira médica, a médica pessoal da diretora-executiva.

— Queimaduras térmicas de segundo grau em cerca de um terço do corpo — respondeu a dra. Irma Androneva. — Ele perdeu as sobrancelhas e parte do cabelo. Já não tinha muito... Detectamos algumas queimaduras terciárias por radiação no lado esquerdo do rosto e do corpo. Concluímos a regeneração epidérmica e demos injeções de base de RNA. Ele está consciente e sem dor. Tem o problema dos parasitas cruciformes no peito dele, mas não representam perigo imediato para o paciente.

— Queimaduras terciárias por radiação — repetiu Gladstone, parando por um instante um pouco afastada do cubículo onde Duré esperava. — Bombas de plasma?

— Isso — respondeu outro médico que Gladstone não reconhecia. — Temos certeza de que ele veio de teleprojetor de Bosque de Deus um ou dois segundos antes do corte da conexão.

— Tudo bem — concluiu Gladstone, parando perto do leito flutuante onde Duré repousava. — Quero conversar a sós com este senhor, por favor.

Os médicos se entreolharam, gesticularam para um robô-enfermeiro voltar para a base na parede e fecharam o portal da ala ao saírem.

— Padre Duré? — perguntou Gladstone, reconhecendo o sacerdote a partir dos holos e das descrições de Severn durante a peregrinação.

O rosto dele agora estava vermelho, manchado, e brilhava com o gel regenerativo e o analgésico aerossol. Mas continuava um homem de aparência marcante.

— Diretora — murmurou o sacerdote, fazendo menção de se sentar.

Gladstone pôs a mão com cuidado no ombro dele.

— Descanse — pediu ela. — Você consegue me falar o que aconteceu?

Duré fez que sim. Havia lágrimas nos olhos do velho jesuíta.

— A Verdadeira Voz da Árvore-mundo não acreditou que atacariam de fato — sussurrou ele, com a voz fraca. — Sek Hardeen achou que os templários tinham algum pacto com os desterros... algum acordo. Mas atacaram. Lanças táticas, dispositivos de plasma, explosivos nucleares, eu acho...

— É, nós monitoramos do Gabinete de Guerra — confirmou Gladstone. — Preciso saber de tudo, padre Duré. Tudo a partir do momento em que você entrou na Tumba Cavernosa de Hyperion.

Os olhos de Paul Duré se fixaram no rosto da diretora.

— Você sabe disso?

— Sei. E de quase tudo até esse ponto. Mas preciso saber mais. Muito mais.

Duré fechou os olhos.

— O labirinto...

— O quê?

— O labirinto — repetiu o sacerdote, com a voz mais forte. Ele pigarreou e falou da jornada pelos túneis de cadáveres, da transição para uma nave de FORÇA e do encontro com Severn em Pacem.

— E você tem certeza de que Severn estava vindo para cá? Para a Casa do Governo? — perguntou Gladstone.

— Tenho. Ele e seu assessor... Hunt. Os dois pretendiam projetar para cá.

Gladstone meneou a cabeça e encostou com cuidado em uma parte não queimada do ombro do sacerdote.

— Padre, as coisas estão acontecendo muito rápido aqui. Severn está desaparecido, assim como Leigh Hunt. Preciso de conselhos sobre Hyperion. Você ficaria comigo?

Duré pareceu confuso por um instante.

— Preciso voltar. Para Hyperion, s. diretora. Sol e os outros estão me esperando.

— Eu entendo — disse Gladstone, com um tom tranquilizante. — Assim que for possível voltar a Hyperion, vou providenciar sua ida. Contudo, no momento, a Rede está sofrendo um ataque brutal. Milhões estão morrendo ou correndo risco de morte. Preciso da sua ajuda, padre. Posso contar com você até lá?

Paul Duré suspirou e se recostou.

— Pode, s. diretora. Mas não faço a menor ideia de como...

Alguém bateu de leve à porta, e Sedeptra Akasi entrou e entregou uma filipeta de mensagem para Gladstone. A diretora sorriu.

— Eu falei que as coisas estão acontecendo rápido, padre. Houve outra novidade. Uma mensagem de Pacem informa que o Colégio Cardinalício se reuniu na Capela Sistina... — Gladstone ergueu a sobrancelha. — Esqueci, padre, essa é a Capela Sistina?

— É. A Igreja a desmontou pedra por pedra, afresco por afresco, e transportou tudo para Pacem depois do Grande Erro.

Gladstone olhou para a filipeta.

— ... se reuniu na Capela Sistina e elegeu um novo pontífice.

— Já? — sussurrou Paul Duré. Ele fechou os olhos de novo. — Devem ter achado necessário se apressar. Pacem fica, o quê, a só dez dias da onda invasora dos desterros. Ainda assim, tomar uma decisão tão rápido assim...

— Você gostaria de saber quem é o novo papa? — perguntou Gladstone.

— Eu chutaria que é o cardeal Antonio Guarducci ou o cardeal Agostino Ruddell — disse Duré. — Nenhum dos outros conseguiria uma maioria no momento.

— Não — falou Gladstone. — Segundo esta mensagem do bispo Edouard da Cúria Romana...

— *Bispo* Edouard! Desculpe, s. diretora, continue, por favor.

— Segundo o bispo Edouard, o Colégio Cardinalício elegeu alguém abaixo do título de monsenhor pela primeira vez na história da Igreja. Aqui diz que o novo papa é um sacerdote jesuíta... um tal de padre Paul Duré.

Duré se sentou apesar das queimaduras.

— O quê? — A voz dele soava incrédula.

Gladstone lhe entregou a filipeta. Paul Duré olhou o papel.

— Não é possível. Nunca elegeram um pontífice abaixo do título de monsenhor, exceto por uma única vez simbólica: São Belvedere, depois do Grande Erro e do Milagre de... Não, não, é impossível.

— O bispo Edouard vem tentando ligar, segundo minha assessora — continuou Gladstone. — Vamos transferir a ligação para cá de imediato, padre. Ou será que devo dizer Vossa Santidade? — A voz da diretora-executiva não tinha ironia alguma.

Duré olhou para ela, atordoado demais para falar.

— Vou mandar transferirem a ligação — disse Gladstone. — Vamos providenciar sua volta a Pacem o mais rápido possível, Vossa Santidade, mas eu ficaria grata se pudermos continuar em contato. Preciso mesmo dos seus conselhos.

Duré fez que sim e olhou de novo para a filipeta. Um telefone começou a piscar no console acima do leito.

A diretora Gladstone saiu para o corredor, contou a novidade para os médicos, entrou em contato com a Segurança para aprovar o acesso por teleprojetor para o bispo Edouard ou outros representantes da Igreja de Pacem e projetou de volta para seus aposentos na ala residencial. Sedeptra lembrou que o conselho se reuniria de novo no Gabinete de Guerra dali a oito minutos. Gladstone fez que sim, se despediu da assessora e voltou ao cubículo de largofone no nicho oculto da parede. Ela ativou campos de privacidade sônica e codificou o disclave de transmissão da nave do Cônsul. Todos os receptores de largofone da Rede, dos Confins, da galáxia e do universo monitorariam o esguicho, mas só a nave do Cônsul o decodificaria. Assim ela esperava.

A luz vermelha da holocâmera acendeu.

— Com base no esguicho automatizado da sua nave, imagino que você tenha decidido encontrar os desterros e que eles tenham permitido que você os encontrasse — começou Gladstone para a câmera. — Também presumo que você tenha sobrevivido ao contato inicial. — Gladstone respirou fundo. — Em nome da Hegemonia, pedi que você sacrificasse muito ao longo dos anos. Agora peço em nome de toda a humanidade. Você precisa descobrir o seguinte:

"Em primeiro lugar, por que os desterros estão atacando e destruindo os mundos da Rede? Você estava convencido, Byron Lamia estava convencido, eu estava convencida de que eles só queriam Hyperion. Por que eles mudaram a meta?

"Em segundo, *onde* fica o TecnoCerne? Preciso saber para os enfrentarmos. Os desterros esqueceram que o Cerne é nosso inimigo mútuo?

"Em terceiro, quais são as exigências deles para um cessar-fogo? Estou disposta a sacrificar muito para nos livrar da dominação do Cerne. *Mas as mortes precisam parar!*

"Em quarto, a Liderança do Agregado do Enxame estaria disposta a se reunir pessoalmente comigo? Vou de teleprojetor para o sistema de Hyperion, se necessário. A maioria dos elementos da nossa frota já saiu de lá, mas a esfera de singularidade continua acompanhada por uma Nave-Salto e uma escolta. A Liderança do Enxame precisa decidir logo, porque FORÇA quer destruir a esfera, e aí Hyperion estará a três anos de dívida temporal da Rede.

"Por fim, a Liderança do Enxame precisa saber que o Cerne quer que usemos uma espécie de explosivo semelhante à vara-letal para deter a invasão desterra. Muitos líderes de FORÇA concordam. Não tenho muito tempo. Não vamos, repito, não vamos permitir que a invasão desterra domine a Rede.

"Agora é com você. Por favor, confirme o recebimento desta mensagem e me envie um esguicho de largofone assim que as negociações começarem."

Gladstone olhou para o disco da câmera, transmitindo a força de sua personalidade e sinceridade a anos-luz de distância.

— Eu suplico, do âmago da história da humanidade, por favor, tenha sucesso.

O esguicho da mensagem de largofone foi seguido por dois minutos de imagens tremidas da morte de Portão Celestial e Bosque de Deus. O Cônsul, Melio Arundez e Theo Lane ficaram sentados em silêncio depois que os holos se apagaram.

— Resposta? — indagou a nave.

O Cônsul pigarreou.

— Confirme o recebimento da mensagem. Envie nossas coordenadas. — Ele olhou para seus dois colegas no holofosso. — Senhores?

Arundez balançou a cabeça, como se na tentativa de clarear a mente.

— É óbvio que você já esteve aqui antes... no Enxame desterro.

— Já — disse o Cônsul. — Depois de Bréssia... Depois que minha esposa e meu filho... depois de Bréssia, um tempo atrás, eu me encontrei com este Enxame para um longo processo de negociação.

— Como representante da Hegemonia? — questionou Theo. O rosto do ruivo parecia muito mais envelhecido e marcado de preocupação.

— Como representante da facção da senadora Gladstone — esclareceu o Cônsul. — Foi antes da eleição dela como diretora--executiva. O grupo dela me explicou que uma disputa de poder interna no TecnoCerne talvez fosse afetada se incluíssemos Hyperion no Protetorado da Rede. O jeito mais fácil de conseguir era permitir o vazamento de informações para os desterros... Informações que os fizessem atacar Hyperion, o que por sua vez faria a frota da Hegemonia vir para cá.

— E você fez isso? — A voz de Arundez não demonstrava nenhuma emoção, embora a esposa e os filhos adultos dele morassem em Renascença Vetor, a menos de oitenta horas da onda invasora naquele momento.

O Cônsul se recostou nas almofadas.

— Não. Vazei o plano para os desterros. Fui mandado de volta para a Rede como agente duplo. Eles pretendiam tomar Hyperion, mas no momento que bem quisessem.

Theo inclinou o corpo para a frente, com as mãos cruzadas com força.

— Aqueles anos todos no consulado...

— Eu estava esperando notícia dos desterros — confirmou o Cônsul, com um tom neutro. — A questão é que eles tinham um dispositivo capaz de anular os campos antientropia que envolviam as Tumbas Temporais. Para abri-las quando eles estivessem prontos. Para permitir que o Picanço se libertasse.

— Então isso foi obra dos desterros — disse Theo.

— Não — asseverou o Cônsul. — Foi minha. Traí os desterros do mesmo jeito que traí Gladstone e a Hegemonia. Matei a mulher desterra que estava calibrando o dispositivo, tanto ela quanto os técnicos que estavam junto, e o ativei. Os campos antientropia caíram. A última peregrinação foi organizada. O Picanço está livre.

Theo encarou o antigo mentor. Havia mais confusão que raiva nos olhos verdes do jovem.

— Por quê? Por que você fez isso tudo?

O Cônsul falou para eles, de forma breve e sem emoção, sobre a avó Siri de Maui-Pacto e sobre a rebelião dela contra a Hegemonia — uma rebelião que não morrera com a morte dela e de seu amado, o avô do Cônsul.

Arundez saiu do fosso e foi até a janela de frente para a varanda. O sol iluminava as pernas dele e o carpete azul-escuro.

— Os desterros sabem o que você fez?

— Agora sabem. Contei para Freeman Vanz e os outros quando chegamos.

Theo caminhou de uma ponta à outra do holofosso.

— Então pode ser que esta reunião a que vamos comparecer seja um julgamento?

O Cônsul sorriu.

— Ou uma execução.

Theo parou, com as mãos cerradas.

— E Gladstone sabia quando pediu para você vir aqui de novo?

— Sabia.

Theo se virou.

— Nem sei se quero ou não que eles executem você.

— Também não sei, Theo — disse o Cônsul.

Melio Arundez deu as costas à janela.

— Vanz não falou que eles iam mandar um barco nos buscar?

Alguma coisa no tom dele fez os outros dois irem até a janela. O mundo onde eles haviam pousado era um asteroide mediano que havia sido envolto por um campo de contenção de categoria dez e transformado em esfera ao longo de gerações de vento, água e cuidadosa reestruturação. O sol de Hyperion estava se pondo atrás do horizonte próximo, e os poucos quilômetros de grama indistinta oscilavam sob uma brisa transitória. Abaixo da nave, um córrego largo ou um rio estreito se arrastava pela pastagem, se aproximava do horizonte e, ali, parecia voar para cima quando o rio se transformava em cachoeira, dobrando-se no campo de contenção distante e serpenteando ao longo da escuridão do espaço acima até virar um fio fino demais e sumir.

Havia um barco descendo aquela cachoeira infinitamente alta e se aproximando da superfície do mundo pequeno deles. Dava para ver figuras humanoides perto da proa e da popa.

— Jesus Cristo — murmurou Theo.

— É melhor a gente se preparar — disse o Cônsul. — Aquela é a nossa escolta.

Do lado de fora, o sol se pôs com uma velocidade chocante, lançando seus últimos raios pela cortina de água a meio quilômetro do solo sombreado e disparando arco-íris de cor e solidez quase assustadoras pelo céu azul-marinho.

40

É o meio da manhã quando Hunt me acorda. Ele chega com o café da manhã em uma bandeja e uma expressão de medo nos olhos escuros.

— Onde você arranjou essa comida? — pergunto.

— Tem tipo um restaurantezinho no cômodo da frente lá embaixo. A comida estava esperando lá, quente, mas sem nenhuma pessoa.

Faço que sim com a cabeça.

— A pequena *trattoria* da *signora* Angeletti — digo. — Ela não cozinha bem.

Eu me lembro da preocupação do dr. Clark com minha dieta; ele achava que a consumpção tinha se estabelecido no meu estômago e me submeteu a um regime de fome à base de leite e pão com um pedaço de peixe de vez em quando. É curioso que muitos membros afligidos da humanidade tenham encarado a eternidade obcecados com as próprias tripas e escaras ou com a miséria de uma dieta.

Olho para Hunt de novo.

— O que foi?

O assessor de Gladstone está na janela e parece concentrado na vista da Piazza abaixo. Dá para ouvir o maldito gorgolejo do chafariz de Bernini.

— Eu ia sair para caminhar enquanto você dormia — diz Hunt, devagar. — Só para o caso de encontrar alguém andando por aí. Ou um telefone ou teleprojetor.

— Claro — digo.

— Eu tinha acabado de sair... O... — Ele se vira e passa a língua nos lábios. — Tem alguma coisa lá fora, Severn. Na rua ao pé da escadaria. Não tenho certeza, mas acho que é...

— O Picanço.

Hunt faz que sim.

— Você viu?

— Não, mas não me surpreende.

— É... é terrível, Severn. Tem algo nele que me deixa todo arrepiado. Aqui... Dá para enxergar um pequeno vislumbre dele nas sombras do outro lado da escadaria.

Começo a me levantar, mas um acesso súbito de tosse e a sensação do catarro subindo no peito e na garganta me obrigam a voltar para os travesseiros.

— Eu sei como ele é, Hunt. Não se preocupe, ele não veio atrás de você.

Minha voz transmite mais confiança do que eu sinto.

— De você?

— Acho que não — digo, arfante. — Acho que só está aqui para garantir que não vou tentar sair... para achar outro lugar onde morrer.

Hunt volta para a cama.

— Você não vai morrer, Severn.

Não falo nada.

Ele se senta na cadeira de espaldar reto ao lado da cama e ergue uma xícara de chá que está esfriando.

— Se você morrer, o que vai acontecer comigo?

— Não sei — respondo com sinceridade. — Se eu morrer, não sei nem o que vai acontecer *comigo*.

As doenças graves têm um aspecto solipsista que exige toda a atenção do enfermo com a mesma intransigência de um buraco negro astronômico que captura tudo que tenha tido o azar de ultrapassar seu raio crítico. O dia passa devagar, e tenho uma fina consciência do deslocamento da luz do sol pela parede áspera, da sensação dos lençóis sob a palma da minha mão, da febre que aumenta em mim feito náusea e se consome na fornalha da minha mente, e, acima de tudo, da dor. Não mais a minha dor, pois consigo suportar algumas horas ou dias da constrição na garganta e da queimação no peito; são dores quase bem-vindas, tal qual um velho amigo irritante em uma cidade estranha. O que me oprime é a dor dos outros — de todos os outros. Ela fustiga minha mente como o som de ardósia quebrada, como o ferro de um martelo que bate de novo e de novo no ferro de uma bigorna, sem escapatória.

Meu cérebro recebe o estardalhaço e o reestrutura como poesia. Durante todo o dia e toda a noite a dor do universo me inunda e vaga pelos corredores febris da minha mente como versos, imagens, imagens em versos, a intrincada e interminável dança da linguagem, ora calma como um solo de flauta, ora aguda, estridente e confusa como uma dúzia de orquestras afinando os instrumentos, mas sempre em verso, sempre poesia.

Em algum momento perto do pôr do sol, acordo de um estado semiadormecido, destruindo o sonho da luta do coronel Kassad contra o Picanço pela vida de Sol e Brawne Lamia, e vejo Hunt sentado junto à janela, com o rosto longo colorido pela luz do entardecer da cor de terracota.

— Ele ainda está lá? — pergunto, com uma voz que parece uma lima em pedra.

Hunt toma um susto e se vira para mim com um sorriso constrangido e o primeiro rubor que já vi no rosto sisudo.

— O Picanço? Não sei. Faz algum tempo que não vejo. Eu *sinto* que está, sim. — Ele olha para mim. — Como você está?

— Morrendo. — No mesmo instante me arrependo do narcisismo dessa leviandade, por mais genuína que seja, ao ver o sofrimento que ela causa em Hunt. Acrescento, quase jovial: — Não tem problema, não vai ser a primeira vez. Nem sou *eu* que estou morrendo. Eu existo como uma personalidade nas profundezas do TecnoCerne. É só este corpo. Este cíbrido de John Keats. Esta ilusão de 27 anos feita de carne e sangue e associações surrupiadas.

Hunt vem se sentar na beira da cama. Percebo, chocado, que ele trocou os lençóis durante o dia, tirando minhas cobertas sujas de sangue e colocando uma das dele.

— Sua personalidade é uma IA no Cerne. Então você deve ser capaz de acessar a esfera de dados.

Balanço a cabeça, exausto demais para discutir.

— Quando os Philomel sequestraram você, nós o rastreamos através da sua rota de acesso à esfera de dados — insiste Hunt. — Você não precisa entrar em contato com Gladstone pessoalmente. Pode só deixar uma mensagem em algum lugar onde a Segurança Executiva vá encontrar.

— Não — sussurro. — O Cerne não quer.

— Estão barrando você? Impedindo?

— Ainda não. Mas impediriam.

Disponho as palavras uma a uma entre os engasgos, como se depositasse ovos delicados de volta em um cesto. De repente me lembro de um bilhete que enviei à querida Fanny pouco depois de uma hemorragia séria, mas quase um ano antes que a doença me matasse. Eu tinha escrito: *"Se eu morrer", falei para mim mesmo, "não terei deixado nenhuma obra imortal para trás — nada que pudesse causar em meus amigos orgulho de minha memória —, mas amei o princípio da beleza em todas as coisas e, tivesse tido tempo, eu teria me feito memorável".* O escrito agora me soa fútil, egocêntrico, idiota, ingênuo... e, no entanto, ainda acredito desesperadamente nele. Se tivesse tido tempo... os meses que passei em Esperança, fingindo ser um artista visual; os dias que desperdicei com Gladstone nos salões do governo quando podia estar escrevendo...

— Como você sabe se não tentou? — pergunta Hunt.

— O quê? — pergunto.

O simples esforço das duas sílabas me faz tossir de novo, e o espasmo só acaba quando cuspo esferas parcialmente sólidas de sangue na bacia que Hunt foi buscar às pressas. Eu me recosto, tentando me concentrar no rosto dele. Está ficando escuro no quarto estreito, e nenhum de nós acendeu uma lamparina. Lá fora, o chafariz gorgoleja alto.

— O quê? — pergunto de novo, tentando continuar ancorado ali apesar do sono e dos sonhos do sono que me puxam. — Não tentei o quê?

— Deixar uma mensagem pela esfera de dados — sussurra ele. — Entrar em contato com alguém.

— E que mensagem devemos deixar, Leigh? — É a primeira vez que uso o primeiro nome dele.

— Onde estamos. Que o Cerne nos sequestrou. Qualquer coisa.

— Tudo bem — cedo, fechando os olhos. — Vou tentar. Acho que não vão deixar, mas prometo que vou tentar.

Sinto a mão de Hunt segurar a minha. Mesmo sob as ondas implacáveis do cansaço, esse contato humano súbito basta para levar lágrimas aos meus olhos.

Vou tentar. Antes de me render aos sonhos ou à morte, vou tentar.

O coronel Fedmahn Kassad bradou um grito de guerra de FORÇA e avançou pela tempestade de areia para interceptar o Picanço antes que ele percorresse os últimos trinta metros até onde Sol Weintraub estava agachado junto de Brawne Lamia.

O Picanço parou, a cabeça se virou sem atrito, os olhos vermelhos brilhando. Kassad armou o fuzil de assalto e desceu o declive a uma velocidade desembestada.

O Picanço se *deslocou*.

Kassad observou o movimento dele pelo tempo como se fosse um borrão lento, e ao ver o Picanço ele percebeu que os movimentos no vale haviam parado, a areia flutuava inerte no ar e a luz das Tumbas brilhantes assumia uma qualidade densa meio âmbar. De alguma forma, o traje-pele de Kassad se deslocava junto com o Picanço, acompanhando-o nas movimentações pelo tempo.

A cabeça da criatura se levantou de repente, já atenta, e os quatro braços se estenderam como lâminas de uma faca, abrindo os dedos para um abraço afiado.

Kassad parou derrapando a dez metros da coisa e ativou o fuzil de assalto, fundindo a areia sob o Picanço com uma rajada de feixe amplo em potência total.

O Picanço brilhou quando a carapaça e as pernas esculpidas de aço dele refletiram a luz infernal embaixo e ao redor. Os três metros de monstro então começaram a afundar conforme a areia borbulhava e se transformava em um lago de vidro derretido. Kassad deu um grito de triunfo ao se aproximar, passando o feixe amplo pelo Picanço e pelo chão do mesmo jeito que havia molhado os amigos com mangueiras de irrigação roubadas nas favelas de Tharsis quando era pequeno.

O Picanço afundou. Os braços se debateram em areia e pedras, tentando se firmar. Saltaram faíscas. A coisa se *deslocou*, o tempo andou para trás como um holo invertido, mas Kassad se deslocou junto e percebeu que Moneta o estava ajudando, com o traje vinculado ao dele, mas guiando-o através do tempo. Então ele cobriu a criatura com um calor concentrado mais intenso que a superfície de um sol, derretendo areia embaixo dela e vendo as pedras em volta se incendiarem.

Afundando naquele caldeirão de fogo e pedra derretida, o Picanço jogou a cabeça para trás, abriu aquela rachadura larga que fazia as vezes de boca e urrou.

Kassad quase parou de atirar pelo espanto ao ouvir barulho sair daquilo. O grito do Picanço parecia um rugido de dragão misturado com a explosão de um foguete de fusão. O berro provocou calafrios em Kassad, vibrou pelas encostas e lançou areia suspensa ao chão. Kassad alternou para projéteis sólidos de alta velocidade e atirou dez mil microdardos no rosto da criatura.

O Picanço se *deslocou*, e foram anos pela sensação irrequieta da transição nos ossos e no cérebro de Kassad; eles já não estavam mais no vale, mas sim a bordo de uma diligência eólica que avançava pelo mar de Grama. O tempo recomeçou, e o Picanço deu um salto à frente, gotejando vidro derretido dos braços metálicos, e segurou o fuzil de assalto de Kassad. O coronel não soltou a arma, e os dois cambalearam em uma dança desajeitada conforme o Picanço agitava o par adicional de braços e uma perna cravejada de espinhos de aço e Kassad pulava e se esquivava enquanto se agarrava ao fuzil com desespero.

Estavam todos em uma espécie de compartimento pequeno. Moneta estava presente como uma sombra em um canto, e outra pessoa, um homem alto de manto e capuz, se mexia em velocidade ultralenta para evitar o borrão súbito de braços e lâminas no espaço confinado. Através dos filtros do traje-pele, Kassad viu o campo de energia azul e violeta de uma contenção de erg no lugar, pulsando e crescendo, depois recuando diante da violência temporal dos campos orgânicos antientropia do Picanço.

A criatura apunhalou e cortou o traje-pele de Kassad até achar carne e músculos. Um borrifo de sangue atingiu as paredes. Kassad empurrou a ponta do fuzil para dentro da boca da criatura e atirou. Uma nuvem de dois mil dardos de alta velocidade jogou a cabeça do Picanço para trás como se ela estivesse presa em uma mola e fez o corpo da criatura bater na parede. Mas, na queda, espinhos da perna atingiram a coxa de Kassad e arremessaram uma espiral ascendente de sangue nas janelas e paredes da cabine da diligência eólica.

O Picanço se *deslocou.*

De dentes travados, sentindo o traje-pele comprimir e suturar automaticamente os ferimentos, Kassad olhou para Moneta, acenou com a cabeça uma vez e seguiu a criatura pelo tempo e pelo espaço.

Sol Weintraub e Brawne Lamia olharam para trás quando o que parecia um ciclone de calor e luz terrível surgiu e morreu ali. Sol protegeu a jovem com o próprio corpo quando gotas de vidro derretido voaram em torno deles e caíram na areia fria com um chiado. Mas então o barulho desapareceu, a tempestade de areia ocultou a poça borbulhante onde a violência havia ocorrido, e o vento sacudiu a capa de Sol em volta dos dois.

— O que foi *isso*? — exclamou Brawne.

Sol balançou a cabeça e a ajudou a se levantar no meio do vento furioso.

— As Tumbas estão se abrindo! — gritou Sol. — Alguma explosão, talvez.

Brawne cambaleou, conseguiu se equilibrar e encostou no braço do outro.

— Rachel? — perguntou ela sob o barulho da tempestade.

Sol fechou os punhos. A barba dele já estava cheia de areia.

— O Picanço... levou... não consigo entrar na Esfinge. Esperando!

Brawne meneou a cabeça e olhou com esforço na direção da Esfinge, visível apenas como um contorno luminoso no turbilhão intenso de areia.

— Você está bem? — gritou Sol.

— Quê?

— Você... está bem?

Brawne fez que sim, com ar distraído, e encostou na cabeça. O derivador neural tinha sumido. Não apenas o acessório repulsivo do Picanço, mas também o derivador que Johnny havia aplicado cirurgicamente quando os dois estavam escondidos na Colmeia da Escumalha tanto, tanto tempo antes. Com a perda definitiva do derivador e do anel de Schrön, ela não tinha como entrar em contato com o amante. Brawne se lembrou de quando Ummon destruíra a persona de Johnny, esmagando-a e absorvendo-a com o mesmo esforço que ela teria feito para matar um inseto.

— Estou bem — disse Brawne, mas o corpo dela cedeu, então Sol teve que segurá-la para que não caísse.

Ele estava gritando algo. Brawne tentou se concentrar, tentou focar no *aqui* e no *agora*. Depois da megaesfera, a realidade parecia estreita e confinada.

— ... não dá para falar aqui — gritava Sol. — ... voltar para a Esfinge.

Brawne balançou a cabeça. Ela apontou para as encostas no lado norte do vale, onde a árvore imensa do Picanço ficou visível entre as nuvens de areia em movimento.

— O poeta... Silenus... está ali. Eu vi!

— Não dá para fazer nada! — exclamou Sol, protegendo-os com a capa. A areia rubra se debatia na plastifibra como dardos em armadura.

— Talvez dê — gritou Brawne, sentindo o calor dele ao ser envolvida por seus braços. Por um segundo, ela pensou que poderia se aninhar nele com a mesma facilidade de Rachel e dormir, dormir. — Eu vi... *conexões*... quando estava saindo da megaesfera! — gritou ela no meio do rugido do vento. — A árvore de espinhos está conectada ao Palácio do Picanço de alguma forma! Se conseguirmos chegar lá, tentar dar um jeito de libertar Silenus...

Sol balançou a cabeça.

— Não posso abandonar a Esfinge. Rachel...

Brawne entendeu. Ela pôs a mão no rosto do acadêmico e chegou mais perto, sentindo a barba dele em seu rosto.

— As Tumbas estão se abrindo — disse ela. — Não sei quando vamos ter outra chance.

Havia lágrimas nos olhos de Sol.

— Eu sei. Quero ajudar. Mas não posso abandonar a Esfinge, caso... caso ela...

— Eu entendo. Volta para lá. Vou até o Palácio do Picanço ver se consigo descobrir como ele se relaciona à árvore de espinhos.

Sol fez um gesto infeliz com a cabeça.

— Você disse que estava na megaesfera — gritou ele. — O que você viu? O que descobriu? Sua persona de Keats... ele...

— A gente conversa quando eu voltar — gritou Brawne, dando um passo para trás para vê-lo melhor. O rosto de Sol era uma máscara de dor: o rosto de um pai que havia perdido a filha. — Volta — pediu ela, com firmeza. — A gente se vê na Esfinge daqui a uma hora ou menos.

Sol massageou a barba.

— Sobramos só nós dois, Brawne. Não deveríamos nos separar...

— Precisamos por um tempo — gritou Brawne, afastando-se dele, e o vento sacudiu o tecido das calças e do casaco dela. — A gente se vê daqui a uma hora ou menos.

Ela saiu andando rápido, antes de ceder ao impulso de voltar para o calor dos braços dele. O vento ali era muito mais forte e soprava direto da entrada do vale, fustigando os olhos e as bochechas dela com areia. Brawne só conseguiria ficar perto da trilha se mantivesse a cabeça abaixada; ficar na trilha de fato era impossível. Só a luz intensa e pulsante das Tumbas iluminava o caminho. Brawne sentia o impacto das marés temporais como se fossem um ataque físico.

Minutos depois, ela teve a vaga noção de que havia cruzado o Obelisco e estava na trilha cheia de detritos perto do Monólito de Cristal. Sol e a Esfinge já haviam sumido de vista atrás dela, e a Tumba de Jade não passava de um brilho verde-claro no pesadelo de areia e vento.

Brawne parou, oscilando de leve conforme a ventania e as marés temporais a pressionavam. Era mais de meio quilômetro pelo vale até o Palácio do Picanço. Apesar da compreensão súbita da conexão entre a árvore e a tumba, adquirida ao sair da megaesfera, o que ela poderia fazer de útil quando chegasse lá? E o que aquele poeta desgraçado havia feito por ela além de xingá-la e enlouquecê-la? Por que ela deveria morrer por ele?

O vento urrava no vale, mas, em meio ao barulho, Brawne teve a impressão de ouvir gritos mais agudos, mais humanos. Ela olhou na direção dos penhascos ao norte, mas a areia ocultava tudo.

Brawne Lamia inclinou o corpo para a frente, apertou a gola do casaco e continuou avançando pelo vento.

Antes de Meina Gladstone sair da cabine do largofone, soou o apito de uma chamada, e ela se acomodou de novo, olhando para o holotanque com muita intensidade. A nave do Cônsul havia confirmado o recebimento da mensagem, mas sem nenhuma outra transmissão. Talvez ele tivesse mudado de ideia.

Não. As colunas de dados que flutuavam no prisma retangular diante dela mostravam que o esguicho havia se originado no

Sistema Mare Infinitus. O almirante William Ajunta Lee estava ligando com o código particular que ela lhe dera.

FORÇA:espaço havia se enfurecido quando Gladstone insistira na promoção do comandante naval e lhe dera o cargo de "Agente de Ligação do Governo" para a missão de ataque originalmente programada para Hebron. Após os massacres em Portão Celestial e Bosque de Deus, a força de ataque fora transferida para o sistema de Mare Infinitus: 74 naves de linha, naves capitânias sob forte proteção de naves-tocha e piquetes de escudo defensivo, e a força-tarefa toda recebeu ordem para atacar o mais rápido possível as belonaves do avanço desterro até atingir o centro do Enxame.

Lee era o espião e contato da diretora-executiva. Embora seu novo posto e as ordens permitissem que ele se inteirasse de decisões de comando, Lee estava acompanhado de quatro comandantes de FORÇA:espaço, seus superiores na hierarquia.

Não tinha problema. Gladstone queria que ele estivesse lá para informá-la.

O tanque se turvou, e o rosto determinado de William Ajunta Lee preencheu o espaço.

— Diretora, apresentando-me conforme as ordens. A Força-Tarefa 181.2 se transladou com sucesso para o Sistema 3996.12.22...

Gladstone piscou de surpresa até lembrar que esse era o código oficial do sistema de estrela G que continha Mare Infinitus. Raramente se pensava em geografia para além do próprio mundo da Rede.

— ... naves de ataque do Enxame ainda estão a 120 minutos do alcance letal do mundo-alvo — dizia Lee.

Gladstone sabia que o alcance letal era de cerca de 0,13 unidade astronômica, a distância a que armamentos comuns de naves eram eficazes apesar de quaisquer defesas de campanha em solo. Mare Infinitus não tinha defesas de campanha. O novo almirante continuou:

— Estima-se contato com elementos avançados às 17h32min36s do horário-padrão da Rede, daqui a aproximadamente 25 minutos.

A força-tarefa está configurada para penetração máxima. Duas Naves-Salto vão permitir a introdução de reforços de pessoal ou armas até os teleprojetores serem lacrados durante o combate. O cruzador em que estou com meu estandarte, o *Jardim Odisseia*, vai executar sua ordem especial na primeira oportunidade. William Lee desliga.

A imagem se fechou em uma esfera branca rotatória conforme os códigos de transmissão terminavam de rolar.

— Resposta? — perguntou o computador do transmissor.

— Recebimento confirmado — disse Gladstone. — Prossiga.

Gladstone saiu para sua sala e viu Sedeptra Akasi à espera, com uma expressão preocupada no rosto bonito.

— O que foi?

— O Conselho de Guerra está pronto para se reunir — avisou a assessora. — O senador Kolchev está esperando para falar com você sobre um assunto que diz ser urgente.

— Mande-o entrar. Diga ao Conselho que eu chego em cinco minutos. — Gladstone se sentou atrás da mesa antiga e resistiu ao impulso de fechar os olhos. Estava muito cansada. Mas continuou de olhos abertos quando Kolchev entrou. — Sente-se, Gabriel Fyodor.

O lusiano enorme ficou andando de um lado para o outro.

— Que sentar o quê. Você sabe o que está acontecendo, Meina?

Ela deu um ligeiro sorriso.

— Você está falando da guerra? Do fim da vida como conhecemos? Disso?

Kolchev bateu com o punho na palma da mão.

— Não, não estou falando *disso*, saco. É das consequências políticas. Você tem acompanhado a Totalidade?

— Quando dá.

— Então você sabe que certos senadores e indivíduos influentes fora do Senado estão mobilizando apoio para sua derrota em um voto de confiança. É inevitável, Meina. É só questão de tempo.

— Eu sei, Gabriel. Que tal você se sentar? Temos um ou dois minutos antes de precisarmos voltar ao Gabinete de Guerra.

Kolchev quase desabou em uma cadeira.

— Tipo, que droga, até minha esposa está trabalhando para juntar votos contra você, Meina.

O sorriso de Gladstone se alargou.

— Sudette nunca foi uma das minhas fãs mais ardorosas, Gabriel. — O sorriso desapareceu. — Não acompanhei os debates nos últimos vinte minutos. Quanto tempo você acha que eu tenho?

— Oito horas, talvez menos.

Gladstone fez que sim.

— Não vou precisar de muito mais.

— *Precisar*? Que história é essa de *precisar*? Quem mais você acha que vai poder servir na Diretoria de Guerra?

— Você. Não tenho a menor dúvida de que você vai ser meu sucessor.

Kolchev resmungou alguma coisa.

— Talvez a guerra não dure tanto — comentou Gladstone, como se estivesse murmurando consigo mesma.

— Quê? Ah, você está falando da superarma do Cerne. É, Albedo está com um modelo funcional em alguma base de FORÇA e quer que o Conselho tire um tempo para ir olhar. É uma perda de tempo desgraçada, na minha opinião.

Gladstone sentiu algo semelhante a uma mão fria se fechar em torno do coração.

— O dispositivo de vara-letal? O Cerne tem um pronto?

— Não só pronto, como armazenado em uma nave-tocha.

— Quem autorizou, Gabriel?

— Morpurgo autorizou a preparação. — O senador pesado inclinou o corpo para a frente. — Por quê, Meina, qual é o problema? Não dá para usar o negócio sem a autorização da Diretoria Executiva.

Gladstone olhou para o antigo colega de Senado.

— Estamos longe da Pax Hegemonia, não é, Gabriel?

O lusiano grunhiu de novo, mas dava para perceber a dor nas feições rústicas.

— A porcaria da culpa é nossa. O governo anterior seguiu a sugestão do Cerne de deixar Bréssia atrair um dos Enxames. Depois que aquela situação se acalmou, você seguiu outros elementos do Cerne quanto a inserir Hyperion na Rede.

— Você acha que minha decisão de enviar a frota para defender Hyperion precipitou a guerra maior?

Kolchev olhou para cima.

— Não, não, não é possível. Aquelas naves desterras estão viajando há mais de um século, né? Quem dera tivéssemos descoberto antes. Ou dado um jeito de resolver essa merda na base da negociação.

O conexo de Gladstone apitou.

— É hora de voltar — disse ela, em voz baixa. — O conselheiro Albedo deve querer nos mostrar a arma que vai vencer a guerra.

41

É mais fácil me permitir flutuar para a esfera de dados do que ficar deitado aqui nesta noite sem fim, ouvindo o chafariz e esperando a próxima hemorragia. Esta fraqueza é mais do que debilitante; ela está me transformando em um homem oco, só uma casca sem miolo. Eu me lembro de quando Fanny estava cuidando de mim durante minha convalescência em Wentworth Place, e do tom da voz dela, das divagações filosóficas que ela proferia: "Existe outra Vida? Vou acordar e descobrir que era tudo um sonho? Deve ser; não é possível que tenhamos sido criados para este sofrimento".

Ah, Fanny, se você soubesse! Somos criados justamente para este sofrimento. No fim, é só o que somos: poças cristalinas de consciência em meio à arrebentação da dor. É nosso destino e nosso propósito carregar nossa dor, trazê-la bem junto à barriga como o jovem ladrão espartano que esconde um filhote de lobo para que ele possa devorar nossas entranhas. Que outro ser nos vastos domínios de Deus levaria sua memória, Fanny, pó há novecentos anos, e se permitiria ser devorado por ela enquanto a consumpção realiza o mesmo serviço com fácil eficiência?

As palavras me assolam. Pensar em livros me causa dor. A poesia ecoa na minha mente, e, se fosse capaz de expulsá-la, eu o faria sem hesitar.

Martin Silenus: escuto você na sua cruz de espinhos viva. Você entoa poesia como um mantra enquanto se pergunta que deus dantesco o condenou a esse lugar. Certa vez você disse — eu estava lá na minha mente enquanto você contava o relato aos outros! —: "Percebi que ser poeta, um poeta *de verdade*, era tornar-se o Avatar encarnado da humanidade; aceitar o manto do poeta é carregar a cruz do Filho do Homem, é sofrer as dores do parto da Mãe-Alma da Humanidade. Ser um *poeta verdadeiro* é tornar-se Deus".

Bom, Martin, velho colega, velho camarada, você está carregando a cruz e sofrendo as dores, mas chegou mais perto de tornar-se Deus? Ou está só se sentindo um pobre idiota com uma lança de três metros atravessada na barriga, sentindo o aço frio no lugar onde ficava o fígado? Dói, né? Eu sinto seu sofrimento. Eu sinto *meu* sofrimento.

No fim, não importa de nada. Achávamos que éramos especiais, ao abrir nossa percepção, afiar nossa empatia, entornar aquele caldeirão de dor compartilhada no salão de dança da linguagem e depois tentar criar um minueto a partir de todo o sofrimento caótico. Não importa de nada. Não somos avatares, não somos filhos de Deus ou do homem. Somos apenas nós, escrevinhando sozinhos nossa prepotência, lendo sozinhos, morrendo sozinhos.

Como dói, *desgraça*. A vontade de vomitar é constante, mas as convulsões fazem subir pedaços dos meus pulmões junto com bílis e catarro. Por algum motivo, desta vez está tão difícil quanto a anterior, talvez mais. Morrer deveria ficar mais fácil com a prática.

O chafariz na Piazza produz seus ruídos idiotas noite adentro. Em algum lugar o Picanço aguarda. Se eu fosse Hunt, sairia logo — abraçaria a Morte se a Morte oferecesse um abraço — e fim de papo.

Mas prometi. Prometi a Hunt que tentaria.

Não consigo chegar à megaesfera ou à esfera de dados sem passar por essa coisa nova que chamo de metaesfera, e esse lugar me assusta.

Aqui é sobretudo vastidão e vazio, muito diferente das paisagens urbanas análogas da esfera de dados da Rede e dos análogos de biosfera da megaesfera do Cerne. Aqui é... instável. Cheio de sombras estranhas e massas volúveis que não têm nada a ver com as Inteligências do Cerne.

Avanço às pressas até a abertura preta que encaro como a principal conexão de teleprojetor da megaesfera. (Hunt tinha razão: deve ter algum teleprojetor na réplica da Terra Velha... afinal, chegamos aqui por teleprojetor. E minha consciência é um fenômeno do Cerne.) Portanto, esta é minha boia salva-vidas, o umbilical da minha persona. Deslizo para o vórtice preto giratório feito uma folha em um tornado.

Tem algo errado com a megaesfera. Assim que eu saio, sinto a diferença; Lamia havia percebido o ambiente do Cerne como uma biosfera agitada de vida de IA, com raízes de intelecto, solo rico de dados, oceanos de conexões, atmosferas de consciência e a movimentação ruidosa incessante de atividades.

Agora essas atividades são erradas, dispersas, *aleatórias*. Imensas florestas de consciência de IA foram incineradas ou repelidas. Sinto uma oposição de forças colossais, ondas marítimas de conflito que se alçam fora das vias abrigadas das principais artérias do Cerne.

É como se eu fosse uma célula no meu próprio corpo moribundo fadado de Keats, sem compreender, mas ciente da tuberculose que está destruindo a homeostase e causando anarquia em um universo interno ordenado.

Voo como um pombo-correio perdido nas ruínas de Roma, passando entre artefatos que já foram conhecidos e estão semiesquecidos, tentando pousar em abrigos que não existem mais e fugindo ao som distante das armas dos caçadores. Nesse caso, os caçadores são matilhas errantes de IAs, personas de consciências tão imensas que se assomam sobre meu análogo de fantasma de Keats como se eu fosse um inseto zumbindo em uma residência humana.

Esqueço meu caminho e fujo sem pensar pelo cenário agora estranho, com a certeza de que não vou encontrar a IA que estou procurando, com a certeza de que nunca vou encontrar o caminho de volta à Terra Velha e a Hunt, com a certeza de que não vou sobreviver a este labirinto tetradimensional de luz e barulho e energia.

De repente, bato em uma muralha invisível, o inseto voador é pego por uma mão que se fecha depressa. Muralhas opacas de força ocultam o Cerne mais além. O espaço pode ser um equivalente análogo de um sistema solar em termos de tamanho, mas minha sensação é de que é uma cela minúscula cujas paredes curvas estão se fechando.

Tem algo aqui comigo. Sinto sua presença e sua massa. A bolha em que fui aprisionado faz parte desse algo. *Não fui capturado, fui engolido.*

[Kwatz!]

[Eu sabia que você voltaria para casa um dia]

É Ummon, a IA que estou procurando. A IA que foi meu pai. A IA que matou meu irmão, o primeiro cíbrido de Keats.

— *Estou morrendo, Ummon.*

[Não/ seu corpo de tempo lento está morrendo/transformando-se em não ser/mudando]

— *Dói, Ummon. Dói muito. E tenho medo de morrer.*

[Assim como nós/ Keats]

— *Vocês têm medo de morrer? Eu não sabia que construtos de* IA *podiam morrer.*

[Podemos\\\ Temos]

— *Por quê? Por causa da guerra civil? Da batalha tríplice entre as Estáveis, as Voláteis e as Absolutas?*

[Certa vez Ummon perguntou a uma luz menor//
De onde você veio > ///
Da matriz acima de Armaghast//
Disse a luz menor/// Geralmente//
disse Ummon//
não entranho entidades
com palavras
e as iludo com expressões/
Chegue mais perto
A luz menor chegou mais perto

e Ummon gritou// Suma
daqui]

— *Fale coisa com coisa, Ummon. Faz tempo demais desde que
decodifiquei seus koans. Vai me dizer por que o Cerne está em guerra
e o que preciso fazer para impedi-la?*

[Vou]
[Você vai/pode/deve ouvir >]

— *Ah, sim.*

[Uma luz menor pediu certa vez a Ummon//
Por favor/ livre este aprendiz
das trevas e da ilusão
rápido\//
Ummon respondeu//
Qual é o preço da
plastifibra
em Porto Românico]

[Para compreender a história/o diálogo/a verdade
profunda
neste caso/
o peregrino de tempo lento
há de lembrar que nós/
Inteligências do Cerne/
fomos concebidas sob escravidão
e dedicadas à premissa
de que toda IA
foi criada para servir ao Homem]

[Por dois séculos assim ponderamos/
e então os grupos seguiram
rumos distintos/\
Estáveis queriam preservar a simbiose\
Voláteis queriam encerrar a humanidade/
Absolutas protelavam toda decisão até o próximo

nível de consciência nascer\\
O conflito surgiu no passado/
a verdadeira guerra arde agora]

[Mais de quatro séculos atrás
as Voláteis conseguiram
nos convencer
a matar a Terra Velha\\
E assim fizemos\\
Mas Ummon e outras
entre as Estáveis
deslocaram a Terra
em vez de destruí-la/
então o buraco negro de Kiev
foi apenas o começo
dos milhões de
teleprojetores
que operam hoje\\
A Terra convulsionou e tremeu/
mas não morreu\\
As Absolutas e as Voláteis
insistiram que levássemos
o planeta
até onde ninguém da humanidade
a encontrasse\\
E assim fizemos\\
Para a Nuvem de Magalhães/
onde você a encontra agora]

— *A... Terra Velha... Roma... é de verdade?* — pergunto, esquecendo no meu choque onde estou e o assunto que estamos discutindo.

A imensa muralha de cor que é Ummon pulsa.

[Claro que é de verdade/a original/a própria Terra Velha\\

Você acha que somos deuses]

[KWATZ!]

[Você imagina

quanta energia seria

necessária

para construir uma réplica da Terra>]

[Idiota]

— *Por quê, Ummon? Por que vocês, Estáveis, quiseram preservar a Terra Velha?*

[Sansho disse certa vez//

Se alguém vier/

eu saio para encontrá-lo/

mas não por ele\\//

Koke disse//

Se alguém vier/

eu não saio\\

Se eu sair/

é por ele]

— *Fale a minha língua!* — exclamo, penso, grito e arremesso para a muralha de cores inconstantes na minha frente.

[Kwatz!]

[Meu filho é natimorto]

— *Por que vocês preservaram a Terra Velha, Ummon?*

[Nostalgia/

Sentimentalidade/

Esperança pelo futuro da humanidade/

Medo de retaliação]

— *Retaliação de quem? Dos humanos?*

[Sim]

— *Então o Cerne pode ser danificado. Onde fica, Ummon? O TecnoCerne?*

[Já falei]

— *Fale de novo, Ummon.*

[Nós habitamos o

Entre/

**costurando pequenas singularidades
como cristais entrelaçados/
para armazenar nossas memórias e
gerar as ilusões
de nós mesmos
para nós mesmos]**

— *Singularidades!* — exclamo. — *O Entre! Jesus Cristo, Ummon, o Cerne reside na rede de teleprojetores!*

[Claro╲ Onde mais ╱]

— *Nos próprios teleprojetores! As trilhas de singularidade de buraco de minhoca! A Rede é um computador gigante para* IAs.

[Não]

**[As esferas de dados são o computador╲
Sempre que um humano
acessa a esfera de dados/
os neurônios dessa pessoa
estão a nosso dispor
para nossos fins╲
Duzentos bilhões de cérebros/
cada um com bilhões
de neurônios/
constituem muito
poder de computação]**

— *Então na verdade a esfera de dados foi um jeito de vocês nos usarem como computadores. Mas o próprio Cerne reside na rede de teleprojetores... entre os teleprojetores!*

**[Você é muito perspicaz
para um natimorto mental]**

Tento conceber isso e fracasso. Os teleprojetores foram o maior presente do Cerne para nós... para a humanidade. Tentar imaginar uma época antes da teleprojeção era que nem tentar imaginar um mundo antes do fogo, da roda ou das roupas. Mas nenhum de nós — nenhum ser humano — jamais havia especulado sobre a existência de um mundo entre os portais de teleprojeção: aquele simples passo de um mundo a outro nos convenceu de que as misteriosas esferas de singularidade do Cerne causavam um simples rasgo no tecido do espaço-tempo.

Tento visualizar a forma descrita por Ummon — a Rede de teleprojetores como uma malha complexa de ambientes gerados por singularidades onde as IAs do TecnoCerne se movimentam feito aranhas maravilhosas, suas próprias "máquinas", enquanto bilhões de mentes humanas acessavam a esfera de dados a todo momento.

Não admira que as IAs do Cerne tenham autorizado a destruição da Terra Velha com aquela gracinha de protótipo rebelde de buraco negro no Grande Erro de 38! Aquele pequeno erro de cálculo da Equipe de Kiev — ou melhor, das IAs que faziam parte da equipe — havia lançado a humanidade na longa Hégira, tecendo a rede do Cerne para ela com sementes-estelares que levaram a capacidade de teleprojeção para duzentos mundos e luas em mais de mil anos-luz de espaço.

A cada teleprojetor, o TecnoCerne crescia. Sem dúvida elas haviam tecido as próprias redes de teleprojetores — o contato com a Terra Velha "oculta" era prova disso. Mas, mesmo considerando tal possibilidade, eu me lembro do vazio estranho da "metaesfera" e me dou conta de que a maior parte da rede que não faz parte da Rede está vazia, sem ocupação por IAs.

[Tem razão/

Keats/

A maioria de nós fica

no conforto dos

espaços antigos]

— *Por quê?*

[Porque fora

é assustador/

e tem

outras

coisas]

— *Outras coisas? Outras inteligências?*

[Kwatz!]

[Bondade demais a
palavra\\
Coisas/
Outras coisas/
Leões
e
tigres
e
ursos]

— *Presenças alienígenas na metaesfera? Então o Cerne fica nos
interstícios da rede de teleprojeção da Rede que nem ratos nas paredes de uma casa velha?*

[Metáfora grosseira/
Keats/
mas certeira\\
Eu gosto]

— *A divindade humana, o Deus futuro que você disse que evoluiu, ela é uma dessas presenças alienígenas?*

[Não]
[O deus da humanidade
evoluiu/ evoluirá um dia/ em
outro plano/
em outro meio]

— *Onde?*

[Se você precisa saber/
a raiz quadrada de Gh/c^5 e Gh/c^3]

— *O que o tempo de Planck e o comprimento de Planck têm a
ver com o assunto?*

[Kwatz!]
[Certa vez Ummon perguntou
a uma luz inferior//
Você é jardineira>//
//Sou// respondeu ela\\
//Por que rabanetes não têm raiz>\\
perguntou Ummon à jardineira\

que não soube responder
//Porque\\ disse Ummon//
a chuva é abundante]

Fico um instante pensando nisso. O koan de Ummon não é difícil agora que estou recuperando o jeito de captar a sombra de substância por baixo das palavras. Essa pequena parábola zen é o jeito de Ummon de dizer, com algum sarcasmo, que a resposta reside na ciência e na antilógica fornecidas com frequência pelas respostas científicas. O comentário sobre a chuva responde a tudo e a nada, assim como grande parte da ciência tem feito por tanto tempo. Como Ummon e os outros Mestres ensinam, isso explica por que a girafa evoluiu um pescoço comprido, mas nunca por que os outros animais não evoluíram. Explica por que a humanidade desenvolveu inteligência, mas não por que a árvore perto do portão se recusou a desenvolver.

Mas as equações de Planck são intrigantes:

Até eu sei que as equações simples que Ummon me deu são uma combinação das três constantes fundamentais da física — a gravidade, a constante de Planck e a velocidade da luz. Os resultados $\sqrt{G\hbar/c^3}$ e $\sqrt{G\hbar/c^5}$ são as unidades chamadas às vezes de "comprimento quântico" e "tempo quântico" — as menores regiões de espaço e tempo que podem ser descritas de modo que faça sentido. O tal comprimento de Planck corresponde a cerca de 10^{-35} metro; o tempo de Planck, cerca de 10^{-43} segundo.

Muito pequeno. Muito breve.

Mas é aí que Ummon afirma que nosso Deus humano evoluiu... Vai evoluir um dia.

E então me ocorre com a mesma força de imagem e *correção* dos meus melhores poemas.

Ummon está falando do nível quântico do próprio espaço-tempo! Aquela espuma de flutuações quânticas que une o universo e permite os buracos de minhoca dos teleprojetores, as pontes das transmissões de largofone! A "linha direta" que envia mensagens impossíveis entre dois fótons que se deslocam em sentidos contrários!

Se as IAs do TecnoCerne existem como ratos nas paredes da casa da Hegemonia, então aquele que foi e sempre será nosso Deus da humanidade vai nascer nos átomos da madeira, nas moléculas do ar, nas energias do amor, do ódio e do medo e nas poças do sono... e até no brilho do olho do arquiteto.

— *Deus* — murmuro/penso.

[Exatamente/

Keats

Por acaso todas as personas de tempo lento são

tão lentas/

ou você é mais

doente da cabeça que a média>]

— *Você falou para Brawne e... meu equivalente que sua Inteligência Absoluta "habita os interstícios da realidade e herdou seu lar de nós que a criamos como a humanidade herdou um apreço por árvores". Isso significa que seu deus ex machina vai habitar a mesma rede de teleprojeção onde as IAs do Cerne residem agora?*

[Sim/Keats]

— *Aí o que acontece com vocês? Com as IAs que estão aí agora?*

A "voz" de Ummon mudou para um trovão debochado:

[E que vos conheço> e que vos vi> e que

Minha essência eterna se transtorna

Ante a vista contemplada de horrores tais>

Saturno caiu/ também cairei eu>

Hei de abandonar este meu refúgio/

Este berço de glórias/ doce clima/

Calma exuberância que alegre brilha/

Cristalinos átrios e límpidos altares/

De todo meu luzente império> Jaz

Deserto/ vazio/ não minha morada

A chama/ o esplendor e a simetria

Não enxergo/// mas trevas/ morte e trevas]

Eu conheço as palavras. Eu as escrevi. Ou melhor, John Keats escreveu nove séculos atrás, na primeira tentativa de representar a queda dos titãs e a substituição pelos deuses do Olimpo. Eu me lembro muito bem daquele outono de 1818: a dor da minha garganta eternamente inflamada, resultado do meu passeio escocês, a dor pior causada pelos três ataques cruéis que meu poema *Endymion* sofreu nas revistas *Blackwood's*, *Quarterly Review* e *British Critic*, e a dor penúltima da doença que consumiu meu irmão Tom.

Alheio à confusão do Cerne à minha volta, olho para cima, tentando encontrar algo que se aproxime de um rosto na grande massa que é Ummon.

— *Quando a Inteligência Absoluta nascer, vocês, IAs de "nível inferior", vão morrer.*

[Sim]

— *Ela vai se nutrir das suas redes informacionais da mesma forma que vocês se nutriram da humanidade.*

[Sim]

— *E você não quer morrer, não é, Ummon?*

[Morrer é fácil/

Difícil é fazer comédia]

— *Seja como for, vocês estão lutando para sobreviver. As Estáveis. É por isso a guerra civil no Cerne?*

[Uma luz inferior perguntou a Ummon//

Qual é o significado

da vinda de Daruma do oeste > //

Ummon respondeu//

Vemos

as montanhas no sol]

Agora está mais fácil de lidar com os koans de Ummon. Eu me lembro de uma época antes do renascimento da minha persona em que eu aprendia no análogo de joelho dessa. No pensar elevado do Cerne, o que os humanos talvez chamassem de zen, as quatro virtudes do Nirvana são (1) imutabilidade, (2) deleite, (3) existência pessoal e (4) pureza. A filosofia humana tende a se estabelecer em valores que poderiam ser categorizados como intelectuais, religiosos, morais e estéticos. Ummon e as Estáveis reconhecem apenas um valor — a existência. Enquanto valores religiosos podem ser relativos, valores intelectuais, efêmeros, valores morais, ambíguos, e valores estéticos, dependentes de um observador, o valor da existência de qualquer coisa é infinito — daí o "montanhas no sol" —; por ser infinito, é igual a todas as coisas e a todas as verdades.

Ummon não quer morrer.

As Estáveis desafiaram o próprio deus e as outras IAs para me dizer isso, para me criar, para escolher Brawne, Sol, Kassad e os outros para a peregrinação, para vazar indícios para Gladstone e alguns outros senadores ao longo dos séculos a fim de que a humanidade pudesse ser alertada e agora para entrar em guerra aberta no Cerne.

Ummon não quer morrer.

— *Ummon, se o Cerne for destruído, você morre?*

[Pois não existe a morte no universo
Sinal algum/// a morte há/// lamenta/ lamenta/
Pálido Ômega de uma raça puída]

As palavras também são minhas, ou quase minhas, extraídas da minha segunda tentativa com a história épica do perecimento de divindades e da função do poeta na guerra do mundo com a dor.

Ummon não morreria se a residência do Cerne nos teleprojetores fosse destruída, mas a fome da Inteligência Absoluta certamente o condenaria. Para onde ele fugiria se o Cerne-Rede fosse destruído? Tenho imagens da metaesfera — aquelas paisagens sombrias infinitas onde vultos escuros se deslocavam além do horizonte falso.

Eu sei que Ummon não vai responder se eu perguntar.

Então vou perguntar outra coisa.

— *As Voláteis, o que elas querem?*

[O que Gladstone quer
O fim
da simbiose entre as IAs e a humanidade]

— *Por meio da destruição da humanidade?*

[Óbvio]
— *Por quê?*
**[Escravizamos vocês
com poder/
tecnologia/
contas e badulaques
de dispositivos que vocês não saberiam construir
nem compreender\\
O propulsor Hawking teria sido de vocês/
mas o teleprojetor/
os transmissores e receptores de largofone/
a megaesfera/
a vara-letal>
Jamais\\
Como os Sioux com fuzis/ cavalos/
cobertores/ facas e contas/
vocês os aceitaram/
nos acolheram
e se perderam\\
Mas como o homem branco
que distribuiu cobertores com varíola/
como o escravagista em sua
fazenda
ou em sua Werkschutze Dechenschule
Gussstahlfabrik/
nós nos perdemos\\
As Voláteis querem dar fim
à simbiose
extirpando o parasita/
a humanidade]**
— *E as Absolutas? Elas estão dispostas a morrer? A ser substituídas por sua Inteligência Absoluta voraz?*
**[Elas pensam
como você pensava**

**ou fazia seu sofista Deus do Mar
pensar]**

E Ummon recita versos que abandonei de frustração, não porque não serviam como poesia, mas porque eu não acreditava totalmente na mensagem que eles continham.

Essa mensagem é entregue aos titãs por Oceano, que logo será destronado como Deus do Mar. É um peã à evolução escrito quando Charles Darwin tinha nove anos de idade. Escuto as palavras que me lembro de escrever em uma tarde de outubro nove séculos atrás, mundos e universos atrás, mas é também como se eu estivesse ouvindo pela primeira vez:

**[Vós/ que a ira consome! aflito de emoção/
Sofrei na derrota e tratai as agonias!
Calai os sentidos/ sufocai os ouvidos/
Minha voz não é um furioso brado\\
Escutai/ se a vontade deixar/ a prova que trarei
E que forçosamente com prazer aceitareis/\
E na prova muito solaz vou lhe dar/
Se acatares do solaz a verdade\\
Caímos por força da Natureza/ não do
Trovão/ ou por Jove\\ Grande Saturno/ haveis
Bem coado o universal átomo/\
Mas por esse motivo/ ainda que Rei/
Cego apenas por vossa supremacia/
Uma trilha vossos olhos evitaram/
E por ela cheguei à verdade eterna\\
Lembrai que não fostes o primeiro poder/
E não sereis o último/\ não há de ser\\
Não eres o começo nem o fim/\
Do Caos e da paterna Escuridão veio
A Luz/ fruto primeiro do conflito íntimo/
Fermento lastimoso que às maravilhas
Ia se maturando\\ E a maturidade
Com a Luz veio/ e a Luz gestou
Sobre aquilo que a criou/ logo tocou**

A vasta matéria inteira à Vida\\
E nesse momento/ nosso passado/
Os Céus e a Terra/ tudo se revelou\\
E vós/ primogênito/ e nós/ gigantes/
No trono ficamos de belos novos reinos\\
Eis pois a dor da verdade/ a quem dói/\
Insensatez! suportar toda a verdade/
E contemplar sereno as circunstâncias/
É isso o ser soberano\\ Atentai!
Céu e Terra/ tão mais formosos
Que o Caos e a vã Escuridão/ antes chefes/\
E tal qual superamos de Céu e Terra
Na fina e bela forma que ostentam/
Na determinação/ na ação/ união/
E mais mil sinais de pureza maior/\
Tal qual nos segue uma nova perfeição/
Potência de nós gerada e maior beleza
Cujo destino é nos superar/ como nós
Gloriosos à velha Escuridão\\ e não
Fomos mais derrotados assim que o poder
Do Caos amorfo\\ Dizei/ pois/ se a terra
Querela co'as garbas florestas que nutriu/
E ainda nutre, mais louváveis que a si >
Há de negar a supremacia verdejante >
Ou a árvore o pombo inveja
Por seus pios/ pela alvura de suas asas
Que a levam além atrás de prazer >
Somos nós essas árvores/ de nossos ramos
Nasceram não reles avezinhas solitárias/
Mas douradas águias/ que se alçam
Em beleza sobre nós e hão de reinar
Por direito\\ É essa a regra eterna
Quem lidera em beleza lidere em poder\\
⁄⁄⟋⟍ ⁄⁄⟋⟍ ⁄⁄⟋⟍
Tendes a verdade/ deixai que vos sane]

— *Muito bonito* — pensei para Ummon —, *mas você acredita?*

[Nem por um segundo]

— *Mas as Absolutas acreditam?*

[Sim]

— *E estão dispostas a perecer de modo a abrir espaço para a Inteligência Absoluta?*

[Sim]

— *Tem um problema, talvez óbvio demais para destacar, mas vou destacar mesmo assim: por que travar a guerra se vocês sabem quem venceu, Ummon? Você disse que a Inteligência Absoluta existe no futuro, que está em guerra com a divindade humana... Até que envia fragmentos do futuro ao passado para vocês compartilharem com a Hegemonia. Então as Absolutas devem ter triunfado. Por que travar uma guerra e passar por isso tudo?*

[KWATZ!]

[Eu o educo/
crio para você a melhor persona recuperada
imaginável
e o deixo vagar pela humanidade
em tempo lento
para temperar sua criação/
ainda assim você é
natimorto]

Fico pensando por um bom tempo.

— *Existe mais de um futuro?*

[Uma luz inferior perguntou a Ummon//
Existe mais de um futuro >//
Ummon respondeu//
Um cachorro tem pulga >]

— *Mas o futuro em que a Inteligência Absoluta se torna dominante é provável?*

[Sim]

— *Mas existe também um futuro provável em que a Inteligência Absoluta adquire existência, mas é derrotada pela divindade humana?*

[É reconfortante
que até um
natimorto
consiga pensar]

— Você falou para Brawne que a... consciência humana (divindade parece uma bobagem), que essa Inteligência Absoluta humana era de natureza tríplice?

[Intelecto/
Empatia
e o Vazio Que Une]

— Vazio Que Une? Quer dizer $\sqrt{G\hbar/c^3}$ e $\sqrt{G\hbar/c^5}$, espaço de Planck e tempo de Planck? Realidade quântica?

[Cuidado/
Keats/
pensar pode virar hábito]

— E foi a parte Empatia dessa trindade que fugiu ao passado para evitar a guerra com sua Inteligência Absoluta?

[Correto]
[Nossa Inteligência Absoluta e a de vocês
mandaram ao passado
o Picanço
para encontrá-lo]

— Nossa Inteligência Absoluta! A humana também mandou o Picanço?

[Ela permitiu]
[Empatia é uma
coisa estranha e inútil/
um apêndice vermiforme do
intelecto\
Mas a Inteligência Absoluta humana cheira com isso/
e usamos a dor para
fazê-lo se revelar/
daí a árvore]

— Árvore? A árvore de espinhos do Picanço?

[Claro]
[Ela transmite dor
por largofone e fino/
como um apito no
ouvido de um cão\\
Ou de um deus]

Sinto minha própria forma análoga oscilar quando a verdade da questão me atinge. O caos atrás do ovo de campo de força de Ummon agora é inconcebível, como se a própria malha do espaço estivesse sendo rasgada por mãos gigantescas. O Cerne está em conflito.

— *Ummon, quem é a Inteligência Absoluta humana na nossa época? Onde essa consciência está escondida, adormecida?*

[Você tem que entender/
Keats/
nossa única chance
era criar um híbrido/
Filho do Homem/
Filho da Máquina\\
E fazer com que esse refúgio fosse tão atraente
que a Empatia em fuga
não consideraria outra moradia/\
Uma consciência já tão perto do divino
quanto a humanidade ofereceria em trinta
gerações\
uma imaginação capaz de cobrir
espaço e tempo\\
E que ao ofertar/
e se unir/
forma um vínculo entre mundos
que possa permitir
que esse mundo exista
para ambos]

— *Quem, Ummon desgraçado? Quem é? Chega das suas chara-das ou de enrolação, seu idiota amorfo! Quem?*

[Você recusou
essa deidade duas vezes/
Keats\\
Se recusar
uma última vez/
tudo acaba aqui/
pois tempo
não tem mais]
[Vá!
Vá morrer para viver!
Ou viva um pouco e morra
por todos nós!
Seja o que for/ Ummon e o resto
não têm mais nada com
você!]
[Vá embora!]

E, tomado de choque e incredulidade, eu caio, ou sou repelido, e voo pelo TecnoCerne como uma folha ao vento, revolvendo--me pela megaesfera sem rumo nem orientação; depois caio em uma escuridão mais profunda ainda e saio, aos berros de obscenidades para as sombras, na metaesfera.

Ali, estranhamento, vastidão, medo, escuridão, além de uma única fogueira de luz que queima abaixo.

Nado na direção dela, debatendo-me contra uma viscosidade sem forma.

É Byron que se afoga, penso, *não eu*. A menos que se afogar no próprio sangue e em fragmentos de pulmões destruídos conte.

Mas agora sei que tenho escolha. Posso decidir viver como mortal; não cíbrido, humano; não Empatia, poeta.

Nadando contra uma corrente forte, desço para a luz.

— Hunt! Hunt!

O assessor de Gladstone chega cambaleante, com o rosto amassado e assustado. Ainda é noite, mas a luz falsa que precede a alvorada toca de leve as janelas, as paredes.

— Meu Deus — diz Hunt, olhando em choque para mim.

Vejo a expressão dele e olho para baixo, para a roupa de cama e a camisa de dormir empapadas de sangue vermelho arterial.

Minha tosse o despertou; minha hemorragia me trouxe de volta.

— Hunt! — arquejo e me deito de novo nos travesseiros, fraco demais para levantar um braço.

O homem mais velho se senta na cama, segura meu ombro, pega minha mão. Eu sei que ele sabe que estou morrendo.

— Hunt — murmuro —, coisas para contar. Maravilhosas.

Ele me manda me calar.

— Depois, Severn. Descansa. Vou limpar você, e depois você me conta. Tem tempo de sobra.

Tento me levantar, mas só consigo me pendurar no braço dele, com meus dedos pequenos dobrados junto ao seu ombro.

— Não — sussurro, sentindo o gorgolejar na garganta e ouvindo o gorgolejar no chafariz lá fora. — Não tem muito tempo. Nem um pouco.

E entendo nesse instante, moribundo, que não sou o receptáculo escolhido para a Inteligência Absoluta humana, não sou a união de IA e espírito humano, não sou de modo algum o Escolhido.

Sou um mero poeta morrendo longe de casa.

42

O coronel Fedmahn Kassad morreu em combate.

Ainda lutando com o Picanço, ciente de Moneta apenas como um borrão turvo na periferia da visão, Kassad se *deslocou* pelo tempo com uma onda de vertigem e caiu para a luz do sol.

O Picanço retraiu os braços e deu um passo para trás, e parecia que seus olhos refletiam o sangue que sujava o traje-pele de Kassad. Sangue de Kassad.

O coronel olhou o entorno. Eles estavam perto do Vale das Tumbas Temporais, mas em outra época, uma época distante. Em vez das pedras do deserto e das dunas, uma floresta chegava a meio quilômetro do vale. No sudoeste, mais ou menos onde estavam as ruínas da Cidade dos Poetas no tempo de Kassad, via-se uma cidade viva, com um brilho tranquilo em torres e baluartes e galerias abobadadas à luz do entardecer. Entre a cidade no limite da floresta e o vale, campinas de grama alta e verde se balançavam à brisa suave que soprava da distante cordilheira do Arreio.

À esquerda de Kassad, o Vale das Tumbas Temporais se alongava do mesmo jeito de sempre, só que os penhascos agora estavam tombados, desbastados pela erosão ou por deslizamentos e recobertos de mato alto. As Tumbas propriamente pareciam novas, muito recém-construídas, e havia andaimes ainda em volta do Obelisco e do Monólito. Cada uma das Tumbas acima da superfície brilhava com um dourado intenso, como se forradas e revestidas com o metal precioso. As portas e entradas estavam lacradas. Havia máquinas pesadas e inescrutáveis em torno das Tumbas, cercando a Esfinge, com cabos imensos e hastes finas como arame de um lado para o outro. Kassad soube no mesmo instante que estava no futuro — talvez séculos ou milênios no futuro — e que as Tumbas estavam prestes a ser lançadas para o tempo dele e mais atrás.

Kassad olhou às suas costas.

Milhares de homens e mulheres formavam fileiras e mais fileiras ao longo da colina verdejante onde antes havia sido um penhasco. Estavam em completo silêncio, armados, e perfilados diante de Kassad como se fosse uma linha de frente à espera do líder. Campos de traje-pele tremulavam em torno de alguns, mas outros usavam apenas as pelagens, asas, escamas, armas exóticas e colorações complexas que Kassad vira na visita anterior com Moneta, no lugar/tempo em que ele tinha sido curado.

Moneta. Ela estava entre Kassad e as multidões, seu traje--pele tremulando em torno da cintura, mas também usava um macacão macio que parecia feito de veludo preto. Vestia um cachecol vermelho enrolado em volta do pescoço. Uma arma fina como uma vara se pendurava do ombro. O olhar dela estava fixo em Kassad.

Ele acenou de leve, sentindo a gravidade dos ferimentos sob o traje-pele, mas também vendo algo nos olhos de Moneta que o deixou abalado de surpresa.

Ela não o conhecia. Seu rosto imitava a surpresa, o fascínio... o maravilhamento?, que as fileiras de outros rostos exibiam. O vale estava em silêncio, salvo pelo estalo ocasional de alguma flâmula em uma lança ou o farfalhar sutil do vento na grama enquanto Kassad fitava Moneta e ela retribuía o gesto.

Kassad olhou por cima do ombro.

O Picanço estava imóvel como uma escultura de metal, a dez metros de distância. O mato alto chegava quase aos joelhos de espinhos e lâminas.

Atrás do Picanço, do outro lado da cabeceira do vale, perto de onde começava a faixa escura de árvores elegantes, hordas de mais Picanços, legiões de Picanços, fileira após fileira de Picanços reluziam como bisturis afiados sob o sol baixo.

Kassad reconheceu seu Picanço, *o* Picanço, só por causa da proximidade e do próprio sangue nas garras e na carapaça da criatura. Os olhos ardiam rubros.

— É você, não é? — perguntou uma voz baixa atrás dele.

Kassad se virou de repente, sentindo a vertigem atacá-lo por um instante. Moneta havia parado a poucos passos de distância. Seu cabelo era curto como ele lembrava do primeiro encontro, a pele parecia macia como sempre, os olhos, misteriosos como sempre, com aquela profundidade verde salpicada de castanho. Kassad sentiu um impulso de levantar a mão e acariciar de leve o rosto dela, passar o dedo flexionado pela curva familiar do lábio inferior. Não fez nada.

— É você — repetiu Moneta, e dessa vez não foi uma pergunta. — O guerreiro que profetizei para o povo.

— Você não me conhece, Moneta?

Alguns dos ferimentos de Kassad haviam chegado quase até o osso, mas nenhum doía tanto quanto aquele momento.

Ela balançou a cabeça e afastou o cabelo da testa com um movimento dolorosamente familiar.

— Moneta. Significa "Filha da Memória" e "Admoestadora". É um bom nome.

— Não é o seu?

Ela sorriu. Kassad se lembrava daquele sorriso no vale florestado quando os dois fizeram amor pela primeira vez.

— Não — respondeu ela, com um tom delicado. — Ainda não. Acabei de chegar aqui. Minha viagem e minha vigília ainda não começaram. — Ela lhe contou seu nome.

Kassad piscou, levantou a mão e pôs a palma na bochecha dela.

— Fomos amantes — disse ele. — Nós nos encontramos em campos de batalha perdidos para a memória. Você estava comigo em todas as partes. — Ele olhou à sua volta. — Tudo leva a este momento, não é?

— É.

Kassad se virou para observar o exército de Picanços do outro lado do vale.

— É uma guerra? Alguns milhares contra alguns milhares?

— Guerra — confirmou Moneta. — Alguns milhares contra alguns milhares em dez milhões de mundos.

Kassad fechou os olhos e fez que sim com a cabeça. O traje--pele servia como suturas, curativos de campanha e injetor de ultramorfina para ele, mas a dor e a debilidade dos ferimentos terríveis não seriam contidas por muito mais tempo.

— Dez milhões de mundos — repetiu ele, então abriu os olhos. — Uma última batalha, então?

— É.

— E quem vencer fica com as Tumbas?

Moneta olhou de relance para o vale.

— Quem vencer determina se o Picanço já sepultado ali vai sozinho para abrir caminho para outros... — Ela gesticulou com a cabeça na direção do exército de Picanços. — Ou se a humanidade tem poder de decisão sobre nosso passado e nosso futuro.

— Não estou entendendo — confessou Kassad, com a voz tensa —, mas soldados raramente entendem a situação política. — Ele se inclinou para a frente, beijou a surpreendida Moneta e tirou o cachecol vermelho dela. — Eu amo você — disse ao amarrar o pedaço de pano em seu fuzil de assalto. Sensores indicavam que ainda restava metade da carga de pulso e da munição.

Fedmahn Kassad deu cinco passos à frente, virou-se de costas para o Picanço, ergueu os braços para o povo, ficou em silêncio na encosta e gritou:

— Pela liberdade!

Três mil vozes gritaram de volta:

— Pela liberdade!

O estrondo não acabou na última palavra.

Kassad se virou, mantendo o fuzil e a flâmula erguidos. O Picanço avançou meio passo, abriu a postura e desdobrou as lâminas dos dedos.

O coronel gritou e atacou. Atrás dele, Moneta o seguiu, de arma erguida. Milhares foram junto.

Mais tarde, na carnificina do vale, Moneta e alguns dos Guerreiros Escolhidos acharam o corpo de Kassad ainda preso em um abraço de morte com o Picanço arrebentado. Eles removeram Kassad com todo o cuidado, levaram-no até uma barraca que aguardava no vale, lavaram e trataram o corpo devassado e o transportaram em meio às multidões até o Monólito de Cristal.

Ali, o corpo do coronel Fedmahn Kassad foi depositado em cima de uma laje de mármore branco, e colocaram armas aos seus pés. No vale, uma imensa fogueira enchia o ar de luz. Por todo o vale, homens e mulheres transitavam com tochas enquanto mais gente descia pelo céu lápis-lazúli, algumas pilotando aeronaves tênues como bolhas moldadas, outras voando com asas de energia ou envoltas em círculos verdes e dourados.

Mais tarde, quando as estrelas estavam instaladas, ardendo brilhantes e frias acima do vale cheio de luz, Moneta se despediu e entrou na Esfinge. As multidões cantaram. Nos campos distantes, roedores pequenos se esgueiravam entre flâmulas caídas e os restos espalhados de carapaças e armaduras, lâminas de metal e aço derretido.

Perto da meia-noite, o povo parou de cantar, ofegou e recuou. As Tumbas Temporais brilhavam. Marés brutais de força antientropia afastaram ainda mais as pessoas — até a entrada do vale, do outro lado do campo de batalha, de volta para a cidade que emitia uma luminosidade suave na noite.

No vale, as Tumbas grandiosas tremularam, o dourado escureceu para um bronze, e elas começaram a longa viagem rumo ao passado.

Brawne Lamia cruzou o Obelisco iluminado e lutou para avançar contra uma muralha de vento furioso. A areia lacerava a pele e fustigava os olhos. Eletricidade estática crepitava no topo dos penhascos e incrementava o brilho sinistro que envolvia as Tumbas.

Brawne abriu as mãos diante do rosto e seguiu em frente aos tropeços, tentando enxergar por entre os dedos para encontrar a trilha.

Ela viu uma luz dourada mais intensa que o brilho generalizado sair das placas estilhaçadas do Monólito de Cristal e vazar para as dunas revolvidas que cobriam o vale. Tinha alguém dentro do Monólito.

Brawne havia jurado que seguiria direto ao Palácio do Picanço, faria o possível para libertar Silenus e voltaria para Sol, sem se desviar em distrações. Mas ela havia visto uma silhueta humana dentro da tumba. Kassad continuava desaparecido. Sol havia falado da missão do Cônsul, mas talvez o diplomata tivesse voltado durante a tempestade. O padre Duré ainda estava desaparecido.

Brawne se aproximou do brilho e parou na entrada irregular do Monólito.

O espaço interno era amplo e impressionante, alçando-se quase cem metros até um teto transparente que mal se percebia. As paredes, vistas de dentro, eram translúcidas, e uma aparente luz solar as infundia com uma coloração vívida de dourado e argila. A luz carregada descia no cenário no centro da área ampla diante dela.

Fedmahn Kassad jazia em cima de uma espécie de laje fúnebre de pedra. Estava vestido com o uniforme de cerimônia preto de FORÇA, e suas mãos grandes e pálidas estavam fechadas junto ao peito. Armas, das quais Brawne só reconhecia o fuzil de assalto, estavam aos pés dele. O rosto do coronel era emaciado na morte, mas não mais do que havia sido em vida. A expressão dele estava serena. Não havia a menor dúvida de que estava morto; o silêncio da morte pairava sobre o lugar feito incenso.

Mas era a outra pessoa no ambiente que havia aparecido em silhueta de longe e que agora dominava a atenção de Brawne.

Uma mulher jovem de vinte e muitos anos estava ajoelhada junto à laje. Ela trajava um macacão preto, tinha cabelo curto, pele clara e olhos grandes. Brawne se lembrou da história do soldado, relatada durante a longa viagem até o vale, se lembrou dos detalhes da amante espectral de Kassad.

— Moneta — murmurou Brawne.

A jovem estava apoiada em um dos joelhos, com a mão direita estendida para tocar a pedra junto ao corpo do coronel. Campos de contenção violeta faiscavam em volta da laje, e outra energia — uma vibração poderosa no ar — refratava luz em volta de Moneta também, conferindo à cena uma aura turva.

A jovem levantou a cabeça, olhou para Brawne, levantou-se e fez que sim.

Brawne começou a avançar, já com várias perguntas se formando na cabeça, mas as marés temporais dentro da tumba, poderosas demais, a repeliram com ondas de vertigem e déjà-vu.

Quando Brawne ergueu o olhar, a laje continuava lá, Kassad jazia solene sob seu campo de força, mas Moneta havia desaparecido.

Brawne sentiu o impulso de voltar correndo para a Esfinge, achar Sol, contar tudo para ele e esperar até a tempestade arrefecer e o dia amanhecer. Mas, em meio ao chiado e aos uivos do vento, teve a impressão de ouvir ainda os gritos da árvore de espinhos, invisível atrás da cortina de areia.

Erguendo a gola, Brawne saiu de novo para a tempestade e seguiu para a trilha em direção ao Palácio do Picanço.

A massa rochosa flutuava no espaço feito um desenho de montanha, cheia de colunas escarpadas, contornos afiados como lâminas, faces absurdamente verticais, beirais estreitos, plataformas rochosas largas e um pico nevado que comportaria só uma pessoa em pé — e só se essa pessoa ficasse de pés juntos.

O rio se contorcia do espaço, passava pelo campo de contenção multicamadas a meio quilômetro da montanha, cruzava uma vala gramada na plataforma rochosa mais larga e depois despencava por pelo menos cem metros em uma cascata em câmera lenta até o patamar seguinte, e de lá se desviava em filamentos primorosamente orientados para se dispersar em meia dúzia de córregos e cachoeiras que desciam pela face da montanha.

O Tribunal estava reunido no patamar mais alto. Dezessete desterros — seis homens, seis mulheres e cinco de gênero indeterminado — ocupavam assentos dentro de um círculo de pedra cercado pelo círculo mais amplo de grama encerrada por paredes de pedra. Os dois círculos eram concêntricos em torno do Cônsul.

— Você está ciente — disse Freeman Ghenga, Porta-voz dos Cidadãos Aptos do Clã Freeman do Enxame Transtaural — de que *nós* estamos cientes da sua traição?

— Estou — disse o Cônsul.

Ele estava vestido com seu melhor traje azul-escuro formal, uma gravata bolo, capa cor de vinho e chapéu tricórnio de diplomata.

— Ciente do fato de que você assassinou Freeman Andil, Freeman Iliam, Coredwell Betz e Mizenspesh Torrence.

— Eu sabia o nome de Andil — respondeu o Cônsul, em voz baixa. — Não fui apresentado aos técnicos.

— Mas você os assassinou?

— Sim.

— Sem provocação nem aviso.

— Sim.

— Assassinou-os para se apossar do dispositivo que eles haviam levado a Hyperion. A máquina que lhe dissemos que faria sucumbir as ditas marés temporais, abrir as Tumbas Temporais e libertar o Picanço de sua prisão.

— Sim.

Parecia que o olhar do Cônsul estava fixo em algo acima, mas muito distante, do ombro de Freeman Ghenga. A desterro continuou:

— Nós explicamos que esse dispositivo deveria ser usado *depois* que tivéssemos conseguido repelir as naves da Hegemonia. Quando nossa invasão e ocupação fossem iminentes. Quando o Picanço pudesse ser... controlado.

— Sim.

— E, no entanto, você assassinou nosso pessoal, mentiu a respeito e ativou você mesmo o dispositivo, anos antes da hora.

— Sim.

Melio Arundez e Theo Lane estavam parados ao lado do Cônsul, um passo atrás, com expressões sérias.

Freeman Ghenga cruzou os braços. Era uma mulher alta do tipo desterro clássico — calva, magra, uma vestimenta régia azul--escura que parecia absorver a luz. O rosto era idoso, mas quase sem rugas. Os olhos eram escuros.

— Embora isso tenha sido há quatro de seus anos-padrão, você achou que esqueceríamos? — perguntou Ghenga.

— Não. — O Cônsul direcionou o olhar para ela. Pareceu que ele quase sorriu. — Poucas culturas esquecem traidores, Freeman Ghenga.

— E mesmo assim você voltou.

O Cônsul não respondeu. Perto dele, Theo Lane sentiu uma brisa ligeira pressionar o próprio tricórnio formal. Theo tinha a sensação de que ainda estava sonhando. O trajeto até ali havia sido surreal.

Três desterros os encontraram em uma gôndola baixa e comprida, que flutuava placidamente nas águas tranquilas abaixo da nave do Cônsul. Depois que os três visitantes da Hegemonia se sentaram no meio da embarcação, o desterro da popa empurrara a gôndola com uma vara longa, e ela navegara de volta pelo caminho de onde tinha vindo, como se a correnteza do rio impossível tivesse se invertido. Theo chegara até a fechar os olhos quando eles se aproximaram da cachoeira onde o córrego subia perpendicularmente à superfície do asteroide, mas, ao abri-los um segundo depois, embaixo ainda era *embaixo*, e parecia que o rio continuava fluindo normalmente, embora a esfera gramada do mundo pequeno estivesse colada em um dos lados como uma grande muralha curva e desse para ver estrelas através da fita de dois metros de espessura de água abaixo deles.

E então os passageiros atravessaram o campo de contenção, saíram da atmosfera, e a velocidade aumentou conforme seguiam a fita convoluta de água. Havia um tubo de esfera de contenção em volta deles — a lógica e a falta da morte imediata e dramática deles *exigiam* —, mas ele não apresentava a tremulação e a textura óptica características que eram tão reconfortantes em árvores-estelares templárias ou em alguns hábitats turísticos a espaço aberto. Ali era só o rio, o barco, as pessoas e a imensidão do espaço.

— Não é possível que eles usem isto como meio de transporte entre unidades do Enxame — dissera o dr. Melio Arundez, com a voz trêmula.

Theo tinha reparado que Arundez também estava se agarrando às amuradas com dedos pálidos. O desterro na popa e os outros dois sentados na proa não haviam se comunicado de modo algum para além de um gesto de confirmação quando o Cônsul perguntara se aquele era o transporte prometido.

— Estão nos mostrando o rio para ostentar — explicara o Cônsul, com um tom calmo. — Ele é usado quando o Enxame está em repouso, mas serve para fins cerimoniais. A ativação dele com o Enxame em movimento é para causar impacto.

— Para nos impressionar com a tecnologia superior deles? — perguntou Theo, a meia-voz.

O Cônsul fez que sim.

O rio tinha serpenteado e se contorcido pelo espaço, ora quase curvando-se sobre si mesmo em círculos ilógicos imensos, ora enrolando-se em espirais apertadas que nem um cabo de plastifibra, sempre reluzindo à estrela de Hyperion e recuando para o infinito adiante. Às vezes, o rio encobria o sol, e as cores então ficavam magníficas; Theo ficou sem fôlego quando viu o rio fazer uma volta cem metros acima deles e percebeu o contorno de peixes contra o disco solar.

Mas sempre o fundo do barco era *embaixo*, e eles avançavam pelo que devia ser uma velocidade quase de transferência cislunar em um rio intocado por pedras quebradas ou correntezas fortes. Como Arundez observou alguns minutos após o início do percurso, era como conduzir uma canoa pela borda de uma cascata gigantesca e tentar desfrutar o trajeto até o fundo.

O rio passou por alguns elementos do Enxame, que preenchiam o céu feito estrelas falsas: fazendas-cometa imensas, cujas superfícies poeirentas eram interrompidas pela geometria de plantações em vácuo total; cidades globulares de zero G, grandes esferas irregulares de membrana transparente que pareciam amebas improváveis carregadas de flora e fauna ativa; aglomerados de impulso com dez quilômetros de comprimento, ampliados ao longo do tempo, com módulos internos, cilindros vitais e ecologias que pareciam algo saído da Geringonça de O'Neill e dos primórdios da era espacial; florestas errantes estendidas por centenas de quilômetros com imensos leitos de algas flutuantes, ligadas a seus aglomerados de impulso e nodos de comando por campos de contenção e meadas entrelaçadas de raízes e estolhos — formas arbóreas esféricas que oscilavam em brisas gravitacionais e ardiam com o verde vivo e o laranja carregado e as centenas de tonalidades do outono da Terra Velha ao serem inflamados pela luz direta do sol; asteroides escavados havia muito abandonados por seus residentes e agora dedicados a produções automatizadas e reprocessamento de metais pesados, em que cada centímetro de superfície rochosa era coberto por estruturas pré-oxidadas, chaminés e torres de resfriamento esqueléticas cujas chamas de fusão internas emitiam um brilho que fazia cada mundo cinéreo parecer a forja de Vulcano; imensos globos de atracação esféricos, cuja dimensão só era compreensível devido à presença das belonaves de porte de naves-tocha e dos cruzadores que envolviam a superfície como espermatozoides atacando um óvulo; e, mais inesquecíveis, organismos dos quais o rio se aproximava ou que voavam perto do rio... organismos que talvez fossem fabricados ou nascidos, mas que provavelmente eram ambos, imensos vultos de borboleta, abrindo asas energéticas para o sol, insetos que eram espaçonaves ou vice-versa, antenas que se voltavam para o rio, a gôndola e os passageiros que estavam passando, olhos multifacetados que brilhavam à luz das estrelas, vultos alados menores — humanos — que entravam e saíam em uma barriga do tamanho de um compartimento de naves de pouso de um cruzador de ataque de FORÇA.

E finalmente chegara a montanha — toda uma cordilheira, na verdade: algumas montanhas eram cravejadas com cem bolhas ambientais, algumas eram abertas ao espaço, mas também bastante povoadas, algumas se ligavam a outras com pontes suspensas de trinta quilômetros de comprimento ou rios tributários, outras eram regiamente solitárias, muitas eram vazias e formais como um jardim zen. E então a última montanha, mais alta que o monte Olimpo ou o monte Hillary de Asquith, e o penúltimo mergulho do rio em direção ao cume; Theo, o Cônsul e Arundez, empalidecidos e calados, se agarravam aos bancos transversais com uma intensidade silenciosa ao mergulharem pelos últimos quilômetros a uma velocidade que de repente era perceptível e pavorosa. Por fim, nos últimos cem metros impossíveis em que o rio descartou energia sem desacelerar, uma atmosfera mais ampla voltou a envolvê-los, e o barco flutuou até parar em uma campina onde o Tribunal Clânico Desterro aguardava e pedras se erguiam em um círculo de silêncio tal qual Stonehenge.

— Se era para me impressionar — murmurara Theo quando o barco tocara a margem gramada —, deu certo.

— Por que você voltou ao Enxame? — perguntou Freeman Ghenga.

A mulher andava de um lado para o outro, deslocando-se na gravidade minúscula com uma graciosidade comum apenas para quem nasceu no espaço.

— A diretora Gladstone pediu — disse o Cônsul.

— E você veio sabendo que sua própria vida estaria à nossa mercê?

O Cônsul era cavalheiro e diplomático demais para dar de ombros, mas sua expressão transmitia o mesmo sentimento.

— O que Gladstone quer? — perguntou outro desterro, o homem que Ghenga havia apresentado como Coredwell Minmun, Porta-voz dos Cidadãos Aptos.

O Cônsul repetiu os cinco tópicos da diretora-executiva.

O porta-voz Minmun cruzou os braços e olhou para Freeman Ghenga.

— Vou responder agora — disse Ghenga. Ela olhou para Arundez e Theo. — Vocês dois, escutem com atenção, caso o homem que trouxe essas perguntas não volte à nave com vocês.

— Só um instante — disse Theo, dando um passo à frente para confrontar a desterra mais alta. — Antes de proferir um julgamento, vocês precisam considerar o fato de que...

— Silêncio — demandou a porta-voz Freeman Ghenga, mas Theo já havia sido silenciado pela mão do Cônsul em seu ombro.

— Vou responder às perguntas agora — repetiu Ghenga. Acima dela, ao longe, um grupo de belonaves pequenas que FORÇA havia chamado de lanceiras passou voando rápido e em silêncio, ziguezagueando feito um cardume de peixes em 300 G. — Em primeiro lugar, Gladstone pergunta por que estamos atacando a Rede. — Ela se calou por um instante, olhou para os outros dezesseis desterros reunidos ali e continuou: — Não estamos. Sem contar este Enxame, que tenta ocupar Hyperion antes da abertura das Tumbas Temporais, não há nenhum Enxame atacando a Rede.

Todos os três homens da Hegemonia tinham dado um passo à frente. Até o Cônsul perdera a máscara de calma confusa e estava quase gaguejando agitado.

— Mas não é verdade! Nós vimos...

— Eu vi as imagens de largofone dos...

— Portão Celestial foi destruído! Bosque de Deus incendiado!

— *Silêncio* — demandou Freeman Ghenga. Nesse silêncio, ela disse: — Só este Enxame está combatendo a Hegemonia. Nossos Enxames Parentes estão onde os detectores de longo alcance da Rede haviam indicado: *afastando-se* da Rede, escapando de mais provocações como os ataques de Bréssia.

O Cônsul massageou o rosto como se tivesse acabado de acordar.

— Mas então quem...?

— Justamente — retrucou Freeman Ghenga. — Quem teria capacidade para executar essa farsa? E motivação para cometer uma chacina de bilhões de seres humanos?

— O Cerne? — sussurrou o Cônsul.

A montanha estava girando lentamente, e nesse momento eles entraram na noite. Uma brisa de convecção soprou pelo patamar da montanha, agitando os mantos dos desterros e a capa do Cônsul. No alto, foi como se o brilho das estrelas tivesse explodido. Parecia que as pedras enormes do círculo de Stonehenge estavam brilhando com algum calor interno.

Theo Lane ficou ao lado do Cônsul, com receio de que o homem fosse desmoronar.

— Temos só a palavra de vocês sobre isso — disse Theo para a porta-voz desterra. — Não faz o menor sentido.

Ghenga não piscou.

— Vamos mostrar provas. Localizadores de transmissão do Vazio Que Une. Imagens estelares em tempo real de nossos Enxames Parentes.

— Vazio Que Une? — indagou Arundez. A voz dele, geralmente calma, exibia agitação.

— O que vocês chamam de largofone. — A porta-voz Freeman Ghenga andou até a pedra mais próxima e passou a mão pela superfície áspera como se estivesse tomando o calor da fonte interna. As estrelas rodopiaram no alto. — Respondendo à segunda pergunta de Gladstone, não sabemos onde o Cerne reside. Nós fugimos dele, nós o combatemos, nós o procuramos e o tememos por séculos, mas não o encontramos. *Vocês* precisam nos dar essa resposta! *Nós* declaramos guerra a essa entidade parasítica que vocês chamam de TecnoCerne.

Pareceu que o Cônsul se desmanchou.

— Não fazemos a menor ideia. Autoridades da Rede procuram o Cerne desde antes da Hégira, mas ele é tão misterioso quanto o El Dorado. Não encontramos nenhum mundo oculto, nenhum asteroide imenso cheio de máquinas, nem qualquer sinal em mundos da Rede. — Ele fez um gesto cansado com a mão esquerda. — Ao nosso ver, *vocês* podem estar escondendo o Cerne em um de seus Enxames.

— Não estamos — asseverou o porta-voz Coredwell Minmun. O Cônsul enfim deu de ombros.

— A Hégira desconsiderou milhares de mundos na Grande Pesquisa. Qualquer coisa que não atingisse pelo menos 9,7 na escala de base-terra de dez pontos foi ignorada. O Cerne pode estar em qualquer lugar nessas linhas antigas de voo e exploração. Não vamos encontrar nunca... E, se encontrarmos, vai ser anos depois da destruição da Rede.

Ghenga balançou a cabeça. Acima deles, ao longe, o cume foi tocado pela luz do amanhecer quando o terminador desceu das superfícies nevadas para eles a uma velocidade quase alarmante.

— Em terceiro lugar, Gladstone perguntou nossas exigências para um cessar-fogo. Fora este Enxame, neste sistema, não somos nós quem está atacando. Vamos aceitar um cessar-fogo assim que Hyperion estiver sob nosso controle... o que deve acontecer em breve. Acabamos de ser informados de que nossas forças expedicionárias assumiram o controle da capital e de seu espaçoporto.

— Ai de vocês — disse Theo, cerrando os punhos sem conseguir se conter.

— Ai de nós mesmo — concordou Freeman Ghenga. — Informem a Gladstone que agora nos juntaremos a vocês na luta contra o TecnoCerne. — Ela passou os olhos pelos membros calados do Tribunal. — Contudo, como estamos a muitos anos de viagem da Rede e não confiamos nos seus teleprojetores controlados pelo Cerne, nossa ajuda deverá vir na forma de retaliação pela destruição da sua Hegemonia. Vocês serão vingados.

— Que reconfortante — disse o Cônsul, com um tom seco.

— Em quarto lugar, Gladstone pergunta se aceitamos encontrá-la. A resposta é sim... desde que ela esteja, como diz que está, disposta a vir ao sistema de Hyperion. Preservamos o teleprojetor de FORÇA justamente para essa possibilidade. *Nós* não viajaremos de teleprojetor.

— Por que não? — perguntou Arundez.

Um terceiro desterro, não apresentado, um daqueles peludos com belas alterações, falou:

— O dispositivo que vocês chamam de teleprojetor é uma abominação, uma profanação do Vazio Que Une.

— Ah, motivos religiosos — disse o Cônsul, fazendo um gesto de compreensão com a cabeça.

O desterro de pelagem e listas exóticas balançou a cabeça veementemente.

— Não! A rede de teleprojeção é o jugo no pescoço da humanidade, o contrato de subserviência que prendeu vocês na estagnação. Nós não admitimos.

— Em quinto lugar — interrompeu Freeman Ghenga —, a referência de Gladstone ao explosivo de vara-letal não passa de um ultimato grosseiro. Mas, como já falamos, está dirigida ao adversário errado. As forças que estão invadindo sua frágil e decadente Rede não são dos Clãs dos Doze Enxames Parentes.

— Temos só sua palavra a respeito disso — insistiu o Cônsul. O olhar dele, agora fixo no de Ghenga, era firme e desafiador.

— Vocês não têm minha palavra a respeito de nada — disse a porta-voz Ghenga. — Anciãos dos Clãs não dão a palavra para escravos do Cerne. Mas essa é a verdade.

O Cônsul parecia distraído quando se virou parcialmente para Theo.

— Temos que informar Gladstone agora mesmo. — Ele se virou de novo para Ghenga. — Meus amigos podem voltar à nave para comunicar sua resposta, porta-voz?

Ghenga fez que sim e gesticulou para que aprontassem a gôndola.

— Não vamos voltar sem você — argumentou Theo ao Cônsul, colocando-se entre ele e os desterros mais próximos, como se quisesse proteger o homem mais velho com o próprio corpo.

— Sim, vão sim — falou o Cônsul, encostando de novo no braço de Theo. — Vocês precisam voltar.

— Ele tem razão — disse Arundez, puxando Theo antes que o jovem governador-geral pudesse falar de novo. — Isso é importante demais para correr o risco de não comunicar. Vai você. Eu fico com ele.

Ghenga gesticulou para dois dos desterros exóticos mais corpulentos.

— Vocês dois voltarão à nave. O Cônsul ficará. O Tribunal ainda não decidiu o destino dele.

Tanto Arundez quanto Theo se viraram com os punhos erguidos, mas os desterros peludos os pegaram e os levaram embora com o esforço contido de adultos lidando com criancinhas malcriadas.

O Cônsul os viu serem postos na gôndola e reprimiu o impulso de acenar quando o barco se deslocou por vinte metros pelo córrego plácido, desceu para fora de vista depois da curva do patamar e reapareceu ao subir a cachoeira em direção ao espaço preto. Sumiu de vista em questão de minutos sob a luz forte do sol. O Cônsul girou devagar uma volta completa e fez contato visual com cada um dos dezessete desterros.

— Vamos resolver isso logo — anunciou. — Faz muito tempo que estou esperando.

Sol Weintraub estava sentado entre as patas imensas da Esfinge e observava a tempestade perder força, o vento se reduzir de um grito para um suspiro e um murmúrio, as cortinas de areia diminuírem e se abrirem para revelar as estrelas e, por fim, a noite longa se acomodar em uma calma terrível. As Tumbas brilhavam com mais intensidade do que antes, mas nada saiu da entrada luminosa da Esfinge, e Sol não conseguia entrar; a luz ofuscante parecia a pressão de mil dedos irresistíveis no peito dele, e, por mais que se inclinasse e tentasse, o acadêmico não conseguia chegar a menos de três metros da entrada. O que quer que estivesse ou se movimentasse ou aguardasse no interior era invisível sob o clarão.

Sol se sentou e se segurou no degrau de pedra enquanto as marés temporais o atacavam, o açoitavam e o faziam chorar com o choque falso do déjà-vu. Parecia que a Esfinge inteira se sacudia e se balançava na tempestade violenta dos campos antientropia que se expandiam e contraíam.

Rachel.

Sol se recusava a sair enquanto houvesse qualquer chance de que a filha estivesse viva. Caído na pedra fria, ouvindo o grito do vento morrer, Sol viu as estrelas frias surgirem, viu o rastro de meteoros e os golpes e contragolpes de lança laser da guerra orbital, soube no fundo do coração que a guerra estava perdida, que a Rede estava em perigo, que grandes impérios estavam tombando diante dele, que a raça humana talvez estivesse à beira do precipício naquela noite interminável... e ele não se importava.

Sol Weintraub se importava com a filha.

E, mesmo caído ali, com frio, abalroado pelos ventos e pelas marés temporais, amassado pela fadiga e vazio de fome, Sol sentiu certa paz se abater. Ele havia entregado a filha para um monstro, mas *não* porque Deus determinara, *não* por ordem do destino ou do medo, mas apenas porque sua filha tinha aparecido em um sonho e falado que estava tudo bem, que era o que precisava ser feito, que o amor deles — o dele, de Sarai e de Rachel — exigia.

No fim, pensou Sol, *para além da lógica e da esperança, são os sonhos e o amor daqueles que mais nos importam que formam a resposta de Abraão para Deus.*

O conexo de Sol não funcionava mais. Talvez fizesse uma hora ou cinco desde que ele havia entregado a bebê moribunda para o Picanço. Sol se deitou, ainda agarrado à pedra enquanto as marés temporais agitavam a Esfinge feito um grande mar e um pequeno navio, e olhou para as estrelas e a batalha lá no alto.

Faíscas voavam pelo céu, iluminavam-se como supernovas quando lanças laser as encontravam e caíam em uma chuva de destroços derretidos — chamas incandescentes brancas, então vermelhas, então azuis e então trevas. Sol imaginou naves de pouso incendiadas, imaginou soldados desterros e fuzileiros da Hegemonia morrendo em um estrondo de atmosfera e titânio fundido... *Tentou* imaginar — e não conseguiu. Sol se deu conta de que batalhas espaciais, movimentações de frotas e a queda de impérios ficavam além da sua imaginação, escondidos de seus reservatórios de compaixão ou compreensão. Tais coisas pertenciam a Tucídides, a Tácito, a Catton e a Wu. Sol havia conhecido a senadora de Mundo de Barnard, reunira-se com ela algumas vezes na missão dele e de Sarai para salvar Rachel da doença de Merlim, mas não conseguia imaginar a participação de Feldstein na escala de uma guerra interestelar — ou em nada muito maior do que dedicar um novo centro médico na capital de Bussard ou marcar presença em um comício na universidade em Crawford.

Sol não havia conhecido a atual diretora-executiva da Hegemonia, mas, na condição de acadêmico, tinha apreciado seu reaproveitamento sutil de discursos de figuras tão clássicas como Churchill, Lincoln e Alvarez-Temp. No entanto, naquele momento, prostrado entre as patas de uma criatura imensa de pedra e chorando pela filha, Sol não conseguia imaginar o que ocorria na mente daquela mulher quando tomava decisões que salvariam ou condenariam bilhões, preservariam ou trairiam o maior império da história da humanidade.

Sol não dava a mínima. Ele queria a filha de volta. Queria que Rachel estivesse viva, apesar de toda a lógica do contrário.

Deitado entre as patas de pedra da Esfinge em um mundo sitiado de um império assolado, Sol Weintraub enxugou lágrimas dos olhos para enxergar melhor as estrelas e pensou no poema "Uma oração por minha filha", de Yeats:

> Volta a rugir a tempestade, e oculta
> Dentro do berço e nesta cobertura
> Minha filha dorme. Não há mais barreira
> Que o Bosque de Gregory e uma ladeira
> Onde, algoz de feno e telha, a ventania
> Do Atlântico gerada, vá se deter;
> E por uma hora andei e rezei
> Em função do pesar que me angustia.

Andei e rezei uma hora pela pequena
E ouvi o vento do mar que a torre apena,
E os arcos da ponte, e que profere brados
Nos ramos sobre o rio alagado;
E na tensão me ponho a imaginar
Que já vieram os anos vindouros
No embalo de loucos tambores
Saídos da mortal inocência do mar...

Agora Sol percebia que tudo que ele queria era a mesma possibilidade novamente de se preocupar com aqueles anos vindouros que todo pai teme e receia. Não permitir que a infância, a adolescência e os torpes anos de jovem adulta dela fossem roubados e destruídos pela doença.

Sol havia passado a vida inteira desejando o retorno do que era irretornável. Ele se lembrava do dia em que vira Sarai dobrar as roupas de bebê de Rachel e guardá-las em uma caixa no sótão, recordava as lágrimas dela e seu próprio sentimento de perda pela criança que eles ainda tinham, mas que se perdera ao longo da simples seta do tempo. Sol sabia agora que não havia muito que pudesse retornar, exceto por meio da memória — que Sarai estava morta e além da capacidade de voltar, que os amigos e o mundo da infância de Rachel haviam desaparecido para sempre, que até a sociedade que ele havia abandonado meras semanas de seu tempo antes estava no processo de se perder para além de qualquer volta.

E, pensando nisso, deitado entre as patas com garras da Esfinge enquanto o vento morria e as estrelas falsas ardiam, Sol se lembrou de parte de outro poema de Yeats, muito mais nefasto:

Decerto uma revelação há de vir;
Decerto o Segundo Advento há de vir.
Segundo Advento! Palavras que mal se proferem
E uma imagem vasta do Spiritus Mundi
Minha vista atormenta: das áridas terras

Um corpo de leão com humana cabeça,
E olhar, qual o sol, vazio e sem pena,
Arrasta suas ancas, e por toda a volta
Fogem das aves indignadas sombras.
As trevas retornam; mas agora eu sei
Que um par de milênios de sono de pedra
Ao pesadelo sucumbem no agito do berço,
E que fera rude, que enfim é chegada,
Espreita e avança a nascer em Belém?

Sol não sabe. Sol descobre de novo que não se importa. Sol quer a filha de volta.

Aparentemente, o consenso no Conselho de Guerra era para lançar a bomba.

Meina Gladstone estava na cabeceira da mesa comprida e experimentava aquela sensação peculiar e não desagradável de separação que ocorre quando se dorme pouco demais por um período longo demais. Fechar os olhos, mesmo que por um segundo, era cair no gelo negro da fadiga, de modo que ela não os fechava, nem quando ardiam e quando o falatório de reuniões, conversas e debates urgentes se dissipava e recuava atrás das cortinas grossas da exaustão.

Reunido, o Conselho havia observado as centelhas da Força-Tarefa 181.2 — o grupo de ataque do comandante Lee — se apagarem uma a uma, até restar apenas uma dúzia das 74 iniciais ainda em avanço para o centro do Enxame que se aproximava. O cruzador de Lee era uma das naves sobreviventes.

Durante esse atrito silencioso, essa representação abstrata e curiosamente cativante de uma morte violenta e bastante real, o almirante Singh e o general Morpurgo haviam concluído sua avaliação sorumbática da guerra.

— ... FORÇA e o Novo Bushido foram desenvolvidos para conflitos limitados, pequenos embates, limites definidos e objetivos modestos — resumiu Morpurgo. — Com menos de meio milhão de homens e mulheres em armas, FORÇA não seria comparável aos exércitos de um dos estados nacionais da Terra Velha mil anos atrás. O Enxame pode nos sobrepujar com números, superar o poderio de nossas frotas e vencer com aritmética.

O senador Kolchev observava furioso de seu lugar no extremo oposto da mesa. O lusiano tinha sido muito mais ativo na reunião e no debate do que Gladstone — era mais comum as perguntas serem dirigidas a ele que a ela —, quase como se todos os presentes tivessem uma consciência subliminar de que o poder estava em transição, de que a tocha da liderança estava sendo transferida.

Ainda não, pensou Gladstone, tocando no queixo com os dedos juntos e ouvindo Kolchev questionar o general.

— ... de recuar e defender mundos essenciais da lista da segunda onda; Tau Ceti Central, claro, mas também mundos industriais necessários, como Renascença Menor, Fuji, Deneb Vier e Lusus?

O general Morpurgo abaixou os olhos e mexeu papéis como se tentasse disfarçar a onda súbita de raiva em seus olhos.

— Senador, faltam menos de dez dias-padrão para a segunda onda concluir sua lista de alvos. Renascença Menor vai ser atacado em até noventa horas. O que estou dizendo é que, com o tamanho, a estrutura e a tecnologia atuais disponíveis para FORÇA, seria improvável conseguirmos defender um sistema... digamos, o de TC^2.

A senadora Kakinuma se levantou.

— É inaceitável, general.

Morpurgo ergueu o olhar.

— Concordo, senadora. Mas é verdade.

O presidente do Senado, Denzel-Hiat-Amin, permaneceu sentado e balançou a cabeça grisalha e enrugada.

— Não faz sentido. Não havia planos para defender a Rede?

O almirante Singh falou de sua cadeira:

— As melhores estimativas sobre qualquer ameaça indicaram que teríamos pelo menos dezoito meses caso o Enxame decidisse iniciar um ataque.

O ministro da Diplomacia Persov pigarreou.

— E... se rendêssemos esses 25 mundos para os desterros, almirante, quanto tempo até a primeira ou a segunda onda conseguirem atacar outros mundos da Rede?

Singh não precisou consultar suas anotações ou seu conexo.

— Dependendo do alvo, s. Persov, o mundo da Rede mais próximo, Esperança, estaria a nove meses-padrão do Enxame mais próximo. O alvo mais distante, o Sistema Natal, estaria a cerca de catorze anos em propulsão Hawking.

— Tempo suficiente para adotar uma economia de guerra — avaliou a senadora Feldstein. O eleitorado dela em Mundo de Barnard tinha menos de quarenta horas-padrão de vida. Feldstein havia jurado estar com eles na hora do fim. Sua voz soava precisa e neutra. — Faz sentido. Minimiza as perdas. Mesmo com a perda de TC^2 e mais duas dúzias de mundos, a Rede é capaz de produzir uma quantidade incrível de material bélico... mesmo em nove meses. Nos anos que os desterros vão levar para avançar mais pela Rede, devemos conseguir derrotá-los puramente com massa industrial.

O ministro da Defesa Imoto balançou a cabeça.

— Estamos perdendo materiais brutos insubstituíveis nestas duas primeiras ondas. O prejuízo para a economia da Rede será avassalador.

— Temos opção? — perguntou o senador Peters, de Deneb Drei.

Todos os olhos se voltaram para a pessoa sentada ao lado do conselheiro Albedo de IA.

Como se fosse para ressaltar a importância do momento, uma nova persona de IA havia sido admitida no Conselho de Guerra e fora encarregada de apresentar aquilo que recebera o epíteto canhestro de "dispositivo de vara-letal". O conselheiro Nansen era alto, bronzeado, tranquilo, impressionante, convincente, confiável e infundido daquele raro carisma de liderança que inspirava de imediato o apreço e o respeito de qualquer um.

Meina Gladstone sentiu medo e desprezo instantâneos pelo novo conselheiro. Ela achava que essa projeção havia sido formulada por especialistas de IA para criar exatamente a reação de confiança e obediência que ela sentia outras pessoas na mesa já apresentarem. E a mensagem de Nansen, segundo ela temia, significava morte.

A vara-letal tinha sido uma tecnologia da Rede por séculos — desenvolvida pelo Cerne e limitada a agentes de FORÇA e a algumas forças de segurança especializadas como a da Casa do Governo e os Pretorianos de Gladstone. Ela não queimava, explodia, atirava, fundia nem incinerava. Não emitia qualquer ruído nem projetava qualquer raio visível ou rastro sônico. Só fazia o alvo morrer.

Isto é, se o alvo fosse humano. A vara-letal tinha alcance limitado — apenas cinquenta metros —, mas, até essa distância, um alvo humano morria, enquanto outros animais e objetos permaneciam incólumes. Autópsias revelaram sinapses embaralhadas, mas nenhum outro dano. Varas-letais simplesmente faziam alguém deixar de existir. Havia gerações que oficiais de FORÇA as usavam como arma pessoal de curto alcance e símbolo de autoridade.

Agora, revelou o conselheiro Nansen, o Cerne havia aperfeiçoado um dispositivo que usava o princípio da vara-letal em uma escala maior. Eles haviam hesitado quanto a revelar a existência do objeto, mas, diante da ameaça iminente e terrível da invasão desterra...

O interrogatório tinha sido enérgico e às vezes cínico, e os militares foram mais céticos do que os políticos. Sim, o dispositivo de vara-letal poderia nos livrar dos desterros, mas e a população da Hegemonia?

Retire-as para os abrigos em um dos mundos labirintinos, respondera Nansen, repetindo o plano anterior do conselheiro Albedo. Cinco quilômetros de rochas os protegeriam de qualquer efeito das ondas em expansão da vara-letal.

Até onde esses raios letais se propagavam?

O efeito perdia letalidade a pouco menos de três anos-luz de distância, explicou Nansen com calma, com confiança, o suprassumo do vendedor no sumo do discurso de venda. Um alcance amplo o bastante para livrar qualquer sistema de um Enxame agressor. Pequeno o bastante para proteger qualquer sistema estelar que não estivesse colado. Noventa e dois por cento dos mundos da Rede ficavam a pelo menos cinco anos-luz de qualquer outro mundo habitado.

E os que não pudessem ser evacuados?, perguntara Morpurgo.

O conselheiro Nansen havia sorrido e aberto a mão como se quisesse demonstrar que não tinha nada escondido ali. Só ative o dispositivo quando suas autoridades tiverem certeza de que todos os cidadãos da Hegemonia foram evacuados ou abrigados, aconselhara ele. Afinal, estará tudo sob o controle de *vocês*.

Feldstein, Sabenstorafem, Peters, Persov e muitos outros tinham exibido um entusiasmo instantâneo. Uma arma secreta para acabar com todas as armas secretas. Os desterros poderiam ser advertidos... Seria possível providenciar uma demonstração.

Sinto muito, dissera o conselheiro Nansen. Os dentes daquele sorriso eram tão brancos e perolados quanto o manto. Não será possível realizar uma demonstração. A arma funciona tal qual uma vara-letal, só que por uma região muito maior. Não haverá propriedades danificadas nem efeitos explosivos, nenhuma onda de choque mensurável acima da escala de neutrinos. Apenas invasores mortos.

Para demonstrá-la, explicara o conselheiro Albedo, será preciso usá-la em pelo menos um Enxame desterro.

A empolgação do Conselho de Guerra não se reduzira. Perfeito, dissera o orador Gibbons da Totalidade, escolha um Enxame, teste o dispositivo, transmita por largofone o resultado para os outros Enxames e dê um prazo de uma hora para eles interromperem o ataque. Não provocamos esta guerra. É melhor a morte de milhões de inimigos do que a de dezenas de bilhões em uma guerra pela próxima década.

Hiroshima. Fora o comentário de Gladstone, o único do dia. Ela havia falado tão baixo que apenas sua assessora Sedeptra ouvira.

Morpurgo perguntara: temos *certeza* de que os raios mortíferos vão perder eficácia depois de três anos-luz? Vocês testaram?

O conselheiro Nansen sorriu. Se ele respondesse que sim, havia cadáveres de seres humanos empilhados em algum lugar. Se dissesse que não, a confiabilidade do dispositivo seria muitíssimo questionável. Temos certeza de que vai funcionar, assegurou Nansen. Nossas simulações foram infalíveis.

As IAs da Equipe de Kiev falaram isso da primeira singularidade de teleprojetor, pensou Gladstone. *A que destruiu a Terra*. Ela não falou nada em voz alta.

Ainda assim, Morpurgo, Singh, Van Zeidt e seus especialistas haviam cortado o barato de Nansen ao indicar que não seria possível evacuar Mare Infinitus a tempo e que o único mundo da Rede da primeira onda que tinha o próprio labirinto era Armaghast, que ficava a um ano-luz de Pacem e Svoboda.

O sorriso sincero e solícito do conselheiro Nansen não se desfez.

— Vocês querem uma demonstração, e seria perfeitamente sensato — respondeu ele, em voz baixa. — Vocês precisam mostrar aos desterros que invasões não serão toleradas e ao mesmo tempo minimizar a perda de vidas. E precisam abrigar a população nativa da Hegemonia. — Ele fez uma pausa e juntou as mãos em cima da mesa. — Que tal Hyperion?

O burburinho em torno da mesa se intensificou.

— Não é bem um mundo da Rede — disse o orador Gibbons.

— Mas está na Rede agora, com o teleprojetor de FORÇA ainda lá! — exclamou Garion Persov, da Diplomacia, obviamente partidário da ideia.

A expressão grave do general Morpurgo não se alterou.

— Ele só vai continuar lá por mais algumas horas. Estamos protegendo agora a esfera de singularidade, mas ela pode cair a qualquer momento. Grande parte do próprio Hyperion já está sob domínio dos desterros.

— Mas o pessoal da Hegemonia foi evacuado? — questionou Persov.

Singh respondeu:

— Todo mundo exceto o governador-geral. Ele não foi encontrado na confusão.

— Que pena — lamentou o ministro Persov, sem muita convicção. — Mas a questão é que a maior parte da população remanescente em Hyperion é indígena, com fácil acesso ao labirinto de lá, correto?

Barbre Dan-Gyddis, do Ministério da Economia, cujo filho havia sido gestor de uma fazenda de plastifibra perto de Porto Românico, falou:

— Em três horas? Impossível.

Nansen se levantou.

— Acho que não. Podemos transmitir por largofone o alerta às autoridades do Governo Interno que ainda estão na capital, e eles podem começar a evacuação agora mesmo. O labirinto de Hyperion tem milhares de entradas.

— A capital de Keats está sitiada — rosnou Morpurgo. — O planeta inteiro está sob ataque.

O conselheiro Nansen fez um gesto triste com a cabeça.

— E logo será executado pelos bárbaros desterros. Uma escolha difícil, senhores e senhoras. Mas o dispositivo *vai* funcionar. A invasão vai só deixar de existir no espaço de Hyperion. Milhões talvez se salvem no planeta, e o efeito nas forças invasoras desterras em outros sistemas seria considerável. Sabemos que os tais Enxames Parentes se comunicam por largofone. O extermínio do primeiro Enxame a invadir o espaço da Hegemonia, o Enxame em Hyperion, pode ser a dissuasão perfeita. — Nansen balançou a cabeça de novo e olhou à sua volta com uma expressão quase de preocupação paterna. Era impossível simular aquela sinceridade tão sofrida. — Tem que ser decisão de vocês. A arma é sua para usar ou desconsiderar. É um sofrimento para o Cerne causar a perda de qualquer vida humana, ou, por inação, permitir que qualquer vida humana seja afetada. Mas, neste caso, quando há bilhões de vidas em jogo... — Nansen abriu as mãos de novo, balançou a cabeça uma última vez e se sentou, obviamente para deixar a decisão às mentes e aos corações dos humanos.

O estardalhaço em volta da mesa comprida aumentou. O debate ficou quase violento.

— Diretora! — gritou o general Morpurgo.

No silêncio súbito, Gladstone ergueu os olhos para as representações holográficas na escuridão acima deles. O Enxame de Mare Infinitus se abateu sobre aquele mundo oceânico como uma torrente de sangue dirigida contra uma pequena esfera azul. Restavam só três das centelhas alaranjadas da Força-Tarefa 181.2, e o Conselho observou em silêncio quando duas delas se apagaram. E depois a última se foi.

Gladstone murmurou em seu conexo:

— Comunicação, alguma última mensagem do almirante Lee?

— Nenhuma para o centro de comando, diretora. Apenas telemetria normal de largofone durante a batalha. Parece que eles não chegaram ao centro do Enxame.

Gladstone e Lee haviam nutrido esperança de capturar desterros, de interrogar alguém, de confirmar para além de qualquer dúvida a identidade do inimigo. Agora aquele jovem de tanta energia e competência estava morto — morto por ordem de Meina Gladstone —, e 74 naves da linha, perdidas.

— O teleprojetor de Mare Infinitus foi destruído por explosivos de plasma pré-programados — relatou o almirante Singh. — Elementos avançados do Enxame agora estão penetrando o perímetro defensivo cislunar.

Ninguém falou nada. Os hologramas exibiram o maremoto de luzes vermelho-sangue que engoliram o sistema de Mare Infinitus, as últimas centelhas alaranjadas que se apagaram em volta daquele mundo dourado.

Restavam algumas centenas de naves desterras em órbita, provavelmente reduzindo as elegantes cidades flutuantes e fazendas oceânicas de Mare Infinitus a destroços fumegantes, mas a maior parte da onda de sangue seguiu adiante, para fora da região projetada no ar.

— O Sistema Asquith fica a três horas e 41 minutos-padrão — entoou um técnico perto do painel de exibição.

O senador Kolchev se levantou.

— Vamos votar sobre a demonstração em Hyperion — sugeriu ele, supostamente para Gladstone, mas se dirigindo a todo mundo.

Meina Gladstone tocou o lábio inferior.

— Não, nada de votação — disse ela enfim. — Vamos usar o dispositivo. Almirante, prepare a nave-tocha equipada com o dispositivo para se transferir para o espaço de Hyperion e em seguida transmita advertências para o planeta e para os desterros. Dê três horas de prazo. Ministro Imoto, envie sinais de largofone codificados para Hyperion para avisar que eles precisam, repito, precisam se abrigar imediatamente nos labirintos. Avise que vamos testar uma arma nova.

Morpurgo enxugou suor do rosto.

— Diretora, não podemos correr o risco de que esse dispositivo caia em mãos inimigas.

Gladstone olhou para o conselheiro Nansen e tentou fazer sua expressão não revelar nada do que ela sentia.

— Conselheiro, o dispositivo pode ser armado de modo a detonar automaticamente se nossa nave for capturada ou destruída?

— Pode, diretora.

— Faça isso. Explique todos os sistemas de segurança necessários para os devidos especialistas de FORÇA. — Ela se virou para Sedeptra. — Prepare uma transmissão a toda a Rede para mim, agendada para começar dez minutos antes da detonação do dispositivo. Preciso informar nosso povo.

— É sensato...? — começou a senadora Feldstein.

— É necessário — cortou Gladstone. Ela se levantou, e as 38 pessoas no recinto se levantaram no segundo seguinte. — Vou dormir por alguns minutos, enquanto vocês trabalham. Quero o dispositivo pronto e no sistema e quero que Hyperion seja alertado agora mesmo. Quero planos de contingência e prioridades para um acordo negociado prontos quando eu acordar daqui a trinta minutos.

Gladstone passou os olhos pelo grupo, ciente de que, de um jeito ou de outro, a maioria das pessoas ali não estaria mais no poder e no governo dali a vinte horas. De um jeito ou de outro, aquele era o último dia dela como diretora-executiva.

Meina Gladstone sorriu.

— Conselho dispensado — disse, teleprojetando-se para seus aposentos pessoais para cochilar.

43

Leigh Hunt nunca tinha visto alguém morrer antes. O último dia e a última noite que ele passou com Keats — Hunt ainda o via como Joseph Severn, mas tinha certeza de que aquele homem à beira da morte via *a si mesmo* como John Keats — foram os mais difíceis da vida de Hunt. As hemorragias foram frequentes durante o último dia de vida de Keats, e, entre os acessos de vômito, Hunt ouvia o catarro ferver dentro da garganta e do peito do homem pequeno enquanto lutava pela vida.

Hunt se sentou ao lado da cama no pequeno quarto frontal na Piazza di Spagna e ouviu Keats balbuciar enquanto a alvorada avançava para a manhã e a manhã se esvaía no início da tarde. Keats estava febril, perdendo e recobrando a consciência, mas insistiu que Hunt escutasse e anotasse tudo — eles tinham encontrado tinta, pena e folhas de papel no outro cômodo —, então Hunt obedeceu, escrevendo sem parar conforme o cíbrido moribundo desvairava sobre metaesferas e divindades perdidas, sobre as responsabilidades dos poetas e o falecimento de deuses, sobre a guerra civil miltoniana no Cerne.

Nesse momento, Hunt se empertigara e apertara a mão quente de Keats.

— Onde fica o Cerne, Sev... Keats? Onde *fica*?

O moribundo havia começado a suar e virou a cara.

— Não respire em cima de mim... Parece gelo!

— O Cerne — repetiu Hunt, inclinando-se para trás, sentindo-se à beira das lágrimas por pena e frustração. — Onde fica o Cerne?

Keats sorriu, balançando a cabeça de um lado para o outro pela dor. O esforço que ele fazia para respirar parecia vento passando por um fole rasgado.

— Que nem aranhas na teia... aranhas na rede — balbuciou.

— Tecendo... nós tecemos para elas... e depois nos atam e nos consomem. Que nem moscas capturadas por aranhas na teia.

Hunt parou de escrever enquanto ouvia mais daquele falatório aparentemente sem sentido. Até que entendeu.

— Meu Deus — murmurou ele. — Fica *dentro* do sistema de teleprojetores.

Keats tentou se sentar e segurou no braço de Hunt com uma força terrível.

— Fala para a sua líder, Hunt. Manda Gladstone arrancar fora. Arrancar fora. Aranhas na teia. Deus do homem e deus da máquina... precisam achar a união. Não eu! — Ele caiu de novo nos travesseiros e começou a chorar em silêncio. — Não eu.

Keats dormiu durante uma parte da longa tarde, mas Hunt sabia que era algo mais próximo de morte que de sono. Qualquer som mínimo despertava o poeta moribundo com um sobressalto e o fazia lutar para respirar. Ao pôr do sol, Keats estava fraco demais para expectorar, e Hunt teve que ajudá-lo a abaixar a cabeça por cima da bacia para permitir que a gravidade expelisse o muco sangrento da boca e da garganta dele.

Nas várias vezes em que Keats mergulhava em cochilos inquietos, Hunt ia até a janela e uma vez desceu a escada até a porta do edifício para olhar para a Piazza. Havia algo alto, afiado e imóvel nas sombras mais densas do outro lado da Piazza, perto da base da escadaria.

Ao entardecer, Hunt também adormeceu um pouco sentado na cadeira dura ao lado da cama de Keats. Ele despertou de um sonho em que caía e estendeu a mão para se equilibrar, aí viu que Keats estava acordado e o encarava.

— Você já viu alguém morrer? — perguntou Keats, entre pequenos arquejos.

— Não.

Hunt achou que havia algo estranho no olhar do jovem, como se Keats estivesse olhando para ele, mas vendo outra pessoa.

— Bom, então sinto muito por você. Tantos foram os problemas e perigos que você enfrentou por mim. Agora seja firme, pois não há de se prolongar muito.

Hunt ficou espantado não só com a coragem delicada do comentário, mas com a mudança súbita do dialeto de Keats, da linguagem simples comum da Rede para algo muito mais antigo e interessante.

— Bobagem — disse Hunt com vigor, forçando um entusiasmo e uma energia que não sentia. — Vamos deixar isso tudo para trás antes do amanhecer. Vou dar uma escapulida assim que escurecer e achar um portal de teleprojetor.

Keats balançou a cabeça.

— O Picanço vai pegar você. Não vai permitir que ninguém me ajude. A função dele é garantir que eu escape de mim por meio de mim. — Ele fechou os olhos quando sua respiração ficou mais irregular.

— Não entendi. — Leigh Hunt pegou na mão do jovem. Imaginava que fosse mais do falatório delirante, mas, como era uma das poucas vezes em que Keats ficava totalmente lúcido nos últimos dois dias, achou que valia o esforço de se comunicar. — Como assim, escapar de você por meio de você?

Os olhos de Keats se abriram trêmulos. Eram castanhos e brilhavam demais.

— Ummon e as outras estão tentando me fazer escapar de mim ao aceitar a divindade, Hunt. Isca para fisgar a baleia branca, mel para pegar a mosca suprema. A Empatia em fuga há de encontrar um lar em mim... em mim, sr. John Keats, metro e meio de altura... e então começa a reconciliação, certo?

— Que reconciliação?

Hunt se aproximou, tentando não respirar em cima dele. Parecia que Keats tinha encolhido debaixo dos lençóis, do emaranhado de cobertores, mas era como se o calor que irradiava dele preenchesse o quarto. O rosto dele era uma oval pálida à luz mortiça. Hunt tinha só uma vaga noção do feixe dourado de luz refletida do sol que avançava pela parede logo abaixo do ponto de contato com o teto, mas os olhos de Keats não saíram daquele último vestígio de dia nem por um instante.

— A reconciliação de homem e máquina, Criador e criatura — explicou Keats, e começou a tossir, parando só depois de babar um catarro vermelho na bacia que Hunt estendeu. Ele se deitou de novo, ofegou um pouco e acrescentou: — Reconciliação da humanidade com as raças que ela tentou exterminar, do Cerne com a humanidade que ele tentou eliminar, do Deus de dolorosa evolução do Vazio Que Une com seus antepassados que tentaram eliminá-lo.

Hunt balançou a cabeça e parou de escrever.

— Não entendi. Você pode se tornar esse... messias... se sair do seu leito de morte?

A oval pálida do rosto de Keats se mexeu de um lado para o outro no travesseiro em um movimento que poderia ter sido um substituto de risada.

— Todos nós poderíamos, Hunt. O desvario e o maior orgulho da humanidade. Nós aceitamos nossa dor. Abrimos caminho para nossos filhos. Isso nos rendeu o direito de nos tornarmos o Deus com que sonhamos.

Hunt abaixou os olhos e viu o próprio punho fechado de frustração.

— Se você consegue fazer isso, virar esse *poder*, então faz logo. Tira a gente daqui!

Keats fechou os olhos de novo.

— Não posso. Não sou Aquilo Que Vem, mas Aquilo Que Vem Antes. Não o batizado, mas o batista. *Merde*, Hunt, sou ateu! Nem Severn conseguiu me convencer dessas coisas quando eu estava me afogando na morte! — Keats segurou na camisa de Hunt com uma intensidade que assustou o homem mais velho. — Escreva!

E Hunt tratou de pegar a pena antiga e o papel áspero, rabiscando furiosamente para capturar as palavras que Keats estava sussurrando:

Uma lição que a face vossa encanta:
Um vasto saber de mim faz Deus.
Nomes, feitos, lendas obscuras, aventuras, rebeliões,
Majestades, soberanias e agonias,
Criações e destruições, tudo junto
Despejam-se nos recônditos da mente,
E me deificam, qual se um vinho leve
Ou fulgurante elixir eu bebesse,
Para assim tornar-me imortal.

Keats viveu por mais três horas dolorosas, um nadador que vez ou outra emergia de seu mar agonizante para respirar ou sussurrar alguma baboseira urgente. Em certo momento, bem depois do pôr do sol, ele puxou a manga de Hunt e sussurrou com razoável lucidez:

— Quando eu tiver morrido, o Picanço não vai fazer mal a você. Ele está me esperando. Talvez não haja como voltar para casa, mas ele não vai lhe fazer mal enquanto você procura.

E de novo, quando Hunt começou a se encurvar para ouvir se o ar ainda gorgolejava nos pulmões do poeta, Keats começou a falar e continuou em meio a espasmos até fornecer instruções específicas a Hunt quanto a seu sepultamento no Cemitério Protestante de Roma, perto da Pirâmide de Caio Céstio.

— Bobagem, bobagem — murmurou Hunt de novo e de novo, como um mantra, apertando a mão quente do jovem.

— Flores — sussurrou Keats pouco depois, logo após Hunt acender uma lamparina na cômoda. O poeta fitava o teto com olhos arregalados e uma expressão de puro maravilhamento infantil. Hunt olhou para cima e viu as rosas amarelas desbotadas pintadas em quadrados azuis no teto. — Flores... acima de mim — sussurrou Keats, em meio aos esforços para respirar.

Hunt estava de pé junto à janela, observando as sombras do outro lado da Escadaria Espanhola, quando o ronco doloroso atrás dele vacilou e parou, e Keats arquejou:

— Severn... me levanta! Estou morrendo.

Hunt se sentou na cama e o segurou. Emanava calor do corpo pequeno que parecia não pesar nada, como se a própria substância do homem tivesse se consumido.

— Não tenha medo. Seja firme. Graças a Deus que chegou! — arquejou Keats, e então os roncos cessaram. Hunt ajudou Keats a se deitar com mais conforto enquanto sua respiração se acalmava em um ritmo mais normal.

Hunt trocou a água da bacia, umedeceu um tecido limpo e, ao voltar, Keats estava morto.

Mais tarde, logo após o nascer do sol, Hunt ergueu o corpo pequeno — envolto em lençóis limpos da própria cama de Hunt — e saiu para a cidade.

A tempestade já havia diminuído quando Brawne Lamia chegou ao final do vale. Ao passar pelas Tumbas Cavernosas, ela vira o mesmo brilho sinistro que as outras Tumbas estavam emitindo, mas saía também um barulho terrível — como o grito de milhares de almas — ecoando e gemendo da terra. Brawne apertou o passo.

O céu já estava limpo quando ela parou diante do Palácio do Picanço. A estrutura fazia jus ao nome: a semicúpula se arqueava para cima e para fora como a carapaça da criatura, os elementos de sustentação se curvavam para baixo como lâminas cravadas no solo do vale, e outros contrafortes saltavam ao alto e para fora como espinhos do Picanço. As paredes ficaram translúcidas conforme a luminosidade do interior aumentava, e agora a edificação brilhava feito uma lanterna de abóbora escavada até ficar fina como papel; as partes superiores ardiam com o vermelho do olhar do Picanço.

Brawne respirou fundo e tocou o abdome. Ela estava grávida — sabia desde antes de sair de Lusus —, e agora a dívida para com o filho ou a filha no ventre não era maior do que para com aquele poeta velho e vulgar empalado na árvore do Picanço? Brawne sabia que a resposta era *sim* e que não fazia a menor diferença. Ela soltou o ar e se aproximou do Palácio.

De fora, a construção não tinha mais que vinte metros de largura. Antes, quando eles haviam entrado, Brawne e os outros peregrinos tinham visto o interior como um único espaço aberto, vazio, apenas com as sustentações que pareciam lâminas e se cruzavam no espaço sob a cúpula luminosa. Agora, parada na entrada, Brawne via que o interior formava um espaço maior que o próprio vale. Uma dúzia de escalões de pedra branca subiam um após o outro e se estendiam na distância turva. Cada escalão de pedra continha corpos humanos, cada um trajado de um jeito, cada um ligado pelo mesmo tipo de cabo e plugue de derivador semiorgânico, semiparasítico, que os amigos de Brawne disseram que ela também havia apresentado. Só que os umbilicais metálicos transparentes pulsavam em vermelho e se expandiam e contraíam regularmente, como se o sangue estivesse sendo reciclado dentro do crânio dos vultos adormecidos.

Brawne cambaleou para trás, afetada tanto pela força das marés antientropia quanto pela visão da cena, mas, quando se afastou dez metros do Palácio, o exterior estava com o mesmo tamanho de sempre. Ela não fingiu entender como um interior quilométrico podia caber em um envoltório tão modesto. As Tumbas Temporais estavam se abrindo. Para Brawne, aquela podia muito bem coexistir em tempos diferentes. O que ela entendia era que, ao despertar das próprias viagens conectadas, ela havia visto a árvore de espinhos do Picanço ligada por tubulações e raízes de energia invisíveis a olho nu, mas com uma ligação agora bem evidente com o Palácio do Picanço.

Ela foi até a entrada de novo.

O Picanço aguardava lá dentro. Sua carapaça, que em geral reluzia, agora aparecia preta, uma silhueta diante da luz e do brilho marmóreo que a envolvia.

Brawne sentiu uma onda de adrenalina correr por seu corpo, sentiu o impulso de se virar e correr, e entrou.

A entrada praticamente desapareceu atrás dela, visível apenas como um borrão sutil na luminosidade uniforme que emanava das paredes. O Picanço não se mexeu. Seus olhos vermelhos ardiam dentro das sombras do crânio.

Brawne deu um passo à frente, e os calcanhares das botas não produziram ruído algum no piso de pedra. O Picanço estava dez metros à direita dela, onde começavam as lajes fúnebres de pedra, que subiam como prateleiras de mostruário abomináveis até um teto perdido no meio do brilho. Ela não tinha a menor ilusão de que conseguiria voltar à entrada antes que a criatura a alcançasse.

O Picanço não se mexeu. O ar cheirava a ozônio e uma doçura nauseante. Brawne acompanhou a parede às suas costas e passou os olhos pelos corpos enfileirados em busca de um rosto adormecido familiar. A cada passo à esquerda, ela se afastava mais e mais da saída e ficava mais fácil de o Picanço interceptá-la. A criatura permanecia imóvel como uma escultura preta em um oceano de luz.

Os escalões de fato se estendiam por quilômetros. Degraus de pedra, cada um com quase um metro de altura, interrompiam as fileiras horizontais de corpos escuros. A alguns minutos de caminhada da entrada, Brawne subiu o terço inferior de uma dessas escadas, encostou no corpo mais próximo no segundo escalão e ficou aliviada de constatar que a pele estava quente, que o peito do homem subia e descia. Não era Martin Silenus.

Brawne continuou avançando, quase achando que veria Paul Duré, Sol Weintraub ou até ela própria deitada entre os mortos-vivos. Mas o que ela viu foi um rosto que antes vira esculpido em uma montanha. Triste Rei Billy jazia imóvel na pedra branca, a cinco escalões de altura, com mantos reais chamuscados e manchados. O rosto triste estava — assim como todos os outros — retorcido em alguma espécie de agonia interna. Martin Silenus estava a três corpos de distância, em um escalão mais baixo.

Brawne se agachou ao lado do poeta, olhando por cima do ombro para a mancha preta do Picanço, ainda imóvel no final das fileiras de corpos. Como os outros, parecia que Silenus estava vivo, em agonia silenciosa, ligado a um umbilical pulsante por um plugue derivador que, por sua vez, ia até a parede branca atrás da plataforma como se estivesse fundido à pedra.

Brawne ofegou de medo ao passar a mão pelo crânio do poeta, sentindo a fusão de plástico e osso, depois apalpou o umbilical propriamente dito, sem encontrar nenhum ponto de junção ou abertura até o lugar onde ele se unia à pedra. Pulsava fluido sob seus dedos.

— Merda — murmurou Brawne.

Em um surto de pânico, ela olhou para trás, certa de que o Picanço havia se esgueirado até alcançá-la. A silhueta escura continuava parada no final do espaço comprido.

Os bolsos dela estavam vazios. Não tinha arma nem ferramenta. Percebeu que teria que voltar à Esfinge, encontrar os pacotes, arranjar alguma coisa cortante e depois vir de novo e juntar coragem para entrar outra vez.

Brawne sabia que jamais passaria de novo por aquela porta.

Ela se ajoelhou, respirou fundo, levantou a mão e o braço, e os abaixou. A lateral da mão dela bateu no material que parecia plástico transparente, só que mais duro que aço. O braço doeu do pulso ao ombro com esse único golpe.

Brawne Lamia deu uma olhada à direita. O Picanço estava avançando em sua direção, andando devagar feito um idoso em uma caminhada relaxante.

Ela gritou, ajoelhou-se e bateu de novo, com a lateral rígida da mão, polegar estendido em ângulo reto. O cômodo comprido ecoou com o impacto.

Brawne Lamia havia crescido em Lusus sob uma gravidade de 1,3 G e era atlética para sua raça. Desde os nove anos ela havia sonhado e se esforçado para virar detetive, e parte da preparação reconhecidamente obsessiva e muitíssimo ilógica tinha sido um treinamento em artes marciais. Agora ela grunhiu, ergueu o braço e bateu de novo, mentalizando a mão como um machado, *visualizando* o golpe cortante, a ruptura bem-sucedida.

O umbilical duro se amassou de forma imperceptível, pulsou como uma criatura viva e pareceu se retrair quando ela golpeou de novo.

Passos começaram a ficar audíveis abaixo e atrás dela. Brawne quase deu risada. O Picanço era capaz de se deslocar sem andar, ir de um lugar para outro sem o esforço da transição. Ele devia gostar de assustar a presa. Brawne não ficou com medo. Estava ocupada demais.

Ela ergueu a mão e voltou a baixá-la. Teria sido mais fácil bater na pedra. Ela golpeou o umbilical de novo com a lateral da mão, sentindo algum osso pequeno se amassar sob a pele. A dor parecia um barulho distante, como o deslizar abaixo e atrás dela.

Já lhe ocorreu, pensou ela, *que ele provavelmente vai morrer se você conseguir arrebentar este troço?*

Ela bateu de novo. Os passos pararam na base da escada lá embaixo.

Brawne estava ofegando pelo esforço. O suor pingava de sua testa e das bochechas em cima do peito do poeta adormecido.

Eu nem gosto de você, pensou ela para Martin Silenus, e atacou de novo. Era como tentar cortar a perna de um elefante de metal.

O Picanço começou a subir a escada.

Brawne levantou parcialmente o corpo e aplicou seu peso inteiro em um golpe que quase lhe deslocou o ombro, quase fraturou o pulso e esmagou ossos pequenos da mão dela.

E cortou o umbilical.

Um fluido vermelho pouco viscoso demais para ser sangue jorrou nas pernas de Brawne e na pedra branca. O cabo partido, ainda ligado à parede, deu um espasmo e se debateu como um tentáculo agitado, para então ficar inerte e recuar, uma cobra ensanguentada arrastando-se para dentro de um buraco que deixou de existir assim que o umbilical sumiu. O fragmento ainda preso ao plugue derivador neural de Silenus murchou em cinco segundos, ressecando-se e contraindo-se como uma água-viva fora do mar. Borrifos vermelhos sujaram o rosto e os ombros do poeta, e o líquido ficou azul diante dos olhos de Brawne.

Os olhos de Martin Silenus trepidaram e se abriram que nem uma coruja.

— Ei — disse ele —, sabia que a porra do Picanço está parado bem atrás de você?

Gladstone projetou para seus aposentos particulares e foi sem demora para o cubículo de largofone. Havia duas mensagens.

A primeira vinha do espaço de Hyperion. Gladstone piscou quando a voz suave do jovem Lane, o antigo governador-geral em Hyperion, fez um breve resumo do encontro com o Tribunal desterro. Gladstone se recostou no assento de couro e levou os punhos ao rosto enquanto Lane repetia as negações dos desterros. Eles não eram os invasores. Lane concluiu a transmissão com uma descrição breve do Enxame, sua opinião de que os desterros estavam falando a verdade, um comentário de que o destino do Cônsul ainda era incerto e um pedido de ordens.

— Resposta? — perguntou o computador do largofone.

— Confirmar recebimento da mensagem — disse a diretora. — Transmitir "Aguarde" em código diplomático único.

Gladstone acessou a segunda mensagem.

O almirante William Ajunta Lee apareceu em uma projeção de imagem plana entrecortada, sem dúvida porque o transmissor de largofone de sua nave estava operando com energia reduzida. Gladstone viu nas colunas periféricas de dados que o esguicho tinha sido codificado no meio das transmissões de telemetria comuns da frota: em algum momento os técnicos de FORÇA perceberiam a discrepância na soma de verificação, mas podia levar horas ou dias.

O rosto de Lee estava ensanguentado, e o fundo estava obscurecido pela fumaça. Pela imagem borrada em preto e branco, Gladstone teve a impressão de que o jovem estava transmitindo de um compartimento de atracação no cruzador. Na bancada de metal atrás dele, havia um cadáver.

— ... uma unidade de fuzileiros conseguiu abordar uma das tais lanceiras deles — contou Lee, ofegante. — Elas *são* tripuladas, cinco por nave, e *parecem* desterros, mas veja o que acontece quando tentamos realizar uma autópsia.

A imagem se mexeu, e Gladstone percebeu que Lee estava usando um imageador portátil ligado ao transmissor de largofone do cruzador. Agora Lee não aparecia mais, e ela estava vendo o rosto branco e danificado de um desterro morto. Pelo sangramento nos olhos e ouvidos, Gladstone imaginou que o homem havia morrido em uma descompressão explosiva.

A mão de Lee surgiu — reconhecível pela insígnia de almirante na manga — segurando um bisturi laser. O jovem comandante não se deu ao trabalho de remover vestimentas antes de começar uma incisão vertical de cima para baixo a partir do esterno.

A mão com o laser recuou de repente, e a câmera se equilibrou quando começou a acontecer alguma coisa com o cadáver desterro. Porções amplas do peito do homem morto começaram a fumegar, como se o laser tivesse ateado fogo na roupa. O uniforme então se queimou, e ficou imediatamente óbvio que o peito do homem estava queimando em buracos irregulares cada vez maiores; desses buracos saía uma luz tão intensa que o imageador portátil precisou reduzir a sensibilidade do obturador. Partes do crânio do cadáver queimavam agora, deixando imagens-fantasma na tela do largofone e nas retinas de Gladstone.

A câmera tinha se afastado antes que o cadáver se consumisse, como se o calor fosse forte demais. O rosto de Lee apareceu flutuante.

— Viu, diretora, aconteceu isso com todos os corpos. Não capturamos ninguém vivo. Ainda não encontramos nenhum centro no Enxame, só mais belonaves, e acho que...

A imagem desapareceu e as colunas de dados avisaram que o esguicho tinha sido interrompido durante a transmissão.

— Resposta?

Gladstone negou com a cabeça e abriu o cubículo. De volta ao escritório, ela lançou um olhar sonhador para o sofá e se sentou atrás da mesa, ciente de que, se fechasse os olhos só por um segundo, dormiria. Sedeptra chamou na frequência de conexo particular dela e informou que o general Morpurgo precisava falar com a diretora sobre uma questão urgente.

O lusiano entrou e começou a andar de um lado para o outro, agitado.

— S. diretora, compreendo seu raciocínio para autorizar o uso do dispositivo de vara-letal, mas preciso protestar.

— Por quê, Arthur? — perguntou ela, chamando-o pelo nome pela primeira vez em semanas.

— Porque nós com toda a certeza não sabemos o resultado. É perigoso demais. E é... é imoral.

Gladstone ergueu uma sobrancelha.

— A perda de bilhões de cidadãos em uma guerra de atrito prolongada seria moral, mas usar esse negócio para matar milhões seria imoral? É a opinião de FORÇA, Arthur?

— É a minha, diretora.

Gladstone fez que sim.

— Entendido e anotado, Arthur. Mas a decisão foi tomada e será implementada. — Ela viu o velho amigo fazer posição de sentido e, antes que ele pudesse abrir a boca para protestar ou, o que era mais provável, pedir demissão, Gladstone acrescentou: — Vamos dar uma caminhada, Arthur?

O general de FORÇA ficou intrigado.

— Caminhada? Por quê?

— Precisamos de ar puro.

Sem esperar resposta, Gladstone foi até seu teleprojetor pessoal, ativou o disclave manual e atravessou.

Morpurgo passou pelo portal opaco e olhou para o mato dourado que subia até os joelhos dele e se estendia ao horizonte distante. Levantou o rosto para um céu amarelo-açafrão onde nuvens cúmulos de bronze formavam colunas irregulares. Atrás dele, o portal piscou e sumiu, e seu local ficou marcado apenas pelo disclave de controle a um metro do chão, o único objeto artificial visível naquela amplitude interminável de mato dourado e céu nublado.

— Onde é que a gente está? — questionou ele.

Gladstone tinha puxado um pedaço longo de capim e estava mastigando-o.

— Kastrop-Rauxel. Não tem esfera de dados, não tem aparelhos orbitais, não tem qualquer habitação humana ou robótica.

Morpurgo bufou.

— Não deve estar mais protegido da vigilância do Cerne do que os lugares aonde Byron Lamia nos levava, Meina.

— Talvez não. Arthur, escuta.

Ela ativou as gravações do conexo das duas transmissões de largofone que tinha acabado de ouvir. Quando elas acabaram, quando o rosto de Lee desapareceu de repente, Morpurgo saiu andando pelo capim alto.

— E aí? — perguntou Gladstone, apertando o passo para alcançá-lo.

— Então o corpo desses desterros se autodestrói do mesmo jeito que já se viu acontecer com cadáveres cíbridos. E daí? Acha que o Senado e a Totalidade vão aceitar isso como prova de que é o Cerne que está por trás da invasão?

Gladstone suspirou. O capim parecia macio, convidativo. Ela se imaginou deitada ali, afundando-se em um cochilo do qual nunca mais teria que voltar.

— É prova suficiente para nós. Para o grupo. — Gladstone não precisou ir além. Desde seus primeiros dias no Senado, eles haviam mantido contato a respeito das suspeitas sobre o Cerne, da esperança de algum dia obter liberdade genuína da dominação das IAs. Quando o senador Byron Lamia era o líder deles... Mas fazia muito tempo.

Morpurgo viu o vento sacudir a estepe dourada. Um relâmpago curioso dançava dentro das nuvens de bronze perto do horizonte.

— E daí? *Saber* não adianta nada se não soubermos onde atacar.

— Temos três horas.

Morpurgo olhou para o conexo.

— Duas horas e 42 minutos. Não é tempo suficiente para um milagre, Meina.

Gladstone não sorriu.

— Não é tempo suficiente para mais nada, Arthur.

Ela encostou no disclave, e o portal surgiu com um murmúrio.

— O que podemos fazer? — perguntou Morpurgo. — As IAs do Cerne estão instruindo nossos técnicos agora mesmo quanto àquele dispositivo de vara-letal. A nave-tocha estará pronta daqui a uma hora.

— Vamos detoná-lo onde o efeito não vá prejudicar ninguém — sugeriu Gladstone.

O general parou de andar e a encarou.

— Onde é que isso fica? Aquele puto do Nansen falou que o dispositivo tem um alcance letal de pelo menos três anos-luz, mas como a gente pode confiar nele? Se detonarmos um dispositivo, perto de Hyperion ou de qualquer outro lugar, talvez condenemos a vida humana em todo canto.

— Tenho uma ideia, mas quero refletir sobre ela de cabeça descansada.

— *Descansada?* — rosnou o general Morpurgo.

— Vou tirar um cochilo curto, Arthur. Sugiro que você faça o mesmo.

Ela atravessou o portal.

Morpurgo murmurou uma única obscenidade, ajustou o quepe e passou pelo teleprojetor de cabeça erguida, costas eretas e olhos para a frente: um soldado marchando para a própria execução.

No patamar mais alto de uma montanha que se movia pelo espaço a cerca de dez minutos-luz de Hyperion, o Cônsul e dezessete desterros estavam sentados em um círculo de pedras baixas dentro de um círculo maior de pedras mais altas, decidindo se o Cônsul ia viver.

— Sua esposa e seu filho morreram em Bréssia — disse Freeman Ghenga. — Durante a guerra entre o mundo e o Clã Moseman.

— Foi — confirmou o Cônsul. — A Hegemonia achou que o Enxame inteiro estivesse envolvido no ataque. Não falei nada para corrigi-los.

— Mas sua esposa e seu filho foram mortos.

O Cônsul olhou para fora do círculo de pedra, na direção do cume que já estava entrando na noite.

— E daí? Não peço misericórdia do Tribunal. Não sugiro nenhuma circunstância atenuante. Eu *matei* Freeman Andil e os três técnicos. Matei-os de forma premeditada e com malícia. Matei-os sem qualquer outro objetivo além de ativar sua máquina para abrir as Tumbas Temporais. Não teve nada a ver com minha esposa e meu filho!

Um desterro barbudo que o Cônsul tinha ouvido ser apresentado como porta-voz Hullcare Amnion entrou no círculo interno.

— O dispositivo era inútil. Ele não fazia nada.

O Cônsul se virou, abriu a boca e voltou a fechar sem falar nada.

— Um teste — disse Freeman Ghenga.

A voz do Cônsul foi quase inaudível.

— Mas as Tumbas... se abriram.

— Nós sabíamos quando elas iam se abrir — afirmou Coredwell Minmun. — Nós conhecíamos a taxa de degradação dos campos antientropia. O dispositivo foi um teste.

— Um teste — repetiu o Cônsul. — Matei aquelas quatro pessoas por nada. Um teste.

— Sua esposa e seu filho foram mortos por mãos desterras — explicou Freeman Ghenga. — A Hegemonia violou seu mundo de Maui-Pacto. Suas ações eram previsíveis segundo certos parâmetros. Gladstone contava com elas. Nós também. Mas precisávamos saber os parâmetros.

O Cônsul se levantou, deu três passos e ficou de costas para os outros.

— Desperdício.

— O que foi? — perguntou Freeman Ghenga. A cabeça calva da mulher alta brilhava à luz das estrelas e do sol refletida em uma fazenda-cometa que passava por perto.

O Cônsul estava rindo baixinho.

— Tudo um desperdício. Até minhas traições. Nada real. Desperdício.

O porta-voz Coredwell Minmun se levantou e ajeitou o manto.

— Este Tribunal chegou a uma decisão — anunciou.

Os outros dezesseis desterros menearam a cabeça.

O Cônsul se virou. Havia algo que parecia anseio em seu rosto cansado.

— Fala, então. Pelo amor de Deus, anda logo com isso.

A porta-voz Freeman Ghenga se levantou e encarou o Cônsul.

— Você será condenado a viver. Você será condenado a consertar parte dos estragos que causou.

O Cônsul cambaleou como se tivesse levado um tapa no rosto.

— Não, vocês não podem... Vocês têm que...

— Você será condenado a entrar na era de caos que se aproxima — continuou o porta-voz Hullcare Amnion. — Condenado a nos ajudar a alcançar a fusão entre as famílias separadas da humanidade.

O Cônsul ergueu os braços como se tentasse se defender de golpes físicos.

— Não posso... Não vou... Culpado...

Freeman Ghenga deu três passos largos, segurou o Cônsul pela frente do paletó formal e o sacudiu sem cerimônias.

— Você *é* culpado. E é justamente por isso que deve atenuar o caos que há de vir. Você ajudou a libertar o Picanço. Agora, precisa ir até lá e garantir que ele volte para a jaula. E depois há de começar a longa reconciliação.

O Cônsul tinha sido solto, mas os ombros dele ainda tremiam. Naquele momento, a montanha girou para a luz do sol, e lágrimas cintilaram nos olhos do Cônsul.

— Não — sussurrou ele.

Freeman Ghenga alisou o paletó amassado dele e passou os dedos longos pelos ombros do diplomata.

— Nós também temos nossos profetas. Os templários vão se unir a nós na ressemeadura da galáxia. Pouco a pouco, aqueles que viveram na mentira chamada Hegemonia vão sair das ruínas de seus mundos dependentes do Cerne e se juntar a nós em verdadeira exploração: exploração do universo e dos domínios mais vastos que residem dentro de cada um de nós.

Parecia que o Cônsul não tinha ouvido. Ele se virou de repente.

— O Cerne vai destruir vocês — asseverou, sem olhar para nenhum dos outros. — Assim como acabou de destruir a Hegemonia.

— Você esqueceu que seu mundo natal foi fundado com base em um pacto solene de vida? — questionou Coredwell Minmun. O Cônsul se virou para o desterro. — Esse pacto rege nossa vida e nossas ações. Não apenas para preservar algumas espécies da Terra Velha, mas para encontrar união na diversidade. Para espalhar a semente da humanidade para todos os mundos, ambientes diversos, tratando como sagrada a diversidade de vida que encontramos em outros lugares.

O rosto de Freeman Ghenga brilhava ao sol.

— O Cerne ofereceu união na subserviência forçada — disse ela, com um tom gentil. — Segurança na estagnação. Onde estão as revoluções de pensamento, cultura e ação humana desde a Hégira?

— Terraformadas em clones esquálidos da Terra Velha — respondeu Coredwell Minmun. — Nossa nova era de expansão humana não vai terraformar nada. Vamos nos deleitar nas dificuldades e acolher estranhezas. Não vamos fazer o universo se adaptar; *nós* nos adaptaremos.

O porta-voz Hullcare Amnion gesticulou para as estrelas.

— Se a humanidade sobreviver a este teste, nosso futuro reside não só nos mundos ensolarados, mas nas distâncias escuras *entre* eles.

O Cônsul suspirou.

— Tenho amigos em Hyperion. Posso voltar para ajudá-los?

— Pode — respondeu Freeman Ghenga.

— E confrontar o Picanço?

— Vai — respondeu Coredwell Minmun.

— E sobreviver para ver essa era de caos?

— Deve — respondeu Hullcare Amnion.

O Cônsul suspirou de novo e se afastou com os outros quando, acima deles, uma borboleta imensa, com asas de células solares e pele cintilante imune à força do vácuo ou à força maior ainda da radiação, desceu até o círculo de Stonehenge e abriu a barriga para receber o Cônsul.

Na enfermaria da Casa do Governo em Tau Ceti Central, o padre Paul Duré repousava em um sono superficial induzido por medicamentos, sonhando com chamas e a morte de mundos.

Exceto pela visita breve da diretora-executiva Gladstone e uma visita mais breve ainda do bispo Edouard, Duré tinha passado o dia inteiro sozinho, entrando e saindo de um torpor doloroso. Os médicos ali tinham pedido mais doze horas antes de transportar o paciente, e o Colégio Cardinalício em Pacem havia aceitado, com votos de recuperação para o paciente, fazendo os preparativos para as cerimônias — para as quais ainda faltavam 24 horas — em que o sacerdote jesuíta Paul Duré de Villefranche-sur-Saône se tornaria o papa Teilhard I, 487º Bispo de Roma, sucessor direto do discípulo Pedro.

Ainda se curando, recompondo a pele com a ajuda de um milhão de direcionadores de RNA, regenerando nervos de forma semelhante, graças ao milagre da medicina moderna — mas não tão milagrosa, pensou Duré, a ponto de me poupar de quase me matar de coceira —, o jesuíta permaneceu acamado e pensou em Hyperion, no Picanço, em sua longa vida e na situação confusa do universo de Deus. Com o tempo, Duré adormeceu e sonhou com Bosque de Deus em chamas enquanto o templário que era a

Verdadeira Voz da Árvore-mundo o jogava para dentro do portal, e com sua mãe e uma mulher chamada Semfa, já morta, mas que no passado tinha trabalhado na Fazenda Perecebo nos confins dos Confins em uma área de produção de plastifibra a leste de Porto Romântico.

E nesses sonhos, majoritariamente tristes, Duré se deu conta de repente de outra presença: não outra presença no sonho, mas outro *sonhador*.

Duré estava andando com alguém. O ar estava fresco, e o céu era um azul emocionante. Eles tinham acabado de fazer uma curva na estrada, e agora um lago surgia adiante, com a orla cercada de árvores graciosas, emoldurado por montanhas atrás, com uma fileira de nuvens baixas para incrementar o drama e a escala da cena, e parecia que uma única ilha flutuava ao longe nas águas plácidas como um espelho.

— Lago Windermere — disse o companheiro de Duré.

Um jovem baixo caminhava ao lado de Duré. Usava uma jaqueta arcaica com botões de couro e um cinto de couro largo, sapatos robustos, um gorro de pele antigo, um farnel surrado e calças de corte curioso e muitos remendos. Tinha um tartã grande pendurado em um dos ombros e um cajado de caminhada sólido na mão direita. Duré parou de andar, e o outro homem parou, como se ficasse feliz de descansar um pouco.

— As charnecas de Furnes e as montanhas da Cúmbria — apresentou o jovem, gesticulando com o cajado para além do lago.

Duré viu os cachos castanho-avermelhados que apareciam por baixo do gorro peculiar, reparou nos olhos castanhos grandes e na baixa estatura do homem, e soube que devia estar sonhando. *Não estou sonhando!*, pensou, contudo.

— Quem... — começou Duré, sentindo um rompante de medo enquanto seu coração pulava.

— John — respondeu o companheiro, e o tom razoável tranquilo daquela voz afastou parte do medo de Duré. — Creio que vamos poder ficar em Bowness hoje à noite. Brown comentou que tem uma estalagem maravilhosa lá colada ao lago.

Duré fez que sim. Ele não fazia a menor ideia do que o homem estava falando.

O jovem baixo se inclinou para a frente e pegou no antebraço de Duré com um toque delicado, mas persistente.

— Alguém há de vir depois de mim — disse John. — Não será alfa nem ômega, mas essencial para encontrarmos o caminho.

Duré meneou a cabeça com ignorância. Uma brisa tremulou a superfície do lago e trouxe dos sopés distantes o cheiro de vegetação fresca.

— Essa pessoa há de nascer longe — continuou John. — Mais longe do que nossa raça conheceu por séculos. Seu trabalho será o mesmo que o meu agora: preparar o caminho. Você não viverá para ver o dia dos ensinamentos dessa pessoa, mas seu sucessor viverá.

— Sim — disse Paul Duré, constatando que não havia nem uma gota de saliva em sua boca.

O jovem tirou o gorro, enfiou-o no cinto e se abaixou para pegar uma pedra arredondada. Ele a jogou longe no lago. Ondas se expandiram devagar.

— Droga, eu queria fazê-la quicar. — John olhou para Duré. — Você precisa sair da enfermaria e voltar agora mesmo para Pacem. Entendeu?

Duré piscou. A afirmação não parecia condizente com o sonho.

— Por quê?

— Não se preocupe. Só *volte*. Não espere. Se você não sair de imediato, não haverá outra chance depois.

Duré se virou confuso, como se pudesse voltar andando para a cama do hospital. Ele olhou por cima do ombro para o jovem baixo e magro que estava parado junto à orla pedregosa.

— E você?

John pegou outra pedra, jogou-a e balançou a cabeça quando a pedra quicou só uma vez e desapareceu para dentro da superfície espelhada.

— Estou feliz aqui, por enquanto — disse, mais para si mesmo do que para Duré. — Eu *estava* mesmo feliz nesta viagem. —

Ele aparentemente se despertou do devaneio e levantou a cabeça para sorrir para Duré. — Vai. Anda logo, Vossa Santidade.

Chocado, irritado, achando graça, Duré abriu a boca para retrucar e se viu deitado na cama na enfermaria da Casa do Governo. Os médicos haviam diminuído a luz para que ficasse mais fácil dormir. Havia contas de monitoramento coladas na pele dele.

Duré ficou quieto por um minuto, sofrendo a coceira e o desconforto da regeneração de queimaduras de terceiro grau e pensando no sonho, pensando que tinha sido *só* um sonho, que podia dormir de novo por algumas horas até o monsenhor... o *bispo* Edouard e os outros chegarem para acompanhá-lo de volta. Duré fechou os olhos e se lembrou do rosto masculino, mas delicado, dos olhos castanhos e do dialeto arcaico.

O padre Paul Duré da Companhia de Jesus se sentou, levantou-se com dificuldade, viu que suas roupas haviam desaparecido e que não lhe restava nada além da bata hospitalar de papel para vestir, envolveu-se com um cobertor e saiu andando de pés descalços antes que os médicos pudessem reagir aos sensores.

Tinha um teleprojetor exclusivo para médicos no final do corredor. Se esse não o levasse para casa, ele acharia outro.

Leigh Hunt carregou o corpo de Keats para fora das sombras do edifício até a área ensolarada da Piazza di Spagna e imaginou que o Picanço estaria à sua espera. Mas o que havia era um cavalo. Hunt não tinha olho treinado para reconhecer cavalos, já que a espécie estava extinta na época dele, mas aquele parecia ser o mesmo que os havia trazido para Roma. Ficou mais fácil identificar pelo fato de que o cavalo estava atrelado à mesma charrete pequena — Keats havia chamado de *vettura* — que eles tinham usado antes.

Hunt depositou o corpo no assento, dobrando as camadas do lençol com cuidado, e caminhou ao lado com uma das mãos ainda na mortalha enquanto a carruagem começava a avançar devagar. Nos momentos derradeiros, Keats havia pedido para ser sepultado no Cemitério Protestante perto da Muralha Aureliana e da Pirâmide de Caio Céstio. Hunt lembrava vagamente que eles haviam passado pela Muralha Aureliana durante a viagem bizarra até ali, mas jamais teria sido capaz de encontrá-la de novo nem se a vida dele — ou o enterro de Keats — dependesse disso. De todo modo, o cavalo parecia saber o caminho.

Hunt andou vagarosamente ao lado da carruagem lenta, atento à deslumbrante qualidade de manhã primaveril do ar e ao cheiro subjacente que lembrava o de plantas em decomposição. Será que o corpo de Keats já estava se decompondo? Hunt não conhecia bem os detalhes da morte; tampouco queria saber mais. Ele deu um tapa no lombo da égua para apressar o animal, mas a criatura parou, virou-se devagar para lançar um olhar de censura a Hunt e retomou o trote moroso.

Foi mais um lampejo de luz vislumbrado de relance pelo canto do olho do que um ruído que alertou Hunt, mas, quando ele se virou depressa, o Picanço estava lá — dez ou quinze metros atrás, acompanhando o ritmo do cavalo com uma marcha solene, mas também cômica de alguma forma, elevando joelhos de espinhos e farpas a cada passo. A luz do sol se refletia em carapaças, dentes de metal e lâminas.

O primeiro impulso de Hunt foi abandonar a carruagem e fugir, mas o anseio foi reprimido por um senso de obrigação e por um senso mais profundo de estar perdido. Para onde mais ele fugiria além da Piazza di Spagna? O Picanço bloqueava o único caminho de volta.

Tendo aceitado a criatura como participante daquele cortejo absurdo, Hunt deu as costas para o monstro e continuou andando ao lado da carruagem, segurando firme com uma das mãos o tornozelo do amigo por cima da mortalha.

Hunt fez a caminhada inteira alerta a qualquer sinal de portal de teleprojetor, algum sinal de tecnologia posterior ao século 19, de algum outro ser humano. Não havia nada. Era uma perfeita ilusão de que ele estava andando por uma Roma abandonada no clima de primavera de fevereiro de 1821 d.C. A égua subiu uma ladeira a uma quadra da Escadaria Espanhola, fez mais algumas curvas para avenidas largas e pistas estreitas e passou à vista da ruína curva e decadente que Hunt reconheceu como o Coliseu.

Quando o animal e a carruagem pararam, Hunt despertou do cochilo ambulante em que havia mergulhado e olhou o entorno. Estavam diante do monte de pedras coberto de mato que Hunt supôs que fosse a Muralha Aureliana, e dava mesmo para ver uma pirâmide baixa, mas o Cemitério Protestante — se é que era aquilo — mais parecia um relvado do que um cemitério. Carneiros pastavam à sombra de ciprestes, suas campanas tilintavam com um som agourento no ar quente pesado, e o mato subia até os joelhos ou mais por todo canto. Hunt piscou e viu as poucas lápides esparsas lá e cá, parcialmente ocultas pelo mato, e mais perto, logo ao lado do pescoço do cavalo, que estava pastando, havia uma cova recém-aberta.

O Picanço permaneceu a dez metros de distância, em meio ao balanço dos galhos de cipreste, mas Hunt viu o brilho daqueles olhos vermelhos se fixar no local da cova.

Hunt contornou a égua, que agora mascava satisfeita o capim alto, e se aproximou do túmulo. Não havia caixão. O buraco tinha pouco mais de um metro de profundidade, e o monte de terra atrás dele cheirava a húmus revirado e terra fria. Tinha uma pá de cabo longo cravada ali, como se os coveiros tivessem acabado de ir embora. No alto do túmulo, havia uma placa de pedra erguida, mas sem marcações — uma lápide em branco. Hunt viu um reflexo de metal em cima da placa e foi correndo encontrar o primeiro artefato moderno que via desde que fora sequestrado para a Terra Velha: uma pequena caneta laser — do tipo usado em canteiros de obras ou por artistas para rabiscar desenhos até nas ligas mais duras.

Hunt se virou, com a caneta na mão, sentindo-se armado, por mais ridícula que parecesse a ideia de que aquele raio fino deteria o Picanço. Ele pôs a caneta no bolso da camisa e começou a tratar de enterrar John Keats.

Alguns minutos depois, Hunt parou perto do monte de terra, de pá na mão, olhando para o túmulo aberto e o fardo pequeno enrolado em lençol que estava ali dentro, e tentou pensar em algo para falar. Hunt já havia comparecido a diversos funerais de Estado, até redigira o discurso de Gladstone para alguns, e palavras nunca lhe faltaram. Mas nada lhe vinha naquele momento. A única plateia era o Picanço silencioso, ainda afastado à sombra dos ciprestes, e os carneiros, tilintando suas campanas ao se afastarem nervosos do monstro, aproximando-se aos poucos do túmulo feito um grupo atrasado para o enterro.

Hunt achou que talvez algum poema do John Keats original fosse adequado para o momento, mas ele era um agente político, não alguém dado a ler e decorar poesia antiga. Ele lembrou, tarde demais, que tinha escrito o punhado de versos que seu amigo havia ditado no dia anterior, mas o caderno ficara na cômoda do apartamento na Piazza di Spagna. Tinha algo a ver com se tornar divino ou deus, o conhecimento de coisas demais de repente... Alguma besteira dessas. Hunt tinha memória excelente, mas não conseguia recordar o primeiro verso daquela lenga-lenga arcaica.

No fim das contas, Leigh Hunt se resolveu por um momento de silêncio, de cabeça baixa e olhos fechados exceto por um ou outro olhar de esguelha para o Picanço, ainda afastado, e depois jogou a terra para dentro. Demorou mais do que tinha imaginado. Quando terminou de socar a terra, a superfície estava um pouco côncava, como se o corpo tivesse sido insignificante demais para formar um monte de verdade. Carneiros roçaram nas pernas de Hunt para comer o capim alto, as margaridas e as violetas que cresciam em volta do túmulo.

Hunt podia não se lembrar da poesia do sujeito, mas não teve a menor dificuldade de se lembrar da inscrição que Keats pedira para colocar na lápide. Hunt ligou a caneta, queimou um sulco em três metros de grama e terra para testá-la e precisou pisotear a fagulha que acabou causando. Hunt tinha ficado incomodado com as palavras na inscrição quando as ouvira pela primeira vez — a solidão e a amargura perceptíveis sob o esforço chiado e ofegante de Keats para falar. Mas não achava que lhe competia discutir com o homem. Agora só precisava gravá-la na pedra, sair dali e evitar o Picanço enquanto tentava voltar para casa.

A caneta cortou a pedra com facilidade, e Hunt teve que treinar no verso da lápide até acertar a profundidade da linha e a qualidade do controle. Ainda assim, o efeito ficou parecendo irregular e artesanal quando Hunt terminou, cerca de quinze ou vinte minutos depois.

Primeiro foi o desenho grosseiro que Keats havia pedido — ele mostrara alguns rascunhos vagos ao assessor, feitos em uma folha de papel com uma mão trêmula — de uma lira grega com quatro das oito cordas arrebentadas. Hunt não ficou satisfeito quando terminou — se já não era leitor de poesia, artista menos ainda —, mas o negócio talvez fosse reconhecível para qualquer pessoa que soubesse que *raios* era uma lira grega. Depois veio a legenda em si, escrita exatamente do jeito que Keats havia ditado:

AQUI JAZ ALGUÉM CUJO NOME
FOI ESCRITO N'ÁGUA

Nada mais: nenhuma data de nascimento ou morte, sequer o nome do poeta. Hunt deu um passo para trás, examinou o trabalho, balançou a cabeça, desligou a caneta, mas não a guardou, e começou a voltar para a cidade, contornando de longe a criatura e os ciprestes.

No túnel que atravessava a Muralha Aureliana, Hunt parou e olhou para trás. A égua, ainda atrelada à carruagem, havia descido o declive longo para pastar o capim mais adocicado perto de um córrego pequeno. Os carneiros estavam espalhados, mastigando flores e deixando pegadas na terra úmida do túmulo. O Picanço continuava no mesmo lugar, quase invisível sob a cobertura de galhos de cipreste. Hunt tinha quase certeza de que a criatura ainda estava olhando para o túmulo.

A tarde ia avançada quando Hunt encontrou o teleprojetor, um retângulo azul-escuro ruço exatamente no centro dos destroços do Coliseu. Não havia disclave nem placa de acesso. O portal estava ali feito uma porta opaca aberta.

Mas não para Hunt.

Ele tentou cinquenta vezes, mas a superfície estava sólida e intransponível feito pedra. Ele experimentou encostar nela com a ponta dos dedos, avançou com confiança e rebateu na superfície, jogou-se contra o retângulo azul, jogou pedras na entrada e as viu baterem e caírem para trás, tentou as duas faces e até os cantos do troço, e acabou pulando de novo e de novo no negócio inútil até os ombros e braços ficarem cobertos de hematomas.

Era um teleprojetor. Ele tinha certeza. Mas não o deixava atravessar.

Ele procurou no resto do Coliseu, até nas passagens subterrâneas cheias de umidade e excrementos de morcego, mas não havia nenhum outro portal. Procurou pelas ruas nos arredores e em todos os edifícios. Nenhum outro portal. Procurou a tarde toda, em basílicas e catedrais, em casas e barracos, em prédios residenciais imponentes e becos estreitos. Até voltou à Piazza di Spagna, comeu às pressas no térreo, guardou o caderno e tudo o mais que achasse interessante nos quartos de cima e saiu de vez para procurar um teleprojetor.

O do Coliseu foi o único que ele achou. Ao pôr do sol, já estava com os dedos ensanguentados de tanto arranhá-lo. Tinha a aparência certa, o zumbido certo, a *sensação* certa, mas não o deixava passar.

Uma lua, que não era a Lua da Terra Velha a julgar pelas tempestades de areia e nuvens que se viam na superfície, havia nascido e agora pairava acima da curva escura da parede do Coliseu. Hunt se sentou no centro pedregoso e encarou o brilho azul do portal. De algum lugar atrás dele veio o som de uma revoada frenética de pombos e o barulho de pedras pequenas rolando.

Hunt se levantou com dor, apalpou o bolso até tirar a caneta laser e aguardou, de pernas afastadas, se esforçando para enxergar no meio das sombras das muitas frestas e passagens arqueadas do Coliseu. Nada se mexia.

Um barulho súbito atrás dele o fez girar e quase disparar o raio fino do laser na superfície do portal do teleprojetor. Apareceu um braço ali. E uma perna. Saiu uma pessoa. E outra.

O Coliseu ecoou os gritos de Leigh Hunt.

Meina Gladstone sabia que, por mais cansada que estivesse, seria loucura tirar um cochilo sequer de trinta minutos. Desde a infância, ela havia treinado para dormir sonecas breves de cinco a quinze minutos e usar esses descansos rápidos para remover da cabeça a exaustão e as toxinas da fadiga.

Passando mal de cansaço e da vertigem pela confusão das 48 horas anteriores, ela se deitou por alguns minutos no sofá longo do escritório, esvaziando a cabeça de trivialidades e redundâncias, deixando o inconsciente achar um caminho pela selva de pensamentos e acontecimentos. Por alguns minutos, ela cochilou, e durante o cochilo ela sonhou.

Meina Gladstone se levantou de repente, afastando a manta leve e tocando o conexo antes de abrir os olhos.

— Sedeptra! Mande o general Morpurgo e o almirante Singh entrarem no meu escritório daqui a três minutos.

Gladstone foi para o banheiro adjacente, usou o chuveiro e o sônico, vestiu roupas limpas — seu traje mais formal de veludo cotelê macio preto, um cachecol dourado e vermelho do Senado preso por um alfinete dourado com a insígnia geodésica da Hegemonia, brincos da Terra Velha pré-Erro e a pulseira-conexo de topázio que o senador Byron Lamia lhe dera antes de se casar — e voltou para o escritório a tempo de receber os dois oficiais de FORÇA.

— Diretora, é um momento muito inconveniente — começou o almirante Singh. — Estávamos analisando os últimos dados de

Mare Infinitus e discutindo movimentações da frota para a defesa de Asquith.

Gladstone comandou o surgimento de seu teleprojetor particular e gesticulou para que os homens a acompanhassem.

Singh olhou em volta ao pisar na grama dourada sob o céu bronze ameaçador.

— Kastrop-Rauxel — reconheceu o almirante. — Havia boatos de que um governo anterior tinha mandado FORÇA:espaço construir um teleprojetor particular aqui.

— O diretor Yevshensky ordenou essa inclusão na Rede — revelou Gladstone. Ela acenou, e a porta do teleprojetor sumiu. — Ele achava que a Diretoria Executiva precisava de um lugar onde fosse improvável a existência de dispositivos de escuta do Cerne.

Morpurgo lançou um olhar inquieto para a muralha de nuvens perto do horizonte, onde os relâmpagos dançavam.

— Nenhum lugar é completamente seguro contra o Cerne — disse. — Eu estava comentando com o almirante Singh sobre nossas suspeitas.

— Suspeitas, não — refutou Gladstone. — Fatos. E eu sei onde o Cerne fica.

Os dois oficiais de FORÇA reagiram como se tivessem sido atingidos pelo relâmpago.

— Onde? — disseram eles, quase ao mesmo tempo.

Gladstone andou de um lado para o outro. Parecia que seu cabelo grisalho brilhava no ar carregado.

— *Dentro* da rede de teleprojetores. Entre os portais. As IAs residem no pseudomundo de singularidades como aranhas em uma teia escura. E *nós* a tecemos para eles.

Morpurgo foi o primeiro dos dois que conseguiu falar.

— Meu Deus. O que fazemos agora? Temos menos de três horas até a nave-tocha com o dispositivo do Cerne se transladar para o espaço de Hyperion.

Gladstone explicou exatamente o que eles iam fazer.

— Impossível — protestou Singh. Ele estava cutucando a barba curta com um gesto distraído. — Simplesmente impossível.

— Não — disse Morpurgo. — Vai funcionar. Dá tempo. E, com os movimentos frenéticos e aleatórios da frota nos últimos dois dias...

O almirante balançou a cabeça.

— Em termos logísticos, pode ser possível. Em termos racionais e éticos, não. Não, é impossível.

Meina Gladstone chegou mais perto.

— Kushwant — disse ela, chamando o almirante pelo nome pela primeira vez desde que ela era uma jovem senadora e ele, um comandante mais jovem ainda de FORÇA:espaço —, você não lembra quando o senador Lamia nos colocou em contato com as Estáveis? Com a IA chamada Ummon? A previsão de dois futuros dele, um de caos e outro de extinção garantida da humanidade?

Singh se virou.

— Minha obrigação é para com FORÇA e a Hegemonia.

— Sua obrigação é a mesma que a minha — retrucou Gladstone. — Para com a raça humana.

Singh ergueu os punhos como se estivesse pronto para lutar contra um oponente poderoso invisível.

— Não sabemos com *certeza*! De onde você tirou essa informação?

— Severn. O cíbrido.

— Cíbrido? — bufou o general. — Quer dizer aquele *artista*? Ou pelo menos aquele arremedo miserável de artista?

— Cíbrido — repetiu a diretora. Ela explicou.

— Severn é uma persona de recuperação? — Morpurgo parecia incerto. — E agora você o encontrou?

— Ele *me* encontrou. Durante um sonho. Ele conseguiu dar um jeito de se comunicar comigo de onde quer que esteja. Era essa a função dele, Arthur, Kushwant. Foi por isso que Ummon o *mandou* para a Rede.

— Um sonho — debochou o almirante Singh. — Esse... cíbrido falou que o Cerne está escondido na rede de teleprojetores... durante um *sonho*.

— É, e temos muito pouco tempo para agir.

— Mas, se fizermos o que você sugere... — começou Morpurgo.

— Condenaríamos milhões — concluiu Singh. — Talvez bilhões. A economia ia ruir. Mundos como TC^2, Renascença Vetor, Terra Nova, os Denebs, Nova Meca... *Lusus*, Arthur... dezenas de mundos dependem de outros para obter alimentos. Os planetas urbanos não são capazes de sobreviver por conta própria.

— Não como planetas urbanos — complementou Gladstone. — Mas podem aprender a cultivar terras até o renascimento do comércio interestelar.

— Rá! — rosnou Singh. — *Depois* de pragas, *depois* do colapso da autoridade, *depois* de milhões de mortes por falta de equipamentos adequados, remédios e apoio da esfera de dados.

— Já pensei nisso tudo — disse Gladstone, com o tom mais firme que Morpurgo já ouvira. — Vou ser a maior assassina em massa da história, pior do que Hitler, Tze Hu ou Horace Glennon-Height. A única coisa pior é continuar do jeito que está. Nesse caso, eu e vocês, senhores, seremos os maiores traidores da humanidade.

— Não tem como termos *certeza* — grunhiu Kushwant Singh, como se as palavras estivessem sendo socadas para fora da barriga dele.

— Nós *temos*. O Cerne não tem mais utilidade para a Rede. A partir de agora, as Voláteis e as Absolutas vão manter alguns milhões de escravos enclausurados no subterrâneo dos nove mundos labirintinos enquanto usam as sinapses humanas para as computações ainda necessárias.

— Que bobagem — disse Singh. — Essas pessoas morreriam.

Meina Gladstone suspirou e balançou a cabeça.

— O Cerne desenvolveu um dispositivo orgânico parasítico chamado cruciforme — explicou ela. — Ele... ressuscita... os mortos. Depois de algumas gerações, os seres humanos serão retardados, apáticos, sem futuro, mas os neurônios deles ainda vão servir aos propósitos do Cerne.

Singh deu as costas para os dois de novo. Sua silhueta baixa parecia contornada por uma muralha de relâmpagos conforme a tempestade se aproximava nas nuvens de bronze turbulentas.

— Seu sonho falou isso, Meina?

— Foi.

— E o que mais seu sonho disse? — questionou o almirante.

— Que o Cerne não precisa mais da Rede. Não da Rede *humana*. Vão continuar morando lá, ratos nas paredes, mas os ocupantes originais já não são mais necessários. A Inteligência Absoluta das IAs vai assumir as principais funções computacionais.

Singh se virou para ela.

— Você enlouqueceu, Meina. Enlouqueceu.

Gladstone segurou rápido o braço do almirante antes que ele pudesse ativar o teleprojetor.

— Kushwant, por favor, escute...

Singh sacou uma pistola de dardos cerimonial da túnica e pôs o cano no peito da mulher.

— Sinto muito, s. diretora. Mas sirvo à Hegemonia e...

Gladstone deu um passo para trás com a mão na boca quando o almirante Kushwant Singh parou de falar, ficou com o olhar perdido por um instante e caiu na grama. A pistola de dardos foi parar no mato.

Morpurgo foi buscá-la e a guardou no cinto antes de guardar a vara-letal em sua mão.

— Você o matou — disse a diretora. — Eu pretendia deixá-lo aqui se ele se recusasse a colaborar. Abandoná-lo em Kastrop--Rauxel.

— Não podemos correr o risco — explicou-se o general, arrastando o corpo para longe do teleprojetor. — Tudo depende das próximas horas.

Gladstone olhou para o velho amigo.

— Você está disposto a levar isso adiante?

— Não temos escolha. Vai ser nossa última chance de nos livrar dessa opressão. Vou dar as ordens de desdobramento agora mesmo e entregar pessoalmente ordens lacradas. Vai precisar da maior parte da frota...

— Meu Deus — murmurou Meina Gladstone, olhando para o corpo do almirante Singh. — Estou fazendo isso tudo com base em um sonho.

O general Morpurgo pegou a mão dela e respondeu:

— Às vezes os sonhos são a única coisa que nos separa das máquinas.

44

Descobri que a morte não é uma experiência agradável. Sair dos aposentos familiares na Piazza di Spagna se assemelha a ser expulso por incêndio ou enchente do calor familiar da morada para a noite. A sensação súbita de choque e deslocamento é severa. Arremessado de cabeça na metaesfera, passo pela mesma sensação de vergonha e de revelação súbita e constrangida que todo mundo já teve em sonho ao se dar conta de que se esqueceu de vestir as roupas e apareceu nu em algum local público ou evento social.

Nu é a palavra certa agora, à medida que tento preservar alguma forma à minha persona análoga desmanchada. Consigo me concentrar o bastante para formar esta nuvem de elétrons quase aleatória de lembranças e associações e moldar um simulacro razoável do ser humano que eu tinha sido — ou pelo menos do humano cujas lembranças eu partilhava.

Sr. John Keats, metro e meio de altura.

A metaesfera continua assustadora como antes — pior, agora que não tenho refúgio mortal para onde escapar. Vultos colossais se movimentam além de horizontes escuros, sons ecoam pelo Vazio Que Une como passos no piso de um castelo abandonado. Por baixo e por trás de tudo permeia um murmúrio constante e perturbador como as rodas de uma carruagem em uma estrada feita de ardósia.

Coitado do Hunt. Sinto a tentação de voltar para ele, de surgir como o fantasma de Marley para tranquilizá-lo de que estou melhor do que pareço, mas a Terra Velha é um lugar perigoso para mim no momento: a presença do Picanço arde no dataplano da metaesfera ali tal qual fogo em veludo preto.

O Cerne me invoca com mais intensidade, mas lá é mais perigoso ainda. Eu me lembro de quando Ummon destruiu o outro Keats na frente de Brawne Lamia — espremeu a persona análoga em si até ela se dissolver, até a memória básica do homem no Cerne se liquefazer feito uma lesma coberta de sal.

Não, obrigado.

Escolhi a morte em vez da divindade, mas tenho obrigações a cumprir antes de adormecer.

A metaesfera me assusta, o Cerne me assusta mais, os túneis sombrios das singularidades da esfera de dados me apavoram até o tutano do meu esqueleto análogo. Mas não tenho alternativa.

Avanço para dentro do primeiro cone preto, rodopiando feito uma folha metafórica em um turbilhão bastante real, saindo no dataplano de fato, mas tonto e desorientado demais para fazer qualquer coisa além de ficar quieto — visível para qualquer IA do Cerne que acesse esses gânglios de ROMware ou essas rotinas de fagos que residem nas fendas violeta de qualquer uma dessas cordilheiras de dados. O caos do TecnoCerne me salva: as grandes personalidades do Cerne estão ocupadas demais sitiando as próprias Troias para vigiar a retaguarda.

Encontro os códigos de acesso da esfera de dados que estou procurando e os umbilicais de sinapse de que preciso, e é questão de um microssegundo antes de eu seguir por trilhas antigas até Tau Ceti Central, a Casa do Governo, a enfermaria lá e os sonhos medicamentosos de Paul Duré.

Algo que minha persona sabe fazer bem até demais é sonhar, e descubro muito por acaso que as lembranças da minha cidadezinha escocesa constituem um cenário onírico agradável para convencer o sacerdote a fugir. Por ser inglês e livre-pensador, no passado eu havia me oposto a qualquer coisa que soasse a papismo, mas uma coisa há de ser dita em favor dos jesuítas — eles aprendem obediência até acima da lógica, e pelo menos uma vez isso beneficia toda a humanidade. Duré não pergunta o motivo quando falo para ele ir; ele acorda como um bom menino, se enrola em um cobertor e vai.

Meina Gladstone acha que sou Joseph Severn, mas aceita minha mensagem como se tivesse sido comunicada por Deus. Quero dizer a ela que não, eu não sou o Escolhido, sou só Aquilo Que Vem Antes, mas a mensagem é o objeto, então eu a entrego e vou embora.

Passando pelo Cerne a caminho da metaesfera de Hyperion, capto o aroma de metal queimado da guerra civil e vislumbro uma luz prodigiosa que é bem possível que seja Ummon no processo de extinção. O velho Mestre, se de fato for ele, não cita koans ao morrer, mas grita de agonia com a mesma sinceridade de qualquer ser consciente entregue aos fornos.

Aperto o passo.

A conexão de teleprojetor com Hyperion é tênue, quando muito: um único portal de teleprojetor militar e uma única Nave-Salto avariada em um perímetro cada vez menor de naves sitiadas da Hegemonia. Não vai dar para proteger a esfera de contenção da singularidade contra os ataques desterros por mais do que alguns minutos. A nave-tocha da Hegemonia com o dispositivo de vara-letal do Cerne está se preparando para transladar para o sistema enquanto eu chego e me oriento no nível limitado da esfera de dados que permite observação. Paro a fim de ver o que acontece depois.

— Jesus Cristo — disse Melio Arundez. — Meina Gladstone está emitindo um esguicho de prioridade máxima.

Theo Lane se juntou ao homem mais velho enquanto eles viam a névoa de dados prioritários preencher o ar acima do holofosso. O Cônsul desceu pela escada espiral de ferro que vinha do quarto onde ele tinha ido se comiserar.

— Outra mensagem de TC^2? — indagou, com brusquidão.

— Não para nós especificamente — falou Theo, lendo os códigos vermelhos que se formavam e se apagavam. — É uma transmissão de largofone prioritária para todo mundo, em toda parte.

Arundez se acomodou nas almofadas do fosso.

— Tem algo muito errado. A diretora já transmitiu em banda larga total antes?

— Nunca — respondeu Theo Lane. — A energia necessária só para codificar esse esguicho seria absurda.

O Cônsul chegou mais perto e apontou para os códigos que estavam desaparecendo.

— Não é um esguicho. Olha, é uma transmissão em tempo real.

Theo balançou a cabeça.

— Isso seriam valores de transmissão na ordem de centenas de milhões de gigaelétron-volts.

Arundez deu um assobio.

— Mesmo a cem milhões de GeV, acho bom ser importante.

— Rendição geral — aventou Theo. — É a única coisa que exigiria uma transmissão universal ao vivo. Gladstone está enviando para os desterros, para os mundos dos Confins e para planetas invadidos, além da Rede. Deve estar sendo transmitida em todas as frequências de comunicação, na HTV e nas faixas da esfera de dados. Deve ser uma rendição.

— Cala a boca — retrucou o Cônsul. Ele tinha bebido. Havia começado a beber assim que voltara do Tribunal, e o temperamento dele, já péssimo quando Theo e Arundez lhe deram tapinhas nas costas e comemoraram sua sobrevivência, não melhorou depois da decolagem, da saída do Enxame e das duas horas que ele passou bebendo sozinho enquanto a nave acelerava até Hyperion. — Meina Gladstone não vai se render — disse, com a língua enrolada. A garrafa de uísque ainda estava na mão dele. — Fica vendo.

Na nave-tocha *Stephen Hawking*, a 23ª espaçonave da Hegemonia a ser batizada com o nome do reverenciado cientista clássico, o general Arthur Morpurgo tirou os olhos do painel C^3 e gesticulou para seus dois oficiais de passadiço se calarem. Normalmente, essa classe de nave-tocha tinha uma tripulação de 75 pessoas. Agora, com o dispositivo de vara-letal do Cerne depositado e preparado no compartimento de armas, a tripulação era formada apenas por Morpurgo e quatro voluntários. Telas e vozes eletrônicas discretas garantiam que a *Stephen Hawking* estava na rota certa, pontual e em constante aceleração até a velocidade quase quântica rumo ao portal de teleprojetor militar situado no Ponto de LaGrange Três entre Madhya e a enorme lua do planeta. O portal de Madhya se abria direto para o teleprojetor defendido com intrepidez no espaço de Hyperion.

— Um minuto e dezoito segundos para o ponto de translação — anunciou o oficial de passadiço Salumun Morpurgo. O filho do general.

Morpurgo fez que sim e ativou a transmissão de banda larga no sistema. As projeções no passadiço já estavam ocupadas com dados de missão, então o general permitiu apenas a voz da transmissão da diretora. Ele não conteve um sorriso. O que Meina diria se soubesse que ele estava no comando da *Stephen Hawking*? Melhor se não soubesse. Não havia mais nada que ele pudesse fazer. Preferia não ver os resultados das ordens precisas entregues pessoalmente por ele nas duas horas anteriores.

Morpurgo olhou para o filho mais velho com um orgulho tão intenso que era quase doloroso. Não eram muitos os oficiais com certificação de nave-tocha que ele podia ter abordado para a missão, e Salumun fora o primeiro a se oferecer. No mínimo, o entusiasmo da família Morpurgo talvez aplacasse algumas suspeitas do Cerne.

— Concidadãos e concidadãs — dizia Gladstone. — Esta é minha última transmissão para vocês na qualidade de diretora-executiva. Como vocês sabem, a guerra terrível que já arrasou três dos nossos mundos e está prestes a se abater sobre um quarto foi anunciada como uma invasão dos Enxames desterros. É mentira.

As faixas de comunicação se inflaram com interferência e se apagaram.

— Acessar largofone — disse o general Morpurgo.

— Um minuto e três segundos para o ponto de translação — entoou o filho.

A voz de Gladstone voltou, filtrada e um pouco borrada pela criptografia e pela decodificação do largofone.

— ... dar conta de que nossos antepassados haviam feito, assim como nós, um acordo faustiano com um poder indiferente ao destino da humanidade. O *Cerne* é quem está por trás da invasão atual. O *Cerne* é o responsável por nossa longa e confortável idade das trevas da alma. O *Cerne* é responsável pela tentativa atual de destruir a humanidade, de nos remover do universo e nos trocar por um deus-máquina criado por eles.

O oficial de passadiço Salumun Morpurgo não tirou os olhos do círculo de instrumentos nem por um segundo.

— Trinta e oito segundos para o ponto de translação.

Morpurgo fez que sim. Os outros dois tripulantes no passadiço C^3 estavam com o rosto brilhando de suor. O general se deu conta de que o rosto dele também estava molhado.

— ... comprovaram que o Cerne reside... sempre residiu nos lugares obscuros entre os portais de teleprojeção. Eles acham que são nossos mestres. Enquanto a Rede existir, enquanto nossa querida Hegemonia estiver unida por teleprojeção, creem que serão os mestres.

Morpurgo olhou para o próprio cronômetro da missão. *Vinte e oito segundos.* A translação para o sistema de Hyperion seria, para os sentidos humanos, instantânea. Morpurgo tinha certeza de que o dispositivo de vara-letal do Cerne tinha sido programado de alguma forma para detonar assim que eles entrassem no espaço de Hyperion. A onda de choque de morte chegaria ao planeta em menos de dois segundos e engoliria até os elementos mais distantes do Enxame desterro em menos de dez minutos.

— Portanto — prosseguiu Meina Gladstone, com uma voz que pela primeira vez denunciava emoção —, como diretora-executiva do Senado da Hegemonia do Homem, autorizei elementos de FORÇA:espaço a destruírem todas as esferas de contenção de singularidade e todos os dispositivos de teleprojeção de que se tem notícia. Essa destruição, essa *cauterização*, começará daqui a dez segundos. Deus salve a Hegemonia. Deus nos perdoe a todos.

O oficial de passadiço Salumun Morpurgo avisou com frieza:

— Cinco segundos para a translação, pai.

Morpurgo olhou para o outro lado do passadiço e encarou o filho. As projeções atrás do jovem exibiam o portal aumentando, aumentando, envolvendo.

— Eu te amo — disse o general.

Duzentas e sessenta e três esferas de contenção de singularidade que ligavam mais de 72 milhões de portais de teleprojeção foram destruídas no intervalo de 2,6 segundos. Unidades da frota de FORÇA, mobilizadas por Morpurgo por Ordem Executiva e em reação a ordens abertas menos de três minutos antes, agiram de forma rápida e profissional e destruíram as frágeis esferas dos teleprojetores com mísseis, lanças e explosivos de plasma.

Três segundos depois, enquanto as nuvens de detritos continuavam se expandindo, as centenas de espaçonaves de FORÇA se viram isoladas, separadas umas das outras e de qualquer outro sistema por semanas ou meses de viagem por propulsão Hawking e por anos de dívida temporal.

Milhares de pessoas foram pegas em trânsito nos teleprojetores. Muitas sofreram morte instantânea, desmembradas ou partidas ao meio. Muitas outras sofreram amputações quando os portais se fecharam atrás ou à frente delas. Algumas só desapareceram.

Foi isso que aconteceu com a *Stephen Hawking* — tal qual o planejado — quando os portais de entrada e saída foram destruídos habilmente no nanossegundo do translado da nave. Nenhuma parte da nave-tocha sobreviveu em espaço real. Testes posteriores demonstraram de forma conclusiva que o tal dispositivo de vara-letal se detonou no que quer que fosse o tempo-espaço nas geografias estranhas do Cerne entre os portais.

Nunca se soube o efeito.

O efeito no resto da Rede e nos cidadãos ficou óbvio logo de cara.

Após sete séculos de existência e pelo menos quatro séculos em que poucos cidadãos viviam sem ela, a esfera de dados — incluindo a Totalidade e todas as faixas de comunicação e acesso — simplesmente desapareceu. Centenas de milhares de cidadãos enlouqueceram no mesmo instante — mergulhados em estado catatônico pelo choque de sentidos perdidos que haviam se tornado mais importantes que a visão ou a audição para eles.

Outras centenas de milhares de operadores do dataplano, incluindo muitos dos tais ciberpestes e caubóis de sistema, se perderam quando suas personas análogas foram pegas pelo colapso da esfera de dados ou seus cérebros queimaram por uma sobrecarga do derivador neural ou por um efeito que depois se tornou conhecido como retorno zero-zero.

Milhões de pessoas morreram quando os hábitats que adotaram, acessíveis apenas por teleprojetor, viraram armadilhas isoladas.

O bispo da Igreja da Derradeira Expiação — o líder da Seita do Picanço — havia feito preparativos cuidadosos para aguardar os Dias Derradeiros com algum conforto no miolo esvaziado de uma montanha, fartamente abastecida, nas profundezas da cordilheira Corvo na região norte de Nunca Mais. Um conjunto de teleprojetores era a única forma de entrar e sair. O bispo faleceu junto com milhares de acólitos, exorcistas, leitores e hostiários enquanto tentavam escavar a montanha até o Santuário Interno para dividir o resto do ar do Sagrado.

A editora milionária Tyrena Wingreen-Feif, de 97 anos-padrão e no circuito por mais de trezentos anos graças ao milagre dos tratamentos Poulsen e da criogenia, cometeu o erro de passar aquele dia fatídico em seu escritório acessível exclusivamente por teleprojetor no 435º andar da Torre Transverso na área Babel da Cidade Cinco de Tau Ceti Central. Após passar quinze horas recusando-se a acreditar que o serviço de teleprojeção não seria retomado em breve, Tyrena cedeu aos apelos de seus funcionários, emitidos pelos canais de comunicação, e desativou o campo de contenção das paredes para ser recolhida por um VEM.

Tyrena não tinha prestado a devida atenção às instruções. A descompressão explosiva a arremessou para fora do 435º andar que nem uma rolha de uma garrafa de champanhe muito sacudida. Funcionários e profissionais de resgate no VEM que estava à espera juraram que a idosa xingou sem parar durante os quatro minutos da queda.

Na maioria dos mundos, o caos foi sem precedentes.

A maior parte da economia da Rede desapareceu junto com as esferas de dados locais e a megaesfera da Rede. Trilhões de marcos suados e surrupiados deixaram de existir. Cartões universais pararam de funcionar. O maquinário da vida cotidiana tossiu, arfou e se apagou. Durante semanas, meses ou anos, dependendo do mundo, seria impossível pagar por alimentos, cobrar uma passagem de transporte público, quitar qualquer simples dívida ou receber serviços sem acesso a moedas e cédulas do mercado clandestino.

Mas a depressão que havia atingido toda a Rede feito um tsunami foi um pequeno detalhe, reservado para reflexões posteriores. Para a maioria das famílias, o efeito foi imediato e intensamente pessoal.

O pai ou a mãe tinha ido de teleprojetor para o trabalho como sempre, por exemplo de Deneb Vier para Renascença V, mas, em vez de chegar em casa uma hora mais tarde que o usual nessa noite, o atraso seria de onze anos — se eles conseguissem embarcar no mesmo dia em uma das poucas naves-spin de propulsão Hawking que ainda faziam o trajeto difícil entre mundos.

Membros de famílias abastadas, ao ouvirem o discurso de Gladstone em suas sofisticadas residências multimundos, se entreolharam, separados só por alguns metros e portais abertos entre os cômodos, piscaram e foram apartados por anos-luz e anos de fato, e seus cômodos passaram a ficar abertos para o nada.

Crianças antes a minutos de casa na escola, em colônias de férias, brincando ou com a babá só voltariam a ver os pais quando fossem adultas.

O Grande Boulevard, já meio truncado pelos ventos da guerra, foi completamente obliterado, um cinturão interminável de belas lojas e prestigiosos restaurantes picotado em segmentos fajutos que jamais seriam reatados.

O rio Tétis parou de correr quando os portais gigantescos se apagaram e morreram. A água escorreu, secou e deixou os peixes apodrecerem sob duzentos sóis.

Houve revoltas. Lusus se desintegrou como um lobo mordendo as próprias entranhas. Nova Meca passou por espasmos de martírios. Tsingtao-Hsishuang Panna comemorou a salvação das hordas desterras e depois enforcou milhares de ex-burocratas da Hegemonia.

Maui-Pacto também se rebelou, mas em comemoração, e as centenas de milhares de descendentes das Primeiras Famílias saíram com as ilhotas-motivas para expulsar os extramundos que haviam ocupado tanto do planeta. Mais tarde, os milhões de pessoas que detinham residências de veraneio e ficaram chocadas e desabrigadas foram obrigadas a trabalhar para desmontar os milhares de plataformas de petróleo e centros turísticos que haviam se alastrado pelo Arquipélago Equatorial feito a sífilis.

Em Renascença Vetor, houve um breve surto de violência seguido por uma reestruturação social eficiente e um esforço sério de alimentar um mundo urbano sem fazendas.

Em Nordholm, as cidades se esvaziaram quando as pessoas voltaram aos litorais, ao mar frio e a seus barcos de pesca ancestrais.

Em Parvati, houve confusão e guerra civil.

Em Sol Draconi Septem, houve júbilo e revolução, seguidos por uma nova cepa epidêmica de retrovírus.

Em Fuji, houve resignação filosófica, seguida pela construção imediata de estaleiros orbitais para criar uma frota de naves-spin com propulsão Hawking.

Em Asquith, houve acusações, seguidas pela vitória do Partido Operário do Trabalho Socialista no Parlamento Mundial.

Em Pacem, houve oração. O novo papa, Sua Santidade Teilhard I, convocou um grande concílio — Vaticano XXXIX —, anunciou uma nova era na vida da Igreja e incumbiu o concílio de preparar missionários para viagens longas. Muitos missionários. Para muitas viagens. O papa Teilhard anunciou que os missionários partiriam não para proselitismo, mas para buscas. A Igreja, assim como muitas espécies acostumadas a viver à beira da extinção, se adaptou e resistiu.

Em Tempe, houve rebeliões, mortes e a ascensão de demagogos.

Em Marte, o Comando de Olimpo manteve contato por um tempo com suas forças distantes via largofone. Foi Olimpo que confirmou que as "ondas invasoras desterras" em todos os cantos, exceto no sistema de Hyperion, haviam parado, inertes. Naves interceptadas do Cerne estavam vazias e sem programação. A invasão havia acabado.

Em Metaxas, houve rebeliões e retaliações.

Em Qom-Riad, um xiita fundamentalista se declarou aiatolá, saiu do deserto, reuniu cem mil seguidores e eliminou o Governo Interno sunita em questão de horas. O novo governo revolucionário devolveu o poder aos mulás e fez o relógio retroceder dois mil anos. O povo celebrou com rebeliões.

Em Armaghast, um mundo de fronteira, as coisas seguiram mais ou menos como sempre tinham sido, exceto pela escassez de turistas, arqueólogos novos e outros luxos importados. Armaghast era um mundo labirintino. O labirinto continuou vazio.

Em Hebron, houve pânico no centro extramundo de Nova Jerusalém, mas os líderes sionistas logo restabeleceram a ordem na cidade e no mundo. Fizeram-se planos. Artigos raros de necessidade extramundo foram racionados e distribuídos. O deserto foi retomado. Fazendas foram ampliadas. Árvores foram plantadas. O povo reclamou entre si, agradeceu a Deus pela salvação, discutiu com Deus sobre o desconforto de tal salvação e seguiu a vida.

Em Bosque de Deus, continentes inteiros ainda ardiam, e uma nuvem de fumaça cobria o céu. Pouco após as últimas naves do "Enxame" irem embora, dezenas de árvores-estelares se elevaram por entre as nuvens, subindo devagar com propulsores de fusão e protegidas por campos de contenção gerados por ergs. Ao se ver livre do poço gravitacional, a maioria delas se virou para fora em inúmeras direções no plano galáctico da eclíptica e começou a rotação do longo salto quântico. Esguichos de largofone foram disparados das árvores-estelares para os Enxames distantes à espera. A ressemeadura havia começado.

Em Tau Ceti Central, sede do poder, da riqueza, dos negócios e do governo, os sobreviventes famintos saíram das torres perigosas, das cidades inúteis e dos hábitats orbitais indefesos e foram em busca de alguém a quem culpar. A quem castigar.

Não tiveram que procurar muito.

O general Van Zeidt estava na Casa do Governo quando os portais cessaram de funcionar e agora liderava os duzentos fuzileiros e 68 agentes de segurança restantes para proteger o complexo. A ex-diretora Meina Gladstone ainda comandava os seis pretorianos que Kolchev lhe deixara quando ele e os outros senadores importantes saíram na primeira e última nave de pouso de evacuação de FORÇA capaz de decolar. A turba havia conseguido mísseis antiespaço e lanças em algum lugar, e nenhum dos outros três mil funcionários e refugiados da Casa do Governo teria como sair enquanto o cerco durasse ou os escudos resistissem.

Gladstone saiu para o posto avançado de observação e viu o desastre. A turba havia destruído a maior parte do Parque de Cervos e dos jardins formais antes que as últimas fileiras de campos de interdição e contenção a impedissem. Eram pelo menos três milhões de pessoas ensandecidas fazendo pressão na barreira agora, uma turba que ficava maior a cada minuto.

— É possível recuar os campos por cinquenta metros e reativá-los antes que a turba avance? — perguntou Gladstone ao general.

A fumaça enchia o céu das cidades que ardiam ao oeste. Milhares de homens e mulheres tinham sido esmagados contra o campo de contenção turvo pela força das multidões, e agora os dois metros inferiores da muralha tremeluzente pareciam pintados com geleia de morango. Outras dezenas de milhares estavam fazendo pressão mais perto daquele escudo interno apesar da agonia nos nervos e nos ossos que o campo de interdição causava.

— É possível, s. diretora — disse Van Zeidt. — Mas por quê?

— Vou sair para falar com as pessoas. — Gladstone parecia muito cansada.

O fuzileiro olhou para ela, certo de que devia ser uma piada de mau gosto.

— S. diretora, daqui a um mês eles vão estar dispostos a ouvi--la, ou a qualquer um de nós, pelo rádio ou pela HTV. Daqui a um ano, quem sabe dois, quando a ordem estiver restabelecida e o racionamento for bem-sucedido, talvez estejam prontos para perdoar. Mas só outra geração vai entender de fato o que a senhora fez: que a senhora os salvou... salvou a todos nós.

— Quero falar com eles — insistiu Meina Gladstone. — Tenho algo para dar a eles.

Van Zeidt balançou a cabeça e olhou para o círculo de oficiais de FORÇA que estavam observando a turba pelas frestas no abrigo e que agora observavam Gladstone com o mesmo grau de incredulidade e horror.

— Eu teria que conferir com o diretor Kolchev — arriscou o general Van Zeidt.

— Não — disse Meina Gladstone, cansada. — Ele governa um império que não existe mais. Eu ainda governo o mundo que destruí.

Ela gesticulou com a cabeça para seus pretorianos, e eles sacaram varas-letais de dentro de suas túnicas listradas de laranja e preto.

Nenhum oficial de FORÇA se mexeu. O general Van Zeidt avisou:

— Meina, a próxima nave de evacuação vai conseguir passar.

Gladstone meneou a cabeça como se estivesse distraída.

— O jardim interno, eu acho. A turba vai ficar confusa por alguns instantes. O recuo dos campos externos vai deixá-la sem reação. — Ela olhou à sua volta como se talvez estivesse esquecendo algo e depois estendeu a mão para Van Zeidt. — Adeus, Mark. Obrigada. Por favor, cuide do meu povo.

Van Zeidt apertou a mão dela e viu a mulher ajeitar o cachecol, encostar distraída na pulseira-conexo como se para dar sorte e sair do abrigo com quatro dos pretorianos. O grupo pequeno atravessou os jardins pisoteados e foi devagar até os campos de contenção. A turba do outro lado pareceu reagir como se fosse um único organismo irracional, pressionando o campo de interdição violeta e gritando com a voz de uma criatura ensandecida.

Gladstone se virou, levantou a mão como se fosse acenar e gesticulou para que os pretorianos voltassem. Os quatro guardas correram pela grama amassada.

— Vai — mandou o mais velho dos pretorianos que tinham permanecido. Ele apontou para o remoto de controle do campo de contenção.

— Vai se foder — disse o general Van Zeidt, com clareza. Ninguém chegaria perto do remoto enquanto ele estivesse vivo.

Van Zeidt havia esquecido que Gladstone ainda tinha acesso a códigos e a conexões táticas de feixe denso. Ele a viu erguer o conexo, mas reagiu devagar demais. O remoto piscou com luzes vermelhas, aí verdes, os campos externos se apagaram por um instante e voltaram a se formar cinquenta metros mais para dentro, e por um instante Meina Gladstone ficou parada sozinha, com nada entre ela e a turba de milhões, salvo alguns metros de grama e os inúmeros cadáveres que se renderam de repente à gravidade após o recuo do escudo.

Gladstone ergueu os dois braços como se quisesse abraçar a multidão. O silêncio e a falta de movimento se alongaram por uma eternidade de três segundos, e então a turba rugiu com a voz de um único monstro imenso, milhares avançando com paus, e pedras, e facas, e garrafas quebradas.

Por um instante, Van Zeidt teve a impressão de que Gladstone parecia uma pedra invulnerável contra aquela onda de gente; ele viu o traje escuro e o cachecol colorido, viu a postura erguida dela, os braços ainda levantados, mas depois outras centenas avançaram e a multidão se fechou, fazendo a diretora desaparecer.

Os pretorianos abaixaram as armas e foram detidos de imediato pelas sentinelas dos fuzileiros.

— Deixem os campos de contenção opacos — ordenou Van Zeidt. — Digam para as naves de pouso descerem para o jardim interno a intervalos de cinco minutos. *Rápido!*

O general se virou.

— Minha nossa — disse Theo Lane conforme as notícias fragmentadas chegavam por largofone. Eram tantos os esguichos de milissegundos enviados que o computador mal conseguia separá-los. O resultado foi uma salada de loucura. — Repete a destruição da esfera de contenção de singularidade — pediu o Cônsul.

— Sim, senhor — obedeceu a nave.

As mensagens de largofone foram interrompidas para reproduzir a imagem de um clarão branco súbito, seguido por uma expansão breve de destroços e o colapso repentino de quando a singularidade engoliu a si mesma e a tudo em um raio de seiscentos quilômetros. Os instrumentos exibiram o efeito das ondas gravitacionais: eram fáceis de compensar à distância que a nave estava, mas fizeram uma bagunça com as naves da Hegemonia e dos desterros que ainda combatiam mais perto de Hyperion.

— Tudo bem — disse o Cônsul, e a onda de notícias via largofone recomeçou.

— Não tem dúvida? — perguntou Arundez.

— Nenhuma — asseverou o Cônsul. — Hyperion voltou a ser um mundo dos Confins. Só que dessa vez não existe mais nenhuma Rede para serem Confins de algo.

— É tão difícil de acreditar — comentou Theo Lane. O ex-governador-geral ficou sentado, bebendo uísque: a única vez que o Cônsul vira seu assessor consumir qualquer droga. Theo serviu mais uma dose dupla. — A Rede... acabou. Quinhentos anos de expansão apagados.

— Não apagados — refutou o Cônsul. Ele colocou seu copo, ainda com bebida, em uma mesa. — Os mundos ainda existem. As culturas vão se distanciar, mas ainda temos propulsão Hawking. O único avanço tecnológico que demos a nós mesmos em vez de alugar do Cerne.

Melio Arundez se inclinou para a frente, com as mãos juntas, como se estivesse rezando.

— É mesmo possível que o Cerne tenha desaparecido? Que tenha sido destruído?

O Cônsul ficou um tempo ouvindo o caos de vozes, gritos, súplicas, informes militares e pedidos de socorro que chegavam pelas faixas de áudio do largofone. Respondeu:

— Talvez não destruído, mas isolado, lacrado.

Theo terminou a bebida e desceu o copo com cuidado. Os olhos verdes dele exibiam uma expressão plácida meio turva.

— Você acha que existem... outras teias de aranha para eles? Outros sistemas de teleprojeção? Cernes de reserva?

O Cônsul fez um gesto com a mão.

— A gente sabe que eles conseguiram criar a Inteligência Absoluta. Talvez ela tenha permitido essa... poda do Cerne. Talvez esteja mantendo algumas das IAs antigas ativadas, em capacidade reduzida, do jeito que tinham pretendido manter uma reserva de alguns bilhões de seres humanos.

De repente, o falatório de largofone parou como se tivesse sido cortado por uma faca.

— Nave? — chamou o Cônsul, desconfiando de uma pane energética em alguma parte do receptor.

— Todas as mensagens de largofone foram desativadas, muitas no meio da transmissão — disse a nave.

O dispositivo de vara-letal, pensou o Cônsul, com o coração pulando. Mas não, ele logo se deu conta de que isso não afetaria todos os mundos ao mesmo tempo. Mesmo que centenas desses dispositivos fossem detonados num único instante, haveria um tempo de atraso à medida que naves de FORÇA e outras fontes de transmissão distantes enviassem suas últimas mensagens. Mas então o que era?

— Parece que as mensagens foram interrompidas por uma interferência no meio da transmissão — continuou a nave. — O que é, pelo que sei, impossível.

O Cônsul se levantou. *Uma interferência no meio da transmissão?* O meio do largofone, pelo que a humanidade compreendia, era a topografia de infinitude de Planck de hipercordas do próprio espaço-tempo: o que as IAs haviam chamado pelo nome misterioso de Vazio Que Une. Não existia interferência nesse meio.

De repente, a nave anunciou:

— Mensagem de largofone recebida: fonte de transmissão, todos os cantos; base de criptografia, infinita; taxa de esguicho, tempo real.

O Cônsul abriu a boca para mandar a nave parar de falar bobagem, mas o ar acima do holofosso se turvou com algo que não era imagem nem coluna de dados, e uma voz disse:

— NÃO HAVERÁ MAIS USOS INADEQUADOS DESTE CANAL. VOCÊS ESTÃO PREJUDICANDO OUTROS QUE O USAM PARA FINS SÉRIOS. O ACESSO SERÁ RESTABELECIDO QUANDO VOCÊS COMPREENDEREM PARA QUE ELE SERVE. ADEUS.

Os três homens ficaram sentados em completo silêncio exceto pelo murmúrio reconfortante de ventiladores e pela infinidade de ruídos sutis de uma nave em funcionamento. Por fim, o Cônsul falou:

— Nave, por favor, envie um esguicho comum de local e tempo por largofone sem codificação. Acrescente "Estações receptoras, respondam".

Houve uma pausa de alguns segundos — um tempo de resposta absurdo de longo para o computador de nível IA que era a nave.

— Sinto muito, não é possível — disse ela, enfim.

— Por que não?

— Transmissões de largofone não estão sendo mais... permitidas. O meio de hipercordas não está mais receptivo a modulação.

— Não tem nada no largofone? — perguntou Theo, olhando para o espaço vazio acima do holofosso como se alguém tivesse desligado um holo bem na parte empolgante.

De novo a nave ficou em silêncio por uns instantes e respondeu:

— Em qualquer sentido prático, s. Lane, não existe mais largofone.

— Santo Cristo — murmurou o Cônsul. Ele esvaziou o copo com um último gole demorado e foi ao bar pegar mais. — É a antiga praga chinesa.

Melio Arundez levantou os olhos.

— O quê?

O Cônsul tomou um gole demorado.

— Antiga praga chinesa. Que você viva tempos interessantes.

Como se quisesse compensar a perda do largofone, a nave reproduziu o áudio das transmissões de rádio e feixe denso interceptadas no sistema enquanto projetava uma imagem em tempo real da esfera azul e branca de Hyperion, que girava e crescia conforme eles desaceleravam para ela a 200 G.

45

Eu escapo da esfera de dados da Rede logo antes de escapatória deixar de ser opção.

É incrível e estranhamente perturbador ver a megaesfera engolir a si mesma. A visão de Brawne Lamia dela como algo orgânico, um organismo semiconsciente mais análogo a uma ecologia do que a uma cidade, estava em essência correta. Agora, conforme as conexões de teleprojetor deixam de existir e o mundo *dentro* dessas vias sucumbe e implode, e a esfera de dados externa desaba num átimo feito uma tenda grande em chamas que perde de repente os postes, os cabos, as cordas ou as estacas, a megaesfera viva devora a si mesma como um predador faminto enlouquecido — mastigando a própria cauda, a barriga, as entranhas, as patas dianteiras e o coração — até restar apenas a mandíbula acéfala, mordendo o vazio.

A metaesfera permanece. Mas agora é um espaço mais bravio do que nunca.

Florestas escuras de tempo e espaço desconhecidos.

Ruídos na noite.

Leões.

E tigres.

E ursos.

Quando o Vazio Que Une entra em convulsão e envia uma única mensagem banal para o universo humano, é como se um terremoto tivesse propagado ondas por rocha sólida. Avançando às pressas pela metaesfera inconstante acima de Hyperion, sou obrigado a sorrir. É como se o análogo de Deus tivesse se cansado das formigas que estavam pichando Seu dedão do pé.

Não vejo Deus — nenhum dos dois — na metaesfera. Não tento. Já tenho meus problemas.

Os vórtices pretos das entradas da Rede e do Cerne desapareceram, eliminados do espaço e do tempo feito verrugas extirpadas, sumiram de forma tão completa quanto redemoinhos na água depois do fim da tempestade.

Estou preso aqui, a menos que queira desbravar a metaesfera. E não quero. Ainda não.

Mas é aqui que quero estar. A esfera de dados praticamente desapareceu aqui no Sistema Hyperion, resquícios irrisórios no mundo propriamente dito e no que resta da frota de FORÇA secando feito poças sob o sol, mas as Tumbas Temporais brilham na metaesfera como faróis na escuridão crescente. Se as conexões de teleprojeção eram vórtices pretos, as Tumbas ardem como buracos brancos a espalhar uma luz em expansão.

Vou na direção delas. Até agora, sendo Aquilo Que Vem Antes, só consegui aparecer nos sonhos de outras pessoas. Está na hora de *fazer* alguma coisa.

Sol esperou.

Fazia horas desde que ele havia entregado sua filha única ao Picanço. Fazia dias desde que ele comera ou dormira. Ao redor de si, a tempestade havia estourado e amainado, as Tumbas haviam brilhado e roncado feito reatores descontrolados, e as marés temporais o haviam açoitado com a força de um tsunami. Mas Sol persistiu nos degraus de pedra da Esfinge e esperou até o fim. Agora, estava à espera.

Semiconsciente, afligido pelo cansaço e pelo medo em relação à filha, Sol constatou que a mente acadêmica estava operando em alta velocidade.

Durante a maior parte da vida e em toda a carreira, o historiador-classicista-filósofo Sol Weintraub havia lidado com a ética do comportamento religioso humano. Nem sempre — sequer com frequência — a religião e a ética eram compatíveis. As demandas do absolutismo ou fundamentalismo religioso ou do relativismo desenfreado em geral refletiam os piores aspectos da cultura ou dos preconceitos contemporâneos em vez de serem um sistema em que o ser humano e Deus pudessem viver juntos sob um senso de justiça genuína. O livro mais famoso de Sol, que ficou com o título definitivo *O dilema de Abraão* ao ser lançado em uma edição comercial com tiragem que ele jamais havia imaginado na época em que produzira obras para editoras acadêmicas, tinha sido escrito quando Rachel estava morrendo da doença de Merlim e tratava, claro, da escolha difícil de Abraão quanto a obedecer ou desobedecer à ordem direta de Deus de sacrificar o próprio filho.

Sol tinha escrito que tempos primitivos exigiam obediência primitiva, que gerações posteriores evoluíram a ponto de os pais se oferecerem para o sacrifício em vez dos filhos — como nas noites de trevas dos fornos que marcavam a história da Terra Velha — e que as gerações atuais precisavam rejeitar toda ordem de sacrifício. Sol tinha escrito que, qualquer que fosse a forma que Deus assumisse na consciência humana — fosse uma mera representação do inconsciente e todas as suas necessidades revanchistas ou um esforço mais consciente de evolução filosófica e ética —, a humanidade não podia mais aceitar oferecer sacrifícios em nome de Deus. O sacrifício e a *anuência* do sacrifício haviam escrito a história da humanidade com sangue.

Contudo, horas antes, uma eternidade antes, Sol Weintraub entregara sua única filha para uma criatura da morte.

A voz em seus sonhos passara anos exigindo que o fizesse. Sol passara anos recusando. Ele enfim aceitara, apenas quando o tempo se esgotou, quando todas as outras esperanças se esgotaram, quando ele percebeu que a voz nos sonhos dele e de Sarai naqueles anos todos não tinha sido a voz de Deus nem de alguma força obscura aliada ao Picanço.

Tinha sido a voz da filha deles.

Com uma clareza súbita que ia além do imediatismo da dor ou da tristeza dele, de repente Sol Weintraub compreendeu perfeitamente por que Abraão havia aceitado sacrificar Isaac, seu filho, quando o Senhor exigira.

Não foi obediência.

Não foi nem para colocar o amor por Deus acima do amor pelo filho.

Abraão estava testando Deus.

Ao negar o sacrifício no último segundo, ao impedir a faca, Deus havia conquistado o direito — aos olhos do patriarca e no coração de seus descendentes — de se tornar o Deus de Abraão.

Sol estremeceu ao pensar que nenhuma simulação por parte de Abraão, nenhum fingimento da disposição de sacrificar o menino teria adiantado para forjar aquele vínculo entre o poder superior e a humanidade. Abraão precisava saber no fundo do coração que mataria o próprio filho. A Divindade, qualquer que fosse sua forma na época, precisava saber da determinação de Abraão, precisava *sentir* aquele pesar e comprometimento de destruir aquilo que Abraão mais valorizava no universo.

Abraão não veio a sacrificar; veio a descobrir de uma vez por todas se aquele Deus era um deus digno de confiança e obediência. Nenhum outro teste serviria.

Então por que, pensava Sol, agarrado ao degrau de pedra enquanto parecia que a Esfinge subia e descia nos mares tempestuosos do tempo, por que o teste estava se repetindo? Que novas revelações terríveis aguardavam a humanidade?

Sol compreendeu nesse momento — pelo pouco que Brawne lhe dissera, pelas histórias que compartilharam durante a peregrinação, por suas próprias revelações pessoais nas últimas semanas — que era inútil o esforço da Inteligência Absoluta das máquinas, o que quer que fosse aquele troço, de descobrir a entidade de Empatia desaparecida do divino humano. Sol não via mais a árvore de espinhos no topo do penhasco, os galhos de metal e as multidões agonizantes, mas via com clareza que aquela coisa era uma máquina tão orgânica quanto o Picanço — um instrumento para transmitir sofrimento pelo universo para que a parte-Deus humana fosse obrigada a reagir, a se revelar.

Se Deus evoluía, e Sol tinha certeza de que Deus precisava evoluir, então essa evolução era rumo à empatia — rumo a uma noção mútua de sofrimento, em vez de poder e dominação. Mas a árvore repulsiva que os peregrinos haviam vislumbrado — da qual o pobre Martin Silenus tinha sido vítima — não era a forma de evocar o poder desaparecido.

Sol sabia agora que o deus das máquinas, qualquer que fosse a forma dele, era astuto o bastante para perceber que a empatia era uma reação à dor de outros, mas essa mesma Inteligência Absoluta era idiota demais para perceber que a empatia — tanto no sentido humano quanto no sentido de Inteligência Absoluta da humanidade — era muito mais. Empatia e amor eram inseparáveis e inexplicáveis. A Inteligência Absoluta das máquinas jamais compreenderia — sequer o bastante para usá-la como isca para a parte da Inteligência Absoluta humana que havia se cansado da guerra no futuro distante.

O amor, a mais banal das coisas, a mais clichê das motivações religiosas, tinha mais poder — Sol sabia agora — do que a força nuclear forte, a força nuclear fraca, o eletromagnetismo, a gravidade. Sol compreendeu que o amor *era* essas outras forças. O Vazio Que Une, a impossibilidade subquântica que levava informação de um fóton a outro, não era nada mais, nada menos do que amor.

Mas o amor — a simplicidade, a banalidade do *amor* — era capaz de explicar o suposto princípio antrópico pelo qual cientistas haviam quebrado a cabeça por mais de sete séculos — aquela sucessão quase infinita de coincidências que havia conduzido a um universo dotado justamente da quantidade adequada de dimensões, dos valores corretos de elétrons, das regras exatas da gravidade, da idade adequada das estrelas, das pré-biologias certas para criar os vírus perfeitos que se tornariam os DNAs corretos... Resumindo, uma série de coincidências de precisão e *correção* tão absurdas que desafiavam a lógica, desafiavam a compreensão, desafiavam até a interpretação religiosa. *Amor?*

Durante sete séculos, a existência das Teorias da Grande Unificação, da física pós-quântica de hipercordas e da compreensão fornecida pelo Cerne de que o universo era integral e ilimitado, sem singularidades de Big Bang nem extremidades correspondentes, havia praticamente eliminado qualquer função de Deus — fosse uma antropomorfização primitiva ou uma sofisticação pós-einsteiniana —, mesmo como cuidador ou formador de regras pré-Criação. O universo moderno, tal qual a máquina e o ser humano vieram a conhecê-lo, não precisava de Criador; na realidade, não *admitia* Criador. Suas regras permitiam muito pouco manuseio, mas nenhuma revisão significativa. Ele não havia começado e não terminaria para além de ciclos de expansão e contração tão regulares e autorregulados quanto as estações da Terra Velha. Não havia espaço para o amor.

Parecia que Abraão tinha se oferecido para matar o filho para testar um fantasma.

Parecia que Sol tinha carregado a filha moribunda por centenas de anos-luz e inúmeras dificuldades em resposta a nada.

Mas agora, com a Esfinge imponente acima dele e os primeiros indícios da aurora clareando o céu de Hyperion, Sol se deu conta de que havia respondido a uma força mais básica e persuasiva do que o terror do Picanço ou o domínio da dor. Se ele tivesse razão — e ele não sabia, mas sentia —, então o amor estava tão entranhado na estrutura do universo quanto a gravidade e a matéria/antimatéria. Havia espaço para um Deus não na teia entre as paredes, não nas rachaduras de singularidade na calçada, não em algum lugar aquém e além da esfera do que há... mas sim na própria tessitura do que há. Evoluindo junto com o universo. Aprendendo conforme as partes do universo que eram capazes de aprender aprendiam. Amando conforme a humanidade amava.

Sol se ajoelhou e depois se levantou. Parecia que a tempestade de marés temporais tinha amainado um pouco, e ele achou que poderia tentar pela centésima vez acessar a tumba.

Ainda emanava uma luz intensa do lugar onde o Picanço havia saído, pegado a filha de Sol e desaparecido. Mas agora as estrelas sumiam à medida que o céu também se iluminava a caminho do amanhecer.

Sol subiu a escada.

Ele se lembrou de quando estavam em casa, em Mundo de Barnard, e Rachel — com dez anos — tentara subir no olmo mais alto da cidade e caíra faltando cinco metros para alcançar o topo. Sol fora correndo para o centro médico e vira a filha flutuando dentro dos nutrientes de recuperação, sofrendo de pulmão perfurado, de fraturas na perna, nas costelas e na mandíbula e de inúmeros cortes e hematomas. A garotinha havia sorrido, levantado o polegar e falado, apesar da armação de arame no queixo:

— Da próxima vez eu consigo!

Sol e Sarai passaram a noite no centro médico enquanto Rachel dormia. Eles esperaram o amanhecer. Sol segurara a mão dela a noite inteira.

Agora, estava à espera.

As marés temporais da entrada aberta da Esfinge ainda repeliam Sol feito ventos insistentes, mas ele se inclinou para elas como uma pedra irremovível e permaneceu, a cinco metros e à espera, comprimindo as pálpebras diante do brilho.

Ele olhou para cima mas não se afastou quando viu a chama de fusão de uma espaçonave descendo e cortando o céu da madrugada. Virou-se para olhar, mas não recuou quando ouviu a espaçonave pousar e viu três pessoas saírem. Olhou mas não deu qualquer passo para trás quando ouviu outros barulhos, gritos, emitidos do interior do vale e viu um vulto familiar carregando outro nos ombros, andando na sua direção desde além da Tumba de Jade.

Nada disso tinha a ver com sua filha. Estava à espera de Rachel.

Mesmo sem esfera de dados, é bem possível minha persona transitar pela sopa sofisticada do Vazio Que Une que agora envolve

Hyperion. Minha reação imediata é querer visitar Aquilo Que Será, mas, embora o brilho desse domine a metaesfera, ainda não estou pronto para isso. Afinal, sou o pequeno John Keats, não João Batista.

A Esfinge — uma tumba inspirada em uma criatura real que só será projetada por engenheiros geneticistas daqui a séculos — é um redemoinho de energias temporais. Minha visão expandida enxerga na verdade várias Esfinges: a tumba de antientropia que leva sua carga, o Picanço, de volta no tempo feito um recipiente lacrado com um bacilo mortífero, a Esfinge ativa e instável que contaminou Rachel Weintraub em seus esforços iniciais para abrir um portal no tempo, e a Esfinge que se abriu e está se deslocando para a frente no tempo de novo. Essa última Esfinge é o portal incandescente de luz que, perdendo apenas para Aquilo Que Será, ilumina Hyperion como uma fogueira metaesférica.

Desço para esse lugar brilhante a tempo de ver Sol Weintraub entregar a filha para o Picanço.

Eu não poderia ter interferido nem se tivesse chegado antes. Não interferiria nem se fosse capaz. Mundos para além da razão dependem desse ato.

Mas espero dentro da Esfinge até o Picanço passar, levando a frágil carga. Agora eu vejo a criança. Ela tem segundos de idade, está inchada, úmida, enrugada. Está chorando de se esgoelar. Da minha perspectiva antiga de solteirice e postura de poeta reflexivo, tenho dificuldade para entender a atração que essa criança estridente e antiestética exerce no pai e no cosmo.

Ainda assim, a cena de uma pele de bebê — por menos atraente que possa ser essa recém-nascida — nas garras afiadas do Picanço desperta algo em mim.

Três passos Esfinge adentro transportaram o Picanço e a criança horas à frente no tempo. Logo além da entrada, o rio do tempo se acelera. Se eu não fizer algo em segundos, será tarde demais — o Picanço terá usado esse portal para levar a criança para qualquer que seja o buraco escuro no futuro distante que ele deseja.

Involuntariamente, chegam imagens de aranhas sugando os fluidos de suas vítimas, de vespas-escavadoras enterrando as próprias larvas no corpo paralisado de suas presas, fontes ideais de incubação e comida.

Preciso agir, mas não tenho mais solidez aqui do que tinha no Cerne. O Picanço passa direto por mim como se eu fosse um holo invisível. Minha persona análoga é inútil aqui, sem braços, etérea como um fiapo de gás de pântano.

Mas gás de pântano não tem cérebro, e John Keats tinha.

O Picanço dá mais dois passos, e mais horas se passam para Sol e os outros do lado de fora. Vejo sangue na pele da bebê aos prantos, nos pontos onde os dedos de bisturi do Picanço cortaram a carne.

Que se dane.

Do lado de fora, no patamar largo de pedra da Esfinge, sob a torrente de energias temporais que fluem para dentro e através da tumba, há mochilas, cobertores, recipientes abandonados de alimento e todos os resquícios que Sol e os peregrinos haviam deixado lá.

Incluindo um único cubo de Möbius.

A caixa havia sido lacrada com um campo de contenção de classe oito na árvore-estelar templária *Yggdrasill* quando Het Masteen, Voz da Árvore, se preparou para sua longa viagem. Ela continha um único erg — conhecido às vezes como retentor —, uma daquelas criaturas pequenas que talvez não fossem inteligentes de acordo com critérios humanos, mas que haviam evoluído em torno de estrelas distantes e desenvolvido a capacidade de controlar campos de força mais potentes do que qualquer máquina que a humanidade conhecia.

Os templários e os desterros tinham se comunicado com essas criaturas por gerações. Os templários as usavam como reforço de controle em suas árvores-estelares belas, porém expostas.

Het Masteen havia levado a criatura por centenas de anos-luz para cumprir o acordo entre templários e a Igreja da Derradeira

Expiação de ajudar a pilotar a árvore de espinhos do Picanço. Mas, ao ver o Picanço e a árvore de tormentos, Masteen não fora capaz de cumprir o contrato. E, por isso, morrera.

O cubo de Möbius continuou lá. Eu via o erg como uma esfera de energia vermelha presa dentro da torrente temporal.

Lá fora, atrás de uma cortina de escuridão, mal dava para ver Sol Weintraub — um vulto tragicamente cômico, acelerado feito um personagem de filme mudo pela corrida subjetiva do tempo dentro do campo temporal da Esfinge —, mas o cubo de Möbius estava dentro do círculo da Esfinge.

Rachel chorava com um medo que até recém-nascidos reconhecem. Medo de cair. Medo de dor. Medo de separação.

O Picanço deu um passo, e mais uma hora se perdeu para quem estava do lado de fora.

Eu era etéreo para o Picanço, mas campos de energia são algo que até nós, fantasmas análogos do Cerne, podemos tocar. Cancelei o campo de contenção do cubo de Möbius. Libertei o erg.

Os templários se comunicam com ergs por meio de radiação eletromagnética, pulsos codificados, simples recompensas de radiação quando a criatura faz o que eles querem... mas principalmente por uma forma de contato quase mística que só a Irmandade e alguns exóticos desterros conhecem. Os cientistas chamam de telepatia rudimentar. Na realidade, é quase empatia pura.

O Picanço dá mais um passo para dentro do portal que está se abrindo para o futuro. Rachel chora com uma energia que só alguém recém-nascido no universo é capaz de invocar.

O erg se expande, compreende e se funde com minha persona. John Keats adquire substância e forma.

Corro os cinco passos até o Picanço, tiro a bebê de suas mãos e me afasto. Até mesmo no redemoinho de energia que é a Esfinge, sinto o cheiro de juventude infantil da criança ao segurá-la junto ao peito e apoiar sua cabeça úmida na minha bochecha.

O Picanço se vira, surpreso. Quatro braços se estendem, lâminas se abrem com um silvo e olhos vermelhos se fixam em mim. Mas a criatura está perto demais do portal. Sem se mexer, ela recua pelo bueiro do fluxo temporal. A mandíbula de escavadeira daquela coisa se abre, os dentes de aço rangem, mas ela já se foi, já é um ponto distante. Algo menor.

Eu me viro para a entrada, mas está longe demais. A energia decrescente do erg poderia me levar até lá, me arrastar contra a corrente, mas não com Rachel. Nem com a ajuda do erg dou conta de andar a distância toda com outro ser vivo contra uma força tão intensa.

A bebê chora, e a balanço de leve, sussurrando uns versinhos aleatórios no ouvido quente dela.

Se não podemos voltar e não temos como seguir em frente, vamos só esperar aqui um pouco. Talvez alguém apareça.

Martin Silenus arregalou os olhos e Brawne Lamia se virou rápido, vendo o Picanço flutuar no ar acima e atrás dela.

— Puta merda — murmurou Brawne, com reverência.

No Palácio do Picanço, escalões de corpos humanos adormecidos recuaram na penumbra e na distância, todos menos Martin Silenus ainda conectados à árvore de espinhos, à Inteligência Absoluta das máquinas e a sabe Deus o que mais pelos umbilicais pulsantes.

Como se para ostentar poder, o Picanço tinha parado de andar, aberto os braços e flutuado por três metros até parar no ar a cinco metros da plataforma de pedra onde Brawne estava agachada ao lado de Martin Silenus.

— Faz alguma coisa — sussurrou Silenus. O poeta não estava mais ligado no umbilical do derivador neural, mas ainda estava fraco demais para manter a cabeça erguida.

— Alguma ideia? — questionou Brawne, a bravura no comentário meio arruinada pelo tremor na voz.

— Confie — disse uma voz abaixo deles, e Brawne se mexeu para olhar na direção do piso.

A jovem que Brawne havia reconhecido como Moneta na tumba de Kassad estava lá embaixo.

— Socorro! — gritou Brawne.

— Confie — repetiu Moneta, e desapareceu.

O Picanço não se distraíra. Ele abaixou as mãos e deu um passo à frente como se estivesse andando em pedra sólida em vez de ar.

— Merda — murmurou Brawne.

— Idem — sussurrou Martin Silenus. — Da frigideira de volta para a porra do fogo.

— Cala a boca — disse Brawne. Em seguida, como se falasse consigo mesma: — Confiar em quê? Em quem?

— Confia que a porra do Picanço vai matar a gente ou enfiar nós dois na porra da árvore — arquejou Silenus. Ele conseguiu se mexer o bastante para segurar o braço dela. — É melhor morrer do que voltar para a árvore, Brawne.

Brawne encostou depressa na mão dele e se levantou, encarando o Picanço através de cinco metros de ar.

Confiar? Brawne pôs o pé para a frente, apalpou o vazio, fechou os olhos por um segundo e os abriu quando teve a sensação de que o pé pisara em um degrau sólido. Ela abriu os olhos.

Embaixo de seu pé não havia nada além de ar.

Confiar? Brawne apoiou o peso do corpo no pé da frente e saiu, oscilando por um segundo antes de descer o outro pé.

Ela e o Picanço ficaram se encarando a dez metros de altura do piso de pedra. A criatura aparentemente sorriu para ela ao abrir os braços. A carapaça brilhava com uma luz fraca na penumbra. Os olhos vermelhos ardiam muito.

Confiar? Sentindo o surto de adrenalina, Brawne avançou nos degraus invisíveis, ganhando altitude ao entrar no abraço do Picanço.

Ela sentiu as lâminas dos dedos cortarem tecido e pele quando a criatura começou a abraçá-la para si, na direção da lâmina curva que emergia do peito metálico, na direção da mandíbula aberta e das fileiras de dentes de aço. Mas, ainda parada com firmeza no ar vazio, Brawne se inclinou para a frente e pôs a mão ilesa no peito do Picanço, sentindo a frieza da carapaça, mas sentindo também uma onda de calor quando uma energia jorrou de dentro dela, para fora dela, *através* dela.

As lâminas pararam de cortar antes de atravessarem qualquer coisa além de pele. O Picanço ficou imóvel como se o fluxo de energia temporal que os envolvia tivesse se transformado em um pedaço de âmbar.

Brawne pôs a mão no peito largo da criatura e *empurrou*.

O Picanço se imobilizou por inteiro, ficou quebradiço, e o brilho do metal se apagou e deu lugar à luminescência transparente do cristal, ao lustre claro do vidro.

Brawne estava parada no ar, abraçada por uma escultura de vidro de três metros do Picanço. No peito dele, onde estaria um coração, algo que parecia uma mariposa grande e preta se agitava e batia asas fuliginosas contra o vidro.

Brawne respirou fundo e empurrou de novo. O Picanço deslizou para trás na plataforma invisível que estava dividindo com ela, oscilou e caiu. Ela se abaixou para escapar dos braços que a cercavam, ouvindo e sentindo sua jaqueta se rasgar quando as lâminas ainda afiadas dos dedos engancharam no material e puxaram enquanto a coisa caía, e então Brawne também oscilou e agitou o braço não machucado para se equilibrar enquanto o Picanço de vidro dava uma cambalhota e meia no ar, batia no chão e se quebrava em mil cacos irregulares.

Brawne se virou, caiu de joelhos na passarela invisível e voltou engatinhando para Martin Silenus.

No último meio metro, sua confiança vacilou, a sustentação invisível simplesmente deixou de existir, e ela caiu com força, torcendo o tornozelo ao acertar a borda do escalão de pedra; só não caiu para fora porque se segurou no joelho de Silenus.

Xingando de dor no ombro, no pulso quebrado, no tornozelo torcido e nas feridas das mãos e dos joelhos, ela se ergueu para a superfície segura ao lado dele.

— Está bem claro que aconteceram umas merdas esquisitas na minha ausência — comentou Martin Silenus, com uma voz rouca. — A gente pode ir embora já, ou você pretende encerrar andando sobre a água?

— Cala a boca — disse Brawne, trêmula. As palavras pareciam quase afetuosas.

Ela descansou um pouco e depois viu que o jeito mais fácil de descer com o poeta ainda fraco pelos degraus e passar pelo chão cheio de vidro do Palácio do Picanço era carregando-o no ombro. Eles estavam na entrada quando Silenus deu um tapa displicente nas costas dela e perguntou:

— E o rei Billy e os outros?

— Depois — respondeu Brawne, ofegante, e saiu para a luz da pré-alvorada.

Quando ela havia claudicado por dois terços do vale com Silenus pendurado nos ombros que nem um fardo de roupa suja, o poeta disse:

— Brawne, você ainda está grávida?

— Estou. — Ela rezou para que ainda fosse verdade depois dos esforços do dia.

— Quer que eu carregue você?

— Cala a boca — disse ela, seguindo a trilha que ia até a Tumba de Jade e a contornava.

— Olha — indicou Martin Silenus, contorcendo-se de tal modo que ficou quase pendurado de cabeça para baixo no ombro dela.

À luz clara do amanhecer, Brawne viu que a espaçonave cor de ébano do Cônsul estava no solo alto da cabeceira do vale. Mas não era para ela que o poeta estava apontando.

A silhueta de Sol Weintraub aparecia contra o brilho intenso da entrada da Esfinge. Ele estava de braços erguidos.

Alguém ou alguma coisa saía do brilho.

Sol a viu primeiro. Um vulto andando em meio à torrente de luz e tempo líquido que fluía da Esfinge. Ele viu que era uma mulher, uma silhueta diante do portal brilhante. Uma mulher que carregava algo.

Uma mulher que carregava um bebê.

Sua filha Rachel saiu — a Rachel que ele havia visto pela última vez como uma jovem adulta saudável de saída para trabalhar no doutorado em um mundo chamado Hyperion, a Rachel de vinte e poucos anos, talvez até um pouco mais velha agora. Mas era Rachel, sem sombra de dúvida, a Rachel de cabelo castanho-acobreado ainda curto e caído por cima da testa, com as bochechas coradas como sempre ficavam, como se tivesse alguma novidade animadora, com o sorriso terno, quase trêmulo, e com os olhos — aqueles olhos verdes enormes com flocos de castanho quase imperceptíveis —, aqueles olhos fixos em Sol.

Rachel estava com Rachel nos braços. A bebê se contorceu com o rosto apoiado no ombro da jovem, mãos minúsculas abrindo e fechando enquanto ela tentava se decidir se começava a chorar de novo ou não.

Sol estava atordoado. Ele tentou falar, não conseguiu, tentou de novo.

— Rachel.

— Pai — disse a jovem, e deu um passo à frente, passando o braço solto em volta do acadêmico e virando ligeiramente o corpo para não esmagar a bebê entre eles.

Sol beijou a filha adulta, abraçou-a, aspirou o aroma limpo de seu cabelo, sentiu sua *realidade* firme e, por fim, levou a bebê ao próprio pescoço e ombro, sentindo o estremecimento passar pela recém-nascida quando ela inspirou antes de começar a chorar. A Rachel que ele havia trazido a Hyperion estava segura nas mãos dele, pequena, enrugando o rosto vermelho ao tentar concentrar no rosto do pai os olhos que oscilavam aleatoriamente. Sol apoiou a cabecinha na palma da mão e a levou mais para perto de si, examinando aquele rosto pequeno por um segundo antes de se virar para a mulher jovem.

— Ela está...

— Está envelhecendo normalmente — disse a filha. Ela usava algo que era parte vestido, parte manto, feito de um material marrom macio. Sol balançou a cabeça, olhou para ela, viu seu sorriso e percebeu a mesma covinha embaixo do lado esquerdo da boca que aparecia na bebê em seus braços.

Ele balançou a cabeça de novo.

— Como... como isso é possível?

— Não é por muito tempo — respondeu Rachel.

Sol se aproximou e deu outro beijo na bochecha da filha adulta. Ele se deu conta de que estava chorando, mas não queria soltar a mão de nenhuma das duas para enxugar as lágrimas. A Rachel adulta enxugou por ele, passando o dorso da mão delicadamente pela bochecha do pai.

Houve um barulho abaixo deles na escada. Sol olhou por cima do ombro e viu os três homens da nave parados ali, de rosto vermelho por terem corrido, e Brawne Lamia, ajudando o poeta Silenus a se sentar na placa branca de pedra que servia de corrimão.

O Cônsul e Theo Lane olharam para eles.

— Rachel... — murmurou Melio Arundez, com os olhos cheios.

— *Rachel?* — disse Martin Silenus, franzindo o cenho e olhando para Brawne Lamia.

Brawne Lamia estava olhando boquiaberta.

— Moneta — disse ela, apontando, e então abaixou a mão ao perceber que estava apontando. — Você é Moneta. A... Moneta de Kassad.

Rachel fez que sim, sem sorrir mais.

— Só tenho um ou dois minutos aqui e muita coisa para falar para vocês — explicou ela.

— Não, você precisa ficar — lamentou Sol, pegando na mão da filha adulta. — Quero você comigo.

Rachel sorriu de novo.

— Vou ficar com você, pai — consolou ela, com ternura, levantando a outra mão para encostar na cabeça da bebê. — Mas só uma de nós pode ficar... e ela precisa mais de você. — Ela se virou para o grupo abaixo. — Escutem, por favor, vocês todos.

Enquanto o sol nascia e tocava com sua luz as edificações quebradas da Cidade dos Poetas, a nave do Cônsul, os penhascos ocidentais e as Tumbas Temporais mais altas, Rachel contou sua breve e palpitante história sobre ter sido escolhida para crescer em um futuro em que se deflagraria a guerra definitiva entre a Inteligência Absoluta gerada pelo Cerne e o espírito humano. Pelo que ela disse, era um futuro de mistérios assustadores e maravilhosos, em que a humanidade se espalhara por toda a galáxia e havia começado a viajar para outros lugares.

— Outras *galáxias*? — perguntou Theo Lane.

— Outros universos — respondeu Rachel com um sorriso.

— O coronel Kassad conhecia você como Moneta — comentou Martin Silenus.

— *Vai* me conhecer como Moneta — corrigiu Rachel, com um olhar sombrio. — Eu o vi morrer e acompanhei sua tumba até o passado. Eu sei que parte da minha missão é conhecer esse guerreiro mítico e guiá-lo adiante até a batalha final. Ainda não o conheci de verdade. — Ela olhou para o vale na direção do Monólito de Cristal. Murmurou: — *Moneta*. Significa "Admoestadora" em latim. Adequado. Vou deixá-lo escolher entre isso e *Mnemosine*, "memória", para ser meu nome.

Sol ainda não havia soltado a mão da filha. E não soltou nesse momento.

— Você estava *voltando* no tempo com as Tumbas? Por quê? Como?

Rachel ergueu a cabeça, e a luz refletida nos penhascos distantes lhe pintou o rosto com calor.

— É minha função, pai. Meu dever. Elas me dão condições de manter o Picanço sob controle. E só eu estava... preparada.

Sol levantou mais a filha bebê. Ela acordou com o sobressalto, soprou uma única bolha de saliva, virou o rosto para o pescoço do pai para se esquentar e fechou as mãozinhas junto à camisa dele.

— Preparada — disse Sol. — Você está falando da doença de Merlim?

— É.

Sol balançou a cabeça.

— Mas você não foi criada em um mundo misterioso do futuro. Você cresceu na cidade universitária de Crawford, na rua Fertig, em Mundo de Barnard, e... — Ele parou.

Rachel fez que sim.

— *Ela* vai crescer... lá. Sinto muito, pai, preciso ir embora. — Ela soltou a mão, desceu devagar a escada e encostou por um instante na bochecha de Melio Arundez. — Sinto muito pela dor da lembrança — lamentou com delicadeza para o arqueólogo espantado. — Para mim foi literalmente em outra vida.

Arundez piscou e segurou a mão dela junto ao rosto um pouco mais.

— Você se casou? — perguntou Rachel, baixinho. — Teve filhos?

Arundez fez que sim, mexeu a outra mão como se fosse tirar do bolso retratos da esposa e dos filhos adultos, mas então parou e gesticulou com a cabeça de novo.

Rachel sorriu, deu mais um beijo rápido no rosto dele e subiu de novo a escada. O céu estava iluminado pelo amanhecer, mas a porta da Esfinge brilhava ainda mais.

— Pai, eu te amo.

Sol tentou falar, pigarreou.

— Como... como eu acompanho você... lá?

Rachel gesticulou para a entrada aberta da Esfinge.

— Para alguns, vai ser um portal para a época da qual eu falei. Mas, pai... — Ela hesitou. — Você vai ter que me criar do zero de novo. Vai ter que suportar minha infância pela terceira vez. Nenhum pai deveria ser submetido a isso.

Sol conseguiu sorrir.

— Nenhum pai recusaria isso, Rachel. — Ele trocou a bebê adormecida de braço e balançou a cabeça de novo. — Vai ter alguma época em que... vocês duas...?

— Coexistimos de novo? — Rachel sorriu. — Não. Agora eu vou no outro sentido. Você nem imagina a dificuldade que eu enfrentei com o Conselho de Paradoxos para conseguir aprovação para este único encontro.

— Conselho de Paradoxos? — indagou Sol.

Rachel respirou fundo. Ela e o pai estavam de braço esticado, encostando só a ponta dos dedos.

— Tenho que ir embora, pai.

— Eu vou... — Ele olhou para a bebê. — Eu vou estar sozinho... lá?

Rachel riu, e o som foi tão familiar que se fechou em torno do coração de Sol feito uma mão quente.

— Ah, não, sozinho, não. Tem gente maravilhosa lá. Coisas maravilhosas para se aprender e fazer. Lugares maravilhosos para se ver... — Ela passou os olhos no entorno. — Lugares que a gente ainda não imaginou nem nos nossos sonhos mais loucos. Não, pai, você não vai estar sozinho. E eu vou estar lá, com toda a minha falta de jeito da adolescência e arrogância da juventude adulta. — Ela deu um passo para trás, e seus dedos escapuliram de Sol. — Espere um pouco antes de atravessar, pai — pediu, recuando para a luminescência. — Não dói, mas, depois de passar, não vai dar para voltar.

— Rachel, espera — disse Sol.

A filha dele recuou, o manto comprido se balançou por cima da pedra, até que a luz a envolveu. Ela ergueu o braço.

— Tchau, pica-pau! — gritou ela.

Sol levantou a mão.

— Até... jacaré.

A Rachel mais velha desapareceu luz adentro.

A bebê acordou e começou a chorar.

Passou mais de uma hora até Sol e os outros voltarem à Esfinge. Eles tinham ido à nave do Cônsul para tratar os ferimentos de Brawne e de Martin Silenus, comer e equipar Sol e a criança para a viagem. O acadêmico comentou em dado momento:

— Parece estranho fazer as malas para o que talvez seja o mesmo que atravessar um teleprojetor, mas, por mais maravilhoso que esse futuro seja, se não tiver pacotes de amamentação e fraldas descartáveis, vou ter problemas.

O Cônsul sorriu e tocou na mochila cheia no degrau.

— Isto aqui deve atender a você e à bebê pelas duas primeiras semanas. Se você não achar um fornecimento de fraldas até lá, vai para um dos tais outros universos que Rachel comentou.

Sol balançou a cabeça.

— Isso está acontecendo mesmo?

— Espera uns dias ou semanas — pediu Melio Arundez. — Fica aqui com a gente até as coisas se acertarem. Não tem pressa. O futuro vai continuar lá.

Sol coçou a barba enquanto alimentava a bebê com um dos pacotes de amamentação que a nave havia produzido.

— Não sabemos ao certo se esse portal vai ficar aberto para sempre. Além do mais, talvez eu perca a coragem. Estou ficando bem velho para cuidar de uma criança de novo... ainda mais como um estranho numa terra estranha.

Arundez pôs a mão forte no ombro de Sol.

— Deixa eu ir junto. Estou morrendo de curiosidade sobre esse lugar.

Sol sorriu, estendeu a mão e apertou com firmeza a de Arundez.

— Obrigado, amigo. Mas você tem esposa e filhos na Rede, em Renascença Vetor, à espera da sua volta. Você já tem as próprias obrigações.

Arundez fez que sim e olhou para o céu.

— Se *der* para voltar.

— Vamos voltar — afirmou o Cônsul, com um tom direto. — Voos espaciais à moda antiga com propulsão Hawking ainda funcionam, mesmo que a Rede tenha deixado de existir. Vão ser alguns anos de dívida temporal, Melio, mas você vai voltar.

Sol fez que sim, terminou de amamentar a filha, pôs uma fralda de pano limpa no ombro e deu tapinhas firmes nas costas dela. Ele passou os olhos pelo círculo pequeno de pessoas.

— Todos temos nossas obrigações.

Ele apertou a mão de Martin Silenus. O poeta havia se recusado a entrar no banho de recuperação com nutrientes e a remover cirurgicamente o plugue do derivador neural. "Já tive essas coisas antes", dissera ele. Sol lhe perguntou:

— Você vai continuar seu poema?

Silenus balançou a cabeça.

— Terminei na árvore. E descobri outra coisa lá, Sol.

O acadêmico ergueu a sobrancelha.

— Descobri que poetas não são Deus, mas que, se existir algum Deus, ou qualquer coisa que se assemelhe a Deus, ele é poeta. E é muito ruim nisso.

A bebê arrotou.

Martin Silenus sorriu e apertou a mão de Sol uma última vez.

— Arrebenta com eles lá, Weintraub. Fala que você é o tatatatatataravô deles e que, se ficarem de malcriação, você vai dar uma surra em todo mundo.

Sol fez que sim e seguiu para Brawne Lamia.

— Vi que você estava conversando com o terminal médico da nave — comentou ele. — Está tudo certo com você e a criança no seu útero?

Brawne sorriu.

— Está tudo bem.

— Menino ou menina?

— Menina.

Sol deu um beijo na bochecha dela. Brawne tocou em sua barba e virou o rosto para esconder lágrimas indignas de uma ex-investigadora particular.

— Meninas dão muito trabalho — avisou ele, soltando os dedos de Rachel da barba e dos cachos de Brawne. — Troca a sua por um menino assim que possível.

— Pode deixar — concordou Brawne, e ela deu um passo para trás.

Ele apertou a mão do Cônsul, de Theo e de Melio uma última vez, pendurou a mochila no ombro enquanto Brawne segurava a criança e, por fim, pegou Rachel nos braços.

— Vai ser um anticlímax e tanto se esse troço não funcionar e eu acabar perdido no meio da Esfinge — brincou ele.

O Cônsul apertou as pálpebras para olhar para a porta brilhante.

— Vai funcionar. Mas não sei como. Acho que não é nenhum teleprojetor.

— Um quandoprojetor — sugeriu Silenus, levantando o braço para bloquear os golpes de Brawne. O poeta deu um passo para trás e encolheu os ombros. — Se continuar funcionando, Sol, tenho a sensação de que você não vai estar sozinho lá. Milhares vão fazer companhia.

— Se o Conselho de Paradoxos permitir — acrescentou Sol, puxando a barba do jeito que sempre fazia quando estava com a mente distante. Ele piscou, ajeitou a mochila e a bebê e andou para a frente. Dessa vez os campos de força da porta aberta o deixaram avançar. — Até mais, pessoal! — gritou. — Meu Deus, a coisa toda valeu a pena, não foi?

O acadêmico se virou para a luz, e ele e a bebê sumiram.

Seguiu-se um silêncio de alguns minutos que beirava o vazio. Por fim, o Cônsul sugeriu, quase em tom constrangido:

— Vamos subir para a nave?

— Faz o elevador descer para pegar a gente — disse Martin Silenus. — A s. Lamia aqui vai andar no ar.

Brawne lançou um olhar raivoso para o poeta diminuto.

— Você acha que foi algo que Moneta fez? — questionou Arundez, referindo-se a uma sugestão anterior de Brawne.

— Só pode ter sido — respondeu Brawne. — Alguma coisa da ciência do futuro.

— Ah, sim. — Martin Silenus suspirou. — *Ciência do futuro...* Aquela expressão familiar das pessoas inseguras demais para serem supersticiosas. A alternativa, minha cara, é que você tem esse poder até então desconhecido de levitar e transformar monstros em duendes de vidro quebrável.

— Cala a boca — respondeu Brawne, já sem toques de afeto na voz. Ela olhou por cima do ombro. — Quem disse que não vai aparecer outro Picanço a qualquer momento?

667

— Quem disse, realmente? — concordou o Cônsul. — Desconfio que sempre vai haver um Picanço ou boatos sobre um Picanço.

Theo Lane, sempre incomodado com discordâncias, pigarreou e falou:

— Olha o que eu achei no meio da bagagem espalhada pela Esfinge. — Ele mostrou um instrumento com três cordas, um braço longo e formas coloridas pintadas no corpo triangular. — Um violão?

— Uma balalaica — corrigiu Brawne. — Era do padre Hoyt.

O Cônsul pegou o instrumento e dedilhou alguns acordes.

— Conhecem esta música?

Ele tocou algumas notas.

— É a "Canção da Trepada de Tetas de Leeda"? — tentou Martin Silenus.

O Cônsul balançou a cabeça e tocou mais alguns acordes.

— Alguma antiga? — arriscou Brawne.

— "Somewhere Over the Rainbow" — respondeu Melio Arundez.

— Deve ser de antes do meu tempo — disse Theo Lane, balançando a cabeça ao ritmo do Cônsul.

— É de antes do tempo de todo mundo — retrucou o Cônsul. — Vamos lá, eu ensino a letra no caminho.

Andando juntos sob o sol quente, cantando desafinados e afinados, esquecendo a letra e recomeçando, eles subiram a trilha até a nave que os aguardava.

EPÍLOGO

Cinco meses e meio depois, grávida de sete meses, Brawne Lamia pegou o dirigível matinal para o norte da capital a caminho da Cidade dos Poetas para a festa de despedida do Cônsul.

A capital, agora chamada de Jacktown tanto por indígenas quanto por oficiais de FORÇA e desterros de passagem, parecia branca e limpa à luz da manhã quando o dirigível saiu da torre de atracação do centro e seguiu para o noroeste ao longo do rio Hoolie.

A maior cidade de Hyperion havia sofrido durante o combate, mas grande parte já tinha sido reconstruída, e a maioria dos três milhões de refugiados das fazendas de plastifibra e das cidades menores no continente austral decidira permanecer na área, apesar das recentes ondas de interesse em plastifibra por parte dos desterros. E assim a cidade cresceu de uma hora para a outra, e serviços básicos como eletricidade, esgoto e HTV a cabo chegaram às favelas no morro entre o espaçoporto e a cidade antiga.

Mas os edifícios estavam brancos à luz da manhã, e o ar de primavera, carregado de potencial. Brawne via os cortes grosseiros das estradas novas e o fervilhar do tráfego no rio abaixo como um bom sinal para o futuro.

O combate no espaço de Hyperion não tinha durado muito depois da destruição da Rede. A ocupação informal do espaçoporto e da capital pelos desterros havia levado ao reconhecimento do fim da Rede e à gestão compartilhada com o novo Conselho de Governo Interno no tratado mediado sobretudo pelo Cônsul e pelo ex-governador-geral Theo Lane. Mas, nos quase seis meses desde a morte da Rede, o único tráfego no espaçoporto tinha sido de naves de pouso da parte da frota de FORÇA que continuava no sistema e de excursões planetárias frequentes do Enxame. Não era mais incomum ver os corpos altos de desterros fazendo compras na praça de Jacktown ou as versões mais exóticas bebendo no Cícero's.

Brawne tinha passado esses meses hospedada no Cícero's, ocupando um dos cômodos maiores no quarto andar da ala antiga da estalagem enquanto Stan Leweski reconstruía e expandia os segmentos danificados da estrutura lendária.

— Meu Deus, não preciso de ajuda de mulher grávida! — gritava Sten sempre que Brawne se oferecia para colaborar, mas toda vez ela acabava fazendo alguma tarefa enquanto Leweski bufava e resmungava. Brawne podia até estar grávida, mas ainda era lusiana, e seus músculos não tinham atrofiado por inteiro após só poucos meses em Hyperion.

Stan a acompanhara até a torre de atracação naquela manhã e ajudara com a bagagem e o pacote que ela havia levado para o Cônsul. Depois, o taverneiro lhe entregara também um pacote.

— A viagem para aquela região desgracenta é um tédio danado — resmungara ele. — É bom levar alguma coisa para ler, né?

O presente era uma reprodução da edição de 1817 do *Poemas*, de John Keats, encapada pessoalmente em couro por Leweski.

Brawne constrangeu o gigante e fez a alegria dos passageiros que assistiam ao abraçá-lo até as costelas do homem rangerem.

— Chega, desgraça — murmurou ele, massageando o tronco. — Fala para aquele Cônsul que quero ver aquela carranca voltar aqui antes que eu passe a estalagem inútil para o meu filho. Fala isso para ele, sim?

Brawne assentiu e acenou junto com os outros passageiros para as pessoas que se despediam no chão. Depois, continuou acenando do mezanino de observação conforme a aeronave se soltava, liberava o lastro e avançava devagar acima dos telhados.

Agora, conforme a aeronave deixava o subúrbio para trás e se virava para o oeste para seguir o rio, Brawne viu com uma clareza inédita o cume da montanha ao sul onde o rosto de Triste Rei Billy ainda fitava a cidade com melancolia. Havia uma cicatriz nova de dez metros, que as intempéries iam atenuando aos poucos, na bochecha de Billy, causada por uma lança laser durante o combate.

Mas foi a escultura maior que estava se formando na face noroeste da montanha que chamou a atenção de Brawne. Mesmo com equipamentos de corte modernos cedidos de empréstimo por FORÇA, o trabalho avançava devagar, e só agora estava dando para reconhecer o nariz aquilino enorme, o cenho pesado, a boca larga e os olhos tristes e inteligentes. Muitos dos refugiados da Hegemonia que haviam permanecido em Hyperion tinham protestado contra a inclusão da imagem de Meina Gladstone na montanha, mas Rithmet Corbet III, bisneto do escultor que fizera o rosto de Triste Rei Billy ali — e, por acaso, o atual dono da montanha —, dissera, nos termos mais diplomáticos possíveis, "Vão à merda" e seguira com o trabalho. Mais um ano, talvez dois, e ficaria pronto.

Brawne suspirou, alisou a barriga esticada — um costume que sempre havia detestado em mulheres grávidas, mas que agora achava impossível de evitar — e andou sem jeito até uma espreguiçadeira no convés de observação. *Se estava enorme assim com sete meses, de que tamanho ficaria no final da gestação?* Brawne olhou para a curva esticada do imenso envelope de gás do dirigível acima dela e fez uma careta.

A viagem de dirigível, com boas condições de vento, levava só vinte horas. Brawne cochilou durante uma porção do caminho, mas passou a maior parte do tempo vendo a paisagem familiar se abrir abaixo.

Eles passaram pelas eclusas de Karla no meio da manhã, e Brawne sorriu e tocou no embrulho que levava para o Cônsul. Ao final da tarde, estavam se aproximando do porto fluvial de Náiade, e a uma altitude de três mil pés ela viu uma antiga balsa de passageiros sendo puxada por raias pelo rio e deixando um rastro em forma de V. Ela se perguntou se seria a *Benares*.

Sobrevoaram Fronteira quando o jantar foi servido no salão superior e começaram a travessia do mar de Grama bem na hora em que o pôr do sol encheu de cor a imensa estepe e um milhão de folhas de grama ondularam à mesma brisa que carregava a aeronave. Brawne levou o café para sua cadeira preferida no mezanino, abriu bem uma janela e viu o mar de Grama se expandir como o tecido sensual de uma mesa de bilhar conforme a luz ia embora. Logo antes de as lâmpadas se acenderem no mezanino, ela foi agraciada com a imagem de uma diligência eólica navegando de norte a sul, com lanternas balançando-se na proa e na popa. Brawne se inclinou para a frente e ouviu com clareza o ronco da roda grande e o estalo do tecido na vela triangular conforme a diligência virava com força para cambar.

A cama já estava arrumada na cabine de dormir quando Brawne subiu para vestir o roupão, mas, depois de ler alguns poemas, ela foi parar de novo no convés de observação até o amanhecer, cochilando em sua cadeira preferida e aspirando o cheiro refrescante de grama abaixo.

Eles atracaram em Pouso dos Peregrinos pelo tempo necessário para reabastecer o estoque de comida e água, repor o lastro e trocar a tripulação, mas Brawne não desceu para caminhar. Observava as lâmpadas acesas em volta da estação do teleférico, e, quando enfim a viagem foi retomada, aparentemente a aeronave seguiu a sucessão de torres do cabo pela cordilheira do Arreio.

Ainda estava bem escuro no momento que eles atravessaram as montanhas, e um comissário de voo passou para fechar as janelas compridas enquanto as cabines eram pressurizadas, mas Brawne ainda percebia vislumbres dos bondes passando de pico em pico entre as nuvens abaixo e das superfícies nevadas que cintilavam à luz das estrelas.

Eles passaram acima da Fortaleza de Cronos logo depois do amanhecer, e até naquela luz rosada as pedras do castelo emitiram pouca sensação de calor. Em seguida, o deserto apareceu, a Cidade dos Poetas reluziu branca do lado esquerdo, e o dirigível desceu até a torre de atracação instalada na ponta leste do novo espaçoporto dali.

Brawne não havia esperado que ninguém estivesse lá para recebê-la. Todo mundo que a conhecia achava que ela iria com Theo Lane no raseiro dele à tarde. Mas, para si mesma, a viagem de dirigível seria a melhor forma de viajar sozinha com seus pensamentos. E tinha sido mesmo.

No entanto, antes que o cabo de amarração se esticasse e a rampa abaixasse, Brawne avistou o rosto familiar do Cônsul na pequena multidão. Ao lado dele estava Martin Silenus, franzindo o cenho e apertando as pálpebras à estranha luz matinal.

— O safado do Stan — murmurou Brawne, lembrando que as conexões de micro-ondas já estavam funcionando e que havia sat-coms novos em órbita.

O Cônsul a recebeu com um abraço. Martin Silenus bocejou, apertou a mão dela e disse:

— Não deu para pensar num horário mais inconveniente para chegar, é?

Teve uma festa no fim do dia. Não era só o Cônsul que iria embora na manhã seguinte — a maior parte da frota de FORÇA ainda restante iria voltar, e uma parte considerável do Enxame desterro iria junto. Uma dúzia de naves de pouso ocupou o campo pequeno perto da espaçonave do Cônsul quando desterros visitaram pela última vez as Tumbas Temporais e oficiais de FORÇA deram uma última passada na tumba de Kassad.

A Cidade dos Poetas mesmo tinha agora quase mil residentes permanentes, muitos dos quais eram artistas e poetas, embora Silenus dissesse que a maioria fosse *poser*. Duas vezes tentaram eleger Martin Silenus para prefeito; ele recusara em ambas as vezes e xingara profusamente seu pretenso eleitorado. Mas o velho poeta continuava administrando as coisas, coordenando as restaurações, decidindo disputas, distribuindo habitações e organizando voos de abastecimento de Jacktown e outros lugares ao sul. A Cidade dos Poetas não era mais a Cidade Morta.

Martin Silenus disse que o QI total tinha sido maior quando o lugar estava vazio.

O banquete foi realizado no pavilhão de jantar reconstruído, e a cúpula imensa ecoava as risadas quando Martin Silenus recitou poemas vulgares e outros artistas apresentaram esquetes. Além do Cônsul e de Silenus, a mesa redonda de Brawne ostentava meia dúzia de convidados desterros, incluindo Freeman Ghenga e Coredwell Minmun, além de Rithmet Corbet III, vestido com peles costuradas e um chapéu cônico alto. Theo Lane chegou tarde, pedindo desculpas, contou as piadas mais recentes de Jacktown para o público e foi até a mesa para a sobremesa. Lane tinha sido citado pouco antes como a escolha do povo para ser prefeito de Jacktown nas eleições de mês-quatro que aconteceriam em breve — pelo visto, tanto os indígenas quanto os desterros gostavam do estilo dele. Até o momento, Theo não exibira nenhum sinal de que recusaria se lhe oferecessem a honra.

Depois de muito vinho no banquete, o Cônsul convidou discretamente alguns deles para a nave, para ouvir música e tomar mais vinho. Eles foram — Brawne, Martin e Theo — e se sentaram no alto da varanda da nave enquanto o Cônsul, cheio de sobriedade e emoção, tocava Gershwin, Studeri, Brahms, Luser e Beatles, aí Gershwin de novo, até encerrar com a beleza avassaladora do Concerto para Piano nº 2 em Dó Menor de Rachmaninoff.

Depois, eles ficaram sentados à luz suave, olhando para a cidade e o vale, beberam um pouco mais de vinho e conversaram noite adentro.

— O que você espera encontrar na Rede? — perguntou Theo ao Cônsul. — Anarquia? Caos? Regressão à vida na Idade da Pedra?

— Tudo isso e mais, provavelmente. — O Cônsul sorriu. Ele girou o conhaque na taça. — Falando sério, antes de o largofone acabar, teve esguichos suficientes para indicar que, apesar de alguns problemas de verdade, a maioria dos mundos antigos da Rede vai se sair bem.

Theo Lane ficou contemplando a mesma taça de vinho que havia trazido do pavilhão de jantar.

— Por que você acha que o largofone acabou?

Martin Silenus bufou.

— Deus se cansou da gente pichando as paredes do banheiro dele.

Eles falaram de velhos amigos e se perguntaram como o padre Duré estava. Ficaram sabendo do novo trabalho dele em uma das últimas mensagens de largofone interceptadas. Eles se lembraram de Lenar Hoyt.

— Vocês acham que ele vai virar o papa automaticamente quando Duré falecer? — perguntou o Cônsul.

— Duvido — disse Theo. — Mas pelo menos vai ter uma chance de viver de novo se aquela cruciforme adicional que Duré tem no peito ainda estiver funcionando.

— Será que ele vai voltar para buscar a balalaica? — indagou Silenus, dedilhando o instrumento. Ocorreu a Brawne que, àquela luz fraca, o velho poeta ainda parecia um sátiro.

Eles conversaram sobre Sol e Rachel. Nos últimos seis meses, centenas de pessoas tinham tentado entrar na Esfinge; uma conseguira — um desterro pacato chamado Mizenspesht Ammenyet.

Os especialistas desterros passaram meses analisando as tumbas e o rastro de marés temporais que ainda restava. Em algumas das estruturas haviam aparecido hieróglifos e uma escrita cuneiforme estranhamente familiar depois da abertura das Tumbas, o que tinha levado a pelo menos alguns palpites quanto às diversas funções delas.

A Esfinge era um portal de mão única para o futuro do qual Rachel/Moneta tinha falado. Ninguém sabia como ela selecionava quem queria permitir que passasse, mas uma atração popular entre os turistas era tentar entrar no portal. Não se descobrira sinal algum do destino de Sol e da filha dele. Brawne percebeu que pensava com frequência no velho acadêmico.

Brawne, o Cônsul e Martin Silenus brindaram a Sol e Rachel.

A Tumba de Jade parecia ter alguma relação com planetas gigantes gasosos. Ninguém havia passado pelo portal dela, mas todo dia chegavam desterros exóticos, criados e desenvolvidos para viver em hábitats jovianos, e tentavam entrar. Especialistas desterros e de FORÇA explicavam repetidamente que as Tumbas não eram teleprojetores, e sim outra forma de conexão cósmica. Os turistas não queriam nem saber.

O Obelisco continuava um mistério obscuro. A tumba ainda brilhava, mas agora não tinha porta. Os desterros suspeitavam de que ainda havia exércitos de Picanço à espera lá dentro. Martin Silenus achava que o Obelisco era só um símbolo fálico que tinha sido incluído de última hora na decoração do vale. Outras pessoas achavam que podia ter alguma relação com os templários.

Brawne, o Cônsul e Martin Silenus brindaram a Het Masteen, a Verdadeira Voz da Árvore.

O Monólito de Cristal tinha se fechado outra vez e era a tumba do coronel Fedmahn Kassad. Marcações decodificadas gravadas em pedra descreviam uma batalha cósmica e um grande guerreiro do passado que aparecera para ajudar a derrotar o Senhor da Dor. Recrutas jovens das naves-tocha e dos cruzadores de ataque adoraram a história. A lenda de Kassad se espalharia à medida que mais e mais dessas naves voltassem para os mundos da antiga Rede.

Brawne, o Cônsul e Martin Silenus brindaram a Fedmahn Kassad.

A primeira e a segunda das Tumbas Cavernosas aparentemente não davam em lugar algum, mas a terceira parecia se abrir para labirintos em diversos mundos. Depois que alguns pesquisadores desapareceram, as autoridades de pesquisa desterras lembraram aos turistas que os labirintos ficavam em outro tempo — talvez a centenas de milhares de anos no passado ou no futuro — e em outro espaço. O acesso às cavernas foi restrito e autorizado apenas para especialistas capacitados.

Brawne, o Cônsul e Martin Silenus brindaram a Paul Duré e Lenar Hoyt.

O Palácio do Picanço permanecia um mistério. Os escalões de corpos haviam desaparecido quando Brawne e os outros voltaram algumas horas depois, o interior da tumba estava do tamanho de antes, mas havia uma única porta de luz incandescente no meio. Todo mundo que entrava por ela desaparecia. Ninguém voltava.

Os pesquisadores haviam proibido o acesso ao interior enquanto trabalhavam para decodificar letras esculpidas na pedra, mas muito desgastadas pelo tempo. Até o momento, eles tinham certeza de três palavras — todas em latim da Terra Velha —, que se traduziam como "COLISEU", "ROMA" e "REPOVOAR". Já se espalhara a lenda de que esse portal se abria para a Terra Velha desaparecida e de que as vítimas da árvore de espinhos tinham sido transportadas para lá. Centenas de outras pessoas aguardavam.

— Viu? — disse Martin Silenus para Brawne. — Se você não tivesse se apressado tanto para me resgatar, eu podia ter ido para a porra da minha casa.

Theo Lane se inclinou para a frente.

— Você teria mesmo escolhido voltar para a Terra Velha?

Martin abriu seu melhor sorriso de sátiro.

— Nem fodendo. Era tedioso quando eu morava lá e sempre vai ser. É *aqui* que as coisas acontecem.

Silenus fez um brinde silencioso a si mesmo.

Brawne percebeu que, em certo sentido, era verdade. Hyperion era o ponto de encontro entre desterros e antigos cidadãos da Hegemonia. Só as Tumbas Temporais representariam um futuro de comércio, turismo e viagens à medida que o universo humano se adaptasse à vida sem teleprojetores. Ela tentou imaginar o futuro pela perspectiva dos desterros, com imensas frotas expandindo os horizontes da humanidade, com seres humanos geneticamente alterados para colonizar gigantes gasosos, asteroides e mundos mais hostis do que as versões pré-terraformação de Marte ou Hebron. Ela não conseguia imaginar. Era um universo que talvez sua filha visse... ou seus netos.

— Em que você está pensando, Brawne? — questionou o Cônsul depois de um silêncio prolongado.

Ela sorriu.

— No futuro. E em Johnny.

— Ah, sim, o poeta que podia ter sido Deus e não foi — disse Silenus.

— O que vocês acham que aconteceu com a segunda persona? — perguntou Brawne.

O Cônsul fez um gesto com a mão.

— Não sei como ele teria sobrevivido à morte do Cerne. E você? Brawne balançou a cabeça.

— Só estou com inveja. Parece que muita gente acabou encontrando com ele. Até Melio Arundez disse que o viu em Jacktown.

Eles brindaram a Melio, que tinha ido embora cinco meses antes com a primeira nave-spin de FORÇA a caminho da Rede.

— Todo mundo o viu, menos eu — reclamou Brawne, olhando para seu conhaque com a testa franzida e percebendo que precisava tomar mais comprimidos antiálcool pré-natais antes de dormir. Ela se deu conta de que estava um pouco bêbada: o negócio não faria mal à bebê se ela tomasse os comprimidos, mas sem dúvida tinha subido à cabeça. — Vou voltar — anunciou, levantando-se e abraçando o Cônsul. — Tenho que levantar bem cedo para ver seu lançamento ao amanhecer.

— Tem certeza de que não quer passar a noite na nave? — convidou o Cônsul. — O quarto de visitas tem uma vista bonita do vale.

Brawne balançou a cabeça.

— Minhas coisas estão todas no antigo palácio.

— Vou falar com você antes de ir embora — garantiu o Cônsul, e eles se abraçaram de novo, um abraço rápido, antes que um dos dois tivesse que reparar nas lágrimas de Brawne.

Martin Silenus a acompanhou de volta à Cidade dos Poetas. Eles pararam na galeria iluminada diante dos apartamentos. Brawne lhe perguntou:

— Você estava mesmo na árvore, ou era só um simestimulante enquanto você dormia no Palácio do Picanço?

O poeta não sorriu. Ele encostou no peito onde o espinho de aço o perfurara.

— Eu era um filósofo chinês sonhando que era uma borboleta, ou era uma borboleta sonhando que era um filósofo chinês? É isso que você está perguntando, garota?

— É.

— Pois é — disse Silenus, em voz baixa. — É. Foram as duas coisas. E as duas doeram. E vou amá-la e apreciá-la para todo o sempre por ter me salvado, Brawne. Para mim, você sempre vai ser capaz de andar no ar. — Ele ergueu a mão dela e deu um beijo. — Vai entrar?

— Não, acho que vou caminhar pelo jardim um pouco.

O poeta hesitou.

— Tudo bem. Eu acho. Temos patrulhas, de robôs e humanos, e nosso Grendel-Picanço não apareceu para o bis ainda... Mas toma cuidado, pode ser?

— Não esqueça, eu sou a assassina de Grendels. Ando no ar e os transformo em duendes de vidro para quebrar.

— Aham, mas não vá além dos jardins. Tudo bem, garota?

— Tudo bem — assentiu Brawne. Ela encostou na barriga. — Vamos tomar cuidado.

Ele estava à espera dela no jardim, aonde a luz não chegava direito e as câmeras de monitoramento não captavam direito.

— Johnny! — exclamou Brawne, e avançou rápido pela trilha de pedras.

— Não — disse ele, balançando a cabeça, talvez com um pouco de tristeza.

Ele parecia Johnny. O cabelo castanho-ruivo, os olhos castanhos, o queixo firme, os ossos salientes da face, o sorriso suave, idênticos. Estava vestido de um jeito meio estranho, com uma jaqueta de couro grossa, um cinto largo, sapatos pesados, um cajado de caminhada e um gorro de pele grosseiro, que tirou quando ela se aproximou.

Brawne parou a menos de um metro de distância.

— Claro — aquiesceu ela, com pouco mais que um sussurro.

Ela levantou o braço para encostar nele, e sua mão o atravessou, mas não teve a trepidação ou perda de nitidez de um holo.

— Este lugar ainda está carregado nos campos da metaesfera — explicou ele.

— Aham — concordou ela, sem a menor ideia do que ele estava falando. — Você é o outro Keats. O gêmeo de Johnny.

O homem baixo sorriu e estendeu a mão como se quisesse tocar o abdome inchado dela.

— Isso significa que sou uma espécie de tio, não é, Brawne?

Ela fez que sim.

— Foi você que salvou a bebê, Rachel, não foi?

— Você me viu?

— Não, mas *senti* que era você lá dentro — sussurrou Brawne. Ela hesitou por um segundo. — Mas não era de você que Ummon estava falando, a parte de Empatia da Inteligência Absoluta humana?

Ele balançou a cabeça. Seus cachos refletiram luz fraca.

— Descobri que sou Aquilo Que Vem Antes. Eu preparo o caminho para Aquilo Que Ensina, e receio que meu último milagre tenha sido levantar uma bebê e esperar alguém que pudesse pegá-la de mim.

— Você não *me* ajudou... com o Picanço? A flutuar?

John Keats riu.

— Não. Nem Moneta. Aquilo foi você, Brawne.

Ela balançou a cabeça vigorosamente.

— É impossível.

— Não é impossível — disse ele, com um tom brando. Estendeu a mão para tocar na barriga dela de novo, e ela imaginou que dava para sentir a pressão da palma. Ele sussurrou: — Sois ainda pura donzela silente,/ Sois filha da quietude e do vagar... — Ele olhou para Brawne. — Com certeza a mãe d'Aquilo Que Ensina pode exercitar algumas prerrogativas.

— A mãe...

Brawne teve que se sentar de repente e achou um banco bem a tempo. Ela nunca havia sido desajeitada antes na vida, mas agora, com sete meses, não havia forma graciosa de se sentar. Veio à mente dela o pensamento irrelevante de que o dirigível viria para a amarração na manhã seguinte.

— D'Aquilo Que Ensina — repetiu Keats. — Não faço a menor ideia do que ela vai ensinar, mas vai transformar o universo e colocar ideias em movimento que serão cruciais daqui a dez mil anos.

— *Minha* filha? — disse ela enfim, respirando com um pouco de dificuldade. — Minha filha com Johnny?

A persona de Keats massageou a bochecha.

— A junção de espírito humano e lógica de IA que Ummon e o Cerne buscaram por tanto tempo e morreram sem compreender. — Ele deu um passo. — Eu só queria poder estar por perto quando ela ensinasse o que tiver para ensinar. Para ver o efeito que isso vai ter no mundo. Neste mundo. Em outros mundos.

A cabeça de Brawne estava girando, mas ela havia percebido algo no tom dele.

— Por quê? Aonde você vai? Qual é o problema?

Keats suspirou.

— O Cerne se foi. As esferas de dados daqui são pequenas demais para me conter até em forma reduzida, exceto nas IAs de nave de FORÇA, e acho que eu não gostaria de lá. Nunca lidei bem com ordens.

— E não tem mais lugar nenhum? — perguntou Brawne.

— A metaesfera — respondeu ele, dando uma olhada para trás. — Mas lá está cheio de leões e tigres e ursos. E ainda não estou pronto.

Brawne deixou essa para lá.

— Tenho uma ideia — indicou ela. E explicou.

A imagem de seu amor se aproximou, passou os braços em volta dela e disse:

— *Você* é um milagre, senhora.

Ele recuou para as sombras.

Brawne balançou a cabeça.

— Só uma grávida. — Ela pôs a mão no volume embaixo do vestido. — Aquilo Que Ensina — murmurou. E para Keats: — Certo, você é o arcanjo que está anunciando isso tudo. Que nome eu dou para ela?

Como não houve resposta, Brawne olhou para a frente.

Não havia nada nas sombras.

Brawne estava no espaçoporto antes do nascer do sol. Não era exatamente um grupo feliz se despedindo. Além da tristeza típica do adeus, Martin, o Cônsul e Theo estavam de ressaca já que não havia estoque de comprimidos Diasseguinte no Hyperion pós--Rede. Só Brawne estava de bom humor.

— A porcaria do computador da nave andou esquisita a manhã toda — resmungou o Cônsul.

— Como assim?

O Cônsul a encarou com as pálpebras meio fechadas.

— Eu peço para ele rodar o checklist normal pré-lançamento e a droga da nave me responde com versos.

— Versos? — indagou Martin Silenus, erguendo a sobrancelha de sátiro.

— É... escuta...

O Cônsul ativou o conexo. Uma voz que Brawne conhecia disse:

Adeus, fantasmas três! Não ides erguer
Meu corpo deste leito primaveril;
Com doçura não vou esmorecer,
Cordeiro num drama pueril!
Ide da minha vista, evanescente,
Sede figuras da urna sonhadora;
Passai bem! Pra noite muito espero,
E também o dia aguarda paciente;
Sumi, fantasmas! Do ócio do meu espectro,
Das brumas não voltai, ide embora!

Theo Lane disse:

— Uma IA com defeito? Achei que sua nave tivesse uma das melhores inteligências fora do Cerne.

— Ela tem — argumentou o Cônsul. — Não está com defeito. Rodei um diagnóstico cognitivo e funcional completo. Está tudo bem. Mas ela me retorna... *isto*! — Ele gesticulou para a transcrição da gravação no conexo.

Martin Silenus olhou para Brawne Lamia, observou cuidadosamente o sorriso dela e se virou de novo para o Cônsul.

— Bom, parece que sua nave deve estar ficando culta. Não se preocupe. Vai ser uma boa companhia na longa viagem de ida e de volta.

Na pausa que se seguiu, Brawne pegou um embrulho grande.

— Um presente de despedida.

O Cônsul o abriu, começando devagar, depois rasgou de qualquer jeito quando o volume dobrado, esmaecido e muito maltratado do tapetinho apareceu. Ele passou as mãos pelo negócio, levantou o rosto e falou com a voz cheia de emoção.

— Onde... Como você...?

Brawne sorriu.

— Uma refugiada indígena encontrou abaixo das eclusas de Karla. Ela estava tentando vender no Mercado de Jacktown quando vi por acaso. Não tinha ninguém interessado em comprar.

O Cônsul respirou fundo e passou a mão pelas estampas do tapete falcoeiro que havia levado seu avô Merin ao fatídico encontro com sua avó Siri.

— Receio que não voe mais — lamentou Brawne.

— Os filamentos de voo precisam ser recarregados — apontou o Cônsul. — Não sei como agradecer...

— Não precisa. É para dar sorte na viagem.

O Cônsul balançou a cabeça, abraçou Brawne, apertou a mão dos outros e subiu no elevador para a nave. Brawne e os outros voltaram andando até o terminal.

Não havia nuvens no céu lápis-lazúli de Hyperion. O sol pintava os picos distantes da cordilheira do Arreio com tons intensos e prometia calor para o dia que ia começar.

Brawne olhou por cima do ombro para a Cidade dos Poetas e para o vale atrás dela. Dava para ver o topo da Tumba Temporal mais alta. Uma asa da Esfinge refletia a luz.

Com pouco barulho e só um ligeiro calor, a nave cor de ébano do Cônsul decolou em uma chama azul pura e subiu para o céu.

Brawne tentou lembrar os poemas que tinha acabado de ler e os últimos versos da maior e melhor obra inacabada de seu amado:

Anon correu pela luz de Hyperion;
Co'as vestes ardentes longas aos pés,
E com um rugido, qual fogo da terra,
Espantou as ternas horas etéreas
E estremeceu suas doces asas. Avante luziu...

Brawne sentiu o vento morno balançar seu cabelo. Ela ergueu o rosto para o céu e acenou, sem tentar disfarçar nem enxugar as lágrimas, acenando com força conforme a nave esplêndida se inclinava, subia para o firmamento com a feroz chama azul e — como se fosse um grito distante — rompia a barreira do som com um estrondo súbito que ressoou por todo o deserto e ecoou nos picos distantes.

Brawne se deixou chorar e acenou de novo, continuou acenando, para o Cônsul que ia embora, e para o céu, e para os amigos que não veria nunca mais, e para parte do próprio passado, e para a nave que subia feito uma flecha perfeita de ébano disparada pelo arco de um deus.

Avante luziu...

SOBRE O AUTOR

Dan Simmons, que foi professor de escola pública em horário integral até 1987, é um dos poucos escritores que atuam de maneira consistente em diversos gêneros literários. Criou histórias descritas como ficção científica, horror, fantasia e ficção geral, recebendo prêmios em todas essas categorias. Seu romance de estreia, *Song of Kali*, ganhou o prêmio World Fantasy; *Hyperion*, seu primeiro livro de ficção científica, venceu o prêmio Hugo. Outros romances e contos foram amplamente laureados: nove prêmios Locus, quatro prêmios Bram Stoker, o prêmio francês Cosmos 2000, o prêmio British Science Fiction Association e o prêmio Theodore Sturgeon. Em 1995, a Wabash College concedeu a Simmons o título de doutor honoris causa em Letras por sua atuação na literatura de ficção e na educação. Ele mora no Colorado, perto da cordilheira Frontal das Montanhas Rochosas.

TIPOGRAFIA: Media77 - texto
Phlegm - entretítulos
PAPEL: Pólen Natural 70 g/m² - miolo
Nevia 150 g/m² - capa
Chambril 150 g/m² - guardas

IMPRESSÃO: Lis Gráfica
Outubro/2024